# 文学生命与燃烧的激情

周励研究资料汇编

程国君　陈茗　主编

陕西师范大学出版总社

图书代号　WX22N1062

**图书在版编目（CIP）数据**

文学生命与燃烧的激情：周励研究资料汇编/程国君，陈茗主编. —西安：陕西师范大学出版总社有限公司，2022.9
ISBN 978-7-5695-3085-8

Ⅰ.①文…　Ⅱ.①程…　②陈…　Ⅲ.①现代文学—文学研究—美国—文集　Ⅳ.①I712.065-53

中国版本图书馆CIP数据核字（2022）第122390号

**文学生命与燃烧的激情：周励研究资料汇编**

WENXUE SHENGMING YU RANSHAO DE JIQING：ZHOU LI YANJIU ZILIAO HUIBIAN

程国君　陈　茗　主编

责任编辑　庄婧卿
责任校对　张旭升　王丽君
装帧设计　锦　册
出版发行　陕西师范大学出版总社
　　　　　（西安市长安南路199号　邮编 710062）
网　　址　http://www.snupg.com
印　　刷　西安五星印刷有限公司
开　　本　787 mm × 1092 mm　1/16
印　　张　34
字　　数　566千
版　　次　2022年9月第1版
印　　次　2022年9月第1次印刷
书　　号　ISBN 978-7-5695-3085-8
定　　价　98.00元

# 目 录

# 第一部分

# 他序

# 《曼哈顿的中国女人》新版序言

董鼎山

《曼哈顿的中国女人》（简称《曼》）一书于1992年由北京出版社初次出版时，我并未予以太多注意，我以为这类小说的主要对象是向往美国的中国青年男女，而我已到了不看小说只读历史与传记的地步。老年来临，时光有限，读书时间弥足珍贵。可是不久我就听到这本书在国内引起轰动，不仅万人争阅，还登上畅销书榜首，更被国内知名评论家称作是中国文学史上“崭新的题材和人物形象”，亦有人将书中的诗情梦意、恢弘气势及其深沉厚重的社会历史内容比拟为“中国的《飘》”。

不久后，我在纽约的社交活动中认识了周励，她的特殊气质更使我对她的作品欲一睹为快，随后她送我一本此书。我读后不但惊讶她充盈的激情和文采，更惊叹她在事业上的气魄和倔强坚韧的个性。《曼》不是虚构小说，而是自传性的百事记载，是纪实小说。该书结构即显出大手笔的风格，全书由“纽约商场风云”“童年”“少女的初恋”“北大荒的小屋——于廉，你在哪里？”“留学美国——遇到一个蓝眼睛的欧洲小伙子”和“曼哈顿的中国女人”六个章节组成，各成一体。从这些章节的名称就可以基本概括出作者周励丰富多彩的人生经历了，整部书四十万字，读来就像她与你侃侃而谈。她对一个新时代新机遇的大气描写，以及对自己戏剧性曲折经历和人生价值观的倾诉，令人在神往之后闭卷三思，跃跃欲试。文学对于时代，对于社会，有一种无声的“号角”之催化作用的。20世纪90年代初中国的改革开放犹如海底蛟龙，刚刚浮出水面，而十年后的今天，中国东方巨龙已腾跃出海面，让世界刮目相看。谁能否认，十年来，在这骄人的业绩背后，也有着海内外千千万万个优秀的中国女人、中国男人卧薪尝胆、奋力拼搏的心血与汗水？

十年中，《曼》已十次重版印刷，正规渠道与“非正规”印数相加超过160万册（国家新闻出版总署报道），在国内可称为家喻户晓，具有相当社会影响。现在，由上海文艺出版社在作者的故乡再作新版发行，我很高兴。周励请我替她写篇序言，我一时不知如何动笔。我唯一的反应是对她的羡企。十多年来，我在国内外已出书二十余种，全部加起来也不及她本书的销数，有时我怪自己为何不走写小说之路，不过我们生活背景不同。最近有几家出版社要我写回忆录，但我已无耐心和时间去整理、撰写几十年的浩瀚回忆。按我的年龄，是比周励的父亲还要大三岁。周励对我讲，20世纪80年代她出国之前，就读了我的《天下真小》，我开玩笑地回她：“现在的青年出国，不会读《天下真小》恐怕都要读你的《曼哈顿的中国女人》了。”我想这恐怕不是笑话，而是事实。《曼》书充满的是一位曾在北大荒吃过苦的美丽女子来到外国后横冲直撞拼打天下的传奇性故事。严格说来，周励不是职业作家，而是职业妇女。她的经历确实可为当今有志在国际打天下的青年借鉴。

因为同住曼哈顿，又同样喜欢纽约这座充满生气与魅力的城市，我与周励成了好友。周励说我的瑞典太太和她的德国先生都具有某种“东方风韵”，即东方家庭价值观。我们同样爱好旅游世界和欣赏歌剧芭蕾。她对意大利、古希腊、法国和俄国的人文史、艺术史抱有极大兴趣。我们不仅经常在各种活动中见面，她还有时开着奔驰车到东19街我家大楼将我载上，或去东60街邻公园大道她的府上聊天谈文学，或去64街China Fun中餐馆共享午餐。几年前，我在上海电影文艺沙龙应邀参加了周励与她的一群年轻朋友的聚会。在那个五光十色的上海之夜，她对我说：站在花园饭店门口，正面对着老锦江，背后是迪生，前面是流光溢彩的淮海路和国泰电影院……这是她儿时最熟悉、最喜欢的地方。一阵微风吹来，她说让她的“每一颗细胞都感到舒服”！我又何尝不如此？20世纪40年代，我也最熟悉这里的一切。和她（他）们在一起，使我感受到中国青年一代精英身上散发出的生命热力与开阔思路。我恨不得自己能年轻几十岁，加入这个队伍中去。

身为商人，周励却酷爱文学、艺术、历史、音乐这些无法贴上标签去买卖的东西。现实生活中她充满了对生活的激情。她的书为何会常年畅销不衰？恐怕要素之一是《曼》的激情与爱国情结。近日看到去年10月刊《美国文摘》中一篇评论

《曼》出版十周年的文章，现摘于此：

2000年“五一”劳动节，上海书城签名台前人潮汹涌，气氛热烈，长长地等待签名的队列里，有父亲带着儿子，有母亲牵着女儿，有“老三届”的知青，有干部、商人、在校的大学生，有年近八旬的老者，还有刚从海外归来的留学生。一位排了五十分钟长队的上海交通大学女学生，当她终于挤到签名台前，眼中含着晶莹的泪光说：“周励阿姨，我是看着您的这本书长大的……”

…………

海涅曾讲过：“文学一旦变为铅字，就不属于作者本人的了。”从某种意义上讲，《曼》并不属于周励个人。在互联网上，许多经典藏书网站都有这本书，在中国一些大学的中文系和商业管理系的课堂上，教授们演讲着这本书。这本书应属于北大荒人，属于周励那一代人的精神财富，属于所有热爱这本书的读者。

…………

可以说，《曼》展现了一个时代，亦影响了一个时代，影响了一代人。

我想，在美国各州各大城市，这些年来，一定有许许多多像周励这样的具备聪明才干和奋斗精神的中华儿女，才让中国制造的产品在美国市场铺天盖地，“与时俱进”。

人，切不可将自己未经历、未体验的事物轻易冠以“虚妄”之称，这与“鸵鸟钻沙”之举同样不可取。在我眼里，周励是一个有理想有追求，富有内涵与魅力的成功职业女性。另一方面，即使对她的书有一些不同声音或批评，我想她亦足以有“承担得起”和虚心听取的宽宏与大度。

我刚过了八十生辰，近三个月病痛缠身，一直想写，却不能集中心思，今天总算如愿完稿，能为这本被称作是新时期留学生文学里程碑的小说作序，对我的晚年也是一种欣慰和乐趣。

周励，希望我们还会在美丽的上海淮海中路上相聚，愿那时我的“每一颗细胞都舒服”，不再受病痛缠扰。

生活是美好的。能健康地多活一天是多么美好。我衷心地希望拥有了“年轻”“健康”这两个最大本钱的中国新一代读者能珍惜年华，胸怀抱负，不懈奋斗，为国争光。

2002年9月30日于纽约

董鼎山（1922—2015），当代知名英美文学评论家、作家。毕业于上海圣约翰大学英文系、密苏里大学新闻系和哥伦比亚大学研究生院图书馆系，曾担任国际笔会纽约华人作家笔会会长，被誉为中美文化交流大使。

# 《亲吻世界——曼哈顿手记》序言

陈思和

周励在新型冠状病毒肆虐狂欢、死神挥镰频繁收割之至暗时刻，独坐窗前，遥想当年。她奋笔疾书，从子夜到晨曦微露，心潮澎湃，战火纷飞的历史镜头，无数冤魂的惨淡呼喊，凝聚在她的心脏、血管、手指、键盘、屏幕……汇集成一篇篇生命文字，构筑起现在耸立于读者眼前的这一本新书。

书名取“亲吻世界”，给人错觉会产生一个轻松感性的印象。如果这样理解，我们会误以为这是一本世界文化旅行的指南，但它不是。周励的文字颠覆了那种期待：旅游将会带来食色、猎奇、惊险等令人愉快的享受；我们阅读周励的文章需要有足够精神准备，准备承受那种心灵的重大冲击，逼迫我们重新穿越时间隧道，再去体验一场场地狱般的血与火的生死考验。

《亲吻世界——曼哈顿手记》（简称《亲吻世界》）给人的这种冲击来自人类坚定的理性精神。尤其是第一部分“被遗忘的炼狱：跳岛战役探险录”的六篇作品，被“遗忘”其实是被忽略，我们以往忽略了盟军为赢得太平洋战争所付出的巨大牺牲，同时也忽略了日本军国主义者被洗脑以后所遭遇的巨大牺牲。在世界战争的疯狂情绪支配下，狭隘的民粹主义者、军国主义者、复仇主义者，甚至打着爱国主义旗号的形形色色被洗脑者，猖獗一时，他们的鼓噪声弥漫世界，而这个时刻，真正清醒的理性主义者最难坚守自己的精神阵地。就如第一次世界大战中，真正的英雄不是成千上万唱着战歌赴死的战士们，而是法国作家、《约翰·克里斯朵夫》的作者罗曼·罗兰，他祭出了“超越混乱之上”的人道主义标杆，为狂热的世人挽回一点做人的尊严。周励延续了罗曼·罗兰的理性精神，对于第二次世界大战的太平洋战争，她足踏跳岛战役遗址，翻阅历史文献无数，写下了毫不煽情的文字：

从1941年12月7日到1945年9月2日，太平洋战争中盟军（包括中国）超过400万军人阵亡，2500万平民死亡；而轴心国超过250万军人阵亡，500万平民死亡。二战，给今天的人们带来太多的思考：以史为镜，以史为鉴。

战争当然有正义与非正义之分。周励的理性精神还表现在她对历史人物在具体历史环境下的复杂性做出了清醒的判断。麦克阿瑟是太平洋战争的主帅，代表了正义的一方，书中写到密苏里战列舰上的受降仪式，麦克阿瑟与尼米兹出场时，"高大帅气的两人一起雄赳赳走向主会场"，女性作家忍不住加了一句，"真爱死他们了"。但是紧接着写到由于麦帅在战争中的错误决策导致大批美国士兵牺牲的时候，作家又冷冰冰地添上一句："现在，麦克阿瑟终于回来了。但是，一将功成万骨枯。"后一句话在中国文化的语境下，潜在的意思真是太丰富了。战争是残酷的，即使正义的一方，也可能在错误决策下牺牲许多鲜活的生命。对于太平洋战争中另外一个主帅尼米兹，作家情有独钟，赞扬有加，但这并非因为尼米兹是太平洋战争的常胜将军，而是他在贝里琉战役日军墓园的入口处竖起了一块用英文书写的碑，显示了"在败者面前，王者的谦虚，对失去生命的悲悯与对军事专业领域勇猛同行的敬佩，都放射着人格与教养的魅力光芒"。

很显然，面对众说纷纭的历史，作家有着明确的态度、立场和爱憎。也许有人会质疑我的说法：罗曼·罗兰是在一次大战的混乱之中祭出理性的武器来警告世人，而周励则是在回顾半个多世纪以前的历史，有可比性吗？我的回答是当然有可比性，周励确实是站在当下的立场上回顾历史，但是"以史为镜，以史为鉴"的环境和功能没有改变，正如作家在书中写道纽约的疫情：

> 一个0.1微米的诡异病毒，居然成为压弯海霸巨舰的一根稻草，"罗斯福号"停靠在我熟悉的关岛，几年前我实地探访了太平洋战争关岛战役遗址，对那里很有感情。新型冠状病毒肺炎（COVID-19）大摇大摆，无孔不入，环球肆虐。纽约12万人感染，1万余人罹难，医院的走廊摆满了包裹着橘色尸袋的罹难者遗体，形同炼狱。勇敢战斗在第一线的纽约市医护人员一个个病倒，即使大难不死的痊愈者也立即重返前线。截至复活节，全球公开报道因"新冠"去世的娱乐名人已经达到61位。他们临终前都像林正斌教授那样呼喊着"救救我"，撕心裂肺的悲恸笼罩全球。

在这短短的一段话里，已经涉及中美两国以及世界各地的疫情，那还是复活节前夕的记录，而在我写这篇序言的时候（2020年7月9日北京时间下午5点），美国被感染的人数已经是315.8932万（其中治愈人数139.2629万，死亡人数累计13.4862万）；全世界被感染的人数超过1212万，死亡人数超过了54万，严重的问题是疫情还在继续蔓延，疫苗还在一次次艰难的试验中。这难道不是全人类所遭遇的一场残酷战争吗？法西斯也是一种细菌，在混乱中产生的绝望迷茫、恐怖暴力，以及种种愚昧狂妄、散布仇恨的情绪，都是腐蚀人类健康的病毒。周励回首当年二战的恐怖与正义之较量，要用人道的理性与坚定的自信来激励黑暗中的人们，正如她引用尼米兹的名言所说：信心是黑暗中的灯塔。

周励是一个传奇式的人物。在这本内容很厚重的书中，她满怀深情地描写了二战期间一个个辉煌人物，以及千百万游荡在太平洋怒涛之上的冤魂亡灵。当然，书中第一部分写太平洋战争的文字仅仅占全书的四分之一，书中更多的篇幅是放在作家最近七八年在世界各地的览胜与探险之上，但那也绝不是普通的旅游，我们只要读一读以下的作家自述（我做过一点删节），便可理解这本书的分量：

> 2010年最美的事是上海世博会，手术后第十天我在家人照顾下参加了上海市世博会最后的闭幕活动。……
>
> 2012年1月13日星期五，术后一年两个月，我和妹妹在梵蒂冈爬了三百顶层阶梯抵达圣彼得大教堂的穹顶，向米开朗琪罗致敬，然后我们登上“歌诗达协和号”豪华邮轮。我和妹妹死里逃生……同年11月乘坐“银海号”和香港唐英年夫妇首次探险南极，从此一发不可收，萌发了对南、北极探险的巨大热情，我开始对欧美探险史英雄时代进行实地追踪。
>
> 2013年，与好友们乘坐“银海号”探险北极斯瓦尔巴群岛，首次在北冰洋跳水冰泳，坐冲锋艇祭拜百年前因北极探险气球坠落而罹难的瑞典科学家安德烈，探访挪威探险家阿蒙森的特罗姆瑟极地博物馆。
>
> 2014年，在古巴寻找海明威，在普罗旺斯寻找凡·高，在波尔多寻找孟德斯鸠，在伦敦寻找丘吉尔，在加拉帕戈斯群岛寻找达尔文，游弋海底与海狮共舞，浮潜印度洋、太平洋、大西洋和加勒比海。乘滑翔伞巡游……
>
> 2015年，去帕劳浮潜发现贝里琉岛战役遗址和尼米兹石碑，继而环绕太平洋八万里，跑遍燃烧的太平洋跳岛战役遗址，开始酝酿撰写“被遗忘

的炼狱：跳岛战役探险录”……

2016年，探险南极三岛，来到梦魂萦绕的沙克尔顿墓地，向先辈鞠躬致敬；乘坐俄罗斯核动力破冰船抵达北极点，在北纬90度冰海第二次跳水冰泳，第五次探索美国阿拉斯加冰川。同年重返西藏，探访绒布寺马洛里遗迹，攀登珠峰大本营。

2017年，攀登瑞士阿尔卑斯山马特洪峰，艰难无比，特别是肺活量不足，但终于实现梦想。同年从纽约飞智利蓬塔雷纳斯，乘伊尔-76远征南极联合冰川，换乘BT-67小飞机抵达人类最后的梦想之地——南极点，向挪威探险家阿蒙森和英国探险家斯科特鞠躬致敬。同年攀登秘鲁印加古城遗址马丘比丘，探访智利复活节岛。

2018年……从纽约再飞阿根廷，开始第四次南极探索，在南极期间与“雪龙号”南极第三十四次科考队总领队和首席科学家保持密切联系。酝酿电影文学剧本《南极大救援》。

同年参加波兰、捷克、匈牙利、菲律宾、印尼海外作家文学活动。参访巴尔干半岛九国。

2019年，第三次来到瑞士阿尔卑斯山马特洪峰，乘滑翔伞在约4000米高空横穿马特洪峰，惊心动魄又热血沸腾。同年参加法兰克福的欧华文学国际研讨会，与文友一起游历欧洲，活动结束后，独自去巴黎奥维尔小镇寻找凡·高人生最后七十天的足迹。深夏乘坐邮轮第三次探索北极圈，探访中国极地中心冰岛中冰联合北极考察站……

2010年是周励的本命年。那一年她做过一次手术，幸无大碍。以后的十年里，她三次北极探险，四次南极探险，还多次登上阿尔卑斯山，攀登马特洪峰和西藏珠峰大本营，浮潜于印度洋、太平洋、大西洋和加勒比海……这期间还夹杂着极其繁忙的访问、寻找、读书、查阅资料、写作、开会活动……这样的生活方式，仅仅是出于对旅游的喜爱吗？当然不是，那是探险，是向自己的生命极限挑战，向自己的意志挑战，她要证明的是人之所以为人的高贵和百折不挠。据说我们现在处在一个小时代，人们是以做“小”来证明自己的生存智慧，而周励则用她的探险理想毅然决然地打破了庸常之辈的理想。我们虽然在严酷的疫情下蜗居斗室不敢，或不能越雷池一步，但我们内心的渴望不能不被周励热烈的生命节奏所激发。

再进一步说，周励也不是一个纯粹的探险家，她不是简单地为探险而探险，更不仅仅是为了证明自己的生命能量，她在这十年中穿梭般的探险实践，是被一股巨大的人文力量所推动，所驱使，催促她去解读历史上的无数谜点。她为自己能在帕劳贝里琉岛上发现尼米兹石碑而激动不已，为自己在美国国家档案馆里找到两张《硫磺岛插上星条旗》的照片、破解了插旗战士之谜而欣喜若狂，甚至她在巴黎奥维尔小镇寻找凡·高人生最后七十天的期间，身体力行地用跑步去体验凡·高死亡的真相……这些片刻的描写给我留下深刻印象。这本书的文字描写中，对历史之谜的探讨，比探索自然的奥秘和生命的奥秘，似乎更加引人入胜。读了这本书我才了解到，周励当年赴美留学，是我的导师贾植芳先生写的推荐，1985年先生以复旦大学图书馆馆长的身份推荐了周励。周励起初被美国纽约州立大学录取，攻读比较文学学位，后来改读商学院，由此走上“曼哈顿的中国女人”之路。我觉得贾植芳先生没有看错人，周励本质上依然是一个富有情怀的女作家和战士型的人文学者，她是在人文精神的鼓舞下努力实践着自己一生的理想和追求。

2020年7月9日于海上鱼焦了斋

陈思和，著名文学评论家，复旦大学中文系原系主任，现任复旦大学图书馆馆长，陪同莫言赴斯特哥尔摩参加诺贝尔文学奖颁奖典礼的唯一中国文学评论家。

# 第二部分

# 自序

# 《曼哈顿的中国女人》序

**周　励**

1989年秋天，那是一个雨后初霁的傍晚。我漫步在纽约曼哈顿公园大道与48街交叉口的教堂处，眼望着街心一簇簇嫩黄与猩红的郁金香，以及灯火辉煌、令人眩目的赫尔姆斯利大厦——这是纽约最特殊的一条大街，用繁华来形容过于简单。有人说，公园大道代表了美国的气派、豪华、慷慨和黄金帝国的威严。蒙蒙天空中飘着细细的雨丝，与天边黛红的晚霞及大道中流线般疾驶的轿车所映照的灯光相交织，混合成一团彩色的迷雾。我的心一下子飞到大洋彼岸，如烟的往事历历在目……那天，我决定想一想那些平凡的人，也想想我自己。从此，我就有了工作之余来公园大道散步的习惯。

当我散步时，一边走，一边不时与那些高鼻碧眼，脚踏高跟皮鞋的金发女郎和西装革履的美国上班族擦肩而过，一个过去时常在我脑中浮现的问题，又跳了出来：

为什么那些脖子上挂满金饰物，面似高傲，上帝又赐予一副“回眸一笑百媚生”的容貌的青年女性，生于斯，长于斯，然而在美国这块自己的土地上，只能争到一个给别人当秘书、收听电话，或者当售货员，替人跑腿等廉价的“打工饭碗”？

每当我在周末走进纽约洛克菲勒中心的溜冰场餐厅，看到那些可爱的女子们在四处照应来客，端水和记账，这时我就想：她们不能当演员吗？为什么干这一行？而且可能干一辈子！

当我在纽约第五大道我自己公司所属的客户一家大进口公司里，与总裁谈判着这一年度的款式、进货、开信用证、交期等业务时，由于这些关系到全公司命运的订货，总裁显得既紧张又严肃，仿佛是面临着一场大战；而我和总裁交谈间，总不时有人恭敬地端上咖啡，或者坐在边上做速记。往往一个小小的细节问题，就有一大批人前来帮助调案，对样，记录……我看着白发威严的总裁对我微笑和期待的眼光，以及他对那些皮肤白净、打着漂亮的领带的下属招之即来，挥之即去，有时还大声呵斥的样子；看着那些下属们恭恭敬敬，唯命是从，生怕一个不小心丢了自己的饭碗的神情——这时我常想：这些白皮肤蓝眼睛的美国人，几乎从一出生就讲着一口发音纯正的美国英语，他们已经具备了上帝所赋予的种种优点，可是为什么反而生活得这么累，精神压力这么大？

有一次，我到弗吉尼亚州一个客户的仓库去。在5000平方米的仓库里，女工们在包装着像小山般堆着的女短裙。工人们流水操作，在整个二十米长的工作台上，有人烫，有人叠，有人装纸箱，却没有人讲话，大家都一声不响地拼命干着。这些女工几乎是纯一色的美国白种年轻姑娘，其中有一位长得像玛丽莲·梦露。这些长着一头金发，有着一双双碧蓝的、灰色的、棕色的眼睛的女工们一声不吭地拼命干着，没有片刻或瞬间的停息。汗水从她们的脸颊上流淌下来，而她们竟全都站着劳动，在偌大的车间里竟然没有一把凳子！我对那位领我参观仓库的老板讲："这样的活儿是完全可以坐着干的。"而老板却回答说："这是规定，从上班到下班必须站着工作，才能保持精力集中和工作质量的完美。"天哪！她们究竟是姑娘呢，还是机器？

而我——一个在1985年夏天闯入美国自费留学的异乡女子，虽然举目无亲，曾给美国人的家庭做过保姆，在中国餐馆端过盘子，却能在短短不到四年的时间，就取得了使那些天使般的美国姑娘羡慕不已的成功：创立了自己的公司，经营上千万美元的进出口贸易。我在曼哈顿中央公园边上拥有自己的寓所，并可以无忧无虑地去欧洲度假。当我在瑞士，在托尔斯泰创作《琉森》的湖畔大饭店里，仍然打电话给纽约第五大道的总裁们，指挥调度着在我和我先生麦克度假期间仍源源不断地从太平洋远航而来的集装箱……

1985年8月21日，我从上海登上飞机时，身上只带着四十美元。下飞机后正是深夜，我无依无靠，不知如何是好！我想在候机厅里倚椅过夜，机场却不允许。这时正好见到有中国总领事馆来接其他人的大卡车，我就如遇救星般地跳上去，糊里糊涂地进了中国驻纽约总领事馆，在那里住了一夜。第二天早上起来，工作人员要我付二十二美元，把我吓了一大跳！付账之后，口袋里只剩下十八美元了。为了掩饰自己内心的窘迫，我立即想象着将十八美元乘以六，等于一百零八元人民币，这相当于那时一个中国工人一个月的工资；而这点钱使我在中国总领馆再住上一夜也不行！于是，我提起行李，迈出总领事馆大门，就这样开始了在美利坚第一天的生涯。这些情景发生在四年前，却仿佛就是昨天的事……

公园大道的雨停了，我走到56街拐了个弯儿，向最熟悉的第五大道走去。眼前是特朗普广场、特朗普大厦。这个名叫特朗普的人，比我大不了十岁，已经是风靡纽约的亿万富翁了。他有百万富翁的血统，他的父亲就是显赫的地产商人。而我呢，父母是跟着共产党从胶东打进上海的新四军，祖宗三代是头顶着高粱花子的农民。虽然在“文化大革命”中“干部子弟”这个称谓越来越官方化，可我始终认为我的父母官并不大，而且很穷。当年我去北大荒建设兵团时，只是在火车快开动的时刻，面带忧伤的父亲，才往我手里塞了五块钱。我知道父母没有钱，还背了债，因为家里一下子要有五个人下乡。下一部列车就载着我父亲、母亲、弟弟、妹妹开往北大荒呼玛县一个叫作河南屯的小山沟举家插队落户……我出国时，父母一分钱人民币都没有给我，我也坚决不要家里的钱。我到美国后寄回上海的第一张一百块美元，母亲压在玻璃板底下，邻居们争着来看，简直排上了队。短短的四年啊，四年前，我根本不知美元是何物!

我又漫步到第五大道上国际著名的蒂芙尼首饰店，踯躅在这个曾经拍摄过轰动一时的影片《蒂凡尼的早餐》的橱窗前，耳边响起了那首熟悉的《月亮河》乐曲。与其说我爱这部电影，不如说我爱主演这部影片的女演员奥黛丽·赫本。她太美了，我深深地迷恋着她在《战争与和平》中饰演的娜塔莎。我想到，如果托尔斯泰大师还活着，该如何感激这个把娜塔莎的灵魂奉献给20世纪的女人！当我十七岁时，“文化大革命”正如火如荼。我偷偷地躲在一个僻静的角落里，贪婪地阅读着《战争与和平》，并写下了大量笔记。在那个同样冷冷的角落里，我又如饥似渴地读完《斯大林时代》《赫鲁晓夫主义》《联共（布）党史》，并且大胆地给《文汇报》投一封信，表示反对“文化大革命”。这一下引来了学校对我的批判。我的日记本，连同扉页上贴着的这位俄罗斯文豪托尔斯泰的画像，都被造反派搜去，付之一炬。开完批判会回来，我呆呆地躺在床上，泪水从面颊流淌下，一时间，竟想到要去死。……可我还太年轻，才是十七岁的少女啊！我咬了咬牙，抹了几把眼泪，就挺过来了。谁又能想到，今天，我在曼哈顿的夜晚，在蒂芙尼首饰店的橱窗前，追思着托尔斯泰那伟大的心灵，而也许在明天，我又会到俄罗斯的大地上，去追寻那位老人的足迹……当我在北大荒的风雪中绝望地哭喊着，泪水与呵出的水汽混合在一起，在眼睫毛上凝固成冰凌，又渐渐融化，又苦又涩地流到嘴边——那是因为造反派和工宣队把厚厚的批判材料悄悄地塞进我的档案，他们表面上批准我去兵团，而暗地里却想堵死我今后的一切道路，连我刚被全连评上的兵团“五好”战士，也因为“档案中有问题”而被拉下来！十七岁的我，向谁求助呢？只有一个人伫立在风雪中，尽情地哭泣……

美国著名的成人教育家戴尔·卡耐基曾说过：“一个人事业的成功，只有百分之十五是由于他的专业技术，另外的百分之八十五要靠人际关系和处世技巧。”他认为人的自信心与行为科学的结合，是事业成功、人生快乐的基础。我想，我之所以比那些生长在美国的白人同龄女子幸运，不仅是因为我的一生总是在奋斗，总是在设法改变命运，而是由于我自记事起在受到的一连串磨难中逐渐养成的一种倔强的性格。我在艰难中仍然憧憬着未来，渴望着机遇；艰难的生活历程压抑不住心中的激情，不断地努力凝聚着改变自己命运的爆发力。我觉得自己犹如一只啄壳的雏鸡，用那尖尖的小嘴，不断啄破外壳，终于有一天伸了伸脚，展翅一跳，跳到了壳外面，看到一片葱绿。我终于不仅是被周围的世界所吸引，而且由我自身的存在，也吸引了周围的世界——每当我去欧洲或南美度假旅游，或者是当我回到自己的故乡，穿梭于神州大地之时，我的纽约曼哈顿客户的电话便会像接上热线似的通到各个国家、各个城市、各大宾馆我的床头。

当我写这个序言时，除了手下这几张空白的稿纸外，周围尽是堆得满满的客户发来的英文传真、函电、国际快邮信件、来样、合同、信用证……我太忙了，如石油巨商哈默先生所说：“一旦投入生意，就等于把自己拴在一列呼啸飞奔的战车上。”要静静地坐下来写一点体会或是传记式的东西，简直是不可能的。这本书是我前前后后思索了两年时间，今年六月份动笔，陆续写出的。虽然尽了努力，但文章仍有粗糙不足之处。另外，这里只是写我本人的经历和体会，以及试图描绘一幅美国社会生活的图画；作者本人无意涉及任何其他的真实人物，对于我们的生活和社会环境，也不下任何定义。

如果我的同龄人——从北大荒的“战友”，到“老三届”的同伴，直至我们的下一代，能够从这本书中得到一点启发，认识到自身存在的价值，认识到命运是可以改变这个道理，那么对我来说便是极大的安慰了。

1991年11月30日于纽约曼哈顿

（原载1992年版《曼哈顿的中国女人》第1—6页）

# 十年感怀

## 周励

美国房地产大亨唐纳德·特朗普，我在《曼》代序中曾提到过这位风靡纽约的亿万富翁，在他的《东山再起：投资界的不死鸟》一书中写道：

“对我来说，最大的快乐就是听人们说这本书使他们的生活从此不同。如果您想告诉我你的东山再起的故事，给我写信。”

对我来说也是如此。十年中我收到许许多多的读者来信，我非常高兴我的自传体小说《曼》能为处于一个非凡时代的中国广大读者提供一点“激奋”因子。特别是告诉那些处于困境逆境之中，仍在奋力扑打着双翅欲跟上伟大时代潮流的青年读者们，你们的路，不会比我的北大荒时代更艰辛，即使是更困难，也请保持乐观、激情、毅力——直到你奋斗成功的那一天。

许多读者想了解我这十年在干什么，书中一些人物的命运，及《曼》出版之后的一些情况。也有人问，你为什么不写第二本书？我在此感谢大家的关心。我也许会再出一本关于我与我的激动人心的时代的书（因为是纪实文学，所以要等适当的时候）。现在，还是让我尽情地在绚丽多彩的生活之海中畅游，或是在海中岛屿上那些人类文明的精神宫殿中停留漫步，仰头瞻望，多做点观察与思索，等游至彼岸的那天，让新诞生的作品更富有辐射力与时代激情。

文学，是人类最壮丽的现象。

有幸从事文学创作，并能影响横跨两个世纪的读者，使我不禁想起李白在《与韩荆州书》中的豪放之词：“而君侯何惜阶前盈尺之地，不使白扬眉吐气，激昂青云耶？”回想少女时代，在北大荒的原野上，一边持鞭杖放猪，一边大声背诵李白《梦游天姥吟留别》中“霓为衣兮风为马，云之君兮纷纷而来下”的诗句。现在想来真有恍若隔世之感。路，是人一步步走出来的。虽然挫折、艰辛和泪水伴随着我在北大荒的脚步，但现在回忆起来，我仍然珍惜在那片黑土地上度过的每一天；珍惜捧着一本翻破了的车尔尼雪夫斯基的《怎么办》，在茫茫风雪中梦想着明天、咬紧牙关拼命干的日子……因为那是我的青春岁月啊！由于德高望重的董鼎山先生已写了“再版序言”，我将这篇文章称为“絮语”——意在与我相识与不相识的读者推心置腹地絮絮交谈，不拘形式。可视作为是反射《曼》出版后的一面镜子，亦可称作是十年感怀吧！

## 一、魅力依旧的纽约和我

2002年秋天，这是一个华灯初上的傍晚，穿着制服的高鼻金发门卫推开玻璃大门，我走出居住的大楼，往右一拐，就来到我在《曼》中曾描写过的“代表了美国的气派、豪华、慷慨与黄金帝国的威严”的公园大道，刚穿过60街中心的花坛，就遇到了红灯，与一群西装革履的下班族一起等待绿灯。我不由又打量了一下这条如此熟悉的纽约最特殊的大街——一眼望去，从46街到96街，每街口两个巨大的方形郁金香花坛，将这条大道变成由白色与猩红色花瓣相隔组成的一百个“方阵”，馨香与花色伴随着街心吊灯下像翅膀般的一百对美国国旗，壮丽地一直延伸向那幢带着金碧辉煌的皇冠状穹顶的赫尔姆斯利大厦巴洛克式的圆形拱门。在华灯及车流射灯的照耀下，公园大道更显得典雅绚丽、气势夺人。

我不由得回想起“9・11”的当天晚上，我和麦克到达中央车站送从世贸中心广场逃出、饱受惊吓的女儿去耶鲁大学她男友处后，沿公园大道步行回家。这条平日最繁华的大街上既没有车也没有人，寂静、无边的死寂夹着恐惧感笼罩着四周，只有一幢幢摩天大楼的千百万窗口仍然灯火通明。我跳上大街中心的花坛，感到月色下的公园大道是如此美丽，下城世贸中心的硝烟浓雾被赫尔姆斯利大厦宫殿般的建筑屏障挡去了。我仰头环望，从心中呼喊着：我不走。恐怖分子要摧毁这座魅力四射的城市，要轰毁曼哈顿，我不逃。让我与纽约生死与共！在大街花坛中央站着的我，油然产生一种视死如归的复仇冲动。

……一下子，一年过去了。花坛依旧，车水马龙依旧。

绿灯。白荧光的人行道。我步行穿过60街麦迪臣大道，前面就是第五大道和中央公园交汇口了。在这被称为“纽约最优雅的广场”中，鲜花盛开、芳草如茵，19世纪沿袭下来的插花双轮马车载着游人悠哉踏过，广场中心是独立战争时期威廉·舒芒将军的金色雕像，他由手持橄榄枝的雅典女神引领，威风凛凛地骑在高头大马上。广场侧面，就是GE——美国通用电气前总裁杰克·韦尔奇在《杰克·韦尔奇自传》中多次提到的The Perrie——彼埃尔大饭店。这幢位于60街与第五大道交口的白色大理石建筑内部，充满法国路易十四时代的装潢与穹顶众天使壁画，正是在这里大舞厅的讲台上，杰克·韦尔奇被作为新上任的CEO介绍给纽约的金融界与社交界，也正是在这个讲台上，这位年轻的CEO提出了著名的“GE领导能力的四个E和一个P”——精力（energy）、激励（energize）、决断力（edge）、实施（execute）和激情（passion）。

而在广场的正面，是特朗普——我开头提到过的那位亿万富翁所拥有的美轮美奂、犹如法国古典宫殿城堡的广场饭店了。这座建立于1907年，居住过各国元首巨贾名流的建筑艺术经典，近一百年来，一直作为成功与魅力的象征，出现在许多好莱坞电影中。但广场饭店前汲水女神雕像下面，偶然也有乞丐的身影。有一次，特朗普那时正遇到财政危机，他问一位朋友：“你说这个牵着导盲犬的乞丐富有，还是我富有？”那人迷惑不解，特朗普感叹道：“他比我富有，我欠了九亿美元，而他至少比我多九个亿。”那是20世纪90年代初。麦克也曾经指给我看《每日新闻》报上刊登的一幅讽刺漫画：中午时分，特朗普在广场饭店门口与送意大利比萨饼的小伙子指着手表斤斤计较，那家叫多米诺的比萨连锁店规定，如果外卖上门迟到超过五分钟，客人可以免费吃比萨。

经过五年挣扎，重组，特朗普终于“东山再起”。纽约市林立着以他的名字“Trump”命名的高楼华厦，使他攒回了三十亿美金。

我还记得特朗普在书中描写道当他站在特朗普大厦的屋顶花园，眺看经他几经周折一手修建的中央公园溜冰场时，这样写道：

“看着人们在阳光下溜冰真令人舒畅，但是我不想加入进去。全世界都在等着看我摔跤，溜冰不是我的强项。”

这位金发碧眼、风度俊逸的“纽约客”在“9·11”之后的圣诞节将广场饭店装饰得比任何一年都更美，并在大厅西翼的布鲁塞尔餐厅中全都换上巨大的鲜红色穹形吊灯。

“我们仍在这里，纽约不会被打败。”他将圣诞晚会、新年舞会变为一项项隆重的捐款活动，让那些富豪们纷纷解囊去救济英勇殉职的三百名消防队员的家属子女。

…………

现在我穿过广场前的第五大道。第五大道！有时我想：命运怎么会将一个北大荒的女孩与第五大道连接起来？这里被称为全世界的“旗舰名牌橱窗”——而在这些橱窗中，有经我的双手从中国进口来的产品。美国的拉夫劳伦就是其中一个顶尖名牌。“9·11”之后，美国经济下滑，但中国生产的高档名牌的订单却在急骤增长。这是因为日、欧的经济衰退、商品价格昂贵，在竞争能力上败于品质不断升级的中国产品。十几年来，做美国高档名牌给我带来极大的乐趣。用特朗普的话来说，这是一段美妙的时光，让人惊异。

…………

在第五大道与59街交叉口，我走进中央公园，穿过林语堂和胡适曾喜欢来躺着看书看报的牧羊草地，望见我熟悉的餐厅“缘色酒苑”——我曾在《曼》的最后一章中描写过我的美国客户们在此举行的一场盛大聚会。前面是绿绿葱葱、风景迷人的中央公园大草坪和湖泊。我想起十多天之前——2002年9月11日，我和我的美国朋友们一起在中央公园东大草坪参加的“9·11”一周年烛光纪念音乐会，每个人手中捧着蜡烛，金色火烛在微风中摇曳，公园成了一望无际的烛光海洋。梅丽尔·斯特里普——曾主演《廊桥遗梦》的奥斯卡女星，泪光闪烁地朗诵着惠特曼的诗《大路之歌》：

> 伙伴啊，我把我的手给你！
> 我把我的比金钱更宝贵的爱给你，
> …………

舞台两侧大屏幕上出现了布什总统在世贸遗址点燃火炬，与各国元首一起为死难者致哀的同步图像。这时，夜空中出现五架闪烁着炽烈的蓝、红、白灯光的喷气式飞机，尾部喷射出“We will remember”（“我们会记住”）的大字，在湛蓝的夜空中如白云般变大而化开——这时，舞台上演奏起了乔治·格什温的《蓝色狂想曲》，身着黑色燕尾服的纽约爱乐乐团的艺术家们，仿佛想把对失去亲人的伤恸化作大海般的波涛……

最后，当著名摇滚歌手比利·乔尔一边弹钢琴一边唱起《纽约！纽约》时，所有的人都从草地上站起来，高举着火烛随着他的节拍大喊：

“纽约！纽约！我们爱纽约！”

这时，中央公园周围的摩天大厦华灯齐放，恍若是几十座、上百座没有倒下的世贸中心，在这美丽的烛光之夜巍然屹立！灯火灿烂，歌声和我们的喊声，盖过了头上三色灯飞机的隆隆声……这就是纽约人的“9·11”一周年之夜。

在这一天，人们仍然试图从震惊与泪水中站起来，同时，也在深深反思。CNN电视台采访的死难者家属、一位在“9·11”中丧失了儿子的父亲讲：“我们不能老是将手指头指向别人，我们也要问一下自己，是否哪里出了错？想一想他们为什么如此仇视我们？”

……回忆、回忆。二十分钟的步行，充满了回忆与对这个我生活了十六年的都市的眷恋。匆匆走出中央公园西口，不远处就是位于西63街的林肯中心。我的美国女友——她也是我的客户——伊丽莎白·琼尼斯，正在林肯中心广场的喷水池等我，今晚，我们要一起出席大都会歌剧院一年一度的首场演出的Gala晚会。从东60街到西60街，一路赏心悦目，灵感在回忆中飞翔。一眼望去，灯火辉煌的林肯中心喷泉广场是一片片黑白企鹅似的绅士们的晚礼服与女士们耀眼夺目的拖地长裙交相辉映。这里虽不像奥斯卡颁奖之夜那样星光灿烂，却更有一份与古典歌剧相吻合的庄严与优雅。在这个场合如果你遇到美国总统布什、阿诺德·施瓦辛格或席琳·迪翁，一点也不奇怪。今晚，多明戈主演意大利歌剧《费朵拉》（*Fedora*）。当星云状水晶吊灯徐徐升起，全场渐暗时，大都会艺术总监詹姆斯·莱文非同寻常地转向观众，指挥全场，唱起《上帝保佑美国》，许多人眼中热泪盈眶。

金色的帷幕徐徐拉开，舞台上出现了费朵拉·罗曼诺夫公主、俄国沙皇之女，站在浅蓝色的宫殿大厅，公主的未婚夫在婚礼之夜突然被多明戈主演的路易斯杀害，次日沙皇亚历山大二世又被十二月党人刺伤，而这时路易斯正在向费朵拉——为寻找凶手而发愁的美丽公主表白爱情，多明戈深情地唱着：

当我碰到你的小手
感到些微的颤抖
当你红唇嚅动说“不”，
但你那明亮的眼睛告诉我

你爱我……

政治谋杀还是情杀的悬念，富丽堂皇的宫殿，天籁般的咏叹调，一切如梦如幻，如醉如痴……直到雷鸣般的掌声和一束束抛向舞台的鲜花，才使我又重回现实中。

我非常喜欢多明戈，有一次他对我说，我长得很像他在日本的一位好友，他真诚地说："你真美。"这是我一生中得到的最好的赞美。他的歌喉和人格魅力，是人间的一块瑰宝。我感谢多明戈，以及如帕瓦罗蒂、米莱拉·弗莱妮（Mirella Freni）这样的艺术大师，为我带来太多的美好回忆……如歌剧《托斯卡》《阿依达》《奥赛罗》《战争与和平》《叶甫盖尼·奥涅金》《黑桃皇后》《魔笛》《唐璜》——以及无数芭蕾、百老汇音乐歌舞剧、交响乐钢琴协奏曲……这些成了我在曼哈顿重要的文化生活内容，难怪纽约被称作是全世界的艺术中心。今晚这个名流荟萃的盛装晚会，将把百分之六十的门票收入捐给大都会歌剧院的"9·11"基金会，用以帮助这个遭受重创的城市文化与艺术生活的复苏。

几个月前，我收到美国红十字会总裁伯纳丁·希利亲笔署名的一封感谢信。内容是感谢我和麦克在"9·11"第二天，9月12日前往曼哈顿西67街的红十字会总部捐款。那天，当看到那么多纽约市民伸出胳膊献血，排队捐款，我的眼睛湿润了……只有在这个城市受伤时，我才深切体会到：纽约，这是我们的家园啊！……

……多明戈的《费朵拉》演出结束后，我和伊丽莎白参加了Gala鸡尾酒会。几杯香槟过后，我问伊丽莎白：你怎么想美国的今天？她讲到了困惑和迷失这两个词。但她又立即补充，纽约依然魅力四射，生活在这里，很难让人沮丧。我想她是对的。

深夜，回到家后，轻轻吻了下熟睡的十二岁的安德鲁，走到阳台上醒酒，一眼望去，公园大道的郁金香花坛仍被夜灯照得绯红，花坛对面是公园大道59街500号迪士尼总部，首席执行长官艾斯纳先生曾把自己的领带解下，戴在上海市一位领导的脖子上，从此，我的故乡上海一直在做迪士尼的梦。而花坛这面，即我的阳台面对的大楼，公园大道499号，是世界闻名的彭博公司总部。这家公司的老板，即《福布斯》名列前茅的亿万富翁、"9·11"后临危上阵，每年只拿一美元薪水的纽约现任市长迈克尔·布隆伯格，成了纽约和纽约人理想主义的象征。他的形象也影响了好莱坞与西海岸的一批富商、巨贾、大牌明星，他们在"9·11"之后纷纷搬到曼哈顿，一挥手即几百万上千万地购买高级公寓新居，以示与纽约患难与共的决心。

明月皎洁，晚风轻拂，纽约的秋天与上海的秋天一样，萧瑟中带着美丽，远远的天边，仿佛又出现了烛光的海洋，出现了天籁之音；多明戈的歌剧咏叹调——这就是纽约，重创之后，魅力不减。我在心中大声呼唤，我要告诉全世界的人：我爱纽约，她一定会“东山再起”！

我也想起了我遥远的祖国和我的亲人，我要告诉他们：“9·11”虽然炸毁的仅是世贸中心姐妹楼，但它不是纽约的灾难，而是全人类的灾难。虽然西方世界的各种不定因素与险峻为中国发展带来了巨大的契机（我心中暗自为中国加油），但“9·11”的典型模式也骤增了全球包括中国在内的各种恶性突发灾难事件的频发率。从某种意义上讲，今天的纽约人、伦敦人、巴黎人、北京人、上海人、莫斯科人都一样，我们都是全球反恐联盟的公民——因为恐怖主义者的目标只有一个：热爱生活、手无寸铁的公民。只有将形形色色的本·拉登及其追随者、效仿者彻底击溃、分解，这个世界才会变得更美好，更安全。

月下，我为纽约祈祷，就像为世界上的任何一个生命祈祷一样。

## 二、曾经沧海难为水

当写到这段时，我不禁想起我一向仰慕的19世纪法国浪漫派文学大师、女作家乔治·桑。她曾在少女时代披着白纱巾，在一棵参天大榕树下放飞一只白鸽，向上天祈祷：

上帝啊，

请赐予我美妙的爱情，

请给我灵感，让我写一本美妙的书……

那只吉祥的白鸽让她实现了所有的愿望。

我在法国巴黎南部诺昂乔治·桑故居，看到她的墓地上玫瑰盛开，芳香扑鼻，从世界各地来的瞻仰者络绎不绝。从向着花园大开的客厅的窗子里，传来了肖邦悠扬醉人的《即兴幻想曲》。肖邦就是在这个房子里写成了一批传世名曲。人们仿佛看到钢琴前，披着褐色长发、眼睛明亮的乔治·桑将手放在钢琴诗人的肩上，轻轻地对肖邦说：“有力些，再有力些……”

在客厅的长廊上，挂着一副陈旧的褪色金框，上面镌刻着1876年雨果在乔治·桑葬礼上的致辞：

乔治·桑是我们的世纪和法国值得骄傲的人物之一，用不着列举她的杰作。标志着这些杰作力量所在之特点的，是善良。乔治·桑是善良的，因此，她受到憎恨。受人赞美有一个替身，就是遭人嫉恨，热情有一个反面，就是侮辱。凡是戴上桂冠的人都要受到抨击，这是一个规律，侮辱的卑劣要以欢呼的大小作为测度。

正像雨果所说："侮辱的卑劣要以欢呼的大小作为测度。"

十年前，一位北京某报的女记者，在对我，以及《曼》中出现的众多的我的朋友不做任何采访与核实的情况下，收集了一切她可以弄到手的谣言及攻击污蔑，竟然不顾起码的职业道德，扩编成了一本小册子，并冠以自己的名字和一个极具攻击性、骇人听闻的书名出版。她明明知道我从未收到过一字一函的"告状""诉案"，她也明知道其实只有极个别人——如马路上遇到的那位——在胡编滥造一些不堪一击的东西，但她偏偏走火入魔。然而，读者不理她的废纸。她的书一出来就遭到新闻界及文艺界人士的蔑视与批评，她不得不写一篇文章来为自己辩护。那本小册子虽然早已被市场排斥，不见了踪影，我也只是听说，从未亲眼看见该书，但我对此事印象深刻。

这不由使我想起特朗普在《东山再起：投资界的不死鸟》一书中讲的一个类似情景：

你在生活中哪怕是稍微比别人突出一点，他们也会尽力把你踩在脚下而使自己出名。巴雷特在那本书中企图诋毁我来使自己获利，但是这本书彻底失败了。

1995年，日本NHK电视台来纽约第五大道实地拍摄关于我与《曼》的纪录片时，一位负责这个节目的日本女士这样对我说："到了曼哈顿和您的客户中间，才觉得现实中的一切比您书中写得更生动、更打动人心。"

对于一切善意的文学批评，哪怕尖锐，我亦欣然接受，而对以上各种形式的攻击捏造，我还是那句话：历史，时间，会证明一切。

在飞往法国度假的途中，我阅读了《伏尔泰传》，发现在伏尔泰身上发生的事更为令人着迷。我庆幸在我的一生中总有伟人作伴，让我成为一个最善于调整心态的快乐女人，从不知沮丧为何物。现在，我眼前出现了罗昂骑士——法国罗昂公爵的后裔，由于妒火中烧，他想当众羞辱当时因长诗《亨利亚特》而轰动巴黎的年轻诗人、哲学家伏尔泰。

他傲慢地问道："伏尔泰先生，阿鲁埃先生，你的姓氏究竟是什么？"

伏尔泰不卑不亢地回答："骑士先生，我虽然没有一个煊赫的姓氏，但我知道怎样使它煊赫起来。"

简直妙极了。伏尔泰在反驳对《百科全书》极尽攻击污蔑之能事的贝蒂埃神父时，辛辣地说道：

> 贝蒂埃由于在报纸上发表了太多的恶毒言论而中毒，还染上了瞌睡病，不停地打呵欠。为了医治这一怪病，医生建议他吞下一页《百科全书》，但病情只能稍稍缓解。……

我不由念给机座边的麦克听，然后两人放声大笑。不知乔治·桑有没有像伏尔泰一样，去建议某些人吞下几页她的《莱莉亚》？

曾经沧海难为水……现在，乔治·桑故居的城堡中琴声飞扬，当人们沉浸在一切美好回忆中的时候，还有谁去记得那些早已烟消云散的嫉恨呢？

也许时间，比宇宙空间更隽永、更永恒，它会将一切转换为宽容、宽恕和爱？

## 三、西去九色鹿

> ……时光之船载着我们向前漂流，却不知不觉又回到了原点。我离开于廉整整十年了，晨钟暮鼓中，我脑海里又隐隐浮现了在北大荒小屋里第一次见到他时所看到的那篇日记：
>
> 人品不高，用墨无法。
>
> 泯没天真者，不可以作画。
>
> 外慕纷华者，不可以作画。
>
> 与世迎合者，不可以作画。
>
> 志气堕下者，不可以作画。
>
> 于廉，你在哪里？

以上是《曼》中"北大荒的小屋"中的结尾部分，许多读者问我：于廉找到了吗？

我找到了他，又永远地失去了他。于廉，他再也看不到这个美好的世界了。

1997年7月5日，盛夏酷暑，我正好在上海洽谈生意，朋友打电话告诉我："刘宇廉去世了！"我惊悉噩耗后急赴龙华殡仪馆参加了他的追悼会。于廉死于脑垂体肿瘤，时年四十八岁，正值艺术家的黄金时期。一踏入悼念大厅，就看见一幅于廉在欧洲一艘游船船头展臂微笑的彩色照片，仍然潇洒英俊。海风吹着他黑色的微鬈的头发，深褐的眼睛里藏着梦想，现在他却静静地躺在冰冻的玻璃棺内，再也听不到满堂亲友们的声声呼唤。

于廉的老师、著名连环画大师贺友直放声哭喊："于廉啊，你走得太早了！你的命太苦了！"灵堂两侧是贺友直先生亲题的挽联：

悲：一片枫叶坠落奈何其早

痛：九色神鹿西去怎不回头

其中《枫》《九色鹿》是于廉在中国、日本分别获最高美术奖的代表作。我在他的遗体前三鞠躬，婉拒了主持人让我发言的请求。那天晚上，我参加美国客户在波特曼的宴请，席间黯然泪下。我的眼前一直是于廉那漆黑深邃的目光。在日本京都几百根巨大红橡木柱与祭神黑漆大字构成的红色廊道中，他哀婉诚挚地对我说："生命随时会离我而去……不过，我要感谢你，在和你分开了这么多年之后，你突然让全中国的人都知道了我……"

他说这话时是在1995年春天，《曼》出版后的第三年，我们同游日本京都郊外的那个傍晚。深邃无底的红柱祭神甬道令人想起古埃及卢克索祭神的巨大圆石柱，日本人则在红色的木柱上镌满了他们的祈祷与祭辞。蜿蜒的红柱廊映衬着远处的山峦，使眼前的一切如烟似幻。那个傍晚，只有我们两人在这个甬道中边走边谈。忽然，起风了，于廉跑出柱廊外，仰头四望着，风吹着他的黑色头发，他眼睛闪着光芒说："我要画一幅画，叫作'风中宫殿'。"我望着他。我知道他是个用画笔阐释这个世界的人，给予些许的情感便能激发智慧。这个灿烂的生命就要熄灭——医生告诉他：只要发烧，脑垂体生命中枢受压，他就随时可能离开这个世界，而他现在想画"风中宫殿"……我的眼睛湿润了。

我们第一次相聚是在1993年1月，他刚动完脑部手术，一个人躺在东京医院里，我在上海刚举行完新闻发布会，匆匆登上日航去东京看他。一下机就驱车前往医院，带了一束鲜花来到他的病房。在上海时，一位北大荒朋友告诉我："于廉找到了。他这些年在东京，举办过多次个人画展，但不幸得了脑部肿瘤。"那位朋友还告诉我，于廉已经看了"北大荒的小屋"，很想和我见一面。万万没有想到，我的"于廉，你在哪里"的呼唤，带来的竟是如此的重逢！

他那时还不能多讲话，苍白的脸上留着血痕，他勉强地睁开眼睛，露出一丝笑容。“谢谢你特为来看我。”他轻轻地说，并讲希望将来能到美国来看我。

1994年底，病情稳定些的于廉飞到美国奥兰多，与我，还有麦克、儿子安德鲁和担保人柯比、乔治娅一起，在美国佛州迪士尼乐园迎来了1995年新年。接着，我们又飞回纽约，于廉在我家住了一周，我们一起参观大都会艺术博物馆、布鲁克林艺术博物馆，一起去看百老汇歌剧《西贡小姐》，在哥伦比亚大学月色下的雪地散步、谈心，在林肯中心聆听纽约爱乐交响乐队的演出……

1995年春天，他邀请我游日本富士山、京都与奈良。

在京都的那天夜晚，我们住进了一家五星级酒店。入住登记时，于廉提出：我们能不能同住一间客房，一人一床。我表示OK。那天我们共进晚餐之后，先后洗浴，换上舒适宽大的和服，看了一会儿电视，熄灯时已是午夜时分。我们两人在各自的床上辗转不眠，窗外是京都山上皎洁的月光，春意荡漾，时钟滴答……爆豆子般发出“噼噼啪啪”的声响，隆冬的小屋香味四溢。室外，黑暗笼罩着白雪皑皑的小山寨……

京都之夜，变幻成了遥远记忆中的北大荒小屋……在时钟的滴答声中，于廉轻轻地向我讲述让他肝胆俱裂的短暂婚姻。他在东京一直单身，虽然也遇到过几位对他不错的女子，他说真想有个孩子，但这个愿望恐怕是难以实现了。他告诉我，在“北大荒的小屋——于廉，你在哪里？”中，我曾写到不明白为何晓沫离开了他，“那不是她的原因，是我的原因”（后来，我专门给版画家赵晓沫打电话，向她表示抱歉）。他还谈到小时候他曾幻想成为一名飞机及航空母舰设计师，而不是画家。他说很高兴我带他去纽约42街参观了二战“无畏号”航空母舰，让他重新回到了童年的梦想之中。他又谈到几年前在敦煌莫高窟“修炼”的几个月，使他深深迷恋上中国古代宏大绚丽、想象丰富的绘画艺术。从此之后，他的《九色鹿》以及所有艺术作品全部带有浓厚的敦煌色彩及玄学氛围。他说今天之所以带我来京都红柱神廊，也是想比较莫高窟和日本古代祭神的两种文化……

在这个装潢典雅舒适的客房，我们俩就这样谈到两三点才入睡，其实，我们俩都彻夜未眠……这样的夜晚在我们一生中是不会再有了。

终于，窗外出现了第一道黎明的晨曦，鸟儿婉转啼鸣，我悄悄爬起来去淋浴换衣，只见于廉脸色苍白，深邃哀婉的眼睛盯着天花板，一动不动地躺在床上。柔情伴着哀伤，使我禁不住想冲到他的床前，但我还是走进了浴室，打开淋浴喷头，一边沐浴，一边让泪水缓缓流下。我了解于廉，即使生命的光芒即将熄灭，它也仍在燃烧着原则的火焰。

现在，望着他最后的遗容，我痛心疾首。他俊秀敏感，才华横溢，但一生却少有欢乐。

现在，“风中宫殿”已不复存在，“北大荒的小屋”的故事也彻底结束，魂兮归来，云兮归去。生命是如此脆弱，正如权力和巨大的财富也会在顷刻间成为过眼云烟一样。

于廉，当你的恩师贺友直大哭，讲你的命太苦了的时候，我却感到你四十八岁的生命没有虚度。拉斐尔死时三十四岁，莫扎特死时三十六岁，就连功勋垂史的古希腊亚历山大大帝死时也只有三十三岁，是他们的艺术灵魂、卓越才华和雄谋大略造就了他们的永恒，他们那道虽然短暂但却强烈的人生光芒，照亮了一代又一代人的心灵隧道。于廉，即使在我变成一个白发苍苍的老妇人之后，我也还会去京都山上的那个红柱祭神甬道，向天空中伸出双手，去触摸那个在落日照耀下的你的风中宫殿；去回顾那两颗活生生的、尚还年轻的心在各自的床上激烈跳动、辗转不安，但却终于坚定地迎来了第一道晨曦的那个京都之夜。也许只有我们这一代人，还有我们的上一代人，才会把理性看得那么庄重，把友情看得如此纯洁吧？

于廉，愿你与拉斐尔同眠。

在此，我要感谢于廉的挚友、70年代以油画《为我们伟大祖国站岗》闻名全国、90年代以澳大利亚宗教史油画受到圣・保罗二世教皇接见的著名旅澳画家沈嘉蔚，于廉的儿时伙伴、旅居加拿大的孙宗嘉（他悼念于廉的文章《堂堂铁打是英雄》让我热泪盈眶），以及吕敬人、赵晓沫，还有于廉在日本的妹妹——他们正在编印一本纪念于廉的画册。这个非凡的人的生命虽已离去，但他的灵魂将永远在我们中间照亮。

西去九色鹿，你不回头地一蹦而去，愿你在天堂，在“虎鼓瑟兮鸾回车，仙之人兮列如麻”的敦煌飞天中找到永恒与快乐。

## 四、致谢篇

在此，我要衷心感谢原北京出版社社长，现北京市委委员、北京日报社长朱述新，原《十月》杂志主编谢大钧，你们以非凡的魄力及开阔的思路，将《曼》首先推入了改革开放一代人的生活与视野之中，并感谢你们十年来的真挚友情和鼎力支持。

我尤其要感谢我的责任编辑、北京出版社文艺室副主任王洪先，他的勤奋、才华、爱憎分明与人品魅力深深感染着每一位与他合作的作者。作为“书”后英雄，他在北京文学界有口皆碑。谢谢王洪先为《曼》出版花费的大量心血和转给我的大批读者来信，谢谢你在“风雨”中冲冠一怒，挺身而出的义骨侠风，与你相比，那些见风使舵的人显得多么无足轻重。

由于七年合同到期，我决定延续到第十年后转到我的故乡做新版发行。在此，深深感谢北京出版社领导及全体工作人员的理解与豁达。

我要感谢上海文艺出版社总社领导何承伟、陈保平的漂亮“接棒”，感谢新版责编、在文学圈享有盛誉的文学编辑室主任陈先法的辛勤劳动。愿《曼》在上海继续枝繁叶茂。

我要感谢《曼》中出现的我的朋友们，除了前面提到的“北大荒的小屋——于廉，你在哪里？”中于廉的挚友沈嘉蔚外，还有热情支持鼓励我的黑龙江生产建设兵团臧公盛副司令员、兵团连队好友邵燕琴、兵团医院张佩娣；《曼》出版后与我重新联系上的优秀外贸干部许全华，中学时代的伙伴、巴金的侄子小济，我的钢琴老师乔耐，儿时与青年时代的伙伴晓南、修晓林、成莫愁、杨鲁华、朱大白、周锋等，以及十八年来亲如一家人的我的美国担保人维廉·柯比与乔治娅夫妇。衷心感谢你们多年来真挚的友谊与支持。

我也在此感谢《曼》中出现的在海内外具有影响的知名油画家艾轩、王沂东、陈丹青、张红年、李斌，谢谢你们在艺术生涯的辉煌时期，随我在《曼》中经历了一次“重温困境之旅”。

感谢中国文学界富有威望的两位著名评论家：曾镇南先生与何振邦先生，谢谢你们率先将《曼》的文学灵魂与市场经济的壮阔波澜一起，以文学评论的形式呈现给了九十年代。感谢我在美国的亲人和朋友，感谢多年来支持我和JMF国际贸易业务的国内外进出口公司、企业、客户及朋友们。感谢我的父母、四个姐妹和一个弟弟，以及多年来一直支持我的众多好友，尤其是我的挚友、八十高龄德高望重抱病写新版序言的董鼎山先生，中建律师事务所主任、《解放日报》报业集团法律顾问丁晓文，上海市委委员、静安区委书记陈振鸿，《新民晚报》总编金福安，《新民周刊》社长郦国义，原《文汇报》副总编史中兴，北大荒才子、上海科协副主席陈积芳，北大荒“黑兄”、具有新锐改革思想的浦东新区负责人、上海市委常委、副市长周禹鹏，原中国驻美国大使、诗人外交家、现中央委员、外交部党组书记、副部长李肇星……还有许多朋友，恕我不能一一列举，你们的才华、理想与友情，时常让我感到人生是如此美妙无比、激动人心。即使因为写《曼》付出了一点代价，与我得到的快乐相比，又算得了什么呢?

我要感谢上海、江苏、天津等省市的人民广播电台，在《曼》遭到无端攻击之际，你们置“风雨”不顾，大气磅礴地连播配乐朗诵《曼》全文，让广大读者、听众备受鼓舞。

我要衷心感谢《曼》千千万万的热心读者，是你们热情长久的支持，才使得《曼》连续重印十次，才让我坚如磐石，心怀感激；举重若轻，宠辱不惊。

写到这里，想起我在1994年写的一篇散文《天堂见面》（已录在本书中），从少女时代起，在精神上引领我与逆境搏斗的一直是车尔尼雪夫斯基和他的小说《怎么办》，这位在劳役与流放二十一年后，于1889年去世的俄国理想主义先驱，一定不会想到一百年后，一个中国女子会把他的书带到北大荒，又带到纽约曼哈顿，并专程去俄罗斯圣彼得堡罗要塞，到那个他写了充满炽热激情的小说《怎么办》的阴暗铁窗牢房中，缅怀他。直到今天，我还能看得到那从他的坟墓里发出的绚烂光辉。我庆幸自己能成为车尔尼雪夫斯基的忠实读者，我抚摸着牢房墙上镌刻着他名字生辰的锈色铜牌，将脸贴上去，想触摸这个名字的深层含义，想尽量去亲近那些文字。亲爱的读者，我有幸成为你们心灵的朋友，让文字把你和我，以及我们前面不朽的伟人紧密地连接在一起。我有幸用自己的文学梦，点燃了你们的文学梦、经商梦，或是其他的关于明天的梦想，我很开心不止一次听到一些成了知名作家的青年讲：“我就是受了你的书的影响，才写成自己第一本书的。”或是，“我的公司是在看了你的书之后创办的……开始很苦，但终于成功了……”

当我写这篇絮语时，正处于生命中的快乐时光，让我们再回到本篇的开头：对我来讲，最大的快乐就是听到读者说《曼》使他们的生活从此不同。如果你想告诉我你的路，你的奋斗，给我写信：上海文艺出版社文学编辑室主任，陈先法转交周励。

最后，也是最重要的，我要感谢我的祖国，特别是感谢度过我美好的童年和青少年时代的故乡——上海。由于商务关系，我每年都几次偕我的美国客户飞回上海并去其他省市洽谈贸易，因而目睹上海十年巨变，从浦东全球五百强财富论坛到 APEC亚太高峰会议，直至不久前结束的世界级2002大师杯网球赛，均为这座国际大都市增添了无尽魅力与光彩。APEC期间我正在上海并参加了其中的一些活动，当我听到美国商业部长在彩旗飘扬阳光明媚的浦东、美国应用材料公司中国总部开张典礼上讲“上海，这是我在全世界所见到的最美丽的城市”时，我感到他完全出自真心。

在APEC庆典“难忘今宵”的焰火晚会上，在欢乐的海洋中目睹黄浦江上空瑰丽壮观举世空前的焰火，我能够体会到为何布什总统不出席焰火晚会——并不仅仅是安全的原因。因为同样的痛楚也在像虫子般地噬咬着我的心——在我们的脑海中，仅仅一个多月之前是另一种漫天火光——世贸被撞、大厦毁塌的火光，而本·拉登连影子也没找到；现在，在另一个国度，则是各国首脑举杯欢聚、礼花满天、举国欢腾的APEC盛会！我至今找不到一个贴切的字眼来形容这种巨大的反差所带给我心灵的震撼，这是极喜与极悲在同一时刻占据头脑的混合马提尼。

我的一位美国女友把上海称作是“最浪漫的城市”，并在浦东陆家嘴的月光下转圈跳舞，不远处是滨江大道和闪烁着奇异射灯的外滩夜景。十年前她随我第一次来上海，还随身携带饮用水和几天的食品，她以为中国类似印度，现在她却问我：“上海会不会取代纽约？”

时间，是能使世界上任何一种痛楚，包括“9·11”的痛楚逐渐愈合的。现在，无论是在水晶宫殿般的上海大剧院聆听多明戈演唱，还是在“同一首歌——‘走进浦东’”中摇晃脑袋唱歌，或是在大师杯网球赛场上与上海及各国观众一起做曾经只有在美国橄榄球赛场上才出现的冲浪式加油——为休伊特、费雷罗、莫亚加油，或是在上海申办2010年世界博览会成功的消息从蒙特卡洛传来的沸腾狂欢之夜——我感到自己从一个纽约女人，又变成了上海女人，或是纽约、上海合二而一的女人，我突然感到，做这样一个合二而一的女人是何等幸福！

上海，对于我来说，无疑是世界东方最梦幻、最美妙无比、最亲和、最魅力不衰的城市。她养育了我，她给予我世界上最宝贵的东西：激情、理想和梦想。

让我以普利策纪实文学奖获奖作品《安琪拉的灰烬》（*Angela's Ash*，同名电影获奥斯卡等多项国际电影奖）中的一句话作为结束吧：

> 你可以屡遭挫败，你可以一贫如洗，但是，你的心灵是一座宫殿。

2002年12月4日于上海完稿

（原载2003年版《曼哈顿的中国女人》第5—28页）

# 《曼哈顿情商——我的美国励志生活实录》序

周　励

可能由于我在纽约住了二十年，对哥伦比亚大学校园有着特殊感情的缘故，我特别喜欢“哥大”的人文气氛和教授们，譬如我在本书中写到的诺贝尔经济奖获得者蒙代尔教授，以及我最为敬佩的哥大哲学与历史教授——普利策奖和自由勋章获得者、十一卷本《世界文明史》的作者威尔·杜兰特教授。我佩服杜兰特只因为他是一位思想深刻、为了心灵而不是为了名誉而战的哲学家，每次阅读他的书籍都给我带来极大快乐。现在当我开始写《曼哈顿情商——我的美国励志生活实录》（简称《曼哈顿情商》）的这个小序时，我不由得想起杜兰特在九十六岁高龄去世时的遗言：

> 如果一个人在临死之前能够尽可能多地获得文化遗产并将其转给自己的后人，那么他是幸运的。因为这种丰富的遗产，是滋养我们灵魂的甘露，也是延续我们生命的母体。为此，他的最后一口呼吸将变得悠然而平静。

现在我想，如果我能够把“情商”这个概念通过我在美国的生活传递给我的中国读者，并且改变他们未来的生活，那么对于我来说，也能让我在见上帝之前的“最后一口呼吸将变得悠然而平静”。在我人生岁月的跌宕起伏中，我一直在通过阅读寻找力量；而这个力量正是来自伟人们的情商。我的情商只能算是及格，而我在这本书中谈到的那些我接触过的艺术家、政治家，那些至尊至亲的友人以及我寻找过的历史伟人，他们才是卓越的情商典范。不过，我认为对于任何人来说，情商与才华的不足可以用激情来弥补。

让我们再来一起分享杜兰特教授的另一段名言吧：

> 每一个人年轻时，都会有很多诸如让生命变得有意义，让生命充满

光辉的信念，但随着岁月流逝，这些信念大多在中年冷漠的人生里烟消云散，但于我而言，至少还有一样留存了下来，并和从前一样明亮，一样令我感到充实满足，那就是对英雄毫无顾忌的崇拜。

人类历史是英雄的历史，英雄也曾经与你、我一样，是一些极其普通的人。但是人一旦被充分激发，就能变得和神一样的伟大——这样就产生了英雄。

让我们翻开书籍，重新唤起对英雄崇拜的激情。让情商的翅膀载着我们，在终于把握住命运的壮丽天空飞翔吧！

在此，我要向国内广大关心我的读者表示衷心感谢，本书可作为《曼》在现实生活与思想世界的延续。我还要感谢上海文艺出版社总编辑郏宗培和文学编辑室主任、我的责编陈先法先生，及美术设计师王志伟先生，他们将在不到一个月的时间里印出这本书，参加8月初的2006年度上海书展，这是一个奇迹。由于时间匆忙，而且本书有不少部分来自我的日记，旅行笔记和读书笔记，形式上不免信马由缰，如有不足之处敬请谅解。

2006年7月4日

（原载2006年版《曼哈顿情商——我的美国励志生活实录》第1—2页）

# 请与我同行

周　励

当生活变得苦涩，友谊从身边溜走，孩童也不再相伴我们左右，我们还可以与莎士比亚和歌德一起坐在桌边，和拉伯雷一起嘲笑世界，和叶芝一起欣赏秋日的美丽，这是一些向我们奉献了最好事物的忠实朋友，他们从不要求回报，却永远等待我们的召唤。

——威尔·杜兰特《历史上最伟大的思想》

亲爱的读者，如果你爱好文学艺术和历史，爱好户外运动和探险，请与我同行——到一个与人类辉煌历史进行对话的安静世界去。我相信，你会因为心灵的盛宴而狂喜，因被天堂之光照射而陶醉，因与久违了的伟人相逢而重新唤起巨涛般的激情。

歌德曾怀着敬意把历史称为“上帝的神秘作坊”。时光荏苒，从 1985年携带四十美元赴美自费留学，至今我已在纽约生活了三十五年，亲眼见证了中国的改革开放和经济崛起。曼哈顿有我的奋斗青春和燃情岁月。从曼哈顿出发，我追随自己的梦想游历了世界一百三十多个国家，探险南极点、北极点，探索珠峰和攀登马特洪峰。在风雪行旅和日夜兼程的难忘时光中，那些历史上撼人心弦的时刻，譬如斯科特和阿蒙森的南极点竞赛，那些从希罗多德开始一代又一代历史学家与探险家伟大的发现与不懈追求，一直激励我前行。

本书是我在纽约疫情期间书写和整理的作品，记得早春二月时，白天我与北美文友一起为武汉各医院张罗募捐运送口罩防护服；晚上万籁俱寂，当我打开电脑开始写作，时常心潮澎湃地写道晨曦微露。直到窗外渐现万道霞光，我依然沉浸在生命片段的回忆里。美国发生疫情纽约封城后，虽然每天忧心忡忡，但有了更充分的写作时间。

第一部分是二战历史散文系列“被遗忘的炼狱：跳岛战役探险录”，主要根据近年来我对跳岛战役进行的实地考察而写。说是探险，因为时而浮潜海底“战争坟墓”，时而需雇直升机或单人小飞机飞往小岛，浓雾大风与突降暴雨都带来心理挑战，是名副其实的历险记。我先后踏上了贝里琉岛、塞班岛、天宁岛、关岛、冲绳岛、科雷吉多岛、吕宋岛等太平洋战争遗址，怀着震惊与感伤，我像考古学家一样仔细发掘历史上或有或无记载的实物与事件，并去华盛顿海军陆战队硫磺岛战役博物馆和美国国家档案馆考证核查，为的是探讨战争原貌中的人性及狼性，有时甚至是人性至狼性的转换，解开鏖战杀戮背后不为人知的隐秘。六篇系列散文在微信公众号陆续发表后，引起史学界和文学界人士的较大反响，我的学者作家朋友李天纲、韩钢、沈志华、金光耀、金大陆、陆士清、汪澜、卢新华、苏炜、葛公兵、陈公仲、陈瑞琳、少君、北奥、陈屹等先后发表了激情洋溢的点评和感言，经济学家孙恒志和南大教授刘俊还动情地写了诗。他们惊讶我在贝里琉岛战役遗址发现的尼米兹石碑，同时因这块石碑所揭示的 “在败者与炼狱面前，王者的谦虚、对失去生命的悲悯与对军事专业领域勇猛同行的敬佩，都放射着人格与教养的魅力光芒”而深感震撼。

第二部分收录了我在世界各地游历的散文。其中《凡·高的眼泪》《惊魂“歌诗达协和号”》《冰雪烈焰肯尼亚》《古巴奥德赛》《追逐日光》等各篇均为“新冠”疫情期间所写。著名旅美作家卢新华在读完《凡·高的眼泪》后写道：“这是一个满怀激情的女作家在写另一个被激情燃烧着的男画家的美文——不是用笔，而是用心写的。她是凡·高隔世、隔种族、隔性别的知音……”也有部分文章如《寻找腓特烈大帝》《寻找伏尔泰》《寻找路易十四》《牢狱遗痕》等虽曾在旧作《曼哈顿情商》发表，但这十几年我重新走了那些“寻找之地”，发掘了新的内容，增添了新的感受。耶鲁大学东亚研究所主任孙康宜感言：“天啊！多么美好的文章，将历史带入生活！”

第三部分主要讲述我的极地探险。我先后去过四次南极，三次北极，两次马特洪峰（一次攀登、一次飞越），两次珠峰（一次巅顶航拍、一次攀登珠峰大本营），我还有幸在南极认识了至今保持十五次珠峰登顶世界纪录的戴夫·哈恩，他是受BBC委托，1999年在珠峰8170米处找到失踪七十五年的马洛里遗体的美国探险队骨干之一。我们成为好友，在联合冰川大帐篷的熊熊炉火前促膝倾谈。

2017年底我实现多年梦想来到南极点，在最静谧纯净、宛若梦境的地球尽头与帝企鹅亲密接触；2016年在广袤无垠的北极点，北极熊带着两只可爱的小熊宝贝向我们的核动力破冰船走来。因为全球气候变暖，帝企鹅和北极熊都面临困境。所有这些极地时光与燃情时刻，都写入了我的最新作品《珠峰逐梦：寻找马洛里》。

我喜欢雨果评论莎士比亚的名言："谁要是提到'诗人'这两个字，他也就必然是在谈论历史学家与哲学家。荷马包含了希罗多德和达莱斯。莎士比亚就是三位一体的人。任何诗人身上都有一个反映镜，这就是观察，还有一个储存器，这便是热情；由此便从他们的脑海里产生那些巨大的发光身影，这些身影永恒地照彻黑暗的人类长城。"

"读万卷书，行万里路"，用脚步去丈量，去书写非虚构文学，是时光岁月赐予我的礼物，也是冥冥之中我的文学使命。不久前我在大西洋航行，眺望蓝色大海中灰色岩石的幽暗孤岛——圣赫勒拿岛，那是拿破仑流放和死亡之地，我想起拿破仑临死前曾这样写信给儿子罗马王："希望我儿子能学习历史，因为它是唯一真实的心理学和哲学。"

今天，在突如其来的"新冠"灾难面前，没有人能够独善其身。也许我们正面临着百年未有之大变局，面临着更不确定的世界。但可以确定的是，人类面对着共同命运，当下的我们，更需要以史为镜，以史为鉴，追逐梦想，亲吻世界。

在此，我要衷心感谢上海三联书店黄韬总编的热忱鼓励，以及责编匡志宏女士精心敬业、夜以继日的勤奋工作。还要感谢原上海文艺出版社文学部主任陈先法的竭诚帮助，他是我《曼》（新版）和《曼哈顿情商》的责编，我们有着三十多年的深厚友情。

最后，感谢每一位亲爱的读者，你们永远为我带来惊喜和力量。 面对灾难和不幸，记住丘吉尔的话："勇气，是人类最可贵的品格。"

2020年6月6日于纽约曼哈顿

（原载2020年版《亲吻世界——曼哈顿手记》第1—4页）

# 文学的力量

## ——《曼哈顿的中国女人》三十周年纪念版序

**周　励**

秋色斑斓的日子，阳光斜射进我在上海的书房，打开电脑，我准备写《曼》三十周年纪念版的序。赫见12月3日《新民晚报》刊登复旦大学中文系博导、文学评论家栾梅健的文章：《践行人文精神的理想——读周励的〈亲吻世界〉》，栾梅健教授写道："热销三十年以后，周励以其高扬的人文精神，又给读者贡献出这部近四十万字的历史文化散文《亲吻世界》，三十年匆匆过去。……正如陈思和先生在该书的序言中所说：'周励仍然是一个富有人文情怀的作家，她在用生命来实践和追求自己一生的理想。'"读这些文字，我心里充满感恩。一本书出版了三十年，还在被读者和学者热议，这就是文学的力量。而这文学的力量也植根于我的生活。

记得在《鲁豫有约》访谈中，鲁豫曾问我为何写《曼》，我回答，写书的宗旨就是在扉页上的那句话："此书谨献给我的祖国，和能够在困境中发现自身价值的人们。"

困境，我忘不了一望无际的田垄，忘不了对一个十七岁女孩过于沉重的档案袋，忘不了北大荒暴风雪裹挟的眼泪。这些困境是《曼》中爱情章节的根基。北大荒的岁月让我谨记孟德斯鸠《论法的精神》里的话，言语并不构成"罪体"，它们仅仅栖息在思想里；有时候沉默不语，比许多的语言更能表示意义。

回顾北大荒少女时代，我依然记得荒原上包猪饲料的旧报纸上印着尼克松演讲中的一句话："自由的精髓在于我们每一个人都能够参加决定自己的命运。"我如获至宝，剪下报纸。文学的力量温暖着孤独的心，鼓励我走过生命中的坎坷。

漫长无际的十年土插队后，又是两手空空的洋插队，1985年我携带着四十美元自费赴美留学，到纽约州立大学攻读商学院MBA。举目无亲，学费和生活费完全靠艰苦打工。我在困境中寻找“激流”，我坚信灿烂星空下，一定有属于我的光。

1987年我成立了自己的贸易公司，在纽约商场拼搏创业，驰骋在曼哈顿商圈，美国客户给了我一个好听的名字：曼哈顿的中国女人，因为他们此前从未接触过来自中国的商业女性！

依旧是文学给我了不竭的动力。

1988年我在纽约东方书店噙着泪水读完了莫言的《天堂蒜薹之歌》，我在惊叹中国“出了一个叙事天才莫言”的同时，更被莫言笔下蒜农的人间悲苦、人物命运深深震动，我下决心要把自己的北大荒故事写出来，我开始酝酿自传体小说《曼》。

后来莫言获诺贝尔文学奖，诺贝尔奖官网摘录的莫言的作品内容就是《天堂蒜薹之歌》。令我感到幸运的是，陪同莫言去斯德哥尔摩领诺贝尔文学奖的中国著名文学评论家、复旦大学资深教授陈思和，正是《曼》三十年纪念版的推荐人。

莫言，一位山东高密以种高粱放牛为生的农村人；我，一位在北大荒农场终日劳作的上海女知青，是文学，改变了我们的人生。

著名文学评论家董鼎山说：“《曼哈顿的中国女人》展现了一个时代，亦影响了一个时代，影响了一代人。”《曼》于1992年出版，发行一百六十万册，获当年“十月文学奖”，入选“90年代最具影响力文学作品”和“中国百年畅销书”。三十年来，无论我在美国，还是在俄罗斯、德国、法国、英国、澳大利亚、奥地利、日本、新西兰、希腊——都能遇到热情的中国人读者告诉我，这本书陪伴了他们的青春或者改变了他们的命运，他们拿出磨破封面的书请我签名，这让我感动万分。

我的德国作家朋友刘瑛在一篇散文《在德国挖到的第一桶金》里，记述了这段往事：

> 初到德国的日子，心里时常忐忑不安。
>
> 那是1994年初，在国内正热销火爆的自传体小说《曼哈顿的中国女人》给了我启发，既然中国纺织品的质量达到了能够进入美国曼哈顿第五大道橱窗的水准，那么，同样也应该可以进入德国市场。

历经了种种艰难曲折，两年之后，我们终于成功将中国纺织品打入德国主流销售市场，并成为德国大型百货连锁巨头考夫百货（Kaufhof）、卡尔施塔特（Karstadt）的固定供应商。

2019年5月，在德国法兰克福举办的第一届欧洲华文文学国际研讨会上，我被请到主席台，为刘瑛会长在那本黏着胶带、已经泛黄的《曼》扉页上签名，我们俩紧紧拥抱，感叹文学带给我们生命的那一份丰厚馈赠！

加拿大著名作家，冯小刚电影《唐山大地震》和《只有云知道》的原创作者张翎写道：

刚到北美留学的日子里，我对未来毫无把握，心情阴郁低落。就在那时，朋友给我带来一本畅销书《曼哈顿的中国女人》。我立刻被那个标题吸引了，花了一整个晚上看完，感觉震撼。那天看完书，我第一次跟朋友谈起了自己的作家梦。朋友沉默许久，才说："兴许，有一天，你也会像周励那样，写出自己的书。"

在终于铺平了漫长曲折的谋生之路后，我居然真的成了作家。在十几年后，我竟然和周励相遇了。她如一条河流，渐渐走向了决然开阔境地。我有幸见证了这个过程。

今年6月，一位担任山西汾酒集团理财顾问的剑桥大学博士在汾酒集团的宴会上对我举杯，说："当年在英国留学的我们争相阅读你的书，可以说，你是我的精神导师。"

目前担任携程网国际集团首席执行官CEO的孙洁写道：

当我在一片掌声中走向领奖台，高高举起校长授予我的"最高荣誉毕业证书"时，我的眼睛湿润了，此时此刻，我真想伸出双臂，紧紧地拥抱一位曾经点燃我生命火花的人——我深深敬爱的周励阿姨。

2010年，北京举办"二十年内对被访者影响最大的书籍"调查，"经过岁月的淘洗，真正铭刻在读者心中的书籍的影响力"。调查者根据1000位被访者所列举书目进行综合统计，统计结果是：在1990—1992年间，居前三位的依次是《读者文摘》杂志、金庸作品、《红楼梦》，共有五部新时期小说榜上有名，分别是《平凡的世界》、贾平凹作品、《穆斯林的葬礼》、《白鹿原》，还有《曼哈顿的中国女人》。

世界各地的读者、学者常带给我惊喜。北大著名教授陈平原曾在广东一所大学举办“吟到中华以外天——现代中国文人的域外书写”为题的讲座，以王韬、黄遵宪、梁启超、朱自清、徐志摩、萧乾、瞿秋白、周励的域外书写为例进行分析，指出现代中国文人“开眼看世界”之于中国的多重意义。当朋友转来那所大学的官网校刊时，我几乎难以相信自己的眼睛，顷刻间深深感恩陈平原教授，让《曼》能够得到与中华文化崇敬先辈相提并论的殊荣。

文学绵长，生活不止。

我细嗅纽约的文学味道，探访作家故居，追踪海明威、马克·吐温、阿瑟·米勒、德莱塞、莉莲·赫尔曼、杜鲁门·卡波特、梭罗、惠特曼、菲茨杰拉德等作家的足迹；作为纽约美华文学艺术之友联谊会的会长，我与联合国中文组组长何勇博士一起主持了位于曼哈顿东65街华美协进社中华文化系列讲座的许多活动，纽约市长布隆博格多次邀请我参加市长官邸的派对，他视我们为中美文化交流的民间大使。

有一次，哈佛毕业的中美关系全国委员会主席欧伦斯对我讲，他对北京比对纽约还要熟悉，让我感到美国精英人士对中美关系的珍视和对改革开放中国的热爱。

我先后撰写了《曼哈顿情商：我的美国励志生活实录》和《亲吻世界——曼哈顿手记》，亦称“曼哈顿三部曲”。三十多年来，我从曼哈顿出发，追随梦想游历了一百三十多个国家，去了七大洲包括南极四次、北极三次，踏上人迹罕至南极点阿蒙森-斯科特科考站，探索珠峰四次（攀登大本营三次，坐小飞机航拍珠峰之巅一次），攀登马特洪峰后又拉滑翔飞伞横穿壮丽的马特洪峰，这些回忆令人着迷。

2016年夏天，我和朋友乘坐俄罗斯“五十年胜利号”核动力破冰船，抵达北纬九十度北极点，并在北极点跳水冰泳。

2017年11月，我生日的第二天，和队友们抵达向往已久的南极点，向探险家阿蒙森和斯科特致敬。我曾站在偶像沙克尔顿的墓地，朗读墓志铭上的那句话：

> 人活着就是要努力获得生命的最好奖赏，而最大的失败就是不再去探索。

由于疫情，岁月的轨迹突然改变。记得2020年3月底我最后一次去纽约MOMA美术馆向凡·高的《星空》告别，接着在大都会歌剧院看了最后一场歌剧。

三十年多年来，纽约大都会歌剧院带来太多的美好回忆……我迷恋瓦格纳、威尔第、普契尼和多尼采蒂等的歌剧如《女武神》《托斯卡》《阿伊达》《奥赛罗》

《捕盖尼·奥涅金》《黑桃皇后》《魔笛》《唐璜》《爱之甘醇》等，欣赏歌剧构成我在曼哈顿重要的文化生活。如今，由于疫情，大都会歌剧院、纽约爱乐交响乐团、大都会博物馆和MOMA美术馆已关闭近两年了。在救护车呼啸而过、死神挥镰收割的黑暗日子里，是文学照亮了我。

在纽约疫情最严重的八个月里，我奋笔疾书，指尖在键盘敲打，常从白天写到深夜，再写到黎明的第一道光照亮书房，完成了近四十万字的《亲吻世界——曼哈顿手记》，包括："被遗忘的炼狱——跳岛战役探险录""亲吻世界：镌刻在心灵岩洞的壁画""情燃三极：南极点、北极点、珠峰逐梦"。我在序言里这样写道：

> 亲爱的读者，如果你爱好文学艺术和历史,爱好户外运动和探险,请与我同行——到一个与人类辉煌历史进行对话的安静世界去。我相信,你会因为心灵的盛宴而狂喜,因被天堂之光照射而陶醉,因与久违了的伟人相逢而重新唤起巨涛般的激情。

改革开放让我们成为中国与世界交融的一部分，感谢作家出版社领导和责编，在2022年春天推出《曼》三十周年纪念版。巴金先生说，心系读者。如果祖国的新老读者依然喜欢《曼》三十周年纪念版，重温岁月的时光流影，让生命更加精彩，这对我就是最大的安慰了。

2021年12月7日

# 第三部分

# 报刊论文

# 《曼哈顿的中国女人》纵横谈

董 方 王 明

董方：继曹桂林的《北京人在纽约》引起轰动后，《十月》杂志今年一月号又推出周励的《曼》第一章《纽约商场风云》，同样引起了读者的广泛注意，人们甚至奔走相告，青年读者更是竞相购买刊物，似乎卷起了京城的一种“热”。你对这种现象怎么看?

王明：是的，这是近年来少有的文学“热”。在20世纪70年代末、80年代初，是有很多文学“热”的。那时许多作品出台，便很快引来一处喝彩声，乃至轰动一时。《班主任》《乔厂长上任记》《人到中年》等都是如此。但到了80年代中期以后，文学“热”便逐渐降温，尤其是纯文学，似乎被人们笑为“圈子里热，圈子外凉”。自然，纪实文学、通俗文学的有些作品也“热”过一阵。以后，文学困顿的呼声便四处响起。最近两三年，电影、电视、戏剧舞台和报告文学佳作渐多，但文学似乎仍未能占据自己的显要地位。叫座的仍然是纪实文学，包括传记文学，《北京人在纽约》和《曼》就属于这一门类。

董方：但这两部作品似乎比别的传记文学更引人注目，也更“热”，这是什么原因呢?

王明：原因恐怕不在于这两部作品的文学价值特别高，而在于记者的心理。自然，我不是说这两部作品缺乏文学水平，平心而论，作为业余作者，他们能写出这样水平的作品已难能可贵。但这两部作品之所以特别“热”，我以为与广大青年读者的内心的发财梦、美国梦不为无关。改革开放以来，许多人都想发财，在中国，“暴发户”也有的是，然而比起拥有百万美元、千万美元的富翁，许多人又像小巫见大巫。“人往高处走”，这是一种普遍的社会心理。传记作品中的主人公，到美国不多年便发了大财，他们到底是怎么发财的？这自然要引起许多有发财梦的青年的关注。而作为最发达的资本主义国家美国又到底是什么样子，何以会使人如此容易发财，这也不能不是读者所关注的。

董方：我不完全赞成你关于读者心理的分析。毫无疑问，从接受美学的观点，文学中这种那种“热”的兴起，总与读者心理有关，读者的心理往往体现出时代的脉动与需要。但中国的读者是多种多样的，并不都有“发财梦”或“美国梦”，他们爱读《曼》，恐怕还要探讨其他的原因。我以为：首先，一部文学作品最重要的是真实，不是片面的真实，而是全面的真实。凡是真实的作品，它所展现的艺术的形象世界必然蕴含有多种多样的信息，像现实生命本身一样，含义十分丰富。其次，作者对现实评价的情感态度还必须与读者有一定的共鸣点，使读者能够认同这种思想情感。像《曼》这部作品也罢，《北京人在纽约》也罢，它们最显著的特点便是真实。曹桂林认为纽约是天堂，也是地狱。这非常准确地反映了当代最发达的资本主义国家大都会的真实面貌。纽约就是这样的城市。是富人的天堂，是穷人的地狱。就它所拥有的豪华和文明，它是天堂；而就它所展现的激烈竞争，尔虞我诈，巧取豪夺以及各种犯罪事件，它又是地狱。只看一个方面，它就不是美国，就不是现代资本主义社会。《曼》虽然写了女主人公如何跻身于美国商界并取得出色成绩，但作品也写了她曾经如何挣扎在生活的底层，在生意场上如何受骗上当，掉入陷阱，差点心脏病发作等，这同样让人看到美国社会的方方面面。这就能够比较客观地使读者通过阅读作品，较为全面地去认识美国的社会，这使本书富有生活教科书的认识意义。而更可贵的是作者通过女主人公抒发了自己的胸怀，她并不是唯利是图的人，她正直、爱国，富于自尊心，又有中国人传统的东方美德，等等，这就使广大中国读者感到亲切，能够在心理上与之认同，在情感上与之共鸣。我们不能不看到这部作品的成功与这些方面的原因有密切的关系。

王明：当然，你的话不无道理。但这样的作品，我总觉得倾向有点问题，似乎让读者觉得，只有在美国，个人的才干才能有效地得到发挥，个人的价值才能得到真正的实现，在那个社会里只要奋斗，就能发财致富。而实际情形恐怕并不完全是这样，最近十多年，从大陆去美国的中国留学生成千上万，但发大财的毕竟很少，许多人仍然挣扎在生活的底层，打工当保姆、当校对或等而上之当编辑、记者、教授、研究员，但他们与富翁都还有极大距离。美国人并不懒惰；相反，绝大多数人都是勤奋的，但当上资本家、富豪大亨的也毕竟是少数。这里就不单有个人才能高低，奋斗不奋斗的问题，还有机遇的问题。在那种大鱼吃小鱼，激烈竞争的社会机制下，升上去的也并非都由于才高八斗或特别能奋斗。另外，还有个价值观念问题，如果用资本主义的价值观念即人的价值只以金钱收入的多少来衡量，那自然只有千万富翁、亿万富翁才能比常人体现自己的价值。但以社会主义的价值观念来看，一个人的价值大小应该与他对人民的贡献大小成正比。比如钱学森，他当年在美国拿高薪，如不归国，他肯定会积累大量财富，也许会成为另一个王安。然而，他回国了，为人民做了大贡献，使我国的火箭、卫星上了天，大长中国人民的志气，大扬我们祖国的国威，不仅使我国的国际地位提高，而且促进我国现代科学技术事业的大发展。他虽然没有成为富翁，但人民给予他崇高的地位和评价。难道说他不是充分实现自己的价值吗？我看，这个价值比在美国当个富翁的价值不知要高多少倍。当然，我这里并没有否定周励价值的意思。周励的可贵在于她没有只求赚钱，在她的精神世界中，金钱并非唯一的至高无上的一切。从个人的角度，她当然实现了自己较大的价值，同时，在促进中美贸易方面也确实作出了一定的贡献。所以，我希望读者在读《曼》时，应该有个较全面的价值观。

董方：我觉得在我国进一步改革开放的今天，《曼》有着相当重要的现实意义。世界经济的一体化已成为必然的历史过程。可以说，今天没有哪个国家可以不要贸易，不要国与国间互通有无。贸易已成为经济发展的重要杠杆。我国实行有计划的商品经济，沿海地区更要发展外向型经济，对外贸易就尤为重要。这是一条新的战线、新的战场，也是我们过去所不熟悉的战线和战场。作为生活教科书，《曼》首先是商业教科书，它通过描写做生意的成败与艰难，给予读者许多可贵的商业知识，特别是与资本主义国家进行国际贸易的商业知识。这是十分有现实意义的。

王明：当然，我们还应该看到，《曼》在我国文学的发展上有着题材开拓的贡献。在一定意义上，也可以说它表现了新的人物、新的世界。新时期以来，留学生文学有显著的发展，但写留学生经商致富，《曼》似是第一家。作品中的女主人公的形象在我国文学的人物画廊中也是一个新的形象，甚至可以说是一个新的典型。这样一个从上山下乡的知青成长为具有时代和中国特色的女资本家的形象，在我国文学中是前所未有的。就像从丑小鸭变成人人羡慕的白天鹅一样。这种人物自有其一定的普遍意义。这是一个在美国的中国人，既吸收了美国的许多新观念，而在性格的基础上却屹立着中国人岩石般坚固的勤劳、勇敢、朴直等美质。这个形象对世界文学来说也并非没有超越的意义。它显现了现代人类大交汇、大融合的历史具体性。

董方：我赞成这一点，还要补充的是，对中国读者来说，在周励面前展开的世界的确是一个崭新的世界、陌生的世界。我相信，随着我国进一步地深化改革、扩大开放，肯定会有更多的作者投笔去写类似的新人物、新世界，这样的作品对于扩大读者的视野，鞭策我们更好更快地建设社会主义，无疑地有着它不可代替的作用。另外，对这部作品的艺术特色，你有什么看法呢？

王明：由于只读到刊物选载的一部分，所以还很难对全书的思想内容和艺术特色发表准确的意见。就读到的部分而言，我觉得作者是有才华的，虽然叙事多于性格的刻画，但作者有艺术感觉，有游刃有余的文学能力。她的文笔清丽流畅、叙事要言不烦，抒情写景富于画面感，有一种优雅的情调和氛围，就文学的意义上说，还有具有可读性与耐读性的。摘载的部分由于多数涉及商业活动，也有显得枯燥乏味的段落，对女主人公心世界的更丰富更复杂更立体的展示显得不够，因而，人物形象便显得不够丰满。兴许这不是全书的缺点，当读者读到全书时，感受会完全是另一样。

董方：从摘载的部分看，我觉得写女主人公的部分还是有深度的，形象也还鲜明，其他像她的丈夫麦克，像那个搞到配额又不知如何推销出去的中国讲师，像辛勤工作反被调离的外贸干部徐先生，像傲慢而不知尊重人、赖账的女干部刘展，等等，虽然笔墨不多，却也形神毕肖，这里正足以看出作者的才力。你说呢？

王明：好，仁者见仁，智者见智。也许读者还有各自的看法，就让更多的读者去公断吧！

（原载《作品与争鸣》1992年第5期）

# 一曲人生奋斗之歌

## ——读周励的《曼哈的中国女人》

何镇邦

美籍华人周励女士的《曼》一书，当它的部分章节今春在《十月》杂志上选载时，就引起了人们的注意；今年秋天，当这部自传性的纪实文学作品由北京出版社出版后，几乎成了最畅销的一本文学书籍。它的读者面相当广泛，从中青年到老年，从文学界到商界，不少人在读这部书，议论这部书。它的魅力何在？是由于它描述了一位中国女子只身远渡重洋，在异国他乡艰苦拼搏、终于获得成功的故事给人以人生的启迪；还是由于它叙述了一位从上海滩到北大荒艰苦跋涉的知识青年的人生历史唤起了一代人亲切的回忆？抑或是回荡于书中字里行间并贯穿全书的爱国主义激情点燃了人们心中的火焰？我以为这几方面都可能是这部书最吸引人的地方。我正是从这几方面来看待这部书的价值的。

我以为，这部书之所以吸引人，不在于它描述了异国风光和异国情调，诸如描述了纽约曼哈顿的繁荣、中央公园的幽美、纽约商界的风云变幻，等等，向读者提供诸多的新鲜的生活经历；更重要的还在于它通过从北大荒到曼哈顿生活经历的描述，揭示了如何实现人生价值的重要发现，给人们以人生的启迪。作者在这部书的终卷写道："我又想起我的梦魂萦绕的祖国，想到那片遥远的度过我青春岁月的北大荒黑土地，好像她就在不远处的中央公园那端。曼哈顿距离北大荒并不远，我们从东方到西方，奋斗在这个世界上，只有奋斗才会带来更持久巨大的幸福；只有奋斗才能创造出人生的价值和尊严，创造激情和人生的快乐！"这段话，可能是作者写完全书后出自肺腑的一段心曲。读完这部近四十万字的书后掩卷而思，可以发现，不倦的奋斗贯穿全书，成为全书的基调和主旋律。从某种意义上说，这是一个在生活的旅途上奋斗进取者心灵历程的记录，也是一曲奋斗的凯歌。书中的不少篇章，虽然也写了一些艰辛的岁月和各种各样的挫折和苦难，但全书的基调仍然是昂扬的、催人向上的，因为它是一曲奋斗之歌。设想一下，一个在大洋彼岸无亲无故的孤身女子，一个靠在上海宾馆偶然间找到经济担保人，到美国时身边只有四十美元的自费留学生，要闯进纽约的商业社会，在竞争激烈的曼哈顿获得成功，靠的是什么？靠的是不屈不挠的奋斗精神。读这本书的第一章“纽约商场风云”和第六章“曼哈顿的中国女人”，都有这种深切的体会。可贵的是，作者置身于商业竞争的风云之中，灵魂却并非商业化的。她在书中这样写道：“我给自己定了一条原则：作为一个以美国商场为生活背景的人。头脑，应当是商人的头脑；但灵魂，不是商人的灵魂；也不能把自己的灵魂和时间都卖给那些灵魂也是商人的商人！”这是作者心迹的坦露，也可能是她在纽约商场风云中取得成功的另一原因。是她对人生真谛另一重要的揭示。我们从她在商业活动中重信誉，在生活中重真情，她始终热爱着音乐，把文学看作是“世界上最壮丽的现象”，包括用大量的精力和时间写成此书，等等，都可以看到她的灵魂“不是商人的灵魂”，唯其如此，这部书才不致写成从商的指南，而是一部具有较高品格的人生教科书。

说实在的，读完此书后，我更偏爱“童年”“少女的初恋”“北大荒的小屋”“留学美国”等章节。这些章节，描述了作者从童年、少年到青年时代以及留学美国初期的人生现时遭际，尤其是写在北大荒的那些篇章，饱含着更浓烈的感情，写得也更为集中，因此具有更浓的文学色彩和更高的文学价值。当然，从这些章节中，我们首先看到的是从作者生活经历中折射出来的那个时代和在这些生活磨难中形成的坚忍不拔的性格，而这些是很有认识价值的。可以这么说，如果没有北大荒那段生活的磨难和在这种磨难中形成的性格，就没有后来在纽约商场风云中的成功，作者也就不可能成为被美国商界推崇的：“曼哈顿的中国女人”。但我以为，这些章节更动人的还是关于一个女人的感情经历的描写，无论是写与复旦大学那位高才生裴阳的少女的初恋以及这种初恋的悲剧结局，还是写在北大荒的小屋中同于廉真挚的感情交流以及这种没有结果的爱情；抑或写返沪后同钢琴教师乔耐的感情纠葛以及留学美国之后认识麦克的经过还有她同麦克那种炽热的感情，作者都是用坦诚的态度去写这些感情经历的。作者笔触所描写的那些逝去的爱情，尤其是裴阳和于廉这样的人物形象，读后久久难以抹去。文学作品应该是人类情感流动的产物。从这一角度来看，我以为这些章节更有文学价值，因为它们具有更浓的情感色彩和饱含这种情感因素的细腻的笔触。

读《曼》一书，我时时感到作者爱国主义的激情冲击着自己的心扉。在读这本书的代序和第一章“纽约商场风云”时，我们能够感到作者为她在纽约商场的成功而骄傲，如果误以为这是一种自我炫耀的话，那是比较表层的，其实，这种骄傲的情绪也是一种爱国主义的表现。我们再从作者所从事的商业活动来看，她所做的都是中美之间的贸易介绍的工作，她想尽办法把中国货物——从三十万码坯布到皮鞋、木珠门帘、丝绸饰带等打进美国市场，她的每一次商业活动的成功，都为中国产品找到新的美国市场，这本身就是一种爱国的具体行动。最令人感动的是，为了让中国的货物打进欧洲市场所做的种种努力，例如为了让中国的抽纱窗帘打进德国市场，为了让中国抽纱总公司买下德国赛特公司全套抽纱机械设备而在四十八小时中只睡了三个小时，这不仅仅是一种商业上的竞争意识，而应该提升到爱国主义的高度来看。唯其如此，当我们读到这部书的终卷，作者引用爱国主义诗人闻一多《发现》中的诗句，喊出“咱们的中国”时，我们认为这是她爱国主义真情的流露，绝无一点矫情的感觉。爱国主义是人类感情中最崇高的感情。在《曼》一书中，我们感到最可贵的却是作者真情的抒写，这种真情包括她的爱情和爱国主义的感情，无论是少女初恋还是到美国后同一个欧洲小伙子之间炽热的爱情，都是纯洁的、动人的，但是能在给人一种崇高感的基础上使这本书审美品格再提高的，乃是作者贯穿全书的爱国主义情感。

作者在代序的最后一段这么写道：“如果我的同龄人——从北大荒的‘战友’，到‘老三届’的同伴，直到我们的下一代，能够从这本传记中得到一点启发，认识到自身存在的价值，认识到命运是可以改变的这个道理，那么对我来说是极大的安慰了。”看来，作者的这个目的是达到了。从这本人生搏击的真实记录中，从这一曲人生奋斗之歌中，读者不仅可以认识到存在的价值和命运可以改变的道理，而且可以得到，在人生艰难的道路上不断开拓奋进的鼓舞。

纪实文学最可贵的是写作材料的真实和作者感情的真诚，这两方面这部书都具备了，且成了它鲜明的特色和吸引人的力量。此外，作者流畅的文笔和有关音乐、绘画方面的知识也都增加了此书的可读性。稍感不足的是作者落笔时随意性太强，不少章节有点信马由缰，放出去不大能收回来，个别地方文句显得有些拖沓，等等。这种不满足其实是对作者更高的一种期待。

（原载《北京日报》1992年11月2日）

何镇邦，著名文学评论家，中国作协鲁迅文学院教授。曾获第二届当代文学研究奖。

# 倾听一代人的声音

## ——读《曼哈顿的中国女人》

李师东

一个三十五岁、揣着四十美元就闯美国的中国女人，几年之后，在曼哈顿第五大道站住了脚跟，拥有了自己的客户和资产，这此中的经历，听来就够抓人的。这个中国女人并不满足于此，还宣称："我要写！我要写我们这一代人的兴盛衰败，我要把我所经历的一切告诉我们的下一代……"这是一代什么人中的一个人，她要告诉我们什么，我们又将如何承受，所以这些，使我们饶有兴致地翻开这本沉甸甸的书——《曼哈顿的中国女人》。

毫无疑问，这是一本抒情性强、内涵独特的书。它通过一个人的遭遇写出了一代人的艰辛和奋斗壮举，通过一代人的经历彰显了一个时代中一份奇特的精神世界。这个时代面临的是一个逐步融合而变得缩小了的世界，在这个世界上似乎每一个人都有迈出国门的可能，那么身处异国他乡的作者又在怎样生存？开篇"纽约商场风云"把我们带进了一个没有硝烟的战场，我们在听一个中国女人绘声绘色地讲述美国的商战情形和中国海外公司的处境，更主要的是听作者讲述她在曼哈顿第五大道的成功。这似乎已经很让无缘走出国门的读者大开眼界了，然而我们并不满足作者对这些异国生活表象的描述，我们更想知道的是，"曼哈顿的中国女人"这一成功者的形象背后有着怎样的中国经历，这些经历和遭遇又是如何影响到她面临新的生活处境的。

如果我们想到，这个"中国女人"，是原来的上海外贸局的一位大夫，是一名先前的北大荒兵团战士，说得更远一点，是曾经在少年宫前领头起舞的那个小姑娘时，我们便不由自主地被卷入作者的人生旅途之中，我们就会发现，我们看到的不再是一个获得成功的经商者形象，而我们倾听着的是一个中国女人饱含生活激情和人生感怀的心灵搏动。正是作者对自己生活遭遇的理解，对她那一代特殊人们的认识，对中西方社会性的联系和差异的体察，对个体人生价值的把握和揭示，才使得这本书更加引人入胜。

本书的作者属于这样一代人：他们生长在新中国，有着萌发美好理想的幸福童年，同时有着这一代人特殊的“文革”遭遇。在社会改革开放的今天，他们中的很大一部分人仍然顽强地保持着一种特别的生活理想和激情。本书的作者正是其中之一。因此我们不难理解，在占本书主要篇幅的“童年”“少女的初恋”“北大荒的小屋”这些章节中，作者为什么写得那么由衷、那么投入，为什么作者能进入异国商界获得成功，为什么从商之时总要不时想起那些“城南旧事”，以及作者为什么要写出这样一部带有强烈自传色彩的纪实作品。通过自身不寻常的生活经历，力图提示包括作者在内的这一代人曾经有过的以及现在仍然有着的生活热情和理想，正是作者提示给我们怎样去理解这一代人的一个秘密。而这本书也不妨看成是新时期知青文学洪流中后续的一部描写“世界人”生活和思想的代表性作品。不同的是，作者通过在异国的生活经历，把属于这一代人的人生秘密，转化成了对个体人生价值的张扬，对在困境和机遇中发现自身价值的人们所具备的精神光芒的充分肯定。作者认定，一个人对社会和人生价值的不断实现，就会给这个社会中的每一个人以应有的启示。对此，与其说作者是在展示自己的成功，不如说是在证实这一代人精神和思想上的富有。而这种“富有”所带来的丰富人生启示，也正是本书所以能吸引众多读者的一个重要原因。

至于作者反复渲染的对祖国的感情和行为，我们也似乎可以从作者的经历和感受中寻找答案。对于这一代人来说，“祖国”是他们的生活情感和思想信念得以光大的根本所在。他们的青春与激情、磨难与理想早已凝聚在这块土地上，他们得以付出，得以获取。不同在于，一个身居海外的人，所感受到的“祖国”的情感和思想内涵，显然不同于她所属于的一代人和其他国人，这是作者的财富。我们今天仍然在自己的国度里获得生活经历和生活信念，这也是一种财富。只不过，我们在享有这些时，如何为生活中的这个社会实现自己更大的人生价值，而这，我们仍然可以看成是本书的作者在扉页上写出“此书谨献给我的祖国和能在困境中发现自身价值的人”之时的心愿和希冀。

任何一代人都有自己的故事，而对于这一代人独特的故事，我们仍将饶有兴致地继续倾听。

（原载《中国教育报》1992年11月22日）

李师东，1984年毕业于复旦大学中文系，中国青年出版社副总编辑。

# 《曼哈顿的中国女人》读后

曾镇南

周励的长篇自传文学《曼哈顿的中国女人》，成为今年下半年书肆中畅销的文学类书籍。读者尽管褒贬不一，但大多数人都认为此书值得一读。

那么，这本书究竟有哪些东西拨动了中国当代读者的心弦呢？难道仅仅是因为它描写了一个中国年轻女性在美国经商成功的过程和诀窍，引起了做着出国发财梦的某些人的兴趣？难道仅仅是它所描写五光十色、波诡云谲的美国社会风貌，引起了没有机会踏出国门的人们的好奇？从一部内容丰富的书中，不同的读者所看取的东西是很不同的。不能说上述解释都是郢书燕说的捕风之谈，但如果这样来观察这本书的畅销，无疑是很表面的。

我是怀着激动和感奋的心情读完这本书的。首先，我有一种大开眼界和大开思路的感觉。此书的第一章“纽约商界风云”，无疑是全书最有思想光彩的部分。在这一章里，作者以清晰利索的叙事能力，引人入胜地写出了她从一笔偶然遇上的坯布生意做起，到创建自己的公司，经营上千万美元的进出口贸易，使中国的产品陆续打入美国市场的经过。这个创业的过程真是山重水复，柳暗花明，兔起鹘落，扑朔迷离。这里充满了机遇和坦途，也布满了陷阱与泥坑；这里有眼泪和欢笑的交织，有艰辛与拼搏的相随，有张有弛，有声有色。在对这一过程的叙写之中，作者勾勒出了自己的倔强坚韧的个性，百折不挠的意志，诚信可交的品格，聪颖过人的禀赋和诗情梦意常萦于心的优雅气质。正是这种人格的魅力、人生的智光和生命的能量吸引了读者。

作者给自己写了一条规则：“作为一个以美国商场为生活背景的人，头脑，应当是商人的头脑；但灵魂，不是商人的灵魂。”经商自然要追逐利润，投身于商业的人，倘若疏于修身养志，是很容易染上利欲熏心、损人利己、不择手段、坑蒙拐骗等商患的。作者以自己的商业实践说明：为商亦有其道。成功之门，不在于利用各种关系和后门，而在于吃苦精神、诚信态度和审时度势、当机立断的智慧，在于有高出于商业行为的人生目的和追求。认识自己的潜能和价值，用不懈的奋斗来驾驭和改变自己的命运，这就是作者想告诉广大读者的人生启示。

在作者的笔下，正当的商业活动，也是人类智慧之花和劳动之果掩映生辉的领域。那个在纽约第五大道上骑自行车来往奔驰的唯一的女人所付出的艰辛，那个从韩国的木珠门帘上触发了灵感，终于使中国的木珠门帘取而代之的中国女人的智慧，虽然也从属于商业上赢利的目的，但却具有另一种人生示范的价值。这一切描写对于我们是新颖的。在传统的观念的制约下，我们不是习惯于用鄙夷的眼光去看待商业行为，认为文学的诗意与金钱的计较是天然和敌对的，文艺之道与陶朱之术相去甚远吗？周励的经商实践和创作实践却向我们表明：商业行为不等于唯利是图，它也是人类的实践活动之一，也自有其规律和道德规范，也是人类表现其勤劳、顽强和创造性的舞台。描写这种人类实践活动，如果能使之升华进入人的自我设计、自我完善的领域，进入为人处世之道的探索，那么它也是可以获得审美价值，进入文学的殿堂的。

描写纽约商场风云的部分，在全书仅占两章，另外四章，作者描写了她的不无阴影的童年；在“文革”背景上展开的充满理想主义色彩也充满幻灭的苦涩的初恋；在北大荒交织青春的激情和苦难的知青生涯；留学美国初期找工的辛酸、目击的众生相以及与美国人麦克的邂逅、相恋、结婚的经过。这样的取材和布局使我们感觉到，作者除了叙写她的经商创业史这外，还有更广阔更深邃的写作意图：她试图写出她和她的同代人是在一个怎样的社会土壤上、受着怎样一种思想文化教育成长起来的，她所经历的是一个怎样的时代，而这样的社会土壤和时代，又是怎样造就了、“炼”成了她这样一个“曼哈顿的中国女人”。为了实现这样的写作意图，作者根据她的亲身经历，在本书里织入了不少“伤痕文学”和“知青文学”反复描写过的内容。在这一点上，很鲜明地表现出九十年代在中国文坛占有一席之地的“留学生文学”在社会生活内容上的一个特征：它在某些方面是国内风行过的“伤痕文学”和“知青文学”在改革开放的新阶段，在海外的一个延伸。

诚然，在周励笔下，关于“文革”给予一个敢于提出怀疑和抗议的少女造成的伤害和压力的描写，关于知青苦难生活和愤懑心理的描写，都是我们熟知的。但是，这些描写仅仅是周励和盘托出的她整个生活道路和心路历程的一部分，因此，它就带有个人亲历的那种真切感和诚挚感。同时，周励的独特性还在于，她时时用现在的生活经验和智慧去照亮她所走过来的道路，因此她从那条道路上获得的就不仅仅是苦涩的果实，也有对一个健康灵魂能起到滋养作用的阳光和雨露。在这本书里，我们常常读到，作者怀着真挚的感激之情，提到祖国的社会生活氛围、文化氛围和伦理道德观念对她的成长所起的积极作用。这些地方不仅仅令人感动，而且发人深思。善于从自己的经历中去开掘、汲取有益的营养，去发现自己现在成功的某些幽隐的渊源，这是只有对历史取澄明、公正、全面的观照态度的人才能做到的。

当然，在这样一部作者个人主观色彩很强的书里，也有某些笔弱之处。例如，作者与裴阳、于廉的两次恋爱的描写，文学的藻饰显然超过了真实的生活情景和心理感受的描写。另外，作者不避嫌地描写了成功者享受的人生盛宴以及站在成功的峰巅环顾旁人、回首往事兴发的感慨，对于宽容的读者来说，这也是人性和世态之常，不妨一笑置之；而对于有些苛求的读者来说，他们却会从中窥见作者的自得之色，反而和作者所描写的一切疏离起来。这里有一个分寸感问题，是需要作者注意的。

（原载《光明日报》1992年12月11日）

曾镇南，著名文学评论家，历任中共中央书记处干部、中国作协创研室干部、中国社会科学院文学研究所《文学评论》副主编。

# 唯有奋斗，才能体现人的价值和尊严

王洪先

《曼哈顿的中国女人》一书在全国第五届书市上销售量为艺类榜首。迄今，《曼》在投入市场三个月内印刷三次，总销售量近四十万册。读者对《曼》倾注的热情在近几年的出版业中是罕见的。

笔者作为《曼》的责任编辑，与《曼》的作者周励女士有过一段工作交往。在交往过程中，对周励身上散发的人性光辉，尤其对她自强不息的品格和只争朝夕的工作热忱感受颇深。

周励写此书，诚如书中所记述的那样，是在她繁忙的商业活动间隙陆续写出来的。我在北京常常于下午两三点钟接到她从纽约打来的电话或传真。这个时间正是她那里的凌晨时分。而每天上午9点，她都必须准时到公司上班，接待客户，处理业务。

每次接到她的电话，首先听到的是她那爽朗热情的笑声。她思路敏捷，条理清晰，使人感到她的精力相当充沛，丝毫没有疲惫感。有时刚说几句就被她客户的国际电话打断，使你感到她的生活总是在紧张的快节奏中度过。但她却能应付裕如，表现出很强的驾驭工作与生活的能力。

今年六月中旬，周励为《曼》的出版，专程从美国飞到北京。在饭店每天除上午用一个多小时打长途处理纽约公司的紧急业务外，其余时间认真校定书稿文字。客房没有供写作的桌子，她就趴在低矮的茶几上，一直干到夜里一两点。常常是误了吃饭时间，也就清水一杯对付过去了。这样连干了五天，终于把四十万字校定付梓，目睹了周励专注刻苦的工作状态，我更理解了她在书中写的拼搏精神。事业有成的周励，仍一如既往地保持着旺盛的创业精神，丝毫没有坐享其成的骄奢之气。

周励在京期间，闭门写作，不见记者，曾做过记者的她深知名人之累，她“不想成为新闻人物”。

周励曾对我说：“我从小就养成了一种不服输的个性。在幼儿园、在小学时，男孩子欺负我们女生，我就找他们论理，决不忍气吞声。长大了，懂的知识多了，就更明白了人要自立。你看我的名字不像个女性的吧？这是我上中学时自己改的。我要求自己要自强自立，再接再厉。我这前半生看来是按这个‘励’字走过来的，没有违背当初的愿望。”

周励从小受到的教育及其逐步树立起的人生观，注定了她作为一个理想主义者为了寻求和实现自己的理想，必然会与严酷的现实发生冲撞，遭受种种磨难。又由于她自幼就显示了一种不甘示弱、争强好胜的个性，在理想和现实的冲撞中不但没有消磨掉棱角，反而增强了锐意进取的胆气，形成了一种难能可贵的品格。这种品格，使得她能在“文革”期间自觉地阅读马列书，写出一张否定“文革”的大字报，当时她只是个十七岁的中学生。这种品格又使她能在北大荒弥漫的风雪中经受严酷的自然与社会政治的磨砺，锻造了一身硬骨和宽阔的胸怀。同时，又是这种品格，使她能一往情深地追求自己理想的爱情。在美国留学、在曼哈顿奇诡的商场风云中，更是这种品格，使得她一个只身来到美国，身上只有四十美元的上海女子，在短短的几年间就创办了自己每年经营额上千万美元的贸易公司，被商界誉之为“曼哈顿的中国女人”。

周励在回顾自己所走的路时说：我的经历和遭际正像我书中所写的那样，这一切完全是真实的。

我要表明人的命运是可以通过不断地奋斗而改变的。只有奋斗，才使我对生活充满希望，只有奋斗，才能使我保持旺盛的生命力，同时也才能不断地体现自身价值，创造自己的美好未来。我真心希望我的“老三届”的战友们以及我们之后的当代青年们，都能寻找到自己的位置、创造自身的价值，无愧于历史和人生。

（原载《北京青年报》1992年11月7日）

王洪先，北京出版集团《十月》杂志编审。

# 理想与激情在彼岸升华

## ——我读《曼哈顿的中国女人》

刘　畅

如果是火山，

就不必计算何时喷发，

亿万能量的积蓄，

怎么没有期待中的升华。

——题记

有人曾对知青群体做出“最具爆发潜力一代人”的评价，并说：给他们一个支点，他们就能掀动地球。在周励所著《曼》一书中，我们终于切实地感到了这种壮丽的爆发及其“掀动地球”的激情和力量。一个“老三届”、一个兵团知青、一个在中国近三十年风雨中饱经磨难的共和国同龄人，竟然在世界金融商业中心——纽约曼哈顿打出自己的一片天下，短短四年时间，从自费打工到创立自己的公司，经营上千万美元的进出口贸易，这不能说不是一种奇迹。就其展示的打工生活及商业活动部分而言，该书确有认识美国社会、学习在异国谋生技巧的现实价值，似乎可与《北京人在纽约》一样归入洋插队打工文学或商业小说中。

然而，《曼》所展现的一代人的生活历程远非打工文学或商业小说所能涵盖的。作者在美国的洋插队生活及其商业上的成功仅构成该书的表层图像，其深层的精神意蕴则像淹没于海平面之下的大陆架一样，延伸到不可测的远方，充分展示海底世界的奇谲与瑰丽。换句话说，作者在美国成功的基础早已在中国奠定。作为共和国的同龄人，周励几乎经历了这一代人所可能经历的一切：天真烂漫的祖国花朵、“大串联”的红卫兵、父母蒙难的“狗崽子”、受批判的异端分子、北大荒的兵团战士、幸运的工农兵学员，直至赴美国的自费留学生。世态百变的现实胜于任何虚构，作者的悲喜忧乐与共和国的兴衰浮沉有着一种惊人的生命同构，历史在给这一代人痛苦与重压之时，也赋予他们不可多得的精神财富，他们以后同命运搏斗的力量往往来源于这种财富。仿佛命运注定要让这代人在半生的经历中品尝人生百味：单纯、狂热、荒唐、冷却、迷惘、失落、追寻、拼搏、成功……每隔三五年，处于转型中的社会就要变幻一种主题与时尚。与之相应，于是人们就多了一种经历与追求，或虚幻，或荒唐，或充实，或痛苦。时光流转，命途多舛，潮起潮落，大悲大喜，近四十年的中国历史就像一个命运的魔术师，也像一个各种思想与价值观念的试验场，思维的云团在交战，价值的正负电荷在碰撞，旧的圣殿在坍塌，新的大陆在崛起……周励有幸经历了这一切，并且每一种变化都在自己身上打下深深的烙印。动荡不安的社会对人的精神馈赠往往以几倍、十几倍于平衡发展的社会。正如作者后来回忆的：“（我之所以成功）是由于我自记事起在受到一连串磨难中逐渐养成的一种倔强的性格。我在艰难中仍然憧憬着未来，渴望着机遇；艰难的生活历程压抑不住心中的激情，不断地努力凝聚着改变自己命运的爆发力。”沿着这条思路，作者以极大篇幅描述了产生这种性格的社会人文背景，展现出一个具有理想主义色彩的丰富灵魂，从而折射出一代人的情感世界及其精神历程。这是《曼》的最大价值所在，也是其区别于《北京人在纽约》《上海人在东京》等洋插队文学的独特之处。

从北大荒的小屋到曼哈顿的大厦，从兵团战士到美国公司老板，这种恍如隔世的命运变化与不可思议的角色置换，迫使作者苦苦追寻二者之间的内在逻辑联系，所以该书充满了强烈的寻根欲望——寻找促成这种变化的思想、文化、精神之根。追寻的结果令人惊讶：她在美国成功的精神力量竟来源于大洋彼岸的另一思想文化体系，社会主义中国的理想主义教育构成其人格的基本框架并成为她一次开启命运之门的支点。

对美好未来憧憬的早期理想主义教育涂抹了作者生命的底色，这种底色的附着力是如此顽强，以至从童年起就渗入了血液，主宰了神经，难以剥离。童年，是普希金那美丽的童话，是“六一”晚会的熊熊篝火，是国庆节的白鸽、鲜花，是苏联外宾那幸福的亲吻……十岁左右的作者经常是各种活动的组织者：当主持大会的小主席，在营火晚会上当报幕员，任少先队合唱的小指挥，受校长委托给全校同学讲

《青年近卫军》的故事……丰富而充实的精神生活构成童年的基调。稍大些，作者又沉浸在各种中外名著中，如《钢铁是怎样炼成的》《卓娅和舒拉的故事》《古丽雅的道路》《悲惨世界》《九三年》《普希金诗选》……滋养作者成长的，是保尔那被一代人奉为圭臬的名言，是丹娘那视死如归的牺牲精神，是列宁那充满领袖魅力的演讲。这种以苏联模式为主体的理想主义教育成为作者人生观的基础，点燃了她献身人类伟大事业的熊熊理想之火，这种早期理想教育几乎支配了作者的一生。她为列宁像被推倒而哭，也为自己美好的童年而哭。

这种不甚完美的理想主义教育今天看来，无疑具有不切实际的虚幻成分，其重精神轻物质、重未来轻现实、重群体轻个性的缺陷，已经受到历史的冷落。理想主义教育的本质在于超越，共产主义的无阶级、无差别境界即是对现实世界的一种超越，使人在早年就树立起一种超越平庸浅俗的人生态度，向往更为博大充实的人生境界。该书有一段话可视为作者人生的座右铭："我厌恶灰黯无味的精神生活！我不断追求着激情的迸发和感情生活的满足。我渴慕友谊，渴慕爱情。"一种希望过充实精神生活的力量把她不断从平庸琐屑中向上提升，努力接近那些给人类灵魂以滋养的伟大心灵。在接近中，也使自己的心灵得到升华。作者在半生中从未停止过对理想之地的耕耘与播种。

当然，理想主义教育并非没有缺陷。缺陷在于缺乏实践性品格，理想主义的危险在于盲从、轻信，它引导人追求自己并不理解、没有经过大脑思考的东西，当理想找不到确保其实现的道路和手段时，其结局必然是悲剧性的。周励的男友、才华横溢的复旦大学国际关系系尖子裴阳，正是这种悲剧的体现。要注意的是作者怎样避免了盲从的厄运，被排斥在狂热的政治运动之外，从而获得一种新的精神生命。换言之，作者既从理想主义教育中吸取了超越命运的营养，又避免了其使人盲从、相信现成的理论的缺陷。

黑夜给了我黑色的眼睛，我却用它寻找光明。被某种狂热的时尚所排斥是一种幸运，它使你脱离媚俗盲从的人流，在一定距离之外静观自己曾身处其中的闹剧。十七岁的作者，在苦读了一年艰深的马列著作后，大胆向《文汇报》投书，表明自己的观点。所带来的磨难自然一言难尽，但这已让人看到作者在扭曲、错乱中的一种成熟，一种从自己心感身受的社会现实中寻找真理的气质。这正是学问、智慧似乎都高作者一筹的裴阳所不具备的，也是从小就沉溺在物质享受中的美国青年所没有的。由此来看作者在曼哈顿的成功绝非偶然。如同盲从和幻想一样，独立思考也属于这一代人。复杂多变的现实教会了周励们重新发现真理的途径，尤其在经历了欺骗和幻灭之后，这种追寻反而更加炽烈。在历史拒绝提供机遇时，他们学会了积蓄和等待，一有转机，他们就会抓住不放，久受压抑的激情凝成了强大的爆发力。因为，谁都知道，同新的一代相比，他们的时间已经不多了。

正因为周励从早年所受的理想主义教育中吸取了精华，所以不论命运怎样变化，她内心总有一种顽强的自我肯定精神。正如作者所说："你无法改变自己的历史，那个年龄的我们都是理想主义者，只要需要，上刀山下火海我们也绝不会迟疑。"纵然命运坎坷多难灵魂遍体鳞伤，但心底仍有不死的精灵，仍有对自己过去一段美丽深情的眷恋；纵然时代荒唐，社会扭曲，人格变态，但执着追求理想生活的火种还在，超越命运安排的精神不死。这种种潜藏于内心深处顽强的自我肯定，使作者一次次试图从现实的监禁中"越狱"。书中描写的她为撤掉档案回上海千里扒火车，为当兵跳围墙闯入军区大院，利用放猪空闲读书做笔记等细节都是这种精神的体现。尤其令人感动的是作者在三十岁时竟萌生了学钢琴的欲望。"从紧闭的窗子里透过来的遥远的音乐使我打了寒噤，久已枯竭的眼泪居然淌了出来。我对着那窗子，一边听一边流泪。琴声好似雨水，一点一滴渗透了我被不断的失败压得喘不过气来的心灵……"那正是作者写了十几个短篇、三个中篇和两个电影剧本失败之后，她希望生活中能开出一朵鲜花来抚慰她寂寞的灵魂，于是，在毫无希望学会钢琴的年龄疯狂地迷恋上了钢琴。总之，一个内心怀有强烈自我肯定精神的灵魂决不会被现实的苦难压倒，也不会被庸俗无聊淹没。在某种意义上，这种精神甚至胜过天赋的细胞与技巧。在命运大门之前，周励就像一个积极奔跑、主动找位的前锋球员，不断根据自己与球的位置寻找破门的机会，也许九十九次的奔跑是徒劳的，但第一百次，她进球了，得分了！我们在赞叹她这一次射门的有力、准确之时，往往容易忽略她那九十九次的辛劳，甚至惋惜她奔跑得徒劳无获。但以这种力量冲击命运之门的人，进球只是时间早晚的问题。周励在中国是这样，在美国也是如此。金字塔尖固然壮美，但它来源于雄伟的塔基；海岛风光固然绮丽，但海平面以下的大陆架更为神奇。该书描写的中国部分与美国部分的比例，正好像塔基与塔尖、大陆架与海岛之比。

文学是照亮别人灵魂的精神劳动。正如当年《古丽雅的道路》《丹娘》等照亮了周励一代人的生活道路一样，《曼》也将为今天的青年们提供滋养灵魂的食粮。每代人的具体环境、价值观念尽管不同，一代人也不可能重复上代人的具体行为，但超越自己、努力改变自身的命运则是永恒的。薪尽火传。当年，理想主义之火点燃了周励的生命之薪；今天，这生命之薪又在彼岸升华，凝聚成一束精神之光，试图照亮更多的灵魂。

（原载《天津日报》1992年12月15日）

刘畅，知名文学评论家，南开大学文学院教授、博导。

# 生命的火焰正在炽热地燃烧

## ——读《曼哈顿的中国女人》

蒋守谦

旅美华人周励的长篇自传《曼哈顿的中国女人》出版后在读者中立刻引起了热烈的反响，成为1992年北京新华书店文艺类畅销书中的一本。有些个体书摊把此书书名用彩笔或大字写成形形色色的广告招徕读者，一度成为北京街头的一处惹人注目的文化景观。畅销书未必都有长久的生命力，但是我以为这本《曼》将因它热情洋溢的笔触所展现的富有人性深度和文化内涵的一方新的人生天地而魅力不衰。时间将会证明这不是妄断！

有一股值得重视的创作潮流，这就是以反映自20世纪80年代初以来，中国大陆上的青年人随着几经涌动的“出国潮”负笈远游、在国外生活景况为特点的留学生文学创作的潮流，现在方兴未艾。《曼》即这股创作潮流中一个引人注目的佼佼者。

留学生文学早在20世纪初已存在于中国文苑。像鲁迅、郭沫若、郁达夫、老舍、冰心、徐志摩等现代文学史上的名家都曾写过表现他们在国外留学期间的见闻或亲身感受的作品。这些作品给人的突出印象，是作者着力于反映当时的留学生作为中国这样一个弱国子民，寄人篱下，既备受歧视，又无人理解的孤独、凄冷的境况。郁达夫《沉沦》里的主人公“他”心力交瘁，不能自拔，决定沉沦于大海时面对隔岸的祖国，声泪俱下地呼喊：“祖国呀祖国！我的死是你害我的！你快富起来！强起来吧！你还有许多儿女在那里受苦呢？”这一阵曾使几代中华民族为之心酸的呼唤，正是20世纪20年代在海外留学的中国青年心态的集中体现。对于这种孤独、凄冷心态的描写，在此后不同时期出现的留学生文学中延绵不绝。比如20世纪60年代旅美作家白先勇《纽约客》和于梨华《又见棕榈，又见棕榈》中表现的一些留美的中国台港学生由于众所周知的历史原因造成的“无根”的痛苦，就是这种孤独、凄冷心态的一种特殊表现。时间又过去了二十年，近期出现的反映20世纪80年代中国大陆青年留学国外生活的作品，像刘观德的《我的财富在澳洲》、樊祥达的《上海人在东京》、吴民民的《留日学生心态录》（以上均为纪实文学），以及柯岩的《他乡明月》（长篇小说）、李佩的《遥远的海》（中短篇小说集）等，我们都强烈地感到这种孤独、凄冷之气仍然笼罩着海外游子的心。作品的主人公几乎都是抱着天真的幻想走出国门，一旦置身异国，那天真的幻想旋即为严峻的现实所击碎，陷入了洋插队的困苦之中。完全无须怀疑这些作品所写生活的真实性和它们主题的思想价值。但同时也应看到，这里所表现的，毕竟只是事情的一方面，而不是全部。《曼》的作者也是以20世纪80年代的出国潮为背景来描写自己自费出国留学的意愿和行动的，也写到“洋插队”的困苦，写到了纽约那样一个“极端富裕文明而又极端罪恶的世界”给每一个生活于其中的人——特别是来自中国大陆的自费留学生所造成的沉重的经济和精神压力。但是她更多的是表现自己如何冲破这种压力，取得事业上的成功，以及由此而带来的社会地位、人际关系、物质和精神生活等方面相应的变化。在谈到自己旅美的经历时，她很坦率：“而我——一个在1985年夏天闯入美国自费留学的异乡女子，虽然举目无亲，曾给美国人的家庭做过保姆，在中国餐馆端过盘子，却能在短短不到四年的时间，就取得了使那些天使般的美国姑娘羡慕不已的成功：创立了自己的公司，经营上千万美元的进出口贸易。我在曼哈顿中央公园的边上拥有自己的寓所，并可以无忧无虑地去欧洲度假。”作为一个激烈的竞争社会里的成功者，她说：“我在白人圈子中不仅完全没有丝毫拘束之心，而且还真正感到这群白人中的许多人不如我活得潇洒，不论精神上、还是事业上……”这种传奇般的经历，这种在竞争中获胜的自豪感，对于现今数以万计漂泊在海外的留学生来说，无疑是个鼓舞；对于素以表现留学生凄苦心境为主要特色的留学生文学创作来说，记录这种经历和自豪感的自传，其突破意义，也是显而易见的！

人们当然也可以把《曼》当作一本作者试图解开其事业上成功之谜的书来读，但是我们如细加体会，就会发现她的目标不止于此。在谈到写这本书的目的时，她心潮澎湃，说道：“我要写！我要写我们这一代人的兴盛衰败，我要把我经历的一切告诉我们的下一代，我们这一代人不是遭人唾弃的，我们的光辉一直在闪耀。”

明乎此，我们就能理解她为什么把童年和由于“文革”所造成的她和她的同龄人的苦难的青春放在书里那样重要的地位上来写了。“纽约商场风云”作为全书的第一章被推出，这种安排，在结构上具有非同一般的意义。它先声夺人，使你在接读此后的几章时自然而然地要和作者一起站在一个新的立足点上来环视她的过去，思考她不断超越人生障碍的内在动力。按说，像她这样早在中学读书时代就成了“革命对象”，去北大荒劳动和工作期间又历尽磨难的生活历程，一旦诉诸笔墨，那是很容易重蹈已经成为历史的“伤痕文学”或“知青文学”的故道的。实际上没有出现这种情况，因为她的着眼点不在提示伤痕，也不在批判极“左”政治的本质和危害，而是在于对自我价值的重新认识和肯定，在于从精神上寻找现在的我和昔日的我这两者之间的内在联系。经过审视后发现，她在美国纽约商场上搏击风云的那昂扬的精神状态，作为一种生命之火，早在童年、少年和青年时代，其实已经在闪烁，在燃烧。倘若没有在幼儿园毕业典礼上自荐上台背诵《渔夫和金鱼的故事》那样一颗不甘于被埋没的天真而又智慧的童心，倘若没有投书报纸公开反对“文革”的赤诚，倘若没有冒着生命危险扒、跳火车从北大荒回上海找学校领导论理的勇气，倘若没有翻越武汉军区大院高墙，求见首长，报名参军的胆量，甚而至于，倘若没有在婚恋生活中表现出来的春潮般的内心激情和理性精神，那么，她也就不可能在酷烈的商战中踔厉风发，一举成功。在回首自己走过来的道路时，她引用了古希腊一位哲人的话：“永远用炽热的、宝石般的火焰燃烧，并且保持这种高昂的境界。这便是人生的成功了。”这就更加清楚地表明，她在自传里所要告诉读者的绝不止于一时一地的事业上的成功，而是要把事业上的成功摆到“人”这样一个总题目下来认识，确信生命之火一直在炽烈地燃烧着的人，最终获得的将是“人生的成功”！

人是中心，是目的，也是衡量世事的最后的价值尺度。这，在今天当然已不是什么新鲜观点。但是由于作者很自觉地把握了这一点，所以这本以自我审视、自我评价为特点的传记作品就获得了独到的人性深度和文化内涵。

正是因为要凸现“人”，所以，忽显忽隐地贯串于这本自传之中的主线，便是作者四十多年来坎坷曲折、多彩多姿的人生经历。翻过第一章“纽约商场风云”，首先站到读者面前的，是一个内心压抑而聪明、受到社会冷遇但却能以自己的才智和勇气脱颖而出的“丑小鸭”式的小女孩。继而，读者看到的，是一个陷入“文革”的荆天棘地中，备尝困苦但却始终没有放弃美好理想和人身权利，内心世界里涌动着爱的春潮的少女。后来，从北大荒返回上海，从中国到美国，人们看到的，则是一个饱受风霜之苦仍未减其锋芒，几次处于人生的十字路口却执着地驾驭着生命之舟向理想目标驶进中的青年女性。童年、青少年、成年、作为人生阶段，在自传里都是以作者回首往事，审视自我，思索人生的方式表现出来的。因而，我们又处处能感受到一个经过严酷的试炼、确立了现代意识，以及在事业上获得成功的过来人对自己往昔青春岁月和坎坷曲折人生道路的珍重。这种回首、审视和思索，既洋溢着诗情，又常常闪射出哲理的光彩。这是一方面。另一方面，作为一个女性，作者在回顾、审视、评价自己的时候又有着十分强烈的女性意识。读了自传之后，我们不仅觉得她是一个以自己的才智和毅力，赤手空拳，在美国商场上开出一方新天地的强者，而且还会觉得，这是一个为了爱而进行过不懈追求的东方女性，一个缱绻柔情、忠实于丈夫的妻子，一个舐犊爱子、心地甜美的母亲。她特别乐于接受一个美国朋友给予她的“曼哈顿的中国女人”这一称号，原因大概就在于这称号，集中地表达了她作为一个女人所具有的独特地位和独特身份吧！

对自己几次婚恋情况的描写相当详细，可以说它是作为自传中作者人生经历这条主线的重要组成部分存在的。如果只是着眼于事业上的追求或成功的秘诀，像婚恋生活，特别是像性心理这样一种纯属个人感情世界深处的隐私，完全可以从略处理，但现在却写得率真，很充分，细致入微而又绘声绘色。从少女时期情窦初开，到恋爱季节先后对几个意中人的热烈倾慕，两相感情碰撞时心灵火花的迸发和恋爱失败后不可名状的痛苦；从到美国后同“蓝眼睛的欧洲小伙子”麦克戏剧性地结为伉俪，徜徉爱河，到惊喜于身怀六甲，难产时死去活来的惊心动魄场面，等等，都放手地写了。作为一个女人，她那爱的欲望、爱的纠葛、爱的欢乐和痛苦，不仅活灵活现地被表现在可以直观的行为、态度上，而且被大胆地、恰如其分地表现在心理层次乃至于生理层次上。至此，她把自己的全身心都敞开了。也可能有人从中去追求言情小说的阅读效应，但在作者，却显然是为了尽可能地从人性的深层去全面地认识自己，揭示今昔之“我”在精神上的内在联系。

在择偶问题上，她曾不止一次提到自己的标准是“才气”和“风度”。只要符合这个标准而又存在着成为她的“白马王子”的可能性，无论是名噪一时的大学革委会常委，还是被发落到北大荒插队的右派儿子，她都乐于去接近，敢于爱。即使演出了苦恋、空恋的悲剧，也不后悔。这种“柏拉图式”的精神生活，只有放在具体社会背景下来看，才能发现它的真正意义。所以，在北大荒，当她所在医院一些负责人不无善意地把一个上海知青介绍给她，那引以为骄傲的条件就是“扎根典型”、正在被当作“副局级接班人”培养。对此，她说“一听就来气，甚至有一种被人捉弄的感觉”。自立这种不随流俗的择偶标准，同她在学校读书时给《文汇报》写信反对“文革”一样，都说明她从青少年时代起就是个有着独立思考和独立人格的人。更值得注意的是她在婚恋问题上所显示出来的对古今中外文化强烈而又广泛的兴趣，以及由此而形成的人文主义的文化心理。而周励却以其不随流俗和聪慧好学的个性品格，超越环境的限制，在精神领域里为自己构筑起一座不断扩展着的丰富多彩的“文化宫”，时刻畅游其间。中国文化，从屈原、刘勰、王羲之、李白到巴金、艾青、林语堂；外国文化，从古希腊的柏拉图、苏格拉底，到文艺复兴起时期的拉斐尔、米开朗琪罗、伦勃朗、达·芬奇，从贝多芬、莫扎特、普希金、托尔斯泰、车尔尼雪夫斯基、雨果、罗曼·罗兰，以至当代的海明威、约翰·里德、卡耐基等，举凡哲学、文学历史、音乐、绘画、雕塑，她都有所涉猎，虽不深入精通，但对其中某些精神却有所感悟，而且真的化为自己的血肉。倘若没有这样的文化知识背景，她是不可能为自己确立起具有鲜明的人文主义的内涵的择偶标准，也不可能在谈诗论文、学习或欣赏艺术过程中与意中人实现心灵上的沟通和感情共振。所以，通过婚恋生活的描写，我们看到的不仅是这种感情生活的本身，同时也看到了她的具有人文主义性质的人格心理和文化心理，那不惮于敞开自我，并能深入地审视自我，认识自我的现代人气质。

在言及自己投身于商战后的生活中，作者说：“我给自己定了一条原则：作为一个以美国商场为生活背景的人，头脑，应当是商人的头脑；但灵魂，不是商人的灵魂！”那么“不是商人的灵魂”的灵魂是一种什么样的灵魂呢?

商人的头脑，其本质就是在商业活动中一切以利润为指归，无论是使用算盘的商人还是使用电脑传真机的商人都是如此。就这一点而言，在竞争激烈而又残酷无情的美国商场上，作者不仅不可能背离这个原则，而且她要利用自己的全部才智，耳听六路，眼观八方，不放过任何机会，把利润的原则发挥得淋漓尽致。她毫不讳言自己已经练就了这种“商人的头脑”。但是我们从上文的分析中可以看到，她从青少年时代即已形成并用以构成自己的身心全都受役于商业利润的法则。她有一个光怪陆离的商场所容纳不了的诗人的灵魂！

这种诗人的灵魂，首先表现在她与祖国的关系上。如果说作者在写这本自传时心里隐含着一些倾诉对象的话，那么其中最重要的一个，就是祖国。她不仅以明确的语言直截了当地宣告自己“是一个地地道道的中国魂”，而且从自传中我们看到，她在商业、社交活动和精神生活中，要涉及中国的尊严和中国人的利害，她的反应总是特别敏感，特别强烈。有些情况，如果不是对人生做过深入的思考，如果不是在国外经过反复实践后激发起来的对祖国出自内心的爱，那是无论如何也不会出现的。比如建边农场，那本来是北大荒兵团医院领导人为了打击她而给她安排的一个极其荒凉的去处。过了若干年，当她从根本上改变了境遇，在工作之余同麦克一道陶醉于美国名胜大峡谷，被奇绝无比的大自然风光感动得热泪涌流时，竟忽然产生了眼前的一切“多么像北大荒建边农场的秋天啊”的感觉；当麦克建议她唱一支歌助兴时，她情不自禁地唱出的又是当年在建边农场迎新会上唱过的《边疆的泉水清又纯》，唱得如痴如醉。至此，我们不仅感到，在国外发迹了的她，感激祖国给了她一个美好的童年，是出自真心真情；而且，她把北大荒生活对她的磨炼看成是自己能够经得起初到美国那些年酷烈生活考验的重要原因，也是实在的、真诚的。她对祖国的爱是如此之深，以至于异国的自然景观无论怎样奇绝也不能消解她在自己祖国那片荒凉土地上曾经获得过的印象。这样的赤子之心，这样的诗情遐思，实在是不可与商场上的利润原则相提并论的。

这种诗人的灵魂，还表现在她积极投入生活激流以后所获得的某种人生的彻悟上。一个突出的例子，就是她对卢刚凶杀案全过程的关注和思考。一个在智力上能够去思考宇宙奥秘的中国博士研究生，竟以其一己私怨，开枪残杀其师长和中国同学达六人之多，然后自杀，造成了影响美国未来太空计划的严重后果。作者以大量资料和篇幅记叙了事情的原委，她说她的目的并不是要向读者介绍一条举世瞩目的社会新闻，而是想剖析一下包括她本人在内的留美中国学生的思维和生活方式。她是带着强烈的民族自尊心和时代责任感来进行这种剖析的。我们不妨把她所引录的爱荷华大学生化系一位中国留学生说的一句意味深长的话，看作这种剖析的一个结论：“一切从爱的角度出发”——“非常不容易”。卢刚做了与此相反的选择，结果制造了一场害人害己的现世大悲剧；而一切富有良智，或者说富有人文主义精神的人，即使面对着这种令人无比痛苦的大血案，却仍然坚持“一切从爱的角度出发”。于是，我们看到了爱荷华大学的师生在不胜哀痛的气氛下“主动以在震惊和压力之中的三百四十多名中国留学生伸出友谊之手”，看到了受害者的亲属按死者生前的信念进行诚挚的祭奠之后给卢刚的父母写信，吁请共同消除哀伤，祈求“和平与信任早日到来”……这样做“非常不容易”，唯其如此，才特别可贵。这便是对人生的某种彻悟。而作者自己经过心灵的强烈震颤，借助报纸上刊登美国“先锋十号”太空船在运行二十年之后飞离太阳系将永远遨游于浩渺无垠的太空的消息和照片，让自己的情思随着“先锋十号”一起飞向神秘的太空，衷心地祝愿死于卢刚凶杀案的六名研究宇宙太空的博士的灵魂，“在宇宙太空中安息”。这，难道不也是“一切从爱的角度出发”而做出的富有诗意的选择么？

由于《曼》是作者把自己作为一个具有七情六欲而且是个性鲜明的人物放在全书的中心进行审视、描写、剖析的，这样写出来的自传，当然也就成了文学百花园里的一朵奇葩了。作者自己也说了，由于此书是在日理万机的情况下进行写作的，“虽然尽了努力，但文章仍有粗糙不足之处”。依我看，粗糙的原因，还可能与作者缺乏提炼工夫，经常以感情宣泄代替艺术描写有关。尽管如此，由于它为我们刻画了一个在当代美国商场上搏击风云并取得辉煌胜利的“中国魂”，展示了以往中国文学所不曾展示过的一种崭新的生活和崭新的人生，因而，它在中国当代文学史上所起到的开拓作用，也就是不容忽视的了。

（原载《文学评论》1993年第1期）

蒋守谦，1960年毕业于复旦大学中文系，历任中国社会科学院文学所当代文学研究室副主任、主任、研究员。

# 一位东方女性的心灵搏斗史

## ——读周励的长篇小说《曼哈顿的中国女人》

何火任

新问世的《曼》引起读者广泛的兴趣。我以为，这部长篇小说之所以能拨动广大读者的心弦，引起强烈的共鸣，不仅因为作者所开掘的题材和所选取的表现角度的新颖，而更为主要的是，小说通过对作者自己曲折的人生经历和当今美国及欧洲社会生活图画的生动描绘，勾勒出了一位东方女性的心灵搏斗史。

我在读这部小说的时候，常常引起自己灵魂的悸动、心灵的战栗。当我看到，历经南征北战、枪林弹雨的一对夫妻在刚解放的上海生下的这个小女孩，是如何幸福地被送进了市政府机关幼儿园，可就是这座在外人看来无比羡慕的幼儿园里，这颗幼小的心灵就受到了不应当出现的而又不可能不出现的伤害，那就是因为她的父母是级别最低的处长级，阿姨对她就另眼看待；当兵团师部医院徐主任诬蔑说俱乐部画画的于廉把她“从画室带到床上”时，她怒不可遏，从桌面上探过身子去打了徐一个耳光，把台子掀翻在地……我们强烈感受到，这个灵魂，这个从童年到青年时代的纯洁美好的心灵，如何不断地、残忍地被玷污、被戕害，又如何与这个文明古老的中国所身负的沉重的精神十字架相抗衡，与之不屈不挠地拼搏！

这种拼搏精神在她到纽约之后，更集中地表现在她靠打工求学和开辟经商的人生道路的过程中。的确，女主人公的这种精神、气质和性格，是很适于当今美国那种机会平等但又激烈竞争的社会生活环境的。因此，她如鱼得水，很快取得惊人的成功，当然得力于中华民族这块虽多灾多难却又有着优秀精神传统的国土的孕育，她的不同于美国同龄女子的这种独特的精神、气质与性格，当然是这块国土优秀传统精神哺育的结果，也是冲破这种传统文化中落后、腐朽的精神桎梏而历经种种灾难磨炼的结果。这一切，使得她深深地眷恋着祖国，时时想到作为一个中国人的尊严、自豪与自信，真正懂得自身存在的价值，始终保持着一股改变自己命运的强大的精神力量。也正因为如此，对于美国社会生活中那些腐朽、没落的丑恶现象和精神垃圾，她具有一种巨大的坚不可摧的抵抗能力。

作者在书前的代序中问道：“究竟是机遇或命运，还是一股什么力量，使一个异国女子能在美国这块竞争激烈的土地上站住了脚？”她回答说：“我想，我之所以比那些生长在美国的白人同龄女子幸运，不仅是因为我的一生总是在奋斗，总是在设法改变命运，而且是由于我自记事起受到的一连串磨难中逐渐养成的一种倔强的性格。我在艰难中仍然憧憬着未来，渴望着机遇；艰难的生活历程压抑不住心中的激情，不断地努力凝聚着改变自己命运的爆发力。”小说中正是这样描画了一副东方女性如此动人心魄的心灵搏斗图。这种心灵搏斗是在激烈的东西方文化撞击中进行的。女主人公之所以没有在这一撞击中粉身碎骨（如卢刚那样），而是在精神上得以涅槃而升华，在事业上取得惊人的成功，主要就是因为她在这种东西方文化撞击中汲取了双方各自有益于心理健康的精神营养而扬弃了有害于心理健康的精神垃圾，使得她的心理能始终保持一种清醒、理智的平衡以及一种积极的、奋进的状态。因此，这一个东方女性既是“曼哈顿”的，又是“中国”的，这是一个人类社会发展到今天的文明程度所必然会出现而且将会随着“全球意识”和“全球文化”而更多诞生的完全新型的女性形象。

（原载《语文月刊》1993年第3期）

何火任，1964年毕业于武汉大学中文系，历任外交部国际司一处干部、中国社会科学院文学所现当代文学研究室研究员。

# 点亮我生命火花的周励阿姨

孙 洁

当我在一片掌声中走上领奖台，高高举起校长授予我的最高荣誉毕业证书时，我的眼睛湿润了。此时此刻，我真想伸出双臂，紧紧地拥抱一位曾经点亮我生命火花的人——我深深敬爱的周励阿姨。

三年前，当我离开北京大学，第一次踏上美国这块土地时，我身无分文，真有点叫天天不应，叫地地不灵的感觉。当时连打工挣钱、活命的希望都很小，我简直不敢想象我该怎么继续我的学业。我悄悄地抚摸着我心爱的书本，心里说再见了，我不知何时再能见到你们。可是，正在我几乎绝望之时，周励阿姨从纽约打来电话。她说："小洁，不管你在哪里，阿姨总和你在一起。生活对每个人都很不容易，但是要咬咬牙，挺过去。"第二天，我就接到了阿姨用快件寄来的一千美元支票。我捧着这些钱时，眼泪禁不住地往下掉。我知道阿姨工作极其辛苦，日夜忙碌，然而对我这个既不沾亲又不带故的女孩却那么慷慨（我虽然叫她阿姨，但她只是我父母的一个朋友，我已经十多年没看见她了）。阿姨深情地对我说："小洁，阿姨对你唯一的希望就是要刻苦、勤奋地争取成功，为中国人争气，阿姨在和你一起努力！"我顿时觉得我心中的生命之火焰又熊熊地燃烧起来——在茫茫无边的异国他乡。

周励阿姨从不对我教条，她总是用自己的行动向我展示她对我的希望——坚强、乐观、勤奋向上、永不屈服、永不妥协。

当清晨第一缕阳光刺破晨雾时，我总是第一个来到学校，因为我知道周励阿姨每天在天蒙蒙亮时就开始工作了；当我下课赶到餐馆，连续打十几个小时工时，我并不抱怨，因为我知道周励阿姨以前上学时比我干得更久更累；当我拖着疲惫的身子坐在灯下念书时，我并不瞌睡，因为周励阿姨告诉过我她是多么珍惜她在学校念书的机会；是的，年轻只有一次，特别要好好地珍惜——这是周励阿姨时常告诫我的。

每次和周励阿姨交谈，我总感到她身上有着无穷的爱——对我的爱，对孩子的爱，对家庭的爱，对青春的爱，对生命的爱，对人类的爱，对自然的爱。无论是周末一个充满笑声的电话，还是圣诞节一张动人的贺卡，她都用她的全心关心着、爱护着她周围的人。她的热情总是在我的心灵中燃起更高更亮的火花，照我前行，引我向上。

周励阿姨对自己的要求是百分之百地勤奋，对待别人却总是那么宽怀。她正是用自己的顽强、坚韧、乐观获得人们对她的尊重，也展示了她对这个世界的热爱。

周励阿姨的成功使我欢欣鼓舞。我并没有为她的成功感到奇怪，因为我知道在她成功的背后，蕴藏着多少血泪和汗水。她所走过的脚印，无人可以想象它的艰难；她所经历的风雨，无人可以想象它们的凶残；她所承担的责任，无人可以想象它们的重量。然而，每当我和她说起这些时，她总是微微一笑，说："这都没有什么，关键是明天。"是的，周励阿姨不仅给了我昨天生命中的火花，而且点亮了我生命中未来希望的火花。

三年以后的我，步入美国知名的会计师事务所毕马威工作，每当我登上公司的摩天大楼，遥望远方的海洋和星空时，我总是想深深地对周励阿姨说：谢谢您给予我生命中最值得珍惜的东西——信心、勇气、勤奋和爱心。我也想告诉每个像我一样向往成功、渴求成功的人：不要羡慕成功，而要争取成功——用心血、智慧和汗水点亮生命之火花。

1993年2月9日于佛罗里达

（原载1993年版《曾经沧海难为水——〈曼哈顿的中国女人〉出版前后》第13—14页）

孙洁，美国佛罗里达大学商学院学生，北京大学法学院硕士，携程国际集团CEO。

# 周励：海外新移民文学的先驱

陈瑞琳

周励，对我来说，曾经是一个多么重要的名字。我无法准确地统计，20世纪90年代的中国，有多少人受了她的影响，又有多少渴望"看世界"的年轻一代，在她的精神感召下踏上了奔赴海外的移民之路。在那个特定的时代，一部《曼》，给了多少年轻的学子实现新梦想的勇气，也为海外的中国人，尤其是来自大陆的中国新移民，开辟了一条走向新大陆的精神之路。

20世纪的改革开放，当代中国的国门一夜洞开，人们看到了外面的世界，看到了自身的贫穷和落后。大梦初醒的中国人渴望怎样在有生之年迅速改变自己的命运，人们在憧憬着自己不一样的未来。在八仙过海的神通中，出国梦真的就成为一条可能实现的人生大道。但对刚刚睁开眼看世界的中国人来说，怎样才能出国？出国之后又将怎样生存？都是前所未闻的未知数，大家仿佛是雾里看花，一片迷茫。正是在这样一个特殊的时代背景下，1992年，由北京出版社率先出版了一部长篇小说《曼》，作者周励。小说正是以她个人自费留学创业的海外经历为轴心，表现了来自中国大陆的一代新移民不畏艰难勇敢进取的人生故事。这样一部励志型的纪实自传体的小说，正可谓是一石击起千层浪，带给多少渴望负笈海外的学子和年轻人一盏照耀前景的指路明灯，小说因此而大卖特卖，几乎成为轰动文坛的"留学宝典"。

几乎与此同时，1993年，中央电视台播出了一部描写另一番出国创业情景的电视连续剧《北京人在纽约》，剧中反复吟唱着：美国是天堂，又是地狱！这让一批批渴望出国的中国人感受到了彷徨，另一方面也领略到了移民生涯的困苦和艰辛。一个亲历的笑谈是我在1992年来到美国，1993年时母亲一面看《北京人在纽约》，一面给我打电话："如果太苦就回来吧！"但无论是《曼》的激情，还是曹桂林的《北京人在纽约》的嗟叹，都是海外新移民对异域生活的文学表现，就如同我们眼前的鸡尾酒，既有上面的清亮多彩，也有下面的浑浊甘苦，他们的作品所表现的大陆新移民早期人生的斑驳画面，共同为海外的新移民文学贡献了最初的典范和历史文献。

作为改革开放后留学生文学的开山之作，《曼》全书四十万字，由六个章节组成："纽约商场风云""童年""少女的初恋""北大荒的小屋""留学美国""曼哈顿的中国女人"。作者以其饱满的激情和豪情，描述了自己在大时代所经历的丰富人生，其中的胆识和智慧让人充满感叹。作品的主人公，经历过"文革"的风暴，经历过北大荒的磨炼，又经历了改革开放的脱胎换骨，戏剧性的曲折经历成为一代人的真实写照。小说中最感人的部分是作者对文学的热爱和对爱情的留恋，成为一曲青春的讴歌。

时至今日，还能看到有不少的读者向"曼哈顿的中国女人"致敬，早期的那些激荡人心的记忆碎片，依然在他们的脑海中回味回荡。关于《曼》这本书曾经带来的一片温暖，人们仍旧记忆犹新。怀想当年出国的民航客机，大多数都是从上海这个口岸进进出出，可以想见周励的这部作品，曾经激励了多少中国的读者。

周励，20世纪50年代初生于上海，1969年赴黑龙江生产建设兵团种田，之后进入大学，1978年返沪任外贸公司医生。1985年只身携带仅有的四十美元，通过一名素不相识的美国人的签名担保，从上海来到美国纽约州立大学自费留学，成为当年中国大陆第一批自费的留学生。经过一番拼搏，她开始在纽约立足，1986年与麦克·伏赫勒博士结婚，开始创业经商，成功地驰骋于商界，目前担任美国埃克设计集团、布克契尔、WWD、艾尔萨隆等公司的买方代理。目前周励的家位于曼哈顿60街临近公园大道的一幢公寓里，与中国已故画家陈逸飞曾住在同一大楼。现在的周励与当年的不同是：做生意不再是为了生存，而是一种生活方式。

谈到文学和人生的关系，周励回忆："当年在北大荒当知青的时候，偶尔在猪圈包糠饼的报纸上看到了尼克松先生的一句话：'自由的精髓在于我们每一个人都参加决定了自己的命运！'"这句话成了她一生的格言。回首当代新移民文学的漫漫长途，很多读者感慨：如果让新世纪的年轻人再来写出国留学的书，肯定不会有《曼》那么丰富的人生色彩和情感震撼，因为时代已完全不同。

就在2006年，沉寂了十四年之后的周励再次推出了她的第二本著作《曼哈顿情商》。此书是以她十四年来工作、生活中的所见所闻为线索，继续讲述着她在异国他乡的奋斗和成长，依然是充满了理想主义的激情色彩，从中可看到这位奋斗在国际舞台的女商人波澜壮阔的人生和细腻深刻的情感世界。关于这部《曼哈顿情商》，周励这样自述："我在纽约住了二十年，尤其对哥伦比亚大学校园有着特殊的感情，所以我特别喜欢哥大的人文气氛和教授们，譬如我在书中写到的诺贝尔经济奖获得者蒙代尔教授，以及我最为敬佩的哥大哲学与历史教授——普利策奖和自由勋章获得者、十一卷本《世界文明史》的作者威尔·杜兰特教授。"她在书中还特别拿出一章回忆了她的恩人——维廉·柯比先生（当初周励来美读书之前，在上海偶遇了前来旅游的柯比夫妇，柯比听说了周励的情况后，同意为她签署一份经济担保书，这才使她顺利申请到赴美签证）。

特别令人感慨的是，一位新浪博客的网友，在读了《曼哈顿情商》之后，与周励有如此对话："我们同属'老三届'，差不多都是共和国的同龄人。我们同生一个时代，同受一种教育，在国内，相同的经历，类似的坎坷，使我们从心底涌动着经久不衰的一种特殊激情。我们这一辈，有父母老小，有兄弟姐妹，上山练过腿，下乡练过背。我们这一辈，学会了忍耐，理解了后悔。酸甜苦辣酿的酒，不知喝了多少杯……我们这一辈，熬尽了苦心，交足了学费。我们这一辈，真正地尝到了做人的滋味……"

如今的周励，常常漫游在世界各地，享受着人生的自由与欢畅。但她从没有忘记过文学的使命，近年来她一直在关注和赞助着"海外华人文库"的筹建工作。该文库正在搜集包括新时期以来海外华人作家的作品，特别是"改革开放后的留学生文学和新移民文学"成为其中的一个重要课题。与此同时，她还特别担当着中美文化交流的友谊桥梁，不久前曾协助三十名美国企业家子女到中国大陆学习中文和中国文化。她说："美国人对中国的认识，在去中国之前和去中国之后完全不一样，许多人回来之后都赞不绝口。所以，我为自己的努力而感到骄傲！"

（原载"海外文轩"2015年9月13日，

http：//www.overseaswindow.com/home/nodebody/20524/1764）

陈瑞琳，美国华裔作家、评论家。曾任国际新移民华文作家笔会会长，现任北美中文作家协会副会长，兼任国内多所大学特聘教授。

# 用永不停止的热情探索生命

## ——记曼哈顿的中国女人周励

倪丹丹

20世纪90年代初一部自传体小说《曼》曾轰动中国，美籍文学评论家董鼎山称其“描述了一个时代，影响了一代人”。这本书也让人们认识了一位携四十美元自费留学，继而走上成功创业之路的上海女人。这本书的深刻思想、斐然文笔以及主人翁艰苦奋斗的生命历程曾经感动和激励了成千上万读者。近四分之一个世纪过去了，作者周励始终不忘初心、恪守信念、勇于追求，不断地探索着未知世界的精彩，探索着生命的无限可能。

当冰水瞬间覆盖头顶之时，她感到浑身就像被冰碴包围箍压，疼痛刺骨。在北冰洋零下一点五度浸泡十分钟就足以丧命，周励却还是向前方游了一些。游泳时她的泳帽被浪花卷走，为了环保她试图游出去抓回来，结果成了全船十几位跳水者冰泳时间最长的一个。

“那是一种超越人体极限的体验，冰寒彻骨，死神扼喉，在白色浮冰环绕中游泳，真正感受到那些探险先驱们在极地冰寒中活活冻死的瞬间。”爬上岸立即服用医生送上的伏特加酒，一股暖流涌上心头！只要行动，梦想即可成真！

回忆起挑战北极冰泳的感受，周励依然是激情澎湃！

2016年7月，周励乘坐俄罗斯“五十年胜利号”核动力破冰船，抵达北极点，并在北极点冰泳。

2016年7月初，周励乘坐俄罗斯“五十年胜利号”核动力破冰船驶往北极点，这是她近年来第四次前往南北极探险。为什么要去极地？用周励自己的话来说：“那就是与生俱来的好奇心，和对一切与物质无关的事物的兴趣。一个人最大的财富，是血液里的激情，是心灵与历史人物的对话，是读万卷书、行走天下的勇气和理想。”

六十多岁的周励依然拥有着饱满的生活激情和工作热忱，她热爱文学、艺术和探险，在不断的自我挑战中践行着她的追求，她仍然好像当年那个十八岁的少女，对生活充满着好奇，热情洋溢、自由乐观地面对这个世界。

20世纪60年代末期，她是千千万万上山下乡知识青年中的一员，带着满腔激情从上海前往北大荒；20世纪80年代中期，她再一次出发，只身前往美国自费留学；20世纪90年代初期，她的一本自传体小说《曼》被评为20世纪90年代最具影响力的文学作品之一。美籍华裔商人、著名作家周励生在上海、长在上海，却以她在大洋彼岸的创业经历给一代又一代中国青年带来了思考和激励。

一直到今天，周励依然在忙碌着，穿梭于纽约和上海之间，致力于让国内高品质的纺织产品站上国际顶尖的舞台。她的工作架起了一座中美贸易的桥梁。她的儿时邻居和老友修晓林曾经这么评价她：敢想敢做，百折不挠，理想主义，宠辱不惊。“‘老三届’知青不怕困难、坚忍不拔、勇于实践、追求人生最大价值的思想力量，在周励身上可说是体现得充分完美、淋漓尽致。”修晓林在《文学的生命——我和我的作家朋友》一书中如此评论。

## 一、书籍造就了我

新中国成立初期，周励出生在上海，家中六姐妹排行老二。父母都出生于中国贫瘠农村家庭，父亲曾是新四军战士，母亲在抗战时期是一名相当活跃的青年妇救会长。她的母亲在私塾念过不少书，热爱文学，周励认为自己血液中继承着母亲的秉性和对诗词的爱好，还有一种刚烈不屈的性格。

周励在童年就爱上了看书。谈及小时候看的书籍，她回忆起了《卓娅和舒拉的故事》《钢铁是怎样炼成的》《古丽雅的道路》《安娜·卡列尼娜》《悲惨世界》《复活》和一些名人传记。大量的阅读扩大了她的眼界和思维，回忆起来周励说：“我觉得我的乐观、积极向上很大程度上也是受了长期阅读的影响。”

1969年5月，那正是春风桃李灿若火的季节，这个上海姑娘乘坐了三天三夜火车，最后几十辆卡车把一群年轻人送到了位于克山县的黑龙江生产建设兵团的一个连队，周励很快与知青们投入到农田反复单调的艰苦劳作之中。“我一刻不停地想着保尔·柯察金，想着牛虻，好像只有他们才能给予我一股丹田之气，使我一步一铲地活下去、干下去。”在《曼》一书中，周励如此写道。

然而即便是在那每天独自放猪、喂猪的日子里，周励也能时常感受到快乐。“我个性乐观，即便是放猪的时候，手边有一本好书，我就觉得生活是有希望的。”某一天放猪的时候，周励在一张包糠的报纸上读到了时任美国总统尼克松就职演说的誓词，一句话一下子震撼了她的心灵：自由的精髓在于我们每一个人都能参加决定自己的命运——“当时我感到我的血液沸腾了，在荒山野岭孤独放猪的日子里，我看到了希望，我知道我的将来一定在前方那个明亮的地方。这句话后来成了我这一生的座右铭。”

周励在兵团基层表现优秀，于是在1972年被选送到医学院上大学，毕业回到兵团之后，成了师部医院的内科医生，她经历过无数次的急症抢救，有不少知青是挖沙塌方被砸死，或是基建事故被炸死，周励永远忘不了他们年轻脸庞上流淌的鲜血，以及自己看到他们断气时的悲伤。这些她都写进了《曼》的北大荒部分之中。

直到1978年，在知青大返城的大背景下，周励也离开了北大荒，初来时她年仅十八岁，在这个美丽却又荒凉的地方她奉献了整整十年的青春。

## 二、要去纽约

回到上海以后，她被分配到了位于外滩的上海市外贸局当医生，因为喜欢阅读、兴趣广泛，奔波于世界各地的外销员出国回来，喜欢到医务室来与“周医生”畅谈回顾他们的海外之行。周励听得又感慨又痴迷，不久即写了一篇报告文学《打开国际市场的人们》。

20世纪80年代初，当自费留学出国潮开始的时候，周励也萌生了这个念想。她在上海偶遇的美国游客柯比夫妇成了她后来前往美国的担保人，并且也成了她一生的挚友。“我很想看世界行走天下。读万卷书，行万里路。这种对世界的好奇心，想去探索的冲动是在我血液里的。”三十多年后在她位于徐家汇的家中，周励再次忆起当初出国的决心，依然激情澎湃。

依靠她之前发表过的文学作品，她在1985年5月底顺利收到了纽约州立大学宾汉姆顿研究生院比较文学专业的录取通知书。这时候英语成了摆在她面前的一块绊脚石，当她来到人民公园英语角试图练习英语的时候，她发现自己几乎听不懂任何大家交流的内容。

周励没有轻易放弃，她选择向单位请假，开始夜以继日地钻研英语。短短三个月的时间，她大段大段地背诵《美国现代口语》《托福词汇》《新概念英语》。她终于顺利拿到了美国领事馆的签证。

1985年8月，揣着四十美元，三十四岁的周励只身离开上海前往纽约，前往大洋彼岸那个对她而言完全未知的世界。

对于任何一个当时的中国自费留学生而言，到美国的第一件事就是要打工赚钱，不仅为了日常温饱，也为了赚足学费才能真正开始留学。周励也不例外，刚落地纽约，她就开始找活干，她当过保姆，也在餐馆打过工。她不计较工种，更不害怕辛苦。

最终周励并没有进入当初申请的比较文学专业学习，而是转去读了商业管理。周励一边读书一边在学校学生餐厅打工。校园打工的工资非常低，一个小时三美元，一天还最多只能干三个小时。但是工商管理专业却为周励后来的成功做了很好的铺垫。

就在她去美国后的第二年，因为她当时非常流利的英文使得她无意之中获得他人托付：去销售约二百七十五千米（三十万码）坯布。当时的周励对纺织业几乎没有任何认识，但是凭着学习到的一些基础知识和一股子无所畏惧的精神，她成功了。这一单她赚了六千美元!

毫不含糊的，周励用刚挣到手的六千美元注册了自己的公司，租了办公室，在报上登了开业广告。创业的初期是艰辛的，因为当时比较闭塞的信息，她只能跑到纽约公共图书馆去寻找纽约各家企业的信息。然后她拿着国内纺织品公司的样品一家一家敲开美国公司的大门进行推销。

## 三、热爱生活，探索生命

周励非常喜欢旅游、探索这世界上未知的领域。过去三十年中，她走遍了全世界一百多个国家和地区。“旅游会赋予人激情，旅游途中也可以一个人安静地读书。”几年前，周励开始接触一些欧美探险家的书，尤其是一百多年前前往南北两极的那些探险者的故事，他们中很多人都死在途中。

“有时候想一想，在浩瀚的宇宙太空，地球真的就像是一颗蓝宝石，它的南北两极被冰雪覆盖，一百多年来，欧美探险家为揭开两极未知的面纱付出了惨重的代价。现在，探寻那些人的足迹成了许多极地探险爱好者的梦想。”

过去三十年中，酷爱旅游的周励走遍了全世界一百多个国家和地区，还曾几次远赴南北极。

于是在2012年12月，她踏上了第一次极地行。那年恰逢英国罗伯特·斯科特船长探险队抵达南极点遇难一百周年；2016年2月春节是她第二次南极行，这次是1916年沙克尔顿探险队冰海求生、史诗救援一百周年。

2013年她和朋友们第一次去北极圈斯瓦尔巴岛，正是挪威探险家、首次抵达南极点的罗纳德·阿蒙森发现北极西北航道一百一十周年；2016年初夏，她再次前往北极点，正逢著名探险家南森于1896年乘“弗雷姆号”首次横跨北冰洋航行一百二十周年。她发表了《穿越百年，行走南北极》《极光照耀雪龙英雄》的连载报告文学。

“每次的旅行都是在和历史人物对话，我尤其热爱南北两极、珠峰、古埃及、俄罗斯、法国、意大利和英伦的历史沿革和辉煌文化。”年过六十岁后，周励说她常常会回顾自己的经历，经常对祖国和改革开放时代，对中美具备优秀素质的合作伙伴充满感谢、感恩。

“从北大荒的田野（美国人眼里的西伯利亚荒漠）一路走来，每一步脚印都相互衔接，值得回忆。”周励说，她最近打算写第三本书《曼哈顿时光映梦》，以随笔与散文形式漫谈行旅、文学、艺术与一些历史人物给她的启发与激励。旅美三十一年，从美国梦到中国梦，她最大的愿望是中美两国人民世世代代友好下去，为世界和平繁荣做贡献。

［原载《在美国的上海人》（第一卷）第153—164页］

倪丹丹，上海市美国问题研究所特约记者。

# 重读《曼哈顿的中国女人》

杨剑龙

文学史是一种文学作品的经典化过程，在对于文学作品的不断解读与阐释过程中，确定能够进入文学史的作家与作品，在梳理与分析文学史发展的潮流与流派的进程中，为文学史的构架填写进诸多值得被反复阅读的作品，就形成了文学史发展的基本状态与形式。从这个角度上说，周励的《曼》是一部具有文学史价值的经典作品。

2009年11月12日，首届“中山杯”华侨文学奖颁奖典礼举行，评奖范畴为自1949年10月1日至2009年9月15日六十年间海外华侨（华人）经国内出版社正式出版的文学作品。经过近两个月的申报评审，共评出小说、诗歌、散文、纪实文学十九部，六部小说中周励的《曼》榜上有名。“时隔二十多年，此书依然拥有众多读者，享有社会性声誉，这是因为，它是开创留学生文学先河、向国人展示一个新世界的重要作品。《曼哈顿的中国女人》以全新的内容带来强烈的震撼，使人们重新思考生命的价值。主人公的传奇命运激发过无数人的想象，使他们意识到一个新时代的到来。至今，作品所传达的奋斗意志和民族情怀，仍是弥足珍贵的精神财富。”[①]这部自1992年7月出版的作品十七年后获奖，充分说明了该作品的文学价值和社会影响力。二十四年后，重读周励的《曼》，我仍然被作品中人物的坎坷遭遇、奋斗经历所感染所激励，作品写出了一代人的遭际与追求，坦现了一位真诚执着、热情智慧的现代女性的情感世界与事业追求，也展现出中国社会从封闭走向开放的历史轨迹。

---

① 引自修晓林：《文学的生命——我和我的作家朋友》，上海文化出版社2016年版，第326—327页。

## 一、读者接受与学者评价

随着文学作品与市场的关系越来越密切，人们不得不对于读者越来越重视，以往被忽略的读者接受被强化了，无论文学作品是通俗还是高雅，其读者的接受与认可逐渐被置于重要地位了，多年来由意识形态独霸评价体系的境况被打破了，周励的《曼》的诞生是与这种境况相协相生的。

周励的《曼》最初在《十月》1992年第1、3期选载后，于1992年7月由北京出版社出版单行本，引起轰动，短短几个月，印刷四次，总销售量达到五十万册。1992年10月20日，在第五届全国书市在被评出最受读者欢迎的三十种图书中，《曼》被列为文学艺术类图书之首。该书出版后，至1993年1月6日，出版社共收到读者来信三百余封，其中年龄最大的是八十多岁的知识分子①。有的认为“写出一代人的精神历程，是《曼》书最大的价值所在”②，有的说“这本书比《北京人在纽约》写得更真切和感人”③，有的指出“我们应该从她的经历、她的经验中吸取富有时代精神的精神食粮”④。《读者文摘》1993年第1期、《时代文摘》1993年第1期、《传奇文学选刊》1992年第9期、《新华文摘》1992年第11期等先后转载作品或刊载作品梗概⑤，作品同时还被改编为连环画⑥。由于市场的畅销，一些盗版书也不断出现，一

① 王洪先、赵丰：《个中甘苦责任编辑如是说——王洪先接受本书主编采访实录》，见周励供稿、赵丰主编：《我，还是我——周励》，朝华出版社1993年版，第92页。

② 天津一读者：《写出了一代人的精神历程》，见林锋编：《曾经沧海难为水——〈曼哈顿的中国女人〉出版前后》，同济大学出版社1993年版，第204页。

③ 北京一读者：《您是一个了不起的中国女性》，见林锋编：《曾经沧海难为水——〈曼哈顿的中国女人〉出版前后》，同济大学出版社1993年版，第216页。

④ 昆明一读者：《体现时代精神的精神食粮》，见林锋编：《曾经沧海难为水——〈曼哈顿的中国女人〉出版前后》，同济大学出版社1993年版，第220页。

⑤《曼哈顿的中国女人》被各报刊转载情况：《十月》（1992年第1、3期）、《国际经贸消息》（1992.3.22—1992.11.5）、《钱江晚报》（1992.6）、《中国青年报》（1992.7）、《大连日报》（1992.7.24—8.31）、《文汇报》（1992.8.12—1992.9）、《上海组织人事报》（1992.8.13）、《黑龙江日报》（1992.10）、《书讯报》（1992.9.21）、《书刊导报》（1992.8.28）、《福建青年》（1992年第11期）、《辽宁青年》（1992年第18期）、《读者文摘》（1993年第1期）、《中外书摘》（1992年第4期）、《传奇文学选刊》（1992年第9期）、《图书馆》（1993年第2期）、《作品与争鸣》（1993年第4期）。

⑥ 钰女、蔡延年、肖海绘：《曼哈顿的中国女人》，载《中国连环画》1993年第1、2期。

个个体书商就批发了盗版书六万册[①]。有不少影视机构准备将该作品改编拍摄成电影、电视剧，其中包括谢晋导演和北京电视艺术制作中心。2009年，在《曼哈顿的中国女人》获得首届“中山杯”华侨文学奖时，记者评价说：“这是一本具有传奇色彩的书，迄今为止，已重印十五版，发行量超过一百六十万本，成了‘改革开放后的留学生文学’的经典之作。”[②]

在读者对于周励的《曼》热烈反响的同时，学者们对于该作品有了及时而深入的研究。曾镇南1992年12月发表《〈曼哈顿的中国女人〉读后》推崇该作品“拨动了中国当代读者的心弦”，指出“周励的经商实践和创作实践却向我们表明：商业行为不等于唯利是图，它也是人类的实践活动之一，也自有其规律和道德规范，也是人类表现其勤劳、顽强和创造性的舞台。描写这种人类实践活动，如果能使之升华进入人的自我设计、自我完善的领域，进入为人处世之道的探索，那么它也是可以获得审美价值，进入文学的殿堂的”。[③]何镇邦认为：“从某种意义上说，这是一个在生活的旅途上奋斗进取者的心灵历程的记录，也是一曲奋斗的凯歌。”[④]蒋守谦发表在《文学评论》的论文《生命的火焰正在炽烈地燃烧——读〈曼哈顿的中国女人〉》，在指出了该作品的畅销后，文章自信满满地提出：“畅销书未必都有长久的生命力，但是我以为这本《曼哈顿的中国女人》将因它热情洋溢的笔触所展现的富有人性深度和文化内涵的一方新的人生天地而魅力不衰。时间将会证明这不是妄断！”[⑤]吴亮发表《批评的缺席——关于〈曼哈顿的中国女人〉》，批评道：“这部冗长的、流水账式的通俗回忆录立足于这样一种世界观：在某位时刻梦想出人头地的女人那儿，世界是作为一个需要排除的障碍物，一个有着等级差别的贵贱之地，一个有待去占领的窗户，一个等着被攫取的对象而出现的。它对不成功的人是引发嫉妒和不满的根源，但是对一个侥幸成功的人则完全不同了。……在这种基调的四周，环绕着诸如炫耀、感怀、文饰、夸夸其谈一类的抒情说教和凯旋式的告白。”

---

① 冀湘：《争议中的〈曼哈顿的中国女人〉综述》，载《图书馆》1993年第2期。

② 高倩荷、禹媚：《传奇人生成就〈曼哈顿的中国女人〉》，载《中山日报》2009年11月8日。

③ 曾镇南：《〈曼哈顿的中国女人〉读后》，载《光明日报》1992年12月11日。

④ 何镇邦：《一曲人生奋斗之歌——读周励的〈曼哈顿的中国女人〉》，载《北京日报》1992年12月2日。

⑤ 蒋守谦：《生命的火焰正在炽烈地燃烧——读〈曼哈顿的中国女人〉》，载《文学评论》1993年第1期。

吴亮认为，“对于这样一部在精神上和写作才能上都暴露出缺陷的通俗回忆录，批评界应当反省它的失职”[①]。赵毅衡撰文《拜金文学——关于〈曼哈顿的中国女人〉》对吴亮的观点提出了反驳，指出：“《曼》中的金钱是干净的，道德是高尚的，用不着任何价值观平衡。我们向化身为主人公的金钱女王致敬时，心中不需要任何伦理的或文化的保留。”[②]该作品的畅销，甚至激发了老作家施蛰存先生的阅读兴趣，施蛰存说：“周励这本书，是在兴高采烈的情绪中写出来的，不免有许多自鸣得意之处。不过，从另一个角度看，这本书对于在外国打工求生的中国青年，可以起一点鼓励作用，使他们有信心，有希望，也未尝不是好事。”[③]施老对于《曼》也做了充分的肯定。

1997年，张炯等主编的《中华文学通史》在谈到台湾地区留学生文学时，指出：“近十年以来，随着大陆开放步子的不断加快，大陆的留学生大批地奔赴世界各地，使海外中国留学生的成分和留学生文学及其作者的成分，也发生了巨大变化。一批与《又见棕榈·又见棕榈》《纽约客》《失去的金苓子》等作品风格迥然不同的《曼》《北京人在纽约》等作品的出现，丰富和充实了留学生文学。”[④]2000年《曼哈顿的中国女人》的最后一章被编入“中国留学生文学大系”当代散文纪实文学卷。[⑤]2001年《曼哈顿的中国女人》被列入“中国百年畅销书”，一起列入的有鲁迅的《呐喊》、郭沫若的《女神》、郁达夫的《沉沦》、茅盾的《子夜》、巴金的《家》等中外古今的畅销书98例。[⑥]2003年董鼎山在《曼》新版序言中将该作誉为“新时期留学生文学里程碑的小说”，并说，“《曼》书充满的就是一位曾在北

① 吴亮：《批评的缺席——关于〈曼哈顿的中国女人〉》，载《上海文化艺术报》1992年10月2日。

② 赵毅衡：《拜金文学——关于〈曼哈顿的中国女人〉》，载《文艺争鸣》1993年第1期。

③ 施蛰存著、刘屏编：《东方赤子·大家丛书：施蛰存卷》，华文出版社1999年版，第390页。

④ 张炯等主编：《中华文学通史·第九卷·当代文学编》，华艺出版社1997年版，第468页。

⑤ 江曾培主编：《中国留学生文学大系·当代散文纪实文学卷》，上海文艺出版社2000年4月版，第58—110页。

⑥ 徐丽芳、吴永贵、孙强等编著：《中国百年畅销书》，陕西师范大学出版社2001年版，第356页。

大荒吃过苦的美丽女子来到外国后横冲直撞拼打天下的传奇性故事”。[①]2006年出版陈涵平的《北美新华文文学》第三章“真实叙述中的文化悖论”，专门研究了周励的《曼》。[②]2007年，汤哲声主编的《中国当代通俗小说史论》将《曼》列入“域外小说”中，与曹桂林的《北京人在纽约》、王周生的《陪读夫人》同论。2009年，吴舒洁在《六十年：一个国家的阅读史》谈到改革开放后的阅读，提到了托夫勒的《第三次浪潮》、贺友直的连环画《山乡巨变》、威廉·曼彻斯特的《光荣与梦想》、柏杨的《丑陋的中国人》、唐晋主编的《大国崛起》、宋晓军、王小东等的《中国不高兴》。作者说：“我们在《曼哈顿的中国女人》里看到了奋斗艰辛和梦想成真的炫目，几乎是义无反顾。个人的成功仿佛在喻示着民族的成功，但也遮蔽了第三世界认同的酸楚与焦虑，经验的创伤不可避免地呼唤着民主主义情绪的表达，美国是天堂也是地狱。”[③]2013年赵小琪、王宁宁主编的《世界华文文学经典欣赏》，将《曼》列入二十六部世界华文小说经典欣赏之列[④]，与曹桂林的《北京人在纽约》、刘观德的《我的财富在澳洲》、查建英的《到美国去！到美国去！》比肩。2016年5月9日，北京大学陈平原教授在嘉应学院做的“吟到中华以外天——现代中国文人的域外书写”的学术讲座中，以王韬、黄遵宪、梁启超、朱自清、徐志摩、萧乾、瞿秋白、周励等文人的域外书写为例进行分析，指出了现代中国文人“开眼看世界”之于中国的多重意义。

周励的《曼》问世以来，受到众多读者的喜爱，作品形成了巨大的发行市场。学者们对于《曼》的分析研究，充分肯定了作品的成就，《曼》获得首届“中山杯”华侨文学奖，并得到诸多知名学者的褒奖和不少文学史的关注，说明了周励的《曼》已被真正列入文学经典的殿堂。

## 二、作品主旨与人物塑造

周励在《曼》的代序尾声中说：“如果我的同龄人——从北大荒的‘战友’，

---

① 周励：《曼哈顿的中国女人》，上海文艺出版社2003年版，新版序言第2页。

② 陈涵平：《北美新华文文学》，宁夏人民出版社2006年版，第57页。

③ 吴舒洁：《六十年：一个国家的阅读史》，载《21世纪经济报道》2009年11月24日。

④ 赵小琪、王宁宁主编：《世界华文文学经典欣赏》，中国人民大学出版社2013年版。

到'老三届'的同伴，直至我们的下一代，能够从这本书中得到一点启发，认识到自身存在的价值，认识到命运是可以改变的这个道理，那么对我来说便是极大的安慰了。"认识自身价值、努力改变命运是周励创作这部作品的初衷，也成为该作品拥有众多读者的缘由。

在作品中，周励采取了国内命运与境外拼搏两条线索书写的结构，将人生境遇与变动的时代紧密结合起来，将爱情追求与商场奋斗结合起来，将睿智的智商与真诚的情商结合起来，在跌宕起伏的情节和执着追求的故事中，展现出努力奋斗改变命运的主旨，其中也蕴含着浓浓的爱国之情。

《曼》中"童年""少女的初恋""北大荒的小屋"主要写国内生活；"纽约商场风云""留学美国""曼哈顿的中国女人"主要写境外拼搏。在国内部分的描写中，从备受冷落的丑小鸭，到"文革"时成为"黑帮"子弟，再到北大荒建设兵团"五好"战士；从工农兵大学生，到北大荒师部医院医生，到返城的知识青年，真切写出时代变迁中主人公的追求与命运。在境外的拼搏里，从遇到善良的经济担保人柯比先生，到出国留学的如愿以偿，再到做保姆当女侍的打工生涯；从三十万码坯布第一笔生意，到做化肥生意被骗，再到独立开设JMF公司，作品完整地展现出一代人的人生经历和拼搏历程，也呈现出中国社会从封闭走向开放的全过程。

中国现代留学生文学的发展，从早期郁达夫的《沉沦》、郭沫若的《落叶》、冰心的《去国》写出弱国子民遭欺凌的境遇，到许地山的《三博士》、老舍的《二马》、钱锺书的《围城》对于留学生们的讥刺嘲讽，到白先勇的《游园惊梦》、于梨华的《又见棕榈，又见棕榈》、聂华苓的《桑青与桃红》抒写游子难以排遣的乡愁。改革开放之初，苏炜的《远行人》、查建英的《丛林下的冰河》、蒋濮的《东京没有爱情》描绘留学生的边缘人心态。曹桂林的《北京人在纽约》、刘观德的《我的财富在澳洲》、王周生的《陪读夫人》描绘留学生异国他乡的挣扎与苦难。周励的《曼》将主人公的北大荒人生与曼哈顿拼搏交错描写，摆脱了以往留学生文学的乡愁抒发与边缘人心态书写，努力写出主人公人生的奋斗与执拗的追求，吟唱出一阙留学者的正气歌，在作品主旨上奠定了成为文学经典的可能。

作为一部具有自传色彩的长篇作品，《曼》塑造了主人公周励独特的形象，丰富了中国当代文学的人物画廊。这个出生在革命干部家庭的孩子，由于父母都是从农村参加革命的，她自小是一只受冷落被歧视的丑小鸭，但是她聪慧活泼，可以把普希金的《渔夫和金鱼的故事》背得滚瓜烂熟。“文革”时爸爸被审查、妈妈被打成了叛徒，她成了‘黑帮’子弟。她给《文汇报》写信，呼吁结束这场“文化革命”，却成了批斗对象。她去了北大荒建设兵团，被评为“兵团五好战士”，担任营部宣传干事。因《文汇报》的事件，她被派到畜牧棚放猪，后调师部医院做卫生员。她被推荐上大学，毕业却回到了北大荒师部医院。因得罪了内科主任而被发配到建边农场，在大返城中，她回到了故乡上海。她先在外贸局医务室工作，后被调到《经济新闻报》任记者，又被调任上海国际经济信息中心任副总经理。后由柯比先生做经济担保，她赴美国留学，业余时间做保姆，端盘子，兼任《衣食住行》杂志记者，她尝试涉足生意场，推销三十万码坯布配额成功，与东欧人尼古拉做化肥生意却被骗。她创建了自己的JMF公司，推销大陆的家用纺织品、彩纸带等，公司有了比较稳定的收益。她代表国内公司与法兰克福的赛特抽纱厂谈判，低价购得抽纱机械设备，让中国的高档抽纱窗帘遍布美国和欧洲市场。她收获了与麦克博士的爱情，1990年的圣诞节举办圣诞晚会，庆祝她的小宝贝安德鲁的诞生。“作为共和国的同龄人，周励几乎经历了这一代人所可能经历的一切：天真烂漫的祖国花朵、大串联的红卫兵、父母蒙难的狗崽子、受批判的异端分子、北大荒的兵团战士、幸运的工农兵学员，直至赴美国的自费留学生。”[①]《曼》中的主人公周励，是一位智商和情商甚高的女性，在女主人公身上，干部家庭出身的正气、上海人的聪慧睿智、知青人生的吃苦耐劳，形成了她拼搏奋斗和走向成功的基础，面对坎坷磨难的人生和命运，她没有屈服只有抗争，她对于生活充满着热情，她有很高的文学修养、艺术造诣，她能够独自敏捷果断地处理诸多矛盾，她能够坦然地面对不公正的挫折和磨难，她始终对于未来充满理想，始终以不屈服和自信的态度迎接挑战，她成为怀揣理想努力奋斗的成功者的典型。“作品中的女主人公的形象在我国文学的人物画廊中也是一个新的形象，甚至可以说是一个新的典型。这样一个从上山下乡的知青成长为具有时代和中国特色的女资本家的形象，在我国文学领域是前所未有的。就像从丑小鸭变成人人羡慕的白天鹅一样。”[②]虽然，经历过“文革”的读者，现在读来“女资本家”的称谓还有些触目惊心，但是《曼》确实以其充满正气奋斗拼搏的

---

① 刘畅：《理想与激情在彼岸升华——我读〈曼哈顿的中国女人〉》，载《天津日报》1992年12月15日。

② 董方、王明：《〈曼哈顿的中国女人〉纵横谈》，载《作品与争鸣》1992年第5期。

主旨、智商情商融合的女主人公形象，奠定了该作品进入文学经典的基础。

## 三、文体探索与语言风格

在中国现代文学史上，郁达夫的小说集《沉沦》的出版，描写弱国子民的留学生的悲凉遭际与感伤心态，在当时引起轰动："早在二三十年代，尽管郁达夫已经在文坛上颇有影响，在一些青年读者中享有盛誉，却遭到不少评论者的指责和批评，如称他是一个'色情狂''黄色文艺大师'，说他是'落伍者''颓废派'等等。"[①]赞赏者却认为："他的清新的笔调，在中国的枯槁的社会里面好像吹来了一股春风，立刻吹醒了当时的无数青年的心。他那大胆的自我暴露，对于深藏在千年万年的背甲里面的士大夫的虚伪，完全是一种暴风雨式的闪击，把一些假道学、假才子们震惊得至于狂怒了。"[②]郁达夫的小说具有自叙传的色彩，这与郁达夫的小说观念切合。郁达夫说："至于我的对于创作的态度，说出来，或者人家要笑我，我觉得'文学作品，都是作家的自叙传'这一句话，是千真万真的。客观的态度，客观的描写，无论你客观到怎么样一个地步，若真的纯客观的态度，纯客观的描写是可能的话，那艺术家的才气可以不要，艺术家存在的理由，也就消灭了。……所以我说，作家的个性，是无论如何，总须在他的作品里头保留着的。"[③]其实，郁达夫小说的自叙传并非自传，他将他自己的生活、性格、气质等都赋予了作品中的人物，《沉沦》中的"他"、《南迁》中的伊人、《茫茫夜》中的于质夫、《茑萝行》中的"我"、《过去》中的李白时、《迷羊》中的王介成，几乎可以说是作家的化身，许多生活取材于郁达夫自己的身世与经历，取材于郁达夫的遭遇和见闻，最重要的是在这些人物身上都可以见出作家郁达夫性格的影子。

周励在谈到《曼》时说："《曼》是一部自传体小说，是在我本人的真实经历的基础上用心血和泪水写成的。没有这些真实经历，我不可能写成这部书。由于文学不是传真机，文学来源于生活，高于生活。我在书中当然也必然要有某些艺术加

---

① 张恩和编著：《郁达夫研究综论》，天津教育出版社1989年版，第1页。

② 郭沫若：《论郁达夫》，见蒋增福编：《众说郁达夫》，浙江文艺出版社1996年版，第2—3页。

③ 郁达夫：《五六年创作生活回顾》，见郁达夫：《沉沦》，花城出版社1982年版，第346—347页。

工和文学虚构。书中有些人物是来自于真实的生活原型，有些则是文学塑造。”[①]周励在作品出版过程中曾经五次想将作品中的“周励”改为其他名字，却没有改成。周励曾经写了《关于“自传体小说”的附记》，希望附录在作品后记中，从曹雪芹的《红楼梦》，说到美国传记作家尤伦·尼芬斯、马克·吐温、林肯，力图说明传记文学应该允许必要的虚构，却并没有被附录在作品后记中。因此，她说：“作为《曼哈顿的中国女人》的作者，我清楚这一点，也不曾因为《曼哈顿的中国女人》是自传体小说而放弃必要的虚构。例如书中的我，不仅仅是我——周励，还包括了一些同代人的故事，书中与‘我’有关的其他人，诸如裴阳、贝妮丝等，也并非全部来自于某个单一的或现实的生活原型。因此，虽然这本传记文学的大部分内容和我本人的经历是真实的，但作者仍是郑重地声明它所存在的部分文学虚构性。”[②]其实，我们可以用郁达夫的“自叙传小说”认定周励的《曼》，就如同郁达夫的小说并非每一个情节都与其人生吻合，作家只是将自己的经历、情绪、性格赋予了作品中的主人公。周励在《曼》中，将她的人生经历、情绪性格等，都赋予了作品中的主人公身上，由于作品中的主人公与作家同名，就易引起读者将小说与生活对照、将小说中的周励与作家周励画等号。因此有学者指出：“周励写的本是文学自传，但涉及的人物，又不便用真名，于是以传记小说自命。主观上存了‘传记小说’这一名目，下笔时也就比较放心地向‘文学加工或虚构’上滑了。……小说就是小说，它是虚拟幻设之物；自传就是自传，它是翔实可信之笔。两者混淆，虽是近年来中国文坛的时尚，便毕竟是不可取的。”[③]其实，从自叙传小说的角度看，周励的《曼》延续了郁达夫小说的自叙传传统，不仅在留学生文学的角度，而且在小说文体的角度，仍然应该肯定这部作品的题材追求和文体探索，这也是构成该作品文学史价值的因素之一。

周励在作品中回忆学生时代时说：“我又沉浸在各种中外文学名著中：《钢铁是怎样炼成的》《卓娅和舒拉的故事》《古丽雅的道路》，以后是《安娜·卡列尼娜》《约翰·克利斯朵夫》《大卫·科波菲尔》《悲惨世界》《九三年》……大

---

① 周励：《周励答读者问》，见林锋编：《曾经沧海难为水——〈曼哈顿的中国女人〉出版前后》，同济大学出版社1993年版，第55页。

② 周励：《周励答读者问》，见林锋编：《曾经沧海难为水——〈曼哈顿的中国女人〉出版前后》，同济大学出版社1993年版，第56页。

③ 曾镇南：《留学生文学一瞥及其他》，载《文论报》1993年3月11日。

量的阅读扩大了我的眼界和思维，正如大量的学生活动赋予我与日俱增的组织才能一样。”①

周励有着很好的文学修养与造诣，以第一人称的叙述方式，以自我的人生经历为素材，在叙事与抒情、回忆与想象、纪实与虚构的描写中，如泣如诉的语调、执拗自信的姿态、坦然豁达的襟怀，让作品的语言时而像贝多芬的《命运交响曲》狂放张扬，时而如舒伯特的《小夜曲》恬静安详。周励在作品中，常常适合情境地说及托尔斯泰、马克·吐温、海明威、巴金、林语堂，常常自然而然地提及名曲、绘画、电影、诗歌、哲学，使作品成为艺术大餐，让读者有一种身临其境的艺术享受。

周励作品的语言流畅自然，在真情与真境的描绘中，常常充满着诗情画意，其大胆真挚坦率的内心表露，常常会拨动读者内心的波澜。如第三章“少女的初恋”中，描写主人公因给《文汇报》写信希望“文革”结束而遭到批判，她在去北大荒前与复旦大学青年才俊裴阳的结识约会，她深情地写道：

> 啊，在上路之前，遇到一个充满理想又才智横溢的人，对人的一生多么重要！复旦园那爆发枝芽的翠柳，那微波粼粼的小湖，通向五角场的那条幽静蜿蜒的小路，同他那如和谐的天籁一般的话语……这一切，像春天里一股清新的风，直吹我的胸襟，麻木、委顿、自卑、迷惘……统统被一扫而去！我要成为一个新人！我要到北大荒兵团去谱写我新的历史！②

这简直是一首情景交融的诗，语言的流畅与练达，情绪的激越与跳荡，那种欣慰与幸福，那种率真与骚动，是遇到白马王子的少女的真心与真情的袒露。如第六章“曼哈顿的中国女人”中，描写主人公与丈夫麦克去大峡谷的科罗拉多河上冲浪历险后，她抒情地描述：

> 上岸之后，我们全身的湿衣服很快被秋日的阳光晒干了。大峡谷山间小径中弥漫着一股苦艾和蒿草的香气，还有栀子花白色的淡馨。暖融融的亚利桑那阳光洒在大峡谷里，像一股荡漾的春风，又像一支巨大的母亲的手臂，温柔地抚摸着隐蔽于巍峨石峰间的每一棵小草。眼望米德湖，碧波万顷，荡涤胸怀。印第安人部落一片葱茏，好一片宜人景色！③

---

① 周励：《曼哈顿的中国女人》，上海文艺出版社2003年版，第53页。
② 周励：《曼哈顿的中国女人》，上海文艺出版社2003年版，第130—131页。
③ 周励：《曼哈顿的中国女人》，上海文艺出版社2003年版，第516—517页。

夫妇俩冒险后晒太阳的惬意，大峡谷开阔的景色，草的香气、花的馨香、阳光的暖和、湖波的碧绿，在充满野趣的景色中，在色香味等不同的感受中，衬托出夫妇之间爱情的真挚和温馨。在作品中，这样的段落屡见不鲜，就是描绘商场的争斗，也常常用颇有内蕴的语言写来，流畅而率真、蕴蓄而诗情、激越而理性，构成该作品独特的语言风格，在具有传奇色彩的人生叙写中，给人以艺术的享受、人生的启迪。

周励的《曼》以其人生坎坷与奋斗的传奇经历，写出一代人的人生遭际与拼搏精神，洋溢着爱国主义的激情，对于执着奋斗与执拗地追求主人公形象的塑造，吟唱出一阕留学者的正气歌，对于自叙传小说文体的探索与延续，颇有内蕴和特色的语言，使《曼》成为一部中国当代文学史上的文学经典。

（原载《扬子江评论》2017年第4期）

杨剑龙，上海师范大学教授、博导，教育部人文社会科学重点研究基地都市文化研究中心主任，兼澳门城市大学特聘教授，香港中文大学客座教授等。

# “新移民”与“模范少数民族”

## ——周励《曼哈顿的中国女人》

宋晓英

周励的《曼》是华人自传体文学的代表作。其写作与“华人受难者的伤痕与反思”有较大的区别：继承了容闳、陈香梅“脚下有根，胸中有志”的“家国情怀”。周励写的是“英雄史诗”，歌颂了受理想主义教育的一代，激情勃发的中国“50后”勇往直前进驻美国，扬中国人之威的史实。郑念所定义的“荒谬时代”对周励来说意义不同，“我经历的那个时代，多少还是一个有理想的时代，尽管你现在回头看，会觉得那个理想很可笑，但至少有一些超越生活本身的东西在召唤着你”。①童年时他们被教育“天将降大任于斯人也”；少年读的是苏俄文学，“做共产主义的接班人”。物质的生活虽然匮乏，“理想”的旗帜却高高扬起。②毕业后旋即进入重要部门。但这不是这一代人最终的目标，周励们要“胸怀全世界”，“解放全人类”，于是辗转进入北美。20世纪90年代初，周励就在美国奋斗出成就，将《曼》飨以中国大陆青年读者。1992年出版的《曼》为读者树立了一个“美国式成功”的“可效仿的典型”，被称为“中国的《飘》”。③

在“纽约商场风云”一章中，作者回顾自己了在北大荒草甸上放猪的时候，就

---

① 张辛欣、章德宁、龚应恬等：《“文革”亲历者四人谈》，载《江淮文史》2012年第2期。

② “新三级学人”，指恢复高考后1977—1979年入学的三届大学生。“新三级学人”同时容纳“老三届”“新三届”两类知青与应届高中毕业生，入学后阅读各类外国文学作品，毕业后在思想与文化界主承“1980年代的启蒙时期”，是“改革开放”的主力军。参见钟岩：《中国新三级学人》，浙江人民出版社1996年版。

③ 周励：《曼哈顿的中国女人》，上海文艺出版社2003年版，第2页。

“曾反复对自己说的话——那是一位美国总统的就职誓言——‘自由的精髓在于我们每个人都能参加决定自己的命运！’”后来，这位三十四岁，带着四十美元来美国自费留学的异乡女子，“曾给美国人的家庭做过保姆，在中国餐馆端过盘子”，却在短短不到四年的时间内，有了“上千万美元的进出口贸易”，“在曼哈顿中央公园边上拥有自己的寓所”，“无忧无虑地去欧洲度假”。[①]如果把如此“单向度”的结论概括为“美国寻梦靠自己，艰苦奋斗必成功”，未免太过简单了。那么，这本《曼》有没有更深的主题蕴蓄呢？

## 一、“美国精神”，还是中国“理想主义”？

“自由的精髓在于我们每个人都能参加决定自己的命运！”是作者的箴言，也是小说主人公让“芝麻开门”的咒语，念着它，“短短四年，我的公司在中国银行纽约分行所转出的信用证和由我公司客户直接开出的信用证，已达到几千万美元。我已经有了纺织、工艺、轻工等二十多家大规模美国进口商的固定销售网”。[②]那个深夜下了飞机，无依无靠的中国女人，不但“创立了自己的公司”，还在种族、性别意义上完成了“解构”与“颠覆”——从一个性感的美国女人手里夺来这个金发碧眼的男人，一个生长于德国，求学在美国的英俊青年，与他结婚。事业初创的困难时期，“麦克”是“我”的精神支柱，与我心心相通；公婆一开始有种族偏见，我们有文化隔阂，后来也不得不服气“我”。“我”欣赏麦克的身体，“雪白细腻、光滑如瓷的皮肤”，“像尊阿波罗雕像”，也佩服他的人格——性情温和，体贴，幽默，“是个聪明、善良的男子汉”。几年内“我”反复追问自己，“我”靠的是什么？靠什么经营着“上千万美元的进出口贸易”？作者总结的大多数是欧美格言，如“机会总是留给有准备的人的”，“一个人事业的成功，只有百分之十五是由于他的专业技术，另外的八十五要靠人际关系和处世技巧”。后面这一句出自美国现代成人教育之父戴尔·卡耐基，“我”默念了几十年。

“叙述评论”是作者夹叙夹议中“议”的一些话，通常被视为一种“作者的入侵”。在“叙述评论”中，作者常就某一事件的意义进行解释。纵观全书，《曼》

---

① 周励：《曼哈顿的中国女人》，上海文艺出版社2003年版，第61、3页。

② 周励：《曼哈顿的中国女人》，上海文艺出版社2003年版，第52页。

的整体文字中“叙述评论”占了很大一部分篇幅。如“我在美国了！——我望着自由女神那凝重、雍容的面容——那么，决定我的命运的，就是我自己了！”我们不禁要问：此前的“我”，从来没有“决定过我自己的命运”吗？“我”三十四岁以前的生命是断裂的吗？

细读文本，就会发现，除了这个美国式的“神话原型”，周励的事迹背后还潜藏了一个“深度模式”。这个“深度模式”，应该就是女主人公三十四岁以前的文化积淀，不单单是外国名著的阅读与名言的背诵，应该还有五十年代生人所接受的“中国式”理想教育，如“天行健，君子当自强不息”，“一个人的一生应该是这样度过的：当他回首往事的时候，他不会因为虚度年华而悔恨，也不会因为碌碌无为而羞愧”等，是一种符合中国当代精神的“革命现实主义与革命浪漫主义相结合的”“共产主义理想”情怀。

起初这当然只是论者的揣测，但是反复阅读了《曼》，发现女主人公有一种生命的张力，无论是爆发力，还是持久力，都巨大无比。这种“生命的张力”到底是出于“人有多大胆，地有多大产”的中国范式，还是《了不起的盖茨比》式的“美国梦”驱动呢？应该到《曼》的文本中去寻找答案。

## 二、“人文中国”与“无限的生命活力”

精神向度的追求，而非对物质上“赢者”的佩服，是中国式教育与美国式教育的根本区别。“我厌恶灰暗无味的精神生活！我不断地追求着激情的迸发和感情生活的满足。”等到“我”与麦克婚后，“他不无惊讶地说：‘想不到中国人对西方的音乐和文化了解得这么多！’我立即答道：‘想不到西方人对东方的音乐和文化了解得这样少！’”这证明中国人较西方人更注重对世界文明的吸收。中国式理想主义更重视“至少我们还有梦”。因此，有人说《曼哈顿的中国女人》“是90年代的《青春之歌》”。[①]2006年周励出版了第二本“自传”——《曼哈顿情商》，这一次，她强调“是知识的力量支持了我”。

在美国《衣食住行》杂志工作了几个月，“我”就发现，“任何一本华人刊

① 何智、黄小燕:《曼哈顿的女人们——评英文电影〈曼哈顿的女佣〉和〈曼哈顿的中国女人〉里的主人公》，载《时代文学》（上半月）2011年第12期。

物——无论是生活刊物或文学刊物，其在思想性、哲理性、文学性和可读性方面，都远远不如中国大陆”，“这里简直是一片文学沙漠，能把人闷死”，“我有点想念那些阅读的日子了”。曾几何时，“和文学朋友倾谈到深夜，沉浸在《根》《百年孤独》《肮脏的手》的辩论中”。这种精神砥砺，“对一个文学青年来讲，是多么丰富！尽管贫穷、官僚、许许多多条条框框包围着我们，但我们仍感到活得像个‘精神贵族’”。自传中回顾的“文革”阅读，黑龙江建设兵团的“精神盛宴”并非虚构。比照“知青史”，周励的兵团战友沈嘉蔚编撰的《刘宇廉画集》《刘宇廉文存》，赵晓沫写的《寄往天国之门——写给宇廉》[①]，都印证《曼哈顿的中国女人》中的“男神”“于廉”有实在的“原型”。“于廉”代表了那群上海美术学院自愿赴北大荒的学生，一群人文情结、艺术情怀激荡的人。青年周励与这些人一起阅读《安娜·卡列尼娜》《约翰·克利斯朵夫》，一起讨论《大卫·科波菲尔》《悲惨世界》与《九三年》。向这样的人看齐，识人，励志，应该是周励主题思想的起点。别人笔下的“北大荒”，是周励精神的“北大仓”。待进入美国，一个人人奔“钱程”的“文化沙漠”，“我”有着强烈的精神抵制。在美国，“我”任华人“文学刊物”的记者，主要任务不是撰稿，而是拉广告。拉广告连写带编加拍照叫“出活”，毁了我对“文字”的敬仰。在美国“我”不能随便约人聊天儿，因大家的时间都是“金钱”，与你交往要看是否“能值”。“蓝眼睛的犹太商人对我说：‘从我祖父和中国做贸易，直到我父亲接班，然后又将公司传到我手里，我们从来、从来没有请过中国人吃饭，都是中国人请我们……’这句话令我恶心。这种视中国为肥肉，却对中国人民没有丝毫感情的人，我会毫不犹豫地从名单上划掉。而对大多数美国商人来说，只是一种习惯，他们要么挥金如土，大摆宴席，以显示他们的阔绰和社会地位；要么小气吝啬，啃一根酸黄瓜当作午餐，与东方民族的古道热肠、待人以礼的胸怀相比，在他们的咖啡桌上，只能冒出一股怪怪的焦煳气味……”[②]我要打败这些没有识见的“美国佬”，让他们对中国人刮目相看！

“我”在中国的时候，再穷，书再少，北大荒再冷，前途再渺茫，大家也是互相砥砺，一起进步的。艰苦的劳动磨炼了我们“不灭的意志”，阅读与讨论增加了我们“无限的生命活力”。原来“我”的主观能动性是“北大荒”的冬夜里萌

---

① 晓沫：《寄往天国之门——写给宇廉》，载《当代》1998年第6期。

② 周励：《曼哈顿的中国女人》，上海文艺出版社2003年版，第77—78页。

生的，不是到纽约的地铁里之后才有的！原来“美国梦”是以“中国人文精神”来实现的。恰因为在“人文中国”“尚精神而轻物质”，才给了“我”精神财富，是“人的一生是应该这样度过的”等苏俄共产主义名言才映照了我的生命空间，而不是美国资本主义“弱肉强食，适者生存”的简单法则。

但我必须“脚踏在实地上”。美国有自己的铁律，不会因一个东方女人怀有什么梦想，会背几条美国开国元勋的语录就接受你。理论上仰望天空与歌唱“只要我们还有梦”的人很多，“赤足也敢走天涯”的人也不少，但“越是艰难越向前”的人应该很少。有多少新移民被现实所击垮，离开了物价昂贵的纽约，或灰头土脸地回到了母国。“曼哈顿的中国女人”之“不灭的意志”“无限的生命活力”的体现，除了“偏执”的自信，就是超负荷的付出。不仅虐力，而且虐心，“背着几十只皮鞋”“一家家地敲门，递样，打样，成交，运货”；在帝国大厦密不透风电梯里晕倒过；深夜在“每二十五分钟发生一次抢劫”的纽约地铁里奔波；被合伙人赖掉合同规定的佣金。这些，不是每一个曾经的“劳心者”——中国教师、医生或编辑记者们的神经都能承受得住的。

周励在书中问：为什么那些生于斯长于斯、金发碧眼的本地女郎“一辈子在大公司里充当跑腿的角色，女招待女秘书，拿着低廉的年薪”，“这些白皮肤蓝眼睛的土生土长的美国人，几乎从一出生就讲着一口发音纯正的美国英语，他们已经具备了上帝所赋予的种种优点，可是为什么反而生活得这么累，精神压力这么大？”而我一个贫穷的中国人在不到四年的时间就获得了成功？这不恰恰证明了“美国精神”并不是“成功”的酵素吗？它证明了“白种人”或“本土美国人”并没有继承“美国梦”所赋予的“富兰克林精神”，或白人的种族与流利的英语并不一定是一种绝对优势。“中国女人”获得了成功，不恰恰打破了“黄人劣种论”吗？作者可能并没有清晰地意识到这一点，她被“美国梦”的“成功”的模式、模版的范式、既定的写作意图框死了。那些不愿意细读与深究的读者也许只注意到本书的一些数字，包括“生意”——“上千万美元的进出口贸易”，住房——“在曼哈顿中央公园边上拥有自己的寓所”，生活方式——“无忧无虑地去欧洲度假”。但往深处想，这些“高鼻碧眼”“长得像玛丽莲·梦露”的女孩未能轻易实现，中国女人手到擒来，不恰恰证明“美国理想”不若“中国精神”“给力”吗？

## 三、“磨难中国”与“绝地再生”

除了人文精神的砥砺，抛开住房、财富、生活方式，这些表象的“成功”，从自传体小说所描述的主人公成长的轨迹中一点点去寻找，在字里行间中琢磨，还会找到这个“中国女人”，而不是美国的“盖茨比”成功的第二个原因：磨难出英雄。“磨难中国”是“我”自记事起的一连串回忆：“大上海”的幼儿园老师把“我”当成“乡巴佬”，不断训斥；小学老师的脸色因学生父母的职别不同而变化；中学就学的片区被划得壁垒森严。这些阶层不公与趋炎附势伴随着“我”的前半生。劫难来临，父母被打倒，但“我”已习惯了在读书、唱歌、做梦与写作中找到寄托。还是要“感谢我的祖国”，它教会了人们在成长中一路读书、唱歌、做梦与写作。这是中华民族“尚精神而轻物质”的遗风。“君子固穷”，这话美国没有；“穷则思变”，“天将降大任于斯人也，必将劳其筋骨，困乏其身”，不知在英语中有没有对应句。

周励的主人公是靠中国式财富积累，而不是靠美国式投资、乔布斯式的发明创造，或扎克·伯格式的现代集约技术而“成功”的。周励故事的“听众”大多数英语不通，非科技人才，被她展示的这种成功的“高度”，移民的“可效仿性”所吸引——小说展示了“一笔国际贸易，从打样到成交，签合同”的全过程。但本书宣讲“成功”经验的同时，并没有忽略“商场有风险”。美国不是“受难者收容所”，不代表人类大同，其运作规律是“适者生存”，每一次经济风暴来袭都会淘汰一批人。如“美中技术公司”的两笔错误账目、HBT公司的破产，还有“一个台湾朋友的父亲，和美国做了近二十年的塑料原料生意，终日操劳，连星期天也不敢放松，结果一批货的付款出了问题，他在紧张焦虑中心脏病发作，去世时不到五十岁，留下六个女儿一个老伴”。

小说中更多的是用“我”自己的例子现身说法：“我始终记得在1987年初刚辞去工作时的那份恐惧感”，“脑子里不断地想着：现在我没有工作了”，“六千元已经全部用完，每个月还要面对一大笔账单，没有人会给我工资……我的公司能开多久？如果赔钱怎么办？”“无法进餐，无法入睡。”此种情况下，只有具冒险性格，甚至赌徒心理的人，才能适应“丛林法则”，敢冒“灭顶之险”。“破釜沉舟”的意思是说坚信只要有一口气，只要不死，就是蹲监牢，沿街乞讨，也会有“绝人之路”。周励的主人公与他人不同的是：中国人常戴的“自尊”这顶大帽子，要抛到脑后，这是周励的“净胜”法则之一。

不服输，不气馁，百折不挠，也是周励家的祖训。母亲与父亲分别过五年，三次被捕，被吊打，但她坚持住了；父亲的部队攻打上海，几个昼夜不眠，他们打赢了；弟弟妹妹，在那个叫“河南屯”的北大荒呼玛县小山沟，也挺过来了。所有的苦难都能变成记忆中“阳光灿烂的日子”，只要有“战无不胜”的人格内在元素，这种“中华”根性的精神引导。总之，是“磨难中国”锻造了“我”不灭的意志；是“人文中国”，给了“我”“无限的生命活力”。

移民到公民之“落叶植根”与海归回国的“落叶归根”，是一个事物的两个方面。有的人是难以移植的生物，离开了族裔的土壤就会“树挪死”；有些人如蒲公英的种子，飞到那里都会生根开花。还有“试图在两种文化中找寻平衡点”的积极的国际人如容闳、陈香梅，另有“体验着游走在两种文化中的快乐”的人如周励、裔锦声；沈宁与令狐萍则是力图“由被动的生存移民者到主动的生命移植的人”。

［原载国家社会科学基金年度项目“北美华人自传体写作发展史研究”（11BZW113）研究报告］

宋晓英，济南大学文学院教授、硕导、英国爱丁堡大学访问学者，山东省中国现代文学学会、山东省当代文学研究会理事。

# 崛起民族的精、气、神

## ——评周励的《曼哈顿的中国女人》

陆士清

《曼》是旅美华文作家周励女士的自传体小说，1992年出版，发行一百六十万册，跟《北京人在纽约》一起轰动了中国内地，先后获得北京“十月文学奖”、首届“中山杯”华侨文学奖，被誉为新移民文学的开山之作，成为载入文学史册的经典。

这本小说虽然已出版了二十八年，但今天依然得到学者和读者的持续关注。

2015年，一位网红白领写道：周励的《曼》和陈忠实的《白鹿原》，都是直指人心，可以一读再读、对自己心灵造成不断冲击的经典小说。

2016年5月9日，北京大学陈平原教授在广东省一所大学文学院讲座的题目是“吟到中华以外天——现代中国文人的域外书写”。他以王韬、黄遵宪、梁启超、朱自清、徐志摩、萧乾、瞿秋白、周励等文人的域外书写为例进行分析，指出了现代中国文人“开眼看世界”之于中国的多重意义（摘自嘉应学院校刊）。

为什么《曼》在读者和学者心目中享有这样的地位？我认为其原因在于：

一是《曼哈顿的中国女人》写出了历史的纵深感和历史的预期；

二是它生动地揭示了中华民族崛起的精、气、神；

三是它具有文本美。

下面就这三个方面做进一步探讨。

## 一、小说写出了历史的纵深感和历史的预期

《曼》既是宏大叙事又是跨文化书写，它写了小说主人公周励在中国的三个时期的生活：前“文革”时期、“文革”时期与改革开放初期，以及裹挟着改革开放磅礴气势在美国学习奋斗的时期。历史文化变动的轨迹与场域场景历历在目，具有文本价值。

前“文革”时期，是周励的童年时代，她学习出色，小学二年级就戴上了红领巾，当上了文体委员。十岁左右的她，经常组织年级的各种文艺演出，主持大小会议。1962年考入了上海市少年宫合唱团，经常参加欢迎外宾演出。这个时期，她有着金色年华的幸福和欢乐。可是“文革”来了，一切因此而改变。初中二年级的她，投书上海《文汇报》，斥责“文革”，从而受到了学校的严厉批判，来到北大荒农垦兵团，像当时所有的上山下乡的知识青年一样，应是学习求知的青春期却干起了沉重的农业劳动，在政治上她饱受歧视、挫折和打击，一波接着一波，心灵的寂寞、孤独和痛苦有不可承受之重。她的痛苦，实际上也是那时我们的国家和民族之痛。所幸，她虽是女性，但并不柔弱，在时代的风雪中，她擦干眼泪，挺身站立。“文革”结束了，她好不容易回到了上海。中国改革开放的浪潮，使她心中澎湃起了重塑生命的激情。她由外贸局的医生转身为记者，继而走上了赴美留学的道路。

到美国后，她放弃了比较文学专业而转学MBA，走上了买方代理人的美中贸易之路。她登上纽约的帝国大厦，一层一层地敲开美国贸易公司大门，跟他们谈生意，销品中国生产的商品。她追求的目标是：“当一个提升中国形象和产品地位的‘买办’，让中国产品走进全世界的高级橱窗。”

她做到了。在这本书面世前的短短的四年时间里，她公司在中国银行纽约分行所转出和由她公司客户直接开出的信用证，就累计达到了几千万美元。她已经有了纺织、工艺、轻工等二十多家大规模美国进口商与大陆贸易公司的固定经销网。在她儿子小安德鲁诞生后四个月时，美国客户为她在纽约中央公园“绿色酒苑”举行大型的圣诞晚会，庆祝她的小宝贝诞生。宴会上，伯玛公司的总裁阿道尔先生当众给了她一顶“桂冠”——“曼哈顿的中国女人”——第五大道那些成功、高贵的美

国富商们也不能不尊敬这样的中国女人。周励答谢道："在曼哈顿这个战场上，我和你们一样找到了自己的位置……'曼哈顿的中国女人'，这是一个多么美妙的名字啊！"难得的是，周励以"曼哈顿的中国女人"为书名，四十一岁时写成了自传体长篇小说，描绘了她从曲折坎坷走向的人生之路，烛照历史，激励了千百万人。

小说主人公周励从坎坷走向辉煌的历史，是与中国历史发展的进程是同步的，与中国的发展紧密相连。她的代理贸易，推动中国提高商品的档次，乃至生产先前没有生产和不能生产的商品，去占领美欧国家的市场。周励欣喜地说："当看到这些中国出产的商品标上昂贵的价格，摆设在装潢考究的名牌橱窗中，心里真有说不出的喜悦、安慰和自豪。"周励开创贸易事业的成功，也是中国崛起的投影与历史喻示。二十五年后，当中国成为世界第二大经济体时回头看，我更确信这个结论是正确的。

## 二、小说生动地揭示了中华民族崛起的精、气、神

一部优秀的小说，尤其长篇小说，应该提供启人思考的思想资源。《曼》至少在三个方面启人思考，激人奋进。

第一是改变自己，不惧挫败，重塑生命。这是小说主人公周励的人生轨迹。"文革"强加给她的打击和压制，使她转变为大量阅读与默默抗争；"文革"结束后，改革开放时期新文化天翻地覆的磅礴气势，激励女主角换一种活法，在思考中重塑生命，完成她从医生到留学生，从中国到美国的转身。可是在美国做个什么样的人，一辈子为美国人当保姆吗？不，她拒绝平庸。马克·吐温在小说《神秘的陌生人》中说的："一个人的一生，如同一环环套起来的锁链．如果其中一个锁链改变了位置，那么整个人生都由此改变……"她要通过做贸易，凭自己的智慧和努力赢得财富，使穷留学生进入美国主流社会。她面对彻夜灯火通明的世界贸易中心（原）姐妹大厦，向自己承诺："总有一天，有一格窗子会是我的！"改变自己，换一种活法，并且敢于宣称要正当地追求财富，摆脱贫困。这种追求正是改革开放中崛起的、中华民族新的精神面貌。

第二是勇于开拓、创业，竞争。小说的主人公进入美国不久，就把握住了美国的灵魂。她看到美国是竞争激烈的商业帝国，一年有几十万家公司破产，也有几

十万家新的公司开业。纽约有黑暗面，但它自由，给创业者提供机会。小说写道，“我想，纽约，才是冒险家的乐园，这里蕴藏着无数宝藏！需要的只是一项：开拓！我想，如果政府向第五大道派遣一万业务人员，像我这样一家家地敲门，递样，打样，成交，运货……那么，大陆不是可以和台湾一样，由外贸刺激而富裕起来了吗？”她坚信：“只要我们能梦想的，我们就能实现。”

她以清新的形象投入竞争，出现在美国人面前。她写道，“1987年秋天，当金色的落叶飘落在第五大道的柏油马路上时，我穿着那身从上海华亭路时装街买来的红色衣裙，将文件皮箱往‘詹尼’牌——一辆宝蓝色女式自行车的车座后一放，便冲进了第五大道的‘车海’……让纽约的清风吹着我的长发，在第五大道上奔驰”。1987年盛夏的酷暑中，为推销中国产皮鞋，她背了大包样鞋，跑了二百三十家皮鞋公司，帝国大厦的电梯是20世纪30年代最老式的，从一楼升到八十七楼，慢慢地要几分钟，既没有空调，也没有电扇，密不透风，大汗淋漓的她，由于过度疲劳再加闷热，突然昏倒了。幸亏有人扶她到通风的地方，才喘过气来。这令她想起了达斯汀·赫夫曼主演的《推销员之死》。

中国人是大国子民，在新时代里，显现了民族自信，有一股不服输、不服气的劲头。周励身上充满了这种玩命拼搏、不服输的劲头。

第三是锤炼情商。少年时代的生活，锻炼了周励的组织协调才能；中外文学名著的阅读，扩大了她的眼界，增强了她的思维能力；而“文革”中的坎坷和北大荒的生活，又丰富了她的阅历。来到美国读MBA后，周励感受到情商的重要。她认为情商是每个人的激情、求知欲、创造力、博爱与社交能力的综合。她始终充满激情，“像一把燃烧不熄的火焰，又像星光下的一把钻石，爱生活，爱大自然，爱历史，爱文学艺术，希望总是代替沮丧，欢笑和阳光总是代替忧郁与阴云”。她在演讲中告诉留美学生：“你们什么条件都不缺，缺的是行动。只要行动起来，只要向前进，前面就有路……”在商场上，她总是以优质的产品、高效的工作、良好的信誉、耐心巧妙的沟通、周到的服务取得客户的信任。在与埃克公司做成一笔Polo生意上，主人公的情商尽情发挥。她给公司经理写信，既不给经理压力，又能做出合格样品的承诺，另一方面紧盯中国外销员和工厂，鼓励他们做好产品。在友谊、信任和降低进口成本面前，埃克公司把传统的爱尔兰供应商推到了一边。把业务给了中国，这就是Polo成品从欧洲、日本生产移至中国的轨迹之一！一次有个朋友问她：

“‘你做生意暗地要给美国买家钱吗？’我愣愣地看着他，好像他问的是我从未听到过的外星人语言。我回答他：我可以对上帝发誓，如果我暗地给了美国客户一块美元，我今天一定不会在这个位置上了。”

她经历过三次恋爱失败，心灵创伤深深，但她惠人以德。当北大荒木屋里的于廉对新的女友邵莉迟疑时，周励则对他说：“于廉……你不能爱我，那么就爱她吧！不要再去碾碎另一个女孩子的心！”即使到了美国，她依然关心着于廉，到日本去寻找他。

周励与麦克相爱中，也表现出了她的善良。麦克原来是贝妮丝的男友。贝妮丝曾给予周励很多帮助，丈夫是中国人，在台湾坐牢。周励对麦克原无非分之想；但她清新的形象、矫健的身影、丰富的人生与奋发向上的精神使得麦克深深地爱上了她。她极不愿意看到这一幕。可是麦克跪着表白对她的爱。她另租了住处，第二天麦克追到小屋，用无法拒绝的烈焰般的爱，将周励拉了回去。她也是有爱有欲的女人，她有权被爱，在无法拒绝被爱的情况下，她接受了；但她无一丝主动夺爱而伤害贝妮丝的心。她跪在贝妮丝床前，抱着她两人一起痛哭一场。这里，既揭示了人性的善良，又表现了它的复杂。

她感恩祖国。这种感恩在《曼》的结尾表现得激情洋溢：

> 我又想起我的梦魂萦绕的祖国，想到那片遥远的度过我青春岁月的北大荒黑土地，好像她就在不远处的中央公园那端。曼哈顿距离北大荒并不远，我们从东方到西方，奋斗在这个世界上……
>
> 我的耳畔回响起一个声音，那是七十年前在美国留学的闻一多写下的诗篇：
>
> 别看五千年没有说破，<br>你猜得透火山的缄默？<br>说不定是突然着了魔，<br>突然青天里一个霹雳<br>爆一声：<br>“咱们的中国！”

## 三、这部小说具有动人的文本美

文本美是文学作品基本的要求。所谓文本美，在我看来，除了主题、思想等美学要求之外，还要把故事讲得生动、丰富，要有焕然的文采和感人的魅力。《曼》就是一部具有动人的文本美的小说。

第一，小说的叙述中，贴切地引用了众多中外名著和名人格言，涵盖文、史、哲、经、商多个方面。文学艺术则包括了诗歌、小说、散文、音乐、绘画等，文化含量之重，在海外华文文学作品中似不多见。

第二，作品写主人公四个历史时期的生活，写得生动丰富，波澜起伏。在北大荒，为挣脱记录着她所谓“罪行”的档案加诸的迫害，她回上海要与工宣队理论。她没有钱买票，只好混上列车。乘警查票时，胆战心惊地躲进厕所。最后她从厕所的窗户上跳了下去。她勇敢顽强而又可怜，像一只失群的孤雁，艰难地跋涉在旅途上。她爱上了北大荒小木屋中的画家于廉，但没有表白，更无任何不轨，内心痛苦委屈和无奈促使周励回上海几年后写成了中篇小说《缩影》。《缩影》感动了她从前爱而未得的裴阳，一贯高傲的裴阳竟然跪在沙滩对她说：“‘如果我离婚，你能回应吗？’说着，他伸出右手来拉我的手。”“‘不要碰我！’我大叫起来。”她拒绝了他，奔跑着走向远方。可是闭上了眼睛想想：“‘是的，他肯定了我的小说……他异常激动，可我为什么要去责怪他呢？现在他像我从前一样，是个可怜的男人，他渴望爱情——那种不可能从我这里得到的东西，正如以前他不可能给我的一样。可我为什么不能去舔舔他的伤口呢？我回转身，向远处那个一动不动的身影走去。他完全像一座石雕像，没有任何表情，苍凉的眼睛凝视着天空，一座火山瞬息变成了凝结成一团的岩浆。”“‘对不起，裴阳。’我说，然后伸出手去挽他的胳膊。”裴阳的回答也是：“不要碰我。”“我怀着难以名状的心情，头也不回地走了。”这里，人物内心的自尊交织着善良悲悯之心，写得一波三折，火花四溅。

第三，时空跳接的叙述，表现出了不露痕迹的意识流手法。从美国时空跳接到中国，从纽约跳接到北大荒或上海，将现实的描写与回忆糅合并置。她写悲哀和欢乐都写得很透。欢乐写得内容丰盈，留学美国一章里的“中国之夜”，读之令人难忘。写悲伤悲得柔肠寸断，特别是情绪的转换，转得自然优美。比如在北大荒的小木屋里，她失恋了，痛苦。想回上海，回不了；想考大学，不让，痛苦加一层。被从师部调到边远基层，痛苦再次叠加。她何等悲伤和无奈！作品这么写：遇到这种事情，对一个女孩子来说，除了哭，还有什么办法呢？泪一颗颗地跌落在雪地上，化着一朵朵小雪花。我突然想起龚自珍的那句诗：

落红不是无情物，

化作春泥更护花。

既然走不了，那么就让泪水——孤独的泪、伤心的泪，全化作北大荒的春泥吧！我干脆在雪地里放声大哭，边哭边走，任飞雪落进我张开的嘴里。反正这里是荒山，方圆几里地也没有人看见。哭着哭着，漫天的大雪突然停住了，远远近近的雪山雪原，又出现了那永远令人惊叹的黄昏景色：广漠的原野，如血的夕阳，绯红色的晚霞映照着无边无际的白雪，从云层中钻出的金光把云朵镶嵌成一片片金红的鳞絮。我不由得停下脚步，呆呆地望着大自然的壮丽奇观，真想融身于天地之间，哪怕变成一片云。我想哭，也哭不出了。后来我想，干脆唱一支歌吧。于是不知怎么，我面对着美丽的黄昏景色唱起了小时候心爱的歌《让我们荡起双桨》：

让我们荡起双桨，

小船儿推开波浪。

海面倒映着美丽的白塔，

四周环绕着绿树红墙……

多么悲伤，又多么美妙！作者的笔底奔涌着诗意。

文学——文本的美学。

最后，我想用董鼎山先生的话结束本文。董先生说《曼》“整部书四十万字，读来就像她与你侃侃而谈，她对一个新时代新机遇的大气描写，以及对自己戏剧性曲折经历和人生价值观的倾诉，是有着无声的号角之催化作用的”。她“描述了一个时代，影响了一代人”，不仅具有历史的文本价值，今天“仍然有着向青年一代读者推荐的意义”。

《曼》是我们这个民族在新时代崛起的喻示和投影。

（原载《杨树浦文艺》2019年第1期）

陆士清，复旦大学中文系教授。复旦大学台湾香港文化研究所副所长、中国世界华文文学学会名誉副会长、香港世界华文文学联会副监事长。主持编写了我国第一部《中国当代文学史》（三卷本）。

# 媒介地理学视域中的《曼哈顿的中国女人》

韩 冷

媒介地理学是以人类与媒介、地理的相互关系及其互动规律为研究对象，它既研究人与自然和媒介的相互关系，也研究人之间和媒介之间的空间关系。既关注地理因素对媒介内容、传播符号和媒介形态的影响，也关注媒介对社会环境、地理样本、地理尺度的建构。[①]媒介理论不断演化嬗变，自麦克卢汉、英尼斯，经由梅罗维茨、波兹曼的媒介场景与社会角色变化，直至近些年欧洲的“媒介化”理论和德布雷的“中介”，波斯特的“信息方式”，以及所谓的“界面”理论等。“媒介”也是一个不断发展变化的概念，它曾经是介于传播者与接受者之间，用以负载、扩大、延伸和传递特定信息的物质实体。随着科技的发展，“媒介”逐渐演化为一种以人为中心的，包括有形和无形的开放媒介形态。人不仅是媒介的积极驾驭者，更成为媒介本体。我们所熟知的媒介一般包括报纸、期刊和图书等平面媒介，广播、电视、电影和网络等电子媒介，以及景观、文化、服饰、美食、音乐、气候和情感等非媒体媒介。

海外华文文学与中国文学，在国家、民族、疆界、语言和身份认同等方面不再是同质同构的。迄今为止，海外华文女作家周励只创作了两部作品，分别是《曼》和《曼哈顿情商》。其代表作《曼》是一篇非常适合从媒介地理学的视角解读的文学作品。该作品被评为“90年代最具影响力的文学作品”和“中国百年畅销书”之一。恐怕很难再找到一篇文学作品中可以提到如此庞杂的媒介作品，女主角还曾是一名职业媒体人，而且作品还涉及了众多的地理转换。女主角的行动轨迹既可以见出海外华文文学的一般特性，即从中国到海外的地域转换，又具有一定的独特性。

---

① 展宁：《关于传播学交叉研究的路径思考——兼评邵培仁教授〈媒介地理学〉》，载《山东理工大学学报》（社会科学版）2011年第2期。

媒介与地理之间的相生互动的内在联系，为解读《曼》提供了新的视域。

## 一、地域转换与时代风云

女主角的祖父母在江苏邳州市戴庄镇一辈子以种地为生。外祖父出身书香门第，是个秀才。女主角的父母是以旧婚俗明媒正娶方式结婚的。婚后这一对农村的“读书人”同时进了新四军办的抗日联合学校，成了学校的活跃分子。1949年，解放战争胜利后，他们随军定居上海。除了大姐于新中国成立前出生在戴庄外，下面五个兄弟姐妹都出生在上海。所以女主角身上的乡村文化影响已经非常微弱。他们全家住进瑞华这一豪华公寓，这里以前居住的是外国人或资本家。因此，女主角的家庭，从父辈开始完成了第一次地理位置的转换，从自然经济支配的传统乡土文明为代表的江苏乡下来到了商品经济繁盛的以现代工业文明为特征的魔都上海。这次搬迁是由于抗日战争的爆发和解放战争的胜利而得以完成的。

然而第一次地域转换带来的是祖辈的不适应，以及对于乡村生活的深深眷恋。爷爷和奶奶仍然穿着破旧，爷爷嘴里叼的大烟斗依旧散发着熏人的烟味。奶奶仍然拾荒换钱，甚至多次被警察遣送回家。孩子们穿的依然是乡下亲戚纳的千层底儿。祖辈们虽然已经从农村迁徙到城市，但是他们仍然沿袭了老家乡土式的生活方式。当个体从一个区域迁徙到另一个区域以后，那些相对年轻的个体更容易接受新的生活方式，而那些年长的个体则更倾向于沿用旧有的生活习惯。不同年龄层次的受众对于区域变更的媒介内容接受程度完全不同。虽然这次迁徙是祖辈和父辈的迁徙，但是从女主角穿着布鞋受到嘲笑，和在幼儿园受到老师的歧视可以看出，父辈的迁徙对于女主角的成长也产生了重大的影响。这成了她努力摆脱乡土影响彻底城市化的一种内在动力，以及必须出人头地的背后因由。

“文革”开始以后，1968年，她响应国家的号召前往北大荒，从上海位移到了东北乡下，实现了其出生后的第一次地理位置转换。列车从哈尔滨转到齐齐哈尔，又从齐齐哈尔转到嫩江，最后再从嫩江搭上运猪的几十辆卡车才来到克山县黑龙江生产建设兵团五师五十四团一营二十三连。后来借助关系，她调到嫩江县双山五师师部医院工作，从乡下来到县城。1970年，大连医学专科学院向师部医院招收第一批工农兵学员，大家一致推选她前往大连求学，她按照命运的安排，从黑龙江来到辽宁，从县城回到都市。毕业后，她又被分配回师部医院，后来因为愤慨地打了师部医院内科主任一巴掌，而被下调到偏僻的建边农场场部卫生院。她从都市回到县城，又从县城来到了乡村，再次从城市位移到了农村。虽然在东北的日子，她有农村与城市之间的几次辗转，但是她始终没有离开东北。两年之后，女主角根据上海市政府知青新政策终于得以调回上海。实现了从东北文化圈到海派文化圈的一次往返位移。而且这些移动都与高等院校招收工农兵学员和1979年上海知青回城政策的特定时代风云变幻息息相关。

女主角回到上海后，1985年又成功申请赴美国纽约州立大学宾汉姆顿分校研究生院自费攻读商业管理和国际贸易专业研究生，成为改革开放后的第一批自费留学生，实现了地理位置的国际转换，从中国移动到了美国，并最后定居纽约。这些个人活动，也跟1978年党的十一届三中全会召开，中国开始实行对内改革、对外开放的政策有密切的联系。如果不是中国实行对外开放，也不可能有外销人员，女主角也不可能在他们的启发下产生留学的想法，也不可能有外国人来中国旅游，那么女主角也不可能认识她的留学担保人柯比先生。包括后来的1979年，中央正式批准广东、福建两省在对外经济活动中实行特殊政策，1980年深圳经济特区正式成立，也影响了女主角的行迹，女主角受报社的指派前往深圳开展业务。

全球化是指货物与资本的越境流动，在经历了跨国化、局部的国际化以及全球化的发展阶段，出现了相应的地区性、国际性的经济管理组织与经济实体；是一个以经济全球化为核心，包含各国各民族各地区在政治、文化、科技、军事、安全、意识形态、生活方式和价值观念等多层次、多领域的相互联系、影响和制约的多元概念。①1945年，二战结束，1946年，丘吉尔在富尔顿发表铁幕演说，揭开冷战序幕。1947年，美国杜鲁门主义出台，标志着冷战开始。1955年华沙条约组织成立标志着两极格局形成。美国、北大西洋公约组织为主的资本主义阵营，和与苏联、华沙条约组织为主的社会主义阵营之间在政治、经济和军事上相互遏制，不动武力。②1991年，华约解散，苏联解体，标志着冷战的结束，同时也标志着两极格局的结束，推动了世界经济的全球化进程。

而《曼》中的女主角到美国及成书时间恰好是1985年到1992年，作家甚至在

---

① 本刊编辑部：《“全球化”与科技进步》，载《科技与企业》2012年第16期。

② 江畅：《应当重视当代中西价值哲学比较研究》，载《决策与信息》2016年第1期。

《曼》中直接写到了苏联解体后，女主角迫切想去苏联游历的情节。而全球化的直接影响除了全球金融体系的发展，文明和价值观的冲突，共享信息资源的丰富等方面，还有移民数量的增加，包括非法移民数量的增加，以及国际旅游业的发展，等等。由此可见，也正是在全球化的背景下，女主角来到美国求学，并最终成功移民，称自己为曼哈顿的中国女人，完成了自身的美国化进程，并开始将探索世界的脚步踏向全球。

## 二、地理迁移与媒介写作

地理与媒介的相互关系，一直是媒介地理学关注的一个焦点。在《曼》这部作品中，女主角的行踪转换一直与媒介有着不同形式的相生互动关系。

虽然在东北的日子，她有农村与城市之间的几次辗转，但是她始终没有离开东北。地域文化属于一种长期形成的媒介，从辽宁到黑龙江，整个东北的黑土地文化氛围基本是相似的，用女主角自己的语言概括，东北老乡是质朴的，但文化却是愚昧和落后的。东北文化是以中原文化为基础，发生、发展、吸收和融合其他文化，有次序传承下来的。以汉文化为主体，包括汉满农耕文化、蒙古族草原游牧文化、北方渔猎文化和朝鲜族丘陵稻作文化。女主角虽然在东北学习和劳动了几年，但是她一直沉浸在自己从上海带来的文学、绘画和音乐这些媒介之中，“居深院不闻街市之声”，几乎没有受到东北文化圈的任何影响。当一个个体，从一个自认为高等级的文化圈进入一个低等级的文化圈时，个体仍旧会保持高等级文化圈内的一些文化特质，并且试图寻找各种办法回到高等级文化圈，如果失败，他就会试图在低等级文化圈传播高等级文化圈的信息，或者自我沉浸在自营的高等级文化圈的小氛围内。比如，当北平陷落后，大后方昆明的西南联大就成了京派活动的主要场所，几乎把整个北总布胡同集团原封不动地搬到了这里。从女主角看到好友自东乡下回上海，操着一口浓郁的山东口音时，而表示深深惋惜的行文表述就可以看出，女主角对于除了上海之外的乡土的东西是充满排斥和拒绝的，这点与沈从文等京派作家虽然已经生活在了都市，但是仍旧对于乡土充满默默温情的态度是完全不同的。中国是一个历史悠久的农业大国，尽管历史上出现过唐代长安、宋代汴梁、明清北京等一些古都，但这些古城往往被广大农村包围，城乡之间没有截然分别，城镇居民也通常被认为从属于各自祖居的村社。[①]以市场为中心，集政治、商贸、工业和文化为一体的现代都市长期阙如。一直到了20世纪初期，特别是二三十年代，上海、天津和广州等为代表的现代都市才逐步崛起，北京和南京等为代表的文化古都现代化程度也在逐步提高。当两种异质文化发生碰撞时，人们首先感知到的是对方文化中糟粕的部分，就像女主角既拒绝中国的乡土文化，同样也拒绝美国的性泛滥一样。其实城有城的好，乡有乡的美。城市应该继承乡土的质朴和天然，而乡土则应该吸收城市的丰富与包容。任何一种对于城乡二元对立的思维模式都是有失客观的。

作家在《曼》中提到了大量的文学、历史、哲学、美术、音乐和影视作品。笔者将作品归类整理后发现，尤其是作家在去美国之前提到的作品中，绝大部分是沙俄时期、苏联和欧洲的文艺作品，欧洲部分具体涉猎了西欧的法国、英国和爱尔兰，中欧的德国、奥地利和波兰，作家所提及的西欧文学艺术家的作品数量比中欧要多一些，还有少部分的南部欧洲的古希腊和意大利文学艺术家的作品，以及北欧的荷兰文学艺术家的作品。这些作品包括，女主角自述自己阅读和欣赏过的作品，包括女主角与《曼》中的其他人物交谈时提到的作品，也包括《曼》中的其他人物自述自己阅读和欣赏过的作品。从接受效果上来说，女主角直接阅读和欣赏过的作品是对她影响最大的媒介，但是作家在《曼》中所提及的其他作品，也往往是对于人物形象塑造具有重要作用的意象，如果不是对于女主角来说具有深刻影响的作品，她是不能够理解、被提及和记住的，所以这些作品对于女主角的成长也具有不容忽视的重要作用。近代中国，自龚自珍、魏源等开眼看世界以来，西学东渐便成一种文化风潮。从器物、制度到文化，西方文明的传入从未间断并不断深入。而在20世纪20年代，在《无轨列车》《新文艺》《现代》《文艺风景》《幻洲》《现代小说》《金屋月刊》七本海派期刊上，被译介的外国作家多达三十多位，涵括法国、英国、德国、意大利、西班牙、美国和日本等国家。[②]海派文化接受的西方文化影响与《曼》女主角接受的西方文化影响大部分重合，这也成为周受海派文化影响的某种佐证，也决定了她会有如此强烈的开眼看世界的欲望，也促成了她将来进一步走出国门，留学美国，并且在美国学成毕业、经商和定居以后，也并未停下行走的脚步，进一步游历欧洲。虽然女主角一直在《曼》中讲述自己的意愿是走遍全世界，但

---

① 莱因哈特·本迪克斯：《马克斯·韦伯思想肖像》，刘北诚、刘援、吴必康等译，上海人民出版社2002年版，第73页。

② 周黎燕：《媒介地理学视野中的海派文学》，载《浙江传媒学院学报》2012年第1期。

是从她后来的行动足迹来看，也只是到达了包括东欧的苏联和其他国家，中欧的德国柏林和慕尼黑、奥地利维也纳和萨尔斯堡，西欧的英国伦敦、法国巴黎、瑞士日内瓦、比利时布鲁塞尔，南欧的意大利罗马，以及非洲北部的埃及等国家和地区。这也与她在国内接触过的文学和艺术作品的地域分布基本吻合。按照《曼》的叙述顺序，女主角到达美国后涉猎的作品，笔者也整理出一份统计报告（由于篇幅所限该论文未附），大部分作品是她在美国后才接触的，有部分作品可能是在女主角没去美国前就接触了，但是按照《曼》的叙述顺序出现在后面。从统计数量上可以看出，美国作品有所增加，苏联作品大大减少。美苏两大阵营冷战多年，这与中国曾经亲苏的社会环境完全不同，从中也可以看出地域转换对于媒介接受的影响。1950年中苏两国签订了《中苏友好同盟互助条约》，中国一方面向苏联派遣了很多留学生，一方面大规模引进苏联专家来华工作。有人将世界分为欧美基督教、阿拉伯伊斯兰、印度佛教和东亚汉文化四大文化圈。女主角的行动轨迹主要是从东亚汉文化圈移动到了欧美基督教文化圈，这显然与她接受的媒介文化有关系。而世界上其他的大部分地区，比如社会发展程度同样发达的澳大利亚，地域特色浓郁的南美洲，宗教色彩浓厚的东南亚地区，以及动植物资源丰富的非洲腹地，女主角的步履并未到达。

女主角到美国之前涉猎的作品：

| | | | |
|---|---|---|---|
| 本国 | 中国<br>35种 | 文学 | 白居易：《长相思》（诗歌）。屈原：《离骚》（诗歌）。李白：《梦游天姥吟留别》（诗歌）。杜甫（《曼》中未提及具体作品）（诗歌）。《宋词选》（诗歌）。顾工：（《曼》中未提及具体作品）（诗歌）。曾子：《大学》（散文）。作者不可考：《中庸》（散文）。韩愈：《进学解》（散文）、《祭十二郎文》（祭文）。王羲之：《兰亭集序》（散文）。张岱：《陶庵梦忆》（散文）。王实甫：《西厢记》（戏剧）。曹禺：《雷雨》（戏剧）。夏衍：《上海屋檐下》（戏剧）。施耐庵：《水浒传》（小说）。林海音：《城南旧事》（小说）。茅盾（《曼》中未提及具体作品）（小说）。刘勰：《文心雕龙》（文学理论）。王国维：《人间词话》（文学理论） |
| | | 历史 | 司马光：《资治通鉴》（历史）。孔子：《春秋》（历史）。左丘明：《左传》（历史） |
| | | 哲学 | 毛泽东：《人的正确思想是从哪里来的》（哲学） |

续 表

| | | | |
|---|---|---|---|
| 本国 | 中国<br>35种 | 影视 | 胡石言、黄宗江编剧，王苹导演，中国人民解放军八一电影制片厂出品：《柳堡的故事》（电影）。车承友笔名刘知侠编剧，赵明导演，上海电影制片厂出品：《铁道游击队》（电影）。杜宣编剧，杨小仲导演，上海电影制片厂出品：《兰兰和冬冬》（电影）。王公浦编剧，王家乙导演，长春电影制片厂出品：《五朵金花》（电影）。赵惠和、周培武、陶春、苏天祥编剧，刘琼导演，上海电影制片厂出品：《阿诗玛》（电影）。武兆堤、房友良编剧，武兆堤导演，长春电影制片厂出品：《冰上姐妹》（电影） |
| | | 音乐 | 陈毅作词，何士德作曲：《新四军军歌》（歌曲）。任红举作词，陆祖龙作曲：《红日快快照遍全越南》（歌曲）。《小白菜》（民歌）。柯政和：《拜尔练习曲》（乐曲） |
| | | 美术 | 贺友直：《山乡巨变》（绘画） |
| 东欧 | 沙俄<br>19种 | 文学 | 列夫·尼古拉耶维奇·托尔斯泰：《安娜·卡列尼娜》（小说）、《战争与和平》（小说）、《复活》（小说）、《琉森》（小说）。伊凡·谢尔盖耶维奇·屠格涅夫：《罗亭》（小说）。亚历山大·谢尔盖耶维奇·普希金：《普希金诗选》（诗歌）、《渔夫和金鱼的故事》（童话）、《叶甫盖尼·奥涅金》（也译作《欧根·奥涅金》）（小说）。尼古拉·加夫里诺维奇·车尔尼雪夫斯基：《怎么办》（小说）。米哈伊尔·尤里耶维奇·莱蒙托夫：《白帆》（诗歌） |
| | | 哲学 | 亚历山大·伊万诺维奇·赫尔岑：《赫尔岑选集》（哲学） |
| | | 音乐 | 彼得·伊里奇·柴可夫斯基：《船歌》（乐曲）、《第一钢琴协奏曲》（乐曲）。列昂尼德·特瑞佛列夫作词，彼得·格鲁波基作曲：《三套车》（歌曲） |
| | | 美术 | 伊利亚·叶菲莫维奇·列宾：《突然归来》（绘画）。盖依·尼古拉·尼古拉耶维奇：《什么是真理》（绘画）。普基廖夫：《不相称的婚礼》（绘画）。伊利亚·叶菲莫维奇·列宾：《弥撒游行的队伍》（又译《库尔斯克省的宗教游行》）（绘画）。卡尔·巴甫洛维奇·布留洛夫：《庞培城末日》（又译《庞贝古城的最后一天》《庞贝的末日》）（绘画） |

续 表

| | | | |
|---|---|---|---|
| 东欧 | 苏联22种 | 文学 | 波列伏依：《真正的人》（又译《无脚飞行员》）（小说）。鲍·伊久姆斯基：《红肩章》（小说）。尼古拉·阿历克塞耶维奇·奥斯特洛夫斯基：《钢铁是怎样炼成的》（小说）。德拉伯金娜：《黑面包干》（小说）。柳鲍娃·齐莫菲耶夫娜·科斯莫杰米扬斯卡娅：《卓娅和舒拉的故事》（小说）。叶·伊林娜：《古丽雅的道路》（小说）。法捷耶夫：《青年近卫军》（小说）。弗谢沃罗德·阿尼西莫维奇·柯切托夫：《你到底要什么》（小说）、《叶尔绍夫兄弟》（小说）、《州委书记》（小说）。鲍尔斯·瓦西里耶夫：《这里的黎明静悄悄》（小说）。普拉东·米哈伊洛维奇·凯尔任采夫：《列宁传》（传记）。列万多夫基·阿：《圣西门传》（传记）。弗拉基米尔·弗拉基米罗维奇·马雅可夫斯基：《马雅可夫斯基诗选》（诗歌） |
| | | 哲学 | 格奥尔基·瓦连廷诺维奇·普列汉诺夫：《一元论史观》（哲学） |
| | | 历史 | 苏联科学院：《世界通史》（历史）。斯大林倡议并亲自参加编写，联共（布）中央特设委员会编，联共（布）中央审定：《联共（布）党史》（历史）。列宁：《列宁遗嘱》（历史） |
| | | 影视 | 姆·斯米尔诺伏伊编剧，马尔克·顿斯柯伊导演，苏联儿童电影制片厂出品：《山村女教师》（电影） |
| | | 音乐 | 米哈依尔·瓦西里耶维奇·伊萨科夫斯基作词，马特维·勃朗捷尔作曲：《喀秋莎》（歌曲）。拉德金作词，皮里别科作曲：《山楂树》（原名《乌拉尔的山楂树》、《乌拉尔的小花楸树》）（歌曲）。米哈伊尔·马都索夫斯基作词，瓦西里·索洛维约夫·谢多伊作曲：《莫斯科郊外的晚上》（歌曲） |

续 表

| | | | |
|---|---|---|---|
| 西欧 | 法国<br>23种 | 文学 | 罗曼·罗兰：《罗曼·罗兰全集》、《约翰·克利斯朵夫》（小说）、《贝多芬传》（传记）。维克多·雨果：《悲惨世界》（小说）、《九三年》（小说）。让-保罗·萨特：《肮脏的手》（戏剧）。奥诺雷·德·巴尔扎克：《巴尔扎克全集》、《搅水女人》（小说）、《高老头》（小说）、《欧也妮·葛朗台》（小说）、《邦斯舅舅》（小说）。安德烈·布勒东：《娜嘉》（小说）（周励以为是东欧作家）。安妮·斯塔尔夫人：《论文学与社会制度》（文学理论） |
| | | 历史 | 路易·马德林：《法国大革命史》（历史） |
| | | 哲学 | 亨利·柏格森：（《曼》中并未提及具体作品）（哲学） |
| | | 音乐 | 阿希尔-克劳德·德彪西：《月光》（乐曲）。欧仁·鲍狄埃作词，皮埃尔·狄盖作曲：《国际歌》（歌曲） |
| | | 影视 | 莉连·海尔曼编剧，埃瑞克·宗卡导演，法国映欧嘉纳影业出品：《朱莉亚》（电影） |
| | | 美术 | 奥古斯特·雷诺阿：《舞会》（绘画）。让·弗朗索瓦·米勒（《曼》中并未提及具体作品）（绘画）。让·巴蒂斯特·卡米耶·科罗（《曼》中并未提及具体作品）（绘画）。奥古斯特·罗丹：《罗丹论艺术》（艺术理论） |
| | | 法学 | 孟德斯鸠：《法的精神》（法学） |
| | 英国<br>7种 | 文学 | 查尔斯·约翰·赫芬姆·狄更斯：《大卫·科波菲尔》（小说）。夏洛蒂·勃朗特：《简·爱》（小说）。达夫妮·杜穆里埃：《蝴蝶梦》（原名《吕蓓卡》，又译《丽贝卡》）（小说）。威廉·莎士比亚：《奥赛罗》（戏剧）。约翰·霍兰·罗斯：《拿破仑一世传》（传记）。白朗宁夫人：《我的棕榈树》（诗歌） |
| | | 工具书 | 威廉·斯梅利：《大不列颠百科大全》（工具书） |
| | 爱尔兰<br>1种 | 文学 | 艾捷尔·丽莲·伏尼契：《牛虻》（小说） |
| | 荷兰<br>3种 | 哲学 | 巴鲁赫·德·斯宾诺莎：（《曼》中并未提及具体作品）（哲学） |
| | | 美术 | 文森特·威廉·凡·高：《向日葵》（绘画）。伦勃朗·哈尔曼松·凡·莱因（《曼》中并未提及具体作品）（绘画） |

<table>
<tr><td rowspan="8">中欧</td><td rowspan="3">德国<br>16种</td><td>文学</td><td>约翰·沃尔夫冈·冯·歌德：《浮士德》（诗歌）、《歌德谈话录》（谈话录）。埃米尔·路德维希（《曼》中写成了塔维尔）：《拿破仑传》（传记）。希特勒：《我的奋斗》（传记）。康拉德·阿登纳：《阿登纳回忆录》（回忆录）</td></tr>
<tr><td>哲学</td><td>亨利希·海涅：《论德国宗教和哲学的历史》（哲学）。格奥尔格·威廉·弗里德里希·黑格尔（《曼》中并未提及具体作品）（哲学）。弗里德里希·威廉·尼采（《曼》中并未提及具体作品）（哲学）</td></tr>
<tr><td>音乐</td><td>路德维希·凡·贝多芬：《命运交响曲》（乐曲）、《月光奏鸣曲》（乐曲）、《英雄交响曲》（乐曲）、《致艾丽丝》（乐曲）、《第三钢琴协奏曲》（乐曲）、《皇帝钢琴协奏曲》（乐曲）、《热情奏鸣曲》（乐曲）。约翰·塞巴斯蒂安·巴赫：《G弦上的咏叹调》（乐曲）</td></tr>
<tr><td rowspan="3">奥地利<br>4种</td><td>文学</td><td>斯蒂芬·茨威格：《一个女人一生中的24小时》（小说）</td></tr>
<tr><td>音乐</td><td>沃尔夫冈·阿玛多伊斯·莫扎特：《第20号钢琴协奏曲》（乐曲）、《土耳其进行曲》（乐曲）</td></tr>
<tr><td>心理</td><td>西格蒙德·弗洛伊德（《曼》中并未提及具体作品）（理论）</td></tr>
<tr><td>波兰<br>3种</td><td>音乐</td><td>弗里德里克·弗朗索瓦·肖邦：《第二钢琴协奏曲》（乐曲）、《降E大调小夜曲》（作品第九号）（乐曲）。巴达捷夫斯卡：《少女的祈祷》（乐曲）</td></tr>
<tr><td rowspan="4">欧洲南部</td><td rowspan="2">古希腊<br>3种</td><td>文学</td><td>荷马：《荷马史诗》（诗歌）</td></tr>
<tr><td>哲学</td><td>柏拉图：《柏拉图对话录》（哲学）。苏格拉底：《苏格拉底的辩护词》（哲学）</td></tr>
<tr><td rowspan="2">意大利<br>3种</td><td>文学</td><td>拉法埃洛·乔万尼奥里：《斯巴达克思》（小说）</td></tr>
<tr><td>美术</td><td>列奥纳多·达·芬奇：《蒙娜丽莎》（绘画）。米开朗琪罗·博那罗蒂（《曼》中并未提及具体作品）（绘画）</td></tr>
<tr><td rowspan="2">亚洲</td><td>日本<br>1种</td><td>影视</td><td>松本清张编剧，野村芳太郎导演，日本松竹映画出品：《砂器》（电影）</td></tr>
<tr><td>锡兰（现称斯里兰卡）1种</td><td>哲学</td><td>特加·古纳瓦达纳：《赫鲁晓夫主义》（哲学）</td></tr>
</table>

**续 表**

| | | | |
|---|---|---|---|
| 北美 | 美国<br>9种 | 文学 | 欧内斯特·米勒·海明威：《老人与海》（小说）。纳撒尼尔·霍桑：《红字》（小说）。亚里克斯·哈里：《根》（小说）。约翰·里德：《震撼世界的十天》（报告文学） |
| | | 历史 | 安娜·路易斯·斯特朗：《斯大林时代》（历史） |
| | | 音乐 | 谢尔盖·瓦西里耶维奇·拉赫玛尼诺夫：《第二钢琴协奏曲》（乐曲）。乔治·格什温：《蓝色狂想曲》（乐曲）。约翰·丹佛作词、作曲：《送我回家，乡间的路》（歌曲）。亨特作词，凯勒作曲：《单程车票》（歌曲） |
| | 加拿大<br>1种 | 音乐 | 《红河谷》（民歌） |
| 南美 | 哥伦比亚1种 | 文学 | 加西亚·马尔克斯：《百年孤独》（小说） |
| | 智利<br>1种 | 文学 | 曼努埃尔·罗哈斯：《不安的灵魂》（小说） |
| | 秘鲁<br>1种 | 文学 | 马里奥·巴尔加斯·略萨：《胡利娅姨妈与作家》（小说） |

在沪期间，女主角曾经从事过一些媒介写作的活动。她曾是外贸局医院的医生，每次外销员出国回来，都到医务室来津津有味地回顾他们的海外之行，后来她以此为题发表了一篇报告文学，而这件事也使她产生了商业兴趣，使她最终走上了从商的道路，在美国创办了JME国际贸易公司。别人开眼看世界的行动造就了她的媒介写作，并且潜移默化地影响了她未来的行动轨迹。除此以外，女主角曾经是《经济新闻报》的记者，负责编辑出版了第一期《经济新闻报》文艺版，后来被调到《经济日报》上海国际经济信息中心担任副总经理，从事媒体工作。

到了美国，她的第一份工作也是媒体人，担任了华人刊物《衣食住行》的公共关系副总裁和记者。媒体工作使她对于美籍华人和美国社会有了更加深入的了解，也拓宽了自己的社交面，为将来的商业成功打下了良好的基础。中国美术家协会到纽约办现代中国油画展，纽约海外电视台邀请她担任开幕式主持人。通过电视这种传媒手段，女主角俨然成了中美文化交流的大使。

周励的《曼》最初在中国《十月》1992年第1期和第3期选载，同年7月由北京出版社出版。《曼》在出版后的十天时间里第一版的十万册即被销售一空。据说，现代以来国内有三次海外移民潮，第一次发生在1978年—1992年，移民主要包括寻亲、劳务以及偷渡等形式，以劳务移民为主体，被称为“技术移民潮”。第二次发生在1992年—2002年，移民包括留学和技工等形式，以留学移民为主体，被称为“留学移民潮”。而第三次移民潮发生在2002年—2012年，以投资移民为主体，被称为“投资移民潮”。《曼》主要记录了第一次移民潮在美国的情况，因为女主角是中国首批自费美国留学生，所以这部作品发表后，直接或者间接掀起第二次移民潮，即留学移民潮，作家本人基于地理位置转换而诞生的媒介写作又激发了新一批留学生的地理位置转换。

这部作品是作家移民美国后进行的创作，汉语是创作的媒介语言，而此时英语已经成为她日常生活中的媒介语言。这是早期华人移民，在英语程度不高的情况下的一种普遍现象，从周在美留学期间的作业需要英文好的同学帮忙修改可见一斑，作家也在《曼》中将自己之视为区别于西文女性的异域化存在。这与日裔英国作家石墨一雄的情况截然相反。2017年诺贝尔文学奖获得者石出生于日本，五岁即随父母移民英国，接受正统的英式教育，并用英文进行文学创作，成为一个皮黄内白的“香蕉人”。而菲律宾的官方媒介语言是他加禄语和英语。菲律宾华文文学用华文创作，但是菲华文学已经成为官方认可的菲律宾文学的一部分。这种文化融合虽然对菲本土文化具有冲击性，但也是顺应历史潮流的必然趋势。相比之下，《曼》语言的颠覆性和文化的政治性都不明显，作家的思想深度和语言水平并未达到有意识地自觉解构母语或者英语的程度。

## 三、作家创作与海派文化

《曼》女主角生于上海长于上海，海派文化对于她的影响根深蒂固。城市是媒介的集中生产地，它不仅是一个地理样本，也是一个文化样本，人们对于城市的体验，除了触目可见的道路、建筑和园林等地理环境之外，还得益于众多媒介所构筑的观念或者经验世界。[①]“海派”一说起源较早，唐代书画理论家张怀瑾的《书断·能品》中就已经提到了海派。[②]“海派”逐渐在书画、戏剧、文学、建筑、服饰和时尚等诸多

---

① 张健康：《中国媒介地理学研究的量化考察、焦点回顾与质化分析》，载《浙江传媒学院学报》2014年第5期。

② 蔡邕等撰：《书品》，孟兆臣校释，北方文艺出版社2000年版，第168页。

领域生根流布，并最终坐实了这一名号。海派文化的发生其实在上海开埠之前的很长一段时间就出现了。明代科学家徐光启堪称中西文化会通的海派文化推手。1843年上海开埠，海派文化逐渐酝酿形成，20世纪二三十年代最终出现了海派文化的称谓。海派文化具有鲜明的地域特征，它是上海乃至长江三角洲城市群市民经年累月的社会实践，逐渐发展成型并被世人所认可的物质和精神文明成果，在这一区域内不断分布、扩散及传承的产物。是东西方文化不断碰撞与融合的产物，包括中国传统文化、江南三民文化、红色革命文化和以西方为主体的列国租界资本主义文化。海派文学则是在海派文化背景下发展起来的一种文学类型，主要表现上海都市生活，运用多种现代艺术手法和创作技巧，具有鲜明的先锋性和现代性。

海派文学几乎从诞生之日起就具有一种诱人的情色倾向。从张爱玲、苏青、潘柳黛、丁玲到当代的王安忆、卫慧、棉棉都直接或间接地揭示了女性物质消费与情爱本能的欲望挣扎，女性不再是盖着遮羞布的历史文明中的沉默者。如果说第一代海派女作家书写了都市欲望的萌芽，以王安忆为代表的第二代描绘了“文革”后被压抑的都市欲望艰难的苏醒过程，那么到了卫慧、棉棉、朱文颖、魏微、戴来等一代则是发出了商业语境下惊世骇俗的欲望尖叫……《曼》继承了海派文学尤其是海派女作家大胆表现女性自身性欲望的叙事传统，并以自己的创作汇入第二代海派女作家的性爱叙事。“好的女人是性的魅力与人的魅力的统一，好的爱情是性的吸引与人的吸引的统一。”公共话语中的女性个体是被抑制了个人特性的人，因而是残缺的、不完整的、局限性的。女性写作目的之一就是要将被集体叙事视为禁忌的私人经验从压抑的记忆中释放出来。性的表达曾经是衡量女性解放的一个重要标尺，它是区别于传统女性写作的一个重要标志，其意义不仅在于它开启了女性文学性爱描写和欲望叙事的先河，更在于它昭示了女性在人类的情爱和欲望活动中试图恢复主体地位的可贵尝试和努力，并构成了对传统两性关系和性爱模式的前所未有的颠覆和反叛。①

《曼》叙写了女主角五次情感经历。女主角的爱情启蒙较早，“从十二三岁起，我便开始感觉到了一种青春的骚动”。她渴望与大队长建立更亲密的关系，她的同桌似乎也对她存在着某种吸引力。第一次情感经历，属于情窦初开的男女孩儿之间的纯洁情感。第二次更多的是女主角的单相思，男主角始终并没有正面回应她的求爱。第

① 韩冷：《现代上海女作家伦理生态阐释》，载《洛阳理工学院学报》（社会科学版）2010年第5期。

三次女主角与画家的情感都在前途未卜的时代风云中强烈节制，画家对于女主角的态度更像是友情已满爱情未达。第四次女主角与钢琴老师已经各自成立了家庭，钢琴老师对她颇有好感，但是女主角并没有任何非分之想。女主角的婚姻起于介绍，终于无情，虽然没有详细叙述，但是从行文的蛛丝马迹可以见出这是一场男女双方彼此都不太满意的婚姻，因此才会出现和平分手的一幕。除了两小无猜那一次，其他几次都不属于两情相悦的恋爱。这世界上有一种两性关系叫作你以为的并不是你以为的。女主角曾是一名医生，她在医专学习期间，医学知识启蒙了性意识，但是她却没有一次将性与自己朝思暮想的男友联系起来，可以说，在国内阶段，她的情感生活一直处于性与爱的分裂状态。“我本以为我是一个没有性欲的女人……”而情感叙事到了美国阶段，却笔锋一转，女主角与麦克相爱并且结婚。麦克觉得女主角是一个有魅力的非凡的东方女性，而女主角觉得麦克是一个拥有雕塑美感的西方男子，两个人相互吸引彼此爱恋，由爱而性，体验到了灵肉合一的至美境界。在女主角刚刚到达美国的第二天，在饥寒交迫的情况下，她被迫前往一位美国富商家做保姆，富商试图引诱她，她却没有在他身上寻找到任何可以燃起性欲的痕迹。值得一提的是，对于作家那代人来说，婚前性行为也是被禁止的，即使在女主角已经离异的情况下，但是女主角对于自己与麦克的婚前性行为，却没有表现出任何的灵魂挣扎，这在中国同时代的其他女性中并不多见，也可见出海派文化的深刻影响。

“文革”时期，人的性欲望受到了压抑。《曼》中曾经提到过另外两个故事。委婉地表达了作家对于人类正常性欲望的肯定，以及对于极左政治的批判和控诉，压抑正当的性欲望无异于扼杀年轻的生命。所以从内在精神上来说，作家的创作与海派文学有着割不断的内在联系。

19世纪早期，欧洲受英国维多利亚女皇时代宗教性禁锢影响，严厉禁止婚前性行为，自慰是亵渎神灵的罪恶，妇女受到歧视，不允许离婚，甚至不准进行与性有关的科学研究和艺术创作。20世纪40年代，著名的“垮掉派”文化运动在纽约诞生。20世纪60年代的嬉皮文化，是以男性为中心的文化，在战争阴影的笼罩下，男性以性来消解内心的苦闷与彷徨。同时，美国联邦食品药物管理局，批准口服避孕药上市，也为性与生殖脱钩提供了便利，促使性与家庭链条进一步断裂。1968年，开始于法国大学校园的“五月风暴”作为性解放顶峰的标志，使性解放狂潮迅速席卷西欧、北美，并波及许多发展中国家，“性解放”一词已经完全失去早期妇女解放的主要内涵，大批年轻人的性行为完全处于混乱状态。20世纪六七十年代，美国的性解放运动达到了高潮。性放纵打开了潘多拉的魔盒，导致离婚率上升，单亲和非婚生儿童增多，青少年犯罪率上升，性传播疾病蔓延……虽然女主角终于在美国实现了性爱合一的人生梦想，但是她对美国社会的性泛滥持批判态度，对年轻人过早的性行为，对非婚生子，对贝妮丝与麦克的婚外情，对艾滋病的传播和毒品泛滥，对流氓对女孩的强暴，表达了深深的担忧、厌恶和愤怒。

## 四、海派文化与纽约文化

纽约文化与海派文化有诸多相似之处。“我隐隐之中感到纽约和上海有着同一个灵魂。”这也是决定女主角前往美国而不是欧洲或日本等其他热门地留学的原因。

首先，海派文化与纽约文化都是一种由移民文化形成的开放包容的多元文化。上海地处水陆交通发达、移民人口最集中的长三角东向出海口，背靠自然资源和人文资源丰富的亚欧大陆腹地，西接长江黄浦江水上通道，东临太平洋海上出海口，南北紧连京杭大运河，实属当时世界上最有利用价值的陆上和海上丝绸之路的重要节点，同时也成为西方资本主义列强对东方国家殖民化掠夺的重要战略支点，在东西方海陆经贸交流中起到了区位枢纽的作用。自19世纪后期到20世纪30代，上海涌入了来自欧美亚太四十八个国家的众多外侨，百分之八十的中国居民来自内陆移民。他们将世界各国的生活方式、生产方式和风俗习惯带到了上海，也将开放化、国际化、多元化、时尚化、灵动化甚至冒险化的精神带进了上海。①

而《曼》的女主角移民的纽约是美国第一大城市和第一大港口，位于美国东北部纽约州的哈德逊河口上，濒临大西洋。起初只有曼哈顿一个岛，后来几个区相继并入，形成了今天包括曼哈顿、布朗士、布鲁克林、皇后和史泰坦岛五区的大纽约市。纽约是美国人口最多，也是最多族裔聚居的城市，拥有来自九十七个国家的移民，使用多达八百种语言。

其次，海派文化和纽约文化都有重商传统。1992年《曼》刚刚出版的时候，曾

---

① 史书美：《现代的诱惑——书写半殖民地中国的现代主义（1917—1937）》，何恬译，江苏人民出版社2007年版，第267页；徐清泉：《海派文化发展的主要特征及时代向度》，载《上海文化》2017年第6期。

在中国大陆引起轰动，更在文学批评界引发争议，有些学者认为，这是一部拜金文学。客观上来说，这样一部在艺术创作和思想内涵上都有缺陷的纪实文学作品，却能够获得如此巨大成功，与它的成功学性质密切相关。每个人都想获得那把打开宝库的钥匙，而现身说法的成功学就是这把金钥匙。每个时代的碌碌百姓都热衷成功故事，从胜者为王的历史传奇，到雄霸武林的武侠宗师，到金榜题名的状元故事，再到机关算尽的宫斗言情。有趣的地方在于，现在回看起来，这场争议很像当年的“京海之争”。1933年冬至1934年春的中国文坛曾经发生过一场规模不大但颇引人注目的论争，文学史家称之为“京海之争”。沈从文认为，海派文学是名士才情与商业竞买的结合。稍后，鲁迅先生以栾廷石为笔名发表文章，“文人之在京都近官，没海者近商，近官者使官得名，近商者使商获利……”[①]海派文学从诞生之日起就表现出强烈的商业追求意识，特别关注读者的阅读趣味和市场的消费需求，努力创作出具有良好商业效益的畅销书。[②]海派文化也因其重商传统，经历了一个由“屡遭诟病”到“逐渐接受”再到“渐成潮流”三个阶段，这是一个由负面评价到中性评价再到正面评价的演变过程。美国人类学家莫非指出，任何一种新文化，无论是外来的，还是自生的，必须继承既有文化传统，一个完全陌生的、与传统不一致的事物，无论是思想、信仰还是时尚，都会被立即拒绝，一种新文化被接受，必须经过解释、改造，使其与接受文化结构相适应。[③]

《曼》因为叙写了女主角的大量商业活动，描述了一些在20世纪90年代大陆人看来非常奢华的美国生活场景，以及字里行间忽隐忽现的女主角的志得意满，恰如施蛰存所说，“周励这本书，不免有许多自鸣得意之处”。从而引发了当时部分人的不满。[④]而实际上，海派文化重商已是一个无可争议的事实。上海的地理位置决定了它很早就是亦农亦商的地区。早在宋元之时，上海“地方之人，半是海洋贸易之

① 鲁迅：《“京派”与“海派”》，载《申报·自由说》1934年2月3日。

② 林雪飞：《试论“海派文化”对“海派文学”创作的深刻影响》，载《江西财经大学学报》2014年第1期。

③ 张仲礼主编：《近代上海城市研究（1840—1949年）》，上海文艺出版社2008年版，第849页；徐清泉：《海派文化发展的主要特征及时代向度》，载《上海文化》2017年第6期。

④ 赵毅衡：《拜金文学——关于〈曼哈顿的中国女人〉》，载《文艺争鸣》1993年第1期。

辈”[①]。常年商业活动的熏陶使这里突破传统农业文化板结的土壤，较早生长出商业思想的萌芽。海派文化也正是随着上海这个近代工商业城市的形成而逐步发展起来的。海派作家不仅写出了物质文明与消费文化所造成的生存压力，写出了糜烂的生活病态及其对人性的消解，也同时肯定了商业社会的金钱价值，肯定了商品消费的正当性，真诚发现了都市的审美价值以及现代文明的进步意义。所以，从《曼》中我们同样可以感受商业经营的魅力，以及金钱价值的存在意义。

而美国资本主义经济本身就是高度发达的商品经济，是直接以市场交换为目的的经济形式。“纽约是一个有一百多年历史的商业金融城市”，被称为世界金融中心。“全美国五十多个州的商品贸易，只有纽约是源头，是中枢，是纽带！”所以，“曼哈顿的中国女人”表达的就是美国商业战场中的中国女人之意。

拜金主义是一种金钱至上和金钱万能的价值观，女主角的价值观显然不是这样的。其实，在21世纪的今天看来，《曼》描写的是再常见不过的美国中产阶级生活，大宅、汽车、聚会和国际旅行等。用女主角的话说就是：“我希望住进明亮宽敞的房子，有一辆随时可用、性能良好的小汽车，另外就是在去超级市场买东西时不要被价格所烦扰。当然，最重要的一大愿望是能够有一笔钱周游世界。如此而已。”这些情景对于当今中国一线城市的市民来说，并不算炫富。问题就出在，作品发表在差不多三十年前，20世纪90年代初期，大陆民众刚刚解决温饱问题，绝大部分人没有私家车，就连摩托车都很少见，微薄的收入使得人们根本无法想象出国旅行。正是当时中国与美国经济发展水平的巨大差距，导致了《曼》发表以后不免引起轩然大波，羡慕者有之，嫉妒者有之，批评者也有之。实际上，人们正当的物质追求并不属于拜金主义，把人的价值仅仅归结为拥有金钱的多少才属于拜金主义。在达到财富自由之前，不以损害肉体和出卖灵魂为代价的物质追求都属于合理范畴。

（原载《广东社会科学》2019年第4期）

韩冷，东北师范大学文学博士，《广东社会科学》杂志社编辑、研究员。英国伦敦大学皇家霍洛威学院访问学者。

---

① 转引自薛理勇：《老上海城厢掌故》，上海书店出版社2015年版，第29页。

# 周励：穿越历史与现实的非虚构创作

艾 尤

在海外华语文坛，周励既是知名作家、商务精英，又是探险家和文化旅人。1992年，她因纪实性自传体小说《曼》声名鹊起，这部“描述了一个时代，影响了一代人”的小说，已成为当代中国文学史上留学生文学的经典，并作为一种特殊文化现象被广为讨论。然而，周励并没有让自己的文坛印象定格在“曼哈顿的中国女人”，并于2006年发表《曼哈顿情商》之后，近期又推出了名为“非虚构”写作的探险纪实和文化散文系列。这些作品不仅彰显出双重文化身份对其创作的深刻影响，还渗透着其本人对历史与现实的独特理解。

如果说，漂泊感、身处异乡的孤独感、“寻根”是周励早年作品的重要主题，那么其近期的作品中，已看不到这种移民者的身份困惑，周励转型为华文文学界书写探险报告文学的女作家。2012年至今，周励六次前往南北极，探访南极长城站和中国冰岛联合北极考察站，在北纬九十度的北冰洋冰泳，试图追寻百年前南极探险家的足迹，并将探险经历写成了《穿越百年，行走南北极》《攀登马特洪峰》《极光照耀雪龙英雄》等二十余篇纪实散文，陆续在《文汇报》上发表，向海内外同胞讲述中国科考队员们令人动容的“南极精神”。

这些探险纪实散文是周励自我突破的尝试之作，这与她于海外生存打拼过程中所磨砺出的拼搏、挑战精神不谋而合。在《攀登马特洪峰》中，她将登山运动的起源、首支马特洪峰登顶队的传奇、马克·吐温与马特洪峰的因缘等，与自己的攀登经历相互穿插，展现了鲜明的历史意识与文化意识。在她看来，现当代的探险史不仅具有科考价值，还具有美学价值、精神价值，关乎个人意志、关乎国家实力、关乎人类文明。作者所涉足的绝境极地都蕴藏着无限危机，变幻莫测的气候、陡峭危滑的悬崖时刻挑战探险者的勇气和毅力，正可谓“无限风光在险峰”，唯有坚持者才能看到最美风景。

为什么要去极地？用周励自己的话来说：“那就是与生俱来的好奇心，和对一切与物质无关的事物的兴趣。一个人最大的财富，是血液里的激情；是心灵与历史人物的对话；是读万卷书、行走天下的勇气和理想。”除了探险，周励对世界各国文明的向往让她踏上了寻访人类历史的漫漫之旅。于是“以史为镜，以史为鉴”欧洲文化散文系列《寻找腓特烈大帝》《寻找路易十四太阳王》等应运而生，这是其广泛的阅读视野与独特的人生经历所发生的奇妙化学反应。

在“寻找”系列文化散文中，她实地涉足那些与西方启蒙历史有关的重要地点，通过时空变换以及话题引领，吸引读者追随她一步步探寻，设身处地地代入那个特殊情境，反思和检索历史的偶然和必然，通过一些看似琐碎日常的历史细节，串联起大的历史背景。她爬梳故纸堆和架构语言的能力令人佩服，纷繁众多的事例、名言信手拈来，以流畅自洽而又富有节奏感的语言勾连现实与历史，在凸显出人类历史文化耀眼之处的同时，又流露出人道主义的关怀及对当下的反思。

如何将个人与民族、国家交织在一起，始终是海外华人孜孜探索的一个主题。在“寻找”系列散文中，周励显然是有意为之地进行中外对比。以《寻找路易十四太阳王》为例，其中路易十四叱咤风云的生平，让周励想到同一时期的康熙，文中既有对潜在的历史走向分析的点睛之笔，也有对治乱规律的关注。

较之探险纪实与文化寻踪，《生命的奇异恩典》等访谈类散文则文笔流畅自然，观察细致入微，对人物的刻画和对话的重现，都让人如临其境。《生命的奇异恩典》从董鼎山先生的二三事谈起，用女性的细腻体验，以平易近人的语言娓娓道来，让我们身临其境地进入到董公夫妇的日常生活，感受到董公夫妇惺惺相惜的爱情以及董先生无以复加的丧妻之痛，令读者动容。这种试图回到生活及其事实本身的非虚构，不仅留下了珍贵的史料，还在个人记事层面上创设出了文学性，使得极为普通的现实日常生活成为一种审美呈现，并在隐隐散发的淡淡凄凉中展现了作者心系苍生的悲悯情怀与心怀大爱的理想主义。

周励一直强调其创作的非虚构性，强调文学对现实的介入、文学与现实的互动。无论探险纪实报告，抑或回忆性散文、文化之旅散文，都是具有鲜明现实主义人文关怀的创作。她以亲身经历写就的非虚构作品，让我们看到了一个富有冒险精神且兼具历史情怀、人文关怀的理想主义者。她用跨文化的视角来开放、包容地理解世界的历史与现实，那种对个体生命价值、社会价值的不懈追求，展现了海外华文作家创作的另一个面貌且独具文学价值。

［原载《人民日报》（海外版）2019年11月28日］

艾尤，首都师范大学文学院教授。首都师范大学妇联副主席、台湾研究室主任、中国女性文化研究中心主任，《中国女性文化》主编。

# 以史为镜越沧桑

## ——读《亲吻世界——曼哈顿手记》

陈瑞琳

眼前是一部内容厚重的书，书名看似温婉，但只要翻开，眼前就会烈焰燃烧、火花飞溅。看这部书需要屏住呼吸，经历一场又一场血与火的洗礼。书里面尽是历史的刀口，炮火隆隆，尸横遍野，但也由此进入到人类文明的隧道。二十八篇文化历史散文，展现出一位不懈追求的思想者勇敢探索的足迹，以及她纵横文史的斐然才气。

《亲吻世界》的字里行间如晨钟暮鼓撞击着读者的心扉，文字挟雷带电，令每一个思考者心灵震撼，空山峡谷中回荡着八个大字：以史为镜，以史为鉴！

知道周励的名字是1992年，一部《曼》发行了一百六十万册，入选“90年代最具影响力文学作品”，获得1992年“十月文学奖”，成为出版界的传奇。

继2006年上海文艺出版社推出周励的第二部纪实文学作品《曼哈顿情商》，周励的视野已经从纽约向世界的深处扩展，我立刻有了一种预感，这位十八岁下乡，二十一岁上大学，二十八岁返城做医生，三十五岁赴美留学，三十七岁赤手空拳在美国创业经商的“中国女人”，必定会与时俱进，酝酿着一场新的思想风暴和文学力作。

作家张翎这样说：“在别人早已开始放慢节奏，进入中老年平稳宁静的日常生活时，周励却像一台永动机，开足马力，走遍了地球上一百三十多个国家，从南极到北极，从珠穆朗玛峰到非洲平原，从伏尔加河流域到亚平宁半岛……她的节奏让我几近晕眩。”每次看到周励，我就想对她说：“你早已打败了岁月。”

《亲吻世界》无疑是当今文坛难得的一部横贯中西的文化大散文，尤其在2020

年这样的风云变幻之年推出。忘记历史就意味着背叛，此时此刻，人们比任何时候都需要了解世界，了解历史。早在2016年5月，北京大学陈平原教授在一次学术讲座中，就特别指出：从周励等近现代作家的创作中，可以感受到现代中国文人“开眼看世界”之予中国的多重意义。

总以为男性才喜欢研究二战，但周励的文字完全打破了这样的印象，她对“二战”跳岛战役的探索和描绘，让无数须眉为之惊叹和着迷。难以置信的是为了追寻太平洋战争历史现场，周励竟然跑遍了贝里琉岛战役、塞班岛战役、天宁岛战役、关岛战役、菲律宾吕宋岛和科雷吉多岛战役遗址，甚至浮潜在帕劳海底二战坟墓。

在《亲吻世界》这部书中，让我特别动容的还有周励对人性的理解和开掘。第一时间读到她的《冰雪烈焰肯尼亚》，每一段话都让我感慨万千，深感她写出了非洲的灵魂，不禁想起了电影《走出非洲》和《乞力马扎罗的雪》。

周励写《凡·高的眼泪》，痛彻心扉，让人流泪。她爱凡·高的艺术，但是更珍惜凡·高作为人的存在。她质疑凡·高之死和凡·高墓地真假可谓石破天惊，她奔跑在凡·高最后的死亡路上，推测凡·高是被雷内枪杀而导致死亡，善良的凡·高自称是自杀而宽恕了欺负他的人。

复旦大学历史系金光耀教授对《亲吻世界》的评价：“一气读完《亲吻世界——曼哈顿手记》，感叹此书只有作家、历史学家和探险家三位一体方能写出。其中蕴含对生命的悲悯之怀、敬畏之心令人动容。”

掩卷长叹，当今写游记的作家很多，但是能够站在历史的高度、思想的高度、文化的高度，写出人类的过去、今天和未来的作家却非常少。周励的《亲吻世界》是俯瞰世界的一个思想性的探索文集，它的意义早已超越了游记，而是对人类文明的重新认识、反省和展望。

（原载《新民晚报》2020年8月30日）

陈瑞琳，美国华裔作家、评论家。曾任国际新移民华文作家笔会会长，现任北美中文作家协会副会长，兼任国内多所大学特聘教授。

# 走向泱然开阔之地的河流

张　翎

20世纪90年代初，我揣着一纸在就业市场上毫无用处的英国文学硕士文凭，到美国辛辛那提大学，就读交流障碍系的听力康复研究生课程。这是我人生的一个重大转折——我设想着有一天自己能用听力康复师的薪水养活我的写作梦想。那段时间我内心充满忧虑：我一直学的都是英美文学课程，毫无生物、化学、心理学或其他与医疗相关的教育背景，虽然凭着一封与众不同的申请信，奇迹般地得到了录取通知书和全额奖学金，但能否以如此薄弱的基础，完成这个完全陌生的学位？毕业后能否找到一份合宜的工作？还需多少年我才可以坐下来书写人生的第一部长篇小说？我对未来毫无把握，心情阴郁低落。

就在那时，朋友给我带来一本畅销书《曼》。我立刻被那个标题吸引了，花了一整个晚上看完，感觉震撼。那时国内正在经历改革大潮的凶猛冲击，外边的世界以万花筒的样式纷乱地呈现在众人眼前。读者从这本书里都分别读出了不同的信息。有人看到了成功，有人看到了财富，有人看到了超越文化背景的神奇爱情。这些印象飞快地闪过，但并未在我心底久留。

这本书真正打动我的，是作者——这个叫周励的女人的勇气。她带着空空的行囊和一口当时还支离破碎的英文，义无反顾地踏上了去曼哈顿的路途。曼哈顿从不会给任何人自动让路，曼哈顿纵使已经被千万人走过了，但千万人之后的那一个人，仍需要自己去一寸一寸地开道。周励前程未知，后路已绝，她没有左顾右盼，只是把一身的胆气打成一把薄薄的刀，一路朝前，硬是在曼哈顿的铜墙铁壁上凿开了一条缝隙。而我呢？我早就得到了常青藤盟校的录取通知书，却因为没有全额奖学金而退缩，挑选了一所提供了奖学金的二流学校。《曼》映射出了我自己的胆怯和墨守成规，周励的名字从此在我心里留下了印象。即使她没有得到她书中描述的那些财富、爱情和成功，即使她身无分文流落纽约街头，我对她勇气的钦佩，也不会削减分毫。

那天看完书，我第一次跟朋友谈起了自己拖延了多年的作家梦。朋友沉默许久，才说："兴许，有一天，你也会像周励那样，写出自己的书。"朋友的语气并不坚定，因为我们都知道，写作是一条接近于自杀的无望之路。

然而，在终于铺平了漫长曲折的谋生之路后，我居然真的成了作家。在十几年后，我竟然和周励相遇了，在某个会议上。我和她讲起了当年读《曼》的经历，但话题只稍稍擦了一个边，我就住了嘴，因为我突然意识到：大概有很多人对她说过类似的话。我总固执地认为自己的感受是独特的，我不想把自己的感受淹没在喧哗的众声中。其实没有人能真正体会那一年那本书带给我的震撼，包括周励自己。

后来我和周励又见了好几次面，在中国，在美国，都是在会议或活动场合。我们只是在拥挤的人群里交换过几句客套话，握手，问候，然后道别，几乎像两股迎面拂过的轻风，连表皮也没擦破一层，就消失在彼此的记忆中。和周励真正意义上的见面，发生在2017年的早春。那时我们恰巧都在三亚度假，我们对着海风整整聊了一个下午。那天的话题像被风追着跑的落叶，凌乱而没有章法，从宇宙星辰到房地产市场，从音乐诗歌到发型衣装，从读过的书到喜欢过的人……那天两人足不出户，却漫游了天地间的许多角落。

就是在那一天，我才敢对自己说：我终于了解了这个叫周励的女人。《曼》给我留下的那个印象似乎变了，又似乎没变。不变的，是那种不屑旁顾的勇气——她依旧高举着那个生命力的火把；变了的，是她不再有当年的青涩和莽猛。如今的她，在风风火火的外表之下，理性如水，温润地引领、规范着她的脚步。

那天，周励和我聊了许多她去过的和计划中要去的地方，谈起每一个旅行计划时，她眼中有光，颧骨绯红。分手时，她告诉我，这些年她在世界地图上留下的脚印，终将一块一块地化为文字。她没有食言，三年之后，她在三联书店出版了她的文化旅行散文集《亲吻世界》。

在《曼》和《亲吻世界》中间，隔着的是二十八年的距离（这中间周励还出版过几部作品）。二十八年里，周励的个人生命到底经过了什么样的磨砺，我们无法一一得知，但她的文字却留下了那些磨砺她意志和阅历的砂纸痕迹。砂纸磨去的只是毛刺，砂纸没能磨去毛刺之下的生命热情。在别人早已开始放慢节奏，进入中老年平稳宁静的日常生活时，周励开足马力，走遍地球上130多个国家，从南极到北极，从珠穆朗玛峰到非洲平原，从伏尔加河流域到亚平宁半岛……她的节奏让我几近眩晕。

但周励不是一个普通的游客，她带着一双非同寻常的眼睛。这双眼睛经过几十年人文阅历的浸润，努力从厚厚的尘土中寻找失去光泽的金子。正是这双眼睛，将她从观光客中分离开来，成为一个人文历史的掘金者。《亲吻世界》包含三大板块的内容：对二战历史的追踪，对文化艺术的探索，以及对特殊地理位置的探险。给我留下最深刻印象的，是周励对这些素材的处理角度。近年来旅游文学纷至沓来，成为畅销和长销书市场的热点。周励的这本书，稍不留意，就会坠入旅游笔记的书写窠臼，但她用人文历史底蕴和对人性的温暖悲悯，将这本书托举于寻常的旅游文字之上，使之成为一本有辨识度的文化散文。对每一个所至之处、每一个所及之人，无论是帝王将相还是文化名家，她都尝试穿透他们名字带来的浮华光环，看到他们身上的人性裂缝。周励对“人”的兴趣，远远超过了对外部现象和事物的关注。对在贫困中挣扎而终的艺术家凡·高，对在法国大革命中被愤怒的群众押上断头台的路易十六皇后，对冰海沉船的世纪惨剧……她在喧嚣事件的缝隙里，找到丝丝缕缕“人”的真实情绪，叙述中有着一份理解和悲悯。

周励持守了多年前的生命热情，却又没有停滞于此。她从勇气非凡、义无反顾地行走在个人奋斗路途上的女人，已成长为一个关注世界和人类生存状况的作家。她如一条河流，从堵塞湍急之处，渐渐走向了泱然开阔之境地。我有幸见证了这个过程。

（原载《解放日报》2020年9月3日）

张翎，著名作家，1983年毕业于复旦大学外文系，代表作有《余震》《雁过藻溪》《金山》等。

# 在历史中探索人性

金光耀

我先是在微信中陆续读到周励写攀登马特洪峰、寻找伏尔泰等美文，然后就是在病毒肆虐中读到她写太平洋战争跳岛战役的系列文章，文中蕴含的对生命的悲悯之怀、敬畏之心，深深地打动了因疫情而宅在家中的我，于是借用朋友圈中的一条评论“此文非得作家、历史学家和探险家三位一体方能写出”，向远在曼哈顿的周励致敬。几个月后，这些美文汇在一起以《亲吻世界》为名出版，拿到新书，再读那些文章，仍然激起内心的波澜，引发头脑的思考。

作为作家，周励著文向以情感炽热、爱憎分明为特征，就如她为人一样。读《亲吻世界》中的文章尤其是第一部分“被遗忘的炼狱：跳岛战役探险录”，好像跟随着作者在太平洋诸岛间穿梭，感受着她对军人勇敢的赞美和钦佩，对战争的憎恨与诅咒。作者在太平洋中的各个岛屿间探寻二战的遗迹，不只是为了身临其境地描绘出战争进程中的细节和战场的真实面貌，更是为了呈现出残酷的战争中一个个活生生的军人，并通过他们来展现和探讨人性。掩卷之后，眼前首先出现的就是这些各具风采的军人。

五星上将尼米兹是作者浓墨重彩描绘的美国军人。她写了贫困家庭出身的尼米兹的成长过程和所向披靡的赫赫战功，重点记叙了海滩被染成血色的贝里琉岛战役。这场战役被称为是美国海军陆战队经历的所有战争中“最为惨烈的战役”，美军以15 000人的伤亡全歼日军10 000人。在贝里琉岛的日军墓园入口处，周励发现了一块英文石碑，书写着：“从世界各地来这里重温如烟往事的人们应当被告知：日本官兵在这场战役中多么勇猛、爱国、顽拼死守贝里琉岛，直到流尽最后一滴血。”碑文的署名是：太平洋舰队司令切斯特·尼米兹。作者由衷地赞叹：这是王者的谦虚，是对失去生命的悲悯，是对军事专业勇猛同行的敬佩，放射着人格与教养的魅力光芒！我想，这正是周励用心写尼米兹的原因所在。

麦克阿瑟是另一位作者敬佩的军人。除了叙述麦克阿瑟的军功外，作者着重写了这位军人对战后日本重建的贡献，如日本宪法草案、要求华盛顿调运粮食解救日本战后的饥荒等。1951年4月麦克阿瑟被解职离开东京时，这位一路率军打到日本岛的美军统帅，却受到战败国国民发自内心的崇敬，自发地为他送行。周励毫不掩饰自己对麦克阿瑟和尼米兹这两位偶像的崇敬和热爱，在写到两人在密苏里战舰的日本受降仪式上雄赳赳走向主会场时，十分自然地冒出一句：“真爱死他们了！”

作者还写了一位“败将英雄”温莱特。温莱特中将是麦克阿瑟撤离后美军在菲律宾的最高指挥官，在率部抵御日军数月弹尽粮绝后，带领余部78 000人向日军缴械。随后，这些美军被日军强行进行巴丹死亡行军，约15 000人在死亡行军中丧生。战后东京审判时，巴丹死亡行军与南京大屠杀一样成为日军暴行的罪证。战争结束时，温莱特被关在中国东北的日军监狱中，已经瘦得皮包骨头。麦克阿瑟心怀对美军战俘的敬意，将温莱特请到密苏里战舰上参加了日本受降仪式。通过周励充满温情的笔触，我们看到了缴械军人的自尊和国家给予他们应得的荣誉。

不仅仅是胜利和正义一方的美国军人，作者还将目光投向非正义的战败者日本军人，去剖析他们的内心世界，看看他们的头脑是何物构成？身体流淌什么颜色的血？硫磺岛日军指挥官栗林忠道中将战前曾在哈佛大学研习美国军事，是日军中少有的熟悉美军的亲美派将领。硫磺岛战役是他指挥的唯一一次战役，但就是这次战役使他被美国军事史专家和现役将领列为太平洋战争中最优秀的日本指挥官。战役开始前，栗林制订了严密的守岛计划，决定放弃滩头阵地，修建了纵深防御工事，与美军近战死战。惨烈的硫磺岛战役持续了三十六天，栗林战至最后一刻剖腹自尽。与他一样战至最后一刻的还有1932年洛杉矶奥运会的马术冠军西竹一中佐。书中引用了栗林在战场上写给儿子、女儿的家信，展现出他作为父亲的一面，紧接着作者就发问道：“谁打死了他？是美军的炮弹？还是裕仁天皇膨胀的野心？”

从这些文字中，读者或许会感受到作者对栗林忠道以及西竹一这样的人为天皇“玉碎”的一丝可惜，但作者马上就尖锐而深刻地指出，这是日本全民洗脑与樱花军国主义的恶果，它不仅杀戮敌人，更是摧残国家，毁灭本国优秀儿女的生命。她称这些日本军人是被军国主义洗脑打鸡血的一代。读到这里，我马上想起周励的成名作《曼》。当年十七岁的少女目睹身边发生的一切，用真名给《文汇报》投书，直率地表明自己的看法。半个多世纪的岁月，没有磨去周励的丝毫锋芒，她仍然如当年那样充满激情，嫉恶如仇。这实在让人钦佩！这种精神给读者以勇气和力量。

周励在本书中对史实的追寻，也给作为一个历史学从业者的我留下了深刻印象。中国传统读书人信奉“读万卷书，走万里路”，如今学院中人要将读书与行路完全结合起来并非易事，而周励将两者的结合推向了很少有人能够达到的完美程度。她手持《哲学通信》追寻伏尔泰的足迹，背包里放一本《凡·高书信全集》去走画家最后的麦田，带着罗斯福、丘吉尔、艾森豪威尔、朱可夫等人的传记跑遍了二战中的欧洲战场和太平洋战场。这真让我们这些做历史的人羡慕不已。这样的行路让她发现了没有留下任何记载的尼米兹石碑，也使她有底气不轻易相信和盲目接受书本知识，例如在奥维尔小镇她用自己的步伐丈量路程，对权威的《凡·高传》关于画家的死亡之地质疑。

实地考察之外，周励也会像历史学家一样一头扎进档案馆中，研读第一手的档案史料，并有重要的发现。她对二战著名照片《硫磺岛升起星条旗》中六位美军官兵的考证就是一个例证。因为这张照片举世闻名，六位插旗的美军官兵的名字被刻在阿灵顿国家公墓的硫磺岛纪念碑上。但2016年和2019年，美国军方宣布其中两人搞错了，并替换上了实际插旗手的名字。那两个被替换者因此被一些美国媒体指责为“冒充者”，原来的英雄光环瞬间消失。周励在美国国家档案馆调出所有入档的硫磺岛插旗照片和仅有的一段几分钟的录像，一步步还原插旗的整个过程，仔细辨认参加全过程的所有官兵以及他们在其中的作用。最后确定了那两个后来被替换掉的美军官兵在插旗中的实际作用，以及插旗手如何被搞错而官方在当时又是如何将错就错的，指出这两位官兵仍然是硫磺岛插旗的英雄，他们不是冒充者也不是假的，事情只是战时非恶意的记忆误差。这一结论有理有据，表达了对事实的尊重和对英雄的崇敬。从史学研究的专业视角看，这称得上是一项严谨扎实的考证工作。

在太平洋诸岛中的“行路”不可能是一帆风顺的，作者就经历了不少艰难甚至险境。所以她说，要抵达跳岛战役的每一个小岛，需要搏一下，要冒险精神加上好运。本书中的精彩故事正是这种冒险加好运的结果。

期待着周励继续她的读书和行路，为读者奉献出更多探索历史的美文。

（原载《世界华文文学论坛》2020年第4期）

金光耀，复旦大学历史系博导、分党委书记，复旦大学中华文明国际研究中心原主任。

# 从上海出发，去世界各地探索人类文明

李天纲

和许多读者一样，最初也是在《曼》（1992）中认识了周励女士。说“认识”，只是从书中知道了这样一位了不起的上海女生。在2016年复旦大学徐培华教授在七宝镇举办的华商“海派文化”论坛上，有幸结识周励。《曼》稍后，有一部表现北方城市价值观念的电视片《北京人在纽约》（1993），也描写了“50后”们在国门重开之际，初到美国的奋斗经历。和《北京人在纽约》表现出的“无助与彷徨”（1905电影网相关剧情介绍）相比，周励呈现给我们的是她昂扬的精神和成功的喜悦。文艺是文艺，现实是现实，我们不能随便就把作品中的主人翁遭遇用来说明不同的城市精神。但是，在1980年代的出国潮中，从上海出去的人们更加适应纽约的城市氛围、上海的文艺圈，美术、音乐、文学等各界有更多人在那里获得成功，这却是很多人知道的事实。周励是那个年代的奋斗者、幸运者，也是在好几层意义上的成功者。把“成功者”放在最后，是因为现在的周励已经只字不提当年的成功。很多年来，她把生意搁在边上，专注于她的全球环游和纪实写作。她每次回上海邀请大家，谈起的话题，都是关于旅行，以及其中包含着的历史、思想和宗教，也总有闪光的思想，旅行的发现和大家分享。

熟悉周励的人知道，仿佛有双倍的生命力活跃在身上，她可以同时做好几个人的事情。走出曼哈顿的周励，开始了上海与纽约的双城生活。如今她从上海和纽约出发，去南极、北极，还入营攀登马特洪峰、珠穆朗玛峰、勃朗峰……去法国、英国、德国、意大利踏访世界史上重要人物的生平遗迹，凡·高、海明威、罗曼·罗兰、孟德斯鸠、伏尔泰、路易十四、丘吉尔……读万卷书，行万里路，在踏勘中“亲吻世界”，不仅凭吊，而且思考，周励做到了。读到周励新作《亲吻世界》，看她在太平洋浮潜，在帕劳贝里琉（太平洋战争）激战现场的遗址上找到了一块不见史书记载的“尼米兹石碑”：“从世界各地来这里重温如烟往事的人们应该被告知：日本官兵在这场战役中是多么勇猛、爱国、顽拼死守贝里琉岛，直到流尽最后一滴血。”周励是从战争残酷与人性尊严的视角，对今天的世态提出忠告。尼米兹将军的墓地位于旧金山国家公墓，1991年我在旧金山大学待了一年多，却没有抽空下车去瞻仰一下。相较之下，不得不说，周励这一次又是比大多数人做得都更好，好过专业历史学者！如果说《曼》是一部成功的自传体小说的话，《亲吻世界》则是一部纪实性的史诗作品。

周励天生的热情，注定是要用来写作的。看她在朋友圈的照片，得知她小学时就酷爱阅读，是上海市少年宫小伙伴艺术团的团员。出国前，周励在中文写作中已经小有成绩，在《文汇月刊》《文汇报》《报告文学》发表文章，被上海电影制片厂邀请去永福路创作楼参与剧本创作。1985年，周励被纽约州立大学比较文学专业录取，后来改读MBA专业，并在第一学期结束后就创业经商，从事纺织品进出口业务。周励一边开公司，带着美国客户频繁飞行于纽约与上海之间，一边见缝插针，于1992年出版了那本发行一百六十万册的《曼》，并获得了当年“十月文学奖”。周励以上海和纽约为双轴心，展开她的写作，具有广阔的国际视野。如果说写《曼》时的周励是一位海外华文作家的话，在疫情中回归上海，并奉献出这本在纽约疫情中撰写的《亲吻世界》的周励就是一位“双城作家”了。

20世纪80年代的出国潮，对于20世纪50年代生人是一种“解放”。只有经历了身心双重意义上的“离散”，对世界各地不同民族的文化和历史都有着经验质感的比较，精神才能反观自我，启蒙才能真正开启。国门再次打开的时候，正是“50后”人生逢其时。曾经上山下乡，经历蹉跎岁月，幸运的是“文革”结束、大学重开，他们正处在知识教育的最后阶段，还可以“恶补”一番。按照当时流行的弗洛伊德精神分析学派理论，一个人的思想在二十岁已经成型，很难还有根本性的改变。但是，上海出去的“50后”们却逆此定律而行，凭着“思想解放”之前已经积累的困惑和思索，带着父兄一辈留下的反省和告诫，要去异域过一种脱胎换骨的生活。有一说法，上海是“西边的纽约”，纽约就是一个放大的上海。上海曾经“华洋杂居”，纽约也是“五方杂处”，部分上海的文化人把纽约作为精神故乡，就如海明威一代的纽约作家们把巴黎作为自己的“文化之都”。周励曾获得“海派文化”的滋润，在纽约扎根之后，又和著名学者夏志清、董鼎山结为忘年交。这里多说一句，上海的“50后”作家，曾经因“怀旧”被冠名“小资”，但上海作家的广阔胸襟又不是所在多有。大陆作家中似乎只有上海作家群体具有如此的跨城、跨文化视野。本地好几位“50后”的著名女作家，如唐颖立足于上海写纽约，写新加坡……陈丹燕从上海出发，踏访伦敦、塞尔维亚、马切拉塔……这样的文化“离散”盛况，在文学史上并不多见，什么原因？非常值得玩味。

带着同时代人的好奇，周励在《亲吻世界》中坚定而执着地发问；她探寻到的历史深处，藏着我们都想知道的奥秘；文本中跳跃着世界主义精神，她的文字中有纽约客和上海人的包容型气质，确实是这两座地位相似的大都市精神的融合。1928年3月，上海出版的英文《中国科学美术杂志》主编苏柯仁曾说：就像“伦敦之于欧洲，纽约之于美洲那样的重要性，上海是亚洲的商业中心”。苏柯仁把上海作为世界“三大”城市的定位，应该就是后来“东方巴黎，西面纽约”流行说法的来源。20世纪30年代以来，上海人一直对标着纽约、伦敦、巴黎，这种对“大都市”精神的追求，饶是百折不挠，其来有自。周励的《曼》《亲吻世界》，走的正是这一条道路，一条从上海出发去世界各地探索人类文明的道路。

（原载《世界华文文学论坛》2020年第4期）

李天纲，著名学者和社会活动家，上海近代史专家。现为复旦大学哲学系宗教研究所教授、博导，中国宗教学会理事。

# 拥抱世界，亲吻世界

公　仲

周励于1985年出国，闯荡世界。1992年在《十月》发表了《曼》，成书后，发行竟达一百六十万册，一时轰动文坛风靡全国，成为世界华文文学中新移民文学阵营最早期的一支报春花。从此，她就与文学结下了不解之缘。经过了近三十年的写作历练，2020年在上海三联书店正式出版了一部近四十万字的非虚构文学作品《亲吻世界》，这可以说是她文学生涯的一个精彩总结。她的目光，已从关注个人的命运、自我的奋斗，扩展到全球的生态、世界的大观；她的思考，也从现实的种种问题反转到历史的拷问。这本新书知识广博，历史厚重，气势磅礴，思想精深，耐读经读，百读不厌。

文如其人。周励的新作，把她豪爽热情、胆大包天的个性表现得淋漓尽致。书分三部：太平洋战役的探险、欧洲君主与启蒙先驱的探寻、南北极及珠峰的寻梦。看似各自独立，却都包容在作者广阔的胸怀和睿智的目光之中。特别值得指出的是，她遵循陆游的诗语“纸上得来终觉浅，绝知此事要躬行”，采取现实和历史交错、比对的手法记述历史，她不仅具有历史学家的认真严谨执着，更能如考古学家那样事必躬亲、身体力行。她不顾个人的疲劳甚至生命安危，想尽办法，以至租用飞机、船只，亲临现场，实地考察，有条不紊地缕析清楚各种历史人物和事件的真相与脉络。她记述太平洋战争盟军的胜利，却没有回避跳岛战役的惨烈、麦克阿瑟的一次轻敌失误、温莱特中将为保护78 000名军人的生命而缴械投降的事实。对于欧洲君主和启蒙先驱，她详尽地记述了腓特烈大帝、路易十三到路易十六、叶卡捷琳娜女皇等，以及伏尔泰、孟德斯鸠等启蒙先驱的生平事迹。是非鲜明，褒贬得体，评价客观，分寸适度，显示了她文明开放的历史观和价值观。至于南极点、北极点、珠峰三极的追寻，硬是在她一次大手术后以六十多岁高龄完成——三上北极，四下南极，爬马特洪峰，登珠峰大本营。尤其是她本着“见证竞争，亲历历史”的念头，做了“一个超极限的体验”，跳入北冰洋去冰泳。“冰寒彻骨，死神扼喉”，此时才真切感受到应“为先驱者前赴后继的精神所震撼”！

周励毕竟是位文学家，她宣示“唯有回到纯粹的文学艺术中才能体验到生命的意义和幸福的含义”，“因为我们探秘的是比金字塔更深奥美妙的思想宫殿”。此书中，她以文学家的激情，点燃了书中那些人物的生命之火和他们那些震撼人心的生动故事。她倾注了自己全部的爱心，来揭示人世间的善良和真情，彰显人性的光辉。突出讲述了投降将军温莱特“为士兵生命而牺牲个人名誉的贵族行为”。温莱特终生备感负罪，可国家民众谅解他，夹道欢迎他，还特别晋升他为上将，特请他与麦克阿瑟、尼米兹三人一同登上密苏里战舰接受日本国的投降，挽回他的声誉。她亲历了太平洋跳岛战役的遗址，一块日军墓地里的“毫不引人瞩目的低矮石碑”竟使她“热血沸腾”。那是美国太平洋舰队司令、海军上将尼米兹的题词：“从世界各地来这里重温如烟往事的人们应当被告知：日本官兵在这场战役中是多么勇猛、爱国、顽拼死守贝里琉岛，直到流尽最后一滴血。”这里，叫我突然想起了当年的孟良崮战役，粟裕竟然厚葬了张灵甫。这都充分显示了无限宽大的胸怀和对于死者及其精神的尊重，毕竟都是大写的人字，人性永在！本书第二部分，也有一处也让人难以忘怀，就是法国大革命把路易十六国王王后送上了断头台。这位国王竟然劝慰王后说：“亲爱的，别哭了，据讲铡刀落下只有一秒钟，一点也不痛。”他自己临刑时，还哀喊了一声：“上帝啊，请原谅我的人民吧！”看来，路易十六的人性未曾泯灭。难怪法国革命二百周年庆典上，当时的总统密特朗说：“路易十六是个好人，把他处死是个悲剧，但也是不可避免的。”第三部分，周励的文学激情，还表现在她几乎“亲吻”了全世界。从曼哈顿出发，“追随自己的梦想，游历了世界一百三十多个国家，探险南极点、北极点，探索珠峰和攀登马特洪峰”，她是名副其实的了不起的旅行家、勇敢坚毅的探险家。她对这世界充满了爱心，她爱歌德所说的“上帝的神秘作坊”——历史，她爱历史上的珍贵文物，她爱历史中的伟大人物。她心念着汉乐府“人生天地间，忽如远行客”，她呼唤着“春风化雨，拥抱世界，亲吻世界，愿世界永远和平安宁”。

周励亲吻了埃及金字塔的巨石，亲吻了北极点、南极点，寻梦中她亲吻了不想当国王而酷爱哲学艺术、在历史上功勋卓著的腓特烈大帝、路易十四，亲吻了雨果说的“他的名字代表一个时代”的先驱思想家伏尔泰、柏拉图式热恋中的罗曼·罗兰和梅森堡夫人以及她崇拜的永不屈服的精神偶像丘吉尔，她还亲吻了为了探索极地奥秘而历尽艰险、勇敢献身的伟大探险家阿蒙森、斯科特、沙克尔顿、马洛里……特别是，她深深地亲吻了中国自1985年以来所建立的长城、中山、昆仑、泰山等五所科学考察站——这是中国极地科考的伟大成果，是举世瞩目的中国的骄傲。周励热烈拥抱和深情亲吻得真是美不胜收，数不胜数！这就是文学的真谛，人性的真爱。

（原载《世界华文文学论坛》2020年第4期）

公仲，本名陈公仲，南昌大学中文系教授，中国世界华文文学学会名誉副会长、中国小说学会名誉副会长、江西当代文学学会会长。

# 周励的“极致”

苏　炜

我和周励的认识交往很晚，却是一见如故、顿成莫逆，说起来很神。记得几年前那个春天，他们一群海外华文作家从哈佛大学张凤女士主持的“中国文化工作坊”开完研讨会出来，顺路经过耶鲁大学，我便尽东道之谊，陪他们好好转了一通耶鲁校园。我和周励初识，见面打过招呼，彼此甚至也没做什么特别介绍，就马上仿若老熟人了。边走边聊，忽然就有聊不完的话题，直到分手还有意犹未尽之感。以后，就是她邀我到纽约赶场看大都会博物馆的米开朗琪罗特展最后一日的闭馆之展。我们一同在“米圣”的写生手稿和复制的西斯廷天顶画前默立；我邀她到耶鲁大学看我作词的、由大学乐队与各地合唱团联手演出的交响叙事组曲——知青组歌《岁月甘泉》，她便和朋友顶着不期而至的大风雪后的种种不便准时与会，看完演出后大声向我嚷嚷：听哭了，我为你们的歌落泪了！我们一起在卡内基音乐厅听“肖五”（肖斯塔科维奇《第五交响曲》）而同被感动得泪水盈眶，一起读着彼此的文字后会不约而同地发“泪目”表情包而自嘲各自的泪点太低……

是的，泪点低，或许真是我们之间最大的共同点。可以用佛家语说的“投缘”，也可以用太史公司马迁的“白头如新，倾盖如故”来比喻我们这种“握手便成至交”与诸般泪点太低的共同点。但我更愿意用“一个老知青的直觉”来说事儿——她比我略年长，却同属“老三届”，我和她各自在北大荒和海南岛的农垦兵团待过不短的八至十年。我几乎一见面就辨认出她身上的知青特质——我们都属于心中还存留着一把火的人。是经历和磨难赋予那一代人的特有痕迹，我想，正是这一把火，成为我们之间异常投契的一个重要缘由吧。

翻开周励这本新鲜热辣的新著《亲吻世界》的目次，我发现里面的篇什，大多是我在其撰写初稿阶段就读过的。最早是从攀登马特洪峰及燃情南北极的探险系列开始，然后是《寻找伏尔泰》《寻找路易十四》等“寻找”系列，再是追溯二战血火的跳岛“炼狱”系列——极致。记得每篇读罢，压抑着低泪点，跳上我心头的，就是这字眼。如今重览全书目次，跳入眼帘的，仍是这——极致。上言数语，于是便顿成关键字了——极致的攀登、极致的探险、极致的燃情、极致的寻找与追溯——周励以她的追寻极致之笔，跋涉于历史与人生的极致之域，从而抵达笔墨燃情的极致，成就出这么一本厚笃笃、笔力文气重千钧的极致之书。

周励是这么一位有着“热气腾腾的灵魂”（借用某位名家之语）的奇女子。对远近的世事人生，她一直燃烧着探究热情；对周遭的朋友亲人，她也一直捧出炽烈的人性温热。在我看来，她早期的“曼哈顿的中国女人”形象，只是这个“热灵魂”的先声；此书呈现的周励人生与思考的轨迹，才是这个“热灵魂”真正见真章的一页——那乘滑翔伞横穿马特洪峰的英姿，那在南北极绝境的北极熊和大企鹅前跃身冰泳的身影，那在帕劳贝里琉岛发现尼米兹石碑的无言激动，那在法国普罗旺斯乡间的薰衣草香气里为寻查凡·高历史真迹留下的蹀蹀足印……读者会真切看到，一个早已走出“曼哈顿的中国女人”背影的——厚重而真实、非凡甚至超凡的周励。

此刻，阅读周励书中那些滚烫文字的清晰感受和记忆，又一一浮现在眼前：这真是一场又一场仿若穿越精神炼狱、攀登人生巅峰绝顶一般的阅读。——法兰西古监狱的阴暗甬道里，你似乎在跟玛丽·安托瓦内特王后的幽灵做隔世对话；从塞班岛、硫磺岛到冲绳岛——太平洋战事的血光和怒涛撕裂着、撞击着你的灵魂神经；凡·高人生最后那奔放奇异的天才之光色，所迎遭遇的冷漠歧视虐待和他为自己的真实死因“造假”而呈示的悲悯慈厚心胸，你迎受着一道又一道史实真面的“鞭打”；同时，珠穆朗玛峰营地的璀璨星空和南北极蓝莹莹的冰雪中温热深挚的人情，又是如何扩展着、豁朗着你的视界与胸怀……极致的目光所追寻的极致的景观，极致的史实所触发的极致的思考，极致的热情所挥洒的极致的笔墨——很久很久，我已经遗忘了，或者找不到也寻不回的这种极致的阅读感受，就忽然在周励大文的阅读中，降临了，出现了，还魂了！

——泪目、泪奔、泪盈。坦白说来，我这个泪点很低的人，几乎在上述每篇文章的阅读中，都要经历一场泪目贯通之旅。我相信，此书大多写于新型冠状病毒肺炎疫情黑暗弥天之时的文字，几乎在每一篇里，周励肯定也都是忍泪、盈泪、蘸泪而书的！——读此书，读者和作者之间，很难不发生灵魂的对话和拷问；历史和现实之间，也很难不引发深邃的思考与质疑；悲沉与激越俱现，更带来一场又一场很难回避的精神洗礼——《亲吻世界》，这真是极致的周励带给我们的一本极致之书！这一个亲吻，可是带爱、带痛、带泪、带火、带人世大悲悯的极致的亲吻啊！

（原载《世界华文文学论坛》2020年第4期）

苏炜，现任教于耶鲁大学东亚系。曾出版多部长篇小说及短篇小说集，学术随笔集、散文集、舞台剧和清唱剧等各种著述。

# 周励《亲吻世界——曼哈顿手记》的差异空间建构和高峰体验

赵小琪

在周励的《亲吻世界》中，我们总会与一个坚韧不拔的探寻者不断相遇。她在不断朝着差异性空间方向行进得乐此不疲，已经非常明白地告诉我们，她对这种差异性空间的迷恋。

这种差异空间，既不是绝大多数中国现当代作家笔下边界明晰的超稳态的地方性场域，也不是许多台港澳乡愁文学中那些可以彼此化约的差异性场所，而是充满着流动性、断裂性、不连续性和异质性的场景。在这个印度洋、大西洋、南极、北极、阿尔卑斯山等物质空间交相呈现的流动性世界中，生命、历史、宇宙的真实永远在呈现，在生成。而无论是在对自然世界的挑战上，还是在对生命和历史真相的执着追问上，我们都可以发现她在不断突破原有边界秩序时产生的马斯洛所称的高峰体验。我们陶醉于她对这种高峰体验的描述中，领略到了其对现实生活永不满足的灵魂飞升的姿态，感受到了她努力建构理想化生命形态的诗性气质。

什么是高峰体验呢？在马斯洛看来，高峰体验是一种极为强烈的敬畏情绪和幸福感，也是一种欣喜若狂、如醉如痴、欢乐至极的感觉。在这一体验中，个人往往会超越匮乏性认知的偏狭，进入到认知的新境界，领悟到生命、历史、宇宙的奥秘。

在《亲吻世界》中，周励的高峰体验主要来自三个方面：一是对历史中人性奥秘的认知，二是对自我潜能和价值的发现，三是对宇宙真谛的感悟。

## 一

我们今天所看到的历史人物究竟离真正的史实中的人物有多远？我们今天所看到的历史事件的表象后面究竟又有多少撰史者无法言、难以言、不敢言的真相？可以说，经过历史风雨的反复润饰和侵袭，无数历史人物和事件在重重时空帷幕的隔离中成为后代人很难解决的谜题。

当今许多作家作品为什么不能把历史中的人物和事件叙述得震撼人心？周励的《亲吻世界》为什么能给人们带来情绪上和思想上的强烈震动？一个非常重要的原因，就在于前者是对于既定历史叙述的皈依和重复，而后者是对于历史境遇中人性的深入开掘和追问。

作为一个浮士德式的意义探寻者，周励极度不满生活在一个机械而又平庸的空间中，她总是对权威叙述历史的既定逻辑和思维方式深表怀疑，她的认知逻辑就是对历史权威叙述的历史人物和事件进行再思考。在《亲吻世界》中，周励对历史境遇中人性的刻画和展现达到了令人震撼的地步。在贝里琉岛，作者发现了一个令人震惊的历史事实。尽管在贝里琉岛战役中美军为了歼灭10 000日军付出了伤亡15 000人的惨重代价，但是，二战美国太平洋舰队司令尼米兹将军却在日军墓地的石碑上留下了题词，表达了他对于“军事专业领域勇猛同行的敬佩”和对于“失去生命的悲悯”。这里的悲悯，不是可怜，而是对战争中所有参战士兵生命的不忽视、不轻视、不蔑视，是以大智大慧的胸怀来怜悯战争中的所有生命。它“放射着人格与教养的魅力光芒”，使得作家“大脑中顿时风暴呼啸，血液仿佛凝冻，继而重新沸腾”。

而在对凡·高埋在何处的探秘中，周励对于人性的复杂性的揭示更显示出了她认知的深刻性。在奥维尔小镇寻找凡·高最后足迹的过程中，周励对凡·高真正葬骨之处的怀疑出自对人性恶、人性弱点的发现。凡·高的亲人们对于凡·高的身体与荣誉其实并不关心，他们关心的是其可以带给他们的利益。在否定、批判这种人性恶的同时，周励也高高地张扬起人性善的大旗，让凡·高博大、仁慈的爱尽情地流淌在作品中。站在凡·高的油画《星夜》面前，周励不可遏止的热情和迷恋瞬间转化为一种崇高体验。她坚信，凡·高和他的油画作为永恒的伟大性存在，必然会促使人们的生命由衰弱走向强健，由晦暗走向澄明。由此，周励对历史还原的意义和启发作用早已远远超出了还原历史本身，而是深化为对人类生命的复杂性和可能性的执着关注。

## 二

在边界明晰的超稳态的地方性空间中，人们被种种社会关系所纠缠，生命的潜能遭到严重的压抑。超越世俗社会关系的束缚，解放被压抑的生命能力，成了现代人梦寐以求的目标。而在突破特定现实角色限制的差异性空间中，人们的这种梦想往往可以转化为现实。在差异性空间中，周励的高峰体验既来自她对历史真相的发现，也来自于她对自我生命潜能的发现。海明威在《老人与海》中写道：一个人可以被毁灭，却不能被打败。周励说，她与海明威有着相似的人生信念。那就是，为了追寻自己的理想，不断地挑战自我，超越极限。

那么，什么是极限呢？对于许多人来说，极限就是无限靠近而永远不能到达的地方。而对于周励来说，人生的极限不仅不应该成为自己奋斗的障碍，而且应该成为突破自我的兴奋剂。一般人认为，有着强烈高原反应的人不适合在高原探险。然而，曾经在高原上因产生剧烈反应差一点被抬进医院急救的周励，面对着“阿尔卑斯山最美丽、最险峻”的马特洪峰，没有害怕，没有退缩，而是以非凡的勇气向自我的极限进行了挑战。当她成为登上马特洪峰赫恩利山脊的第一个中国女子的时候，她的内心被马特洪峰北壁折射出永恒的光芒所充满，感受到一种超越自我和自然的自由感和陶醉感。

对于不甘平庸、勇于开拓的周励来说，挑战自我，超越极限往往不是偶然性行为，而是她生命中的一种常态。每一次的突破，都使她发现了自己生命的潜能。于是，她爱上这种突破自我的感觉，希求在不断突破现在自我的时候成为更好的自己。“在北冰洋零下一点五摄氏度浸泡十分钟即足以丧命”，但是，她努力突破自己生命的极限，成了“全船十几位跳水者中冰泳时间最长的一个”。而她自己，也为这种“血液里创新的激情”催生的生命奇迹感到震撼、骄傲。不能不说，周励这种知其不可为而为之的无畏前行的精神，这种为了追求理想、可能化的生命形态而不惜一切的力量，使《亲吻世界》中洋溢着一股强烈的理想主义色彩。

## 三

在本雅明看来，人类的堕落，是从他们与之直接同一的事物相分离而开始的。他强调指出：“在人的堕落过程中，他放弃了具体含义的直接性并堕入所有交流中的间接性的深渊。”[①]因而，远离自然、沉迷于名利的世俗空间中的人们无法发现宇宙奥秘，也无法获得与宇宙天地共命运的大快乐、大自由。《亲吻世界》终极层次的高峰体验，是周励在差异性空间对宇宙真谛的领悟中发生的。不断在差异性空间进行探寻，周励突破了世俗空间人们认知的局限，打通人与自然的联系，实现了对宇宙奥秘的领悟。

在《亲吻世界》中，宇宙的神秘性极大地源于宇宙的无限性。在时间上，宇宙无始无终；在空间上，宇宙广大无边。因而，人们要想使自己的生命获得宇宙时空的这种无限性，就必须突破那种将自然万物看成客体的二元对立的认知方式，转而以一种整体性思维和意识看待人与自然世界的关系。只有在这种整体性思维和意识的透视下，被人为割裂的人与自然世界才能形成一个全新的对立统一体。登上珠穆朗玛峰大本营，周励凝望着“巍峨壮丽、气势磅礴、晶莹剔透、美得惊人”的珠穆朗玛峰，“闭上眼睛，心灵静谧，万物皆空，充满喜悦”。此时，作家在生存宁静中感应宇宙，在绝对的静寂里，个体生命超越了暂时与永恒、有限与无限的界限，达到一种物我同一、物我两忘的奇妙、美丽的精神境界。

人对历史、自我和宇宙的感觉和体验的生成决定于人的生命活动的不断展开。周励在差异性空间中高峰体验的呈现，说明人对生命意义的寻找与发现既与时间的展开有关，也与空间的拓展有关。这种高峰体验使常年累月生活在沉重、稳态的现实空间中的大多数人惊奇地看到一个全新的天地，并被激励着超越种种现实的束缚，勇敢地闯入差异性空间进行探寻，使生命由贫乏走向丰满、由自在走向自由。

（原载《世界华文文学论坛》2020年第4期）

赵小琪，武汉大学文学院教授、博导。中国新文学学会副会长、中国世界华文文学学会会长助理。

① 瓦尔特·本雅明：《论语言本身和人的语言》，见陈永国、马海良编：《本雅明文选》，中国社会科学出版社1999年版，第274页。

# 《亲吻世界——曼哈顿手记》的意义

胡德才

周励热情奔放、爽朗健谈，“古道热肠，颇有任侠气”。可谓当代华人中的一位奇女子。周励将她近年传奇式的人生履历和对历史与现实的探索与反思形诸文字，结集为《亲吻世界》。这是一部集历史考辨、人文寻踪和旅行探险于一体的文化大散文，一部以国际视野和现代意识审视历史与现实的人文启示录，极具人文情怀且激情飞扬、感人至深。

## 一、自我的超越

周励从下乡北大荒的上海知青到独闯美国创业经商的“曼哈顿的中国女人”，从新移民文学的重要开拓者到集作家、学者和探险家于一身的文化大散文的创作者，她从未停止探索的脚步，不断实现对自我的超越。她广泛涉猎文史哲及天文地理诸多学科，走遍世界一百三十多个国家，寻访、考辨二战遗址，追寻先贤足迹，发掘被历史遮蔽的真相，探究人性深处的奥秘。年过花甲，挑战极限，四赴南极，三到北极，二抵马特洪峰，二攀珠穆朗玛峰……追逐梦想，文化寻根，极地探险，她曾与死神擦肩而过，曲折丰富的人生极具传奇色彩。

周励不算多产作家，但是一位真诚的身心完全投入的甚至是以自己的生命在写作的作家。如果说《曼》以新颖的题材、开拓的精神、开阔的气象令读者耳目一新，曾影响过一代读者，成了新移民文学中自传体小说的开风气之作，那么，《亲吻世界》则以宽广的国际视野、深厚的人文情怀、鲜明的现代意识、强大的思想力量令读者为之震撼，眼界得以开阔，思想获得启迪，灵魂受到洗礼，精神得到升华。

从《曼》到《亲吻世界》，一以贯之的是其人生传奇、真诚书写、激情澎湃、开阔大气。周励游历世界、饱读诗书，诚如杜甫所言“庾信文章老更成，凌云健笔意纵横”，从出道至出道二十多年之后，知识更丰富，视野更开阔，眼光更独到，思想更深刻，具有更深厚的人文情怀和更强大的理性精神。《亲吻世界》有纵横文史的学识，有反思历史的深沉，有破译人性奥秘的犀利，有对自然和生命的敬畏之心和博大的悲悯之情。从《曼》到《亲吻世界》，是周励追逐梦想、不断开拓人生新境界的写照，也是她在文学创作上实现自我突破、自我超越的具有里程碑意义的成果。

## 二、探索的精神

《亲吻世界》的封面和扉页上所印的英文书名为“Exploring the World”，而不是“Kissing the World”。因为周励所做的和所写的本来就是“探索世界”。不过，周励不是以纯客观的态度对这个世界的自然之谜进行科学考察，而是以深厚的人文情怀对这个世界的历史之谜和人性之谜进行审视和反思，她的探索满注着热爱，流淌着深情，既具深度又有温度。她的探索，有时令人惊心动魄，有时让人欲哭无泪，有时使人如醍醐灌顶，有时又使人感慨遥深。因此，她把自己对这个世界充满真情挚爱的探索称作“亲吻世界”。

《亲吻世界》中的二十八篇散文，分属三大板块：一是二战“跳岛战役探险录”，二是历史名人寻思录，三是极地逐梦探险记。二十八篇散文中有十三篇的标题中都直接用了动词“寻找”，如《冰雪烈焰肯尼亚：寻找凯伦》《寻找腓特烈大帝》《寻找伏尔泰：窥探欧洲君主与启蒙先驱的关系》《寻找路易十四》《追逐月光：寻找丘吉尔》等，还有几篇分别用了“探险”“探访”“寻踪”等词，这些都在突显本书内容上和作者精神上的一个重要特点，即探索精神。周励最可宝贵的品质就是始终对生活充满燃烧的激情和探索的勇气，《亲吻世界》留给我们的最重要的思想启示和精神财富就是探索精神。

周励对二战历史，对欧洲自文艺复兴至启蒙运动时期的重要历史人物、文学艺术都具有浓厚的兴趣和探究的热情。她游历世界各地，特别注重追踪她感兴趣的历史人物的足迹，结合传记资料和历史研究成果，追溯历史的源流，考辨历史的真相，审视人性的复杂与微妙，收获反思历史的思想之花和智慧之果。《亲吻世界》中篇幅最大的是一组追踪历史人物的文化散文。这类散文不同于一般的游记，不是名胜古迹的介绍和个人观感的书写。参观遗址、考察故居，往往成为触发她的创作灵感、催发创作激情、放飞文学想象的媒介。周励更关注的是历史表象背后的故事和真相，是对复杂人性的同情理解，是从审视历史中获得的理性思考与和思想启迪。

周励的探索精神在她南极北极探险、攀登马特洪峰和珠峰的壮举，以及书写这些经历的一组探险散文中得到了淋漓尽致的表现。这组散文是《亲吻世界》的第三部分，题为“燃情三极：南极点、北极点、珠峰逐梦”。周励的确是以燃烧的激情、勇敢无畏的精神、顽强不屈的毅力，挑战自我，挑战生命极限。她将探索精神发展到了探险精神，她由一位永不停息的探索者变成了一位名副其实的探险家。她的这组散文不仅是她“三极”探险的实录，更是对探险事业的礼赞，对探险精神的讴歌。正像她书中引用的英国探险家沙克尔顿的名言：“探索未知之地是人类的天性。唯一真正的失败，是我们不再去探索。”正如周励叙写远征北极点的散文标题《探险，生命绽放的花朵》。探索精神，正是人类发展进步的内在动力，也是周励的《亲吻世界》给我们的人生启示。

## 三、思想的力量

《亲吻世界》不仅以悲悯的情怀、极富感染力的语言打动读者，而且以理性的精神，反思历史，辨析真相，拷问人性，彰显思想的力量。正如陈思和先生在为该书作序时指出的，“周励传承了罗曼·罗兰的理性精神”，“对历史人物在具体历史环境下的复杂性做出了清醒的判断”。周励对二战名将、美国太平洋舰队司令尼米兹赞佩有加，不仅是因其战功显赫，而主要是她在贝里琉战役日军墓园入口处发现了尼米兹题写的石碑，因此惊愕、沸腾、感叹、领悟：“在败者面前，王者的谦虚、对失去生命的悲悯与对军事专业领域勇猛同行的敬佩，都放射着人格与教养的魅力光芒！”而战败国日本在明知大势已去的二战后期，以蔑视人性与生命的“万岁冲锋”、集体“玉碎”和神风特攻队孤注一掷，玉石俱焚，其残忍、惨烈，亘古未见。周励对裕仁天皇及日本全民洗脑与狂热的樱花军国主义之恐怖、凶残也不吝批判之词。

因曾和周励同访过菲律宾科雷吉多岛战争遗址，读到《远逝的英魂》，就倍感亲切。当读到周励写美军夺回战争岛的血雨腥风，不禁使人陷入沉思。十天血战，日军几乎全线阵亡，美军也伤亡惨重，因此，“雪耻的日子，变为战争岛之殇”！麦克阿瑟终于回来了，但是，一将功成万骨枯。周励在文末问道：“深深的太平洋，你何时才能平静？”她在思考：“战争是政治的继续，战争是死神的盛宴。……人类必须结束战争，或者战争结束人类。”周励的探索从触摸历史回到直面现实，从发掘史实回到展望未来，从实地探访上升到了哲学思考的高度。

《史诗般的血染战旗》讲述二战中“硫磺岛未被讲述的隐秘”。周励看到美国媒体对二战英烈的不恭之词，几次到华盛顿马歇尔大道六勇士硫磺岛插旗纪念碑前瞻仰、徘徊、沉思，她要探寻“硫磺岛升旗手”之谜。到华盛顿国家档案馆，查找档案、翻阅资料、观看录像、比较照片、考辨史料，终于理清事件的来龙去脉，还原历史悬案的事实真相。揭秘性质的纪实散文，不仅具有重要的史学价值，而且具有极高的文学价值和思想价值。真实的历史过程、微妙复杂的人性真相，有时超过人们的想象，也超过文学的虚构。那两位被媒体诬称为“冒充者”的旗手虽然不在那张著名的《硫磺岛上的星条旗》的照片中，但他们也是参与完成那次插旗任务的真正的升旗手。后来发生的阴差阳错的曲折故事，乃源于“战时非恶意的记忆误差”！实际出现在那张照片中却又不为人知的两位健在的升旗手，却一直保持沉默，不愿暴露身份，“面对着巨大的荣誉，心静如水，至死不为所动”。这正是人性的高贵，平凡中的伟大，令人肃然起敬。周励理解他们：英雄的桂冠太重，他们觉得承担不起。为了在硫磺岛插上星条旗，他们身边有五位旗手惨死，还有近七千名战士在硫磺岛阵亡。是战友们的鲜血换来今日的和平，牺牲的战友才是真正的英雄。他们是为国家而战，为和平而战，不是为个人的荣誉而战。活下来已是幸运，夫复何求？可是今天的媒体为了商业的目的，制造轰动新闻吸引眼球，诋毁嘲弄出生入死的前辈，“和平生活了七十年的他们全然不了解战争的残酷”。这才是令周励深感气愤不安而写作这篇文章的原因。《亲吻世界》以其理性的思考、独立的判断，彰显了思想的力量。

（原载《世界华文文学论坛》2020年第4期）

胡德才，文学博士，中南财经政法大学新闻与文化传播学院教授，世界华文文学与传媒研究中心主任。

# 诗的情怀，史的血泪和辉煌

## ——读周励的《亲吻世界——曼哈顿手记》

陆士清

周励的《亲吻世界》是有诗的情怀、史的血泪的书写，是珍视人类生命和人类文明的有大爱的书写，是敬崇、爆燃生命的书写，是传奇人生的书写。她在《罗马的阳光：寻找罗曼·罗兰和梅森堡夫人》一文中说："苏醒了！对于每天奔忙于纽约商圈的我，唯有回到纯粹的文学艺术中才能体验到生命的意义和幸福的含义，当然要加上爱情，哪怕是幻想中的爱情。"可以说《亲吻世界》是周励回归的重要成果，值得深入探讨。

## 一、珍视生命大爱的呼唤

周励的《亲吻世界》，首先是对二战中的太平洋战役的再叙述和再发现。第一部分"被遗忘的炼狱：跳岛战役探险录"，全是周励在2020年的"至暗时刻"写成的。周励的所谓"至暗时刻"：一是新型冠状病毒肺炎疫情的蔓延。到复活节（2020年4月12日），新型冠状病毒肺炎疫情使美国纽约有十二万人感染，一万余人罹难。纽约"医院的走廊摆满了包裹着橘色尸袋的罹难者遗体，形同炼狱"。二是世界两个大国——中国和美国关系紧张。当年用火焰喷射器殊死搏杀的人（美日）成了好友，而并肩战斗的人（中美）却剑拔弩张。

在"至暗时刻"，周励用她激情的文字，再现二战"燃烧的太平洋，杀戮的跳岛战役"，掀开被遗忘的历史。她像历史学家和考古学家那样，冒险踏上血色的海滩，潜入海底战争尸骸"博物馆"，揭示战争的惨烈和生命杀戮的残酷。这固然因她对这段历史意义有深刻认识并痴迷所至，而在此时写出，我认为还另有深意的——既是对二战历史的反思，也是对现实的警示。

二战中盟军的太平洋战争是正义的，是对日本军国主义滔天罪行的清算。盟军胜得艰难而惨烈。周励对这个艰难与惨烈过程的生动叙写，令我们真正感到贝里琉岛、塞班岛、天宁岛、关岛、硫磺岛等海滩上的确可以踩出血来。

当然战斗过程和场景的叙写是重要的，但更重要的是她在再现这段历史的血色的同时，还追问了这血色背后的成因，揭示了战争中人性与狼性的转换。

日本天皇的侵略野性塑造了极端的民族主义，日本政客用武士道精神和樱花美学调教日本人特别是年轻人，给他们洗脑、打鸡血，让他们为了天皇抱团战死，日本军人——从将军到士兵，一个个成了疯狂的狼。贝里琉岛守备者中川州男、班塞岛守备司令斋藤、冲绳守备司令牛岛满等，不仅命令士兵死守，本人或者切腹自杀以效忠天皇，或带领残部做“万岁冲锋”为天皇“玉碎”。周励描写道：“我仿佛看到被火焰喷射器击中的日军士兵如同火球般地一个个从黑洞里窜出来，疯狂地死死抱住美军士兵一起燃烧，还有粮绝弹尽、缺胳膊断腿的日军在跳崖之前组成伤残兵团，疯狂喊着‘天皇万岁’用石头和木棍与美军肉搏。”原先的学者、诗人大西泷治郎也变成了战争狂人，是他组织了神风特攻队，让平均年龄不到二十岁的年轻人，包括不少大学生，在蔑视人性与生命的“万岁冲锋”、集体“玉碎”中走向死亡。从明治维新时期开始，很多日本思想家把樱花当作最能代表日本的花，把樱花视为“大和魂”的最佳诠释。江户时代的一首和歌“人问敷岛大和心，朝日烂漫山樱花”被用以命名特攻飞机。樱花，变成了日本带着致命毒素的一把军刀——以自然之美装饰战争之恶。日本军人狼性的爆发，是“樱花美学在极端军国主义的氛围中熊熊燃烧”。

周励揭示了日本军人的狼性的同时，还发掘了美国军人的人性。他们善待死去的日本军人。日军将领斋藤死后被美军指挥官、号称“美国两栖作战之父”的霍兰德·史密斯厚葬在塞班岛。密苏里战列舰舰长为十九岁的神风特攻队员进行海葬，因为他也是母亲的孩子。周励在贝里琉岛发现了尼米兹石碑。碑文写道：

> 从世界各地来这里重温如烟往事的人们应当被告知：日本官兵在这场战役中是多么勇猛、爱国、顽拼死守贝里琉岛，直到流尽最后一滴血。
>
> ——太平洋舰队司令切斯特·尼米兹

周励赞扬他的王者风范：在败者与炼狱面前，王者的谦虚、对失去生命的悲悯与对军事专业领域勇猛同行的敬佩，都放射着人格与教养的魅力光芒！

周励揭示狼性和人性的转换，担心民族主义滋生的狼性，会再酿战争的苦酒：“目前极端民族主义在多个国家都有抬头，那是危害世界和平带致命毒素的樱花！”

她挖掘美军将军们的人性，包括麦克阿瑟对日本国体的改造和人道救助，不仅仅是为了颂扬，这里有潜台词。她似乎在将二战中富有勇毅、智慧和人性品格的将军们与现在华盛顿自私的政客们做无形的对比，呼唤勇毅、智慧和人性品格的回归，尽快结束至暗时刻，不要再重蹈战争的覆辙。

周励在“被遗忘的炼狱：跳岛战役探险录”尾声中写道：

> 深深的太平洋，你何时才能平静平静？
>
> 战争是政治的继续日，战争是死神的盛宴。
>
> 我不知道第三次世界大战会使用什么样的武器，但是我确信第四次世界大战会使用木棍和石块……人类必须结束战争，或者战争结束人类。
>
> 此时天上地下，丘陵海洋，太平洋三千六百万死者之魂在高喊：
>
> 走开吧！我们不要另一场杀戮盛宴！
>
> 悲惨的人类要爱与被爱！滚开吧，战争！①

周励要让战争滚开，因为第三次世界大战意味人类生命和文明的毁灭。这是警告，也是发自肺腑地珍视人类生命和人类文明大爱的热血呼唤！

## 二、向爆燃的杰出生命致敬

生命的本身就是精彩，小草有它的绿，花开有它的艳。爆燃生命杰出的文学家、艺术家和政治家更加灿烂和令人崇敬。向爆燃的杰出的生命致敬，是《亲吻世界》的又一个重要内容。她几乎跑遍了欧洲的艺术馆和博物馆，欣赏文艺复兴之后的所有艺术家的杰作。她致敬和顶礼膜拜的艺术大师不下几十人，使她动容的杰作大概过百。她赞叹大师有大师的伟大，杰作有杰作的神奇！她被艺术家们的天才所震撼，觉得能站在他们的杰作面前，欣赏品味他们的思想、艺术和人格，是一生中幸福的时光。她揭示了大师创造了辉煌，背后却浸渍着血泪！如艺术风格与罗丹如

---

① 周励：《亲吻世界——曼哈顿手记》，上海三联书店2020年版，第108页。

出一辙的卡米尔的两个雕像——她本人跪在火苗跳跃的壁炉前哭泣，以及她在海浪中紧紧拥抱着情人但情人冷酷的脸就是不看她，即她与罗丹爱情悲剧的结晶。罗丹曾深爱着卡米尔，爱得疯狂；但罗丹无情地抛弃了卡米尔。原因之一就是卡米尔显示了令人震撼的艺术天才，使罗丹感到了“你将成为我最强的敌人”。绝望的卡米尔把自己的伤痛和血泪固化在自己的雕塑中。

极具价值的是，周励特写了几位艺术家、作家——凡·高、海明威、《走出非洲》的作者凯伦，还有革命家格瓦拉和政治家丘吉尔。写这些历史人物，是要诠释他们生命之谜，寻找他们艺术道路的奥秘，再发现他们人格的意义。凡·高、海明威、凯伦，他们都创造了辉煌，但凡·高死在枪口下，海明威吞枪自杀，凯伦在非洲农场耕种。为什么？这是生命之谜，也是艺术人生的奥秘，在生生死死中他们又呈现怎样的人性品格？周励一一追寻。她的《凡·高的眼泪》更是将血泪浸渍的辉煌揭示得情透纸背、泪透纸背。

周励研读了凡·高的传记，观看了写凡·高的电影，并在多个博物馆和艺术馆查看凡·高的资料。她在法国纵横一千多公里，实地踏访普罗旺斯阿尔勒的精神病疗养院、凡·高夜间咖啡馆，再踏入到凡·高生命最后七十天奥维尔小镇，探索凡·高的生命和艺术足迹。她站在竖立着凡·高《麦田群鸦》绘画的绿色麦田里，蹲在凡·高与提奥兄弟那两个低矮的百年墓碑旁，登上凡·高心脏停止跳动拉沃客栈的小黄楼，追问导致凡·高灵魂断裂的最后一根稻草是什么，凡·高是自杀还是他杀，凡·高的尸骸在哪里？她不问天，不问地，而是以她诗人的悲悯情怀，史学家的实地考证和理性的透析，回答了凡·高的生死之谜，颂扬了凡·高这个伟大艺术家崇高人格。

周励揭示，导致凡·高灵魂断裂的原因有三：

一是高更对他的轻蔑。高更是同时代有影响的印象派画家，凡·高钦佩他，希望与他相互扶持，推进“南方画室”；但高更傲慢、冷漠、语言粗暴，批评凡·高的画狂野而毫无章法。在凡·高热情邀请他来同住期间，两人因观念差异而爆发激烈的争论，高更蔑视推搡凡·高，并拂袖而去。凡·高伤心难忍，割下了自己的一只耳朵。高更一路上还对市民说，凡·高是“疯子”。凡·高被送进了精神病院。高更的侮辱，给巴黎市民留下一个先入为主的印象——凡·高是“疯子”。

二是贫困。现在，凡·高的一幅画身价过亿，可在生前，凡·高只卖了一幅画，弟弟的接济又中断，贫困潦倒陷于绝望，生存欲望的火苗渐渐泯灭，枪伤后也就不寻求救治。

三是社会的冷漠。凡·高是从精神病院出来的，“他是个魔鬼，是个红头发蓝眼睛的疯子”，教会开除了他，阿尔勒居民驱赶他，谁都鄙视他，谁都可以欺凌他。这与他是自杀还是他杀直接相关。

过去，斯通的《渴望生活——凡·高传》和好莱坞以此书改编为电影而轰动世界的《凡·高传》，均认定凡·高是自杀。周励依据史蒂文·奈非与格雷戈里·怀特·史密斯合著2015年出版的《凡·高传》中的描述，亲自踏看乃至以脚步丈量凡·高曾经的枪伤现场后确认，凡·高不是自杀，而是死于富家少年萨克里顿兄弟恶作剧的误杀。1956年，也就是好莱坞电影《凡·高传》上映之后，八十二岁的法国人雷内·萨克里顿站出来承认，是他们兄弟在欺凌凡·高时枪枝走火误杀了凡·高。

周励揭示了凡·高对于自己艺术观念的执着和品格的高尚，他与高更激烈辩论到割下自己的耳朵，但依然坚持自己的信念；他生活在极端贫困中，但在生命的最后的七十天里，他仍疯狂创作，画了包括《麦田群鸦》《奥维教堂》《加敏医生的肖像》等八十多幅作品；当雷内·萨克里顿跪求凡·高不要把他送上谋杀案法庭时，凡·高虽然鄙视这些恶少，但仍然保护了他们。在生命行将燃尽之时，他对查案的警员说：“不要指控任何人，是我自己想要自杀的。”这就是伟大的艺术家，一颗仁慈善良的心。

社会的冷漠也是凡·高死后尸骸无存的重要原因。现在，每年有二十五万人来瞻仰的奥维尔墓园中凡·高和提奥兄弟的墓地，是凡·高死后二十四年，他因与提奥的通信出版而享有盛名后，弟媳妇将提奥的棺木从荷兰搬迁到这里，与凡·高合葬修建的。可是弟媳妇没有找或者没有找到凡·高的墓和尸骸。所以兄弟墓中只有提奥的一具尸骨，凡·高的棺木中，只有一件衣服和小物件。为什么会这样呢？因为凡·高死后奥维教堂拒绝为他举行葬礼，他的安葬也只能草草了事。周励作了四种可能的推测，每一种可能，都会导致他的尸骨难觅。她希望“奥维尔市政府在这个小墓地进行地毯式搜索……也许，凡·高就躺在他的假棺木一百米之外？”我“不禁为艺术家愤懑鸣冤，唏嘘悲泣：凡·高的生涯，无疑为人类的虚荣冷酷戴上了一顶耻辱之冠”！

凡·高的眼泪，也是周励的眼泪！凡·高生前是不幸的，但身后是幸运的，不仅收获绘画的荣誉，还在百多年后，收获了曼哈顿中国女人这样痴情的“情人”。

周励崇拜海明威，把他视为精神上的父亲。在美国的日子里，她一直寻找他的足迹，“像女儿寻找久别的父亲”。在参访海明威故居时，周励写道：“每次在基韦斯特下船后直奔白头街907号，买张门票，得！寻到老爸海明威了！……我闭上眼睛，幸福感涌泻而出，像回忆一个深情女儿和久别的父亲见面的情景。”在肯尼亚一家酒店大厅见到海明威用过的皮箱，周励就激动不已。在古巴她寻访《老人与海》中老渔夫原型人物的外生和瞭望山庄，追述了海明威与卡斯特罗两位伟人会面的场景，当在“深巷酒店”见到海明的题词，感受到在哈瓦那海明威似乎无处不在时，周励更是直呼：“爸爸海明威！你明明还活在古巴啊！我们有幸重踏你的足迹还感受你的灵气风采！”叙述海明威在清晨吞枪自杀时，周励写下了这样悲悼的一段文字——

上海高楼大厦后面的云朵顿时变成了袅袅硝烟。我仿佛站在流血的海明威和哭泣的霍契勒之间。在硫磺味和硝烟之中，我看到海明威在《老人与海》中写的片段像云彩一样掉落在老人头上。金色和绯红的光辉代替了暗红色的小溪般流淌的鲜血，天使们用白色的翅膀将这个长着灰白胡子的美国男人托到云间。风笛中是他歌儿一般的诗句。[①]

至情！至爱！周励倾泻给海明威！

因为海明威是一个杰出的英雄存在。他亲历过两次世界大战和西班牙内战，赢得过意大利政府颁授的银十字军功勋章。他曾在一次爆炸中身中二百三十七枚弹片还坚持跌倒之前把战友背到救护站。他头上曾缝过五十七针。他的《老人与海》获得了诺贝尔文学奖。在肯尼亚打猎，两天内经历了两次飞机失事而活了下来，竟然还敢第三次登上飞机，这样的勇气，也是诺贝尔文学奖外的另一份荣耀。周励钦佩他的语言和构思天才，能把生活中的真人，鲜活地塑造成文学形象，用诗的语言加以展示。周励认同他的自由冒险带有几分野性的生活方式：

我非常庆幸自己能拥有与海明威类似的生活方式。海明威最令人羡慕的是能做大多数人梦想的事情——有勇气、精力、自由的时间和充足的财富去享受有冒险的旅游：可以在几天之内到达任何一个自己突然发生兴趣的地

① 周励：《亲吻世界——曼哈顿手记》，上海三联书店2020年版，第210页。

方，然后把领略到的一切都写出来。在海明威和我身上几乎共同有一个季节变换：在陆地上度过一个季节，然后潜入水下，又有节奏地回到地面，精神焕发，充满了再生的活力。

周励揭示海明威自杀之谜。首先，海明威是一个自由意志和创造欲望十分强烈的人；但健康扼杀了他这一切。由于丧失了写作、打猎、做爱的能力，生活变成了一种折磨；其次是美国中情局FBI怀疑他是古巴和苏联间谍，频繁的跟踪监听让海明威的精神逐渐走向崩溃。他终于得出一个悲壮的结论："唯一能够重新掌握局面的方法，就是杀死自己。"还有，他年轻时父亲就自杀了，后来母亲将父亲自杀的手枪寄给了他，仿佛预示父亲在天国召唤着儿子，海明威继承了父亲自弃的基因，追随父亲而去了。

周励将崇敬、爱和悲悯奉献给凡·高和海明威，同样奉献给了凯伦·布里克森。

不错，她再飞肯尼亚，因为那是"不可思议的奇妙天堂"。然而周励感觉中的"天堂"比海明威说的"天堂"，内涵更为丰富，它不仅是自然的，有着原生态的粗犷和野性，也有人文的诗和血泪。所以在周励眼里的肯尼亚，是自然和人文交融的肯尼亚。她行走肯尼亚，在相当程度上是演绎着凯伦的故事。在《冰雪烈焰肯尼亚》的结尾周励写道："飞行八万里，两次来非洲，寻找凯伦·布里克森、海明威、老罗斯福、丘吉尔的足迹，在这充满未知与不安的世界，汲取探险先驱对生命的激情与乐观，今日灾难压顶（指写此文时的"新冠"疫情），明日凤凰涅槃。"她轻叩凯伦曾经住过的套房，演绎凯伦非洲农场的故事。发生在非洲农场的凯伦、丹尼斯和柏瑞尔的三角恋是一出悲剧，而正是这个悲剧催生凯伦写了被称为20世纪最唯美的散文——《走出非洲》，而丹尼斯正是散文和电影中的主角。柏瑞尔也写出了《夜航西飞》。周励揭示了这出悲剧中人性的光辉。虽然是情敌，但终其一生，这两位传奇女性从来没有在著作里向对方发出一句怨言，而凯伦对逝去爱情与离弃她的恋人宽宏大度，依然缱绻思念。凯伦和布里克森男爵早在1925年离异，后者移情别恋，将梅毒传给了她。但凯伦在1962年去世之前却说："如果能够找回我过去的生活，我最希望能与男爵一起再次继续野生动物王国的旅行！"这种善良品格与痴情令周励钦佩感动，在行走肯尼亚的全程中，凯伦在精神上时时相伴。当面对火烈鸟与蓝湖相映的奇景、回味凯伦写的与丹尼斯驾机游湖遇火烈鸟的美文时，周励热血沸腾："在这里，我的灵魂与凯伦的诗文交织如翅，直飞红云翻滚的天际！”周励将爱写进凯伦在非洲的足迹中。

周励也把罗曼·罗兰作为自己的精神情人，欣赏二十三岁的罗曼·罗兰和七十三岁的梅森堡夫人柏拉图式的爱情。她站在提香的《圣爱与俗爱》的画幅前与历经坎坷的罗曼·罗兰对话。周励还写了古巴革命家格瓦拉的英勇与斗志，英国政治家丘吉尔在二战中的睿智与胸怀。他们都创造了辉煌，也流淌过血泪。这里就不展开了。

## 三、探寻历史胎动的幽秘

周励的《亲吻世界》中，有一组写了腓特烈大帝、叶卡捷琳娜女皇、路易十四、路易十五时代、路易十六王后，写这些君王的同时又写伏尔泰。欧洲这些君王虽然各有各的治国之策和施政之方，也各有各的建树和行事风格，但他们的一个共同点是实行封建专制主义，信奉天主教，他们与反对封建专制主义政治、主张和信奉自然神论哲学的诗人、思想家、哲学家伏尔泰启蒙思想的关系，复杂而有趣，或者说是一出悲喜剧。周励的寻找，实际上就是寻找这出悲喜剧的历史足迹。在这里周励展示了她的历史观。

第一，她认为先进的思想推动历史前进，而杰出的掌握权柄的君王对国家民族历史和文明的影响也是巨大的。普鲁士的腓特烈大帝、俄罗斯的卡捷琳娜大帝就是这样的君王，法国优雅的路易十四也是这样的人物。

周励深爱德裔美国丈夫，也爱上德意志民族的先贤，《寻找腓特烈大帝》是周励献给德意志民族的一曲颂歌，当然她也没有忘记批判希特勒。其实腓特烈热爱音乐，他有一颗诗人的灵魂，他曾想逃往英国而不想继承王位。继承王位后，腓特烈大帝不仅使普鲁士变得强大，坚持了与俄罗斯叶卡琳娜女皇的七年战争，敢于向奥地利哈布斯堡王朝开战。他一生留给后人近三十卷作品：七卷历史、五卷诗、三卷军事论文、两卷哲学和十二卷信札，全用法语写成。他的文学巨著是《我的时代史》，历史著作是《勃兰登堡家族纪事》，军事著作是《七年战争史》《给将军们的训词》。周励不掩饰对腓特烈大帝的赞扬，腓特烈时代人才辈出："巴赫、亨德尔、斯宾诺莎、牛顿、笛卡尔、伏尔泰、狄德罗、孟德斯鸠、卢梭……而腓特烈大帝本人就是最灿烂的星辰之一！"周励崇敬他："我在这宫殿（忘忧宫）行走，全身的每一个细胞都在舒展、欢唱。腓特烈大帝、伏尔泰、巴赫……久违了，这些美丽的名字！望着宫殿瑰丽的天庭，我闭上双眼，仿佛看到腓特烈大帝脱下战袍，正在烛光音乐会中演奏长笛。”

叶卡捷琳娜二世原名索菲娅·奥古斯特，是一位德国小公爵的女儿，出生于普鲁士。她聪慧好学，十五岁时能一口气背诵五十一页的东正教教义，而成了俄罗斯彼得三世的未婚妻，伊丽莎白女皇赐名为叶卡捷琳娜。在她发动政变并被拥护之后，实行开明专制政治，她的《君臣共同准则》当时传遍欧洲的各国宫延。她富国强兵，在位期间，俄罗斯帝国向南、向西扩张，从奥斯曼帝国和波兰–立陶宛联邦手中将包括克里米亚、北高加索、右岸乌克兰、白俄罗斯、立陶宛和库尔兰在内的大片领土纳入囊中，参与俄普奥三次瓜分波兰，对土耳其作战取得黑海沿岸地区，吞并了克里米亚。叶卡捷琳娜二世使俄罗斯成为名副其实的欧洲第一强国，她曾豪言：“假如我能够活到二百岁，全欧洲都将匍匐在我的脚下！”叶卡捷琳娜二世创造了俄罗斯农奴制时代的黄金时期。

法国的路易十四有一个凄苦的童年，但他后来成了“太阳王”，周励赞扬他——“他身上的每一英寸都不愧是王者”！他是开明君主，名言是：“我赐予臣民，不分贵贱，均有自由在任何时候亲自或书面向我进言的权利。”他惩贪，将贪官财政大臣富凯投入监狱；他爱才，重用设计凡尔赛宫的建筑师，召见拉辛、高乃依、莫里哀三位欧洲17世纪伟大的法国剧作家，亲自创建的法国科学院、音乐学院、舞蹈学院、建筑学院，路易十四创造了法国王朝的辉煌，巴黎成为欧洲科学文化的中心。欧洲各国从帝王公侯到知识分子都以学习法语和法国文学为荣，普鲁士腓特烈大帝、俄国女沙皇叶卡捷琳娜大帝与伏尔泰的通信及自传全是以法语写成的。他不仅确立了法国在欧洲大陆的强国地位，将整个欧洲文明带到了前所未有的壮丽天空！还有他与曾是家庭保姆的曼特农的美好爱情传奇。周励引用了伏尔泰一段精彩论述：

> 我讲述路易十四年代：一百次辉煌的战争胜利对我说来并没有什么意义，然而我上面提到的路易十四时代的作家和伟人，如布瓦洛、莫里哀、勒布朗、笛卡尔……他们则为未降生的各世各代的后人准备好了既纯洁又耐久的愉快。[①]

① 周励：《亲吻世界——曼哈顿手记》，上海三联书店2020年版，第272页。

周励肯定这些君王的历史贡献，也批评了他们的历史局限和专制的残酷。即使“太阳王”也仍有专制的阴暗。他镇压胡格诺新教徒，迫使二十五万人逃亡。对于镇压的残忍，周励有段这样的叙述：“梅尔牧师首先被用火红的烙铁烙了四十下，当他全身的骨头因车轮转动而片片裂碎时，他对妻子说：‘再见了，我亲爱的，尽管你看到我的骨头被裂成碎片，但我的灵魂却充满了难以描述的欢乐。’”[①]太阳王连年征战，耗尽资产，晚年成了法兰西最不受欢迎的王帝。周励描述了他的忏悔：“临终前的路易拉着满头金发的曾孙——五岁的路易十五稚嫩的小手，说了这段著名的遗言：‘孩子，你将成为伟大的国王，不要模仿我对于建筑和战争曾有的嗜好。相反地你要尝试与邻邦和睦相处……努力去给百姓舒适，这是我很遗憾地没有做到的……’”[②]

周励对叶卡捷琳娜大帝作了这样的评论：“从彼得大帝到叶卡捷琳娜大帝，从普加乔夫到十二月党人，从拉季舍夫、车尔尼雪夫斯基、别林斯基、普希金、涅克拉索夫到陀思妥耶夫斯基、托尔斯泰，一部罗曼诺夫王朝三百年史正是由独裁者高压屠戮、理想主义者前赴后继交织而成的宏大史诗，而叶卡捷琳娜大帝和其孙亚历山大一世则是介于独裁与共和之间的一抹亮色！”周励尖锐指出，专制者即使开明也依然专制的。“彼得大帝的继承者们如何催生了包括十二月党人在内的一代又一代的反叛者？以罗曼诺夫王朝顺序，我们可以看到崇拜伏尔泰的叶卡捷琳娜女皇杀了普加乔夫，迫害比‘普加乔夫更危险’的作家拉季舍夫，令其家破人亡；崇拜瑞士共和革命家拉阿尔普的亚历山大一世则放逐普希金，解聘立法委员拉季舍夫，导致其绝望自杀；尼古拉一世残酷镇压十二月党人起义；‘解放者沙皇’亚历山大二世以假死刑和苦役流放迫害车尔尼雪夫斯基、陀思妥耶夫斯基；亚历山大三世以制造流言蜚语人身攻击，借法国人丹特士之手杀害了普希金（见莱蒙托夫《诗人之死》）；其子末代沙皇尼古拉二世被称为镇压和平请愿民众的‘血腥尼古拉’……”俄罗斯依然绞刑架林立。专制者为自己培养了掘墓人。二月革命和十月革命结束了尼古拉二世的统治，也结束了尼古拉二世的生命。周励写出了历史逻辑的必然。

第二，周励肯定开明君主对历史的贡献，但她真正追寻的是民主共和，她深入

① 周励：《亲吻世界——曼哈顿手记》，上海三联书店2020年版，第277页。

② 周励：《亲吻世界——曼哈顿手记》，上海三联书店2020年版，第278页。

揭示了以伏尔泰为代表的启蒙思想家对这些君王的影响。

腓特烈大帝在做王储时他就写信给伏尔泰自认是伏尔泰的学生，登基六天后就写给伏尔泰的信：

> 请您把我当作一个热忱的国民，带有几分怀疑的哲学家和诚实的朋友。看在上帝份上，请您写信给我时，把我当作一个普通人，也跟我一样来指责官衔、虚名和外观的华丽奢侈。

不久又微服私访，到法国乡下一所陋屋中与伏尔泰会见，并且将伏尔泰请进了皇室作为御前大臣。虽然后来因为与科学家莫佩尔蒂发生争执而伏尔泰离开了皇室和普鲁士；但此后四十多年腓特烈与他的通信从未中断。腓特烈认为伏尔泰有“西塞罗的辩才，普利尼的敦厚，阿姬雷巴的智慧。他笔尖流出的每一滴墨水都是他机智的结晶”。他尊敬伏尔泰，深受他的影响。周励揭示了这种影响。首先，腓特烈虽然没有改变普鲁士当年的封建君主体制，但腓特烈对王位有新的认识。他说：“我没有任何偏见，我把亲王、国王和亲族都看成平常人。”《最后的遗言》写道：“国王的权力是绝对的，但是他必须把自己当作国家的第一仆人。”其次，是他弃绝骄奢淫逸，公务之外过着诗人作家的生活。周励这样叙述：“腓特烈大帝，这位从小向往法国文化的‘哲学国王’，每天清晨起床后吹笛、抽烟，思考政治哲学问题，11点部队训练，御前会议。一到下午，他就成了作家和诗人，花一两个小时写作，处理政务后与朋友们共进晚餐。他要求客人忘记他是国王，把他当作一名老百姓。他谈论的话题包罗万象，《百科全书》、孟德斯鸠《法的精神》和所有法国启蒙思想家的论著都是他的话题。”

腓特烈大帝和叶卡捷琳娜二世交战七年，但两位皇帝都自称是伏尔泰“最忠实的学生”“真挚的友人”。

叶卡捷琳娜二世在当王妃的漫长岁月里，她守着彼得冷僻的书房，如饥似渴地阅读伏尔泰的《论各国习俗和精神》《路易十四时代》《查理十二世》，孟德斯鸠的《罗马盛衰京因论》《论法的精神》和塔西佗的《编年史》《西塞罗传》等著作，深宫锁闭的索菲娅迷上了“自由、平等、博爱”的启蒙理念，她成了伏尔泰的学生和狂热崇拜者。

叶卡捷琳娜二世尊敬伏尔泰，当伏尔泰为死于车裂酷刑的新教徒卡拉斯一案辩护时，她和腓特烈两个欧洲最显赫的君主同时慷慨捐款，大力支持伏尔泰。她大力资助狄德罗编写《百科全书》，当获悉狄德罗由于生活拮据想变卖他的私人藏书时，叶卡捷琳娜立刻提出她愿出一万六千银币买下他的藏书，条件是只要狄德罗健在这些书就不能离开他的屋子。狄德罗每年另可领取一万银币的薪俸。不久，叶卡捷琳娜在王宫盛情接待了穿着寒碜的狄德罗，鼓励他住在涅瓦河畔继续编写《百科全书》。这竟使得拜倒在她裙裾之下的伏尔泰产生醋意，认为自己在女皇面前失宠了。伏尔泰死后，女皇做了哀恸谦逊的真情告白：

正是伏尔泰和他的著作，形成了我的思想和判断……我是他的学生。我年轻时喜欢让他高兴。凡是我对值得向伏尔奏报告的任何行为感到满意时，我总是立即告诉他……

最让历史学家感动的是，叶卡捷琳娜女皇还请了与伏尔泰持有同样自由观点的瑞士人拉阿尔普来当她王孙亚历山大（打败拿破仑的亚历山大一世）的家庭教师，即使1793年路易十六上了断头台令女皇惊愕不已，她也没有因教师明确地表明雅各立场而辞退他，仍然让这位坚决赞成处死路易十六的教师来教她心爱的孙子学习民主自由理念，直到这位教师急于返回瑞士领导革命，告别了满脸泪水悲恸欲绝的学生。老师走后，王孙对祖母说："我无比敬爱我的老师，长大后我宁可去瑞士当一个平民，也绝不当沙皇！"但叶卡捷琳娜则确信，亚历山大在接受了拉阿尔普的教导后，一定愿意当一个开明宽宏的伟大皇帝。曾言不当沙皇的亚历山大也不负所望，他两次打败了拿破仑的进攻，他率领大军两进法国巴黎，但正是他的走过巴黎凯旋门的贵族将军们，受到伏尔泰等引导的法国共和革命思想的感染而播下了十二月革党人革命的种子。

第三，周励揭示了女人在欧洲这段历史演进中的作用。

叶卡捷琳娜女皇对俄罗斯历史的演进作用先已说过了，这里放下，且说周励笔下法国两个王后对法国王朝的影响。周励寻找的路易十五时代的蓬巴杜夫人，是"法国最优雅的缪斯女人"，她才貌双全。她真正的情人不是路易十五，而是书籍。她认同伏尔泰等启蒙人物的思想，她是他们的真挚友人。周励写道："她身上的使命感来自她的艺术天赋，因为她的本质是作家、诗人和那个占据国王心灵的女人。最让后人喜爱之处在于她利用国王对她的爱情与信任，撑开了她天使般的巨大翅膀保护起那些持有让国王心惊胆战观点的法国启蒙运动的领袖。"路易十五逮捕了狄德罗。她带着责问的口气问路易十五：

为什么把狄德罗逮捕呢？连俄国女皇都喜欢他的呢！

唉，狄德罗把教会气疯啦……

陛下，我喜欢狄德罗，他是我的老友。还有，爱尔维修的著作《论精神》最近遭到焚毁，他曾经是我的沙龙的客人，请您让政府收回焚毁之令吧……

“她力排众议释放了狄德罗，下令禁止焚毁爱尔维修的著作和迫害激进作家。历经曲折，她推动几次进出巴士底监狱的‘思想炸弹’伏尔泰成了皇家法兰西学院院士！”伏尔泰在致达朗贝尔的信中写道：“你痛惜蓬巴杜夫的逝世吗？这是毫无疑问的……她灵魂正直，心地公平，这样的名妃旷世罕见……她是我们的人呢！”

周励肯定蓬巴杜夫人保护启蒙思想家和传播启蒙思想的作家之行为，向她深深致敬。周励写道：“特地在伦敦华莱士收藏馆购买了布歇为她画的肖像复制品作为收藏。我把那幅《蓬巴杜夫人与书》的画像放在了客厅伏尔泰的白色雕像旁边，这样，这两位代表了法国自由与自豪精神的挚友，又可以每天见面了！”

蓬巴杜夫人的兴趣从根本上说，是对那个时代的启蒙思想的崇敬，但路易十六的玛丽·安托瓦内特的兴趣恰恰相反。

当蓬巴杜夫人失宠，路易十五把妓女出身的杜巴丽召进王宫并让她操纵国政时，波旁王朝就逐渐走向衰落。玛丽·安托瓦内特成为路易十六的王后，同样因为她是美女，她有钻石般的蓝眼睛，穿着如云霓般的白色纱裙，嫁给了外表木讷、思维迟钝的法国王子后，她每天惦念的是服饰、发式和首饰，她既不如蓬巴杜夫人好学，也没有像曼特农夫人去接近人民，她对帝王没有正面的影响。他的哥哥奥地利的约瑟夫二世对她进行了严厉的呵责：“你长此下去是不行的，你如不早作准备，革命将非常残酷。”果然法国历史上私人道德完美无瑕的路易十六，成了欧洲最威严王朝的掘墓者。路易十六和玛丽·安托瓦内特都被推上了断头台。周励有这样的描述：“木轮马车载着双肩反绑的她，吱吱呀呀地经过协和广场。当她在阵阵鼓点和人们的蔑视狂喊中踏上断头台的台阶时，看到木架边上有一只空篮子，那将会盛放她的头颅。三十六岁的受尽折磨的安东奈特仰起她依然美丽高贵的面孔，在铡刀落下的最后时刻仰望巴黎的蓝色天空……她或许怀念那无忧无虑的童年时代。”说实话，周励对这位王后有些许的同情，因为她临死之前真正成熟了，她保持了自己的尊严。罗伯斯庇尔说：“路易必须死，因为共和必须生。”什么样的力量催生了欧洲的共和？周励在《寻找伏尔泰》中有一段形象的说法，“《英国史》这本书的两个粉丝：路易十六和伏尔泰，一个活着站在断头台上，另一个死了但从云端推下了铡刀”。

寻找这些君主王后，实际上是如《寻找伏尔泰》一文的副标题所写的，是要窥探欧洲君主与启蒙先驱的关系，是探寻欧洲历史胎动的幽秘，是对以史为鉴的期盼。

## 四、传奇人生的升华

周励本身是个传奇。她经历了“文革”中的坎坷和北大荒农场艰苦生活，后来又从医生转身为记者，赴美留学从比较文学而改学MBA，走上了买方代理人的美中贸易之路。她登上纽约的帝国大厦，一层一层地敲开美国贸易公司大门，她追求的目标是：“当一个提升中国形象和产品地位的‘买办’，让中国产品走进全世界的高级橱窗。”她创作的《曼》体现了改革开放时代中国人的精气神，而《亲吻世界》的创作，既是对文学艺术的回归，也是她传奇人生的升华。

她珍爱和平，崇敬先贤，探寻历史的幽秘，鉴赏人类文明，与伟人对话。

罗曼·罗兰说：“我太爱生命了！绝不会退避到生命的阴影中去，哪怕是上帝的阴影。”

海明威说：“人可以被毁灭，但不能被打败。”

丘吉尔说：“人最可贵的精神是无畏！”

伟人的名言她内化于心，付之以行。她要把自己生命的能量发挥到极致。

2010年，周励做了个大手术，切去了肺的右叶，但在此后，她开始探险之旅，她攀高山登极地，亲吻世界。她自豪地说：从2010到2020年的十年之间，“我先后去过四次南极，三次北极，两次马特洪峰（一次攀登、一次飞越），两次珠峰（一次巅顶航拍、一次攀登珠峰大本营）”。她追随极地探险先驱的足迹，叙述他们英勇悲壮与不朽。她抚摸沙克尔顿的极地墓碑，向这位南极探险救援第一伟人三鞠躬。她享受南极的静美风光，与企鹅对话；在北极她跳入冰海，做也许是史无前例的在极地冰泳的女性；她攀登阿尔卑斯山马特洪峰，虽因肺活量不足而特别艰难，但仍坚持到胜利……周励不断地创造属于自己生命的奇迹，可以说，她也是我们时代的有英雄气概的女侠！

周励张扬了她生命的热力，也释放热爱祖国的激情。2012年，她初探南极，因未能登陆中国南极科考长城站而深感遗憾。2016年再探南极时，终于实现心愿，受到了长城站站长和科考人员的亲切而温暖的接待。见识了长城站的先进装备，周励感慨道："打开南极地图，罗斯海、罗斯冰盖、威德尔海、别林斯高晋海、阿蒙森海……地名几乎被近代欧洲探险家涵盖，而中国在郑和下西洋被明朝政府召回后闭关锁国数百年，衰落受辱，与一切探险无关，但1985年起南极地图上新增的长城、中山、昆仑和泰山站令全球瞩目……标志着中国大鹏展翅、大国崛起！""极境极美的中国南极人"，"让我们深感自豪！"

周励与中国南极科考队长杨惠根先生结下了深厚的友谊，她还将由杨惠根指挥、"雪龙号"拯救陷于冰封绝境的俄罗斯科考船上的五十名游客的冰海大救援写成了电影文学剧本《南极大救援》。当杨先生率队到南极罗斯海难言岛建第五个中国科考站时，周励赶到上海浦东码头为杨先生和"雪龙号"送行。"'雪龙号'启航，渐渐变成浩瀚海面上的一个红点，我拼命向挥舞着'中国南极第三十四次考察队'旗帜的领队杨惠根挥手致意，泪水盈眶，祈祷好友和科考队平安！"

周励，曼哈顿的中国女人，祖国情深！

（原载《世界华文文学论坛》2020年第4期）

陆士清，复旦大学中文系教授。复旦大学台湾香港文化研究所副所长、中国世界华文文学学会名誉副会长、香港世界华文文学联会副监事长。主持编写了我国第一部《中国当代文学史》（三卷本）。

# 周励"走向世界"的行旅启示

## ——从《曼哈顿的中国女人》到《亲吻世界——曼哈顿手记》

沈庆利

20世纪90年代初，旅美华裔作家周励以一部自传体小说《曼》火爆海内外，与差不多同时热播的电视连续剧《北京人在纽约》一起，成为90年代国人"跨出国门，走向世界"的两个生动符码。《曼》作为新时期留学生文学或"新移民文学"产生巨大反响的畅销之作，在20世纪全球华人文学史上留下了不可磨灭的一页。周励此后又有《曼哈顿情商》（2006）等作品问世，但未产生超越性、实质性的重大突破。直至文化散文集《亲吻世界》（2020）的出版，笔者认为它标志着这位"商业型"女作家创作模式的全新转型和前所未有的精神跃进。周励这一代在新时期改革开放之初率先跨出国门奔向"世界"的华人知识分子拥抱"世界"，探索"世界"的"心路历程"无疑令人激赏；将其放置于新时期中国改革开放持续深入和全面发展的历史进程中考察，可以发现这一转型对未来中国社会的发展动向，尤其是渴慕和追求"现代"的当代国人"世界观"的形塑具有鲜明而深远的启示意义。

## 一、《曼》与"90年代"文化现象

学术批评界早就有"回望（20世纪）80年代"的说法，并产生了诸多引人注目的研究成果，却较少出现"回看90年代"的声音。其实与20世纪80年代伴随社会"破冰"而在文艺领域持续出现的繁荣景象相比，20世纪90年代初期的文化转型同样激发了诸多令人惊叹的"现象级"作家作品。那是一个改革开放"再出发"的"大开大阖"的特殊时代，也是一个文学家和艺术家"一不小心"就成为时代焦点的“火热”年代。且不说《渴望》《北京人在纽约》等影视剧一度造成的观赏热潮，文艺出版领域延烧的“王朔热”“汪国真热”“余秋雨热”及饱受争议的“《废都》热”等，也格外引人注目和值得回味。至于周励女士的《曼》在当年引发的社会反响，作为一种阅读现象和社会文化现象直到今天依然是值得探讨的话题。

众所周知，20世纪90年代初的改革开放热潮，同时掀起了新一轮的出国留学热和“淘金热”。这些热潮将人们压抑已久的原始活力和生命冲动释放出来。《曼》就是在这一举国上下的“出国淘金热”中“应运而生”的，它的迅速“蹿红”极大契合了当时国人拥抱“现代”、渴望成功的心灵需要和“审美期待”。书中女主人公作为一名自费留学的中国女性，虽然初到美国曾陷入举步维艰的困境，她做过家庭保姆，到中国餐馆端过盘子，然而却在短短几年内迅速实现了从“丑小鸭”到“白天鹅”的奇迹般跨越，不仅在曼哈顿中央公园周边安家置业，还拥有自己的公司，经营着“上千万美元的进出口贸易”；她经常与“纽约第五大道的总裁们”洽谈国际贸易，跻身华尔街精英阶层。如此“现实版”的“成功神话”和“励志传奇”故事，足以令无数渴望出人头地、“发家致富”，乃至欧美“镀金”、迅速实现“鲤鱼跳龙门”式人生跨越的中国读者渴慕不已。

正如周励在该书扉页的题词所说：“此书谨献给我的祖国，和能在困境中发现自我价值的人。”爱国情怀的展现和励志奋斗的抒发，是《曼》最基本也最鲜明的两大主题。小说以酣畅淋漓、饱满激情的语言描述了海外华人如何利用自己的特殊处境和身份报效祖国，为国家经济发展做出独特贡献的经历。全书结尾处她更通过曾留学美国的现代诗人闻一多的著名诗句倾诉衷肠：“别看五千年没有说破/你猜得透火山的缄默？说不定是突然着了魔/突然青天里一个霹雳/爆一声：‘咱们的中国！’”一方面，作家笔下的“咱们的（大）中国”是海外华人华侨心之所系、心向往之的祖国，是全球华人共同的精神家园。周励无疑属于近代以来持续“睁眼看世界”“别求新声于异邦”，从异域“盗得天火”以更好地促进祖国强盛繁荣的先进知识分子谱系之列；另一方面女主人公的成功传奇，与长期脱离于全球市场体系之外的中国大陆经济体系重新回归并与西方“对接”的改革开放春风息息相关。周励等人敏锐抓住了这一难得一遇的历史契机，跃身为引领风骚的“弄潮儿”。在那样一个“拨乱反正”、百废待兴的时代，个人对梦想的追求、对“成功”的渴望与对财富名望的向往“难得”地融为一体；不甘平庸、不屈从命运安排的拼搏精神和创业竞争的奋发作为，与“为国争光”的宏大抱负相辅相成。从这一意义而言，认为《曼》展示了20世纪八九十年代中华民族崛起的“精气神”，展现出华夏子民顽强拼搏、永不服输的民族自信精神并不为过。尽管该书因其自传与“虚构”等问题引起不小争议，但书中女主人公的“励志英雄”形象已树立起来，所谓“争议”反而使这部畅销书更加吸引“眼球”。

但当我们站到今天的角度重新回望那个全民拥抱“（现代）世界”的变革时代，却难免既为那个时代的青春活力感念激动，也因混杂其中的躁动不安、急功近利而五味杂陈。在笔者看来，《曼》与电视剧《北京人在纽约》一起，共同折射出当时国人对“走向世界”怀持的一种不言而喻的认知：所谓“世界”即以欧美为主体的“第一世界”；“走向世界”则是迫不及待地奔向“世界的中心”纽约等时尚摩登的超级大都市。如果将整个世界比喻为以现代化和经济繁荣为层级的“奥林匹斯山系”，曼哈顿无疑处于巅峰位置，“走向曼哈顿”便意味着走向世界之巅。《北京人在纽约》的王启明和《曼》的女主人公分别从堪称“中国中心”的北京、上海直接飞往纽约，无疑含有某种直观的文化象征意味。

翻读《曼》，扑面而来的即叙述者兼主人公对以“曼哈顿”为标志的西方现代文明的倾慕。作家在小说序言部分尽情渲染了“我”在纽约曼哈顿市中心漫步时无比自信、无比自豪的感受。而在展示曼哈顿的同时，作家也揭示着纽约这座“世界都市”无比宽阔的包容襟怀，作为“外来者”的叙述者“我”在这一天堂般的“黄金世界”里简直如鱼得水、如梦如幻。

周励对纽约这座都市的不吝赞美并将其视为“天堂”般的人间乐园，与她在这里实现了人生梦想不无关系。作家“顺理成章”地将不甘平庸、顽强拼搏、开拓进取的奋斗精神与纽约这座现代化都市联系起来，原本无可厚非。但她在将所谓“平凡的人”与作为成功者的“我自己”加以分别并显示出对“成功”过度迷恋的时候，其偏颇也清晰可见。她笔下所谓“平凡的人”之中囊括了大多数纽约当地人，包括那些“脖子上挂满金饰物，面似高傲，上帝又赐予一副‘回眸一笑百媚生’的容貌的青年女性”，她们“生于斯，长于斯”，“然而在美国这块自己的土地上，只能争到一个给别人当秘书、收听电话，或者当售货员，替人跑腿等廉价的‘打工饭碗’”，周励对此很是“不解”和不屑，流露出对这些平凡者“哀其平庸”“怒其不争”的复杂情怀；当看到这些资质优越的女孩子们只是在从事“端水、记账”

一类简单工作的时候，她竟突发奇想禁不住斥问：“她们不能当演员吗？为什么干这一行？而且可能干一辈子！”“这些白皮肤蓝眼睛的土生土长的美国人……他们已经具备了上帝所赋予的种种优点，可是为什么反而生活得这么累，精神压力这么大？”每次读到这段文字笔者都难免哑然失笑。人生的确需要奋斗和拼搏，但不是所有人都能够，也愿意成为万众瞩目的“明星”、腰缠万贯的“老总”等“成功者”，况且任何一个人都难以永远处于“巅峰”位置。

在笔者看来，《曼》所隐含的“走向世界”与走向欧美、走向曼哈顿“等同”起来，国人的“淘金梦”“发达梦”与“美国梦”“西方梦”纠葛在一起的理念，无论火爆激情、人生励志还是偏执狂热都值得反思。翻天覆地的变革和人性解放，与原始本能的释放和急功近利在当时难解难分。记得笔者在《曼》最火爆的时候回乡探亲，看到《曼》赫然出现在老家乡镇集市的“地摊”书摊上。书摊旁还挂起一副极具“煽动性”的海报：“看中国女人如何走向曼哈顿！”直到今天我依然认为那是20世纪90年代最富时代特征的文化隐喻之一。

## 二、《亲吻世界》与“精神现代性”探寻

时隔近三十年后，周励从曼哈顿“再出发”，她眼中的“世界”早已不再只有纽约市中心的摩天大楼和五光十色，不再只是欧美等全球化大都市的时尚摩登和外在浮华。她奔向并热情拥抱着“亲吻”的，是一个更加广大博深和多棱立体的世界。她不再仅仅从“落后”急切地奔向“先进”，从“边缘”奔向“中心”，从“本土”奔向异域的现代化大都市，从“摩登”奔向“更摩登”直至“最摩登”，而是融入了从“中心”走向“边缘”，从“先进”走向“落后”，从现代化都市走向原始自然群落，从“现实”走向“历史”，从“物质”走向“精神”，从异彩纷呈的外在“表象”世界深入一个更为波澜壮阔、神秘莫测的“精神文明世界”等多种方式。相对于当年那个迫不及待奔向曼哈顿的年轻周励，写作《亲吻世界》的她已变得如此从容不迫、淡定自信，她的“世界观”和人生观也更为完整、立体与平和。

翻开这本散文集，不难发现“寻找”是其中最重要的关键词之一。这从众多文章都以“寻找”为题就可见一斑：《冰雪烈焰肯尼亚：寻找凯伦》《古巴奥德赛：寻找格瓦拉和海明威》《寻找腓特烈大帝》《寻找叶卡捷琳娜女皇》《寻找伏

尔泰：窥探欧洲君主与启蒙先驱的关系》《寻找路易十四》《路易十五时代：寻找蓬巴杜夫人》《牢狱遗痕：寻找路易十六玛丽·安托瓦内特王后》《罗马的阳光：寻找罗曼·罗兰和梅森堡夫人》《燃情埃及：寻找亚历山大和拿破仑的足迹》《追逐日光：寻找丘吉尔》《南极旅纪：寻找探险先驱斯科特、阿蒙森和沙克尔顿的足迹》《珠峰逐梦：寻找马洛里》等，不一而足。而她试图寻找的，除了人人心向往之的奇观奇景、名胜古迹、历史遗迹和不可多得的人类文化艺术宝库之外，更主要的是那些看似散没于历史深处却对当下世界的形塑发挥关键作用的伟大人物，是他们鲜活而丰富的生命形态；她试图用自己的虔诚心灵去感受那些伟大人物的伟大灵魂，以及他们背后的文化传统。

不少评论家指出该书最撼动读者心灵的内容是作家对二战历史，尤其是对当年美日战争留下的历史遗迹探险般的实地考察。作家一方面回顾了二战后期日本军国主义者在节节败退的历史关口，却依然鼓动年轻士兵们为天皇“玉碎”的疯狂举动；另一方面详细还原并“触摸”历史事件发生的一个个现场。与此同时，作家还以“探险”般的激情把握着二战时期一些将领既理性又谦卑的心灵。周励多年来几乎跑遍了欧洲战场和太平洋战场的战役遗址；其中对贝里琉岛战役和指挥这场战役的美军统帅尼米兹将军简直“情有独钟”。贝里琉岛战役发生在1944年9月中旬，是美日两军在二战时期爆发的最为血腥、伤亡代价最高的一场战役。整个战役虽然最终以美军全歼驻守该岛的10 000多日军将士并占领该岛“完胜”，但美军也付出了伤亡15 000多人的惨痛代价，“全岛几乎被夷为平地，消灭1名日军要耗费子弹1331发，整整72天——比原计划的4天多出68天，每一天都尸骨遍野，血流成河”。周励从当年的战场废墟中发现了一块不被人注意的青灰色石碑，上面的文字已被海风侵蚀得有些斑驳，“从世界各地来到这里重温如烟往事的人们应当被告知：日本官兵在这场战役中多么勇敢、爱国、顽拼死守贝里琉岛，直到流尽最后一滴血。——太平洋舰队司令切斯特·尼米兹”。周励遍寻美国国会图书馆及国家档案馆都未找到有关这块石碑的任何记载，这块不起眼的被历史遗忘的纪念碑“在世界上似乎只有我这个来自纽约的中国女人注意到了”。我们发现怀持一颗渴望自由、永远年轻之心灵的周励，终于“看清”了这个世界最内在也最本质性的“真实面目”。正如陈思和先生在为该书序言中所说：“我们阅读周励的文章需要有足够精神准备，准备承受那种心灵的冲击，它逼迫我们重新穿越时间隧道，再去体验一场场地狱般的血与火的生死考验。”陈先生将这种冲击力概括为蕴含其中的人类理性精神。笔者深有同感，只是想进一步补充的是，这种人类理性精神更多地表现在对大自然和人类社会“真相”的好奇和永不止歇的探究中。周励在实地探索和发现“世界”的同时，更用心去倾听和感知那些散发着光芒的理性声音。她在不断接近这个世界被纷纭复杂的表象层层包裹的事实和“真相”。要知道当今世界是由人类不同文明长期累积、冲突和彼此融汇的结晶。就百余年世界历史进程而言，20世纪前期先后爆发的两次世界大战为当今世界格局奠定了基础。二战以后虽有“冷战”和零星军事冲突的发生，但大规模“热战”未再出现。

周励在《亲吻世界》中还提及二战时为德国立下赫赫战功的隆美尔将军，最终却因被怀疑参与暗杀希特勒行动，被迫喝下“元首”亲赐的毒药而死去。隆美尔的悲剧下场令人唏嘘，但当今德国普通民众对这位本国历史上这位的“英雄人物”产生了客观、理性的评价。“从二十多岁就来美国攻读数学博士的老公麦克，曾在波茨坦忘忧宫对我讲：隆美尔是一位伟大的军事首领，不幸的是他出生在德国。站在他对面的才是真正的伟人，那些以精彩人生铭刻历史，大难当头临危不惧的盟军领袖，他们高尚的人格魅力和对人类正义的担当，永远抚慰遭遇不幸的、寻求支柱的、在困境与死亡之境寻求生命价值的人们。”麦克先生没有因为隆美尔将军“生在德国”就对其盲目崇拜，他反而站到隆美尔对立面，被盟军领袖们“对人类正义的担当”精神所感动，这种心胸坦荡且理性开放的历史认知，很是令人动容。大半人生都奔波在“走向世界”道路上的周励，其拥抱并“亲吻”世界的人生历程为我们提供了颇具代表性的某种借镜。她在追索着一个个已被当今很多民众遗忘或有意回避的历史细节、揭开许多尘封已久的历史本真面貌的同时，也与那些伟大的灵魂发生一次次“美丽的邂逅”。她探寻到的是一个更加真实、更加绚丽多彩的精神世界。应该说，周励经历了一个由对“物质现代性”狂热般向往和追求，到对“精神现代性”心领神会并执着追寻的转向过程。

所谓“精神现代性”，是相对于“物质现代性”而言的，并非一个严格意义的学术概念，与之相应的还有“物质现代化”“精神现代化”等。新时期中国改革开放四十多年的历史进程中，我们的物质现代化建设尤其是经济领域的突飞猛进举世瞩目，但精神领域的现代化建构却遭遇不小的挑战。物质世界的现代化终究离不开人的精神的现代化，如果将“现代性”理解为一套体现现代社会本质特征的理念体系，那么它自身就具有多重复杂的精神面向。改革开放以来的中国社会一直遭遇着如何面向现代、面向世界、面向未来的历史命题，更不要说人类命运共同体的建构更离不开一种现代意义的、普遍性的人类视野和人文关怀了。“精神现代性”建构既需要继承和发扬中华传统优秀文化精神并使之完成现代性转化，还应对包括西方现代文明在内的世界主要文明的主流传统和文化精神完整把握、准确理解。华夏中国素有“天下大同”“和而不同”的世界情怀和文化理念，如何与现代西方“世界主义”观念、求真求实的探索精神融合在一起，为打造平等、自由的人类命运共同体做出自己的贡献，应成为包括海外华人、华侨在内的全球中华民族共同面对、共同承担的时代课题。

## 三、奇迹“召唤”与探险行旅——周励创作特质

从《曼》到《亲吻世界》“转身”背后的“变”与“不变”，是另一个值得探讨的话题。周励本人在接受采访时自称：“我和三十年前写《曼哈顿的中国女人》时完全一样，燃烧的激情与求知欲从未熄灭，唯一的不同是视野的日益开阔和‘与时俱进’。”笔者认为这是颇为清醒也颇为中肯的“夫子自道”。既永葆青春、不忘初心又与时俱进、持续开放自己的视野勇攀人生高峰，堪称是周励最鲜明也最令人赞叹的“人格面向”。在她身上始终洋溢着一种不可抑止的生命激情，以及挑战自我、永不服输、永不言败、为梦想“舍命拼搏”的探险精神。这种精神渗透在周励创作的字里行间，成为其作品最具感染力的“艺术奥秘”之一。我们发现拒绝平庸、追求卓越、突破自我限定一类人生信条，早已深入这位“曼哈顿的中国女人”的脊髓。

某种程度上，人生即为或长或短的奇异旅行。依照弗洛伊德的说法，人从脱离母体子宫、呱呱坠地的那一刻开始，就踏上了一条充满凶险的生老病死的“异乡”征途。只有那些不惧艰险、征服艰辛的强者和勇者才能笑到最后。人为什么喜欢“流浪远方”？不仅仅是“世界那么大，很想去看看”，更是为了追寻梦中永恒的精神家园。作家本人也曾反复叩问自己：对旅行和探险的着迷究竟是受到与生俱来的好奇心的驱使，还是缘于一切与物质无关的事物都充满兴趣？“一个人最大的财富，是血液里创新的激情；是心灵与历史的对话；是读万卷书、行走天下的勇

气与理想。”但她最终无法给出确定答案，只能借用英国探险家乔治·马洛里的话意味深处地指出：之所以（冒死）攀登珠峰，是因为“山就在那里”！是的，因为它（壮丽的奇观和人生的高峰体验）就在那里。——那是奇迹的召唤，是来自天堂的神秘呼唤。生活中并不缺少美，只是缺少发现美的眼睛（奥古斯特·罗丹语），其实也完全可以说人生中随处都有奇迹，只是缺少发现奇迹的眼睛。世俗生活的纷扰纠葛和名利场上的追逐已使我们的心灵变得愚钝麻木。只有那些保持心灵敏锐并不屈从于“安分守己”的人，方能在执着探索宇宙人生和心灵奥妙的同时，到“远方”探寻到那个真正意义的“自我”。如果说生命是上苍赐予的最好的礼物，那么珍惜和珍爱生命的绝佳方式就是摆脱乏味的尘世虚荣，去追求和探索生命的壮丽。而在周励的自我认知和人生追求中，她注定要和那些令人叹为观止的壮观与壮美融为一体。这也可以解释她何以苦苦“追寻”那些伟大人物的伟大灵魂，醉心于他们波澜壮阔的壮丽人生和崇高人格。

周励被二战时期力挽狂澜的丘吉尔身上那种决绝的勇敢精神所深深感染，折服于这位伟人“决不屈服，绝不投降”的“硬骨头”气质，惊叹于丘吉尔发出的“人最可贵的精神是无畏”之呐喊；基于同样原因，她对吟诵着“一个人可以被毁灭，但不能被打败”的“美国硬汉”海明威堪称一往情深。有迹象表明，周励几乎把海明威视为自己的“精神之父”。早在《曼》中，她就多次提及海明威对自己的巨大影响，她笔下那位受了太多不幸和伤害，却“在战壕中写下《太阳照常升起》”等名著的海明威就像一头“勇敢的公牛”，“虽然被斗牛士刺得鲜血淋漓，被红绒旗逗得气急败坏，但依然站在斗牛场上”。而她正是从海明威等先贤先哲不屈不挠与命运抗争的精神中汲取了精神营养，才勇敢地拿起笔走上了文学创作的“探险”之路——“没有比报道一代人的史诗更为神圣的事了”。若干年后，周励坦然承认自己一路追随“爸爸海明威”的心路历程：“事实是，在我来到美国的近二十年时间里，我一直在寻找他的足迹，像女儿寻找一位久别的父亲。”她探寻着一个个当年激发海明威创作灵感的地方：从美国佛州到西班牙马德里、法国巴黎、意大利威尼斯以及非洲大陆，当然还包括对位于古巴哈瓦那附近《老人与海》的人物原型——那位老渔夫故居的探访。然而即使是像海明威这样一位尽显“压力之下的优雅”的硬汉人物，却因无法摆脱内心挣扎的困境而吞枪自杀；海明威相比于丘吉尔应该说缺少了些睿智理性和淡定从容、坚定不移的信念。值得欣慰的是，周励对此似乎也有清醒的洞察，她对海明威满怀痛惜和悲悼，却对丘吉尔不吝赞美。

迄今为止周励已游历过一百三十多个国家，她多次登上阿尔卑斯山、马特洪峰和中国珠峰大本营。仅仅在2012年至2016年期间就四次奔赴南北极。普通人所谓“旅游”“游览”“观赏”等审美体验，在她这里转化为挑战自我、挑战生命极限的宝贵时机。周励将自己对南北两极和珠峰大本营的探险视为自己的“燃情三极”，不仅从中体验到“心静若水，情静如山”的祥和，更强烈感受到一种“朝圣”般的心灵洗礼和刻骨铭心的人生“高峰体验”，“她要证明的是人之所以为人的高贵和百折不挠”。笔者认为以“她攀登上了（世界）巅峰，同时又心怀感恩和谦卑”一类话语，概括周励的创作和人生转型之路也是颇为恰当的。历经“传奇”和沧桑，周励对于自己的人生多了一份审视和省察。2010年她动了一次肺部大手术，经受了“宛如千万把刀往胸膛上扎”般的疼痛，虽然事后怀疑手术缘于医生的误诊，但周励对医生“为了病人好”的苦衷有着充分理解；2012年元旦前后，周励在乘坐的意大利“歌诗达邮轮”上遭遇一次“当代泰坦尼克”悲剧，船长因玩忽职守和隐瞒事故真相而导致沉船惨剧的发生。幸免于难的她没有一味谴责船长的“道德败坏”，而是对加缪在《鼠疫》中的感悟产生了进一步的认同：“世上的罪恶大致皆由愚昧无知造成，愚昧而良好的愿望与真正的罪恶带来同样深重的灾难。”在这样一种超越世俗的悲悯视角观照下，周励既反复表达着对那些超凡卓绝的不朽灵魂的敬爱，也深恶痛绝于尘世的庸俗卑劣、愚昧无知。在《凡·高的眼泪》一文中，她试图深入“这个世界不配拥有”的艺术天才凡·高孤独奇绝的心灵世界，洞悉其鲜为人知的生命奥秘。凡·高作为人类文化史上一个不朽“神话”，很大程度由于他生前穷困潦倒、一文不名与“身后”的“显赫声名”反差太大。周励从凡·高那凄苦不幸却创造出了艺术奇迹的人生中，感悟到“人类所有的痛苦和屈辱，都可转化为生命的火焰和动力”之哲理；又对凡·高终其一生渴求“爱和认可”却只能一次次“心碎”的悲剧人生“唏嘘悲泣”。或许对凡·高太过“偏爱”了，以至于作家甚至将凡·高周边的所有人，包括其至亲和曾经的挚友高更等统统视为迫害凡·高的“凶手”：“只要高更给他一点鼓励，一点温情，或给他寄一小块油画习作，凡·高一定不会自杀。”凡·高这类天才本应属于唯美的艺术王国，却不幸以“疯子”的面目降临充满偏见和无知的世俗人间，这是他的不幸，也是这个世界的不幸。但另一方面这个世界何其有幸，因为有了凡·高；凡·高又“何其有幸”，因为他的价值终被这个世界认知。

岁月悠悠、时光匆匆，沧海桑田、白云苍狗，世界纷纭复杂、乱象纷呈又“天下大道”殊途同归，不同的只是无数个体鲜活而生动的生命体验和心灵探寻；人类历史的轨迹尽管不时发生曲折反复，但沿着文明进步的方向前进的“大势”从未改变。笔者愿意分享周励在《亲吻世界》中引用的诺贝尔奖获得者索尔仁尼琴的感言而共勉：“作家的任务就是要涉及人类心灵和良心的秘密，涉及生与死之间的冲突的秘密，涉及战胜精神痛苦的秘密，涉及那些全人类适用的规律，这些规律产生于数千年前无法追忆的深处，并且只有当太阳毁灭时才会消亡。”

（原载《世界华文文学论坛》2020年第4期）

沈庆利，文学博士，北京师范大学文学院教授、博导。

# 世界视野与真实力量

## ——论周励《亲吻世界——曼哈顿手记》的非虚构写作

张 娟

周励的散文集《亲吻世界——曼哈顿手记》2020年由上海三联书店出版社出版。该书分为三部分：第一部分“被遗忘的炼狱：跳岛战役探险录”，在这一系列中周励记录了自己对二战战场遗址的艰难寻访；第二部分“亲吻世界：镌刻在心灵岩洞上的壁画”记录了周励近年来在欧洲艺术博物馆的艺术寻访和在古巴、法国、俄国等地的探险历程；第三部分“燃情三极：南极点、北极点、珠峰逐梦”则是周励去南极、北极和珠峰探险的非虚构记录。

## 一、周励的非虚构写作的特征

英国文学评论家芭芭拉·劳恩斯伯里在《事实的艺术》中阐明了非虚构写作的四个特征：第一，记录性。她认为非虚构作品来自真实世界的“事实”记录。第二，详尽的研究。非虚构写作要通过观察、调查、采访和文献的验证来建立叙事的可信性。第三，场景。芭芭拉·劳恩斯伯里强调重建场景的重要性。第四，细致的写作。[①]周励的人生可以说是丰富又精彩，其深度与广度都非常人所能及。1985年她携带四十美元到美国自费留学，在曼哈顿完成了自己“美国梦”。实现财务自由后，她又开始了人生新的探险，游历了世界一百三十多个国家，到南极、北极、珠峰、马特洪峰探险，周励的世界既有现实人生，又有世界尽头的星辰大海。阅读周

① 转引自刘蒙之、张焕敏：《非虚构写作：内涵、特点以及在我国兴起的多维因素》，见蒋原伦、张柠主编：《媒介批评》（第七辑），广西师范大学出版社2017年版，第217页。

励就是和一个坚韧、优美的灵魂相遇。

首先，周励的写作是一种来自真实世界的记录。非虚构创作手段不是在密闭空间苦思冥想所能完成的，而是要进行深入的采访与繁复的资料研读。非虚构文章里的故事必须是真实的，包含的事实应该是被证实过的。非虚构写作者可以选择和组织事实来实现写作主题，但无论怎么呈现，作者都应该基于“事实”写作。周励身上有着超乎寻常的女性力量。一般女性都对战争、历史敬而远之，但是周励偏偏是个文史爱好者，她为了考察太平洋战争背后的秘密，先后去了贝里琉岛、塞班岛、天宁岛等地进行实地考察。她时而浮潜海底探索“战争坟墓”，时而雇直升机或单人小飞机飞往海岛，还要经历浓雾大风、突降暴雨等极端天气带来的安全和心理的挑战。为了能够进一步发掘战争背后的秘密，她还去了华盛顿海军陆战队硫磺岛战役博物馆和美国国家档案馆考察核证，解开战争杀戮的真相。

周励的极地探险故事更是惊心动魄。她迄今为止先后去过四次南极，三次北极，抵达人迹罕至的南极点、北极点，两次攀登马特洪峰与珠峰，四次登上“雪龙号”，并探访长城站和冰岛中冰联合北极考察站，在《文汇报》等发表了二十多篇与南极探险史和中国南极科学考察有关的纪实文学。周励的《南极大救援》描写了中、法、澳、美、俄五国连环大救援的真实事件。在震撼世界的十天十夜中，“雪龙号”一马当先，驰骋千里，独探冰区，对俄罗斯“绍卡利斯基院士号”五十四名游客实施国际大救援。在这些极地探险故事中，周励用她的笔触气势磅礴地展示了大国的责任担当和南极精神，体现了大自然和人类的关系。在《珠峰逐梦》中，周励回顾了自己和珠峰的十年情缘。2010年，周励就进行了自己的尼泊尔航拍之旅。2019年她再次穿越西藏，三次进藏，环行7537公里。在号称“珠峰——南极大本营”的南极联合冰川，她和世界著名登山家戴夫·哈恩相识，他至今保持着十五次登顶珠峰的世界纪录。戴夫还是纪录片《最狂野的梦想》中的重要角色，他们在珠峰北坡海拔8170米处发现了马洛里静卧冰原七十五年的遗体，而马洛里就是说出了著名的“因为山就在那里”的著名探险家，他的这句话传遍世界，鼓舞了一代又一代登山人，成为全球登山者的座右铭。戴夫讲述了自己找到马洛里遗体的过程，还在和周励的交谈中谈到了他对于中国的感情。中国登山队员1975年在冰雪岩壁上架设了六米的金属梯子，戴夫曾多次带领美国探险队通过这个“中国梯”成功登上地球之巅。周励还在南极帝企鹅大本营遇到一位向导——来自尼泊尔的夏尔巴人卡巴，他八次珠峰登顶，每到珠峰登山季，都是夏尔巴人首先上山修路，一旦遇到雪崩，也是夏尔巴人首先罹难。正是由于一代又一代登山者的牺牲精神，才成就了人类对于自然的挑战与征服。

其次，周励的每一篇非虚构作品都是以详尽的研究为前提的。周励的非虚构写作往往基于田野调查和实地走访。她在《燃烧的太平洋》中讲到“我发现凡是优秀的历史学家和考古学家都不会满足于纸上谈兵，他们推崇实地探索所带来的兴奋与美感，特别是挖掘那些埋没在岁月沙尘里的秘密，这种实地探究都带有浓郁的冒险色彩”[①]。她的足迹遍布欧洲战场和太平洋战场。为了寻访艾森豪威尔的人生历程，她专程去看曼哈顿的华尔道夫酒店的艾森豪威尔套房。周励对硫磺岛的探访更不容易，硫磺岛不对外开放，必须要得到“硫磺岛协会”的特批。周励只能通过硫磺岛纪念碑、美国国家档案馆的原始卷宗来寻找事实真相。在文献上，为了研究历史和二战人物传记，周励阅读了《罗斯福传》《丘吉尔传》《艾森豪威尔传》《尼米兹传》《朱可夫传》和《隆美尔传》等。在华盛顿，她每天在阿灵顿国家公墓、美国国家档案馆和美国国会图书馆之间辗转，探访夏威夷的珍珠港事件博物馆和“密苏里号”战列舰纪念馆，还在档案馆里找到了“密苏里号”战列舰的原始照片。为了还原历史真相，周励可谓上穷碧落下黄泉，生动阐释了非虚构写作的田野调查和实践精神。尤为可贵的是，周励具有强烈的问题意识和现实关怀。周励在“新冠”疫情下回顾太平洋战争，不仅仅是为了重现一段历史，更是为了更好地理解现实。

再次，周励的《亲吻世界》虽然主体是游记，但并没有写成按照旅游路线行进的流水账，而是善于设置情境，使得每篇作品都环环相扣，引人入胜。周励不是一个普通的游览者，她是历史真相的揭秘者。《凡・高的眼泪》写作者到距离巴黎一小时车程的奥维尔小镇，探寻凡・高短暂人生的最后足迹。凡・高在这里创作了《麦田群鸦》《奥维尔教堂》《加歇医生》等八十多幅作品，度过了他生命的最后七十天。为了寻找凡・高死亡的秘密，周励曾到阿姆斯特丹的凡・高博物馆、普罗旺斯阿尔勒的精神病疗养院、凡・高夜间咖啡馆、凡・高的衣冠冢奥维尔公墓，也曾到太平洋小岛大溪地探访高更的茅屋和艺术博物馆。作者还查阅了1934年欧文・斯通写的《渴望生活——凡・高传》，普利策奖得主史蒂文・奈非和格雷戈里・怀特・史密斯合著的《凡・高传》，重走了凡・高最后的死亡之路，并

① 周励：《亲吻世界——曼哈顿手记》，上海三联书店2020年版，第4页。

据此推测凡·高是被雷内枪杀。她也指出奥维尔公墓其实是凡·高的假墓地，却没有人去查证，将其重新安葬。周励在这篇文章中表现出对于西方艺术史的熟稔与来自灵魂的巨大激情，这种对艺术的热爱来自她在北大荒贫瘠的生活中艺术的拯救与滋养。

最后，周励的写作是细致的写作，是重视生活的温度和细节的写作。周励热爱文学与艺术，但是和一般人带着崇拜的心情去瞻仰名人故居，感受沐浴艺术的光辉不同，周励更多是用平等的视角接近名人，探访名人，理解名人。这些寻访的过程中来自于惺惺相惜的理解和同情，让这些文学艺术之旅更像是心灵共鸣之旅，这些名人在周励的寻访中又重新获得了新的生命力。周励的艺术修养和她传奇的人生经历交相辉映。周励在《珠峰逐梦》中说到，戴夫寻找马洛里的经过像是一部沉重深邃的柴可夫斯基的《悲怆交响曲》，而她的珠峰逐梦就像是轻快隽永的《船歌》，周励和戴夫的交谈中不仅仅有登山，还有古典音乐。周励为了去帝企鹅的野生繁殖基地，她每天从营地帐篷出发，要在雪地长途跋涉六千米，来回陪伴周励的，不仅有帝企鹅，还有莫扎特的音乐，还有歌剧《魔笛》和《费加罗的婚礼》。她在林肯中心聆听“80后”钢琴家马丁和美国指挥家蒂埃里演奏莫扎特第二十五钢琴协奏曲，然后在吃夜宵的时候和两位音乐大师偶遇。歌剧、芭蕾、交响曲、体育盛事，这些共同构成了周励美好而具有魅力的情感世界。

## 二、周励非虚构写作的内在动因

非虚构写作最为重要的其实不仅仅是“非虚构”这种创作方法，而是在“非虚构”背后作家的写作态度，是作家面对历史和现实的介入性姿态。在今天这样一个信息爆炸的社会里，我们每天生活在海量的媒体信息网络之中，与世界的联系大多是虚构性的，非虚构给我们提供了一种介入世界、体验社会，通过切实的行动进入世界的方式。周励是一个具有大情怀、大格局的作家，她充满实践精神和行动的勇气。通过阅读她的非虚构写作，我们可以抵达历史，也可以窥见世界；我们可以照亮心灵，也可以观照自身。而周励为何选择这种非虚构的表达方式，和她的成长经历、阅读资源、写作历程等都是息息相关的。

周励的文学创作经历与非虚构的写作方法有着密切联系。周励是旅美作家，

1985年赴纽约州立大学自费研读MBA，1987年创业经商，1992年发表自传体小说《曼》，发行一百六十万册，入选“90年代最具影响力文学作品”，获“十月文学奖”。这部小说并非“非虚构”，而是自传体虚构小说。小说描写女主人公朱莉从上海到北大荒再到纽约的个人奋斗的生命历程。虽然情节上有虚构，但是主人公的身上也吸收了很多周励自身的生活经验，特别是对于困境的冲决，面对生活的重重磨难的坚强无畏的精神，都具有周励自身的情感投射。周励的第二部作品《曼哈顿情商》于2006年在上海文艺出版社出版。这部作品就是以非虚构为主体，书中的部分文字描写了自己的世界探险经历，周励的世界探险并不是为了探险而探险，而是追寻她所热爱的伟大灵魂，她去寻访太阳王路易十四，寻找俄国女皇叶卡捷琳娜二世；去重走亚历山大和拿破仑的足迹；以及沿着马克·吐温登拉夫尔堡的山路进行攀登，这些探险的过程也是周励寻找自我、探索世界的一种方式，体现了她英雄主义的情怀和博大的历史胸怀。同时，这本书也记录了很多真实的历史事件，如周励目睹“9·11”恐怖袭击，女儿从世贸大厦漫天的灰尘中哭喊着回家，中央公园纽约爱乐乐园的艺术家们对逝者的纪念，她从个体的角度留下了这一震惊世界大事件的真实记录。回看周励的很多非虚构作品，从爱荷华校园里的“杀人血案”到空袭灾难，从南北极探险到博物馆的艺术探寻，都起到了记录时代的作用，给我们留下一本时代的“备忘录”。从文学史的角度来看，“大多数新移民作家的创作从自叙传小说开始。自叙传小说是留学生的创作传统，经‘五四’郁达夫等人开创，到20世纪六七十年代台湾留学生群延续，再被新移民继承。它取材于作者的经历见闻、思考感悟，小说人物也有作者的性格气质特征，多采用现实主义笔法，但并非完全照搬生活真实，而是一种艺术加工和虚构”[①]。这在某种意义上，也构成了新移民文学的一种现实主义写作的传统，从而导向近年来的非虚构创作潮流。

周励跨界的非虚构写作与她广博的阅读视野有很大关系，而且周励阅读的大多是充满理想主义激情和奋斗精神的苏俄文学。周励的童年好友修晓林回忆：“童年和少女时代的她，常常是静静地捧着书，就是在我家洒满阳光的窗户边，她看完了《卓亚和舒拉的故事》《古丽雅的道路》《少年鼓手的命运》《青年近卫军》《复活》和

---

① 罗玉华：《新移民文学的原罪与原味——重评〈北京人在纽约〉和〈曼哈顿的中国女人〉及历史影响》，载《宁波大学学报》（人文科学版）2019年第1期。

普希金的《叶甫盖尼·奥涅金》……”[1]长大以后，她又陆续集中阅读了《赫鲁晓夫主义》《斯大林时代》《一元论史观》《法国大革命史》《第三帝国兴亡史》《安娜·卡列尼娜》《悲惨世界》《复活》等以及别林斯基、车尔尼雪夫斯基等人的著作，甚至《联共（布）党史》等文学、历史、政治、哲学著作。周励曾经谈到过自己身上永不衰竭的激情就来自于童年和阅读，“当我看到这些从无声无息的普通人，经奋斗而成为搅动社会舞台的人物，成为政治家、作家、艺术家、金融企业家，我的内心便燃烧起一股抑制不住的火焰”[2]。这些经典阅读的经历使得周励具有丰富的情感世界，在进行她的非虚构写作时，能够从历史、地理、哲学、音乐、美术等多种角度进行跨界书写，和现在流行的平民主义色彩的相对单薄粗疏的非虚构写作不同，周励的非虚构写作更像是华彩乐章，激荡出具有复调意味的多重人生底色。

周励之所以能有这种丰富多维的视野，和她个人的成长经历有很大关系。周励的父亲早年参加新四军抗日战争和解放战争，是第一位奉命走进旧上海市政府的军管会干部，目睹了陈毅市长和国民党赵祖康代市长的交接仪式。周励的发表于《美文》2019年第7期的《从纽约到延安——一瓣馨香祭路遥》记录了自己的成长历程。这篇文章从2018年陕西人艺在上海的大型话剧《平凡的世界》写起，话剧演出引发了作者到延安大学的后山拜祭路遥之墓的念头。拜祭路遥的同时，作者也回忆了自己当年从上海来到煤城铜川的“串联”经历。她与年长一岁、出生在陕北清涧县贫困农家的路遥几乎经历同步，都试图用笔记录这个时代，改变自己的命运。正如福克纳在诺贝尔文学奖获奖颂辞的回音：“一个作家，充实他的创作空间的，应当仅只是人类心灵深处从远古以来就存有的真实情感：美、尊严、同情、怜悯之心和牺牲精神。”奋斗者的心灵是相通的。周励在三十五年前只身来到美国，根据她自己从北大荒到曼哈顿的经历写成的《曼》一经出版，便引发巨大轰动，正如董鼎山所说“展现了一个时代，影响了一代人”。而周励在写作《亲吻世界》这本书的时候正处纽约新型冠状病毒肺炎疫情期间，她耳边听着救护车的呼啸，一边书写回顾着历史上的人类灾难，周励没有局限于一己悲欢，而是以一个历史学家、一个学者、一个海外华文作家的态度严肃地面对历史，探索人类世界的奥秘。

---

① 修晓林：《文学的生命——我和我的作家朋友》，上海文化出版社2016年版，第32页。

② 周励：《曼哈顿的中国女人》，北京出版社1992年版，第65页。

## 三、周励非虚构写作的美学意义

非虚构文学虽然在20世纪六七十年代才被命名，但其实非虚构写作在中西方历史上都有悠久的传统。古希腊的“模仿论”，认为艺术之美“是由于模仿自然”[①]，亚里士多德在《诗学》中主要提倡的也是“摹仿说”，认为艺术就是要真实地再现生活。这种对于文学的真实性的强调实际上就是一种非虚构的追求。中国古代的文学创作也强调现实主义的创作方法，重视“诗人与此时此景的真实相遇”[②]。当下的非虚构写作其实也是一种现实主义的内部召唤，强调在场感和即时性，在美学风格上更具有自然、朴素、大气的风格。总体上讲，“真实性是非虚构文学的核心问题，作者对材料真实性的追求与处理表现出与其他文体不同的审美意蕴。而其文体与创作手法的杂糅多样性、语言的平实美、对读者审美阅读期待的迎合所展现出来的接受之美，都成为非虚构文学的审美特征与魅力源泉”[③]。周励《亲吻世界》的非虚构写作在呈现这种平实风格的同时，也表现出属于周励的独特美学价值。周励《亲吻世界》的非虚构是充满澎湃情感的，将个人在世界各地的行走体验和情感感悟联系在一起，在表现“在场”的同时，也传达了丰富的情感体验；周励《亲吻世界》也是广阔浩荡的，她的世界视野和悲悯情怀使她的非虚构写作有着深厚的家国情怀，有别于很多关注个体生活、琐碎日常的非虚构写作，呈现出开阔的格局和博大的胸怀；同时周励《亲吻世界》也充满了跨界的美学风格，周励热爱音乐艺术，喜欢探险，多年浸淫商界却又保留赤子之心，生活阅历极为丰富，使得她的写作在文学、艺术、历史、地理等多学科中交叉行走，呈现出一种跨界混杂的美学风格。

首先，周励的非虚构是一种饱含激情的写作，具有优美抒情、富有情感的美学风格。周励通过自己的世界行走，在文化、历史和现实中与这些文学、历史中的名人们建立起了情感的联系，更深刻地理解他们的作品和人生。周励的《古巴奥德赛》就是充满激情的一种寻找。周励对于切·格瓦拉和海明威的寻找也是一种自己

① 北京大学哲学系外国哲学史教研室编译：《古希腊罗马哲学》，商务印书馆1982年版，第256页。

② 陈小亮：《理想的诗歌：中国非虚构诗学对西方文学传统的反动——评宇文所安〈中国传统诗歌与诗学：世界的征兆〉》，载《浙江学刊》2012年第6期。

③ 王光利：《非虚构写作及其审美特征研究》，载《江苏社会科学》2017年第4期。

的精神的升华，是一种灵魂的碰撞。《冰雪烈焰肯尼亚》则是在文学阅读基础上的现实追梦。周励曾两次到过肯尼亚。凯伦·布里克森是《走出非洲》的作者，周励把凯伦·布里克森的《走出非洲》、海明威的《乞力马扎罗的雪》、霍契勒的《爸爸海明威》和柏瑞尔·马卡姆的《夜航西飞》打包装箱，在阅读的同时来到书中描写的场景，非洲情景与书中文字交相辉映，遥远记忆的人物穿越时空。《走出非洲》的主角丹尼斯·芬奇·哈顿是英国贵族冒险家，一个拜伦-雪莱式的英雄。牛津毕业的他才华横溢，曾穿梭在年长两岁的凯伦和年轻十七岁的柏瑞尔的生命中，前者是丹麦“仅次于安徒生的伟大作家”，后者是驾机横飞大西洋抵达美国的世界飞行纪录创造者，驯马师和畅销书《夜航西飞》作者柏瑞尔·马卡姆；三角恋的悲剧结局催生了《走出非洲》的文学奇迹。美国著名作家《蒂芬尼窗口的早餐》的作者杜鲁门·卡波特称赞《走出非洲》是20世纪最唯美的一部散文。在非洲周励特意住在内罗毕福克诺酒店七楼，而711是“海明威套房”，距离“海明威套房”不远就是713“凯伦·布里克森套房”的金色门牌。在酒店套房里，大床、家具、书橱、写字台和油画都保持着原来的模样。1904年英国殖民主义蓬勃发展，内罗毕诺福克酒店开张后迅速名扬四方，成为英国皇家、欧美政要、艺术家和冒险家蜂拥而至的度假胜地。周励描写自己去寻访凯伦“走出非洲”的历程，同时也是周励在经典阅读史中的探险，她用这个非洲的旅程串联起了海明威、圣埃克苏佩里、凯伦等著名作家的不凡人生，也彰显了周励自己的瑰丽的精神世界。阅读周励的非虚构作品，犹如一幅幅文学画卷在眼前次第展开，意境深远，感人肺腑。

周励行走世界的经历、博览群书的视野也带给了她国际主义的视野和人道主义的胸怀，这些体现在她的非虚构作品中，又回荡着一种悲壮庄严的美学风格。《史诗般的血染战旗》讲述的是在硫磺岛发生的美日两国的惨烈战争，通过对那张在硫磺岛战场上插上星条旗的轰动世界的照片来龙去脉的寻找，揭示了战争的残酷。周励的《惊魂“歌诗达协和号”》则记录了“歌诗达协和号”触礁的灾难。这一事件发生在“泰坦尼克号”冰海沉船一百周年之际。2012年1月13日（星期五）豪华邮轮在意大利海岸侧翻沉没，该船有4232名乘客，其中32人罹难死亡。船长以过失杀人、隐瞒、欺骗、逃逸等罪名判刑入狱16年。当时周励和妹妹就在这艘船上。在巨轮撞上吉利奥岛的礁石以后，周励和妹妹发觉情况不对，坐上了第二艘救生艇，而船长出于隐瞒和懈怠，直到他们登上救生艇，都没有发布逃生指令。这个玩忽职守的船长必将被钉在历史的耻辱柱上，但同时，船上也有很多舍己救人的勇士，他们把生的机会留给别人，而自己却牺牲了宝贵的生命。记录战争和灾难的意义也正在于此，正如周励所说："纪念和追究的意义在于警示后人，防止此类人祸惨剧再次发生，也以严惩恶人的方式告慰无辜罹难的逝者英魂！"[①]

周励的世界探险是一种跨界的文化行走，也是交织着个人人生经历和文化记忆的行走，回荡着音乐和历史回声的行走，充满了多元跨界的美学风格。周励在珠峰大本营看着美妙的星空，想到的是霍金和他的《时间简史》。周励在去南极点探险的起点联合冰川，住在以维维安·福克斯命名的雪地帐篷时，她会默念着福克斯的名字祈祷。在帝企鹅基地，周励捕捉到了《帝企鹅》电影里一样如梦如幻的帝企鹅喂食玩耍的镜头，她在南极联合冰川活动的间隙阅读牛津学子彻里写的《世界上最糟糕的旅行》，她与先驱者在精神上相遇。在周励的自传体小说《曼》中曾写过海明威对她走上文学道路的巨大影响。后来她又写过一篇《流动的盛宴——寻找海明威》。海明威在曼哈顿东62街的故居离周励60街的家不远。她带着对海明威的热爱，去过西班牙、美国佛罗里达基维斯特岛海明威故居和古巴哈瓦那瞭望山庄寻找他的足迹。到肯尼亚时她在一家酒店大厅看到海明威用过的皮箱，并为此激动不已。之后周励乘坐小型飞机前往马塞马拉草原，东非大裂谷就在螺旋桨下方不远处，凯伦、丹尼斯和柏瑞尔·马卡姆也曾这样在暮色中俯瞰大裂谷的暗影，成千上万只瞪羚在稀树草原通红落日的余晖笼罩下奔跑，如诗如画，恍若隔世。凯伦的《走出非洲》、迈克尔·翁达杰的《英国病人》和海明威《乞力马扎罗的雪》中所有的影像与眼下马塞马拉草原景色交叠浮动，如梦如幻。在描写攀登珠峰的探险之旅中，周励写道自己曾经在宛若梦境的地球尽头和帝企鹅亲密接触，在广阔无垠的北极点，看着北极熊带着两只可爱的小熊宝贝向她们乘坐的核动力破冰船走来。阅读周励的非虚构作品，音乐、美术、摄影、科学、文学等多种艺术形式交织，如同交响乐，乐章繁复、壮丽辉煌。

关于非虚构写作，卡波特说非虚构作品："是一种既通俗有趣又不规范的形式。它允许使用小说家所有的手段。"[②]正是由于非虚构写作概念的模糊性和定义

---

① 周励：《亲吻世界——曼哈顿手记》，上海三联书店2020年版，第163页。

② 约翰·霍洛韦尔：《非虚构小说的写作》，仲大军、周友皋译，春风文艺出版社1988年版，第137页。

的宽泛性，它也更多促成了文学的创作性，使得每一位写作者都可以自由灵活地进行自己的非虚构创作，展现自己的特色。周励就在自己的写作中将田野调查、艺术欣赏、文献收集等结合在一起，赋予自己充沛的情感和开阔的视野，使得《亲吻世界》具有独特的周励式的魅力，使作品更具有真实感和亲和力。

在当下，时代呼唤非虚构文学，正是由于“处在这种裂变之中的人们，面对信息化、虚拟化所形成的仿真文化，重建一种被遮蔽的真实信念，或许正是‘非虚构写作’所追求的写作伦理，同时也是读者高度关注这类作品的内在缘由之一”[①]。当下的中国社会正处于飞速发展时期，纷繁复杂的社会现象让人“乱花渐欲迷人眼”，周励的非虚构写作执着于现实主义的写作传统，直面现实人生，通过对生活的真实描摹和对伟大灵魂的追寻和礼赞，带来一种积极向上的精神力量。周励在她的《亲吻世界》中运用实证主义的创作方法、介入性的写作资料、历史学家式的严肃探究，正形成一种“智慧性的认识”，以其世界性的视野和独特的真实的力量，在跨界的视角下建构着文学和世界的关系。

（原载《世界华文文学论坛》2020年第4期）

张娟，文学博士，东南大学人文学院副教授、硕士生导师。中国鲁迅研究会理事，江苏省现代文学学会理事，江苏省作协委员会委员，世界华文创意写作协会理事，世界华文文学学会会员，中国现代文学学会会员。

---

① 洪治纲：《论非虚构写作》，载《文学评论》2016年第3期。

# 激情燃烧的生命

## ——周励《亲吻世界——曼哈顿手记》漫议

杨际岚

## 一、灾难反思

周励的《亲吻世界》是一部探究人文之秘和自然之险的非虚构文学力作。全书定稿于2020年6月，出版于同年8月。早春二月，庚子伊始，世相骤变。白天，周励与北美文友忙于为武汉医院募捐筹集运送口罩防护服；入夜，万籁俱寂，开始写作，甚至写到晨曦微露。窗外渐现万道霞光，她依然沉浸在生命片段的回忆里。

该书第一部分，系列作品“被遗忘的炼狱：跳岛战役探险录”，六篇历史散文正是在疫情期间写成的。此次“新冠”疫情，称作“没有硝烟的战争”，世人视为二战以来人类面临的最严重的挑战，极大冲击公众生活、社会秩序、经济活动和国际关系。疫情大蔓延的至暗时刻，周励联想到当年的另一座人间炼狱——跳岛战役血腥惨烈的战场，奋笔疾书，穿梭于二战遗迹和新型冠状病毒肺炎疫情之间。她一直在反思。缅怀抗日将士的同时，痛惜战争给人类造成的空前浩劫，深感“樱花军国主义”、极端民粹主义的巨大危害。

《穿越炼狱：冲绳岛启示录》中呈现了惨绝人寰的情景：冲绳岛的各种险峻岩石都成了自杀悬崖，十多万日本平民被日军逼迫集体“玉碎”，由于跳海者众多，1945年夏季悬崖之下形成几层经久不褪的褐色浮尸海浪！周励还引述了诺贝尔文学奖得主、著名作家大江健三郎撰写的《冲绳笔记》。大江健三郎在书中指出，岛上居民的集体自杀是在日军的命令下执行的。勇于直面事实的作家遭到右翼狂热分子的起诉和索赔。经过近三年的缠讼，大阪地方法院在2008年3月作出判决，认定大江健三郎关于许多平民是在军方强迫下自杀殉国的证词，驳回了两名原告的赔偿要求。作者将反思的目光凝聚于冲绳岛平和祈念堂的警语：“发动战争的确实是我们人类，但是，能阻止战争的不也正是我们人类吗？”

## 二、田野调查

《亲吻世界》由上海三联书店出版，全称生活·读书·新知三联书店，以“真诚生活、认真读书、追求新知”为宗旨。周励此书，与此何其吻合！她的“真诚生活”，她的“认真读书”，她的“追求新知”，充分体现于她的极为独特的田野调查。

周励自述，由于喜欢历史和二战人物传记的缘故，多年来热衷于研究二战史，带着《罗斯福传》《丘吉尔传》《艾森豪威尔传》《尼米兹传》《朱可夫传》和《隆美尔传》，跑遍欧洲战场和太平洋战场。近些年，环绕太平洋八万里，其足迹遍布帕劳贝里琉岛战役、塞班岛战役、天宁岛战役、关岛战役、冲绳岛战役、吕宋岛战役、科雷吉多岛战役（菲律宾战争岛）遗迹和泰缅死亡铁路、桂河大桥，以及广岛原子弹原爆点。她浮潜于贝里琉岛二战遗址“水族馆”，穿越于一堆堆庞大锈蚀、鱼儿出没的战机、坦克、舰艇残骸之间，深感战争的惨烈与凄凉。为了探寻尼米兹石碑之谜、硫磺岛升旗照之谜等，或深入实地踏访，发现被海风侵蚀的青灰色的尼米兹石碑，或出入于硫磺岛纪念碑和国家档案馆，伏案查阅辨析原始卷宗。终于恢复了历史的本来面目。

浩瀚壮阔的时代长河中，涌现了一批批杰出人物。周励视之为“镌刻在心灵岩洞上的壁画”。周励写下一系列以“寻找”为基调的历史散文。她沿着历史人物的足迹，追寻他们的心路历程、他们的人生悲喜剧，以及他们留给后人的宝贵启迪。她曾专程前往巴黎附近的奥维尔小镇，凡·高在这里度过了生命中最后的七十天。凡·高是自杀还是他杀？如果是他杀，证据何在？是谁开了致命一枪？凡·高遗体到哪里去了？周励带着未解之谜，在凡·高最后的路上往返走了近十次，而且循着路线来回跑，同时，还探访了凡·高墓地，终于悟到了悲剧之所在。读到这里，作为读者，也情难自抑地涌起对于卓越的艺术殉道者的深切敬意。

周励称自己对太平洋战争跳岛战役进行了一次略带探险性质、亲力亲为、绝无仅有的田野调查。她的南极点、北极点、珠峰逐梦，更是带有田野调查色彩的大自然探险。到了南极，冰滑下山。在北极，参加了北纬九十度跳海冰泳活动，北极点冰盖长途徒步。前往阿尔卑斯山，乘滑翔伞横穿马特洪峰。一代又一代的勇士用激情、智慧乃至生命谱写了极地探险史诗。周励一往无前地加入他们的行列。

## 三、曼岛手记

《亲吻世界》的副题为“曼哈顿手记”。1985年，周励携带四十美元赴美自费留学。1992年，她发表自传体小说《曼》，获“十月文学奖”，一纸风行，发行了一百六十万册，被称为当代留学生文学的经典之作。从《曼》到《亲吻世界》，走过了近三十年。周励表示，激情与求知欲从未熄灭，唯一的不同是视野的日益开阔和“与时俱进”。诚然，周励始终充满激情。书中，她一次又一次地称颂她所说的“精神导师”海明威格言，“人可以被毁灭，但不能被打败”；她所推崇的“雄狮”丘吉尔的名言，“人最可贵的精神就是无畏”。这些年，她行走天下，更是感到“生命是瞬间，生命在高处”。

谈到激情，谈到视野，书中提及颇为耐人寻味的事。当年，周励赴美留学，贾植芳先生写了推荐信。周励至今记得，信中写了她在《文汇报》《文汇月刊》《小说界》发表的作品，特别是写杨帆的报告文学，说她是一位有潜力的年轻作家，推荐她攻读纽约州立大学比较文学学位（后来改读商学院）。贾植芳文集里有三处写到他与周励的友情和交往。而为《亲吻世界》作序的是陈思和先生。两位是师生关系，先后担任复旦大学中文系主任、教授和复旦大学图书馆馆长。这也许算是巧合。然而，偶然寓于必然。江河奔流，薪火传承，文学事业就这样接续不断地、永不止歇地向前推进。

贾植芳先生有一部著作，书名为《把人字写端正：贾植芳生平自述与人生感悟》。陈思和曾是20世纪90年代人文精神大讨论发起人之一，在本书序言里，他两处提到，周励在十年中穿梭般的探险实践，“是被一股巨大的人文力量所推动，催促她去解读历史留存的谜点”；“一晃三十五年过去了，周励依然是一个富有人文情怀的作家，她在用生命来实践和追求自己一生的理想”。以文学滋养生命，葆有人文情怀，把人字写端正，从《亲吻世界》应能获取这样的感悟。

（原载《文艺报》2020年10月9日）

杨际岚，现任中国世界华文文学学会监事长，世界华文文学联盟副秘书长，福建省作协顾问，福建省台港澳暨海外华文文学研究会名誉会长。

# 她就似那一团火

**江　扬**

与周励相识于2011年天津国际作家写作营。大方开朗，对人热情满满是这位《曼哈顿的中国女人》给我的第一印象。十天的时间里，我们一起讨论文学，交流读书和写作，参观滨海新区和名胜古迹。记得有次开完会走到门口等车，她拉着俄罗斯作协副主席的手跳起《莫斯科郊外的晚上》，熟悉的旋律，迅速沸腾了在场的人。

一天的晚饭后，我俩漫步在渤海边，她说起北大荒和纽约。那一个个曾经的人、一段段曾经的事，尽管都已经在她的笔下变成抹不去的记忆，她依然对自己戏剧性的曲折经历和人生价值观，向我做了更为生动的倾诉。也许是传奇的体验，成就她始终地忠实于自己，尽情地做她想做的事情，说她想说的话。同时用文字，将她豁达的人生观传达给她的朋友，传达给她的读者。

回到波士顿的一天，电波里传来周励的声音："来曼哈顿吧！请你们看多明戈担纲主演的歌剧《魔幻岛》（*The Enchanted Island*）。"冰天雪地的一月突然有了温度。我喜欢这部非凡卓越的作品，可以说它满足了巴洛克歌剧爱好者的所有愿望：世界顶级的歌唱家、巴洛克大师倾情奉献的华彩乐章，更有将莎士比亚两个经典故事糅到一起的壮丽拼贴。没有丝毫犹豫，我欣然应邀与先生和儿子驾车去纽约。

大都会歌剧院是周励常去的地方，她说几乎没有什么在这里的演出她没看过，甚至有的世界名剧她看过N遍。那晚三个半钟头的表演一点儿也不嫌长，我告诉周励说自己着实被《魔幻岛》中亨德尔、维瓦尔第、拉莫等巴洛克作曲家的经典咏叹调及演奏曲目的集体亮相震撼了！完全的电影即视感和舞台布置，彻底颠覆了传统歌剧所给人带来的感觉，尤其是多明戈的一张嘴特别霸气。她知道我也喜欢歌剧后特别兴奋，说从孩童时代起，她的血液中就浸透了对音乐、舞蹈、戏剧、绘画这些美好事物的热爱。

第二天周励飞往罗马，与她妹妹一起坐邮轮旅行。谁知才过去六天时间，我就从新闻里得知歌诗达号在意大利触礁侧翻的消息，猜测她是在这条船上，心急如焚地给她发微信。等了许久，终于收到她的回复。她获救了，刚刚搭乘救生艇，登上安全的小岛，这时我心里的“一块石头落了地”。那一年，是铁达尼号沉船一百周年。

事件过去不到一个月，周励约我去巴哈马，仍然是搭乘邮轮。我想惊魂未定的她会不会有“恐船症”呢？她口气肯定地回答：“不会的！”猛然让我觉得，在她的内心深处，有一个丰富的能量库。像她这样心理素质强大的人，才能毫无畏惧地应对生活中的一个个难题，在北大荒的田埂上，在曼哈顿的高楼下，蓬勃向前，主宰自己人生的命运。

在去巴哈马的邮轮上，她说读过我写的瓦尔登湖，知道那片美丽的湖水距离我家不远，一直想去看看梭罗与自然同步的林中生活轨迹。我说：“瓦尔登湖，是一个让我一去再去的地方，来看我的朋友，都不会缺席与它的亲密接触。”回到波士顿不久，周励如约前来看我。

那天清晨，天气格外晴朗，我们开车十多分钟就到了瓦尔登湖畔。蓝蓝的天空，静谧的树林。刹那间，一股清凉的湖水已然汇入了我的心间，清澈见底，不染纤尘。周励张开双臂呼喊道：“瓦尔登湖，我来了！”她高亢的声音在湖面上回响，传得很远很远。晨雾飘过来，湖畔灿灿的山花，林间鸟儿清亮的啼音，还有鱼儿在水中打转的泼刺声和土拨鼠跳来跳去的窸窣声……都让人心醉。

沿着梭罗砍树、钓鱼的湖边，走在没有任何修饰的沙子路上，我俩来到当年梭罗亲手修建的小木屋前。原址上剩下的九根地基柱子和一堆瓦砾，已经成为一段无法复原的消逝了的场景。长达两年的隐居生活，梭罗是如何独处如何思想？他想的是“多多授人以勇气面对绝望”？想的是“孤寂生命如何与自然相对”？想的是“在一个夏季，来播种真诚、朴实和信心”？想的是“瓦尔登湖最隐深的泉眼在他的哲思之上”？

我俩都没有说话，静静地感受梭罗当年的悠然岁月和心境，聆听梭罗在山水生活之间的人生感悟。对于梭罗一次成功的逃离，逃离了城市的喧嚣，过了一把向往的生活。周励感慨道：“其实，生活就是这么简单。”简单，表达了一种生活的态度，是一种自觉的对于质朴生活的追求。

满含对大自然的感情与敬意，对历史的探寻与英雄的崇拜，对极限的挑战与征服。周励已经走过了世界上一百三十多个国家和地区，用她的笔记录下自然界的光与影，也记录下自己内心的声音和思考。她写的南极、北极、珠峰……寂静无声，却处处闪耀着动人的光芒。

她在追寻着什么呢？多年以后，当我发现，周励是一个遵从自己内心的人，对自己的未来有着明确而清醒的设想，并且一直在为之努力的时候，我突然明白了，她和我是一样的，我们的内心是充实的，我们知道自己在追寻着什么。

以后的日子，我与周励还有过许多次的同行。飞古巴，探访格瓦拉与海明威的故居；到北纬八十一度，寻找北极熊的踪迹；船游加拉帕戈斯群岛，见证达尔文与上帝分手的地方……在我的眼里，周励就似那一团火，燃烧出永远的激情。

（原载公众号“跨界经纬”2020年10月23日）

江扬，中国作家协会会员，中国作家协会第九次、第十次全国代表大会代表。曾任香港《文汇报》首席记者，著有多部报告文学和散文集。

# 这位曼哈顿女人的新寻找

杨剑龙

因《曼》走红文坛的女作家周励，近日推出了她的新作《亲吻世界》，以三十八万字洋溢激情和充满睿智的文字，书写其对于二战历史的追寻、世界各地的游历、南北极等地的探险，在寻找中探究历史与人生，在洋溢着巾帼豪杰的执着追求与探险精神中，呈现出作家周励的大爱和大憎，在图文并茂身临其境的描述中，呈现其深邃的思考与睿智的表达，使该作成为一部反思历史催人奋进的佳作。

在寻找中探究历史与名人，成为该作最为引人入胜之处。周励是一位充满了激情又具有执着探究精神的作家，“寻找”成为该散文集的关键词。她对于历史充满着好奇与归真的精神，她以历史学家的认真和文学家的热情，在田野调查和历史资料的查阅中，探究历史真实，寻找历史真谛。为了寻找二战时期跳岛战役的历史，她先后踏上了贝里琉岛、塞班岛、天宁岛、关岛、冲绳岛、科雷吉多岛、吕宋岛等太平洋战争遗址，以系列散文的形式，生动而深刻地再现了跳岛战役的残酷与血腥、残忍与英勇、悲惨与冷酷。在寻找尼米兹过程中，叙写贝里琉岛七十二天夺岛战役。在樱花湖畔的寻找中，讲述万余大学生自愿加入“神风特攻队”。在东方诺曼底登陆的寻踪中，描述历时二十五天的塞班岛战役。在寻找硫磺岛未被讲述的隐秘中，梳理硫磺岛六位升旗手的来龙去脉。在冲绳岛战役的寻踪中，叙述八十二天惨烈血战。在巴丹死亡行军寻踪中，讲述美军留守中将温莱特率78 000官兵投降、后遭到杀戮和摧残的真相。在从桂河大桥到“驼峰航线”的寻找中，讲述修建泰缅铁路惨死了16 000欧美战俘和10 0000亚裔劳工。在名人轨迹的寻找中，她探究人生的追求与奋斗：《冰雪烈焰肯尼亚》讲述凯伦的与厄运斗争的女人史诗《走出非洲》

诞生经过；《古巴奥德赛》叙写格瓦拉与海明威的人生传奇；《寻找腓特烈大帝》讲述他一生留给后人近三十卷作品；《寻找叶卡捷琳娜女皇》叙写在她的努力下俄国终于跻身列强；《寻找伏尔泰》讲述伏尔泰使人类懂得精神应该是自由的；《寻找路易十四》叙写他让法国文学与哲学蓬勃发展；《路易十五的时代》讲述蓬巴杜夫人，这位唯一被自由民主派大师们视为“我们自己人”的女人；在《牢狱遗痕》中寻找路易十六玛丽·安托瓦内特王后，叙写她悲剧源头：厌恶读书、视野狭窄；《罗马的阳光》讲述罗曼·罗兰和梅森堡夫人他们俩相差五十岁柏拉图式的爱情；《燃情埃及》叙写亚历山大和拿破仑两位巨人一个以古希腊语记载埃及史、另一个以天才学者破译古埃及象形文字；《追逐日光》讲述丘吉尔永不屈服的精神一直鼓舞着全世界处于困境中的人们；《南极旅纪》叙写南极之旅中对于探险先驱斯科特、阿蒙森和沙克尔顿足迹的探寻。周励的寻找是对于历史真相的探究，是对于人生真谛的探寻，在不倦的寻找中呈现出历史的深度与人生的厚度。

在探险中思索社会人生哲理，成为该作最为发人深省之处。周励具有文学家的激情、历史学家的深邃、哲学家的深刻，她常常在寻找中思考、在回眸中反省、在探究中呼唤，在其历史与人生的探险中表述某些人生哲理，发人深省，令人回味。在叙述万余名大学生参加“神风特攻队”视死如归时，她写道：

> 加了毒素的樱花美学在极端军国主义的氛围中熊熊燃烧。……樱花，变成了日本带致命毒素的一把军刀！……令人担忧的是，目前极端民粹主义在多个国家都有抬头，那是危害世纪和平带致命毒素的樱花！历史不容重演。

在环绕太平洋八万里中，她一路洒泪，一路思索，一路血脉偾张，她写道：

> 探索历史，缅怀先辈——无论国籍、党派，胜方或败方，重揭血与火的真相，以及在“大东亚共荣圈”和浪漫樱花掩饰下的军国主义、民粹主义和全民洗脑。以史为鉴，以史为镜！

“以史为鉴，以史为镜”是周励寻找二战遗址的目的。在《追逐日光》中，她将自己的病痛与丘吉尔的磨难联系在一起，提出：“他那‘永不屈服’的精神一直鼓舞着全世界处于困境中的人们。”她为自己病痛开的处方：

> 遇到这样的事情，最好的办法是像丘吉尔一样，寻找阳光，带着书籍和音乐到阳光海边去！

在描述在南极与帝企鹅邂逅时，她写道：

企鹅已生存了数百万年，但自从地球近年急剧暖化后，每年有几十万对企鹅因冰山断裂形成冰墙，无法跳海觅食而活活饿死，这里的每时每刻都提醒人类：环保是地球生死攸关的严峻课题！

在描述远征北极点的经历后，她写道：

对一切与物质无关的事物充满兴趣？也许，一个人最大的财富，是血液里创新的激情，是心灵与历史人物的对话，是读万卷书、行走天下的勇气与理想。

富有探险精神的周励，她常常在探险途中思索社会、思考人生，她往往步入历史深处探究真相，她往往深入名人心灵深处挖掘精髓，在对于历史的叩问和名人的追慕中，表达其社会人生的哲理思考，常常具有振聋发聩发人深省的艺术感染力。

在旁征博引中塑造人物形象，成为该作最为动人心魄之处。周励是一位充满激情追求理想的作家，她不倦寻找勇于探险敢于追求，她寻找她所崇拜的偶像的足迹，她探究诸多偶像的精神内涵，她不仅在实地寻找中寻觅历史遗迹，而且在大量的阅读中完善其心目中的偶像，用其洒脱又形象的笔触，在旁征博引中塑造了诸多人物形象，常常让人动容、发人深省。她勾勒临危授命的太平洋舰队司令尼米兹，金发碧眼、风度翩翩，所向披靡、战功彪炳。她描画带领78 000人向日军缴械身材瘦长的温莱特中将，为了部下的生命不惜牺牲自己的名誉，成为名垂青史的“败将英雄”。她描绘狂野、悲悯、苦难、抗争的凡·高，探寻凡·高人生最后两年的步履，描述他在无情的世界里深情地活着。她描绘头发浓密、眼睛很美、一往情深的凯伦，写出了缠绵悱恻轰动世界的《走出非洲》。她勾勒愈挫愈强风度优雅的腓特烈大帝，一位无任何绯闻向往法国文化的“哲学国王”，他有西塞罗的辩才、普利尼的敦厚、阿姬雷巴的智慧。她描述酷爱读书、性情宽仁的叶卡捷琳娜二世，在她的努力下俄国成为一个真正的帝国。她勾勒“法兰西思想之父”伏尔泰的形象，蓬松鬈曲的头发、睿智深邃的目光，他的名字代表一个时代。她勾勒风姿绰约、倾国倾城的蓬巴杜夫人，成为艺术家、哲学家、作家的保护女神。她描述气宇轩昂、豪爽幽默的丘吉尔，在厄运不断中坚强冷静、永不屈服、宠辱不惊。周励以读万卷书、行万里路的姿态在寻找与探险的路途上，她以对于精神偶像的崇拜与追寻，鼓舞自己的人生与追求、面对自身的病痛与困苦，她在旁征博引中塑造的人物形象，也成为鼓舞读者面对坎坷、征服苦难的精神力量。

周励的新作《亲吻世界》，拓展了文化散文的创作天地，其以寻找的意识探究历史，以考证的精神寻觅本真，以史家的执拗还原事实，这些都溢出了普通的游记、初级的探险笔记和一般的纪实文学，给予当代文化散文创作以启迪。当然，作为一部带有回忆性质的散文集，也并非十全十美，篇章之间的叙事结构方式有雷同之处；回忆性文本，有时缺乏现时的热气腾腾的新鲜感；用词用语中常常直抒胸臆的感叹过多，但是总体上瑕不掩瑜。

周励是一位充满激情和理想的作家，她始终以青春的激情和宏阔的理想去寻找、去追寻、去探险，她以亲吻世界的方式呈现出她的大爱，她以诅咒战争的姿态表现出她的大憎，她以征服险境的勇气展现出她的大气。她以执拗的探究意识去探寻历史的真相，她以不倦的追慕姿态去追寻名人的足迹，她以勇敢的探险精神去领略极地的美丽。在疫情期间，周励用热血和真情写下的《亲吻世界》，是一部呕心沥血之作，是一部不可多得的生动而厚重、丰富而深刻的散文佳作。

（原载《博览群书》2020年第11期）

杨剑龙，上海师范大学教授、博导，教育部人文社会科学重点研究基地都市文化研究中心主任，兼澳门城市大学特聘教授，香港中文大学客座教授等。

# 周励的文化旅行

张志忠

20世纪90年代初，海外留学生文学乍然兴起，给我们带来传奇惊艳的异域风光和他乡故事，其中最耀眼者非周励的《曼》莫属。时隔近三十年，游子归来，周励将一部厚重新作《亲吻世界》奉献在读者面前，让我不禁欣喜万分，感叹在不算短暂的时光流逝中，周励的文学创作宝刀未老，激情常在。

回想当年，正是改革开放推进深化之际，那些得风气之先走出国门负笈海外的莘莘学子，沐浴了欧风美雨，将他们的亲身经历和所感所闻倾注到笔端，让渴望海外新知的人们兴奋不已。《曼》熔铸了作家深切的生命体验，从为数众多的同类读物中脱颖而出，取得了很大成功。但是，接下来在文学道路上如何前行，则是非常难以拿捏的。在文坛上不乏这样的先例，凝聚了个人充满戏剧性的独特经历和饱满情感，写出最初的轰动性作品之后，其创作状态就难以为继，一鼓作气，再而竭，三而衰。周励却用《亲吻世界》追寻和展现空前丰富的历史空间，再次给我们带来心灵的冲击，实现了文学创作的华丽转身，给写作者带来可贵的启迪。

《亲吻世界》是一个非常独特的命名。在时下，文坛中人有许多都在进行历史散文的写作，而且各有千秋；在年轻读者中，历史题材作品的阅读是一大热点；"穿越""架空"等都是网络作家及影视剧作的重要支柱。古人云，以史为鉴，可以知兴替，今人未必有那么大的抱负，关注历史，可以是一种现实关怀的琵琶别抱，可以是在丰厚的历史积淀中寻找一种接地气的写作题材，也可以是一种海外谈瀛洲的知识趣味。周励自道，何以会倾心于历史探寻，"那就是与生俱来的好奇心，和对一切与物质无关的事物的兴趣。一个人最大的财富，是血液里的激情；是心灵与历史人物的对话；是读万卷书、行走天下的勇气和理想"。周励的历史题材写作是亲证的、在场的、富于饱满激情的。她用激情的燃烧激发出自己的文字，也让她的读者经历着情感的冲击波。无论是二战时期美军的跳岛战役，麦克阿瑟将“卷土重来未可知”演化为活生生的现实，亲率大军胜利大反攻，一雪前耻，还是海明威与《老人与海》中老渔夫桑提亚哥之人物原型的友谊，都栩栩如生地复活在笔端，在和作家和读者进行对话。最令人动容的是周励笔下的切·格瓦拉，出身阿根廷的富裕家庭，就读于医学院学业有成，投身于拉丁美洲解放战争的战场，在古巴战争中功勋卓著，有盖世之功而不居，有位高权重而不恋，组建游击队转战玻利维亚山区，而无论古巴或者玻利维亚，对他来说都是异乡；死后多年才得以安葬在圣克拉拉，墓地的长明火炬下面埋葬的是他被砍去双臂残缺不全的遗体。读至此处，不禁怆然。周励在情感催涌下的案头阅读加不辞劳苦的实地考察，许多时候还是反复多次的实地考察，历史关怀激发的寻疑解难，让周励的作品独标一格，体现出一切历史都是当代史的鲜活与温度。

读万卷书，行万里路，探险精神与广泛阅读为周励的写作提供了丰富的创作资源。《亲吻世界》有着浓郁的书卷气，有着庞大的阅读书目，有着风尘仆仆险象环生的传奇经历。到水城威尼斯游览，作家心心念念的是托马斯·曼的《魂断威尼斯》中的畸情苦恋，在有目共睹的旖旎风光外，对文学巨匠的隐秘心灵有更为深入的体验，还意外地遭遇到21世纪的“泰坦尼克号”沉没灾难，有了更为极端的生命体验。到肯尼亚去观光，《走出非洲》和《乞力马扎罗的雪》常伴身边，自然景观与文学描述交相叠印，而且能够做出自己的思考与回应，使周励成为无数观光客中非常独特的“这一个”。在巴黎踏访曾经关押路易十六的玛丽皇后的监狱，已经是特立独行，阅读和引用玛丽皇后的狱中家书，方显出心灵探索的戛戛独造与惨淡苦心。与此相伴相生的，是蓬勃的生命力和足够的冒险精神。跳入极地冰海中冰泳，或是偶然为之，带着马克·吐温的《攀登拉尔夫堡》去攀登马特洪峰经历险情，则是一次自觉的自我挑战。被二战末期的残酷战争所吸引，孤身造访贝里琉岛已属罕见，不期间邂逅尼米兹海军上将为阵亡士兵撰写的纪念碑文，引发对于战争、牺牲、军人职责、人类命运的宏大思绪，也让读者对于尼米兹将军的敬意油然而生。

《亲吻世界》的情感非常有力度，其精神指向就是对于人类历史的创造者探寻者的热爱和崇拜，彪炳史册的拿破仑、丘吉尔、格瓦拉，文化巨擘伏尔泰、海明威、凡·高和罗曼罗兰，用生命探险南极的斯科特，都是周励寻找和追随的伟人，历史、文化、自然三者兼顾，从中凸显出作家的英雄情结。崇尚英雄，寻找英雄的足迹，呼唤英雄的浩气，是周励独特的写作姿态。追寻历史，焕发灵感，与英灵对话，其实也是发现自我、拓展自我的宝贵契机。《走出非洲》的作者凯恩和她的情感悲剧，路易十六的玛丽王后之生存与死亡，路易十六的临终遗言，玛丽皇后遗书中要求儿子不要为被处死的父母复仇，我是从阅读《亲吻世界》中第一次得知，体会到历史的另一侧面。读《亲吻世界》，不但让我长见识，也看到作家的宏阔胸怀。走进历史的遗迹，吊访前人的行止，不是难事，难的是能够全身心地投入其中，用心灵去寻找和亲吻历史的心灵，以今人的处境去思考生存与死亡之谜，用人类的英雄主义和无限视野去充实自己，提升自己。

（原载《中华读书报》2020年12月2日）

张志忠，首都师范大学文学院教授、博导，中国当代文学研究会副会长、中国新文学学会副会长，茅盾文学奖、鲁迅文学奖评委。

# 左翼海派文学的跨文化抒写：论周励的文学创作

王小平

1949年以后，上海经历了城市文化的重要转型。这一时期，左翼文化逐渐成为城市文化的显在主流，与普通老上海市民文化、知识分子文化共同交织在一起，错综复杂。出生于20世纪50年代、身为南下干部子女的周励，正是在这种浓重的左翼文化氛围中成长起来的。她曾在书中深情地写道："上海，对于我来说，无异是世界东方最梦幻、最美妙无比、最亲和、最魅力不衰的城市。她养育了我，她给予我世界上最宝贵的东西：激情、理想和梦想。"[①]这种"激情、理想和梦想"，在很大程度上与周励童年及少女时代所接受的左翼文化教育有关，它对周励的生活、文学阅读以及日后的写作产生了持久的影响。

## 一

周励出生于上海瑞华公寓，并在这里度过了愉快的童年时光。这座公寓可以看作是1949年后上海城市文化转型的一个缩影，它位于常熟路209号，原名赛华公寓，1949年前是法国人的住宅，住客基本上都是外国人，或者是有钱的资本家，1949年后则成为上海市委机关干部住宅大楼。除了许多身经百战的老干部之外，这里还住着一大批文艺工作者，如彭柏山、吴玖仪、徐景贤、修孟千等人。瑞华公寓不仅是一个物理空间，也是一个特殊的文化空间，有着浓郁的左翼革命氛围。大楼里的小伙伴大都是南下干部子女，据周励回忆，他们成立了红领巾小队，种树、演话剧，

① 周励：《曼哈顿情商——我的美国励志生活实录》，上海文艺出版社2006年版，第43页。

做好人好事等等。而另一方面，这里又充满着浓郁的知识分子气息，许多孩子热爱文艺，成年后也往往追随父辈足迹，从事文艺工作，如周励的童年好友修晓林（后来是上海文艺出版社的资深编辑）等。左翼革命精神与知识分子文化的结合，造就了周励童年特殊的文学阅读环境。据修晓林回忆，幼年时的周励经常到他家看书："童年和少女时代的她，常常是静静地捧着书，就是在我家洒满阳光的窗户边，她看完了《卓亚和舒拉的故事》《古丽雅的道路》《少年鼓手的命运》《青年近卫军》《复活》和普希金的《叶甫盖尼·奥涅金》……"[①]这显示出了时代风气对文学阅读偏好的影响。大量的阅读，使得周励很小就富于理想主义气质，渴望充满激情、献身革命的生活。

家庭环境如此，学校教育亦然。周励所上的幼儿园，是上海市政府机关专门为干部子女所设立的幼儿园，也充满着浓厚的左翼文化气息。周励在学校期间参加了许多活动，如其在自传体小说《曼》中所描述的那样，在市少年宫尽情歌唱《我们是共产主义接班人》，在学校组织的篝火晚会中背诵莱蒙托夫的《白帆》，在晨会上给全校小朋友讲苏联《青年近卫军》的故事，被学校推荐为"艰苦朴素、保持发扬革命传统"的好孩子，等等。这种以革命理想主义教育为主导的成长氛围，给周励留下了深刻的印象，是"乌托邦式的金色童年"[②]，周励将这一段经历写进了自传体小说《曼》，借女主人公之口深情地回忆道："那金色的童年，是人间最美的图画，是我一生中最幸福、最珍贵的日子。从那时起，我血液中就浸透了对自己祖国的由衷热爱。"[③]

在周励少女时代的阅读中，除了左翼文学作品，还有不少政治、历史、文艺理论著作。她在1966、1967年集中阅读了《赫鲁晓夫主义》《斯大林时代》《一元论史观》《法国大革命史》《第三帝国兴亡史》以及别林斯基、车尔尼雪夫斯基等人的著作，甚至《联共（布）党史》等。与此同时，周励还去了一趟延安。"那是1966年，不满十六岁的我与小伙伴们举着一面'长征小队'红旗，坐着运煤货车，忍饥挨饿从上海赴陕西煤城铜川，开始步行"串联"。……出生在上海南下干部家庭的我，十二岁考入上海市少年宫合唱队，童年接待外宾时常唱《让我们荡起双

---

① 修晓林：《文学的生命——我和我的作家朋友》，上海文化出版社2016年版，第326页。

② 周励：《冬日篝火　缅怀老谢》，见龚心瀚：《谢谢老谢：深情怀念谢泉铭》，上海文艺出版社2012年版，第208页。

③ 周励：《曼哈顿的中国女人》，北京出版社1992年版，第96页。

桨》和《延安的灯火》……五十二年前，我哼着这首歌穿越陕北……”延安经历对周励来说是一个巨大的鼓舞，此前自阅读而产生的感受与思考在现实中被进一步熔铸并激发出来。激昂的情绪、斩钉截铁的语气、带有着充满理想主义气质的“少年老成”，这是周励最初文学表达的特点。

在周励身上，对文学的热爱和对社会的责任意识从一开始就是结合在一起的，两者密不可分，这是一个鲜明的特点。周励所喜欢的，往往是那些具有崇高的精神品质、深广的人道主义关怀的文学作品。在结束了漫长的北大荒岁月而回到上海后，周励依然挚爱文学，继续阅读大量俄罗斯经典文学作品，如《安娜·卡列尼娜》《悲惨世界》《复活》等，她沉浸在文学世界中，并常常与朋友一同分享文学阅读和创作的喜悦。在修晓林的回忆中，“那时的她，是一位极其热爱文学、怀有美好文学梦想，苦读名著勤于写作的励志青年”，“我们两人共同将文学圣殿视为精神家园，以写作为生命甘泉，在‘千军万马独木桥’文学路上的艰难坎坷中催生奋进，我对周励的内心，也有更多了解。……我和她在各自单位上班后的业余时间，多少次，相互介绍文学指导老师和文友，互相推荐精品力作，切磋讨论作品精妙之处，彼此交流创作想法和计划。……我们一同参观西方著名油画展，一起听文学讲座和音乐会”。[1]由于姐姐在复旦读书，周励也经常去复旦玩，后来去美国纽约州立大学读书，也是由复旦中文系的贾植芳教授推荐，而她这一时期接触的复旦学生，也成为日后《曼》中裴阳的人物原型。开阔而广泛的阅读和交游，促使周励始终保持着对社会现实的关注、对理想与信念的追求，以及对实现自身价值的强烈渴望，都在周励此一时期的报告文学中有所体现，如发表在《文汇月刊》的《乘着歌声的翅膀——记意大利归来男高音罗巍》《打开国际市场的人们》等。而这种追求和渴望与她童年、青少年时期的左翼理想主义启蒙教育是密切相连的。

## 二

1992年，周励的自传体小说《曼》出版。这部长篇小说以女主人公朱莉的个人生活经历为线索，描绘了一个女性勇于追求自我、探索生命价值实现的过程，时间上长达二十余年，空间上则跨越了上海、北大荒、纽约。小说出版后，在中国大陆掀起了

① 修晓林：《文学的生命——我和我的作家朋友》，上海文化出版社2016年版，第328页。

经久不息的热潮。小说延续了20世纪80年代伤痕小说的抒写方式，譬如，以写实主义的手法对个体苦难遭际进行描绘，致力于刻画主人公的心灵世界与外部环境之间的冲突，以及富于抒情特征的文字风格，等等。这在经历了“伤痕文学”“反思文学”，以及寻根、新历史、新写实等诸种文学思潮的90年代文学语境下来看，整体叙事并未超出80年代伤痕、反思文学的范围，写作技巧也比较简单，却显示出了巨大的感染力。这种感染力，原因之一是提供了一个走出国门的“成功者”的故事，这对于刚刚经历过文化阵痛的社会大众来说，无疑打开了一个新的世界，具有强烈的吸引力。小说除了接续80年代尚未完成的反思，铭记了一代人的精神历程之外，还提供了一种在当时而言较为少见的理解精神与物质关系、理解自身与世界关系的视角。小说中毫不掩饰地对财富的追求曾经引起一些诟病与质疑，但这需要还原至一定的语境下去看。文学的重要品质之一是对人的生命力的充分肯定与张扬。在一个金钱至上的社会中，文学与之抗衡的方式是反思物质给人带来的束缚，反思金钱力量对人性的摧残，从而彰显人的精神自由。但是，周励是从一种对人的欲望（包括金钱）极度压制的社会中走出，人的最基本的物质需要可能都不得不让位于精神的“需求”，物质与精神已经极度分裂。在这种情况下，充分肯定物质财富追求，这本身就是对生命力的释放，是对压抑环境的反抗。周励的《曼》，可以说是给长期以来精神、物质处于双重贫瘠状态的中国人所打的一剂强心针，正如陆士清教授所言，写出了中国人的“精气神”[①]。2009 年，首届“中山杯”华侨文学奖的颁奖词辞指出，这部小说“曾以全新的内容带来强烈的震撼，使人们重新思考生命的价值，使他们意识到一个新的时代的到来。至今，书中所传达的奋斗意识和民族情怀，仍为弥足珍贵的精神财富”。作品中对追求物质财富的描写，既是对人的价值的彰显，同时也是表现人的精神世界在改造物质世界时所具有的强大力量。

此外，小说中最吸引人的、最有感染力的部分，并不是主人公获取了怎样的物质财富，更重要的是她在接踵而至的打击、苦难中依然百折不挠的强大精神信念和苦苦坚持，在生活面前的永不屈服，以及由此所带来的传奇人生经历。尽管小说中对于追求物质财富的描写在很大程度上吸引了大众的注意，满足了大众对经由个人奋斗而获得成功的成功者的好奇与想象，但并非有意迎合的写作，而是以个人经历为蓝本、包含着创痛与血泪的写作。对于这部小说，如果我们只着眼于主人公对

① 陆士清：《开拓　创业　竞争》，载《杨浦文艺》2019年第1期。

物质财富的追求，那无疑是在很大程度上削弱了它的精神价值。作为一部自传体小说，主人公朱莉的身上投射了太多周励自身的生活经历。事实上，对朱莉/周励来说，曼哈顿与北大荒事实上并没有本质的区别，除了地理、文化的差异。相反，它们具有某种共通的属性，即一种有待征服的境遇。北大荒与曼哈顿，都以一种陌生的、带有不容置疑的威压性面目出现在朱莉的生命中，磨砺着她的身心，激发起她的斗志，使她痛苦、沮丧甚至绝望，但却最终被一一征服，成了奋斗者实现自身价值的见证。而促使朱莉在北大荒、在曼哈顿坚持奋斗的动力，与其说是出于物质上的匮乏和改变命运、攫取财富的欲望，不如说，是一种坚强、无畏的理想主义气质。在北大荒时，主人公朱莉“一刻不停地想着保尔·柯察金，想着牛虻，好像只有他们才能给予我一股丹田之气，使我一步一铲地活下去、干下去”。而在纽约街头，她疲惫地靠在大理石雕像旁边休息时，会想起巴金在“激流三部曲”中的序言：“我想到过去的一切，那股不能熄灭的火焰又猛烈地燃烧起来。……这激流永远动荡着，不曾有一个时候停止过……”“一时间，浑身又充满力量，我大踏步地向黑暗中那黑黝黝的地铁入口处走去……”可以说巴金的理想主义信念与左翼文化中的革命激情有着相通之处。事实上，周励在自上海去北大荒之前就曾近距离接触过巴金，巴金深具理想与信念的人格精神，是自幼接受左翼理想主义文化熏染的周励所亲切、熟悉的。

可以看出，在《曼》中，左翼理想主义精神体现为超越与改变现实的顽强意志，无论在北大荒，还是在曼哈顿，这一品质贯穿于整部小说，其精神内核，令读者感动、难忘。周励在小说扉页所写的话——“此书谨献给我的祖国和能在困境中发现自身价值的人”——当非虚言。如果说，小说中有不成熟之处，那主要是由尚属稚嫩的艺术技巧、未经充分沉淀因而显得过于浅露的情感经验所导致，却不能因此而质疑作者的真诚。经由早年文学阅读、师友往来所奠定的左翼理想主义精神气质，既包含着改造世界的愿景，也落实到生活中，成为周励/朱莉改变自身命运、改变现实境遇的强烈渴望与冲动。它支撑着朱莉度过北大荒岁月，也支撑着朱莉在纽约资本主义商业社会中的奋斗。在主人公的生命历程中，始终有着一种战胜、超越现实的强烈渴望，这种渴望赋予她想象力、行动力、意志力、创造力。而这种改变现实的精神力量不仅支撑着主人公自身的成长，也成就了她的文学，对无数读者产生了影响。

## 三

周励写作的第三个阶段，是进入21世纪以后出版的《曼哈顿情商》以及近年来发表的一些散文，其中，旅行及怀人的作品尤为值得关注，这里主要谈旅行写作。周励酷爱旅行，足迹遍及全世界，其纪游文字主要包括两类：一类是叙述寻访历史人物的经历，如《寻找路易十四太阳王》《寻找腓特烈大帝》《寻找俄国女皇叶卡捷琳娜二世》《寻找伏尔泰》《寻找车尔尼雪夫斯基——天堂见面》《寻找亚历山大和拿破仑的足迹——情燃埃及》等。这些作品往往融纪行、抒情与说理为一体，将个人的行旅、对历史遗迹的观感以及对过往历史事件、人物行迹的思考相结合，呈现出开阔、丰厚的时空意识。从这些散文中可以见出，唤起周励共鸣的，往往是那些具有强烈意志力、行动力的伟大帝王及艺术家，这体现了某种英雄主义情结。对此，作者毫不避讳，并引用了杜兰特的话借以说明："每一个人年轻时，都会有很多诸如让生命变得有意义，让生命充满光辉的信念，但随着岁月流逝，这些信念大多在中年冷漠的人生里烟消云散，但于我而言，至少还有一样留存了下来，并和从前一样明亮，一样令我感到充实满足，那就是对英雄毫无顾忌的崇拜。"[①]对英雄的崇拜，无疑是一种生命激情的体现，而这种激情在其另一类文字中也有着充分体现，即户外探险纪行作品。2012年到2018年，周励六次参加南北极探险，登上人迹罕至、险象环生的南纬九十度南极点和北纬九十度北极点，并以自己的探险经历为题材创作了不少文化散文，包括《攀登马特洪峰》《探险，生命绽放的花朵》等。在这些作品中，周励讲述她的探险经历和生命体验，如2014年沿着马克·吐温《攀登拉夫尔堡》所描述的山路进行徒步攀登，瞻仰采尔马特教堂著名的登山者雕塑墓地，感受生命力的无限飞扬。"现在我在大本营与登顶勇士们交谈，看他们笑容灿烂为他们祈祷，就像置身于一部恢宏博大、心旌荡漾的贝多芬《英雄交响曲》之中！"同时也深切缅怀遇难者，赞佩他们的无畏勇气。一个十七岁遇难的男孩，墓志铭上刻着"我选择攀登"。对此，周励写道："这是登山者墓园永远不灭的灵魂，不落的彩虹。"[②]探险本身是对人类自身局限性的挑战，它源自于对世界的好奇和永不止息的探索愿望，以及无穷无尽的生命激情，这在周励的行走、抒写中有着

---

① 周励：《曼哈顿情商——我的美国励志生活实录》，上海文艺出版社2006年版，序第2页。
② 周励：《攀登马特洪峰》，载《上海文学》2018年第2期。

至为真切的表达："我很想看世界行走天下。读万卷书，行万里路。这种对世界的好奇心，想去探索的冲动是在我血液里的。""我感到了生命是瞬间，《生命在高处》，我迷恋上南极、北极和珠峰探险史和探险家传记，开始挑战极限，寻找它们的足迹。"[①]

如果说，在第二个阶段，周励是以物质财富追求的方式去追求个体生命价值的实现，以肯定世俗欲望的方式去体现人的生命力、创造力，那么，在这一时期的写作中，可以见出，她由对物质的创造、征服而进入到更为高远、纯粹的精神领域。在《曼哈顿的中国女人》的封底语中，作者写道："只有奋斗，才能创造出人生的价值和尊严，创造激情和人生的快乐！"而在《曼哈顿情商》中则是："我的最大财富不是一切与物质有关的东西，而是血液中与生俱来的激情。"是激情引领她在贫瘠的生活中振作起来，去追求物质财富与世俗意义上的成功，同样是激情，引领她进入生命更为真纯之境，无论寻访历史人物，还是户外探险，都与现实意义上的成功无关，"是与生俱来的好奇心，和对一切与物质无关的事物的兴趣。……是心灵与历史人物的对话；是读万卷书、行走天下的勇气和理想"[②]。这是理想主义精神的深化。

从闯荡曼哈顿到世界探险，在周励的文学抒写中，始终保有着丰沛的生命激情，体现着超越现实的强烈意志力，正如她的自述："我厌恶灰暗无味的精神生活！我不断地追求着激情的迸发和感情生活的满足。我渴慕友谊，渴慕爱情。"[③]"我有一颗无论在饥寒交迫的年代或是在华丽优雅宴会中同样炽热高昂的心灵——这颗心灵总是在激动沸腾。"[④]而跟周励接触过的人，也都会对她的这种激情与意志留有深刻印象。如修晓林所回忆："周励对什么都有兴趣，都想学。周励顽强学习、知难而进的精神，当时也给我很大感染，给我增添克服各种人生困难的勇气。"而关于激情与意志的来源，还曾经有过这样一次对话："今年夏天，当中国作家协会党组书记金炳华在北京的一次午宴中问我：'周励，请告诉我，你身上的东西、你的激情是从哪里来的？'我立即回答：'童年和阅读。'"[⑤]确实，除了个

---

① 周励：《探险，生命绽放的花朵》，载《新民晚报》2016年8月27日。

② 《用永不停止的热情探索生命——记曼哈顿的中国女人周励》，见上海市美国问题研究所、上海市海外交流协会编：《在美国的上海人》，上海社会科学院出版社2016年版，第153页。

③ 周励：《曼哈顿的中国女人》，北京出版社1992年版，第81页。

④ 周励：《曼哈顿情商——我的美国励志生活实录》，上海文艺出版社2006年版，第13页。

⑤ 周励：《曼哈顿情商——我的美国励志生活实录》，上海文艺出版社2006年版，第14页。

人性情气质因素之外，周励丰沛的生命激情、英雄主义情结与其早年所处的左翼理想主义文化氛围有关。正是这种氛围及其所引发的文学阅读，培养了周励对生命崇高感的向往，对理想主义精神的渴慕和践行，成为其不竭的生命激情的心灵源泉。虽然当年的文化氛围已不再，但对富于理想主义精神的文学的偏好则可能是保持终生的，譬如她的南极探险之旅，正是受到了人类挑战南极点的文学叙事的影响。

从20世纪中叶到21世纪初，尽管时代早已发生巨变，周励也已经远离童年时的左翼文化氛围，但在她的生活、文字中却始终保有着持续不灭的理想主义精神。高唱革命歌曲的小女孩，在北大荒想着保尔·柯察金、想着牛虻的女知青，在纽约街头用巴金的“激流”来激励自己的女勇士，勇敢攀登高峰、跳下冰海的女探险者……这种种形象，都与作者早年的环境、阅读有关。这种理想主义精神也使她与前辈作家息息相通。2018年9月，五十二年后周励再次去延安，她写下了祭奠路遥的文字：“路遥笔下的世界离我最近，他那些带有我熟悉的陕北高原气息的文字让我在内心挣扎中触摸到远方至善至美的幻境。正如路遥所说：我们可以平凡，但绝不能平庸。”“此时此刻，路遥的绝笔之作《早晨从中午开始》里的那句心声正在陪伴着我：‘只有初恋般的热情和宗教般的意志，人才有可能成就某种视野。’”[①]

从这些文字中，依然能够看到那最初的印记。

上海南下干部子女是一个特殊的群体，其中不少人后来从事文艺创作，其作品往往不同于海派文学中常见的普通市民文化记忆抒写，而体现出另一种颇具时代印记的理想主义气质，而这一面尚未得到太多关注。历史风云诡谲，在当下的日常生活中，那些曾经一度赋予人们以激情的理想主义信念，今日是否依然有价值，应以何种方式为人所铭记，予人以启示，值得进一步思考，这或许正是探讨周励文学抒写的意义所在。

（原载《名作欣赏》2020年第19期）

王小平，复旦大学中文系文学博士，上海师范大学副教授。

① 周励：《从纽约到延安——一瓣馨香祭路遥》，载《侨报》2019年5月20日、21日。

# 为永远年轻的生命喝彩

## ——读周励《亲吻世界——曼哈顿手记》

毛祖蓉

在2020年8月的上海书展，见到了周励的新作《亲吻世界》。

初见周励，是在上海市知识青年历史文化研究会的年会上。她曾经是北大荒知青，返城后又赴美洋插队，学业有成、经商获得“财务自由”后，每年向研究会捐赠十万元人民币。

认识周励，是在2019年3月9日。她在圆缘酒家徐家汇店宴请我们《知青老照片——上海知青在云南》影册的编委成员，犒劳我们为此付出的辛劳。令我们十分感动。周励的形象特征十分明显，一双黑眼睛又亮又活，闪烁着年轻人的神采；声音清脆亮丽，年少时曾经是上海市少年宫的歌手，谈至兴起，便张口唱起儿时的歌谣。仅一顿饭的时间，给我留下充满热情和激情的“青春少女”形象。

周励，美籍华人作家，现任纽约美华文学艺术之友联谊会会长。1992年，她的自传体纪实文学《曼》发行了一百六十万册，成为出版界的传奇，并入选“90年代最具影响力文学作品”和“中国百年畅销书”，获得1992年“十月文学奖”。2006年，她的第二部纪实文学《曼哈顿情商》出版。《亲吻世界》是周励“曼哈顿系列”的第三部纪实文学。拜读完这部历史文化大作，令我感到一种心灵的震撼、阅读的精彩和心绪的酣畅！

周励1950年生于上海，属虎。也许从出生起，她的人生之路就有别于一般的女性——天生的无畏气概。作为一位女性，她生活富足后的不懈追求、“自讨苦吃”的探险足迹，创造了女人世界的神话，令人击节叹赏！

2015年夏，作者来到太平洋跳岛战役遗址。在贝里琉战役日军墓园的入口处，发现一块并不引人注目的低矮石碑，从这块被海风侵蚀的青灰色石碑上模糊的英文中，认出太平洋舰队司令切斯特·尼米兹的石刻签名，“从世界各地来这里重温如烟往事的人们，应当被告知：日本官兵在这场战役中是多么勇猛、爱国、顽拼死守贝里硫岛，直到流尽最后一滴血。——太平洋舰队司令尼米兹”。这就是跳岛战役的尼米兹石碑。关于这块石碑的记载，谷歌搜索、华盛顿国会图书馆及美国国家档案馆，都无法找到，却被她——来自纽约的中国女人找到了。

继而，她开始“寻找尼米兹”，来到贝里琉岛帕劳，在“中国游客都不去那里”的地方，浮潜于海底的“战争坟墓”（二战遗址和美日官兵墓地），真是胆大如虎！周励的到来，令当地导游惊叹：“你是我见到的第一位中国女性。”

2013年，作者曾在北纬八十一度斯瓦尔巴群岛零度北冰洋冰泳。2016年7月，她又来到北极点冰泳，其间为找回飘走的泳帽（环保要求），竟成了全船十几位跳水者中冰泳时间最长的（在北冰洋零下一点五摄氏度浸泡十分钟即足以丧命），而且是唯一跳海的中国人——中国女人！

2017年感恩节后，作者从纽约抵达智利最南端的麦哲伦海峡沿岸的蓬塔阿雷纳斯，签署了“生死状”后换乘小飞机往南极点（2008年、2013年，南极点曾发生过两次小飞机因飓风坠落的机毁人亡事件）。

作者在阿尔卑斯山，独自从海拔2583米的旅店出发，攀登至海拔3260米的马特洪峰大本营。向上攀爬六小时，下撤五小时，来回徒步十二小时，其间还错入无人攀爬之道后再折回。一路上，不少好心人力劝她坐免费救援飞机下山，她仍坚持攀爬。当她千辛万苦抵达赫恩利小屋（马特洪峰大本营）时，瑞士经理对她大为赞道：“你是我知道的第一位来赫恩利小屋的中国女子！”（中国曾有两位登山家攀登过马特洪峰之巅）时年，这位“中国女子”已经六十六岁。

2010年作者坐飞机航拍西藏。但她并不满足这些经历，她要用身体和脚步去接触珠穆朗玛女神山。2016年9月29日，作者终于抵达珠峰大本营。2019年11月再次穿越西藏。三进青藏高，环行7537公里，包括珠峰大本营、日喀则、林芝、唐古拉山、格尔木、青海湖、香格里拉。书中记载，作者先后去过四次南极，三次北极，两次马特洪峰（一次攀登、一次飞越），两次珠峰（一次巅顶航拍、一次攀登珠峰大本营）。2017年底，又实现多年梦想来到南极点。2020年9月，作者在疫情期间从纽约回到祖国，刚结束十四天的隔离，就再次进藏到拉萨，在布达拉宫广场“打坐”，与布达拉宫“对话”几个小时，并雇人拉着氧气瓶再度攀登珠峰。

周励并非“钢铁之躯”。2006年，第一次进藏，就因严重“高反”而返。2010年，她曾肺部动过大手术，在尚未完全康复时，又多次刷新探险记录。

她为何要去探险？甚至置生死于度外？在书中，我读到了她曾发表的北极点感言：“为什么要去北极点？与生俱来的好奇心？对一切与物质无关的事物充满兴趣？也许，一个人最大的财富，是血液里创新的激情；是心灵与历史人物的对话；是读万卷书，行走天下的勇气与理想。”

周励的曼哈顿系列丛书，详尽展现了她的精神追求轨迹和成就。《曼》是她个人奋斗道路的纪实，成为“留学生文学”的经典之作。至《曼哈顿情商》，她的视野已经从纽约向世界的深处扩展。今天，她在全世界疫情蔓延的至暗时刻，将《亲吻世界》奉献给了读者，是为了“探究其历史真相、呼吁人类与世界和平的人们！……以史为镜、以史为鉴，在纷乱的世界里呼唤理性”。这三本书，可看作周励人生跨越的三个台阶，而《亲吻世界》是她思想境界达到新高点的代表作，是对自我的超越。

周励从曾经的“小我”，走入一个世界的大舞台，以满腔的热情、激情和豪情，用智慧、执着和胆识，创造了女性世界的神话。她的神话故事，我们无法模仿，然而她对历史孜孜矻矻的探究、对英雄人物身体力行的膜拜，以及凝练成的“中国女人”豪情，却是值得我们敬佩和学习的。

执着地追求和不断地分析，是走向成功的双翼。

周励多年来热衷于研究二战史，一直在地球的经纬线上纵横穿梭，跑遍了欧洲战场和太平洋战场，足迹遍及一百三十多个国家。她不仅用双脚丈量世界，更能从历史、地理、人类、旅游、科学、文学多维度的眼光，展示特定形态下的历史人物和地理风貌。作者在跳岛战役实地考察中，作了对二战历史及战争硝烟中人性与狼性的深入解读。她寻找尼米兹、对尼米兹情有独钟，是敬佩尼米兹具有“在败者面前，王者的谦虚、对失去生命的悲悯与对军事专业领域勇猛同行的敬佩，都放射着人格与教养的魅力光芒！”她在欧洲、美洲、非洲各地追寻凡·高、海明威、凯伦、丘吉尔、叶卡捷琳娜女皇、腓特烈大帝、路易十四、拿破仑、伏尔泰、罗曼·罗兰等艺术家、文学家、政治家、哲学家的足迹，表现出她的文史感怀与独特洞见。

她每次探险出游，都带上有关书籍，边游边学边查，随身携带照相机、电脑，获取存入资料。2012年，恰逢“泰坦尼克号”冰海沉船一百周年，作者从纽约来到威尼斯，登上了开往地中海的意大利豪华游轮“哥诗达协和号”，却没料到遭遇了现代版的“泰坦尼克号”悲剧。幸运脱险后，她还惦记着电脑里宝贵的资料，欲重返游轮（被制止）。

复旦大学历史系金光耀教授高度评说：“感叹此书只有作家、历史学家和探险家三位一体方能写出。”

《亲吻世界》由“被遗忘的炼狱：跳岛战役探险录”“亲吻世界：镌刻在心灵岩洞上的壁画”“燃情三极：南极点、北极点、珠峰逐梦”三个部分组成，二十八篇，三十八万字，集信息、知识和智慧于一体，堪称是一本内容丰富的历史文化大散文，展现了周励纵横文史的斐然才气。阅读中，犹如跟着作者享受一场旅行学习的饕餮盛宴。

跟上周励，为周励——“中国女人”永远年轻的生命，击掌、喝彩！

（原载公众号“上海三联书店”2020年12月2日）

毛祖蓉，上海知青作家。在《解放日报》《新民晚报》发表多篇文章。著有散文集《情满青山》《青山情未了》。

# 燃烧的激情和真切的体验

## ——读周励《亲吻世界——曼哈顿手记》

修晓林

许久没有如此动人心魄、惊叹不已、经久难忘的阅读快感了：全球视野，题材丰富，刚性叙述，柔性思考，追昔抚今，深沉叩问。时而读到书中“荡开一笔”、有感而发的精辟议论，又不禁令我击节赞叹。

周励的这本新著，不仅给读者以巨大信息量的历史文化知识，更是充分体现了一位当代女作家的特殊旅程、特殊思考和特殊文笔。

本书的开篇，是周励二战系列散文“被遗忘的炼狱：跳岛战役探险录”。作者先后踏上广袤太平洋的这些岛屿，寻访战争遗迹，“怀着震惊与感伤，我像考古学家一样仔细发掘历史上或有或无的实物和事件，为的是探讨战争原貌中的人性和狼性，有时是人性和狼性的转换，解开鏖战杀戮背后不为人知的隐秘”。其后是汇集作者游历世界各地的散文，其中《凡·高的眼泪》《惊魂“歌诗达协和号”》《冰雪烈焰肯尼亚》《古巴奥德赛》等，均为作者在新型冠状病毒肺炎疫情期间所写。我们可以通过作者包含情感的爽利文笔，得以深入了解对世界历史进程和传统文化产生重要影响、如雷贯耳名人的特殊情感和多舛命运，由此获得拨动心弦的精神启示。再就是作者特立独行、与众不同的探险经历。这十几年，周励游历世界一百三十多个国家，先后去了四次南极，三次北极，两次马特洪峰，两次珠峰大本营，行程数十万里，用脚步亲吻世界，用心灵解读历史。她要切身体验诸如荣耀与哀情、胜利与死亡的悲壮篇章。“也许一个人最大的财富，是血液里流淌的激情，是读万卷书行走天下的勇气。”“梦想促使你付诸行动。”周励如是说。

阅读本书，能够强烈感受到，作者用她的那颗敏感、善良、悲悯的心灵，细腻又深情地感受她的所有见闻。许多介绍历史人物和风景名胜的纪录片，基本是客观冷静的旁观介绍，而周励奉献给我们的，无论是宏观的眼光还是细微的观察，或是互联网都难以查阅终究的珍贵史料，加之她的精到感想与评说，堪比一部令人浮想联翩、惊喜连连、开卷有益的周励版优秀纪录片。2010年，周励依依不舍地站在埃及金字塔的巨石上，向远方的尼罗河作感恩祈祷，“我突然张开双臂，像拥抱情人一样拥抱这四千五百年的巨石，用干燥的红唇吻了一下被阳光晒得滚烫的、金黄色的岩石”。这是心灵的宣泄和释放！2015年夏天，周励仔细观察帕劳贝里琉岛激战遗址的石碑，“我的大脑顿时风暴呼啸，血液仿佛凝冻，继而重新沸腾，为什么？心中宛如太平洋浪潮翻滚，尼米兹的形象刻入了我的脑海，从此不忘”。这是心灵的贴近与激动！2017年，瑞士马特洪峰，当周励站在被救援直升机轰隆巨响包围，笼罩着确定的勇气和不确定安全的赫恩利小屋露台，四周都是不惧死亡的马特洪峰登顶英雄，好似一股洪流令自己热血沸腾：“为他们祈祷，看他们笑容灿烂，就像置身于一部恢弘博大、心旌荡漾的贝多芬《英雄交响曲》之中！”这是心灵的呼唤和热望！

逐篇细读这本多彩又厚重的《亲吻世界》，还能强烈感受到周励最为看重的，或冷僻沉寂或极远极险且是危机四伏、与众不同的旅行现场感（有说旅行和旅游虽是一字之差，却有着截然不同的文化内涵与获得感）。对周励来说，必定是只有到达常人不曾想到或者难以抵达的地方，才能获得沁入心扉、还原真实的历史文化质感，这是只有属于自身的独特人文感受。“我不会满足于纸上谈兵。这种实地探究带有浓郁的冒险色彩和兴奋美感。”2012年，周励的南极之旅，在她的书中记录道：“丽日高照，海冰璀璨如宝石与翡翠。每座由雪花积压而成的冰川形成，需要几万年时间，但崩塌只需要几秒钟，震天巨响中，冰川瞬间倒塌，伴着水汽顿时化作一道彩虹，演绎着地球暖和冰融，让我们在观赏中倒抽一口冷气！”这是只有在现场才能获取的强烈感觉。2015年，周励开始寻访探索跳岛之旅，她浮潜海底“二战博物馆”，“我们像撒珍珠一样跳入大海，戴着呼吸面罩浮潜在群山围绕的日本海军舰艇、飞机、坦克残骸四周，担心一不小心触碰到神风特攻队的骸骨堆！我脊背发凉，深感战争的惨烈和凄凉！”这是只有身临其境才能得到的心灵体验。2016年，周励在贝加尔湖拜谒特鲁别茨科卡娅公爵夫人墓地，“那里的一湖秋水诉说着哀婉感人的历史，在矿井小屋，我捧起沉重的黑色镣铐，好像还能闻见十二月党人和车尔尼雪夫斯基那久远的体汗”。这是只有亲临现场才会油然而生的切实体会。对于许多人来说，“虽不能至，但心向往之”是一种常态心情，但是对周励来说，她是一定要到达那个早已心向往之的地方，实地观看、抚摸、感受，只有如此，才能获得“奇、绝、险、美”的心灵震撼，她说：“因为我们探秘的是更为深奥美妙的思想宫殿！”

早在20世纪80年代，周励就欣赏崇拜丘吉尔的文学才能，说这位英国首相“是一位擅长撰写非虚构文学的一代文豪，他的写作善于将文学与史学相结合，以自己的亲身经历及家族历史为素材，用斐然的文采将历史事件演绎得栩栩如生”。我觉得现在的周励，已经基本达到了当初她所向往仰慕的文学创作境界和成就。

读罢《亲吻世界》，我不由抚书感慨：我国伟大的改革开放时代，造就了多少科学技术、经济建设的人间奇迹，也成就了多少像周励这样的奋斗者的探索梦想！

（原载《知青》2021年第1期）

修晓林，上海文艺出版社编审，中国作家协会会员，上海市文艺评论家协会会员。

# 周励精品《冰雪烈焰肯尼亚：寻找凯伦》

陈瑞琳

窗外是2021年的1月，开了一点小缝，清冷的风立刻吹进来，脑子忽然清醒，想起2020年，记忆最深刻的一部书就是周励写的《亲吻世界》。

翻开《亲吻世界》，感觉是经历一场又一场血与火的洗礼，书里面尽是历史的刀口，蓝光闪闪，尸横遍野，但也由此进入到人类文明的隧道。随着文字走进去，黑暗与光明并存，冷酷与温暖交织，俨然就是一场侠肝义胆的世纪穿越。周励时而站在空中俯瞰，时而在密林中跋涉，她的文字挟雷带电，空谷中嘶鸣，令每一个思考者心灵震撼。

知道周励的名字是1992年，一部《曼哈顿的中国女人》发行了一百六十万册，入选“90年代最具影响力文学作品”和“百年畅销书”，成为出版界的传奇。在那个特定的时代，这部自传体长篇小说给了多少年轻的学子实现新梦想的勇气，也为海外的中国人，尤其是来自大陆的中国新移民，开辟了一条走向新世界的探索之路。这部新移民文学的开山之作，小说的思想精髓，除了浴火重生的胆量和智慧，更在于书中引用的尼克松先生的那句话：“自由的精髓在于我们每一个人都参加决定了自己的命运！”

2006年，上海文艺出版社推出了周励的第二部纪实文学力作《曼哈顿情商》，她的视野已经从纽约向世界的深处扩展。我立刻有了一种预感，这位十八岁下乡、二十一岁上大学、二十八岁返城做医生、三十五岁赴美留学、三十七岁赤手空拳在美国创业经商的中国女人，正在酝酿着一场新的思想风暴。

2020年，三联出版社独具慧眼，在历史的风云之际推出了《亲吻世界》这样一部当今文坛横贯中西的文化大散文，意味着此时此刻，我们更需要了解世界，了解历史。早在2016年5月，北京大学陈平原教授在一次学术讲座中指出：从周励等近现代作家的创作，可以感受到现代中国文人“开眼看世界”之于中国的多重意义。

这些年，“开眼看世界”的周励一直在地球的经纬线上纵横穿梭，足迹遍及一百三十多个国家，她四次去南极，三次去北极，甚至跳入北冰洋零下一点五度的水中。在珠穆朗玛峰，她登上大本营，在阿尔卑斯山，她乘滑翔伞横穿马特洪峰，在菲律宾，她奔向战争岛，在法兰克福，她在歌德故居怀想，在古城西安，她独自北上寻找路遥的墓……我忽然想起在泰国的清迈，就要告别，周励却转头说：“我要去看桂河大桥，一个人去！”她说这话的时候坚定不移，那神情俨然就是一个出征的战士。

总以为男性才喜欢研究战争，但是周励的文字，完全打破了这样的印象，她对二战时美军跳岛战役的探索和描绘，让无数须眉为之惊叹和着迷。让我感动的是，她总是用自己的身体去触摸这个世界，触摸血肉模糊的历史。与此同时，她总是拼命地阅读世界经典，记得在南极考察站的深夜，她趴在帐篷里阅读有关南极的探险史料。她有一句话：“今天，所有我们俯瞰的一切，都因为我们是站在巨人的肩膀上。”

真的很难想象，为了追寻太平洋战争遗址和尼米兹、麦克·亚瑟的足迹，周励竟然跑遍了贝里琉岛战役、塞班岛战役、天宁岛战役、关岛战役、菲律宾吕宋岛和科雷吉多岛战役遗址，甚至浮潜在海底寻觅战争的坟墓。站在曾经血肉横飞的战场，她的耳畔是残酷的厮杀，如烟的往事悲壮又悲痛。在“遗忘的炼狱：跳岛战役探险录”中，最令人泪湿的细节是，当年的美军旗手之一雷内·加农，战后将战场的一块石头送给敌人的遗孀时，残酷的战争顿时带来了感人的温情……读此，深感周励对二战的循迹反思已经远远超越了文学。

在《亲吻世界》这部书中，让我特别动容的还有周励对人性的理解和开掘。她写《凡·高的眼泪》，痛彻心扉，让无数人流泪。她爱凡·高的艺术，但是更珍惜凡·高作为人的存在。她对凡·高之死质疑，她要追寻历史的真相，她走在凡·高最后的死亡路上，推测凡·高是被雷内枪杀而导致死亡，善良的凡·高自称是自杀而宽恕了欺负他的人。她也痛心疾首地指出奥维尔公墓其实是凡·高的假墓地，却没有人去查证。她痛斥了这个唯利是图的世界，把自己的爱和尊敬献给了这位饱经苦难的画家。我在文后为她留言：“周励的文字揭穿了人类其实从来没有珍爱过凡·高，只是爱他的盛名、爱他画作的价值连城。凡·高是人间最可怜的艺术家，一生被周遭嫌弃，被母亲，被同行，甚至被妓女，连碗牛肉汤都喝不到！他的痛苦只能以绚烂的绘画来安慰，来补偿。他饱蘸着黄连，却画出了太阳，他的眼泪至今无人能懂！”

最难忘2020年2月16日，一早打开微信，立刻看到了周励发出的《冰雪烈焰肯尼亚》，一时特别激动，因为我想起了那部常常萦绕的电影《走出非洲》，那是一部关于爱情、关于命运的伟大作品，凯伦就是《走出非洲》的作者！

我在朋友圈给周励留言：很多年前，看《走出非洲》《乞力马扎罗山上的雪》，好想去看肯尼亚，今日读你的新作，真是写出了非洲的灵魂，也写出了人性的解脱！所谓的“走出非洲”，就是走出我们每一个人曾经的芳草和沼泽，最后再望一下那乞力马扎罗山上死去的豹子，跟他说一声“再见”！

在周励的笔下，我们知道了凯伦十岁时父亲自杀，二十九岁嫁给一个喜好寻花问柳的瑞典男爵，她染上梅毒后离婚。四十一岁陷入热恋，四十六岁时她的情人丹尼斯爱上比自己小十九岁的闺蜜帕丽尔·马卡姆，继而坠机离世。失去了婚姻、情人、农场、金钱、精神依托和一切的一切，凯伦黯然回乡丹麦。在无尽的寂寞与绝望中，文学是她终生亲密的忠实伴侣，她在五十二岁出版了自传体小说《走出非洲》，缠绵悱恻，扣人心弦，轰动世界。凯伦最终走出了非洲，走出了痛苦。

周励深情地描述了那座美丽的肯尼亚山，它是《走出非洲》故事的发生地。“远眺这座仅次于乞力马扎罗山的非洲第二高峰，海拔5199米的雪峰若隐若现，这里是地球奇景之一赤道积雪的所在地，冰雪烈焰，奇异经典。”就在这赤道积雪下，演绎了世界上最绮丽的爱情。

文中有这样的精彩记录：1954年海明威在诺贝尔文学奖获奖答词中说：“这项奖应授予美丽的凯伦·布里克森女士！”谈起帕丽尔·马卡姆的《夜航西飞》，如日中天的海明威却写道：“你读了帕丽尔的那本书没有？我在非洲认识她，她除了会开飞机文章还写得极好，我自愧不如！”

海明威的第三位妻子、美国著名战地女记者玛莎·盖尔霍恩在《夜航西飞》的序言写道：“《走出非洲》像口井一般深邃，而《夜航西飞》就如同当年欧洲的地平线一样宽广，这两本书都是写给非洲的情书。”

在周励的心里，“凯伦，一个鹅黄色鸡蛋花般纯美的女子，这样的生命姿态，像沉重的叹息，更像英勇的火炬”。《走出非洲》是一首与厄运搏斗浴火重生的女人史诗，凯伦已成为非洲的呼唤，世界各地的人们来到这里，寻找属于自己的心灵家园和精神宫殿。

最难忘凯伦·布里克森在她的书中写道：“虽然破产了，情人也死了，但是‘除了爱，你什么都不拥有。’”人世间最美的是爱，这种爱是以自由为前提，只要遇见，只要拥有，生命便从此无憾。回忆丹尼斯爱凯伦的五年岁月，虽然只有五年，却如此美好，如此惊世骇俗。在这片神奇的土地上，生命不会永恒，但那承载着爱的文学却能永恒。

好喜欢凯伦的文字，她这样写非洲的高原：

> 天空的颜色几乎不是浅蓝，便是紫罗兰。云朵大团大团地簇拥着，如薄纱般轻盈，变幻莫测，不断地在空中氤氲、弥漫、缭绕。蔚蓝的天空生机勃勃，将近处的山脉与丛林都涂上了鲜亮沉郁的蓝色。正午的天空活跃万分，时而像喷薄而出的滚滚岩浆，时而像静静流动的潺潺碧水——如果你生活在非洲高原，那么，早晨一睁眼你就会感慨：呵，幸好我栖身于此，这个我最应驻足的地方。

周励则用了同样的激情，写出了凯伦柔情万种的情怀与草原般宽阔的胸怀：

> 好难忘，凯伦听着留声机播放的音乐，苦苦等候心上人再度光临。独奏单簧管静静的旋律加深她心中的孤寂和失望。飞行在一大片火烈鸟群上空的近景，音乐主题一泻千里，淋漓尽致地抒发凯伦心中饱涨的澎湃激情。
>
> 现在，鹅黄色的鸡蛋花满树开放，成群结队长颈鹿迎面而来，繁星如梦，篝火燃烧，那时候丹尼斯躺在她的腿上听故事，草地唱机放着莫扎特，柔情以后是背叛。她宁可记住柔情，记住他的好。在书中她对丹尼斯没有丝毫指责。

掩卷长叹，当今世界写游记的作家很多，但是能够站在历史的高度、思想的高度、文化的高度，写出人类的过去、今天和未来的作家却非常少。周励的《亲吻世界》，是俯瞰世界的一个思想性的探索文集，它的意义早已超越了游记，而是对人类文明的重新认识、反省和展望。

除了时空的广度、思想的深度，《亲吻世界》的价值还在它文字的激情和热度，作者对这个世界充满激情的探索，这种来自生命的情感力量也是很少有人具备的，她那奋不顾身的勤奋和实践，才能将寰球的风云纳入笔底的波澜。

感慨周励，用强大的生命节奏激发着我们每个人内心的渴望，在动荡不安的世界中勇敢地发出对人类理性的呼唤，寻找着人类关于爱的真谛。

（原载公众号“瑞琳读书”2021年1月29日）

陈瑞琳，美国华裔作家、评论家。曾任国际新移民华文作家笔会会长，现任北美中文作家协会副会长，兼任国内多所大学特聘教授。

# 周励：“曼哈顿的中国女人”激情“亲吻世界”

**周描坤　石　钢**

2021年元旦刚过，我在朋友圈看到旅美作家周励在三亚湾海滩的照片，精神抖擞，神采飞扬，还看到洛杉矶华文作家协会会长北奥的配诗：“你阔步从大海中走来，浪花击打出你的风采，远山衬托你的脊梁，蓝天辉映你的承载，脸上是自信的笑容，脚下是轻盈的澎湃，我们这一代不老，我们这一代豪迈！”

看着“本家小姐姐”熟悉的身影，我不由回忆起两年前北京的秋天，那是最美的季节。那天早晨，我带着旅居纽约的华裔作家、《曼》的作者周励，旅居洛杉矶的华裔作家、《伤痕》作者卢新华等朋友一行七人，从长安街北京饭店出发，驱车前往京郊龙泉峪野长城，柿子红了，甜得醉人，处处是殷红与金黄的璀璨秋叶，未经雕琢的长城之断垣砖石，绵延于崇山峻岭之中，秋阳下我们兴致盎然，激情燃烧，攀登！

此时我发现周励的膝关节有问题，攀爬很痛苦，一问才知道她几个月前因外伤双膝盖骨折，半月板撕裂，但她对野长城的好奇与激情让她忘却了伤痛，“不到长城非好汉，爬！”她和我们一起攀登、徒步一千余米，下山时夕阳斜射，如梦如幻，我们在野长城留下了珍贵合影。

2020年又是十月金秋，周励因上海市外办邀请，从美国回沪参加上海书展她的新著《亲吻世界》发布会和研讨会，上海研讨会结束后又来北京开会，时隔两年我们再次相聚北京。

## 一、从《曼哈顿的中国女人》到《亲吻世界——曼哈顿手记》

我眼前是一部内容厚重的书，书名看似温婉，但只要翻开，就会感觉到烈焰燃烧，火花飞溅。二十八篇文化历史散文，展现出一位不懈追求的思想者那勇敢探索的足迹，以及她纵横文史的斐然才气。

1985年，时年三十五岁的周励怀揣着四十美元，离开上海，踏上了赴纽约自费留学之路。她先是经复旦大学中文系主任贾植芳先生推荐，被纽约州立大学录取研读比较文学硕士学位，后来改读MBA商业管理，继而创业经商。根据自己从北大荒到曼哈顿的经历写成自传体小说——《曼》，一经出版便荣登1992年中国畅销书榜首，发行一百六十万册，获得“十月文学奖”，也激励了当年摩拳擦掌投入改革开放的无数中国人，著名学者董鼎山评论：“《曼》展现了一个时代，亦影响了一代人。”

继2006年上海文艺出版社推出周励的第二部纪实文学作品《曼哈顿情商》，周励的视野已经从纽约向世界的深处扩展，如今，她的“曼哈顿系列”之三《亲吻世界》，全书字里行间如晨钟暮鼓撞击着读者的心扉，文字挟雷带电，令每一个思考者心灵震撼，空山峡谷中回荡着八个大字：以史为镜，以史为鉴！

《亲吻世界》无疑是当今文坛难得的一部横贯中西的文化大散文。尤其在2020年这样的风云变幻之年推出。此时此刻，人们比任何时候都需要了解世界，了解历史。早在2016年5月9日，北大陈平原教授在广东省一所大学的学术讲座题目是“吟到中华以外天——现代中国文人的域外书写”。他以王韬、黄遵宪、梁启超、朱自清、徐志摩、萧乾、瞿秋白、周励等文人的域外书写为例进行分析，指出了现代中国文人“开眼看世界”之于中国的多重意义。

复旦大学历史系金光耀教授这样评价：“一气读完《亲吻世界——曼哈顿手记》，感叹此书只有作家、历史学家和探险家三位一体方能写出。其中蕴含对生命的悲悯之怀、敬畏之心令人动容。”

在复旦大学教授陈思和眼中，周励是一位传奇式人物，不仅是一位作家，也是历史学家和探险家。陈思和说，“周励的文字颠覆了那种期待：旅游将会带来食色、猎奇、惊险等令人愉快的享受；我们阅读周励的文章需要有足够精神准备，准备承受那种心灵的冲击，它逼迫我们重新穿越时间隧道，再去体验一场场地狱般的血与火的生死考验。这种冲击来自人类的理性精神，周励的《亲吻世界》是世界华文文学的新标杆”。

华东师范大学教授沈志华对周励书中提供的新鲜史学内容表示了赞许：“比如二战史甚至军事方面的研究著作都很少提到的贝里琉岛战役，历史文学的笔法也比干巴巴的学术论文更吸引人，周励找到的尼米兹石碑令作历史研究的人也很惊讶。”

“周励这一次又是比大多数人做得都更好，好过专业历史学者。如果说《曼哈顿的中国女人》是一部成功的自传体小说的话，《亲吻世界》则会是一部纪实性的史诗作品。”复旦大学教授李天纲说。

北大荒知青、原上海市委常委、副市长周禹鹏在分享活动中说：她到过黑土地，我也下乡到过黑土地。我跟她认识以后，为我们黑土地上出这样的大才女而自豪。我也到过南极，退休了之后去的，很多人都说很不容易到南极。可是她，跑到南纬九十度的南极点，罕见的勇气。这本书是很特别的书，首先它成型的时候是特别时候——疫情，在这么一个特殊时期，她居然写出这么一本书。这本书看了以后，她的视野之开阔，她的历史感之厚重，她的价值观之普世，以及斐然的文采都令人印象深刻，这本书将在世界华人文学史上成为一个里程碑式的作品。

2020年10月20日，记者在中国现代文学馆参加了由中国现代文学馆、首都师范大学中国女性文化研究中心联合举办的旅美作家周励的新作《亲吻世界》研讨会。中国作家协会副主席陈建功，清华大学文学院历史系教授秦晖，中国社科院历史研究所研究员雷颐，中国社科院文学研究所研究员黎湘萍，首都师范大学文学院教授张志忠，北京师范大学文学院教授沈庆利，首都师范大学文学院中国女性文化研究中心主任艾尤、世界华文作家联盟秘书长白舒荣等参加了此次氛围热烈的会议。

在活动现场，陈建功表示，自己有着与周励在书中所传达出的一样的感受，每个民族的文化，都是人类文化多样性的一部分，每一类文明，无论东方、西方，都为人类的文明进程树立了功勋。从这个角度来看，陈建功认为，在疫情肆虐人心浮动的当下，周励展示了开放时代中国人视野的开阔与情感的高贵。

## 二、跨越国界与时空的田野调查

2020年8月回到祖国，经历十四天隔离期的周励十分感慨：“回想我在纽约从白天写到黑夜，直到晨曦微露、霞光万丈，阳台下的公园大道空空荡荡，有时是救护车鸣笛而过，有时是弗洛伊德事件引发的暴乱和示威队伍穿行。门卫担心示威队伍会冲入大楼抢劫，就在这样的环境下，我一边见证动乱的纽约夏天，一边写作，有时是含着眼泪写。”

“二十八年前《曼哈顿的中国女人》是为了献给我的祖国和能够在困境中发现自身价值的人们，今天发布的新书《亲吻世界》则要献给向往抵达世界各地并探究其历史真相、致力于维护世界和平的人们。”

《亲吻世界》的第一部分是二战历史散文系列，主要根据近年来周励对跳岛战役进行的实地考察而写。

周励激情四射地介绍：“这部分说是探险，因为时而浮潜海底‘战争坟墓’，时而须雇直升机或单人小飞机飞往小岛，浓雾大风与突降暴雨都带来心理挑战，是名副其实的历险记。我先后踏上了贝里琉岛、塞班岛、天宁岛、关岛、冲绳岛、科雷吉多岛、吕宋岛巴丹死亡行军等太平洋战争遗址，怀着震惊与感伤，我像考古学家一样仔细发掘历史上或有或无记载的实物与事件，并去华盛顿海军陆战队硫磺岛战役博物馆和美国国家档案馆考证核查，为的是探讨战争原貌中的人性及狼性，有时甚至是人性至狼性的转换，解开鏖战杀戮背后不为人知的隐秘。”

周励回忆说：“我还有幸在南极认识了至今保持十五次珠峰登顶世界纪录的戴夫·哈恩，他是受BBC委托，1999年在珠峰8170米处找到失踪七十五年的马洛里遗体的美国探险队骨干之一。我们成为好友，在联合冰川大帐篷的熊熊炉火前促膝倾谈。2017年底我实现多年梦想来到南极点，在最静谧纯净、宛若梦境的地球尽头与帝企鹅亲密接触；2016年在广袤无垠的北极点，北极熊带着两只可爱的小熊宝贝向我们的核动力冰船走来。因为地球暖化，帝企鹅和北极熊都面临困境。所有这些极地时光与燃情时刻，都写入了《亲吻世界》的第三部分‘珠峰逐梦：寻找马洛里’中。”

## 三、以永恒的热情探索南北极

当冰水瞬间覆盖头顶之时，她感到浑身就像被冰碴儿包围箍压，疼痛刺骨。在北冰洋零下一点五度浸泡十分钟就足以丧命，周励却还是向前方游了一些。结果成了全船十几位跳水者冰泳时间最长的一个。

“那是一种超越人体极限的体验，冰寒彻骨，死神扼喉，在白色浮冰环绕中游泳，真正感受到那些探险先驱在极地冰寒中活活冻死的瞬间。”回忆起在北纬九十度挑战北冰洋跳水冰泳的感受，周励依然是激情澎湃。

2016年7月初，周励乘坐俄罗斯“五十年胜利号”核动力破冰船驶往北极点，这是她近年来第四次前往南北极探险。为什么要去极地？用周励自己的话来说：“那就是与生俱来的好奇心，和对一切与物质无关的事物的兴趣。一个人最大的财富，是血液里的激情；是心灵与历史人物的对话；是读万卷书、行走天下的勇气和理想。”

新中国成立初期，周励出生在上海，家中排行老二。父亲曾是新四军战士，母亲在抗战时期担任地方青年妇救会长。周励在童年就爱上了看书。谈及小时候看的书籍，她回忆起了《卓娅和舒拉的故事》《钢铁是怎样炼成的》《古丽雅的道路》《安娜·卡列尼娜》《悲惨世界》《复活》和一些名人传记。大量的阅读扩大了她的眼界和思维，周励说：“我觉得我的乐观、积极向上很大程度上也是受了长期阅读的影响。”

1969年5月，那正是春风桃李灿若火的季节，这个十八岁的上海女孩乘坐了三天三夜火车来到克山县黑龙江生产建设兵团的一个连队，周励很快与知青们投入到农田反复单调的艰苦劳作之中。“我一刻不停地想着保尔·柯察金，想着牛虻，好像只有他们才能给予我一股丹田之气，使我一步一铲地活下去、干下去。”在《曼》一书中，周励如此写道。

她记得某一天放猪的时候，在一张包糠的报纸上读到了时任美国总统尼克松就职演说的誓词，一句话一下子震撼了她的心灵：自由的精髓在于我们每一个人都能参加决定自己的命运——“当时我感到我的血液沸腾了，在荒山野岭我看到了希望，我知道我的将来一定在前方那个明亮的地方”。

由于周励在兵团基层表现优秀，于是在1972年被选送到医学院上大学，毕业回到兵团之后，成了师部医院的内科医生，在这个美丽却又荒凉的地方她奉献了整整十年的青春。

在旅美生涯的三十五年中，她走遍了全世界一百三十多个国家，她四次探险南极、三次探险北极，包括人迹罕至的南极点和北极点，并且三次登上“雪龙号”科考船，与中国南极科考队员和中国极地研究中心结下了深厚的友情，作为纽约美华文学艺术之友联谊会会长，周励在《解放日报》《文汇报》《美国侨报》等报刊发表了二十多篇极地探险和南极科考队跟踪报道，还在《中国作家》发表了根据第一手调查写的电影文学剧本《南极大救援》。

“有时候想一想，在浩瀚的宇宙太空，地球真的就像是一颗蓝宝石，它的南北两极被冰雪覆盖，一百多年来，欧美探险家为揭开两极未知的面纱付出了惨重的代价。现在，探寻那些英雄的足迹成了我的梦想。”周励说。

在上海作家协会的新书研讨会上，中国极地研究中心原主任、国际北极科考委员会中国首席代表杨惠根博士说，周励老师是“第一位真正站在南极进行人类极致探索的人文学者”。

从《亲吻世界》可以看到，2012年12月，周励踏上了第一次极地行。那年恰逢英国罗伯特·斯科特探险队抵达南极点遇难一百周年；2016年2月春节是她第二次南极行朝圣沙克尔顿墓地。这次是1916年沙克尔顿探险队冰海求生、史诗救援一百周年。2013年她和朋友们第一次去北极圈斯瓦尔巴岛，正是挪威探险家、首次抵达南极点的罗纳德·阿蒙森发现北极西北航道一百一十周年；2016年初夏，她再次前往北极点，正逢著名探险家南森于1896年乘“弗雷姆”号首次横跨北冰洋航行一百二十周年。2017年她前往南极点，恰逢阿蒙森-斯科特南极点科考站成立六十周年。

“每次的旅行都是在和历史人物对话。都是在亲吻世界，拥抱世界。”周励兴奋地说：“我的每次南、北极之旅都会与雪龙号对话，中国科考队员为国家战略不惜冒着个人生命危险，我对他们充满敬佩！”

（原载《中华英才》2021年第2期）

周描坤，《中华英才》副主编；石钢，《中华英才》编辑、摄影师。

# 世界华文文学中二战题材的新开拓
## ——评周励的新著《亲吻世界——曼哈顿手记》兼论其他

钱　虹

最早认识美籍华文女作家周励及其作品，是在20世纪90年代初期，笔者刚涉足中国大陆以外的海外华文文学研究领域不久。她以自己两手空空在美国如何创业成功，以及在北大荒挥洒青春的成长经历为蓝本的自传体小说《曼》，甫一出版，风靡一时，成为如同知名报人董鼎山先生所说“展现了一个时代，亦影响了一个时代，影响了一代人”的畅销书，彼时那灼灼热度，似可与20世纪六七十年代于梨华那部被誉为“留学生必读之书”的《又见棕榈，又见棕榈》相媲美。

## 一、“曼哈顿三部曲”：从自传体小说到纪实文学

然而，此后她并未趁热打铁，再续辉煌。周励似乎祭起了海明威所言“一个人一生中写一本好书就够了”之大旗，搁下了手中的笔，“很长时间以来我一直不想再写书了”。她的理由是，虽然“作家天生的灵性总像海水般地冲击着我，我每天却要把大量时间花在进出口贸易上。我收到了千百份中国读者的来信，许多人询问我是否有新作品诞生，让我怎么回答呢”？然而真实的内心告白是：“苦难已经写光了。在《曼哈顿的中国女人》一书中全部写光了。我相信缺乏苦难的作品难以打动人心。我喜欢含着眼泪感动地写作。……既然缺乏苦难岁月，那么我还有资格写我的第二本书吗？——这是我十几年没有出书的主要原因。”[①]直到2006年8月，

① 周励：《曼哈顿情商——我的美国励志生活实录》，上海文艺出版社2006年版，第10—11页。

她的第二本书《曼哈顿情商》才姗姗来迟地在上海书展上亮相。如果说，《曼》贯穿着周励从青葱岁月到成熟时代的生命印记的话，那么，《曼哈顿情商》则成了她以一双求知若渴的眼睛打量世界、游历各地的“万花筒”，此时她俨然已成为具有众多头衔的“杂家”：女商人，社会活动家，旅行家，文学、艺术、电影、摄影、博物馆、考古、历史学，甚至宗教学研究的爱好者……正如她自己所言：“我有一颗无论在饥寒交迫的年代或是在华丽优雅宴会中同样炽热高昂的心灵——这颗心灵总是在激动沸腾。在北大荒大草甸放猪时，我靠幻想和背诵诗歌生活；到了美国，靠理想和闯劲打入美国上流时尚界；游览世界时，到了俄罗斯，我就想当冬宫博物馆或是彼得堡罗要塞的研究员，到了法国又渴望做法国近代史研究员，几次去埃及迷上了古埃及史及考古学，更不想走了……无论在意大利、埃及，还是在敦煌、西藏，或是在印度甚至非洲等均是如此。我常常疑惑：人人都像我这么充满‘冲动’吗？”[①]如此众多的“爱好”和盎然的“兴趣”，掺杂在一本书中，虽然丰盛却难免显得有些芜杂。当然，她在游历世界时积聚着创作的能量，有待新的迸发。

迸发的这一天终于来到了。2020年上半年，一场突如其来的新型冠状病毒肺炎疫情在全球肆虐，许多人都是在猝不及防中被困在了家中。周励也被困在纽约家中。此后，从午夜至黎明，她奋笔疾书，写下了一篇篇燃烧着激情和血性的滚烫文字。8月中旬由上海三联书店推出了她厚达453页的新著《亲吻世界》。《亲吻世界》无疑是周励“曼哈顿三部曲”中最让读者血脉偾张、心灵为之震颤的一部。作者采用了纪实性报告文学的手法，从文体上来说，类似散文，却又是文学、哲学与历史学互相交织的一部史诗；从内容上而言，既是探险实录，却也是生命、热情与信念互相辉映的一部交响曲。全书分为三部分：第一部分“被遗忘的炼狱：跳岛战役探险录”为作者寻访第二次世界大战太平洋战区遗迹进行实地考察的系列散文；第二部分“亲吻世界：镌刻在心灵岩洞上的壁画”收录了作者在世界各国各地游览的旅行纪实；第三部分“燃情三极：南极点、北极点、珠峰逐梦”，是作者四赴南极、三抵北极、两攀两越瑞士马特洪峰和西藏珠峰的探险实录。仅看这三部分简介，就不能不让人对作者如同火焰般的生命活力与探险精神所折服。

---

① 周励：《曼哈顿情商——我的美国励志生活实录》，上海文艺出版社2006年版，第13页。

## 二、二战文学：从《麦坚利堡》到“被遗忘的炼狱”

这三部分系列散文中，第一部分“被遗忘的炼狱：跳岛战役探险录”的系列作品，无疑是全书中最值得大书一笔、富有血性的一部战争反思录。自《荷马史诗》中有关特洛伊战争的描述问世以来，生命、死亡、战争、爱情就成了世界文学中的四大永恒主题。20世纪发生的两次世界大战，尤其是开辟了东、西两大战场的第二次世界大战，为世界战争文学经典作品的确立提供了广阔的历史舞台，如肖洛霍夫的《一个人的遭遇》、雷马克的《西线无战事》和《凯旋门》、冯尼格特的《第五号屠场》、海明威的《丧钟为谁而鸣》和《永别了，武器》、沃克的《战争与回忆》、海勒的《第二十二条军规》以及瓦西里耶夫的《这里的黎明静悄悄》、拉斯普京《活下去，并要记住》等，这些有关二战的战争文学经典，向人们展示了战争带给世界和平、生灵与人类以猝不及防的苦难、杀戮、血腥、死亡与巨大的杀伤力和破坏力，及其难以复原的战争创伤后遗症，成为世界人民反对战争、希冀永久和平的文学教科书。

对于普通中国读者而言，有关第二次世界大战欧洲战场由发动到结束的认知，主要来源于1960年问世的美国记者、历史学家威廉·夏伊勒的历史纪实作品《第三帝国的兴亡》，其中以大量秘密文件、私人日记、发言记录及电话录音等为依据，记述了希特勒法西斯纳粹“第三帝国”从兴起到覆灭的十二年零四个月的全过程。[①]该书出版后于翌年获得美国国家图书奖。2008年，在“阅读中国三十年”中的“三十年三十本书”文史类读物评选中该书仅次于《万历十五年》而名列亚军。其入选理由是：“在那个时代，这本书突然呈现了一段新鲜而难忘的历史，它所引起的我们的伤痛，至今难以平息，难得的是，译笔很好。”[②]英国著名历史学家阿诺德·汤因比在阐述如何观察和表现历史时指出，可以采取三种不同的方法：第一种是考核和记录“事实”的历史学的方法；第二种是比较个别史实以阐明一般“法则”的社会学的方法；第三种“是通过‘虚构’的形式把那些事实来一次艺术的再创造”[③]，即文学的方法。如果说《第三帝国的兴亡》主要采取的是第一种“考核

---

① 威廉·夏伊勒：《第三帝国的兴亡》，该书中译本由董乐山翻译，最早在20世纪60年代至70年代作为内部参考书，1979年中译本由世界知识出版社正式出版发行。

② 《30年30本书：回望三十年的阅读潮汐》，载《新京报》2008年12月18日。

③ 汤因比：《历史研究》（上册），曹未风译，上海人民出版社1986年版，第54页。

和记录‘事实’的历史学的方法”的方法，那么大多数中国读者对于1941年底由珍珠港事件引发的太平洋战争的认知，则主要来自第三种文学的方法所产生的一首诗，这便是台湾诗人罗门的《麦坚利堡》。麦坚利堡位于菲律宾城郊，此地埋葬着七万名在二战中太平洋地区阵亡的美军士兵的骸骨，并矗立着分别刻着他们名字的七万座白色大理石十字架墓碑，肃穆，静谧。如今却成为一处风景优美的观光景点。“战争坐在此哭谁？/它的笑声　曾使七万个灵魂陷落在比睡眠还深的地带/太阳已冷　星月已冷　太平洋的浪被炮火煮开也都冷了/史密斯　威廉斯　烟花节光荣伸不出手来接你们回家/你们的名字运回故乡　比入冬的海水还冷/在死亡的喧噪里　你们的无救　上帝的手呢/血把伟大的纪念冲洗了出来/战争都哭了　伟大它为什么不笑/七万多十字花　围成园　排成林　绕成百合的村/在风中不动　在雨里也不动/沉默给马尼拉海湾看　苍白给游客们的照相机看……”[①]这首后来获奖无数的描写太平洋战争的悼亡诗，全然没有英雄主义的胜利豪情，甚至也没有人道主义的唏嘘怜悯，惊心动魄的题材处理得冷静、冷峻、冷漠、冷眼旁观，甚至不无黑色幽默式的揶揄与嘲谑，诗人意在通过今昔对比（牺牲将士亡灵的墓园与今日“沉默”的旅游景点的强烈反差）达到引人警醒、震撼、忧思的反讽效果，正如此诗起首石破天惊的那句“超过伟大的/是人类对伟大已感到茫然”。然而，这七万美军将士，当年究竟是如何在太平洋战争中如何“捐躯”的，诗中没有说。

周励的新著《亲吻世界》则给了让我们心灵悸动与震颤的详尽答案，其将生命、死亡、战争这三大世界文学的永恒主题纳入笔端，并以激越的文字、清晰的图片和甄别后的史料、文献等，将太平洋战争尤其是跳岛战役的全景，呈现在读者面前，凸显出战争对于人类（包括交战的敌我双方）的杀戮行为的非理性、反人道及其无比惨痛的历史教训。

## 三、让人血脉偾张的“燃烧的太平洋”

首先，“被遗忘的炼狱：跳岛战役探险录”中的关于太平洋战争的系列作品，让我们看到了尊重历史的理性精神与文学的感性书写相互融合与渗透，即阿诺德·汤

---

① 罗门：《麦坚利堡》，见流沙河编著：《台湾诗人十二家》，重庆出版社1983年版，第224—225页。

因比所说的观察和表现历史时把考核和记录“事实”的历史学的方法与“把那些事实来一次艺术的再创造”的文学的方法”相结合。很难想象，一个年逾六旬的华人女作家，为了让冷冰冰的太平洋战争的史实变得鲜活可信，她竟采取类似“田野调查”的研究方法，从浮潜在风光旖旎的帕劳海底“二战坟墓”，实地观看当年被击沉的日本军舰遗骸开始，几年中竟然跑遍贝里琉岛、塞班岛、天宁岛、关岛、莱特湾、吕宋岛、科雷吉多岛、冲绳岛等太平洋战争中著名的跳岛战役遗址，以及在美国海军陆战队国家博物馆、阿灵顿国家公墓、美国国家档案馆等反复查询、核对与太平洋战争相关的史料、照片、报道、录像，硬是使自己从“二战迷”成了“二战通”。这样的战地遗址考察和探险，并非仅凭一腔热情就能轻而易举地做到，还需要敢于冒险的巨大勇气和一往无前的坚强意志，正如她所言：“说是探险，因为时而浮潜海底‘战争坟墓’，时而须雇直升机或单人小飞机飞往小岛，浓雾大风与突降暴雨都带来心理挑战，是名副其实的历险记。……怀着震惊与感伤，我像考古学家一样仔细发掘历史上或有或无记载的实物与事件，并去华盛顿美国海军陆战队硫磺岛战役博物馆和美国国家档案馆考证核查，为的是探讨战争原貌中的人性及狼性，有时甚至是人性至狼性的转换，解开鏖战杀戮背后不为人知的隐秘。”[①]于是，我们在周励笔下看到了她所进行的这种战争遗址的实地调查和体验，需要具备怎样的心理素质：“在帕劳海底二战遗址原生‘博物馆’潜水让我脊背发凉，担心一个不小心触碰到日本‘神风特攻队’飞行员的骸骨堆！心儿战栗、胆大如虎的我穿梭在一堆堆庞大锈蚀、鱼儿出没的战机、坦克、舰艇残骸之间，深感战争的惨烈与凄凉。”[②]

除了去跳岛战役遗址“田野调查”外，周励还夜以继日地查阅、研究二战史料，她成了华盛顿美国国家档案馆、美国海军陆战队国家博物馆等处的常客。为了给大都已阵亡的硫磺岛美军“升旗手”辩诬，她在美国国家博物馆内，对当年战地记者拍摄的《硫磺岛插上星条旗》原始照片反复对比，仔细观看档案馆保存的战地录像与照片，为每一位硫磺岛“插旗手”的名字及其跌宕起伏的人生命运做出了反复甄别与正确判断：“我对媒体轻易使用不恭之词把两位出生入死参与硫磺岛升旗行动的老兵诬称为‘冒充者’，并以此制造轰动新闻而感到气愤不安：……媒体人为了商业目的诋毁嘲讽升旗的前辈们，和平生活了七十年的他们全然不了解战争的

① 周励：《亲吻世界——曼哈顿手记》，上海三联书店2020年版，自序第2页。
② 周励：《亲吻世界——曼哈顿手记》，上海三联书店2020年版，第10—11页。

残酷。”[①]可以说，这是一部20世纪40年代使人类付出惨痛死亡代价的太平洋战争血肉丰满的鲜活历史。

其次，“被遗忘的炼狱：跳岛战役探险录”多处体现了作者对跳岛战役史料的发掘与对典型人物形象的评价相互印证。《燃烧的太平洋》写作者在帕劳贝里琉岛上发现了被海水包围的一块墓碑，毫不引人注意的青灰色石碑上竟刻着当年太平洋舰队司令、五星上将切斯特·尼米兹的题词与签名，碑上刻的是对战败者的勇猛顽强精神的尊重与敬畏，而这块石碑竟从不为人所知：“他做了古今中外功勋卓著的将帅们都没有做的一件事，而这件事，在世界上似乎只有我这个来自纽约的中国女人注意到了——五年来我翻遍了谷歌搜索、华盛顿国会图书馆及美国国家档案馆，都无法找到有关这块石碑的任何记载：这是一个约21英寸宽、14英寸高、被海风侵蚀的青灰色沧桑石碑，上面嵌刻着因年代久远变得模糊不清的文字——犹如拿破仑军官在埃及战场发现的罗塞塔石碑——它突然出现在我的面前，在贝里琉战役日军墓园的入口！”[②]这样活生生的珍贵二战史料的发现，还有谁能说作者寻找跳岛战役遗址仅仅是凭一己的探险兴趣？尤其是她随之对刻在石碑上的尼米兹题词的解读：“在败者面前，王者的谦虚、对失去生命的悲悯与对军事专业领域勇猛同行的敬佩，都放射着人格与教养的魅力光芒！”[③]

## 四、解开鏖战杀戮背后不为人知的隐秘

这是世界战争文学中从未有过的发现与描写，即胜利者对战败者勇猛的战斗精神的尊敬与赞赏。面对一战、二战造成的战争创伤，海明威的《永别了，武器》描写厌战的亨利上尉目睹战争的种种残酷景象而脱离部队后带着未婚妻凯瑟琳逃亡瑞士；冯尼格特的《第五号屠场》描写盟军为泄愤而将上万吨炮弹倾泻于德国历史文化名城德累斯顿，这座不设防的城市顿时血肉横飞，陈尸遍野，因而诅咒“战争是个屠宰场”；约瑟夫·海勒的《第二十二条军规》中描写这条军规本身就是一个极度荒谬的怪圈，士兵们只要陷入其中就像被判了缓期死刑的囚犯一样在无边无形

① 周励：《亲吻世界——曼哈顿手记》，上海三联书店2020年版，第67页。
② 周励：《亲吻世界——曼哈顿手记》，上海三联书店2020年版，第5页。
③ 周励：《亲吻世界——曼哈顿手记》，上海三联书店2020年版，第5—6页。

的战争绞肉机中绞来绞去……这些反战文学中早已没有了对战争书写的任何崇敬之语，别说英雄主义的激情，就连人道主义的哀怨也显得苍白无力，剩下的只有黑色幽默。《亲吻世界》的作者虽然在书中愤怒地引用了巴顿将军的名言“诅咒你，狗娘养的战争！”却在描写战争的非理性的残酷与杀戮的同时，客观地写出了敌方具有军事才能的指挥官并非大草包，假如“以为日本人都是没脑袋的莽夫”那就大错特错了，如“海上骑士”尼米兹对于日方威名远扬的“军神”东乡平八郎将军“留下了深刻印象，特别对其在日俄对马海战中的舰队‘U’形变向与‘T’形阵式追击作战模式赞叹不已。”[①]书中还有多处提到中途岛战役的美军老对手南云中一将军、拼命死守塞班岛造成登陆美军大量伤亡的斋藤义次将军、被称为“是个聪明的混蛋”的关岛日本守军最高指挥官小畑英良将军、驻守硫磺岛的日军总指挥栗林忠道将军（他曾在美国哈佛大学研习美国军事并出任过驻美、加使馆武官），甚至还有年轻时曾被美国权贵圈女孩视为“白马王子”，战争快结束前被任命为日军驻守硫磺岛第九师团第二十六战车联队指挥官的前奥运马术冠军西竹一男爵等，无一不是战场上令对手胆寒的铁血战将，他们最后或是战死沙场，或是自杀殉职，给太平洋战争抹上了一层悲怆、悲惨、悲哀而又令人细思极恐的浓浓血腥味。作者让我们看到，血流成河的战场上不仅有枪林弹雨的敌我厮杀，还有对交战敌手的敬佩与礼葬：斋藤义次率领日军残部在塞班岛向登陆美军发动自杀式“万岁冲锋”，十五个小时的白刃战，“这如人间炼狱般的战役和疯狂的万岁冲锋，让美军受到极大震撼……斋藤自己在7日傍晚被榴霰弹击伤后切腹，以副官开枪爆头的方式介错。”令人不可思议的是，作者写道：对于这个冥顽不化、死不投降的敌酋，死后竟“被美军指挥官、号称美国两栖作战之父的霍兰德·史密斯（Holland Smith）厚葬在塞班岛。我简直不敢相信眼前的照片：一大群美军围着一个覆盖着日本太阳旗的棺材，氛围肃穆。”[②]这就是作者展示给读者的鏖战杀戮背后不为人知的隐秘，太平洋战争的真相。

当然，战争毕竟还是有正义与非正义之别。作为美籍华人、“跳岛”战役的研究者，作者对太平洋战争中的美军指挥者海军五星上将尼米兹、陆军五星上将麦克阿瑟、盟军最高司令艾森豪威尔、五星上将马歇尔、陆军上将温莱特等人在太平洋

① 周励：《亲吻世界——曼哈顿手记》，上海三联书店2020年版，第7页。

② 周励：《亲吻世界——曼哈顿手记》，上海三联书店2020年版，第40页。

战争中表现出来的英勇善战或英雄气概的崇敬与钦佩之情溢于言表。她写道：1945年9月2日，在接受日本无条件投降的美军密苏里战列舰上，太平洋战争的主帅麦克阿瑟与尼米兹“高大帅气的两人一起雄赳赳走向主会场，真爱死他们了！尼米兹相比麦克阿瑟绝对是一位更专业的军事家，但麦克阿瑟更具有政治魅力，举手投足、面庞轮廓与英武气质皆可与好莱坞大牌明星媲美。”[①]但作者对于他们的人性弱点、指挥失误甚至是人生污点也并不讳言，例如1944年指挥盟军在诺曼底登陆成功的艾森豪威尔将军，在二战期间竟与英国籍女司机凯瑟琳·萨默斯比产生了婚外恋情，甚至战争刚结束就写信给马歇尔将军说想回美国与妻子办离婚手续，然而马歇尔将军回信严厉地拒绝并痛斥，才使他痛斩情缘。战后他击败了他曾经的上司麦克阿瑟，1953年当选为美国第三十四任总统。作为太平洋战争中的盟军最高指挥官，麦克阿瑟也有不光彩的一面：当年他曾经是菲律宾战场的“败将”，在日军凌厉攻势下被日军打得一败涂地，为了美国的面子，他乘坐罗斯福总统派来接他与妻子儿子的潜艇逃离菲律宾，由温莱特将军接替他的职位。作者写道：“作为菲律宾的‘太上皇’，在日军强势进逼下丢下几百万官兵独自撤往澳大利亚，实在是个没面子的事情，我对接过‘死亡摊子’的温莱特将军充满敬意，也更理解了为何麦克阿瑟在太平洋战争的三年时间里昼思夜想，要打回菲律宾报仇雪耻，解救关押在吕宋岛的3700名美军官兵！”[②]

作者对二战英雄人物的敬佩中褒贬分明。她在书中特别褒扬了温莱特这位二战中名垂青史的“败将英雄”。1942年5月，弹尽粮绝的温莱特将军率领驻菲律宾78 000美菲官兵向日军缴械，继而开始震惊世界的巴丹死亡行军，最后仅剩八分之一战俘活着回家。温莱特作为军衔最高的战俘，被俘后被送至中国吉林奉天战俘营，在日军俘虏营受尽折磨，外号“皮包骨”。1945年8月18日获释，并于9月2日赶至东京湾参加密苏里号战列舰接受日军投降的受降仪式。作者写道，“这位被日军折磨得奄奄一息的败将感谢麦克阿瑟让他在日军面前扬眉吐气。美国有一条军规：被俘虏后哪怕你对着电视咒骂美国，只要活着回来，你依然会受到热烈欢迎”[③]。他回到美国后，受到了英雄凯旋般的盛大礼遇，华盛顿举行阅兵式接受他的检阅，礼炮齐

① 周励：《亲吻世界——曼哈顿手记》，上海三联书店2020年版，第33页。
② 周励：《亲吻世界——曼哈顿手记》，上海三联书店2020年版，第33页。
③ 周励：《亲吻世界——曼哈顿手记》，上海三联书店2020年版，第30页。

鸣，马歇尔将军对他说：“你是英雄，你为了部下的生命不惜牺牲自己的名誉。”杜鲁门总统对他说：“感谢你拯救了美国数万大兵！”并在白宫亲自为他授勋晋级为四星上将（原为中将），彻底洗清了他向日军投降的耻辱。但多年战俘营的折磨损害了温莱特的健康，他于1953年去世，人们为他写了一本传记《巴丹英雄》。

作者在《远逝的英魂》中还写到由于麦克阿瑟在战争中的错误决策导致大批美国士兵牺牲的时候，作者冷冷地添上一句：“现在，麦克阿瑟终于回来了。但是，一将功成万骨枯。”她列举了美军伞兵在十天飞夺磐石重回菲律宾科雷吉多岛（战争岛）令人触目惊心的伤亡数字，“雪耻的日子，变为战争岛之殇”[①]。另外，对于像深受军国主义毒害，被狭隘的民粹主义和复仇主义“洗脑”而参与太平洋战争的日军将士及其死亡，作者也并未简单化地做出评价，而是以大量令人心惊胆战的“玉碎”行为：“自杀式”攻击、剖腹自杀、集体跳崖、绑着石头走向海洋深处等，都是被“效忠天皇”而“洗脑、打鸡血，抱团战死，至高无上，这些都让加了毒素的樱花美学在极端军国主义的氛围中熊熊燃烧，在跳岛战役中处处可见”！而“令人担忧的是，目前极端民族主义在多个国家都有抬头，那是危害世界和平带致命毒素的樱花！历史不容重演”[②]。

## 五、“疫情之下，珍珠港是一面镜子吗？”

书写历史，还原历史，当然并非像抗战时期郭沫若创作以战国为题材的多部历史剧那样“先欲制今而后借鉴于古”及“据今推古”，更重要的并且引人深思远虑的是现实世界与历史语境的互相映照。《亲吻世界》开篇之作《燃烧的太平洋》，写作时间是在今年的复活节。2020年是一个危机重重的非凡的年头。新型冠状肺炎病毒疫情肆无忌惮地在世界各国无孔不入，令人防不胜防。复活节，大洋彼岸的美国四艘“尼米兹级”核动力航空母舰“罗斯福号”“罗纳德·里根号”“卡尔·文森号”和“尼米兹号”均出现了新型冠状病毒肺炎确诊病例，其中“罗斯福”号官兵感染高达六百人，一名水兵不幸在关岛医院罹难。一个0.1微米的诡异病毒，居然成为压垮巨型军舰的一根稻草，而“罗斯福号”停靠在关岛海军基地。这里

---

① 周励：《亲吻世界——曼哈顿手记》，上海三联书店2020年版，第101页。
② 周励：《亲吻世界——曼哈顿手记》，上海三联书店2020年版，第22页。

正是作者所熟悉的跳岛战役遗址之一。于是作者联想起所居住的“纽约已有十二万人感染，一万余人罹难，医院的走廊摆满了包裹着橘色尸袋的罹难者遗体，形同炼狱”。现实中的“炼狱”正是启示作者记录历史、反思历史的原动力所在：“我想起七十五年前的另一座人间炼狱——跳岛战役血腥惨烈的战场，开始书写‘被遗忘的炼狱：跳岛战役探险录’的第一篇，谨以此文纪念反法西斯战争胜利七十五周年…… 在疫情大蔓延的至暗时刻，让我们记住尼米兹的名言：‘信心是黑暗中的灯塔。’”①

所以，作者写这本书，并非只是单纯地描述历史、揭示隐秘，而是集历史学家、哲学家与作家于一身，还原真相、铭记历史，是为了以史为镜，以史为鉴，希冀早日打赢人类与新型冠状肺炎病毒之间的惨烈战争，还人间以和平安宁的清新世界！还有什么比全人类共同携起手来，打败肆虐全球、至今已夺走人类近一百六十多万条鲜活生命的新型冠状肺炎病毒更紧迫的吗？正如作者发问：“疫情之下，珍珠港是一面镜子吗？”

我们的回答：“是的。以史为镜，以史为鉴。”

（原载《南方文坛》2021年第2期）

钱虹，文学博士，中国作家协会会员。历任华东师范大学副教授、同济大学教授，现为浙江越秀外国语学院教授，兼中国世界华文文学学会副监事长等。

---

① 周励：《亲吻世界——曼哈顿手记》，上海三联书店2020年版，第4页。

# 用脚丈量历史，用心探索未知

高　鸿

画家凡·高曾经给弟弟提奥的信里写道："每个人心中都有一团火，路过的人只看到烟。"这是海外华人女作家周励为纪念凡·高逝世一百三十年而作的《凡·高的眼泪》中所引用的一句话。在我看来生命与艺术的火焰，一直在作家周励心中燃烧。

在海外华语文坛，周励既是知名作家、商务精英，又是探险家和文化旅人。在她1992年的成名作《曼》中，我们就可以感受到她对世界和生命探索的热情。

二十八年后的今天，周励的新著《亲吻世界》又给读者带来了厚重的阅读感受，正如陈思和教授在序言中所说的，这不是一本世界文化旅行指南，周励的文字颠覆了惯常旅行散文对食色、猎奇、惊险的愉悦感受，充满着穿透历史迷雾的理性精神，给读者以极大心灵冲击。

作者把全书的第一部分定位为"战役"探险，第三部分的南极、北极和攀登喜马拉雅，可以理解为自然探险。由此，第二部分也可以看成是历史文化探险，而我则更愿意把这样三部分看成是一个"三度空间"的整体，它是由反思战争的深度、历史文化追踪的广度和挑战自我的高度构架而成的一个"三度空间"。我在其中——无论是对当年战役的追述与描绘，还是对历史文化名人的追寻，或是亲历的极地探险的描写，看到的都是从《曼》就开始的，对生命和艺术的价值思考的延续，这种延续在视野上更恢弘，在思考上更深入，读来有震撼之感。

## 一、寻找惨烈的战争遗迹，是为了不能忘却的记忆

作者采用小说笔法，追述"战役探险"，读来有惊心动魄之感。当她在太平洋

的贝里琉战役日军墓园的入口处，在满是日文的墓碑中，发现一块低矮的石碑刻有模模糊糊的英文，她敏锐地感到一丝异样，她仔细甄别，发现是美国太平洋舰队司令尼米兹的签名时，她像是当上了福尔摩斯那样激动。“当我认出切斯特·尼米兹的石刻签名时，立刻热血沸腾了，这石头一定记载着非同寻常的历史事件！”

那块不起眼的石碑已被世界遗忘多年，那上面的文字在当下愈显得不同寻常：一个战胜者对于战败者的军人勇气表示敬意。看到这样的文字，作者被一种情绪撞击，“我的大脑中，顿时风暴呼啸，血液仿佛凝冻，继而重新沸腾”。因为她对照不远处的美军墓地上，除了迎风飘扬的美国国旗和牺牲者编队的铜牌外，却看不到任何题词。她认为这表现出在残酷的战争中，尼米兹所散发的人性光辉和对生命的悲悯。由此，她认为尼米兹所感动，她开始寻找尼米兹在太平洋战场的遗迹。

在战役探险的这一部分，周励以脚步丈量战争历史遗迹，揭示追踪战争历史的要义。她对跳岛——一系列战役的实地探访，展现的正是一个作家的历史眼光和人类命运的关注。

在《史诗般的血染战旗》一文中，她通过查找资料，发现硫磺岛战役未被讲述的隐秘。她呼应朋友们的期待：“我们希望你多写些战争中的人与人性！无论美军还是日军，这才是我们最感兴趣的。”作者回答说：“这是本文的重心。”我说，这也是本文的重心之一。

## 二、只有与艺术心心相通的人，才能发现使瞬间变成了永恒艺术的真谛

在2020年上半年重大疫情期间，通过对以往田野调查式的实地走访的素材的把握，她完成《凡·高的眼泪》的写作。19世纪荷兰画家凡·高生命中的最后时光在读者眼里“复盘”了，读来令人动容却也唏嘘不已。

作者通过对凡·高创作一系列绚烂夺目的向日葵画作背景的描绘和分析，将向日葵象征着浓缩了生命和艺术的象征。我们仿佛看到了凡·高对保罗·高更无比期待的情感。“金黄色是凡·高快乐与心境的象征，而嫩绿色生机勃勃的花茎叶瓣则迸发着凡·高的生命激情。”周励说。

在寻找凡·高的遗体的墓地的过程中，作家不是利用悬念戏说画家的隐秘的历史，

而是通过探究艺术家的生命尊严。因此凡·高的画作《向日葵》不只是经过时间洗礼沉淀下来的色彩的瑰宝，而是生命激情绽放的绚烂时刻，是生命向艺术致敬的美丽杰作。

于是，1987年在伦敦以3.5亿人民币拍出的《向日葵》，1990年以8250万美金拍出的《加歇医生的肖像》，在我们眼前就不再只是金钱，而是百年前的生命与艺术沉积的价值。

作者从凡·高的画中、凡·高和弟弟提奥的通信中看到满脸忧伤的凡·高告诉人们："人类所有的痛苦和屈辱，都可转化为生命的火焰与动力。"她亲自用脚丈量传说中奥维尔小镇的乌鸦麦田中弹后的凡·高走回拉沃尔客栈——当年凡·高客居的地方的路线，计算着凡·高受枪击后走回拉沃尔客栈的不可能性。她发现这个被凡·高自己认定的枪杀地点，并非真实的枪杀之地，而是另有其地。受难的凡·高如基督般用自己的死宽恕了他的邻人恶少雷内兄弟。周励以田野调查的实证精神和行动，重新描绘凡·高之死，揭示了凡·高一生的伟大，他用爱创造了永恒的艺术。

每次旅行，周励都做了旅行阅读的充分准备，她的旅行显示了她自己独特的阅读轨迹。她每次旅行总是携带着她旅行目的地中的相关书籍和音乐电影，去与她心仪的作家和艺术家"约会"。

在探访凡·高最后时光里，她长时间研究了两部凡·高的传记，从两部传记的缝隙中发现凡·高与弟弟提奥并排的坟冢是衣冠冢；她带着托马斯·曼的小说和电影《魂断威尼斯》去到威尼斯，沿着电影中的主人公的路线，漫游威尼斯，想象音乐家奥森巴赫在威尼斯最后沉没海中的画面；她带着《走出非洲》《乞力马扎罗的雪》和《爸爸海明威》等书籍去了冰雪烈焰两重天的非洲，在内罗毕，她邂逅了对她影响至深的美国作家海明威曾经住过的酒店，在轻叩留有海明威历史气息的"海明威套房"时，让周励遐思远布。她说，在她的自传体小说《曼》中，她就写过海明威对她走上文学道路的巨大影响。《爸爸海明威》中的许多情节在此情此景中复活。

在非洲的马赛马拉草原上，她眼里的风景——机翼下迁徙的大象群、长颈鹿和马群，成千上万在落日余晖下奔跑的瞪羚，是与《走出非洲》《英国病人》和《乞力马扎罗的雪》中的影像"交叠浮动，如梦如幻，热血沸腾"。

这种与历史文化的交叠的感受，几乎出现在她所有的旅行记述中。在对世界历史人物和文化名胜的沉思中，那情那景的重现是善于积攒生命与艺术诗意的人，才可能享有的收获和回报。

## 三、世界图景下的生命与艺术探寻

热血沸腾，这个词经常出现在作者描绘自己的感受中。在《亲吻世界》中，她详细描绘了亲历南极、北极、登欧洲高峰马特洪峰和世界最高峰珠穆朗玛大本营的“燃情时刻”。

当2012年作者第一次探访南极时，她在甲板上就情不自禁地呼唤“南极，我们来了”，一团“探索未知世界的火焰在心灵燃烧”。

2016年对于作者来讲，注定是“燃情时刻”。她在元宵节再次来到南极，登上南极的中国长城站，记述了中国南极科考站所显示的国家实力，对1985年开始在南极地图上新增的长城、中山、昆仑和泰山站深表敬意。随后登临大象岛和圣乔治岛，缅怀20世纪初的名垂青史的英国探险家沙克尔顿，完成了一次心灵的洗礼。2016年7月远征北极，在北极点参加了北纬九十度跳海冰泳活动……

作家周励代表与共和国诞生的一代人身上所饱含的英雄主义情结，她的新书再次表现出了这样的高昂的情怀，也为我们这个时代留下了他们一代人所具有的时代印记。

在她的成名作《曼》中，我们领略了她的“北大荒”的革命激情和海外商业的开拓精神，以及不自觉的全球意识和穿越文化空间的感受力。

今天，在《亲吻世界》中，这些具有高度“文学地理学”表征的文本，不仅体现了作者用脚丈量历史文化和挑战自我的精神，也表现出海外华人的追求自由的高光时刻。她的书写具有以个人体验的“小我”转向对“人类共有价值”的“大我”探寻的明显轨迹，表现了海外华人的时代风采。

作者的这一系列游记散文，涉及军事、文学艺术、政治、地理等多个严肃主题，体现了改革开放走出国门的中国人或现已定居海外的华人，在特定社会历史语境中看待世界的眼光、意识、思想的变化，是中国人走向世界的重要范本，值得人们从不同角度关注和研究。

（原载《凤凰周刊》2021年第4期）

高鸿，华东政法大学传播学院教授，兼中国世界华文文学学会理事、中国比较文学学会会员、上海比较文学学会理事。

# 《亲吻世界——曼哈顿手记》的精神与价值

吴　敏

欣喜地翻读散发着油墨飘香的周励新著《亲吻世界》，我被其中蓬勃的生命热情、炫目的异域风情、不凡灵魂的诗意追寻、斑驳历史的人文解读而深深吸引。一会儿为跳岛战役惨绝人寰的悲剧蹙额痛惜，跟着作者一起反思战争对人性的摧残；一会儿又被妙趣横生，活色生香的肯尼亚动物情爱“狮王辛巴与娇妻的浪漫时光”逗得忍俊不禁；一会儿为作者实地探查，发现尼米兹石碑的价值，像打捞沉船般破解历史谜团而欣喜；一会儿又为《冰灯雪语》里的民族情怀感怀动容，为极地探险的先驱们勇于探索，绝不屈服的精神折服。

系统阅读这本新著，就像进入一个极具挑战的历史、哲学和艺术的宏大殿堂，我看到了飞扬着生命活力和浓重悲悯情怀的作者，对于战争和政治相纠结的人类历史（尤其是西方近现代史）的重新探寻，对勇气、自尊、坚韧、理性等高贵品质的诗意解读。整部著作昂扬着理想主义的浪漫色彩，认真探寻的求实精神和深沉悲悯的人文情怀。那种不避挑战，勇于探索，勇于征服的“精气神”，在书中得到了淋漓尽致的体现。这当然缘于周励一以贯之的生命激情、人文艺术作品对她的深刻影响，以及她那丰富独特的创业奋斗史和游历探险的亲身经历。

周励从孩提时代就一直梦想周游世界。在北大荒插队时期，因读到尼克松的总统就职誓词“自由的精髓在于我们每一个人都能参加决定自己的命运”而心潮激荡，渴望有朝一日也能自己决定自己的飞翔。怀着强大的精神信念，她在经受各种打击，面对各种苦难和困境时依然百折不挠，永不屈服。回城后，她拒绝平庸，拒绝返回原点，立志活出自己的价值。终于有机会走出国门时，她怀揣四十美金勇敢踏入了与母国文化迥异的美利坚。凭着倔强、坚韧和乐观的天性，她从端盘洗碗的打工者，到一家家公司推销的业务员，短短几年跃升为国际知名企业的独家代理人，她以奋力拼搏的气魄和精明能干的事业心，终于实现了自己的人生理想，成就了一个不凡的商界传奇。从周励1992年轰动一时的《曼》出版，到2006年第二部著作《曼哈顿情商》问世，再到眼前这本《亲吻世界》的重磅推出，相隔二十八年的“曼哈顿系列”终于完成了由北大荒到曼哈顿，进而“行走天下”，迈向全球的“三度跨越”。《亲吻世界》所涉历史上下几百年，涵盖区域横跨七大洲，与第一部作品相比，周励的人生之旅和文学之旅在时空上都有了巨大开拓，实为世界华文文学界的重要成果。

通观《亲吻世界》的几个系列，有三个特点贯穿作品始终，即个性鲜明的浪漫色彩、认真探寻的求实精神、深沉悲悯的人文情怀。

## 一、个性鲜明的浪漫色彩

周励作品的浪漫色彩，既有探索的热诚、探险的激情和逐梦的理想主义，也有辽远开阔的想象力，和她心中汩汩涌动的对非凡人、事、物的真纯之爱。

激情是周励作品标志性的特征，是有如初恋一般热烈和广博的爱意。正如周励所说：“对于每天奔忙于纽约商圈的我，唯有回到纯粹的文学艺术中，才能体验到生命的意义和幸福的含义，当然要加上爱情，哪怕是幻想中的爱情。”她喜欢用“恋人”“情人”“偶像”“精神伴侣”等充满情感热度的词汇称呼笔下所爱的对象。她称罗曼·罗兰“就是每日陪伴我神游的精神情人”，她赞叹拉斐尔为“全世界艺术女性梦中的不朽情人”，她在艺术中感受生命的优美与神奇，滋长人间至纯的爱情。她爱美好的世界，爱这个世上自由、高贵的灵魂，也爱自由栖息、生长的动物和植物。所以，马拉河“天国之渡”的角马大迁徙会令她血脉偾张；不期而至的帝企鹅会令她欣喜万分，“我的冰原伴侣，这真是世间最美的遇见”。

周励用悲悯的眼光看待笔下的人、事、物，她所选取的人物，如海明威、凡·高等的身世经历，总是那么跌宕起伏，情感丰厚却又命运多舛。她深情凝视被她视为偶像、知己、闺蜜或精神伴侣的人们，感同身受他们的遭际，倾听他们的心声，代言他们的苦痛，赞赏他们不屈于现实的勇气。那些文中的小标题，如“轻叩海明威的套房”“推开西奥多·罗斯福的酒吧”，“灵感飘逸凯伦故居”，透出的是怜惜、敬重、爱慕等多重含义。她描写《走出非洲》的作者凯伦“飘泪在爱意和自尊之间”，经历了情人背叛、空难断魂、农场火烧，终究两手空空走出非洲。之后又身陷病魔，手术多次，却还不屈不挠奋力为文学而战。作者同情和赞赏的凯伦是一个拥有自由的灵魂，勇敢内敛，与厄运搏斗浴火重生的坚强女性。周励总是为像凡·高、海明威、罗斯福、凯伦等凤凰涅槃式的故事所动，因为她相信，“人类所有的痛苦和屈辱都可转化为生命的火焰与动力”，这何尝不是疫情下的人们在面对各种困厄和危机时所应保持的信念吗?

## 二、认真探寻的求实精神

周励的浪漫色彩和丰沛想象力并非无本之木，而是基于一次次实地考察，一遍遍翻检资料的严谨求实精神。如此，她才能重回历史现场，走入历史，走进人物内心。

她尽可能地逼近历史的幽暗深处，探寻未知的奥秘，破解历史的谜团。写太平洋战争，她会浮潜看海底战争坟墓，雇直升机或小飞机飞往塞班、天宁等小岛，并去硫磺岛战役博物馆、美国国家档案馆查证核实，最终将尼米兹石碑的价值公之于世。

她遍访凡·高最后生涯的足迹，以跑步的方式重走凡·高的最后之路，验证出他不可能自杀于麦田，由此破解凡·高之死的谜团。

她对极地探险的历史倾入大量心力，被南极科考领军人物杨惠根誉为“认真钻研的极地学者”。她远征北极点，两次在北冰洋冰泳，“超越极限的体验，冰寒彻骨，死神扼喉，真正感受到人类探险先驱巴伦支、白令、安德烈、阿蒙森和斯科特在极地冰寒中活活冻死的瞬间”，身临其境，为先驱前赴后继的精神所震撼。在《冰灯雪语》里，她以最真挚的“吻”，“一吻阿蒙森”“二吻斯科特”“三吻沙克尔顿”“四吻南极点”，以这样的虔诚给予探险先驱最崇高的敬意，也以此方式“见证竞争，亲历历史”。

这就是周励的文字为什么总会有源源不断的滚烫热度的原因，那是因为她善于发现和挖掘能燃烧自己的一个个高贵而纯粹的灵魂，又用心中不熄的火去照亮和点燃读者的生命激情。

## 三、深沉悲悯的人文情怀

周励的悲悯和人道情怀是贯穿全书的重要特征。如果说周励早期的理想主义呈现方式主要由爱国主义、革命英雄主义话语聚合而成，那么，经过这么多年对人类优秀文明成果更开放更多元的吸收，她所呈现的理想主义更多了启蒙主义、人文主义的因素。在记述跳岛战役的血腥和恐怖中，她对狭隘的民粹主义、军国主义以及在爱国主义旗号下被洗脑的“毒性”保持高度警惕。她揭穿日本极权主义将“樱花美学民族主义”宣扬到淋漓尽致的地步，他们操纵着历史悠久的樱花象征，将泰戈尔“生如夏花之绚烂，死如秋叶之静美”诠释为“死如樱花之壮丽”，鼓励年轻军人像樱花般抱团战死，樱花由此“变成了日本带致命毒素的一把军刀”。作者分析“神风特攻队”的“樱花凋落”，旨在“以史为镜，以史为鉴”，掷地有声地呼吁“历史不容重演”！

在德、俄、英、法的历史叙述中，周励爱憎分明，对俄国迫害十二月党人的专制者痛加挞伐，字字见血。周励深信人的本质就是自由发展，因而对禁锢思想、奴役百姓、享用无度的专制权贵毫不留情。

周励的人道情怀还在于她的世界主义倾向，她不是狭隘地爱某一个国家，而是以国际视野去看待地球上的人类，因而更加赞赏理性、和平和互助的国与国关系。她为“雪龙号”南极科考船出手救援的国际互助精神点赞，当时“雪龙号”冒着危险营救五十二人脱险，自身却陷入重重浮冰围困的险境，五天五夜后才终于脱险。

探索探险，总是令人激情澎湃。险恶的自然环境，生死存亡的关头，人类超越种族和地域的区隔，携手互助更显难得。周励以“雪龙号”的跨国救援佳话，表达了对国际互助、和平共享的希冀。这种既承认竞争，又不忘相助的人类共同体意识，对解决现今国际关系困局不也是一种有益的启迪吗？

（原载“澎湃新闻”2021年7月4日，https://m.thepaper.cn/newsDetail_forward_13395705）

吴敏，华东政法大学文伯书院教授、东亚文化研究所所长，现为韩国世界华文文学协会理事、世界汉学韩国研究会理事。

# 从《曼哈顿的中国女人》一书说起

魏海波

《曼》是1992年5月份在中国出的一本留学生自传体的作品，这本书被列为中国百年畅销书之一。因为这本书深刻描写了当时留美学生的生活，工作状况，引起了百万留学生及其家人的强烈共鸣，所以，洛阳纸贵，传为佳话。1992年的冬天我正好在回上海探亲，有一天和老友陶武平律师闲聊，武平说：我和此书作者周励很熟，她也正好在上海，我们就去她家聊聊天吧？我俩骑着自行车就去了瑞华公寓。周励非常热情，而且没想到她居然又和我原先单位社科院法学所的顾肖荣从小就是邻居，结果就又把顾肖荣叫来了。我当时就邀请周励在回美途中到东京给我们留日学生讲讲她的经历，周励果真到东京，给我们一百多位留学生来讲了一次，大获成功。

周励留美艰苦创业给我留下了极为深刻的印象，几十年过去了，和周励的初次见面依然历历在目。我也一直把《曼》一书放在家里的，时不时地翻出来看看，从内心里很钦佩周励大姐。没想到前几年在一个很偶然的场合，又碰到了周励，因为周励的很多朋友，也是我的朋友，比如说复旦的李天刚、金大陆教授，创作《枫》《东京审判》的著名画家李斌，我们社科院的孙恒志、陈乐波大哥，等等。尤其是去年疫情中，周励在纽约又创作了《亲吻世界》这本新书，引起轰动。打开周励送给我的新作，我是通宵读完，夜不能寐。她这本书分成三个部分：第一部分就是二战的历史散文系列“被遗忘的炼狱：跳岛战役探险录”。周励多年来热衷于研究二战史，她不仅跑遍了欧洲战场和太平洋战场，而且对跳岛战役的旧址进行了实地考察，先后踏上了帕劳贝里琉岛，塞班岛、天宁岛、关岛、冲绳岛、科雷吉多岛、吕宋岛等太平洋的战争遗址，而且还去了华盛顿海军陆战队硫磺岛战役博物馆和美国国家档案馆。她下功夫之深，考察之细，令人惊叹。

该书的第二部分是周励在世界各地游历的纪实散文，她去奥维尔小镇探寻凡·高足迹，两次去非洲，寻找海明威、老罗斯福、丘吉尔的足迹，在古巴她找到了海明威《老人与海》原型老渔夫的后代。在德国她寻找腓特烈大帝、巴赫、瓦格纳的足迹。笔下栩栩如生，一一再现。第三部分是她在南极点，北极点，珠峰逐梦的再现。周励先后去过四次南极、三次北极、两次马特洪峰、三次珠峰。

在珠峰她默诵仓央嘉措的绝句：

那一年，我磕长头拥抱尘埃，

不为朝佛，

只为贴着你的温暖，

那一世，我翻遍十万大山，

不为修来世，

只为途中能与你相遇……

《亲吻世界》可以说是一本令人回想青春，焕发激情的书。但是对我来说，最感兴趣的还是就是二战的历史散文系列，它里边提到了一个人引起了我的注意，他就是尼米兹海军上将。

珍珠港战役爆发后，尼米兹临危受命，担任太平洋舰队司令。1942年4月，他就筹划了空袭东京的行动，5月在珊瑚海与日军进行了人类历史上第一次航空母舰的珊瑚岛会战。6月发动了中途岛海战，以很小的代价歼灭了日军的四艘大型航空母舰、一艘巡洋舰、三百三十架飞机，一举扭转了美军在太平岛战场的不利局面，揭开了战略反攻的序幕。

1943年到1945年初，尼米兹率领大军开展了跳岛战役，攻占了塞班岛、天宁岛、贝里琉岛、菲律宾群岛、硫磺岛和冲绳岛，砸开了日本的国门。1945年9月2日在美国太平洋舰队的密苏里号舰上举行了盟军接受日本无条件投降的签字仪式，又是尼米兹代表美国，麦克阿瑟代表盟军签字。所以美国政府决定1945年的10月5号为尼米兹日，美军的第一艘核动力航母就被命名为“尼米兹号”，现在有十艘尼米兹级的核动力航空母舰。

在周励的笔下，对尼米兹的描写惟妙惟肖，让我们看到了一个活着的尼米兹。

周励曾在贝里琉战役日军墓园入口找到尼米兹签名的一块石碑，上面刻着“从世界各地来这里重温如烟往事的人们应当被告知：日本官兵在这场战役中是多么勇猛、爱国、顽拼死守贝里疏岛，直到流尽最后一滴血。——太平洋舰队司令切斯特·尼米兹”。尼米兹将军作为胜利者，他对失去生命的悲悯与对对手的敬佩都放射着人格与教养的魅力光芒！尼米兹是一位真正的军人，这就是周励《亲吻世界》一书给我的深刻印象。

（原载公众号“ACB朝日留学”2021年8月24日）

魏海波，1982年毕业于华东师范大学历史系，1991年毕业于日本国立一桥大学研究生院，长期从事日语书籍翻译，出版多部译作。

# 从书中到书外

## ——重读《曼哈顿的中国女人》

刘 瑛

1993年金秋，在南昌—北京的绿皮火车硬卧车厢里，在“轰隆、轰隆”的单调行驶声中，手捧着一本新买的书，我夜以继日地读着。那是当年正火爆热销、在国内引起巨大轰动的自传性畅销书《曼》。据说，这本书创下了一百六十万册的销售奇迹。

那趟北京之行，是我第一次到德国驻中国大使馆申请出国签证。对从未迈出国门同时又十分渴望了解西方世界的人来说，这本书无疑充满着巨大的吸引力。作者饱含激情和神采飞扬的文字，在美国与中国、过去与当下、历史与未来中来回穿梭。书中对青春的回忆、对历史的追溯、对美国生活的真实记录以及在艰难困苦中对知识的追求，始终洋溢的理想主义和乐观主义精神，像秋日艳阳下高高飘扬的旗帜，给人昂然向上的力量。

那时的我，并未意识到这本书中附带着的一条商业信息，是怎样改变了我在德国的生活。

多年后，在一篇散文《在德国挖到的第一桶金》里，我记述了这段往事：

> 初到德国的日子，心里时常忐忑不安。
>
> 那时，我们的公司刚成立，业务量是零。那时，我还从没做过生意，商业常识是零。而且，我的德语必须从字母学起，基础知识也是零——总之，一切从零开始。
>
> 我们公司的名字，带了“欧亚”两字。顾名思义，当然是做欧亚生意。确切地说，就是做德国与中国之间的贸易。
>
> 那是1994年初。出国前，恰好看了一本当时在国内正热销火爆的自传

书《曼哈顿的中国女人》。女主人公周励在纽约做生意的经历给了我们些许启发——既然中国纺织品的质量达到了能够进入美国曼哈顿第五大道橱窗的水准，那么，同样也应该可以进入德国市场。于是，我们将公司产品定位为纺织品。

历经了种种艰难曲折，两年之后，我们终于成功将中国纺织品打入德国主流销售市场，并成为德国大型连锁超市考夫百货（Kaufhof）、卡尔施塔特（Karstadt）的固定供应商。

《曼》带来的启示，让我们在异国他乡发了财。

定居德国、安居乐业之后，我渐渐淡出了商业圈，开始重拾文学梦，把精力投入到文学创作中，不断在国内外文学杂志上发表文学作品。

2014年秋，我受邀回国参加在南昌举办的首届新移民文学大会。来自世界各地的华文作家汇聚一堂，人群中，我无意中瞥见一个似曾相识的面孔，犹如不期而遇心目中的偶像，那一刻，我心里涌起一阵狂跳：是周励！虽然之前从未见过她本人，但清晰记得《曼》中她的彩照。做梦没想到，文学，让我在自己的故乡与她相遇！

从此我与周励建立了个人联系。网络拉近了我们彼此的距离。

2019年5月，在德国法兰克福市举办的第一届欧洲华文文学国际研讨会暨第五届中欧跨文化作家协会年会上，作为中欧跨文化作家协会主席，我有幸请来了周励，并特意带上了当年捧读的那本《曼》——这本书一直跟着我，从南昌到北京，从北京到德国；后来，又在海外朋友圈中传阅，书皮封面都磨掉了，以致不得不用胶带粘上。

在大会现场，当着全体参会人员，我请周励在主席台上为这本书签名。她在粘着胶带、已经泛黄的扉页上，用遒劲的字体写下“刘瑛友雅正周励2019.5.18德国”。之后，我们俩紧紧拥抱，感叹文学带给我们生命的那一份丰厚。那是怎样激动人心的时刻！

这个晚了二十五年的签名，对我个人来说，具有非凡的意义。

大会之后的德国、瑞士之行，让我有机会得以近距离地接触和了解了周励。

记得在德国“童话之旅”中的小城维尔茨堡，主事者安排了一顿典型的欧洲烛光晚餐。全木质结构、古色古香的餐馆小屋，长条西餐桌上铺着雪白的桌布，精致的欧式餐具旁边，幽幽烛火正烧着火锅似的靓汤。同行一位老师不慎将桌上的蜡烛碰倒，桌上“腾”地蹿起一条火龙。一桌人全都惊呆了，没人反应过来，也没一个人敢动。只有周励，在惊叫一声之后，挺身而出，用手上的餐巾布，迅速扑灭了正在燃起的火龙。

那一刻，我正坐在与周励平行的另一条方桌上，清晰地目睹了发生的一切。想起来都是后怕：那晚的每台餐桌上，都配着小型煤气罐。如果没有及时扑灭燃起的火苗，一旦碰上煤气罐，后果不堪设想。事后，每回想起那惊心动魄的一幕，都不由得心惊肉跳，对周励在关键时刻的反应敏捷和果断勇敢，钦佩不已。

周励近些年选择了写作和游历世界的生活方式。她的旅行，绝非度假式的休闲旅行，更非浮光掠影、走马观花。那趟德国、瑞士之行，让我惊讶于她对政治、历史、文学的深刻了解以及独辟蹊径的眼光。

瑞士日内瓦，许多人在湖光山色中流连忘返，一些人利用空闲时间逛街购物，她却轻车熟路地带着我们去看托尔斯泰曾下榻的旅馆、茜茜公主曾疗养的酒店。后来，在她新出版的《亲吻世界》一书中，我找到了答案。横跨中西，纵观古今，以史为鉴，她的游历足迹和她的所思所想，绝非常人所能。

周励此时正做第五次西藏之行。通过微信朋友圈，看她每天发布的每条消息。我知道，在她笔下，今后肯定会有带着西藏色彩的文字出现。

为写这篇短文，在事隔二十八年之后，我再次重读《曼》。没料想，经历了多年的海外生活之后，这本书带给我的感佩、感想，绝不亚于当年。跟着周励，一道沉思、一道迷茫、一道欢笑、一道品味生活的各种滋味。

好的作品，能够经受住时间的考验，历久弥新。今天，再读《曼》中隽永的句子，仍然回味无穷——我们总是在举手之间轻易地割舍了历史，我们总是在永远失去之后，才想起珍惜往日曾挥霍和厌倦的一切，包括故乡，也包括自己的过去，时光之船载着我们向前漂流，却不知不觉又回到了原点。

（原载“新民晚报”2021年8月26日，https：//wap.xinmin.cn/content/32016074.html）

刘瑛，笔名刘瑛依旧，中欧跨文化作家协会名誉主席。

# 《亲吻世界——曼哈顿手记》战争书写的多维创新

崔慎之

从“美国发生疫情纽约封城后”的“每天忧心忡忡”起笔，急转入实地探访“战争坟墓”跳岛战役的心灵与生命“探险”，周励用瘟疫和战争这两大典型的灾难双胎为《亲吻世界》这一看似轻松的散文集定下书写的底色。尔后，“像考古学家一样仔细发掘历史上或有或无记载的实物与事件”，并“去国家档案馆考证核查，为的是探讨战争原貌中的人性与狼性”，“解开鏖战杀戮背后不为人知的隐秘”，从而在“人类面对着共同命运”的当下“以史为镜，以史为鉴”。[①]

甫一开篇，浓重的现实问题、历史叩问和未来关照展示出这部散文集“探究其历史真相、呼吁人类与世界和平”[②]的主题内涵、史诗意向和价值追求，更直剖出作家的叙述框架与书写路径：脚踩实地，眼见实物，手捧实卷，探寻被历史遮蔽的战争深貌，再思狼烟血火中的人性悲歌，在战争事实存在，却被人们普遍遗忘，甚或常有好战之呼的当下发出“人类必须结束战争，或者战争结束人类”[③]的警世鉴言，从而将战争书写惯习的民族与国家、正义与非正义、人性与人道，推向对人类命运共同走向的终极关怀这一宏旨。

① 周励：《亲吻世界——曼哈顿手记》，上海三联书店2020年版，序言第2页。

② 周励：《我与〈亲吻世界——曼哈顿手记〉》，载《博览群书》2020年第11期。

③ 周励：《亲吻世界——曼哈顿手记》，上海三联书店2020年版，第108页。

## 一、“被遗忘的炼狱”：战争书写的新视域

近年来，新移民作家的战争书写蔚然成风，袁劲梅《疯狂的榛子》、哈金《南京安魂曲》、张翎《劳燕》、严歌苓《金陵十三钗》和陈河《沙捞越战记》等小说聚焦母国抗战记忆，其文本的史料化倾向体现了新移民文学的叙事策略创新。[①]如果说文本素材的“史料化”运用在上述作品中呈现出群体创作“倾向”，那么周励的最新散文集《亲吻世界》中的战争叙事则以突出的“史料”特征将新移民文学的战争书写体裁与叙事策略推向新维度。

《亲吻世界》由三部分构成，“被遗忘的炼狱：跳岛战役探险录”“亲吻世界：镌刻在心灵岩洞上的壁画”和“燃情三极：南极点、北极点、珠峰逐梦”。其中，六篇二战历史散文集中在第一部分，即“被遗忘的炼狱：跳岛战役探险录”。不同于前述新移民作家群通过小说重述历史，有别于将战争作为背景书写人们普遍的命运沉浮，也迥异于作家《曼》传记式的个体经验铺陈与奋斗激情描摹，周励《亲吻世界》中的六篇二战历史散文嫁接历史学和纪实文学的方法，笔散神聚，直面生死战场。作家先后踏上“贝里琉岛、塞班岛、天宁岛、关岛、冲绳岛、科雷吉多岛、吕宋岛等太平洋战争遗址，结合华盛顿海军陆战队硫磺岛战役博物馆和美国国家档案馆考证核查”[②]，以“空间”驱动“时间”，用“在场”混杂“史料”，从历史精微处的残骸、石碑、照片和文档等细枝散叶延展，拓殖出战争与和平的宏大叙事，凝结出作家峻拔的历史认知、价值批判和高远境界。亲触深潜海底的舰艇残壳、荒岛残机、断壁残垣，作家以“一种充满责任感”的行动力，深入战地，以主体意识驱动理性思维，追寻战争缘何惨烈的生命叩问。周励说：“我感到这是我的使命。”

在《燃烧的太平洋：贝里琉战役与尼米兹石碑》一文中，周励从四艘尼米兹级核动力航母出现新型冠状病毒肺炎病例开始，用瘟疫引出二战烽火，继而寻访尼米兹石碑，在贝里琉战役遗迹直视狼烟残迹，并穷究日本战时的“一亿玉碎”深因，每一次亲入战争遗迹，发生在一个甲子前的二战魅影依旧让她“浑身发凉，深感震撼”。

---

① 程国君、刘雪娥：《修辞、语境与叙事策略——新移民文学抗战叙事的史料化倾向与意义建构》，载《厦门大学学报》（哲学社会科学版）2020年第5期。

② 周励：《我与〈亲吻世界——曼哈顿手记〉》，载《博览群书》2020年第11期。

如今，硝烟散尽的贝里琉岛早已成为度假胜地，但是“中国游客几乎不来”，更甚者那些惨烈的战争往事常常沦为不同场域随意剪裁打扮后为我所用的消遣素材。周励对于这样的群体性遗忘有着本能的警惕，更对战争的细节显出史家的自觉：

在帕劳海底二战遗迹原生“博物馆”潜水让我脊背发凉，担心一个不小心触碰到日本“神风特攻队”飞行员的骸骨堆！心儿战栗，胆大如虎的我穿梭在一堆堆庞大锈蚀、鱼儿出没的战机、坦克、舰艇残骸之间，深感战争的惨烈与凄凉，随即对这场战争骇人听闻的来龙去脉产生了强烈的兴趣。[①]

在周励的创作中，田野考察不是写作的工具，而是生命存在的方式，是与二战史对谈的路径，在作者“我”的现实叙述中，贯穿始终的是“体验”与“冒险”的人生挑战，“遇到强烈气流，因为天气突然转阴刮风，飞机开始上下左右地剧烈晃动，机身、机长和我这唯一的乘客完全被黛色乌云吞噬”[②]，冒险行走的背后是作家个体生命的张扬，是发乎个性、补于修养、见于文字的生命节奏，是独立人格实现后和历史对话，叩问人性，穷究灾难之源的文人自觉，这种自觉也体现在周励战争书写行文的克制与朴素。“被遗忘的炼狱：跳岛战役探险录”中的六篇散文几乎是用纪实文字白描了二战的残酷本貌：

美军原认为只需4天即可完胜，然残酷激烈的夺岛战役整整延续了72天，橘色海滩似乎一脚可以踩出血来，美军陆战队与步兵师遭遇日军从血腥鼻头山500个隐蔽洞穴发射火炮的猛烈攻击，导致15000名美军伤亡！[③]

战争，是文学的母题之一。在古代文学中，关于战争的书写大致有三类：一是论述战争兵法成为圣典，以《孙子兵法》为典型；二是史书纪实国别传记，如《左传》《战国策》《史记》《资治通鉴》等；三是战争的个体抒怀与文学化表达，小说、散文、诗歌皆有，如曹孟德的诗赋、大量的唐宋诗文、《三国演义》等。在外国文学中，战争更多以长篇行世，如《荷马史诗》《战争与和平》《静静的顿河》《丧钟为谁而鸣》等。新移民文学的战争书写，小说亦是代表性文体，如《疯狂的榛子》《南京安魂曲》《劳燕》《金陵十三钗》和《沙捞越战记》等。用散文叙述战争，虽有一干零星散记，但是聚焦正面战场的新移民文学并不多见。散文“婉转

---

① 周励：《亲吻世界——曼哈顿手记》，上海三联书店2020年版，第11页。
② 周励：《亲吻世界——曼哈顿手记》，上海三联书店2020年版，第42页。
③ 周励：《亲吻世界——曼哈顿手记》，上海三联书店2020年版，第11页。

附物，怊怅切情”的审美性规约既是文体之美，又容易因其“心凝形释”引致叙事虚焦，甚或走向微观细节有余而宏大叙事受囿的困境。《亲吻世界》小心翼翼地避开了用散文书写战争，尤其是战场的体裁桎梏，并选择用史料、田野调查和生命感受的叙事框架传达作者的历史意识，从发现尼米兹石碑开始：

当我认出贾斯特·尼米兹的石刻签名时立即热血沸腾了，这石头一定记载着非同寻常的历史事件！我一边大声念出，一边满怀惊愕，掏出苹果手机记载下这些早已被世界遗忘的珍贵文字：

从世界各地来这里重温如烟往事的人们应当被告知：日本官兵在这场战役中是多么勇猛、爱国、顽拼死守贝里琉岛，直到流尽最后一滴血。

——太平洋舰队司令贾斯特·尼米兹

我的大脑中顿时风暴呼啸，血液仿佛凝冻，继而重新沸腾，为什么？在不远处的美军墓地，除了迎风飘扬的美国国旗和牺牲者编队铜牌外，并看不到太平洋盟军司令的任何题词！

为什么？[①]

《说文解字》给了历史最简易的解释“记事者也”，这也规约了散文纪史的核心要旨，但记何事，如何记事则直通作家的历史观和价值观，也即迈耶斯（1992）的框架要义“选择与凸显”[②]。作家对尼米兹石碑的凸显性表述，具体表现为三点：一是直接用做文章标题，示以文眼；二是在叙述中以寻找石碑，亲见石碑，引发震撼并提出问题、省发思考为叙述主线，用作文脉；三是两次完整嵌入石碑原文，凸显生命价值引导，贯通意义。在尼米兹的题词前，周励的“为什么”与其说是问向尼米兹，毋宁说是问向战争，问向历史，问向价值之上。作家没有因循传统战争书写的敌与我、正义与邪恶、侵略与救亡、英雄主义与人道精神等二元范式，而将叙述框架建构在人性、人类的视域，描写真正的强者、胜利者和王者面对对手、生命和毁灭时展现的大悲悯和超迈境界，更反衬出正义必将战胜邪恶的深层归因。

那么，被尼米兹诔文的日本对手，在跳岛战役中究竟如何“英勇”呢？周励用立意求真，表达求实的文字记录了贝里琉岛战役的惨烈：

---

① 周励：《亲吻世界——曼哈顿手记》，上海三联书店2020年版，第5页。

② 臧国仁：《新闻媒体与消息来源——媒介框架与真实建构之论述》，三民书局2000年版，第26页。

依托强大的兵力优势和火力投送能力，攻坚的美军每次遇到日军冷枪手就呼叫空中打击和舰炮打击，遇到碉堡和坑道，就依靠火焰喷射器和炸药、炮弹一米一米推进，遇到的每一个洞都会灌入汽油并投入炸弹，全岛几乎被夷为平地，消灭1名日军要耗费子弹1331发，整整72天——比原计划的4天多出68天，每一天都尸骨遍野，血流成河。①

相较于德国战后的彻底忏悔和基于此达成的欧洲共识，日本至今对于二战的侵略行径讳莫如深，这也直接导致战后亚洲各国对日交往中的敏感情绪和复杂心理，其表征在文艺创作上，体现在二战叙事中对日表述基本以国别战争观统摄主题内涵、审美范畴和价值意义。②而中西文明交融共生下的新移民作家在战争文学的意义建构上，既有“原乡”“天地之大德”的生命意识，又受到“异乡”普遍价值的熏染，从而呈现出“异质”鲜明的反思精神。诚如诺斯洛普·弗莱所言：“书面文字远不只是一种简单的提醒物：它在现实中重新创造了过去，并且给了我们震撼心灵的浓缩想象，而不是什么寻常记忆。”③周励在《亲吻世界》中，通过尼米兹石碑，用对生命的悲悯诘问日本军人在二战中从“人性”变“兽性”的异化深因：

二战末期日本正面临战败，一万多名来自东京大学、京都大学等受过高等教育的学生却自愿加入“神风特攻队”的行列，他们斗志昂扬，视死如归，为什么？④

细读“被遗忘的炼狱：跳岛战役探险录”，会发现作者跳出了国别战争观这一战争叙事的基本维度，将比较文学形象学中的套话——日本鬼子⑤，还原回人类形象，行文表现为对日本军人的正向修辞编码，如“斗志昂扬”“视死如归”“柔情铁汉”等，但如果读者就此认定周励是在混淆爱憎、淡化侵略、模糊正邪，则是完全的误读。《亲吻世界》中对日本侵略者从“兽”到“人”的复原，恰与战时日军的惨绝人寰形成刺目对比，完成作家对战争的深刻控诉。诘问有根，巨澜之底必有

---

① 周励：《亲吻世界——曼哈顿手记》，上海三联书店2020年版，第13页。

② 程国君、刘雪娥：《修辞、语境与叙事策略——新移民文学抗战叙事的史料化倾向与意义建构》，载《厦门大学学报》（哲学社会科学版）2020年第5期。

③ 转引自尼尔·波兹曼：《娱乐至死·童年的消逝》，章艳、吴燕莛译，广西师范大学出版社2009年版，第13页。

④ 周励：《亲吻世界——曼哈顿手记》，上海三联书店2020年版，第21页。

⑤ 转引自程国君、刘雪娥：《修辞、语境与叙事策略——新移民文学抗战叙事的史料化倾向与意义建构》，载《厦门大学学报》（哲学社会科学版）2020年第5期。

其源。事实上，反思战争中人性何以扭曲与变异滥觞于杜威对克里尔委员会战后的宣传发现，之后法兰克福学派对法西斯何以能掌权的集中批判将火力对准现代性，认为理性知识与权力纠结在一起操纵民意，导致了灭绝人性的法西斯暴政[①]；还可以从心理学家米格尔拉姆（1974）的环境与人类行为模式实验中寻求注解。相较于学者们对欧洲的聚焦，日本的战时动员和洗脑宣传存在着某种程度的群体性忽略。周励，用她的行走、分析与敏感，给这一缺位的诘问提供了文学式拾遗：

> 在硫磺岛与冲绳岛战役中，那些向美军航母驱逐舰疯狂俯冲轰炸的神风特攻队都有美丽的名字：“菊水一号”至“菊水十号”，樱花特攻队“朝阳”“樱花山”“彗星”战机组名，海上特攻队“大和”号战列舰，“矢矧”号巡洋舰以及“冬月”“凉月”“几风”“滨风”“雪风”“霞”“初霜”等驱逐舰名，均取自日本古典文学诗词，日军大本营以睿智的民族主义美学绑架鼓舞必死无疑、打了鸡血的年轻军人。[②]

拉斯韦尔用实证研究揭示了“如果将战争中的可怕方面从公众的注意中抹去，对战争合理性的论证就可以更顺利地进行”[③]，是我们理解战争洗脑术的重要依据。鲁思·本尼迪克特指出的战时日本国民典型性格之一——天皇的神不可侵犯，亦是我们理解日本军人二战群体行为的圭臬。而从民族主义美学的角度反思二战中日本军人对待敌人以及自身的彻底毁灭行为，周励显出了作家观察历史的独特视角，并凸显了文学对历史问疑的补位与想象，“樱花，变成了日本带致命毒素的一把军刀”，既隐喻了日本国民性的矛盾，又解释了矛盾的根源，也在冷静的纪实式叙述中完成了散文“附物言志”的审美性表达，更揭示出战争使“人类自我异化已达到这样的程度，以至于它能够把自身的毁灭当作放在首位的审美快感来体验”。[④]

有遗忘就有唤醒，有遮蔽就有寻找，体现在周励身上就是行者无疆的执着。“行”不仅是达到“知”的中介，而且构成了“知”的具体存在方式，落实和付诸

---

① 刘海龙：《大众传播理论：范式与流派》，中国人民大学出版社2008年版，第303页。

② 周励：《亲吻世界——曼哈顿手记》，上海三联书店2020年版，第22页。

③ 哈乐德·D.拉斯韦尔：《世界大战中的宣传技巧》，张洁、田青译，展江校，中国人民大学出版社2003年版，第88页。

④ 汉娜·阿伦特：《启迪：本雅明文选》，张旭东、王斑译，生活·读书·新知三联书店2008年版，第264页。

“行”才是“真知”，“知”需要通过“行”获得自我实现。[1]通过田野考察，对话自然，体悟苍穹，比照经典，追求行知合一，进而形之于文，传之于世的散文家不乏其数，徐霞客的山川游记、何正璜的考古日记、余秋雨的文化苦旅、朱鸿的访古问今等都圈定了自己的散文版图，形成了鲜明的个性气象。周励的散文与上述作家两异，也与过去的自己不同，她的《亲吻世界》抛离了过往曾赢得巨大声誉的励志式张扬表达和经验分享，也规避了女性书写的情感与视域偏好，以一种去性别化的勇猛执拗之姿冲入男性权力的核心地带——战争，在历险记式的二战遗迹寻访中践行著文人的精神标尺“知行合一”。她绝不满足于历史书上的刻板印象，必须要亲临历史发生地，结合档案影像，反思二战定语，求问战争为何，叩击人性良知，从而将作家的“在场”推向极致。这需要的除了意识、眼界，还有战胜至暗的强大内心：

> 无论我在实地考察巴丹死亡行军和泰缅死亡铁路，还是书写非虚构文学《被遗忘的炼狱：跳岛战役探险录》时，我都能够体会张纯如那种困惑与恐怖，战争带来惨绝人寰的黑暗会造成心灵巨大的压抑，特别是大量战争照片和死亡文字常常令人无法直视，就像焚尸炉的烟雾缭绕在眼前无法散去，这时我会与家人到中央公园走一圈，或者弹一段钢琴。[2]

散步和弹琴只是周励纾解心底悲惶的方式，激励她向死而生般重书二战的本因是超越性别、引领发现的作家的使命，是索尔仁尼琴至今回荡的获奖感言“要涉及人类心灵和良心的秘密，涉及生与死之间的冲突的秘密，涉及战胜精神痛苦的秘密，涉及那些全人类适用的规律”[3]。

## 二、“没有胜者的战斗”：在非虚构写作中对战争再反思

与张翎《劳燕》中依据真实事件虚构的“史料”不同，周励在《亲吻世界》中将新移民作家的“史料化倾向”，推向确证的“史料特征”，恰如沈志华言：“周

---

① 潘立勇、傅建祥：《“知行合一”与阳明的“行动美学”》，载《浙江学刊》2004年第1期。

② 周励：《亲吻世界——曼哈顿手记》，上海三联书店2020年版，第105页。

③ 周励：《亲吻世界——曼哈顿手记》，上海三联书店2020年版，第453页。

励找到的尼米兹石碑令做历史研究的人也很惊讶。”[①]她不但有对历史的新发现，比如尼米兹石碑，也有对历史“忽略”和“失语”的新补证。

硫磺岛战役是太平洋战争中唯一一次美军伤亡总数多于日军的战役。在美国国家档案馆，周励“手捧着美联社战地记者乔·罗森塔尔在1945年2月23日拍摄的《硫磺岛上升起星条旗》原始照片，眼睛湿润。硫磺岛战役结束时美军阵亡6821人，其中约4800名官兵在折钵山插上星条旗之后阵亡”[②]，可见美日双方当时夺岛之惨烈。这张六位战士奋力升起星条旗的战地照片斩获了普利策新闻奖，更鼓舞了盟军的士气，但周励聚焦的却是由照片引发的后继新闻噱头与社会讨论。由于抓拍的角度，六位升旗战士难辨面目，之后有三位牺牲，战后接受国民欢呼与总统嘉奖的三人又被媒体曝光两位是冒名顶替，一首英雄赞歌变成了媒介狂欢的盛宴和遗落历史缝隙的边料。

周励显然不愿意循着媒体的论断接受历史的定见，相反，她要“把历史事件的悬置视为一种拯救的标记”[③]。于是扎进国家档案馆，像历史学家一样“找钥匙解决困惑”，要揭开英雄缘何“冒充”的疑窦。通过反复的原始录像比认、卷宗查阅，甚至照片与身份的逐一核对，周励确定了三位幸存者，并结合战后当事人及其亲属的发言、回忆录、访谈和散落各地的讯息，找到了两位真正的升旗手，并以一篇《史诗般的血染战旗》为历史和官方的缺席补遗。

由此可见，周励对被遮蔽的历史细节不但有敏感的发现，还有拨开迷雾寻找真相的实证方法，更有发现真相后翻新定见、勇敢直书的作家本能。其一，真相。让新闻界和读者意外的是，战场上硫磺岛的升旗进行了两次，被媒体选择编发的照片是第二次，也就是不存在冒名旗手，只存在信息的错位。其二，态度。周励发现，幸存的三位战士包括所谓被“冒名”的两位不约而同地隐遁于世，甚至对何为英雄有着自己的洞见：“世界上最恐怖的是你周围的人都阵亡了，你却站在领奖台上，让别人在你脖子上挂五颜六色的奖牌！也许那些当官的不在乎，但我在乎！请不要

---

① 徐明徽：《周励：闯荡曼哈顿的中国女人，带着她的探险传奇回来了》，见“澎湃新闻”，https://www.thepaper.cn/newsDetail_forward_9158985。

② 周励：《亲吻世界——曼哈顿手记》，上海三联书店2020年版，第52页。

③ 汉娜·阿伦特：《启迪：本雅明文选》，张旭东、王斑译，生活·读书·新知三联书店2008年版，第275页。

纠缠我了！”[①]史料是周励建构意义的手段，从作为生命存在的“英雄”之口界定作为精神符号的“英雄”含义，《亲吻世界》用亲历者证言给出了意义背后的普遍代价。无论是真正的两位旗手还是所谓的“冒充者”，他们都是两次硫磺岛升旗的英雄，却在与死神交手后，因为媒体的把关规律与信息偏差遭遇了媒介的暴力与民众的误解：

无论是历史学家还是美国海军陆战队，他们更换名字之后，并没有说明其中的原因，这使得媒体开始大肆鞭挞嘲笑“冒充者”，也让美国大众对“冒充者”充满了震惊、疑惑和反感。[②]

在媒介化的时代，快思手依据惯习的世俗脚本炮制新闻、制造话题，而大众沉浸在媒介营造的“拟态环境”中认知社会且不自知，逐渐毁于自己所热爱的媒介幻象。周励“对媒体轻易使用不恭之词把两位出生入死参与硫磺岛升旗行动的老兵诬称为‘冒充者’，并以此制造轰动新闻而感到气愤不安”[③]，这不仅体现了作家匡正纠偏的历史意识，也袒露出其对社会病灶的敏感与参和积极改良的主观自觉，还展现了作家个人想象与集体叙事冲突后的独立思考与敢言精神，这都使《亲吻世界》的战争书写呈现出厚实的史料特征，谨然的框架逻辑，超迈的审美向度和敏锐的时代关照。

与受到军国主义蛊惑与洗脑而以“玉碎”为荣誉，成为二战中的嗜血狂魔相反，在《亲吻世界》中，周励刻画了一批盟军将领在血火伴生中的典型形象。在《远逝的英魂》一文中，作家记录了“名垂青史的‘败将英雄’”美国陆军上将乔纳森·温莱特。温莱特在1942年3月接替麦克亚瑟坚守科雷吉多岛，在“顽拼数月，最后弹尽粮绝”的情况下，为了保住78 000士兵的生命，向日军投降。作为军衔最高的俘虏，温莱特“在日军俘虏营受尽折磨”，并率队在日军的残酷虐待下经历了九死一生的“巴丹死亡行军”，战后被救回国时已是“奄奄一息”。作者重访了温莱特率队投降的科雷吉多岛马林塔隧道，进而延伸出古巴危机等历史危情的化解之道，并对比“一将功成万骨枯”的战将荣辱观，衬托出这位“为了部下的生命不惜牺牲自己的名誉”的英雄所展现的人道情怀和牺牲精神，并引发读者从更深层思

---

① 周励：《亲吻世界——曼哈顿手记》，上海三联书店，2020年版，第57页。
② 周励：《亲吻世界——曼哈顿手记》，上海三联书店，2020年版，第66页。
③ 周励：《亲吻世界——曼哈顿手记》，上海三联书店，2020年版，第67页。

考：在普遍生命和个体荣辱之间，怎样的选择才是真正的高贵？

和乔纳森·温莱特将军为救部下忍辱投降不同，另一位阵亡在黎明前的将军巴克纳的故事更能代表作家秉笔书道的旨归。在《穿越炼狱》里，作者为读者书写了一位不忍敌军无畏牺牲，冒险劝降，却反遭杀戮的盟军将领。1945年5月31日，日军的冲绳岛防线被美军彻底攻破，“最高指挥官巴克纳中将来到首里城堡，面前的惨烈情景让这位身经百战的将军也不由得为之动容。巴克纳中将不愿让这些敌手统统归于死地”，用明码电报向日军劝降，并承诺“按照《日内瓦公约》优待俘虏”，“然而回敬巴克纳中将的，却是日军更加猛烈的射击”。[①]更为不幸的是，在战役即将全胜之际，巴克纳被日军炮弹击中阵亡，这是冲绳岛战役中美军牺牲的最高指挥官。而杀死巴克纳的日军将领牛岛满在败军后剖腹自杀，其余将领集体自尽。

日军的疯狂和顽强让美国民众和高层大为吃惊。而此时在日本国内还有几千名神风队飞行员准备为国尽忠；更有被洗脑打鸡血的士兵和民众准备为天皇“一亿玉碎”。按照贝里琉岛、硫磺岛和冲绳岛战役的死亡比例，如果进攻本土，至少还会夺取100万—300万美军的生命！

杜鲁门总统说：“我将不得不做出一个史无前例的决定，每当想到我不得不这样做，我就不寒而栗！”[②]

周励用触目惊心的死亡数据和血色史实，给出了美国最终被迫决定使用原子弹结束战争的原因。从二战至今，日本官方从未真正反思过自己的侵略行径，不少日本的历史学家、作家、编剧仍矢志不渝地利用一切机会扭曲战争原貌，为日本完全的侵略行径美化和合法化，甚至借助原子弹文学、影视剧向国际社会集中传播作为战争“受害者”的日本，塑造“被害者”的形象，但是对缘何遭遇原子弹讳莫如深，以期篡改历史。诚如本多胜一所言：“加害者一方倘若忘记了自己是加害者，那就无异于逃脱罪责、嫁祸于人。”《亲吻世界》用非虚构写作再揭长期被日本作家隐瞒、掩盖的真相，用资料、史料和档案实证了日军二战中的彻底疯狂与灭绝人性的残暴，用个体书写完成了一次与日本极端右翼历史学家、作家和编辑们合理化侵略的正面对抗，是高尚对卑鄙的参照，也是正义对邪恶的迎击，更是文学对历史的旁证。

---

① 周励：《亲吻世界——曼哈顿手记》，上海三联书店2020年版，第88页。
② 周励：《亲吻世界——曼哈顿手记》，上海三联书店2020年版，第90页。

《亲吻世界》中，周励用一系列并置对比的手法，展现了正义与非正义、人道与非人道、悲悯与嗜血、宽容与极端、牺牲自我与毁灭他人之间的善恶分野。比如温莱特将军投降日本后被残酷虐待与巴克纳因怜悯日军残部性命劝降反被射杀，盟军降将凯旋回国后受到民众英雄般欢呼与日本上至军官下至百姓必须自杀“玉碎”等，用类似于新闻“他说”的写作手法，结合详尽史料，揭露战争“最残忍、最令人感到侮辱”的断面。正如丘吉尔在战后评价二战是“一场不必要的战争”一样，周励在《亲吻世界》里警示我们，战争没有胜者。

作为华裔作家，周励对中国的身份和文化认同也随处可见，更对于中国在二战史中被遮蔽或遗忘的记忆有明显的焦急。作家多次强调作为探访贝里琉战役“二战坟墓”的“第一位中国女性”的身份角色，在以书写二战跳岛战役为主旨的过程中，为每一次“在场”和发现中国而激越。在《穿越炼狱》中，作家详述了自己考察中缅交界二战遗迹时，自愿向国际同行者介绍中国抗战的往事，那种深刻的痛感流淌在字里行间：

> 桂河大桥下面是一望无际的盟军战俘墓地，这里埋葬着6982名战俘，大多数是英国、美国和荷兰人，澳大利亚战俘公墓则埋葬着1750人，和马尼拉的美军墓地一样，整整齐齐的雪白墓碑犹如士兵方阵，代表着死者的尊严。日本军人的墓地（慰灵碑）环绕着草木和石亭。令我难过的是，这里却看不到一个中国远征军或亚裔劳工的墓地。[①]

《亲吻世界》的二战散文中，内嵌大量来自美国国家档案馆的一手资料，其中，在受降仪式上代表中国签字的中国国民政府军令部部长、二级陆军上将徐永昌的原始照片引发了作家的格外关注，尤其是盟军代表在受降仪式的签字顺序，中国位列美国之后排在第二，“十四年抗战，中国人民以巨大的牺牲，为全世界反法西斯战争的胜利做出了重要贡献。这样的排名是对中国战场重要地位的一种肯定，也是对中国人民和军队对世界反法西斯战争最终胜利所做贡献的肯定”，“我情不自禁手持着1945年9月2日密苏里战列舰的原始照片，让工作人员替我拍下留影”。[②]在书写二战美日鏖战的过程中，对中国史料勾陈的本能敏感与聚焦，北美华裔作家的族群意识与身份认同依然是新移民文学的底色之一。

---

① 周励：《亲吻世界——曼哈顿手记》，上海三联书店2020年版，第103页。

② 周励：《亲吻世界——曼哈顿手记》，上海三联书店2020年版，第36页。

## 三、“人类要爱与被爱”：战争文学的终极旨归

战争是人类真正的共同悲剧，是将毁灭人性、人道与理智合法化的火场。在《亲吻世界》中，周励多次写道盟军将领对日军“勇敢顽强”的评价，这些散记试图展现作为职业军人，盟军面对生命未被战争泯灭的敬畏与慈悲，也对比出日军在二战中的反人类暴行和彻底异化。作家在文本的运用上，用日军神风自杀机飞行员的档案照片，补白文字表述，照片中的日本士兵二十岁模样，怀抱小狗，笑容单纯、眼神澄明、神态爱怜、气质阳光，很难和杀人如麻的侵略军联系在一起，这种副文本呈现的强烈对比，为读者烘托出反战的鲜明主题。

如果说战争的本质是消灭敌人，通过《亲吻世界》，我们了解到日本的战争洗脑已经达到同时消灭自身的程度：

> 樱花特攻队自杀飞机组只提供单程油料，特攻队员被绑缚于特攻战机上，不提供伞具，断绝其求生希望。此外，日军单人驾驶潜艇鱼雷攻击美军战舰后，人员弹出的设施被堵死，人与鱼雷捆绑爆炸，万一没射中美舰，日本军人会按下自动装置引爆鱼雷，在海中自行“樱花凋落”。这种不给自杀攻击者一丝生的希望的做法，造成太平洋战场美军的巨大伤亡，仅十次“菊水”（水中菊花）行动出动飞机7 851架次，其中自杀机2423架次，虽被击落4200余架，但击沉美军舰33艘，击伤336余艘，美军更是死伤无数。①

除了对军人的洗脑，日本政府对普通国民的战时要求也同样惨绝，展现日本军国主义对生命无差别的毁灭，使《亲吻世界》让人读来惊寒不已。

> 冲绳岛的各种险峻岩石都成了自杀悬崖，10万—15万岛民和日本居民被日军逼迫集体“玉碎”，由于跳海者众多，1945年夏季悬崖之下形成几层经久不退的褐色浮尸海浪。②

无论是借由史料构建的文学想象，还是由各种符号编码组成的档案实录，都只是映现世界的一个侧面，但由此叠糅的聚合之网却可以建构出复杂的意义空间。爬梳《亲吻世界》的二战散文，周励用一组组死亡数字、官方文牍、个体故事甚至影

---

① 周励：《亲吻世界——曼哈顿手记》，上海三联书店2020年版，第22页。
② 周励：《亲吻世界——曼哈顿手记》，上海三联书店2020年版，第89页。

像符号构成文本，完成了自己对战争的想象与意识形态传布。在周励笔下，生命意识显然被置于崇高地位，她敬畏每一个被毁灭的鲜活生命。在《栗林家书》一节，周励用半是激赏半是挽歌的笔触，对这位导致盟军“伤亡28 686人，其中阵亡6821人”的硫磺岛战役日军总指挥栗林忠道完成了一次“冒险”的刻画：

> 栗林忠道曾在硫磺岛战壕里听日本电台播放的女童合唱：“英雄的硫磺岛，神奇的小岛”，暗自为诀别儿女爱妻黯然神伤，他知道自己和两万军队毫无后援，必死无疑。但为国土顽拼到底的决心反而让他产生了一种英雄主义的骄傲。①

受教于哈佛，“曾热爱美国的一切，后来也坚决反对对英美开战”的栗林，是日军少有的“亲美派”。周励通过一封封栗林家书活现出一位热爱文学，钟情妻子，怜爱儿女，柔情似水的男性形象。同时，他也是一个下令“每个日本军人死前必须先杀死十个美国人”②的嗜血将军，是日夜巡逻于战地，以至于每位日军士兵都见过的典范将领，是在大势已去时决然赴死，剖腹自尽的殉国武士。周励用家书与战壕，天使与恶魔，温情与杀戮，尽忠报国与助纣为虐的并置对比手法，托显出战争对人的异化和扭曲，并发出诘问：

> 谁打死了他？是美军的炮弹？还是昭和天皇膨胀的野心？③

周励之问，直接指向战争的终极意义。无论史学家和政客为战争裹上多么冠冕堂皇的花衣裙，都无法掩盖战争即是毁灭的本质。这也是为何幸存的硫磺岛三旗手拒绝英雄荣誉的本质原因：任何构筑在死亡之上的狂欢都是非人道的。这也展现了新移民作家“在写作实践中突破着身份立场的局限，对以往立足意识形态分歧的战争言说进行消解，重新审视战争环境中的正义辨析、战争年代对群体与个体的命运冲击，在弱化偏见与政治立场的人文关怀角度呼唤向善、向美、向和平的共同愿景”④，更体现了作家文以载道的传播自觉。而这种突破和自觉的背后，是作家将自己尊崇生命价值、人道至上的意义宏旨作为第三参照嵌入文本，进一步形成与日本军国主义践踏生命，毁灭人道的二重对比。

---

① 周励：《亲吻世界——曼哈顿手记》，上海三联书店2020年版，第73页。
② 周励：《亲吻世界——曼哈顿手记》，上海三联书店2020年版，第73页。
③ 周励：《亲吻世界——曼哈顿手记》，上海三联书店2020年版，第73页。
④ 田诗洋：《欧美华文文学中的战争书写》，吉林大学文学院2020年博士学位论文。

在《史诗般的血染战旗》一文中，作者选取了美军硫磺岛幸存通信兵雷内·加依拜访日军总指挥栗林的遗孀和儿子的动人故事：

> 1965年，在硫磺岛战役20周年之际，他（雷内·加依——本文作者）带着夫人和儿子来到日本，先飞硫磺岛祭拜了大批牺牲的美军战友，他们如果没有死，正该享受四十岁的美好人生。然后雷内·加依一家飞东京，去探望栗林在战地春梦中念念不忘的妻子和儿子太郎，他亲手送给栗林遗孀一块硫磺岛折钵山的石头。①

“任何发生过的事情都不应视为历史的弃物”，周励显然没有像本雅明批判的一些普遍历史叙述那样用“七拼八凑”的材料“填塞同质而空洞的时间”，而是“把一个特别的时代从同质的历史进程中剥离出来”②，在回溯了硫磺岛美日双方正义与非正义的殊死搏斗后，展现战争吞噬所有生命的普遍悲歌，并用一块浸透了双方血肉的战地枯石，完成了敌我之间、生命之间、历史之间的个体和解。战争通向国家民族，而和解源自个体的宽容与悲悯；反战与对和平的呼唤是战争书写的基本宏旨，而由反战生发出的人类需要爱与被爱则将战争文学的价值推上人类命运共同体的新阶。

在《亲吻世界》的六篇二战散文结尾，作者用三次同样的口语式疾呼，调和寻访遗迹与史料袒露的沉重，消融理性诉说与数字证言的冷峻：

> 走开吧，狗娘养的战争！
>
> 走开吧，我们不要另一场杀戮盛宴！
>
> 滚开吧，战争！

实际上，在所有产生巨大能量和变革的大规模的杂交结合中，没有哪一种能超过读写文化和口头文化交织时所释放出的能量③，这是周励战争书写中表情达意的聪明之处。

当然，《亲吻世界》的六篇二战散文，史料框架也存在着理想情感倾向，在意义建构中基本呈现了美国式言说的典型价值，对源于人类行为模式的战争深因，如

---

① 周励：《亲吻世界——曼哈顿手记》，上海三联书店2020年版，第77页。

② 汉娜·阿伦特：《启迪：本雅明文选》，张旭东、王斑译，生活·读书·新知三联书店2008年版，第266、275页。

③ 马歇尔·麦克卢汉：《理解媒介——论人的延伸》，何道宽译，商务印书馆2000年版，第83页。

为了利益而控制他人的战争“生物根源”，战时美日双方的集体杀戮，脆弱文化下政府易于对个人信念进行合理化灌输的文化教条，以及战争中的种族歧视、仇恨传播，交战双方都存在的反人道的“无战俘”策略，甚至“文化微演化”中基因与环境的互动所塑造的个体决策对人类走向的宏观影响等有所忽视，而上述恰是从人类天性、生物进化与文化演化的根本上理解并反思战争所必须的。[①]诚然，我们也可以从作家《亲吻世界》的书名所传达出的情感弘扬，管窥上述忽视的主观缘由。

## 四、余论

在田野考察与档案考据、遗忘与发现、救赎与毁灭、史料与想象的交互并置中，周励用地理空间、人事情节，以及个体体验建构了一个关于二战的生命场域，在正面战场这一男性权力的主阵地，用“在场”重识空间，用考证对接时间，阐发史实并结合直观生命体验，追索实貌并考辨历史定说，借数据档案理性细描，冷峻反思。独特的中西文化人生经历，凝结出周励立意取宏、入手精微的叙事路径，构建起她选材多元的书写框架，培植了她自觉的主体意识和现代性追求，她似乎在“运用历史来创造历史”，正如安东尼·吉登斯所言“利用过去以帮助构建现在”，从而贯承“人类一切人性的维护者和保护者”的作家使命。回望至今战火不断的中东和内乱不休的阿富汗，周励的《亲吻世界》显然在预警人类的灾难隐患：战争。尤其适逢新型冠状病毒肺炎疫情笼罩全球，极端民族主义时有抬头的当下，《亲吻世界》的人类情怀不啻为一次关于战争与和平的再启蒙，是相信“未来受制于人们依据心目中未来的种种可能性所采取的行动的过程”，更是关于人类命运共同体现实走向的理性隐喻。[②]

崔慎之，陕西师范大学文学院博士生。

① 保罗·R.埃力克：《人类的天性：基因、文化与人类前景》，李向慈、洪佼宜译，金城出版社2014年版，第247—251页。

② 安东尼·吉登斯：《现代性的后果》，田禾译，黄平校，译林出版社2011年版，第44页。

# 跨界书写：通向一种实践性的文化诗学

## ——论周励《亲吻世界——曼哈顿手记》

袁勇麟

周励是一个充满传奇人生的“曼哈顿中国女人”，更是一位优秀的华文女作家，新移民写作的代表人物。其文学成就主要体现在她的“曼哈顿三部曲”——《曼》、《曼哈顿情商》以及《亲吻世界》。

1985年周励携带着四十美元自费赴美留学，到纽约州立大学攻读比较文学专业学位，后改读商学院MBA专业，并在第一学期结束后创业经商，从事纺织品进出口业务，由此走上“曼哈顿的中国女人”之路。1992年因其自传体小说《曼》出版发行一百六十万册，并获得当年“十月文学奖”而名噪一时、蜚声文坛。《曼》入选“90年代最具影响力作品”和“中国百年畅销书”，成为当代中国文学史上留学生文学的经典之作，周励也因此成为新移民文学写作的重要开拓者和代表作家。2006年她又根据自己的传奇人生撰写了《曼哈顿情商》。随后，周励从曼哈顿出发，开启“探索世界”的旅程，追随自己的梦想游历了一百三十多个国家，也从一个自传体作家转身成为集作家、学者和探险家于一身的跨界文化大散文创作者。

一晃三十五年过去了，周励依然是一个富有人文情怀的作家，她在用生命来实践和追求自己一生的理想。[①]在2020年新型冠状肺炎病毒肆虐的至暗时刻，周励独坐在曼哈顿寓所窗前，回首、思考这些年来“探索世界”的经历，写下了一系列不乏惊心动魄、血脉偾张、心灵为之震颤的篇章，结集《亲吻世界》，英文标题是“Exploring the World”，2020年8月由上海三联书店出版。

《亲吻世界》的问世，再次引发读者的侧目。这是一部大气磅礴的大文化散

① 陈思和：《做真正清醒的理性主义者》，载《世界华文文学论坛》2020年第4期。

文，正如钱虹在《历史在手指间跳跃和燃烧》中指出的：作者采用纪实性报告文学的手法，从文体上来说，这是一部文学、史学、哲学互相交织的史诗；从内容上而言，既是探险实录，也是生命、激情与信念交相辉映的交响曲。[①]“如果说《曼哈顿的中国女人》是一部成功的自传体小说，那么《亲吻世界——曼哈顿手记》则是一部纪实性的史诗作品。”[②]其总体艺术特征呈现出“非虚构”与“跨界写作”的文化诗学特征。

## 一、“文化诗学”：作为一种批评的视角

“文化诗学”一词最早是美国的“新历史主义”提出来的。1982年美国加州大学伯克莱分校教授斯蒂芬·葛林伯雷（Stephen Greenblatt，又译格林布拉特）为《文类》（*Genre*）学刊一个文艺复兴研究的专刊号编选一组论文，在他所写的导言中称这些论文体现了一种“新历史主义”倾向，这一名称很快被广泛接受和使用。其批评因极其强调历史的文化性构成，因此也称之为“文化诗学”。[③]

“文化诗学”在20世纪90年代被引入中国，中国本土“文化诗学批评”的倡导者蒋述卓先生1995年在《当代人》杂志刊发的理论文章《走文化诗学之路——关于第三种批评的构想》[④]，乃中国语境中较早为“文化诗学”命名的篇什。[⑤]他对文化诗学的界定是：“所谓文化诗学，就是从文化的角度对文学进行批评。”他认为文化诗学的价值基点是文化关怀与人文关怀。[⑥]

提出“中国文化诗学”构想的李春青在《论文化诗学与审美诗学的差异与关联》一文中也指出：文化诗学就是以文化为核心或主要研究视角的诗学，而审美诗学就是以审美为核心或主要研究视角的诗学。无论哪种诗学，其研究对象都是文学

---

① 钱虹：《周励〈亲吻世界〉：历史在手指间跳跃和燃烧》，载《文艺报》2021年4月16日。

② 李天纲：《从上海出发，去世界各地探索人类文明》，载《世界华文文学论坛》2020年第4期。

③ 马新国主编：《西方文论史》（修订版），高等教育出版社2002年版，第606—607页。

④ 蒋述卓：《走文化诗学之路——关于第三种批评的构想》，载《当代人》1995年第4期。

⑤ 肖明华：《文化诗学发生考论》，载《江西师范大学学报》（哲学社会科学版）2018年第3期。

⑥ 蒋述卓：《文化诗学之路的宽广前程——蒋述卓教授访谈录》，载《当代文坛》2018年第6期。

现象。因此这里所谓“核心”，不是指研究对象，而是指研究的视角与目的——文化诗学是从社会文化的角度来考察文学现象，并以揭示文学现象与各种社会文化因素之间的复杂关系为目的的；审美诗学则是从审美的角度来考察文学现象，目的在于揭示这些文学现象所包含的审美经验及其呈现方式。[①]

“文化诗学”批评的最显著特征之一是“跨学科研究”。张京媛在《新历史主义与文学批评》的前言中指出：“新历史主义不循规蹈矩，大胆跨越历史学、人类学、艺术学、政治学、文学、经济等各学科的界线，因此也有人泛称其为‘跨学科研究’。”[②]鉴于周励《亲吻世界》跨越战争、历史、文学、艺术、政治、经济，甚至极地探险、科考等各学科的界线的“跨界写作”特征，本文拟选择从“文化诗学”视角来解读、阐释其“跨界书写”与“非虚构写作”的文化关怀与人文关怀的价值与意义。

## 二、周励“探索世界”的跨界书写

周励“探索世界”的脚踪遍布世界各地，其创作题材涉及面也非常广阔。周励的“跨界书写”首先呈现出地理空间的跨界；其次是考察、研究与写作对象（学科）的跨界；再次，是在“探索世界”的过程中，个体文化身份发生的跨界。

周励的“跨界书写”首先呈现出地理空间的跨界。在《亲吻世界》中，我们可以看到周励从曼哈顿出发，追随自己的梦想，足迹遍布世界130多个国家。她跑遍欧洲的各大艺术博物馆，欣赏了文艺复兴之后几乎所有艺术家的杰作。自2012年11月乘坐“银海号”和香港唐英年夫妇首次探险南极，从此一发不可收，开始对欧美探险史英雄时代进行实地追踪。从2012到2019年，周励先后去过四次南极，三次北极，两次瑞士阿尔卑斯山马特洪峰，两次西藏珠穆朗玛峰，四次登上“雪龙号”，探访了南极长城站和中冰联合北极考察站。在古巴寻找海明威，在普罗斯旺寻找凡·高，在波尔多寻找孟德斯鸠，在伦敦寻找丘吉尔……去帕劳浮潜发现贝里琉岛

① 李春青：《论文化诗学与审美诗学的差异与关联》，载《北京师范大学学报》（社会科学版）2016年第5期。

② 张京媛主编：《新历史主义与文学批评》，北京大学出版社1993年版，前言第1—2页。

战役遗址和尼米兹石碑，继而环绕太平洋八万里，跑遍燃烧的太平洋跳岛战役遗址……[①]

其次是考察、研究与写作对象学科内容的跨界。从《曼》到《亲吻世界》，其写作题材从商界跨越到战争、文学、艺术、哲学、历史、政治（人物）等人文社会科学领域，甚至极地探险、自然科考等地理学、自然科学各领域。从《亲吻世界》的主要内容看，周励“探索世界”的跨界书写约略概括起来主要呈现出三个重要的面向：太平洋战役的探险、欧洲君主与启蒙先驱的探寻、南北极及珠峰的寻梦。

周励《亲吻世界》全书共二十八篇散文，按内容分为三部分：

第一部分“被遗忘的炼狱：跳岛战役探险录”。这是关于现代战争——二战历史散文系列，本辑收入的是记录二战跳岛战役的六篇散文。在2020年新型冠状病毒肺炎病毒肆虐的“至暗时刻”，周励根据自己近年来对第二次世界大战太平洋战区——跳岛战役遗迹进行的实地考察，用充满激情的文学，再现了二战“燃烧的太平洋，杀戮的跳岛战役”[②]，掀开被遗忘的历史。作者对于二战太平洋战场的考察研究与探索带有“文化考古”性质，旨在对战争历史钩沉、遗迹的追寻与现代战争的警示，并高举起现代战争警示牌：“以史为镜，以史为鉴。”

第二部分“亲吻世界：镌刻在心灵岩洞上的壁画”。这是关于文学、艺术、哲学、历史、政治的散文系列，本辑收入了作者在世界各地游历、寻访名人故居的纪实散文。内容涉及作者在欧洲、美洲、非洲各地追寻凡·高、海明威、凯伦·布里克森等文学艺术家生活轨迹，寻找腓特烈大帝、叶卡捷琳娜女皇、路易十四以及伏尔泰、孟德斯鸠等政治家、思想家，窥探近代欧洲君主与启蒙先驱的关系，以及对于古巴革命家格瓦拉的英勇斗争精神、英国政治家丘吉尔在二战中的睿智和胸怀的颂扬，等等。

第三部分“燃情三极：南极点、北极点、珠峰逐梦”。这是关于极地探险和科考的散文系列，本辑收入作者四次南极探险、三次北极探险、两次攀登马特洪峰和两次西藏珠峰大本营的探险实录，以及关于探访中国科考队和中冰科考站建设的情况……主要讲述了作者迷恋上南北极、珠峰探险史和探险家的传记，开始挑战极

---

① 周励：《亲吻世界——曼哈顿手记》，上海三联书店2020年版，第9页。

② 陆士清：《诗的情怀、史的血泪和辉煌——读周励的〈亲吻世界〉》，载《世界华文文学论坛》2020年第4期。

限，寻找探险家的足迹。呈现了作者对于生命与自然极限探险的激情和梦想，对于人类探险史上的探险家的敬佩之情，以及为中国科考事业的崛起而自豪。

此外，还有个体文化身份的跨界。在“探索世界”的过程中，周励的个体文化身份也发生了跨界现象。她从一个作家出发，走着走着渐渐变成了一个考古学家、一个历史学者、一个探险家。周励的跨界书写也因此呈现出一种实践性的文化诗学特征。

## 三、通向一种实践性的文化诗学

“非虚构写作”最早源于20世纪60年代的美国。在中国的理论语境中，自2010年《人民文学》开辟了非虚构写作栏目，晚近十年来已成为中国当代文学思潮最重要的概念之一，但二者写作立场、内涵构成、发生语境和话语呈现方式不同。关于“非虚构写作”，顾名思义，它首先要求纪实性，拒绝虚构人物和情节，作家自身即为事件的“目击者”；其次，强调作家的行动力，田野考察和纪事采访成为主要的行动方式，观察、调查采访以及文献的验证成为“非虚构写作”的合法性基础；最后，“非虚构写作”强调一种严肃的作家姿态和作家立场，并在某种意义上强调作家的道德感……总而言之，“非虚构写作”实质上是要求以“在场”的方式，在“个人性”与“公共性”之间找到一种平衡，重新疏通文学与社会之间的对话和互动。[①]

根据文本所体现的作家写真意识、文本再现的似真程度，以及读者接受时的真实感效果，“非虚构写作”文本类型可划分为：完全非虚构、不完全非虚构、仿非虚构类型。[②]按照非虚构写作的文类分属，周励在《曼》中已经开始呈现出非虚构小说写作的特征，可以视为广义的“非虚构”文学作品。《曼》是一部自传体小说，但同时也是一个具有历史性的文本——它是一部个人史与时代史相结合的产物，呈现出“文革”一代、知青一代、改革开放一代人的追求、向往、压抑与奋斗的生存

---

① 杨庆祥：《“非虚构写作”的历史、当下与可能》，载《中国现代文学研究丛刊》2021年第7期。

② 陈剑晖：《“非虚构写作”概念之辨及相关问题》，载《中国当代文学研究》2021年第5期。

状态与精神面貌——是时代历史的“缩影”。周励谈到这部作品时曾说：“我蘸着泪水和激情，以自己的真实生活为基础写了自传体小说《曼哈顿的中国女人》，被著名美国华裔学者董鼎山教授称为‘展现了一个时代，影响了一代人’。”如果说周励的《曼》开始呈现出非虚构文学的写作特征，那么《亲吻世界》（文化大散文）就是一部典型的或者说狭义的（主要指散文与报告文学）“非虚构写作”作品。

“非虚构写作”具有“介入”“在场”“真实”“质疑”的品格，田野考察、观察、调查采访以及文献的验证成为“非虚构写作”的重要方式与基础。周励的“探索世界”呈现出一种实践性的文化诗学特征。

为了还原二战历史真相，再现太平洋战争场景，揭示战争的残酷，呈现人性、灵魂、思想、情感温度，在“被遗忘的炼狱：跳岛战役探险录”中，我们看到几年来她的足迹遍布跳岛战役遗址——先后踏上帕劳贝里琉岛战役、塞班岛战役、天宁岛战役、关岛战役、硫磺岛战役、冲绳岛战役、莱特岛战役、科雷吉多岛和吕宋岛战役的遗址……曼谷桂河大桥的泰缅死亡铁路、战争岛巴丹死亡行军起始地和广岛原子弹原爆点等太平洋战争中著名的“跳岛战役”遗址。[①]为了寻求“在场”体验，在一些难于企及的危险地带，周励常常不顾个人生命安危，想尽办法，甚至雇直升机或单人小飞机、租用船只亲临现场，实地考察。她冒险踏上被遗忘的血色海滩考察贝里琉岛战役遗址，发现了尼米兹石碑；潜入帕劳海底充满尸骸的战争坟墓——“二战博物馆”，实地考察被击沉的日本军舰遗骸，揭示了战争的血腥惨烈和生命杀戮的残酷与凄凉。[②]

为了求证历史真相，周励像学者一样重视文献研究。她怀着震惊与感伤，像历史学家和考古学家一样仔细发掘历史上或有或无记载的实物与事件，到华盛顿海军陆战队硫磺岛战役博物馆、阿灵顿国家公墓、美国国家档案馆等反复查询、核对、考证太平洋战争相关的史料、照片、报道、录像。在《史诗般的血染战旗》中，周励在美国国家档案馆里找到两张《硫磺岛插上星条旗》的照片，破解了插旗战士之谜。[③]以丰富的图片和史料、文献、档案等还原了太平洋战争尤其是“跳岛”战役的全景，解开鏖战杀戮背后不为人知的隐秘。

---

① 周励：《亲吻世界——曼哈顿手记》，上海三联书店2020年版，第104页。
② 周励：《亲吻世界——曼哈顿手记》，上海三联书店2020年版，第8—10页。
③ 周励：《亲吻世界——曼哈顿手记》，上海三联书店2020年版，第61页。

为了追寻历史先贤的足迹，周励在旅途中总是拿着一本书、一张地图什么的去寻踪。她跟随历史先贤的脚踪、寻找他们的遗迹，并试图在历史的灰烬中铭写。复旦大学历史学教授、博士生导师金光耀在《在历史中探索人性》中说："周励在本书中对史实的追寻，也给作为一个历史学从业者的我留下了深刻的印象。中国传统读书人信奉'读万卷书，走万里路'，如今学院中人要将读书与行路结合进来并非易事，而周励将两者的结合推向了很少人能够达到的完美程度。她手持《哲学通信》追寻伏尔泰的足迹，背包里放一本《凡·高书信》去走画家最后的麦田，带着罗斯福、丘吉尔、艾森豪威尔、朱可夫等人的传记跑遍了二战中的欧洲战场和太平洋战场。这真让我们这些做历史的人羡慕不已。"[①]她飞行八万里，两次到美洲寻找凯伦·布里克森、海明威、老罗斯福、丘吉尔的足迹，随身携带凯伦·布里克森的《走出非洲》、海明威的《乞力马扎罗的雪》、霍契勒的《爸爸海明威》、柏瑞尔·马卡姆的《夜航西飞》，让非洲情景和书中文字交相辉映。[②]这样的行路让她发现了尼米兹石碑，也使她在奥维尔小镇重走凡·高最后的"麦田终极小道"，对《凡·高传》中关于画家的死亡地点质疑。

为了挑战极限，寻找探险家的足迹，周励开始对欧美探险史英雄时代进行实地追踪。从2012到2019年周励七次参加南北极探险，四次登上"雪龙号"，探访南极长城站和中冰联合北极考察站。2013年乘坐"银海号"探险北极斯瓦尔巴群岛，祭拜百年前因北极探险罹难的瑞典科学家安德烈，探访挪威探险家阿蒙森的特罗姆瑟北极探险博物馆。2016年探险南极三岛，来到梦魂萦绕的沙克尔顿墓地，向先辈鞠躬致敬。同年重返西藏，探访绒布寺马里洛遗迹，攀登珠峰大本营。2017年抵达南极点，向挪威探险家阿蒙森和英国探险先驱斯科特鞠躬致敬。[③]2007年俄罗斯在北极点以下4 261米插上一面能保存一百年的钛合金国旗，这一举动引爆了北极争夺战。为了"见证竞争，亲历历史"，2016年周励乘坐俄罗斯核动力破冰船抵达北极点，在北纬九十度参加跳海冰泳活动。当她跳入冰海，瞬即灭顶，浑身感到被冰碴儿包围箍住，刺骨疼痛……这是一个冰寒彻骨、死神扼喉、超越极限的体验，周励由此真正感受到了人类探险先驱巴伦支、白令、安德烈、阿蒙森和斯科特在极地冰寒中

---

① 金光耀：《在历史中探索人性》，载《世界华文文学论坛》2020年第4期。

② 周励：《亲吻世界——曼哈顿手记》，上海三联书店2020年版，第166页。

③ 周励：《亲吻世界——曼哈顿手记》，上海三联书店2020年版，第345—346页。

活活冻死的瞬间，为先驱者前仆后继的精神所震撼！①

综上所述，在《亲吻世界》写作中，周励的“探索世界”是带着文化考古研究意味的，她以“文化诗学”的人类学视角和方法，依靠田野考察、观察访谈、人类学的文化考古、踪迹学追寻寻求“在场”体验，以及通过文献研究资料的验证手段与方法来完成对于二战、欧洲皇室、探险史等“历史本文”的研究、分析，呈现出“历史的文学性与文学的历史性”的文化诗学特征。

## 四、“以史为鉴”的人文关怀

在中国语境中较早为“文化诗学”命名的蒋述卓先生认为，文化诗学的价值基点是文化关怀与人文关怀。其内涵可分为这样三个层次：一是从文化的角度分析作品表现出来的文化哲学观，阐释出作品体现的文化观念与文化思想，解决叙述者的文化立场与文化背景问题；二是把作品描绘的社会状态、人物命运与心理活动放到相应的文化背景下去考察，揭示出作品所具有的文化内涵及其所反映的社会文化心态，从而解决文学作品与文化背景的关系；三是要站在跨世纪的角度，着重关注作品对文化人格建设的作用，尝试去解决批评的时代性问题。②

周励开启探索世界旅程的出发点在于“寻找”，这是《亲吻世界》目录的小标题中使用频率最高的一个关键词。而且她反复强调其写作的宗旨是：“以史为镜，以史为鉴。”当我们从文化诗学研究的“文化视角”与“价值基点”来看周励的《亲吻世界》，将发现这是一部具有丰富文化内涵与人文价值的作品。

陈思和在《亲吻世界》的序言中写道：“她不是简单地为探险而探险，更不是仅仅为了证明自己的生命能量，她在这十年中穿梭般的探险实践，是被一股巨大的人文力量所推动，催促她去解读历史留存的谜点。她为自己能在帕劳贝里琉岛上发现尼米兹石碑而激动不已，为自己在美国国家档案馆里找到两张《硫磺岛插上星条旗》的照片、破解了插旗战士之谜而欣喜若狂，甚至她在巴黎奥维尔小镇寻找凡·高人生最后七十天的期间，用身体力行的跑步去体验凡·高死亡的真相……这

① 周励：《亲吻世界——曼哈顿手记》，上海三联书店2020年版，第368页。

② 蒋述卓：《走文化诗学之路——关于第三种批评的构想》，载《当代人》1995年第4期。

些片刻的描写给我留下深刻的印象。”[①]

在“被遗忘的炼狱：跳岛战役探险录”的六篇历史散文中，我们看到周励充满英雄主义情怀和人道主义思想。她饱含深情地描写二战期间一个个辉煌人物，呈现出对二战英雄、士兵英勇行为的赞美和钦佩之情。在“密苏里”号战舰上的受降仪式，当周励看到高大帅气的麦克阿瑟与尼米兹两人一起雄赳赳走向主会场时，她直呼：“真爱死他们了！”[②]周励对于尼米兹上将更是情有独钟、赞扬有加，但并非因为他是太平洋战争的常胜将军，而是他在贝里琉战役日军墓园的入口处尼米兹石碑上书写的碑文，显示了“在败者面前，王者的谦虚、对失去生命的悲悯与对军事专业领域勇猛同行的敬佩，都放射着人格和教养的魅力光芒”！她写道：“2015年的夏天，我从帕劳贝里琉岛激战遗址的石碑——被海水包围的‘罗塞塔石碑’前站了起来，心中宛如太平洋浪潮翻滚，尼米兹的形象刻入我的脑海，从此不忘。”[③]

在太平洋战争跳岛战役的系列文章中，也蕴含着作者对生命的悲悯之怀、敬畏之心。周励不仅饱含深情地描写赞美二战英雄，对于千百万游荡在太平洋怒涛之上的冤魂亡灵也充满悲悯之情。她记叙太平洋战争盟军的胜利，却没有回避跳岛战役的惨烈、麦克阿瑟的一次错误决策。贝里琉岛战役伤亡巨大，麦克阿瑟为争夺机场发动一场惨烈血战，结果牺牲了许多鲜活的生命。周励虽然崇拜麦克阿瑟，但同时也清醒地认识到：“现在，麦克阿瑟终于回来了。但是，一将功成万骨枯。”在战争岛博物馆凝视伞兵飞夺磐石系列照片时，周励不由泪水盈眶。而对败将英雄温莱特中将为保护78 000万军人的生命而缴械投降的事实，周励则高度称赞其“舍己救国”“为士兵生命而牺牲个人名誉的贵族行为”。[④]

在“亲吻世界：镌刻在心灵岩洞上的壁画”的系列散文中，我们看到周励对于人文艺术的热爱，对于启蒙主义思想的关怀，探寻历史胎动的幽秘，向爆燃的杰出生命致敬崇。她热爱艺术，几乎跑遍了欧洲的艺术博物馆，欣赏文艺复兴之后所有艺术家的杰作。以悲悯情怀、实地考据和理性分析，还原了凡·高的生死之谜，批判了社会的冷漠，颂扬的凡·高伟大的而崇高的人格。她探寻海明威、凯伦·布里

---

① 陈思和：《做真正清醒的理性主义者》，载《世界华文文学论坛》2020年第4期。
② 周励：《亲吻世界——曼哈顿手记》，上海三联书店2020年版，第33页。
③ 周励：《亲吻世界——曼哈顿手记》，上海三联书店2020年版，第5—6页。
④ 周励：《亲吻世界——曼哈顿手记》，上海三联书店2020年版，第94—101页。

克森，以及革命家格瓦拉和政治家丘吉尔等人的踪迹，发现他们的生命之谜，探寻他们的人生奥秘，诠释他们人格的魅力与生命的意义，并将崇敬、爱和悲悯奉献给他们。她对凡·高充满爱和悲悯，把海明威视为精神上的父亲，崇敬古巴革命家格瓦拉的英勇斗争精神、英国政治家丘吉尔的睿智和胸怀。

最值得称道的是周励的叙述中闪烁着人文主义思想与人道主义精神。在寻找腓特烈大帝、叶卡捷琳娜女皇、路易十四以及伏尔泰、孟德斯鸠等政治家、思想家的系列历史散文中，周励的视点始终聚焦于窥探近代欧洲君主与启蒙先驱的互动关系，考察他们在欧洲启蒙主义运动中的推动作用，并不吝啬颂扬他们的功绩。她称赞18世纪欧洲最伟大的皇帝、哲学国王腓特烈大帝让世界看到了日耳曼精神宫殿的璀璨玫瑰，光芒四射的太阳王路易十四一手造就了法国经济发展、军事强大、古典文学全盛的时期，路易十五情人蓬巴杜夫人力排众议释放了狄德罗，以及成为法国艺术家、哲学家、作家的保护之神，以美的心智造就了法国的辉煌。

而在“燃情三极：南极点、北极点、珠峰逐梦”极地探险系列散文中，周励通过追寻探险先驱斯科特、阿蒙森和沙克尔顿、马洛里等探险英雄的踪迹，极地探险挑战自然海拔巅峰体验，为我们呈现了人类改变世界的伟大旅程和激情梦想，表达了她对英雄勇敢、坚强、忍耐、牺牲精神崇敬之情，颂扬了人类征服自然和改变世界的梦想、勇气和探索精神。与此同时也批评了近代中国的闭关锁国，对中国当代科考事业发展、为祖国在南北极科考中的“大国崛起”而为之骄傲与自豪。

关于战争历史反思与批判，无疑是全书中最不可忽略、最重要的一个部分。“二战是人类文明的恶之花，可以说是人类最残忍的集体行为。二战以6000万以上的死亡人数，在人类历史上留下了不可磨灭的印记。”[①]周励在太平洋中各个岛屿间探寻二战遗迹，不只是为了身临其境描绘出战争进程中的细节和战场的真实面貌，更是为了呈现出残酷的战争中一个个活生生的军人，并通过他们来探讨人性，揭示战争中的人性与狼性的转换，追问战争的成因。[②]

日本帝国联合舰队司令山本五十六与陆军大将、硫磺岛日军总指挥栗林忠道都是燃烧的太平洋战争中日军的关键人物。他俩都曾在哈佛学习，都曾极力反对日本对美国开战，然而，樱花下的军国主义逐渐荡涤了他们原本清醒的头脑，最终导致

---

① 周励：《亲吻世界——曼哈顿手记》，上海三联书店2020年版，第16页。

② 金光耀：《在历史中探索人性》，载《世界华文文学论坛》2020年第4期。

了个人命运的悲惨结局。山本五十六后来一手策划了突袭珍珠港军事行动，之后仅一年半即被尼米兹成功截击机毁人亡，栗林忠道1945年3月战死硫磺岛尸骨无踪。周励通过描述山本五十六和栗林忠道从崇敬和平的哈佛学子到冷血军阀的人生演变，揭示了战争中的人性与狼性的转换，提醒世人不能让形形色色的樱花俯冲机重演！[①]

在再现这段血色历史的同时，周励进一步追问战争的成因，探讨人性与狼性的转换与批判樱花军国主义的关系，并批判樱花军国主义思想。周励对栗林忠道和西竹一这样的人为天皇“玉碎”可惜，她追问道：“谁打死了他？是美军的炮弹？还是裕仁天皇膨胀的野心？”周励更为二战末期10 000多名东京大学、京都大学学生自愿加入“神风特攻队”，执行骇人听闻的“一人、一机、一弹换一舰”的自杀攻击行为而痛心。她写道：他们斗志昂扬，视死如归，为什么？那是因为日本极权主义者在舆情上将樱花美学的民族主义宣扬到了淋漓尽致的地步，军国主义操纵着历史悠久的樱花象征，说服军人为天皇“如美丽樱花飘零而逝”！被洗脑、打鸡血，抱团战死，至高无上，这些都让加了毒素的樱花美学在极端军国主义的氛围中熊熊燃烧，在跳岛战役中处处可见！[②]周励揭穿了引发战争的残酷真相：朵朵樱花在裕仁天皇的野心驱动下，拉开让千万日本儿女灭顶的血腥帷幕，原来人类的恶与凶残都是被充满野心与贪婪的政客调教出来的！

日本军国主义、民粹主义的可怕——不仅杀戮敌人，更是摧残国家、毁灭本国优秀儿女的生命！[③]因此，周励喊出：“走开吧！我们不要另一场杀戮盛宴！悲惨的人类需要爱与被爱！滚开吧，战争！”[④]面对今日世界的紧张态势，周励从战争的残酷与人性尊严的视角出发，提出尽快结束至暗时刻，不要重蹈战争的覆辙的忠告。她以二战的惨烈警告世人，发出“以史为镜，以史为鉴”的警示。

## 五、结束语

综上所述，在2020年新型冠状病毒肺炎肆虐的至暗时刻，周励为我们奉献了一

① 周励：《亲吻世界——曼哈顿手记》，上海三联书店2020年版，第21—24页。
② 周励：《亲吻世界——曼哈顿手记》，上海三联书店2020年版，第21页。
③ 金光耀：《在历史中探索人性》，载《世界华文文学论坛》2020年第4期。
④ 周励：《亲吻世界——曼哈顿手记》，上海三联书店2020年版，第108页。

部“集历史考辨、人文寻踪和旅行探险于一体的文化大散文，一部以国际视野和现代意识审视历史与现实的人文启示录”[①]。周励的“非虚构写作”呈现出“文化考古”诗学特征。她从“文化视角”出发，其“探索世界”的“跨界书写”带着文化考古性质的研究，呈现出文化关怀与人文关怀的价值基点。她以“文化诗学”的人类学视角和方法，依靠田野考察、人类学的文化考古、踪迹追寻以及文献研究的验证手段与方法，千方百计地去挖掘和拾掇那些边缘性的或被忽略的历史文化碎片，来重新缀补世界近现代文化精神指掌图，还原历史面貌，以期达到“以史为镜，以史为鉴”的目的。

袁勇麟，福建师范大学文学院教授、博导，著名文学评论家，兼中国世界华文文学学会副会长等。

---

① 胡德才：《〈亲吻世界〉的意义》，载《世界华文文学论坛》2020年第4期。

# 践行人文精神的理想

## ——读周励的《亲吻世界——曼哈顿手记》

栾梅健

1992年，旅美作家周励出版了她的自传体长篇小说《曼》，以其励志精神与对西方世界的真切描写，在当时国门初开的背景下，引起了国内读者的热烈追捧，畅销一百六十多万册。她也成了海外华文作家的重要代表。

三十年匆匆过去。当年穿梭于曼哈顿各大写字楼之间、奔忙于中美贸易公司谈判的那个中国女人，已经实现了财务自由。她已不需要再营营于物质的苦心追求，而可以腾出身来放飞心灵。正如她在看完电影《玛丽·安托瓦内特》时所说，“心灵将挣脱物欲诱惑的浮躁世界而与历史共同沉淀”。

这部长达近四十万字的《亲吻世界》，就是她十余年来踏访二战遗迹、寻找文艺大师踪影、勇登南北极和珠峰的文字见证。正如陈思和先生在该书的序言中所说：“周励仍然是一个富有人文情怀的作家，她在用生命来实践和追求自己一生的理想。”

该书第一部分“被遗忘的炼狱：跳岛战役探险录”，共六篇长文，是关于二战时期不太为人们所熟悉的太平洋战争中跳岛战役的实地考察与追踪。作者环绕太平洋八万里，实地考察贝里琉岛战役、塞班岛战役、天宁岛战役、关岛战役、硫磺岛战役、冲绳岛战役、菲律宾莱特岛战役、科雷吉多岛和吕宋岛战役的遗址，并到美国国家档案馆、阿灵顿国家公墓、夏威夷珍珠港“密苏里号”战列舰纪念馆等地广泛查找资料。如此费心费力地远途跋涉，在她看来，就是作为一个抗日战争新四军的后代，对这场惨绝人寰的战争抱持了太多的追究与思考。她在深深缅怀美、中抗日前辈和浴血战士的同时，也深感樱花军国主义、极端民粹主义对日本全民洗脑的可怕。她觉得：“忘记历史的人将重蹈历史覆辙，只有吸取历史教训，才有未来的永久和平。”

第二部分“亲吻世界：镌刻在心灵岩洞上的壁画”，是对一批杰出的文学家、艺术家和思想家的礼赞。她曾说：“对于每天奔忙于纽约商圈的我，唯有回到纯粹的文学艺术中才能体验到生命的意义和幸福的含义。”走在印象画大师凡·高度过最后岁月的阿尔勒和奥维尔小镇，她仿佛看到满脸忧伤的倔强大师迎面走来，她感到人类所有的痛苦和屈辱，都可转化为生命的火焰与动力。寻访《老人与海》的作者海明威的经历，使她深深地感到，海明威把百折不挠的探险精神留给了世世代代的后人，“人可以被毁灭，但不能被打败”！站在启蒙思想家伏尔泰墓前，她脑海中是她跌宕人生中的无数磨难和他那九十多卷的浩繁著作，他引领卢梭、孟德斯鸠和狄德罗掀起的启蒙浪潮改变了欧洲和世界史。她觉得，他使人类懂得，精神应该是自由的。她经常不由自主地在文中写到，爱上旅行吧，爱上邮轮吧，带上几本好书，去和那些对历史、文学、诗、哲学有着精湛理解的艺术大师做灵魂上的交流。因为，他们是人类精神追求的光辉楷模。

第三部分“燃情三极：南极点、北极点、珠峰逐梦”，是记录她极地探险的奇特经历。作者周励在六十岁时曾做过一次大手术，但这并没有妨碍她勇于探险的脚步。她先后四次到过南极，三次去过北极，两次马特洪峰（一次攀登、一次飞越），两次珠峰（一次巅顶航拍、一次攀登珠峰大本营）。这对于年富力强的年轻人来说，都不是敢轻易决定的行动，而这时，作者已经是六十多岁，何况还动过手术。她自问自答，为什么要去北极点？与生俱来的好奇心？对一切与物质无关的事物充满兴趣？她的回答是：“一个人最大的财富，是血液里创新的激情；是心灵与历史人物的对话；是读万卷书、行走天下的勇气与理想。”她发现，南极是那么美丽，美丽得几乎让人窒息；南极又是那么的纯净，纯净得令人敬畏！它带给人们的不仅仅是一次观景，它更是对人类探险史上勇士们的朝圣膜拜，是一次次的心灵洗礼。她会情不自禁地说：“我们都是凡尘微小过客，但远方的梦让我们内心像壮丽的悬日和璀璨的星空。探索探险，总是令人激情澎湃。”

二战之旅、文艺之旅和探险之旅，构成了这本《亲吻世界》的主要内容。在艺术表现上，作者的文字明丽、典雅、富于激情。试看一段西藏风情的描写：“蓝天丽日下，我们来到美丽的雅鲁藏布江，波光潋滟，羊群饮水，宁静如画。发源于喜马拉雅山北麓杰马央宗冰川，灵秀之水在平均海拔4000米之上流淌，宛若天堂之河！”心中有豪情、有壮志，表现于文字，自然也就如欢快奔腾的河水了。

当今世界，有的人挥金如土、声色犬马，作品中留下的自然是腐朽、颓废的气息；而有的人则以淬炼成钢的精神为力量，攀爬生命的高处，追求身心的自由与灵魂的飞扬。《亲吻世界》中的人文情怀，给我们提供了阅读的境界，并昭示着走向世界的中国当代作家未来的无限可能。

栾梅健，复旦大学中文系教授、博导，中国当代文学创作与研究中心副主任。

# 探索生命无限可能的激情

## ——我所认识的周励

白舒荣

周励的人生堪称丰富精彩：少时好学喜文艺，十八岁奔赴黑龙江建设兵团，二十一岁进大学，返沪后从业为医，而立年余怀揣四十美元渡洋，留学纽约州立大学，四年后，赤手空拳于曼哈顿经商拼搏，实现财富自由，著述自传式小说《曼》，由此蜚声文坛。

无论到哪里，周励都很容易成为焦点。《曼》出版已然距今近三十年，但当作者现身时，仍常引发书迷的激动喧哗。

2020年《亲吻世界》问世，有以复旦大学著名教授陈思和为首的海内外大学教授、华文作家、媒体记者等，撰写了不少评论文章。国内东南西北多地，凡周励所到之处，均引发周围人的热情关注，《亲吻世界》所获的荣宠，与《曼》几近伯仲，作者也再度成为热点人物。

因世界华文文学会议和华文文学活动，我结识周励后，交往较多。她于众多华文作家中，较为亮眼，是不可忽视的存在。有几件事给我留下了深刻的印象。

## 一、重然诺，守信用

2016年11月，国务院侨务办公室、中国海外交流协会、中国世界华文文学学会于北京举办第二届世界华文作家大会。会议在钓鱼台国宾馆举行了开幕式后，分小组于所住宾馆作研讨活动。我作为“讲好中国故事”分论坛召集人，事先约了十多位讲者，有新加坡的尤今，马来西亚的戴小华、黎紫书，泰国的司马攻、印度尼西亚的袁霓、美国的卢新华、周励，加拿大的陈河，英国的虹影，捷克斯洛伐克的老木，以及中国香港的葛亮、周蜜蜜和中国台湾的蓝博洲等国家和地区的华文作家，可谓名家云集。

我把周励安排为第一发言人，相信她能点燃会场情绪带起节奏。

未料，会前不久，她告诉我，因病住院了。像她那样精力超常的人一旦住院，我想病得定然不轻（她患了急性胆囊炎）。她却一再告诉我，要争取参加。我不敢抱希望。却不料她开刀后竟起病床拔插管，从上海飞北京，准时出现在会场。她的重然诺，守信用，令我感动，记忆深刻。

当时看过她断断续续发表的一些南北极和珠峰探险的文章，她对探索生命无限可能的激情和执着令我感佩不已。开会当年夏，她正好乘坐俄罗斯“五十年胜利号”核动力破冰船驶往北极点。这已是她第四次前往南北极探险。

“讲好中国故事”专场，按计划周励首开演讲。她历数探访南北极、登临珠峰，特别细述了不久前在北冰洋的一次冰泳：跳水后浑身如入冰窖，冰碴儿箍身，疼痛刺骨，当冰水瞬间覆盖头顶时，游泳帽被浪花卷走，为了环保，她想游出去抓回来，全然不顾在北冰洋零下一点五度的冰海中浸泡十分钟就足以丧命的提醒，为此成为全船十几位跳水者中冰泳时间最长的一位。这年，她已六十多岁。

对着话筒站立的周励，挥舞手臂、顾盼生辉、慷慨激昂、神采飞扬、声情并茂、兴奋地历数探险，以及她登上“雪龙号”和南极长城站的独特体验，令人怦然心动，腾腾点燃的情感，为眼前这位中华女子的不凡经历，无所畏惧的探险精神。大家报之以热烈掌声，整场演讲的热烈气氛被她所带动。

周励带病只身从上海赴北京，重然诺，守信用，她做人的优秀品格，值得敬重。

## 二、认准的事，定要实现

周励认准想做的事，定要实现，不达目的不罢休。这是她给我的另一深刻印象。

2018年夏，我策划并组织了同马尼拉当地文学组织联合召开的菲律宾华文文学国际研讨会，报名参加者有国内学者和海外华文作家约近四十人。

会议程序和活动内容已经安排定，周励突然提出要参观“战争岛”。她给我私信、在会议群里呼吁，不断发相关战争岛的文字资料作鼓动，并发起报名接龙。

这个提议很突然，马尼拉会议的日程已经排定，其中有些活动牵涉几家单位的对接，难以突然变动。我和当地承办者都感觉为难。

但周励不屈不挠坚持，当时有人告诉我，她正在写关于太平洋战争跳岛战役的文章，唯独战争岛还没去过。陌生的战争岛，经她一再介绍，果然引起了众人的兴趣。

菲律宾科雷吉多岛，俗称战争岛，扼着菲律宾马尼拉湾入口处，因地理位置险要，历来为兵家必争之地。二战爆发后，在此发生过日美两军的惨烈交战，声名狼藉的巴丹死亡行军由此岛马林塔隧道开始，载入战争史册，提醒着人类对和平的珍视，对战争的憎恶。

参会者报名去战争岛的人不少，最后按照周励的建议，大家达成共识，参观战争岛的人比报到日提前一天到马尼拉，不占用会议时间，专门安排旅行社和导游。

探访战争岛是周励的提议，也因她锲而不舍地坚持得以实现。这件事不大，见微知著，由此可见她为何能成为财务自由的曼哈顿的中国女人，为何能热情无畏地去亲吻世界。

战争岛之行，确实值得，那段历史令人难忘，岛上处处是废弃的重炮和建筑废墟，满目疮夷，对着湛蓝的马尼拉湾无声呜咽，控诉发动战争者的罪恶滔天。

特别记得，战争岛上有座美军统帅麦克阿瑟将军叼着烟斗神气十足的雕像，刻着他当年被打下海，败走澳大利亚时掷下的一句话："我会回来。"参观中，周励情绪高涨，朗声念着麦克阿瑟坐像下镌刻的那句"I Shall Return"的名言，和大家讲述温莱特将军带领近八万美菲官兵向日军投降的悲怆往事。

她在《亲吻世界》第一部分"被遗忘的炼狱：跳岛战役探险录"中这样描述：

1944年底盟军司令部将岛上6000多名日军误判为仅有900人，因而造成美军惨重减员。

……沾满血迹的乳白色降落伞犹如雪莲花，轻拂着伞兵们苍白英俊的面庞，但再也唤不醒勇士——整整十天飞夺磐石的战斗中，第503伞兵团2962名伞兵、工兵和炮兵中。总伤亡人数844人，占比28.5%。第24步兵师加强营共1598人参与战斗，264人伤亡。雪耻的日子，变为战争岛之殇！

…………

从1942年麦克阿瑟离开罗沙码头，到1945年重新回到我面前的星条旗下——这是同一根旗杆；三年前日军曾经在温莱特将军面前降下星条旗，以羞辱美军的方式升起了日本太阳旗。

现在，麦克阿瑟终于回来了。但是，一将功成万骨枯。

在战争岛博物馆凝视伞兵飞夺磐石系列照片时，我不由泪水盈眶。

《亲吻世界》出版，在北京中国现代文学馆举行新书研讨会，周励邀我主持了会议。出席者有不少文史界大咖，足可见她的影响力之大。

亲爱的读者，如果你爱好文学艺术和历史，爱好户外运动和探险，请与我同行——到一个与人类辉煌历史进行对话的安静世界去。我相信，你会因为心灵的盛宴而狂喜，因被天堂之光照射而陶醉，因与久违了的伟人相逢而重新唤起巨涛般的激情。

关于《亲吻世界》，关于作者周励，她在该书自序中的这段充满激情的话，可以说为她的书和她的人，都做了很好的诠释。

（原载于“澎湃新闻”2021年12月14日，
https://www.thepaper.cn/newsDetail_forward_15764284）

白舒荣，毕业于北京大学中文系。中国作家协会会员，现任香港《文综》杂志副总编辑。

# 文化亲情的挽歌

## ——读周励散文《星辰大海五年祭：寻找董鼎山的骨灰》

朱寿桐

周励天生属于能将散文写出小说笔致和小说魅力的那类作家，这也是她的代表作《曼》最引人入胜的地方。这位才华横溢的散文家在《曼》之后继续不倦地贡献她的散文，依旧带着小说的笔致与魅力，包括她近期推出的《亲吻世界》都是如此：每一部新书每一篇新作都在向喜爱她、熟稔她、知道她的读者以及不怎么知道她的网友奉献出值得欣喜的阅读体验，甚至是令人惊喜的收获。

但对于她的老读者而言，她通过散文，通过记载着她生命历程、情感历程甚至是冒险历程的铁一般、土一般、血一般、泪一般真实的文句，意气飞扬地展示小说的笔致和魅力的周励文路、周励文风，依然如故，宛如春燕翻飞于江村三月的晴空，或者如月华朗照于月半时分清朗的午夜。

这回，《星辰大海五年祭：寻找董鼎山的骨灰》亦复如是。文章标题分两部分，前半部分无疑属于散文，后半部分则显然展示着小说的笔致。文章的体格也是这样的组合。作品的叙事、记人内涵不仅非常散文，而且真切甚至朴素得像记叙文：回忆作者朱莉亚与董鼎山先生交往的故事，包括围绕着寻找董鼎山夫妇骨灰下落所展开的问讯与通话的记录，当然，周励不是那种为了真实而放弃才情书写的作家，诗一般的才情就像江南春日的草种随时会在每一个言语土壤的缝隙中萌发出嫩绿的生气。然而，即使在三亚面朝大海，仰望星空，记载的毕竟还是恩师的音容笑貌，回想的毕竟还是故人的谈笑风生，描摹的毕竟还是哲人的妙言隽语，那些都是典型的散文题材，传统的散文书写，标准的散文风貌。不过仅止于此就不是周励，周励要用她的散文之笔书写小说的笔致，表现小说的风致，尽现小说的才致，彰显小说的韵致。

董鼎山先生是当代著名美籍华裔作家，且与他的弟弟董乐山都是当代杰出的翻译家。1922年出生于浙江的一个大家族。十四岁时曾在家乡宁波《时事公报》副刊上发表《论战时宁波中等教育》，轰动一时；十七岁起给柯灵主编的《文汇报》文艺副刊投稿。后来到上海读书，早在40年代初的上海，他就以“令狐彗”的笔名出版过短篇小说集《幻想的土地》。1945年从上海圣约翰大学英国文学系毕业，在新闻界任职二年。1947年赴美，先后在密苏里大学与哥伦比亚大学研究院攻读，曾任报刊编辑、纽约市立大学教授，著书有《纽约客书林漫步》《西窗漫记》等多种，中英文作品散见于中美报刊。早期的二三十年，作为对美国主流社会的参与，董鼎山主要以英文写作，为《纽约时报》《洛杉矶时报》《美联社特写》《星期六评论》《图书馆月刊》《美中评论》以及《新亚洲评论》等报刊写作书评时论文章。到了20世纪70年代末，中国文化禁锢初现松动，一种把现代欧美文学思想输入中国文化界的使命感燃起他重新运用母语写作的热情。从1987年为《读书》杂志每月写一篇纽约通讯开始，以及他在《新民晚报》开设专栏，介绍、论述、剖析当代欧美作家与作品的精彩文章经常出现于港台报刊，还有美国加拿大许多中文报纸杂志。二十年间先后结集出版了《天下真小》《西窗漫记》《书、人、事》《留美三十年》《西边拾叶》《美国作家与作品》《西窗拾叶》《第三种读书》《纽约文化扫描》《董鼎山文集》《自己的视角》《纽约客闲话》《美国梦的另一面》等重要书籍。2015年12月19日上午，董鼎山先生于纽约一家康复中心因心脏病去世,享年九十三岁。

周励的散文通篇围绕着董鼎山先生的仙逝以及仙逝以后扑朔迷离的遗骨下落之谜展开，充满着令人着迷、令人扼腕甚至令人揪心的故事性叙述，不乏跌宕起伏、峰回路转的曲折性情节，书写出情节小说才有的回环笔致。而不时地构想出与董鼎山先生亡魂的对话，频繁地梦幻出师生间、文友间灵魂交流的心语，使得文章在心灵书写层面充满着小说家言的风致。散文惟妙惟肖地刻画董鼎山先生的卓然大家风采，以及他与亡妻伉俪情深的情致，特别是对董鼎山先生在妻子弥留之际毅然服药自杀以便随她而去的精彩之笔，其所显露的小说才致，即便与职业的小说大家和经典的小说作品相比也不遑多让。让我们感受最深也动心最烈的，还是颇有云遮雾罩意味的董鼎山先生与他女儿的情感关系，其中透溢出一般散文和小说都难得的思想与情感的韵致，像一个谜，像一个真正的故事，像一束来自陌生地带和不知何种季节开放的不知名的花朵，让我们疑惑，让我们伤感，让我们回味无穷，让我们浮想联翩。

文中的董鼎山先生非常担心自己一生的心血会被不懂他的价值的女儿扔到一条河里，因而他宁愿将自己的身后遗物托付给文友兼学生的周励——朱莉亚；有一天他竟对着友人伏肩而哭，感到他的女儿不需要他。事实上他的担心不是多余，他亡故以后骨灰的藏匿与不明不白的处理正是一个佐证。然而他感觉女儿和孙辈不需要她又不是事实，她们爱他，她们需要他！特别是当董鼎山服药自尽的时候，女儿毅然抢救回了他的生命，那份对他任性自杀让她上不了班的埋怨本身就是一种对父亲不放弃的责任与情感的自然流露。

但董先生为什么有不被需要，会被随意处置的感觉？那是因为他对女儿以及女儿一家对自己的价值认知的怀疑与没有信心。女儿和两个孙女不懂中文，当然也就不懂得董先生的中文写作成就与价值，同样也就无法理解董先生的价值。董先生以及他的著述，他一生的功业，需要懂得中国文化的人士去认知，去肯定，去理解，于是董先生的身后所托、遗产所托，实际上是他的灵魂所寄、精神所寄，都不在自己的女儿身上，而是在朱莉亚等这批年轻的文友身上。董鼎山先生曾羡慕地对周励等人表示，他要是有这样的女儿就好了。难道他不爱自己的女儿？不是，就像他的女儿非常爱他一样。问题是彼此深深相爱的父女却缺少文化上的相互理解与爱重，正像董鼎山先生其实并不能真正理解和信任女儿和外孙女们的文化情感一样，他的女儿等人更是不能理解他以及他所系念、所崇敬甚至所代表的中华文化和汉语文化。这种文化的隔膜使得父女之间的爱得不到价值的支撑，得不到爱重（深入骨髓的敬重）的升华，于是这种爱无论在董鼎山先生还是在她亲爱的女儿那里都显得有些迷茫，有些游离，有些惝恍，有些失重。特别是对于董鼎山先生而言，最重要的情感是文化情感，文化认同、文化尊崇、文化价值感意义上的肯定与激赏，某种意义上说这比父女之间自然的亲情更具质量，更有深度和魅力。

这个将文化视为生命的老人，这个一辈子从事文化工作并在文化建设上建立了殊勋的老人，显然更在乎、更看重、更上心的便是这种文化情感，他其实非常盼望亲人之间的亲情应该更多地黏附上这样的文化情感，从而化合成一种文化亲情。老人与他的女儿有着自然的亲情，但就是缺少文化亲情；于是老人更愿意将周励等当作自己的女儿，因为她们与他本人之间所体现出或者传导着的，正是这种文化亲情。

这是一种很深刻的情感认知，是一种掩藏在浓郁情感背后的与文化人类学等各种新潮学术密切相连的理性，是一种较大的思想深度和意识到的历史内容的丰富掘现。这样的情感认知，这种文化亲情的揭示，以及对于文化巨人来说文化亲情远胜于自然亲情的深刻理性的呈现与探讨，不仅很难见诸一般散文，而且置于一部卷帙浩繁的长篇小说中也仍然显得浓烈而厚重，不至于漫漶而疏澹。

这篇散文，完成了一部小说所难以完成的思想探索，情感探析。至于优秀的散文所应该体现的情绪浓度和情感烈度，则一点也不见消散。

朱寿桐，澳门大学中文系教授、博导，著名文学评论家。

# 从“征服”到“亲吻”

## ——评周励的《曼哈顿的中国女人》和《亲吻世界——曼哈顿手记》

刘 俊

周励在中国文坛声名鹊起是因她1992年出版的《曼》。在这部自传体小说中，周励除了向读者展示了她的“童年”“少女的初恋”“北大荒的小屋”之外，更侧重的是书名中与“曼哈顿”相关联的美国故事：“纽约商场风云”“留学美国——遇到一个蓝眼睛的欧洲小伙子”和“曼哈顿的中国女人”。《曼》常被视为是当代海外新移民文学[①]的早期代表作之一。这本书一经出版，即引起轰动，获得当年“十月文学奖”。相对于书中的“中国成长”故事——那在当年的中国当代文学中并不算新鲜，周励的那些“美国与曼哈顿遭遇”才是吸引读者的主要动力和来源。

20世纪90年代初的中国已向世界开放，由于历史的原因，那时中国与西方发达国家相比，在经济上存在着明显的代差——这使得中国在“走向世界”的早期阶段，难免带有一种“追慕西方”的仰视心态，“崇洋媚外”也不可否认地在相当程度上成为当时的一种社会心理和社会现象。然而，《曼》却在书中表现出了一个“中国女人”对“曼哈顿”征服后的自信——那是一种对西方与美国从现实到心理双重“征服”后的自信。在“代序”中，周励这样写道：“为什么那些脖子上挂满金饰物，面似高傲，上帝又赐予一副‘回眸一笑百媚生’的容貌的青年女性，生于斯，长于斯，然而在美国这块自己的土地上，只能争到一个给别人当秘书、收听电

① 刘俊：《跨区域跨文化的新移民文学 深度介入中国当代文学》，载《人民日报》（海外版），2016年3月24日。

话，或者当售货员，替人跑腿等等廉价的‘打工饭碗’”？而与这些“美国白种年轻姑娘相比”：“我——一个在1985年夏天闯入美国自费留学的异乡女子，虽然举目无亲，曾给美国人的家庭做过保姆，在中国餐馆端过盘子，却能在短短不到四年的时间，就取得了使那些天使般的美国姑娘羡慕不已的成功——当我在瑞士，在托尔斯泰写了《琉森》的湖畔大饭店里，还打电话给纽约第五大道的总裁们，指挥调度在我和我的先生麦克度假期间仍源源不断地从太平洋远航而来的集装箱……”

在中国全面改革开放，走向世界的节奏带动下，“曼哈顿”独自打拼的自费留学生周励不仅在经济上反转，获得财务自由，而且她那“中国女人”的魅力，也征服了来自德国的麦克博士，获得了爱情。1990年，周励的美国客户在纽约中央公园“绿色酒苑”为她举行盛大的圣诞晚会，祝贺她刚诞生不久的儿子，并称她为“曼哈顿的中国女人”。靠着坚定的信念、个人的奋斗和执着追求，三十年前的周励战胜了“追慕”西方的心理，以征服者的步伐融入美国主流社会，成功实现人生转型。

三十年后的周励仍然笔耕不辍，以“曼哈顿手记”的方式续写着她的“曼哈顿故事”。不过此时的“曼哈顿”“中国女人”周励，已经走出了激越和凌厉，而更加从容沉静，当年《曼》勇闯世界奋战商海的“征服”之姿，已化为《亲吻世界》中反思历史，沉浸文化与探险的对世界“亲吻”——从征服到亲吻的转变，体现的是周励从“中国女人”的自信到“世界公民”的思考与包容。

相对于近三十年前的《曼》，周励的新作《亲吻世界》“外观”世界多了；满怀深情的历史文化思考多了；对世界的理解多了；展示个人“爱的经历”少了而对“世界之爱”的揭示多了。她充满自信和理性地看待世界，热衷于与历史文化有关的极地探险，并将其写成这部内容独特的历史文化大散文。

对于二战期间美日双方在太平洋战争中的生死厮杀，周励通过对盟军跳岛战役遗址的田野调查和历史回望，深刻反思了战争的残酷、战争的本质和战争对国家、民族乃至人类所造成的灾难性后果。在《亲吻世界》中，周励书写了众多美日双方的“战士”——从高级将领到下层官兵，描画了他们“人”的一面——他们都有自己的亲人，都有自己对国家、对亲人的忠诚和爱，然而樱花军国主义却使那些日本军人转变成了充满狼性、效忠天皇的战争机器。对于美日双方和人类而言，无论胜负如何，无论是否生死，双方都是战争这个“恶之花”的受害者。人类只有以史为鉴，从根本上远离战争，彻底消除战争，才能真正实现人的完整性和“人”性——正是在这个意义上，周励的“跳岛战役”历史回顾具有了“亲吻世界”的柔情和温度。

相对于《曼》中周励对西方文化的认识和了解，《亲吻世界》中周励对西方文化的了解，更加深入也更加“形而上”——此时的周励生活安宁心态从容，她对西方文化的关注，更侧重历史纵深、精神层面和文化思考，更能以一种拥抱的姿态去深层次地“探寻”西方与外国文化。所以她对凡·高在同情的基础上充满深情；对海明威在理解的前提下满怀崇敬；对腓特烈大帝持有好感；为叶卡捷琳娜女皇的传奇一生喝彩，并通过对伏尔泰、狄德罗和孟德斯鸠的“寻找”，思考欧洲君主与启蒙先驱的关系……从法王路易十四、十五、十六到断头艳后玛丽·安托瓦内特，从亚历山大、亚里士多德，苏格拉底到拿破仑、罗斯福、丘吉尔、罗曼·罗兰……周励在《亲吻世界》中对西方与外国文化的“探寻”、认知和思考，体现的是她对欧洲历史、美洲革命乃至人类命运怀有浓烈的兴趣，而这种兴趣如同她对战争的反思一样，已上升为她对人类的一种深刻洞察和温情关怀。

周励喜欢旅游探险——从某种意义上讲，她的一生其实都是在“旅游”和“探险极地”，认识到这一点，就不难理解她远赴南极、北极点，去攀登马特洪峰，去珠峰大本营。这样的“上山下海”对周励而言，是她认识和理解世界的重要方式——如同她乘邮轮巡礼欧洲博物馆一样——无论是“航海”“攀登”还是“行走”，都既是自然风光的饱览，也是历史回眸和人文关怀的记录。

不管是言说战争，还是反思历史，无论是呈现文化，还是描绘旅程，周励在她的《亲吻世界》中都表现出了一种希冀和平、渴望理解，反思人性、展现美好的柔情。她对世界从自然到人文的“亲吻”，体现的是她“世界公民”的胸怀，和对人类和谐共生的期待！“曼哈顿的中国女人”，从“征服”走向了“亲吻”，“征服”是一种力量的超越，而“亲吻”则是爱的传达——希冀当今世界更加理性，对世界更充满爱的普世价值，应该是周励写作《亲吻世界》的内在动力和核心追求！

（原载“澎湃新闻”2021年12月29日，
https://www.thepaper.cn/newsDetail_forward_16023539）

刘俊，南京大学文学院教授、博导，南京大学台港暨海外华文文学研究中心主任，中国世界华文文学学会名誉副会长。

# 《亲吻世界——曼哈顿手记》的生命意识和文体创新

陈 茗

2020年8月，“海外新移民文学的先驱者”周励推出散文集《亲吻世界》，本书收录了作者在2020年初纽约疫情期间书写和整理的作品，作家以感性的笔触和理性的思考回眸了二战跳岛战役、欧洲启蒙主义时代和人类极地探险史。自古以来，中国传统散文讲究“独抒性灵，不拘格套”，求其“真”。日本学者厨川白村认为：“Essay（随笔）比什么都要紧的条件，就是作者将自己个人底人格色彩，浓厚地表现出来……”郁达夫也说：“现代散文之最大特征，是每一篇散文里所表现的个性，比以往的人和散文都来得强。”[①]由此可见，“鲜明个性”是衡量一篇散文优劣的重要标准。而《亲吻世界》无疑是这样一本具有鲜明个性的散文集，独特而深刻的生命意识是《亲吻世界》的灵魂，作家用“在场”和“史料”安顿她生命的热力，理性的思辨带着生命的体温。

生命意识，是人类最为基本、普遍、幽深的意识之一。从柏拉图的“迷狂说”将生命视为艺术创造的内驱力，到尼采指出“艺术是生命的最高使命和生命本来的形而上活动”[②]，古今中外的哲学家和文学家都对文学艺术与生命意识的关系做出过精彩的阐释。作为作家，周励也不止一次地提道：“我曾经一度醉心于柏格森的生命哲学，觉得人的生命力要有像瀑布倾泻下来时那种雄伟的气势；那飞腾的水花，那迷蒙的雾气，那雷鸣般的轰响，多么壮丽！多么有声有色！”[③]柏格森是20世纪

① 陈剑晖：《中国现当代散文的诗学建构》，江西高校出版社2004年版，第53页。

② 尼采：《悲剧的诞生——尼采美学文选》，周国平译，三联书店1986年版，第2页。

③ 周励：《曼哈顿的中国女人》，上海文艺出版社2003年版，第344页。

欧洲生命哲学的代表人物，提出“生命冲动”的概念。他用“汽缸”的比喻说明：“整个世界就是由生命冲动的两种相逆的运动而构成的：一方面是生命冲动的向上方向，即有意识、有自动力的生命运动；一方面是生命冲动的向下方向，即机械的、无自动力的物质。”[①]而生命是一个不断的洪流，生命冲动在奋力克服物质的抵抗中前进。生命冲动是一种创造的力量，它是生物进化的动力和根源，也是意志的创造过程，不能靠理性来认识，只能靠直觉即内心体验来把握。周励将生命哲学对她的影响纳入生活和笔端，亲历战争遗址、欧洲、极地，借助实地考察和历史阅读来表达她对人生、社会和世界的认识，似乎唯有融入历史和自然，才能安放她炽热的感情。她作品的力量来自生命意识的渗透，表现为在战争遗址的寻访中对生命的敬畏与慈悲，在原始欲望的推动下对生命活力的礼赞，在人对自然的探索中叩问生命的价值。这种生命意识既包含了生命的基本需求——对生存的渴望，对生命力的赞美，对自由的向往，也蕴含了生命内在的深层心理需求——对生命意志的较量，对崇高感的追求，对生命价值的探寻。

## 一、敬畏与呵护生命

“面对所有要把人和人类牺牲于某种绝对的企图，生命哲学通过热情地承认人的生命是有限的，而给予反击。”[②]周励正是带着这样的生命态度踏访二战跳岛战役遗址。在贝里琉战役日军墓园的入口，她发现了被历史遗忘的尼米兹石碑：“从世界各地来这里重温如烟往事的人们应当被告知：日本官兵在这场战役中是多么勇猛、爱国、顽拼死守贝里琉岛，直到流尽最后一滴血。”[③]并热情称颂尼米兹对日本官兵尊严的守护和对于个体生命的敬畏。她注意到神风特攻队队员平均年龄不满二十岁，正值韶华，却在极端民族主义的洗脑和绑架下成为“恶魔”，控诉战争对人的异化和扭曲，表达对年轻生命的惋惜。可以说，周励是带着纯正人性的对于生命的尊重，在激烈战役的缝隙中，找到丝丝缕缕生命的闪光，比如描写医疗兵道斯跳跃在硝烟弥漫的

---

① 陈卫平、施志伟：《生命的冲动——柏格森和他的哲学》，生活·读书·新知三联书店上海分店，1988年版，第94页。

② 费迪南·费尔曼：《生命哲学》，李健鸣译，华夏出版社2000年版，第3页。

③ 周励：《亲吻世界——曼哈顿手记》，上海三联书店2020年版，第5页。

战火中，不断咬着牙说：“让我再救一个”[1]；引用杜鲁门总统的话，称赞温莱特的投降是“为士兵生命而牺牲个人名誉的贵族行为”[2]……这些看似无意的“插叙”，实则都具有烘托主题的作用，表现了作者在宏大的历史叙述中对个体生命的观照。

敬畏生命，就是人对生命的敬重和畏惧。这里实际上包含着两层意思：一是敬重生命，二是畏惧死亡。[3]《史诗般的血染战旗》开篇即抛出疑问：硫磺岛六位升旗手，难道真是“四位死了，两位假的”？接着，作者通过在华盛顿国家档案馆对当时的录像和照片进行反复对照，确切掌握事实和资料后，以史料融合文学性的描写，清晰而完整地还原了《硫磺岛上升起星条旗》这张照片拍摄前后的场景。文中反复提及“硫磺岛的父辈们不约而同地一概拒绝采访。阵亡战友一层层的尸体让他们终生满怀悲恸……”[4]作家通过想象与升旗手亡魂的对话，解释了他们为何一生回避记者，甚至对妻儿也闭口不提当年的硫磺岛插旗。“一闭上眼睛，就是我那些倒下的战友们，他们脸上满是鲜血，眼睛瞪着天空。他们死了，我却活着！我怎么会是英雄？”[5]经历过死亡恐惧的人，更懂得敬重生命。弥足珍贵的和平和闪光灯下的荣誉是硫磺岛七千名阵亡烈士用生命换来的，侥幸活着的人唯有珍惜余生，服务社会，静谧生活直到死去。因此，面对着巨大荣誉，他们心静如水，不为所动。

## 二、生命活力的礼赞

苏珊·朗格在《艺术问题》中说道：“如果要想使得某种创造出来的符号（一个艺术品）激发人们的美感，它就必须以情感的形式展示出来；因此，它就必须使自己作为一个生命活动的投影或符号呈现出来，或必须使自己成为一种与生命的基本形式相类似的逻辑形式。”[6]也就是说，文学创作必须以作者的生命感悟和心灵体验灌注其间，才能有打动人心的力量。周励显然就是这样的创作者。对生命活力的礼赞，像一条生命线，贯穿于她的散文作品中，其间既有对杰出生命的致敬，也有

① 周励：《亲吻世界——曼哈顿手记》，上海三联书店2020年版，第78页。
② 周励：《亲吻世界——曼哈顿手记》，上海三联书店2020年版，第97页。
③ 陆树程、朱晨静：《敬畏生命与生命价值观》，载《社会科学》2008年第2期。
④ 周励：《亲吻世界——曼哈顿手记》，上海三联书店2020年版，第67页。
⑤ 周励：《亲吻世界——曼哈顿手记》，上海三联书店2020年版，第57页。
⑥ 苏珊·朗格：《艺术问题》，滕守尧译，南京出版社2006年版，第58页。

对历史人物生命之谜的诠释，既有对自然界鲜活生命力的歌颂，也有对生命的独立与自由的思考。

在《亲吻世界》第二部分“亲吻世界：镌刻在心灵岩洞上的壁画”中，周励以丰盈充沛的生命体验去约会凡·高、凯伦、伏尔泰、腓特烈大帝、叶卡捷琳娜女皇等文学家、艺术家、思想家和政治家，并在历史与现实、文化与美学的对话中呈现出一个个精彩而复杂的生命。周励笔下的腓特烈大帝是一个既骁勇善战，又满怀理想的国王。他“每天清晨起床后吹笛、抽烟，思考政治哲学问题，11点部队训练，御前会议。一到下午，他就成了作家和诗人，花一两个小时写作，处理政务后与朋友们共进晚餐”[①]；他扮成穷人匿名私访伏尔泰，因患疟疾“一边打摆子一边与学者们讨论了从柏拉图的哲学、古代诗歌、现代戏剧音乐到启蒙理论的许多话题”[②]；他热爱音乐，喜欢在烛光下吹奏长笛……作者来到柏林西南部的波茨坦忘忧宫，一遍又一遍地漫步在忘忧宫内，用整个心灵的融入去感悟“哲学家国王”最深层的内心世界。而他与法国启蒙运动泰斗伏尔泰的书信，使我们得以窥见腓特烈大帝那既豪放激越又绵邈无际的精神世界，感受到他鲜活生命的跃动和对完整人格的追求。

如果说《寻找腓特烈大帝》的生命意识是通过丰厚的生命层次表现出来，那么《寻找叶卡捷琳娜女皇》中的生命意识则体现在面对困境的挤压时，人所激发出的生命强力。“生命力取决于所承受的痛苦的分量，生命力强盛的人正是在大痛苦袭来之时格外振作”，而生命强力带来的“伟大的幸福正是战胜巨大痛苦所产生的生命的崇高感”[③]。叶卡捷琳娜二世在少女时代嫁给了乖张暴戾、情人不断的彼得三世，深宫锁闭，只能以书为伴，过上了“无时没有书本，无时没有痛苦，但永远没有快乐”[④]的生活。在困境中，她勃发出生命的张力，如饥似渴地阅读法国启蒙运动的著述，迷上了“自由、平等、博爱”的理念，忍辱负重十八年，成功夺取皇位。她毫不掩饰对于爱欲的追求：“我的不幸在于，如果没有爱情，哪怕一天我也受不了。爱情，它是我一切抱负与雄心的驱动器！”[⑤]她坚持对自由精神的高扬，聘请持自由观点的瑞士共和革命分子拉阿尔普当王孙亚历山大的家庭教师。在《寻找叶卡

---

① 周励：《亲吻世界——曼哈顿手记》，上海三联书店2020年版，第226页。

② 周励：《亲吻世界——曼哈顿手记》，上海三联书店2020年版，第260页。

③ 周国平：《尼采：在世纪的转折点上》，新世界出版社2008年版，第54页。

④ 周励：《亲吻世界——曼哈顿手记》，上海三联书店2020年版，第237页。

⑤ 周励：《亲吻世界——曼哈顿手记》，上海三联书店2020年版，第246页。

捷琳娜女皇》中，我们看到一种自由强悍奔放的生存方式。

在周励笔下，不仅有人在生命原欲的推动下张扬生命活力，还有充满灵性的动物、植物以及自然景物，共同构成一个强壮活泼，有灵有性的生命世界。《冰雪烈焰肯尼亚》中野性威武的狮子、气势磅礴的角马大迁徙、长颈鹿与金合欢树的智慧较量、火烈鸟与博格利亚湖的相守相依……这些物象都浸透着生命的汁液，带给人旺盛的生命想象。

## 三、生命价值的探寻

《亲吻世界》的第三部分“燃情三极：南极点、北极点、珠峰逐梦”，是作者四赴南极、三抵北极、两次马特洪峰（一次攀登、一次飞越），两次珠峰（一次巅顶航拍、一次攀登珠峰大本营）的探险实录。周励用她的生命实践，探索人类的精神意志极限，探寻人的生命价值。

叶芝称写诗为“身体在思考”，并且说“诗叫我们触、尝，并且视、听世界，它避免抽象的东西，避免一切仅仅属于头脑的思索，凡不是从整个希望、记忆和感觉的喷泉喷射出来的，都要避免”。[①]周励的散文写作，正是以身体的在场，感官的参与和鲜活的心灵跳动，从“记忆和感觉的喷泉喷射出”文字，让读者感受到汩汩涌动的生命热流，体会到生命的纯美和辉煌。她在北极点“跳入冰海，瞬即灭顶，浑身感到被冰碴包围箍压，刺骨疼痛”[②]；在南极亲历冰滑下山，冰山又高又陡峭，一不小心翻滚下去就会拧断脖颈或葬身冰海，她“紧张的心扑扑跳”，“将十指深深插入雪中增加阻力，大腿先分开再逐渐合拢向下滑。速度愈来愈快，风在耳畔呼啸……”[③]作家调动丰富而敏锐的感官知觉，向读者描述了她挑战自我，超越极限的探险过程，提醒我们作为一个人有可能达到的从肢体到心灵的强健，张扬人类征服自我的伟大人格力量，证明“人之所以为人的高贵和百折不挠”[④]。

周励在《曼哈顿的情商》序言中曾引用杜兰特的话：“每一个人年轻时，都会

---

① 吴海斌：《我的诗歌读写笔记》，载《诗探索》2006年第4期。
② 周励：《亲吻世界——曼哈顿手记》，上海三联书店2020年版，第368页。
③ 周励：《亲吻世界——曼哈顿手记》，上海三联书店2020年版，第358页。
④ 周励：《亲吻世界——曼哈顿手记》，上海三联书店2020年版，第5页。

有很多诸如让生命变得有意义，让生命充满光辉的信念，但随着岁月流逝，这些信念大多在中年冷漠的人生里烟消云散，但于我而言，至少还有一样留存了下来，并和从前一样明亮，一样令我感到充实满足，那就是对英雄毫无顾忌的崇拜。”[①]重踏英雄的足迹，与英灵的“声音”对话，让历史素材和现实场景交错映现，成就了诸如《攀登马特洪峰》这样以历史与自然的结合，感性与理性的交融来解读生命价值的佳作。

从表层结构看，《攀登马特洪峰》是单线的情节结构，开篇即渲染马特洪峰的美丽和险峻，烘托出登山的艰险；接下来，描写登山过程的胆战心惊和命悬一线；最后，当她成功登上马特洪峰登顶大本营，内心充满了一种超越自我的喜悦和陶醉。除此以外，《攀登马特洪峰》还隐藏着一个潜在结构，即从英雄身上汲取精神的力量。登山前受到“熟悉艾格北壁的每一块岩石”[②]的北壁英雄的激励，途中详细回顾1865年首登七人的悲怆传奇，最后以一个十七岁遇难的登山者，墓志铭上刻着“我选择攀登”[③]收尾，正是在英雄精神的引领下，作者实现了对自我潜能和价值的开掘，在历史和现实的交错叙述中，我们触到一个感性的世界，在北极的冰海，南极的冰峰，马特洪峰的悬崖边，感受到了生命的尊严和价值。

## 四、跨越文体的书写

有学者认为，《亲吻世界》属于非虚构写作，因为作家大量采用田野调查、纪事采访以及文献验证等方法，但若进一步分析，我们会发现，周励的散文中，不仅有“绝对真实”的再现，还有场面描写、情节冲突、时空跳接等小说手法的移入，形成一种跨越文体的书写特点。

《凡·高的眼泪》围绕着，凡·高自杀还是他杀以及遗体下落之谜展开，充满着令人揪心的故事性叙述，并通过“有限制的虚构”营造戏剧性氛围和想象人物对话来表现情节的生动性和人物的丰满性。凡·高与被他引为挚友的高更爆发激烈争

---

① 周励：《曼哈顿情商：我的美国励志生活实录》，上海文艺出版社2006年版，第2页。

② 周励：《亲吻世界——曼哈顿手记》，上海三联书店2020年版，第405页。

③ 周励：《亲吻世界——曼哈顿手记》，上海三联书店2020年版，第411页。

论，“高更一如既往盛气凌人，一言不合即粗暴推搡弱小的凡·高，威胁‘我马上要离开这个鬼地方！’‘不要再缠着我了！’”[1]当恶少雷内摆弄手枪走火，误伤凡·高时，周励写道：“子弹射入刚爬起来的凡·高左下腹部，鲜血喷涌，凡·高气得满脸通红，捂着伤口痛苦呻吟，雷内一看大事不好，连忙跪下恳求凡·高不要把他送上谋杀案法庭。”[2]作家跳出“纪实”的抒写模式，充分调动艺术想象力，通过虚构对话凸显人物性格，运用叙述性语言编织故事，将小说的技法和观念渗透到创作中，使文章跌宕起伏，具有很强的可读性。

学者陈剑晖在《论20世纪90年代中国散文的文体变革》中提道：“在90年代，作为一种现代创作方法的‘意识流’表现手法的介入瓦解了传统散文按部就班的叙述和描写进程，使散文表现生活的空间骤然扩大了。”[3]所谓意识流叙述，也称为跳跃断裂式的叙述，即“将过去、现在和未来糅合在一起进行大跨度叙事，而且打破时空界限，无视思维逻辑，在真实与虚构、寓言与纪实之间任意穿梭，从而达到对传统的叙述模式的颠覆”。[4]《亲吻世界》中的大多数篇章，无论是二战题材、欧洲文化系列，还是极地探险系列，都呈现出运用意识流叙述的特点。比如《海明威生命之谜——流动的盛宴》，作者以“我的灵魂与一位早已辞世的老友重新相聚”开篇，由海明威的自杀，联想到他独特燃烧的文字所具有的震撼力，又由他勇敢的冒险精神和爱憎分明的性格特点，联想到我自己签名售书和海明威在瑞士阿尔卑斯小镇被团团包围的情景，再由海明威的自杀与父亲的关系，回想起我数次探访基韦斯特海明威故居的情景，最后“电话铃响了”，我和好友约好共进午餐。《海明威生命之谜》借助意识的流动，伴随着作家强烈的情绪投射，在更丰富的层次上解析了海明威的精神世界，进而说明他的自杀不是懦弱，而是给自己的一生画上了一个勇敢的句号。

《亲吻世界》全书以发现尼米兹石碑开始，引用埃德蒙·希拉里的名言“我们要征服的不是高山，而是我们自己”结束，当中多次提到沙克尔顿的墓志铭：“人的一生应当竭尽全力去获得生命最好的奖赏。”可以说，生命主体意识贯穿始终。

---

① 周励：《亲吻世界——曼哈顿手记》，上海三联书店2020年版，第121页。

② 周励：《亲吻世界——曼哈顿手记》，上海三联书店2020年版，第125页。

③ 陈剑晖：《论20世纪90年代中国散文的文体变革》，载《中国社会科学》2001年第5期。

④ 陈剑晖：《中国现当代散文的诗学建构》，江西高校出版社2004年版，第180页。

而正是由于作家对于生命问题的觉察、思考和表达，她的散文才具有如此打动人心的力量。她对个体生命的观照，对战争的反思，对自由的追求，对人类命运、终极问题的触及，使她的作品成为名副其实的大散文。同时，她在散文创作中引入小说笔法，强化了散文文本的审美效应，体现了她作为一个成熟的散文家对文体意识的自觉追求。

陈茗，陕西师范大学文学院博士生。

# 时间行走中的文学思考与表达

## ——重读周励《亲吻世界——曼哈顿手记》

田　泥

马克思在他的《关于费尔巴哈的提纲》中有一句名言："哲学家们只是用不同的方式解释世界，而问题在于改变世界。"而文学该以怎样的方式存在，并以何种方式介入生活实践，成为一些前卫有良知者的追求。其实今天的文学已经拓宽视野、跨界整合，逸出了传统的书写边界，这不仅在于随着时代的变革与社会的变迁，也在于涌动不息的世界文化潮流的形态变化，更在于作家的文化视野与审美境界的生变等。美籍华人作家周励从《曼》的发表，到《曼哈顿情商》再至《亲吻世界》，一直在中国到世界各地的空间切换，她从个人生命成长的续写，到对历史、战争、生命、世界、文化、理性等关键词的关注，拓宽了自己的书写路径与格局，也将个人生存价值的实现延伸到，对人类整体命运的思考及精神共同体的构建，而这一切已不单纯是以文学-文化视角，而是将所有发掘的过往年代里的历史材料、历史题材、生命图景和人物聚合到一起，从历史、审美甚至是人类普遍性意义的视角来审视整个世界。而周励以文学介入社会、历史与现存世界的嬗变过程、轨迹及多重价值面向，追索因不同的社会和文化根基孕育了不同的文化形态与价值指向等，并以一种批判精神试图弥合现实与修辞之间的鸿沟，也在以文学的方式勾勒了世界变化的轮廓，抵达了人性深度的隐秘处与人类普遍性价值，文学承担自然理性、人类经验与精神共同体的建构。这些都是我们要予以重点考察的。

## 一、文学勾勒了世界变化的轮廓

周励与世界的关联颇有传奇性，她十八岁从城市走入乡村，之后返城二十一岁上大学读医科，二十八岁做医生并开始笔耕生涯，并崭露头角，三十五岁经贾植芳推荐赴纽约州立大学留学，之后赤手空拳在美国创业经商获得成功，并以非虚构的方式记录了从北大荒到曼哈顿的经历。《曼》小说以非虚构的形式写出了在美国如何挣扎与创业，以及她的青春与北大荒岁月，展现了自我生命价值的实现。此著在20世纪90年代初畅销百万册，并获“十月文学奖”，入选“90年代最具影响力文学作品”，成为“留学生文学”的经典之作。被著名美籍华裔学者和文学评论家董鼎山教授称为“展现了一个时代，影响了一代人”。之后她又于2006年出版了《曼哈顿情商》，该著虽是散文系列，但从内容上可视为《曼》的续篇，书中的七章展现了主人公在曼哈顿二十个春秋的立体生活轨迹，记录了在美经商与生活的感受。三十五年后在纽约疫情肆虐之时开始了《亲吻世界》的书写，她希求在疫情的黑暗中抓住人性的光亮与面对灾难的法宝。该著作于2020年由上海三联书店推出，并再度引发了热潮。无疑《亲吻世界》是她生命中的找寻到构想美丽新世界图景的基石。在此书中时间与空间成了周励所有关于思绪、情感、理性、历史、现实等飞驰的场域，周励以此来构架自己的美丽的文学–文化世界，以激情、意志还有正义。其中第一部分“被遗忘的炼狱：跳岛战役探险录”作家通过田野调查与理性分析，采用史料价值与文学魅力并重，将人类遭遇的又一场残酷战争以历史事件的形式呈现。周励将《亲吻世界》献给向往抵达世界各个角落并探究其历史真相、呼吁人类与世界和平的人们。并以史为镜、以史为鉴，在纷乱的世界里呼唤人类精神理性。陈思和在该书序言中写道：“被‘遗忘’其实是被忽略……在世界战争的疯狂情绪支配下，狭隘的民粹主义者、军国主义者、复仇主义者，甚至打着爱国主义旗号的形形色色被洗脑者乌云密布，猖獗一时，他们的鼓噪声弥漫世界，而这个时刻，真正清醒的理性主义者最难坚守自己的精神阵地。”[①]的确，《亲吻世界》以一种理性精神，回顾与反思人类苦难的历史，重新捡拾人类面对灾难的勇气与力量，用人类的理性与坚定的自信来激励黑暗中的人们。周励说：“人性的恶与凶残都是被充满野心与贪婪的政客调教出来的，在另一种情况下，同样的人也许能变成助人为乐的可爱绅士！”在《远逝的英魂》中周励发出了感叹：“战争是政治的继续，战争是死神的盛宴。……人类必须结束战争，或者战争结束人类。”二战的抗争者为了反抗与抵制疯狂、邪恶与贪婪的滋生，为了民族的解放与人类永久的和平，这样的为

① 陈思和：《亲吻世界——曼哈顿手记》，上海三联出版社2020年版，序言第1—2页。

人类正义之战之英雄，周励并没有过度描绘与渲染这种对抗力，但是仍能够捕捉到其所持的文学正义立场。周励有这样的场景描绘：1945年9月2日，在接受日本无条件投降的美军密苏里战列舰上，太平洋战争的主帅麦克阿瑟与尼米兹高大帅气的两人一起雄赳赳走向主会场，真爱死他们了！尼米兹相比麦克阿瑟绝对是一位更专业的军事家，但麦克阿瑟更具有政治魅力，举手投足、面庞轮廓与英武气质皆可与好莱坞大牌明星媲美。

其实，贯穿在周励非虚构文本中最为重要的关键词是“寻找”，而这种寻找是在大自然、历史、现实、人性、精神等的交互空间中的摆渡，同时以文学的方式明示了个体与自由原则带来了现代化世界的兴起，但现代化的社会结构中因物质主义的畸形膨胀，所导致产生的内在的危机与困境，也制约着个体自由的存在与发展。而与历史人物对话，反思历史与现存世界关联，获取理性精神的支撑，这是寻找的另外层次，一种属于形而上的精神建构，这也是周励对历史事件与存在意义的解读动力。

周励在自然与人文、生活与艺术、商业与文学之间自由跨界穿行，她喜欢旅游、写作、绘画雕塑、音乐戏剧等，所以在行走中的探索，既是突破现有自我认知、思维局限与文化视野的一种有效方式，更是自我对文学精神力量的再度唤起。当年在北大荒当知青的时候，偶尔在猪圈包糠饼的报纸上看到尼克松的一句话：“自由的精髓在于我们每一个人都参加决定自己的命运！”而多年之后偶然前往在瑞典家学院诺贝尔颁奖大厅，周励找到了续航自己生命的精神动力。迈克尔·坎宁安的《时时刻刻》一书中描写作家维吉妮亚·沃尔夫的一段话：“清晨醒来，神清气爽，脑袋在哼唱。今天早晨她能够穿透混沌，疏导被堵塞的通道，抵达至善至美的境地。在她的体内，她能感觉她那几乎难以名状的另一个自我，她称其为灵魂。这灵魂超越了她所有的智慧与情感，超越了她所有的经历，如熠熠闪光的金属脉络贯穿了她的智慧、情感和经历。”周励开始了文学新梦想，要超越自我生命与现存所有的束缚，试图探索构筑充满精神想象的现存新秩序世界的秘密所在。

周励深受中外作家的影响，诸如普希金、罗曼·罗兰、福克纳、丘吉尔、海明威、约翰·斯坦贝克、肖洛霍夫、陀思妥耶夫斯基、王蒙、路遥等作家，以及还有非虚构文学作品二战人物传记、意大利文艺复兴人物传记、南北极和珠峰探险人物传记等，都成为文学经验的积累与精神滋养及思想资源，而他们的思想、行为、生命轨迹等成为文本的有机部分。如福克纳获奖颂辞：“一个作家，充实他的创作室空间的，应当仅只是人类心灵深处从远古以来就存有的真实情感：美、尊严、同情、怜悯之心和牺牲精神。”周励始终有一个炽热高昂的心灵，不管身在北大荒大草甸放猪时，靠幻想和背诵诗歌生活；到了美国，靠理想和闯劲打入美国上流时尚界；游览世界各地获得浸入式的体验，无论是在俄罗斯、法国、埃及、意大利、印度，甚至是在非洲的国家均是如此。游历中与不同时代、不同类型的历史与现实中的人物相遇，超越他们彼此不同国别、不同族群、年龄差异，获得了人类意义上的共情力与公共性，还有精神上的共栖、共振与灵魂深处的协同。而挣脱一切庸常生命中潜藏的、无边循环的锁链，承受黑暗与苦难并孕育出生命之光，照亮与温暖着整个人类世界，逐渐成了周励的行动指南与审美追求。而周励在激情飞扬的行文表达中，有很多自我的哲思与生命的感悟，在文本中引入了大量的名人名言，成为文本中思想的组成部分，一方面这样的表述佐证了自己的思想观点，具有推动文本叙述的意义，如在《亲吻世界》后记中引述亚历山大·索尔仁尼琴的话：“一个作家的任务，就是要涉及人类心灵和良心的秘密，涉及生与死之间的冲突的秘密，涉及战胜精神痛苦的秘密，涉及那些全人类适用的规律，这些规律产生于数千年前无法追忆的深处，并且仅有当太阳毁灭时才会消。”[①]这样的话语贴合自己的使命意识与精神意志，具有有效的修辞效果；另一方面对有些嵌入文本的引述观点尚没有完全获得内化的处理，如此便缺少了贴近客观事实表达所需要的综合分析。如“我想起法国著名历史学家、《旧制度与大革命》作者托克维尔的名言：‘美国之伟大不在于她比其他国家更为聪明，而在于她有更多的能力修补自己犯下的错误。’”类似这样的话语，有割裂文本表达的连贯性之嫌疑，同时因视角的不同言说，导致了对作家所持立场的客观性会有所存疑。我们说文学表达不仅要站在人性的角度与生命的角度，来审视历史、战争、现实、伦理等本身，还要站在辩证地符合社会发展逻辑与客观存在的事实为准则，这是文学介入历史与现实存在的根法与有效路径。

## 二、文学抵达了人性深度的隐秘处与人类普遍性价值

被誉为“俄罗斯良心”的亚历山大·索尔仁尼琴说：“我绝不相信这个时代没有放之四海而皆准的正义和良善的价值观，它们不仅仅有，并且不是朝令夕改流

① 周励：《亲吻世界——曼哈顿手记》，上海三联出版社2020年版，第453页。

动无常的，它们是稳定而永恒的。”这种人类的普遍价值构成了世界精神，但现实却如黑格尔在《信赖科学，信赖自己——哲学史开讲辞》中所言的“世界精神”：“时代的艰苦使人对于日常生活中平凡的琐屑兴趣予以太大的重视，现实上很高的利益和为了这些利益而做的斗争，曾经大大地占据了精神上一切的能力和力量以及外在的手段，因而使得人们没有自由的心情去理会那较高的内心生活和较纯洁的精神活动，以致许多较优秀的人才都为这种艰苦环境所束缚，并且部分地被牺牲在里面。因为世界精神太忙碌于现实，所以它不能转向内心，回复到自身。”如果顺着这样的逻辑，周励走到历史与现实中，寻找世界秩序与精神共同体的构建，透露出单纯美好的期许与对人类理性及良知唤起的自信。

周励的行走贯穿着对人性深处的立体探寻，也在找寻着人类的普遍性价值存在；同时在进行着深层次的思考，关涉苦难与艺术、生命与力道、人生与创造、人类与命运的辩证与统一。因此《亲吻世界》是游记，也是沉思，更是探索。关于人类与生存的反思的，也是关乎精神的成长，具有文学应该所具有的力量。同时，对所谓的“革命的目的以道德的名义摆脱了道德”，还有毁灭人类文明的野蛮行径做出了批判。其实，这种人类普遍价值的寻找与构建需要依存几个关键因素：

其一，探索人的内心世界，寻找积极力量与消极力量所在。大批量的作家呈现了一种世界旅行、立足世界的状态。如V. S. 奈保尔就是一个典型的世界旅行者，尽管他饱受批判。还有勒·克莱齐奥，他的足迹遍布非洲和亚洲。石黑一雄的作品《我辈孤雏》所写便是上海滩的侦探故事。托马斯·特兰斯特勒默晚年非常热爱日本文化，写了很多俳句。应该说，生活在20世纪末和21世纪的大多数作家都有着世界的视野。正如福克纳所言：“探究人的内心、人的伟大、人的自我牺牲精神、对权力的贪婪、心胸的狭窄、粗俗的冥顽以及心灵的苦痛、恐惧、堕落和错乱等等。”这成了周励寻找的动力。她在找寻历史记忆中的真实人物存在，并与其展开了历史的对话。在《牢狱遗痕》中涉及从法国王后玛丽·安托瓦内特身上发现了悲剧的根源。

其二，探索世界的普遍性价值所在，在行走中续航精神力量汇聚。周励在时间中行走，也走进了文化名人的心灵世界。在《凡·高的眼泪》一文中，作家宣泄着对凡·高命运遭际所有痛苦的同情与愤慨，同时也深深地被凡·高高洁的人品所折服，甚至在巴黎奥维尔小镇寻找凡·高人生最后七十天的期间，身体力行地用跑步去体验凡·高死亡的真相。文中引述凡·高《麦田里的守望者》：“我从这个收割者看到——一个模糊的身影，拼命地在烈日下干活——我从中看到了死亡的形象，在某种无意义上，把麦子想象成人类在被收割。”[①]其实周励寻找凡·高的浓厚兴趣是从1985年留学美国，在纽约现代美术馆第一次看到《星夜》开始的，望着贫苦画家的杰作激情难抑。之后看到凡·高致弟弟的近八百封书信，来到在凡·高度过最后岁月的阿尔勒和奥维尔小镇，看到了满脸忧伤的倔强凡·高迎面走来，似乎在告诉我们：人类所有的痛苦和屈辱，都可转化为生命的火焰与动力！善良天使凡·高用自己的死宽恕了欺负他的邻人，两天两夜地呻吟挣扎，他抽着烟忍受疼痛，却没有对弟弟提起任何关于枪手的话题。凡·高以残缺之躯宽恕了伤害他的人和世界，而回馈了世界以雄丽的想象与美好秩序的期待。还有周励通过对历史大事件的分析，是在探寻人类未知的领域，积存历史经验。在美国国家档案馆里找到两张《硫磺岛插上星条旗》的照片，为破解了插旗战士之谜而欣喜若狂。

其三，寻找支撑世界灵魂、正义、智慧、精神等所在，以构成人类精神谱系。寻找历史、文化名人、知识分子与启蒙主义的关联，还有揭示历史变革中高尚的人格魅力和对人类正义的担当，是支撑人们寻求生命价值的精神力量，也可挣脱物欲诱惑的浮躁世界而与历史共同沉淀。周励深受俄罗斯文学艺术的熏陶，多次在俄罗斯的大地上，寻找那些对我们这代人弥足珍贵的大师的足迹：托尔斯泰、陀思妥耶夫斯基、屠格涅夫、列宾、普希金、柴可夫斯基、车尔尼雪夫斯基、别林斯基等，在《寻找叶卡捷琳娜女皇》中，复原伏尔泰的学生和狂热崇拜者女皇的精神世界，她如饥似渴地阅读伏尔泰的《论各国的习俗和思想》《路易十四时代》《查理十二世》，孟德斯鸠的《罗马盛衰原因论》《论法的精神》和塔西佗的《编年史》《西塞罗传》等著作，形成了自己的思想和判断，这无疑成就了叶卡捷琳娜的强大的精神动力。在欧洲理想主义者前赴后继交织而成的宏大史诗中，叶卡捷琳娜大帝和其孙亚历山大一世则是介于独裁与共和之间的一抹亮色，她在国家、民族与个人之间，选择了以民族与国家为重，终其一生为之奉献。“‘启蒙’本意即‘光明’，当时伏尔泰和孟德斯鸠认为，迄今为止人们处于黑暗之中，应该用理性之光驱散黑暗，批判专制主义和宗教愚昧。”[②]周励叙述了其周旋于情人与对扩张领土的狂热的生命状态，但也传达了对女性智慧与胆略的足够敬意与尊重，同时声称了现代秩序、制度是建立在人性自由、人类

① 周励：《亲吻世界——曼哈顿手记》，上海三联书店2020年版，第132页。
② 周励：《亲吻世界——曼哈顿手记》，上海三联书店2020年版，第237页。

智慧与理性之上。在《寻找伏尔泰》中，透露出对自己生命启迪具有非常重要意义的孟德斯鸠之精神追随，他在《法的精神》中的论述：“言语并不构成罪体，它们仅仅栖息在思想里，有时候沉默不言比一切言语表示的意义还更多，所以无论什么地方如果制定了言语是罪体这一项法律，那么连自由的影子也看不见了。”这成为了周励个人价值实现的助推力，或许这也是她对叶卡捷琳娜女皇颇为欣赏的缘由。

## 三、文学承担自然理性、人类经验与精神共同体的建构

可以说，周励见证了中国的改革开放和在世界中的经济崛起，也经历了美国现代文化的冲刷，曼哈顿有她青春的释放和燃情岁月。从曼哈顿出发，她追随自己的梦想游历了世界一百三十多个国家，探险南极点、北极点，探索珠峰和攀登马特洪峰等。她以自己的行走，穿越了时空中的自然与人文景观，其本身也形塑了这个世界的图景。周励的考察的视点是移动的，在多维时空中行走，在地理空间与人文空间中穿梭，涉及到自然理性、人类经验与精神共同体的多重建构。

其一，以田野调查方式考察历史遗址、实地走访，结合史料与对历史的想象，勾勒历史人物内心世界与真实事件的关联，形成了文本中对战争历史的反思。如从1941年12月7日到1945年9月2日，太平洋战争中盟军（包括中国）超过400万军人阵亡，2500万平民死亡；而轴心国超过250万军人阵亡，500万平民死。二战给今天的人们带来太多的思考，“以史为镜，以史为鉴”成为当代世界的理性。疫情中作家在书中写到了纽约的疫情，还有人类面临的灾难与战争带给人们极端的困难，激发了人类挑战困境的内在力量，但更重要的是反思悲剧的根源所在。

其二，有对世界历史名人人物谱系的书写，发掘人类生存经验与智慧。作家有与历史文化名人的心灵对接，如文本中涉及凡·高、海明威、罗曼·罗兰；也有对政治人诸如腓特烈大帝、叶卡捷琳娜女皇、从法王路易十四、十五、十六到玛丽·安托瓦内特王后，从亚历山大、拿破仑、罗斯福、丘吉尔的剖析，来反思西方社会秩序与政治制度；有对形而上的哲学思考，如对伏尔泰、狄德罗、孟德斯鸠、亚里士多德、苏格拉底所构成的哲学世界的探微，解释人的存在智慧与现存世界的关联等。

其三，在世界大自然景观中感悟与超越，体现人与宇宙、自然的和谐存在的生态美学。《亲吻世界》的第三部分“燃情三极：南极点、北极点、珠峰逐梦”，记录了十

年中周励极地探险的奇特经历。其实，在行走中穿越了印度洋、大西洋、南极、北极、阿尔卑斯山等空间，丈量着人类共栖的地方，传播着人与自然社会的共栖的生存经验，也传播了海明威在《老人与海》中所写的精神意志：“一个人可以被毁灭，却不能被打败。”这里，我们看见了周励在时间上的行走，与大自然的贴近。

如果说在历史时间中的穿越，是展开了与历史人物的对话，更多是基于对人类社会构建秩序而美丽新世界所需要的精神因子的探求，而在世界山川江湖中行走，跟极地奥秘而历尽艰险，勇敢献身的伟大探险家阿蒙森、斯科特、沙克尔顿、马洛里展开精神对话，既展现出自然景观的大美与雄阔，也契合中华民族文化所秉承的天人合一的生态思想与原则，也是人类回归自然与万物共生共融的存在的方式。如对西藏风情的描写：“蓝天丽日下，我们来到美丽的雅鲁藏布江，波光潋滟，羊群饮水，宁静如画。发源于喜马拉雅山北麓杰马央宗冰川，灵秀之水在平均海拔4000米之上流淌，宛若天堂之河！”以一种激情拥抱世界，感受中华大地之美，超越世俗的羁绊。周励也说：“我们都是凡尘微小过客，但远方的梦让我们内心像壮丽的悬日和璀璨的星空。探索探险，总是令人激情澎湃。”从2010年开始，以后的十年里，她三次北极探险，四次南极探险，还多次登上阿尔卑斯山，攀登马特洪峰和西藏珠峰大本营，浮潜于印度洋、太平洋、大西洋和加勒比海等地，她四上雪龙船，登上中国南极长城站和中国冰岛北极联合科考站，见证中国极地科考为构筑世界精神文明的奉献。行走中与大自然、宇宙开始了对话，获得了生命的体悟与超越，揭示人类与自然对抗的危机所在，并强调了人与大自然和谐共存的生态伦理法则。而周励所有的行走绘就了世界的真实景观，也构成了自己文学–精神世界的底色与图景。

## 四、结语

周励是一个传奇女子，多年前她以自传体小说《曼》，掀起了文坛热点话题，而多年之后的《亲吻世界》却是另外的一种画风。该作品彰显了独有的气魄与格局，既有对沉重历史的质询与反思，也有对人生与苦难、生存与命运的思考，更有对现代语境中人类的协同发展及路径的探究等，充满了理性与激情、正义与率真。其实，无论东西，行走的周励并没有停下脚步，而是让自己的灵魂跟着脚步，有节奏地在时间中穿梭，成就了自己对世界存在的理解，也构筑了自己理解中的世界。这样，便是一种圆满与美好。周励的书写应了尼采那句话：“我经历了一百个灵魂，一百个摇篮，一百次分娩的阵痛，我的创造意志和命运甘愿如此。”可以说，尽管周励行文中的主观情绪表达逸出了她注重的理性判断与分析，同时因主观认知存在有个人的意识形态与主流意识形态冲突方面的局限性，但周励从个人生命价值的实现，到人类普遍性意义的精神价值的追寻，是周励近几十年来的文学走向，也是她生命视野与格局的拓展，是面对破碎的个人价值观念与现代化世界的碎片化及其崩溃而进行的精神上的弥合。这一切源自她内心深处对生命存在意义的不断探索与追求，不仅丰富了她所有行走中的探索，滋养了所有的想象与表达，也成了其自然理性、生命伦理、精神价值与人类存在意义本身的形构。

田泥，本名田美莲，文学博士。中国社会科学院大学教授、博导，中国社会科学院文学研究所研究员，当代文学研究室副主任。

# 信心是黑暗中的灯塔

## ——周励《亲吻世界——曼哈顿手记》的散文内蕴与艺术创新

程国君

1992年，周励以《曼》而风靡世界。二十八年后的2020年，她以《亲吻世界》再度引人注目，蜚声海内外。《亲吻世界》的思想和艺术都达到了成熟境地。首先，这是一部具有深切现实关怀的散文集：在新型冠状病毒肺炎疫情引起世界范围的公共危机强化了民族主义和民粹主义浪潮，民族国家的角色在一段时间里得到强化，一种新的世界主义、更积极的国际合作的立场进一步发展的世界历史巨变时刻，作者以世界视野回望世界史，以历史上无数杰出历史人物、思想家、艺术家的人生、生命理想精神为借镜，反复向处于困境中和挑战中的人类世界阐述她的和平发展理念以及人类当克服偏见、相互关爱、相互尊重的思想，并高扬和平、发展、公平、公正、正义、民主、自由的人类命运共同体的全人类共同价值观，体现出深切的现实关怀。其次，《亲吻世界》以强烈对立的情感、周密审慎的逻辑力量、汪洋恣肆的思想表达和富于张力美的崇高格调，显示出当代特有“史诗”散文的独特魅力。其激情、阔大、丰富和幽默的美学个性，在新世纪散文创作史上也别具风采，自成一格。

### 一、“以史为鉴”与醒世沉思

周励《亲吻世界》，以深刻的历史意识和现实关怀意识，总体上思考了四个向度的人类文明议题：人类如何面对世界共同的灾难？比如战争，比如瘟疫，比如船难；人类如何面对社会、历史现实的虚荣、冷酷和无情，给美丽的灵魂以相匹配的理解？文明世界会走向何处去？人类如何从单一物质世界走出，摆脱平庸，寻找生命高处的意义？这，毫无疑问就是《亲吻世界》的总主题，也是周励献给这个世界的一部积极探索着的“圣经”，给这个世界的复兴复活提供了深刻的思想启迪。

《亲吻世界》第一部分思考前述四个问题中的第一议题。从内容上看，这一部分可以被认为是二战之太平洋战争反思录。作者以其人类历史爱好者、沉思者的独特历史意识出发，以探险家、考古学立场，揭示了二战中最为惨烈的太平洋战争的种种历史真相，反思了二战的罪恶与人类灾难，揭示了二战中最为惨烈的太平洋战争的种种历史真相，反思了二战的罪恶与人类灾难。其中的《燃烧的太平洋》就直接描述了贝里琉的血色火光，战争魁首天皇及其被洗脑战士“玉碎”的魔影，坦言反思：“疫情之下，珍珠港是一面镜子吗？”《樱花湖畔》通过日本军国主义者和阿灵顿军魂的对比，揭示了东西方文化、价值观和道德观的巨大差异，既批判了日本军国主义的“樱花美学”作为战争“恶之花”的罪恶，又揭示了西方军魂持有的人道人性之光：马歇尔从“红颜祸水”下拯救艾克，温莱特作为“败将英雄”带领78 000军人投降，牺牲个人荣誉换取军人生命，艾克的贫穷与发奋以及“胜利荣耀归于全体将士，失败耻辱将军一人全揽”，肯尼迪给赫鲁晓夫写信阻止核武器核战，进而对于西方一些人的历史观“历史由胜利者书写”进行深刻反思。这种站在当下立场写历史的反思精神，体现了周励的理性精神，也避免了新历史主义者对于历史戏说、解构，甚至随意歪曲历史的偏颇，从而给现代人提供“以史为鉴，以史为镜”的思想资源和历史学思想。在该部分，周励写得最为精彩的要数对于二战战犯及其裕仁天皇残酷人性的剖析。罪大恶极的二战日本战犯，大多是美国通，这是何其悖论的历史事实！如“冲绳狡狐”八原博通，赴美留学，进入美国陆军指挥参谋学院，回国后却成了日本军国主义者。周励通过书写这些战犯们愚昧与忠诚、温情与暴虐、狡猾与懦弱的共性，揭示了天皇“根本恶”的军国主义之下人性的反复无常：“大江泷治郎从学者、诗人变为战争狂人，其狂热的军国主义情结和武士道精神把多少日本青年引上了不归路！1945年参加冲绳战役的神风特工队员，平均年龄不满二十岁。正是由于蔑视人性与生命的‘万岁冲锋’、集体玉碎和神风特工队带来的巨大伤亡，美军和全世界再一次理解了‘恶魔’这个词的含义。”[①]

太平洋海战的真相到底是什么？在《珍珠港》《决战中途岛》《血战钢锯岭》《拯救大兵瑞恩》《中途岛战役》《桂河大桥》《硫磺岛家书》等二战电影里，我们能看到一些迹象，在大江健三郎的《冲绳笔记》，列斯特·坦尼博士的《活着回家——巴丹死亡将军亲历记》，以及《栗林家书》里我们能够看到其惨烈程度，在《史诗般的血染战旗：硫磺岛升起星条旗》的摄影篇中，我们能看出将士的身影，在二战纪念馆、二战纪念碑中，我们能看到一个个生命的冤魂。对此，世界上不同国家不同的艺术都做了不同揭示。而周励的散文集《亲吻世界》的特色则在于，它直击战争了历史真相：“在1941年到1945年的太平洋战争中，盟军超过400万军人、2500万平民死亡，日军和轴心国超过250万军人、500万平民死亡。在东京审判中，发动罪恶战争的日军仅7人被送上绞刑架，却导致了太平洋地区3650万人在血腥杀戮中丧生！我在纽约疫情下写“被遗忘的炼狱：跳岛战役探险录”六篇系列历史散文，与旅美画家北大荒老友李斌绘画《东京审判》《陈纳德与驼峰航线》《联合国宪章的诞生》都是同一个心声：探索历史，缅怀先辈——无论国籍、党派，胜方或败方，重揭血与火的真相，以及在“大东亚共荣圈”和浪漫樱花掩饰下的军国主义、民粹主义和全民洗脑的真相。[②]这里，周励一针见血指出，战争的真相，就是人类肉体生命的绞肉机：贝里琉美军以15 000人的伤亡全歼10 000日军、“美军原以为只需4天即可完胜，然残酷激烈的夺岛战役整整延续了72天，橘色海滩似乎一脚可以踩出血来，美军陆战队与步兵师遭遇日军从血腥鼻头山55个隐蔽洞穴发射炮弹的猛烈攻击，导致15 000名美军伤亡”；“历时25天的塞班岛战役，尽管包括南云忠一、斋藤义次在内的4万多守军全部被歼灭，美军伤亡1600，只能算是惨胜”；在关岛战役中。“美军38 000名官兵英勇血战直至肉搏，最后1700人不幸战亡，6000余人受伤，而岛上18 500名日军全部阵亡”；“日军在硫磺岛殊死抵抗中22 703人战死，1083人被俘。美军在硫磺岛夺岛战役中伤亡28 686人，其中阵亡6821人，27人获得最高美军‘荣誉勋章’，超过了美国海军陆战队在二战获得荣誉勋章的四分之一”。如果算算冲绳岛战役、巴丹死亡行军的78 000万生命。太平洋海战数万条生命死亡，这就是战争，这就是战争真相。还有什么罪恶比消灭

---

① 周励：《亲吻世界——曼哈顿手记》，上海三联书店2020年版，第87页。

② 周励：《亲吻世界——曼哈顿手记》，上海三联书店2020年版，第90页。

人类生命的罪恶更大的呢？周励的这种真相揭示，将战争的思考上升到了历史哲学、生命哲学的高度。“以史为鉴，以史为镜”，“历史学家一辈子都在找钥匙解决困惑”，“历史是有胜利者书写的”，“忘记历史将重蹈覆辙”，“一将功成万骨枯”，“信心是黑暗中的灯塔”，“自由的精髓就在于我们每个人都参加决定自己的命运”，“我们的历史对我们有着举足轻重的意义，我们有责任确保历史的正确”。当周励以这些理念来剖析二战真相的时候，战争的真相及其罪恶就在这些历史、生命哲学观照下更为清晰明白了。《亲吻世界》的六篇报告文学式散文在新型冠状病毒肺炎疫情困扰世界的时刻写就，是她反复向人类出示的醒世格言，饱含着深刻的现实关怀和时艰意识，也充分高扬了和平、发展、公平、公正、民主、自由的人类命运共同体的全人类共同价值观。换句话说，周励的这六篇独特的报告文学式的散文，以揭示历史真相的方式，描述了七十多年前我们人类经历的空前灾难，描绘了至今还困扰人类的也无法抹去的内在伤痛。因为这些“硫磺岛未被讲述的隐秘”，是美国人永远的痛，也是人类永远的痛。它从反面激励我们，诅咒战争，热爱和平，珍惜生命，热爱生活。所以，我们在周励散文中会对于她的这种诅咒感到极为佩服：“走开吧，我们不要另一场杀戮盛宴！悲惨的人类要爱与被爱！滚开吧，战争！”

《亲吻世界》第二部分由十五篇散文构成。这部分的散文，通过对于欧美世界级艺术大师、思想家和著名历史人物的书写，人生命运追索，深刻探讨了近代欧洲思想文化现代化的历史进程，进而对于创造了现代近代欧美艺术思想的杰出领袖及其杰出女性给予了由衷的赞叹。如《凡·高的眼泪》，通过对于凡·高命运的追索，高度赞扬了为人类创造了优美绘画艺术的大师凡·高的崇高人品与人格。其中，对于凡·高在无情世界深情活着以及对于误杀自己的恶少的宽恕，给人类以宗教情怀式的生命启迪。《海明威生命之谜》通过对于一代文学大师海明威生命之谜的探索，对于海明威给予我们的生命启示作了深刻阐发：“一个人可以被毁灭，但不能被打败”，“勇气是压力之下的优雅”。《追寻阳光》则书写在人生至暗时刻，人类应该如何以丘吉尔这样的诺奖获得者、美利坚领袖和二战三巨头为榜样，寻找阳光，获取新的人生智慧：“绝不屈服，永不投降！”“人最可贵的精神是无畏！”“亲爱的丘吉尔，你是至暗时刻燃烧的火焰，你是困境中人们永恒的朋友！感谢你教会我追逐阳光，感谢你告诉我：真正的宫殿藏在你心中！”这部分中的《寻找伏尔泰》与《寻找叶卡捷琳娜女皇》等散文，也既有历史的深刻反思，又有为欧洲思想和历史探秘的意味。因为前者深刻揭示了欧洲专制君主制下启蒙思想、自由思想如何在历史的裂隙中产生的真相，后者揭示了叶卡捷琳娜等这些伟大女性如何在专制君主庇护下保护了伏尔泰这样的欧洲启蒙领袖的鲜为人知的历史，就包含着深刻的历史哲学与心理学命意，也同样给当今人类世界以深刻的思想启发。

## 二、“史诗”散文及其文体创新

从体制上看，《亲吻世界》的散文基本上有两种类型，一是《燃烧的太平洋》《凡·高的眼泪》《情燃埃及》《南极旅纪》等报告文学式的历史文化大散文，一类是《邮轮之旅》《罗马的阳光》《远征北极点》等“言志”式和写人式的抒情体散文。二十八篇散文中后者只六篇，前者却占了二十二篇。前者在体式上皆为报告文学式的多分部（多题）结构，规模大，思想内涵丰富，历史意识浓厚，为名副其实的历史文化大散文。这些散文，以分篇（题）组合式结构，以简洁流畅的中文语言融合表意紧密的欧式语言风格，以富于激情的议论和抒情方式写成。这些散文，文质兼胜，崇高精美，已经不同于新时期汪曾祺式的平淡优美、海外华文作家刘荒田式的隽永警策，而以雄浑壮观、洒脱自如的诗性品格，显示出别具一格的“史诗”散文，为现代汉语散文创作树立了新的范式。

何以称其为“史诗”散文？一是因为《亲吻世界》这类具有“宏大叙事”品格的散文，也许以报告文学、历史文化大散文这两个惯常的散文学名称称谓，才能揭示其“显示度”，因为它分量重，境界大，品位高，用优美等美学个性范畴来概述，根本不能概括它的全貌！二是因为这部散文集写的是“库图佐夫和亚历山大一世为人类留下的宏大叙事”，写的是“……从拉季舍夫、车尔尼雪夫斯基、别林斯基、普希金、涅克拉索夫到陀思妥耶夫斯基、托尔斯泰，一部罗曼诺夫王朝三百年史正是由独裁者高压屠戮、理想主义者前赴后继交织而成的宏大史诗”，写的是人类历史上的惨烈的太平洋海战，写的是人类从帆船时代到英雄时代再到科考时代的人类探险史。它思考的是人类世界的“天问”，世界历史的大秘密，人类文明的大议题。因此，用“史诗”散文才名实相符。

换句话说，《亲吻世界》散文文体上的创新，一是以史识提高了现代汉语散文的思想魅力。如对于二战灾难历史的反思，对于欧洲专制之下启蒙思想的产生的历史追索和探险的人类意义和价值的反思的一篇篇散文，就以深刻的思想魅力取胜。这些散文，以丰富惊人的历史文化内涵、哲思内涵与人文科学思想的独特魅力，对于历史、艺术、人生、人性的深邃透析，显示出一个具有世界视野的华裔作家创作的丰富思想、心灵与精神向度，而正是在这一意义上，周励的这些散文提升了以思想和情感为文体个性品格的散文的艺术魅力。二是历史文化散文模式的探索和创造。周励把深刻的历史反思装在她的游记、探险史的框架里，为在百年变局和全球疫情灾难中的世界提供了丰富的启迪意义和精神食粮。周励散文的这个结构模式，也是其“史诗”散文的魅力所在：游记、探险是线索，内里是现代性思想的阐发、探索与思考。因为唯有这个线索架起的结构，才把人物的前世今生、古往今来的历史统一在了一起。而且，周励散文的创新还在于，她在表达思想的时候，每每插入对于现代影视大片的观感、每每插入丰富的古今历史、艺术、思想经典的阐发，由此把对于历史的思索和现实的事件交叉叙事，使得散文的结构操控自如，文思畅达贯通。如《罗马的阳光》以《罗曼·罗兰与梅森堡夫人书信录》为线索，以作者自己的罗马博尔盖塞博物馆、万神殿、梵蒂冈拉斐尔画室和西斯廷教堂的独游为踪迹组织成紧密的双线复调结构，并以罗曼·罗兰对于意大利罗马艺术、贝尔尼尼开拓的巴洛克艺术、拉斐尔对人类灵魂象征的智慧和美德的《雅典学院》绘画以及对米开朗琪罗《创世纪》绘画的激赏来衬托自己的艺术观，传达自己对于艺术的理解和“罗马的阳光”的追求，且以反衬、对比的艺术手法表达其独特的思想，就显示出独特的结构匠心和文体意识。实是一篇美的散文佳作。

在《亲吻世界》的二十八篇散文中，以“寻找”“探访”为名的就有十篇。在“历史学家一辈子都在寻找钥匙解决困惑”，“近几年来，为了追寻太平洋战争遗址和尼米兹、麦克阿瑟的足迹，我跑遍了贝里琉岛、塞班岛、天宁岛、关岛、菲律宾吕宋岛和科雷吉多岛战役遗址”，“寻找硫磺岛未被讲述的隐秘”“寻找凯伦”“寻找马洛里”等表述里，无论是行文中的“寻找”还是题目中的“寻找”“巡礼”“探访和探险”，都具有了建构文体的文体学意义。因为这种寻找秘密式的散文构思写作方式，几乎就是她的这些“史诗”散文的同一性特征。如第一部分“被遗忘的炼狱：跳岛战役探险录”写二战之太平洋海战，就是从发现探索尼米兹石碑开始；第二部分“亲吻世界：镌刻在心灵岩洞上的壁画”，则全是对于欧洲艺术家、历史人物的人生命运、心灵精神史的探寻，个体与历史复杂关系及其内在隐秘的思考；而第三部分“燃情三极：南极、北极、珠峰逐梦”，则是对人类探险史和个体惊心动魄的探险经历、体验的书写。在周励散文中，探险、寻觅不仅仅具有起到吸引读者注意、引发兴趣和激励传播的作用，还有组织行文、使其组合为逻辑清晰的散文结构等更为有效的审美追求意义。如《凡·高的眼泪》一文，这篇两万多字、九个部分组成的文化大散文，如果不是这种探秘式的组合结构，就不可能有叫读者一气呵成读下去的审美效果，也不可能有从开篇的反复追问（“凡·高的遗体哪里去了”“我的棺材到哪里去了”）到“尾声：曼哈顿《星夜》”这样的如此富有无限情味的贯通结构。因为对于凡·高这样一位世界级伟大艺术家的精神、“灵魂轨迹”的探索，几个零碎的片段很难完成，唯有这种周励式的执着“寻找”串起来的巧妙散文组合结构才能完成，才能把这位在无情世界深情活着的伟大艺术家的伟大灵魂勾勒出来，也才能表达出周励对于这位天才艺术家的深深敬意和对于其遭遇的深深不满。事实上，在《亲吻世界》的二十八篇散文中，不仅《凡·高的眼泪》一篇如此，大部分散文都是如此结构（有二十二篇）。这构成了《亲吻世界》的一个总体的文体特征。这，我们如果留心观察一下周励《亲吻世界》的每篇散文的副文本——每一篇散文前的行文叙事行踪交代，那么，我们对于《亲吻世界》的这个文体特征，或者说结构艺术，就会更深刻地体悟了。

## 三、审美格调及其人生美学

周励这类“史诗”散文的特色在于内涵极为丰富，信息量很大，立意高远，格调崇高。正是因为如此，我们阅读就需要有一定知识视野、审美眼光。如，如果没有每篇散文的开头的那个别出心裁的副文本的提示，每一篇散文中仅仅交代的那些地点都会使我们眼花缭乱：跳岛战役中的无数战役地点，没有开头那个副文本式的行踪导引，我们如同进了战争的迷魂阵地；相反，《冰雪烈焰肯尼亚》一文，因为有“寻找凯伦”这个副文本导引，加上作者出色的文字描述，我们对非洲的历史遗迹，美丽的非洲的印象就相当深刻了。副文本在周励散文里，首先是为了展示其丰富的内容和展示大信息的。又如，在《凡·高的眼泪》里，周励探寻凡·高的人生行迹，死后墓地，追踪凡·高画的现场，阅读所有凡·高传记，沉侵在凡·高伟大艺术的秘密里，还探究凡·高何以委屈死去的心理纠结，展示的内容何其丰富，信息量是何其大！其实，《亲吻世界》整体上都是如此：《亲吻世界》向我们展示了微小但宏大的人类心理世界以及几千年人类历史的多样秘密，也向我们展现了大千世界、地球宇宙的广阔空间，周励潜水海底，向我们展示七十五年前人类留在海洋的罪恶“秘密”，也“燃情”三极，向我们展现人类探险史的奇迹和她自己探险的极限体验。我们阅读《亲吻世界》，似乎是在跟着周励“探索”世界，探索历史，探索人类的心灵和命运，又似乎能在了解过去，探索过往中找到面对未来的智慧和勇气。因而，从这意义上说，说《亲吻世界》开阔了我们的眼界，丰富了我们的知识系统一点也不为过。同时，它反复书写的人类的痛伤，个体心灵的痛伤，一次又一次地刺穿着我们人类屡屡受伤的心灵，使我们为二战悲哀，为凡·高的冤屈伤心，为英雄创造历史的气魄感动，也为那些勇敢的、高贵的探险家的意外嗟叹……因为它不是那种虚夸的廉价的旅行指南式的游记，也不是新历史主义叙事那种曲解历史、张扬小我日常平庸的纪实性矫情之作，它立意高远，格调崇高，是21世纪以来难得的一部感动人类心灵的不朽散文集。

第一，《亲吻世界》以审视自然美、艺术美的眼光审视历史、人性之美丑，显示出独特的美学魅力。“日本极权主义的舆情将樱花美学民族主义宣扬到了淋漓尽致的地步”，“最重要的是，我要从远处感受它的美”，“这是我见到的最有美学魅力的群雕”……这些是周励《亲吻世界》里时时再现的关键语汇、关键词！《亲吻世界》就从这种历史的美学意识出发，对二战之惨烈的太平洋海战战犯的军国主义“樱花美学”做了深入的剖析，彻底揭示了这种“樱花美学”实质及其他给人类和世界带来的灾难。首先，周励把日本军国主义天皇及其战犯作为美学意义上的“丑”来审视，通过对天皇及其战犯这类人类败类“恶之花”的批判，就表达了她对和平这一人类美好前景的渴望。其次，她发现“南极美学”、重新审视了金字塔之美，并动情地欣赏欧洲文艺复兴、启蒙运动艺术之美，揭示德国音乐之美之秘密，揭示凡·高艺术之美：“当我画一个太阳，我希望人们感觉它在以惊人的速度旋转，正在发出骇人的光热巨浪。当我画一片麦田，我希望人们感觉到麦子正朝着它们最后的成熟和绽放努力。当我画一个男人，我就要画出他滔滔的一生。如果生活中不再有某种无限的、深刻的、真实的东西，我不再眷恋人间。”[①]这构成了周励

① 周励：《亲吻世界——曼哈顿手记》，上海三联书店2020年版，第135页。

《亲吻世界》二十八篇散文的价值立足点和美学起点

第二，周励《亲吻世界》的书写充满激情，有出色的理性分析和哲思品格，也正视世界、人生及其心灵命运悲剧的书写，展现出崇高的美学风范。首先，《亲吻世界》是周励热爱世界、热爱人生、珍惜生命、热爱艺术和探险世界的伟大激情之作："为什么要去北极点？与生俱来的好奇心？对一切与物质无关的事物的兴趣？也许，一个人最大的财富，是血液里创新的激情，是心灵与历史人物的对话，是读万卷书、行走天下的勇气与理想。"[①]正是这样的人格、激情，使她创作了震撼读者心灵的《亲吻世界》。其次，周励《亲吻世界》是理性与激情交织。对于《亲吻世界》的理性、激情特征，陆士清、陈思和先生做过透彻的分析。"我们阅读周励的文章需要有足够的精神准备，准备承受那种心灵的冲击，它逼视我们重新穿越时间的隧道，再去体验一场场地狱般的血与火的盛事考验。这种冲击来自人类的理性精神……"[②]"周励的理性精神还表现在她对历史人物在具体历史语境下的复杂性作出了清醒的判断。"[③]

第三，周励散文的特色还在于，她不像一些把人间情怀极致化，日常琐碎价值夸大化，为人们提供一些情绪怡悦、滋味甜美、柔婉可嘉的心灵安慰鸡汤，而是正视历史的复杂、人性的真相，人类面对的各种各样的挑战，诅咒战争罪恶，揭示人性的荒谬，分析世界不确定性的根由与悲剧发生的原因，提供给人们面对复杂历史、人性的清醒历史哲学和人生意义追求的准则。如第一部分，描述了太平洋海战悲剧真相，其真正的目的是告诉我们，必须"以史为鉴，以史为镜"。第三部分，书写人类探险史和自己游历"三极"的激情和梦想，是为了传达"人的一生应当竭尽全力去获得生命最好的奖赏"和"生命在高处"的人生价值目标。

第四，周励把自我超越与至高快感追求的崇高美感带给了新世纪的散文创作领域。"从审美对象的角度来看，崇高往往是一些宏大、有力、晦暗等不具备有规则的形式美的事物；从审美经验的角度来说，崇高不只是引起单纯的快感，而是包含痛感以及超越痛感之后的更强烈的快感……崇高的出现，极大地拓展了西方美学的研究范围。"[④]按照康德的理论，崇高感的来源不是对象，而是人的主体性与理性，

① 周励：《亲吻世界——曼哈顿手记》，上海三联书店2020年版，第370页。
② 周励：《亲吻世界——曼哈顿手记》，上海三联书店2020年版，第1页。
③ 周励：《亲吻世界——曼哈顿手记》，上海三联书店2020年版，第2页。
④ 彭峰：《西方美学与艺术》，北京大学出版社2005年版，第72页。

是人意识到自己是人时所体现的那种强大的勇气和自我尊严感。周励《亲吻世界》的这种美学格调，或者崇高感，部分地就来源于创作主体呈现出来的这种主体性和理性，以及她作为一个极地探险者的激情：“‘你们快滑下来啊！坐在屁股上往下滑！’蓝眼睛高个儿的杜克对我们叫喊。冰山太高台陡峭，如果滑得不顺就会翻滚失控，拧断脖颈或落入冰海。但没有退路，紧张的心噗噗跳，我在冰山上坐下，将食指深深插入雪中增加阻力，大腿先分开再逐渐合拢往下滑。速度越来越快，风在耳边呼啸，掌控越加自信。滑到冰山脚下，我体验到沙克尔顿日记里的那句话……没那么可怕，我很喜欢！”“跳入冰海，瞬间灭顶，浑身感到被冰碴儿包围箍压，刺骨疼痛，但我还是向前方冰海游了一些。在北冰洋零下一点五摄氏度浸泡十分钟即足以丧命。游泳时，我的冰帽被浪花卷走，为了环保，我几次试图游去抓回，竟成了十几位跳水者中冰泳时间最长的一个！这是一个超越极限的体验，冰寒彻骨，死神扼喉，在白色浮冰环绕中游泳，真正感受到人类探险先驱巴伦支、白令、安德烈、阿蒙森和斯科特在极地冰寒中活活被冻死的瞬间。我为先驱者前赴后继的精神所震撼！”[①]在当世作家里，有如此创作激情的创作主体，数不出几个，而能把“自己是人时所体现的那种强大的勇气和自我尊严感”的散文精品创作出来、表现出来的，也就是周励和她的《亲吻世界》了。《亲吻世界》将具有自我超越与至高快感追求的崇高美感带给了新世纪的散文创作领域，是当代华文散文的新创获。

第五，《亲吻世界》彰显出张力美品格。“张力”范畴源于英美新批评派理论，近些年作为一个重要的美学范畴被一些中国学者反复化用：“在整个文学活动中，凡当至少两种似乎不相容的文学元素构成新的统一体时，各方并不消除对立关系，且在对立状态中互相抗衡、冲击、比较、衬映，使读者的思维不断在各极中往返、游移，在多重观念的影响下产生的立体感受。”[②]周励的散文有丰富复杂的思想，强烈对立的情感，思维的周密和表达的汪洋恣肆，无不展现着张力美的品格。如“太平洋海战”书写中的善恶、正邪对比，凡·高在无情世界深情活着，卑微身份和高尚人格、伟大艺术创造与知音难觅的巨大落差比较，欧洲启蒙时期专制与自由的抗争，《冰雪烈焰肯尼亚》的非洲景观以及南北极探险的牺牲与人格生命价值

① 周励：《亲吻世界——曼哈顿手记》，上海三联书店2020年版，第368页。

② 孙书文：《文学张力论纲》，载《山东师范大学学报》（人文社会科学版）2007年第6期。

的凸显，简洁明快的中式语言与严密长句群的欧式表达的融合，使《亲吻世界》的美学魅力陡然剧增，极具张力美品格。

进一步说，《亲吻世界》就是作者寻旅世界的审美情趣的书写。如第一部分，是对于太平洋海战这一人类之“恶”的审视。它通过对于战争灾难的审视，揭示了和平这一人类美好愿景的意义和价值。第二部分，是艺术、大自然和人类文化文明的审视，既揭示了他们的美，又书写了自己的审美体验、感受，以及美的发现。第三部分，是对于宇宙极境的审美体验、自己的探险体验的书写，非常完整地表达了其生命哲学思想——“探险，生命绽放的花朵”，“我们要征服的不是高山，而是我们自己”，“生命在高处”的现代积极人生体验及其人生美学。

程国君，陕西师范大学文学院教授、博导，文学评论家，中国世界华文文学学会副会长（会长助理）。

# 逐梦女人与情感书写：周励《曼哈顿的中国女人》

金　进

## 一、纽约商场中的逐梦人

《曼》是周励的自传体小说，小说主人公是朱莉亚。作者回忆道："自传体小说《曼哈顿的中国女人》第一章'纽约商场风云'于1992年刊登在《十月》杂志第1期，第四章'北大荒的小屋'刊登于同年《十月》第4期，边写边登，写了九个月，有时含着泪水，一半以上内容写的都是苦难、挣扎和奋斗。……书名来自八十年代末第五大道客户对我的称呼，那时在纽约商场来自中国大陆的中国女人不多。"

全书分六章：第一章"纽约商场风云"介绍在《衣食住行》拉广告的主人公朱莉亚"两条腿"走路，一面卖力拉广告，为杂志赚钱，做人物专访；另一方面开始尝试做生意。她信心满满寻找着机会，"我一无资本进货，二无仓库，三无推销员，而和大陆做生意最重要的是关系，我也没有内线。但我隐隐约约却充满信心：第一，我是在美国商业中心纽约；第二，我的英语已经不错，我有了广泛的社交基础和社交能力。那么，剩下的就是找机会，或者是等机会了。虽然我学的是商业管理，但是真干起来，可真是崭新的一课——课堂上绝对没有人教你的！"

第一章一开场就是对改变底层打工命运与成功的憧憬。书中这样描写朱莉亚在纽约中国城餐厅下班后的夜晚：

> 现在，我也站在这样一个塑像下面，像巴金当年在巴黎留学一样。那么，我的激流呢？我问自己：我到美国来，难道只是充当一个苦劳力吗？我抬眼望着纽约的星空，是这么湛蓝；夜，万籁俱寂，只有不远处世界贸易中心姐妹楼的大厦中，仍然放射出彻夜通明的灯光。我抬眼望去，想起

了我那不止一遍的决心和诺言："总有一天，有一格窗子会是我的！"于是，我在黑夜中伸出手，让那些窗格的灯光映在我的手上，仿佛在指尖中跳动……"好不容易来到美国，我一定要成功！"我大踏步地向黑夜中那黑黝黝的地铁入口处走去……

第一笔生意三十万码坯布由中纺美国公司接单成功交易后，朱莉亚赚取了六千美元佣金。之后，她请在花旗银行工作的丈夫麦克博士帮助登记成立了自己的贸易公司。朱莉亚自问道："我从来不把丈夫麦克的钱当作自己的钱……，我能成功吗？我能赚钱吗？我的公司能开多久？如果赔钱怎么办？没有钱赔怎么办？这正如一名年轻的，没有经验的登山运动员，面对一座高耸入云的山峰，咬了咬牙，横下一条心对自己说：'上了！'"

她在"商场风云：陷阱与泥坑"写道：

——让随行递上他的名片，他懒怠地同你握手，脸上浮现出豪门贵族那种矜持的微笑。可你注意那双眼睛！瞳仁里闪烁着狡黠，目光像黑夜的电光，在瞥视你的瞬间，他已经洞察了你的才智、能力、追求以及成败的几率；

——他不和你谈生意，却和你谈毕加索，谈格什温，谈总统竞选和石油危机。突然间他沉下了脸，吐出了几个冰冷的字：退关、赔偿、诉讼！

美国人的幽默，法国人的豪爽，德国人的圆滑和日本人的机警，你都要应付自如。你既要有商人精于计算、巧于酬酢、入木三分的刻薄，又要有政治家那种熟谙人情世故，周旋于显赫人物中间谈笑风生的潇洒风度，你的思路应该是清晰的、集中的，你必须把抵御虚假的威胁和粉碎暗藏的诡计的本领训练得炉火纯青。

我已经置身于美国商海中，在这股竞争大潮中，一个判断的错误就可能断送整个公司的命运！

朱莉亚的形象让人想起来司汤达《红与黑》中向巴黎许下征服口号的于连一样，让读者跟着她闯荡纽约商场。

朱莉娅对美国的印象是20世纪80年代中国人对"美国梦"的遥远想象：

当我在1985年决定要出国留学，骑着自行车到人民公园附近的上海图书馆查找美国大学资料时，我抱定一个信念——纽约，只去纽约，只上纽约的学校！于是我把几所纽约市和纽约州的大学地址抄下，全部发了申请书，最后被纽约州立大学宾汉姆顿分校研究院录取。我隐隐之中感到纽约和上海有着同一个灵魂。只有到了纽约，我才不寂寞，只有到了纽约，才有我施展才能开拓道路的天地！

从脚下开始，在这块陌生的土地上，我将另辟起点。我独自来到自由女神公园，踯躅在火炬的光环之下，我又想起那句话，那句我在北大荒草甸中放猪时，曾反复对自己说的话——那是一位美国总统的就职誓言——

“自由的精髓在于我们每个人都能够参加决定自己的命运！”

我在美国了！——我望着自由女神那凝重、雍容的面容——那么，决定我的命运的，就是我自己了！

每当我向一个新的客户敲门，我仿佛就听见贝多芬《命运交响曲》开头的那段震撼心灵的命运的敲门声。

应该说，在那个国门初开、改革开放的时代，周励的小说不止是个人励志故事的演绎，同时也有着打开国人视野的启蒙作用。

## 二、中国记忆与情感故事

《曼》中除了对“美国梦”的描写之外，还有朱莉亚对中国经历的“原画再现”。小说中有着大量周励童年、少年时代的上海生活遗痕，尤显她对文学的热爱。书中援引了大量中外名著，以及“我曾徘徊在贝多芬花坛前，在心中弹奏着他的《月光奏鸣曲》；……我在歌德塑像前背诵着他在《浮士德》中的诗篇；我抚摸着托尔斯泰冰凉的前额，从这里面涌出了我度过少女时代的《安娜·卡列尼娜》《战争与和平》《复活》……”小说还谈及“我”在国内时和文学朋友们倾谈到深夜，沉浸在《根》《百年孤独》的辩论中，以及曾参加普陀山的上海文学创作笔会活动。周励在小说中感叹道：“在国内时的精神生活，对一个文学青年来讲，是多么丰富！尽管贫穷、官僚、许许多多条条框框包围着我们，但我们仍感到活得像个‘精神贵族’。”

正是少年时期的文艺修养，让朱莉亚成为一名以气质取胜的纽约商场女性。

第二章“童年”回忆了朱莉亚在上海瑞华公寓和上海市少年宫合唱队度过的

童年时光，既有温馨也有伤痕。第三章“少女的初恋”回忆朱莉亚的初中生活，她与裴阳的精神初恋与人物命运，北大荒知青生涯以及返回上海之后的生活与感情世界。第四章“北大荒的小屋”则是回忆北大荒后期与画家于廉之间的感情纠葛。第五章“留学美国”讲述朱莉亚和她德国丈夫相识、相恋到结婚的故事。

周励在第六章“曼哈顿的中国女人”参加圣诞宴会一节，又回到了北大荒与曼哈顿的意象交融之中：

午夜时分，“绿色酒苑”门口，客户和他们的夫人们和我拥抱亲吻，一一道别。……这时天上飘起了茫茫雪花，整个天际笼罩上了一层朦胧的银白色。……突然使我想起了北大荒的风雪，……耳畔响起了那支在不太遥远的岁月曾伴随着我们度过那个艰难之夜的《小白菜》旋律：

小白菜啊，

黄又黄啊，

三岁两岁，

没了娘啊，

……

20岁的我紧紧抱住才18岁的女排长。我们俩人对着猪圈饲养棚黯淡的灯光，目光凝滞，噙泪水地唱着……

桃花开了

杏花落了

我想亲娘

谁知道啊……

轿车在中央公园西路飞驶，雪花纷纷飘落。透过湮邈岁月，这支歌在我脑海中变得越来越清晰……我忘记了周围的一切，忘记了刚才的舞会，忘记了一双小金鞋，我完全陷入经常发生的那种无法抵御的沉思之中。

这时麦克把他的手搭在我的手背上，他说：“你又在想你的那些‘城南旧事’了……”我把头靠在他的肩膀上，默默地低垂下头。这些年来，他是最了解我的。麦克说：“你老是在往事中生活。”他是对的。

继而，朱莉亚自抒心声：

我要写一本书，这本书就叫《曼哈顿的中国女人》。麦克说我早就该写了。

…………

越战已经过去了20年，美国每年还在推出越战的电影，《野战排》（*Platoon*）、《全金属夹克》（*Full Metal Jacket*）、《现代启示录》（*Apocalypse Now*）、《七月四日诞生》（*Born on the Fourth of July*）——个个都是奥斯卡金像奖的提名榜首，那种震撼人心的力量引起人们不断的反思。我们过去流的血难道是水？难道我们的血没有美国士兵的血值钱？我要写！我要写我们这一代人的兴盛衰败，我要把我所经历的一切告诉我们的下一代。我们这一代人不是遭人唾弃的，我们过去的光辉一直在闪耀。我铺开了稿纸，一笔一画地写起来。是的，我要写过去的青春岁月，写一代人的史诗，写心中汹涌的波涛！

文学对我来说是世界上最壮丽的现象。

字里行间，将一位满是故事、历经生活艰辛的中国女人，奋力通过自己的努力追逐美国梦的历程与心境展露无遗。

## 三、结语

纵观长篇小说《曼》，朱莉亚对文学、音乐与绘画的热爱可见一斑，小说中出现大量20世纪80年代人们津津乐道的人物，林语堂、孟德斯鸠、贝多芬、歌德、托尔斯泰、约翰·丹佛，以及各种传记电影如《左拉传》《伟大的公民》等，还有卡耐基、罗丹等人的“心灵鸡汤”，这些似乎并没有化解女主人公对于商场的热情与投入。她声称自己“虽具商人头脑，绝无商人灵魂。”

文章最后，朱莉亚在纽约中央公园抒发的感怀， 也代表了她那一代“老三届”的心声：

我心中涌起一股柔情，那是一种从多灾多难走向绚烂，又从绚烂走向宁静的心境。不管人富有还是贫穷，人总是按照自己的本质在生活。又是一个明媚的春天，太阳依然在照耀，鲜花仍然开遍大地，不管有多少丑恶的东西存在，生活仍然是美好的。

我又想起我的梦魂萦绕的祖国，想到那片遥远的度过我青春岁月的北大荒黑土地，好像她就在不远处的中央公园那端。曼哈顿距离北大荒并不远，我们从东方到西方，奋斗在这个世界上，只有奋斗，才会带来更持久巨大的幸福；只有奋斗，才能创造出人生的价值和尊严，创造激情和人生的快乐！

《曼》似为几个中篇小说缀成长篇的形式，加上周励早期作品中对于写作技巧运用不熟练，使得这部长篇小说的主题显得有些分化，其中有着商场女性的美国梦逐梦历程，又有着出国之后女性对自己情感世界的展示和剖析。但平心而论，正是这种文采斐然、泥沙俱下的情感喷发，原生态的人物和事件的描写，使得一种不周全的艺术风格的粗粝成就了这部经典小说。

金进，文学博士，浙江大学海外华人文学与文化研究中心主任，研究员、博导，兼任中国世界华文文学学会理事。

# 《亲吻世界——曼哈顿手记》献给世界的思考

汪太理

如果不是对这个纷繁的世界有深刻的观察理解，如果不是对这个苦难的世界有深沉的爱，如果不是对这个多变世界的未来充满希望，如果不是在这个复杂的世界痛苦过、奋斗过、激动过……是不会去亲吻这个世界的。

在周励看来，这个世界有太多值得亲吻的理由，所以她才用情意，用心灵，用身体肌肤去亲近它、体贴它，继而带来深邃的思考。

在现当代作家中，周励是极富特色的一个。她是游历国家很多的人（130多个国家），她是实地深入二战主战场的太平洋战场调查战争遗址的人；她是不倦探寻欧洲启蒙运动先驱的生活场景，寻找他们足迹的人；她是对近现代西方文明有浓厚兴趣并探索的人；她是对许多西方文学艺术巨匠心怀崇敬，探访他们的故居并进行心灵对话的人；她是对一些欧洲君主在启蒙运动中复杂心路历程和矛盾人生一探究竟的人；她是一个富于冒险精神，多次逐梦南北极，珠穆朗玛峰，追随世界众多探险家足迹的人；她是一个充满理想主义，富于深厚爱国情怀的人；她是一个成功遨游商海又不能忘情于文学，并且在文学创作上取得成就的人；她是一个珍视友谊，厚待朋友的人；她是一个不随波逐流，始终保持独立思考、活出了自我的人。

这样的周励，在现当代华人作家中可视为一个独特的存在。正如著名评论家陈思和所说：“《亲吻世界》是海外文学的新突破和新标杆。”

读《亲吻世界》，我们感受到，她之所以去攀登那些冰雪险峰，“因为山就在那里”，她之所以周游世界，因为世界在她心里。

周励的笔下，展示了这个苦难世界的人性光辉，显现了在混沌晦暗中普世价值的力量，人的坚强意志和奋斗产生的力量。周励让我们看到了一个苦难深重又丰富多彩的世界。我们也从《亲吻世界》中领略了与现实世界相映相生的周励的内心世界。

以几千万人员伤亡为代价的第二次世界大战是世界前所未有的痛，是文明史上的一场浩劫。单以美日双方在太平洋战争中的人员损失为例，美国军队对日本作战共死亡151 047名美国士兵。日军阵亡150万，相当于总阵亡人数的七成。从双方伤亡人数，即可看出当时战争何其惨烈。太平洋成了一片血色的海洋！

“战争让女人走开”，但战争史研究并不会让女人走开，然而鲜有女人研究战争史，更鲜有女人（包括男人）不远万里去寻找二战遗迹，亲身感受那炼狱般的二战场景。不知还有没有别的女作家，像周励这样由于喜欢历史，带着《罗斯福传》《丘吉尔传》《艾森豪威尔传》《尼米兹传》《朱可夫传》和《隆美尔传》跑遍了太平洋战场和欧洲战场。

周励写的是游记体历史散文，但文章中丝毫没有一般游记的那种闲情逸致，虽然写的是游记，但追溯的是硝烟弥漫，血肉横飞的历史。我们的心也跟着周励从纽约出发，环绕太平洋八万里，进行战争遗址的探险，通过这种探险，以挖掘战争真相，重现历史，警示后人。随着她的笔墨“一路洒泪，一路思索，一路血脉偾张。”她“受到的震撼撕心裂肺”，我们也因她重现的战争景象，产生了前所未有的心灵冲击。

在1941年—1945年的太平洋战争中，盟军超过400万军人、2500万平民死亡，日军和轴心国超过250万军人、500万平民死亡。在二战中，仅太平洋地区，就有3650万人惨死在血腥杀戮中。

造成太平洋地区二战浩劫的狂热的日本军国主义是怎么形成的？史学界已经有了共识。20世纪30年代的日本，膨胀的军国主义分子鼓吹战争，被视为爱国，正直理性的声音被压制，甚至被诬为卖国，东条英机等战争狂热分子驾着战车一路狂奔，将日本民族推向了二战的不归路。

军国主义分子鼓吹的“大东亚共荣”，成了包括日本人民在内的“大东亚地狱”。周励笔下的太平洋战争的惨烈场景一再告诉我们，“人性的恶与凶残都是被充满野心与贪婪的政客调唆出来的。”

在太平洋那场绞肉机般的战争中，每一场战役都被周励写得那样惊心动魄。无论是高级将领还是普通士兵，有太多可歌可泣的故事，作者对敢与恶魔争高下的人充满了敬意，对他们钢铁般的意志和博大的胸怀怀着崇高的敬仰。

在硫磺岛战役中有一张曾振奋了美军、美国乃至全世界的照片，六名美军士兵在折钵山上插上美国国旗的照片。但插旗的美国国家英雄到底是哪几个人？从当时到后来，一直云遮雾罩、莫衷一是。就在2019年，还有美国媒体发布消息“硫磺岛升旗手：四个死了，两个假的。”

在纷纭的众说中，真正探寻出历史真相的，不是二战史研究专家，也不是美军相关人员，而是周励。

尼米兹将军曾经说过：“对于在硫磺岛作战的人来说，不寻常的勇气是普遍的美德。”这种美德不仅表现在战场上，还表现在战后，他们从不以英雄自居，而是服务社区，安静地生活直到死去，照片中被诬为假冒者的士兵就是这样的人。

“老兵不死，只是悄然隐去。”这才是经过战争淬炼的英雄的本色，是人性的最高境界。

中国文学史上有两篇凭吊战场的作品特别有影响：唐代李华的《吊古战场文》、宋代苏东坡的《赤壁怀古》。李华抨击战争对黎民百姓子弟的无辜戕害，写古战场的恐怖景象：阴气森森，往往鬼哭，天地为愁，草木凄悲，吊祭不至，精魂无依！古战场游荡的是无尽的无辜幽魂！苏东坡则面对赤壁乱石，大江惊涛，高歌战争中的千古风流、英雄气概和小乔初嫁的铁汉柔情。吟哦之中，豪情顿生。周励笔下的战场是纵横几万里，波涛掀天揭地的太平洋。任何古战场与之相比都宛如盆景。李华、苏东坡的描写与抒发动人心魄，已成千古绝唱。周励对二战太平洋战场的调查和凭吊，那波谲云诡的战争奇观，那山呼海啸的惨烈气象，那判若云泥的人性展现，定可在文学史上留下厚重的一笔，留给人们更深刻的思索和更悠长的记忆。

阅读《亲吻世界》第二部分“亲吻世界：镌刻在心灵岩洞上的壁画”，与阅读那些纯粹记述美丽风景游记的感受完全不同。作者呈送到读者面前的是思想的盛宴，是世界级文学艺术大师们栩栩如生的生命气象和令人炫目的成果，是丘吉尔等二战领袖的非凡经历和伟大气魄。包括在欧洲历史上几位了不得的君王，及同情庇佑启蒙思想大家的国王情妇，怪不得全书的思想高度和深刻内蕴非一般作品可比。甚至可说，作者让我们看到了欧洲在近代革命巨变的几出经典的折子戏，我们从这些篇章中可以感受到欧洲文学艺术和文明思想后来何以达到那样的高度。

凡·高这个苦难的绘画天才，后印象主义画派大师，生前被人视为最为低贱的下等人，作品在生前不为人赏识。在生命的最后时光，他曾到法国南部小城阿尔勒，在这里的108天里，他创作了150多幅油画。当地居民讨厌这个穷困潦倒又疯癫的人。在凡·高去世几十年以后，声誉腾空。阿尔勒成了人们朝拜凡·高的圣地。此地的居民对前辈们曾集体请愿驱逐这个天才的行为深感愧疚，为此，他们向全世界致歉：

“如果当年我们没有世俗和偏见，不蛮横地驱赶凡·高先生，在这个小镇上，他无疑会创作出更多更好的作品……我们为自己曾经的无知和偏见真诚地向世界道歉，是为了尊重一颗对艺术执着而又崇高的追求……我们希望通过对您的热情招待来弥补当年先辈们的愚昧和错误。”

震惊、悲伤于凡·高痛苦贫贱的一生一样，我也震惊于阿尔勒居民们深深的悔恨和磊落坦荡。这种胸怀没有现代文明的洗礼和涤荡是培养不出来的。这种道歉精神与凡·高的绘画艺术一样伟大。

丘吉尔为什么会成为英国历史上最伟大的首相？成为二战中盟军的灵魂人物？他的经历成就了他的坚强意志和远见。听听他演讲中的这几句话，我们就能知道他分析思辨的强大力量，知道他思想所达到的高度，知道他为什么去与希特勒打仗：“为什么希特勒无法领导世界？因为我不相信一个限制人头脑的国家，一个禁锢人思想的国家，会成为世界的老大。不仅我不信，地球人都不信，这是希特勒永远无法理解的。”

这句话当时相信的人恐怕不多，但事实证明了他说出了一个真理。

周励仿佛是欧洲的旅游大使，她如此热情地向人们推广介绍：“爱上邮轮吧，踏上驶往欧洲的邮轮吧，带上几本好书，去和那些对历史、文学、诗、哲学有着精湛理解的艺术大师们作灵魂上的交流。比如拉斐尔和米开朗琪罗都是诗人，他们写的诗歌不亚于他们的绘画与雕塑。他们是人类精神追求的光辉楷模。”米开朗琪罗说，“我在大理石中看见天使，于是我不停地雕刻，甚至使他自由！”文艺复兴，使欧洲一大批文学、艺术家们插上了自由的翅膀，是自由激发出他们巨大的创作力。自由是文学艺术创作与一切创新之母！他们既是自由的“思想者”，又是自由的宣扬者、传递者。

伏尔泰等启蒙运动先驱的精神召唤，不但使周励对他们的生平感兴趣，她更想深入他们的内心深处，理解他们学说摧枯拉朽的力量。

周励说：“伏尔泰这位被誉为‘欧洲灵魂’的法兰西思想之王，他的自由启蒙理论成了欧洲最威严王朝——法国波旁王朝的掘墓武器，而他本人却是欧洲诸国多位显赫国王及女皇的崇拜对象和亲密挚友！”周励想了解的是：这位历经路易十四、路易十五和路易十六三朝并两次被法王投入巴士底狱的诗人，这枚“投向君主独裁制度的一颗炸弹”，究竟是如何演化为他一生猛烈抨击的皇家宫廷最美、最尊贵的雕像的？因为狄德罗提议捐款为伏尔泰雕像，这一提议不仅得到卢梭等欧洲知识界人士的热烈响应，甚至欧洲那些最有权势的人物，俄罗斯女皇叶卡捷琳娜二世、普鲁士腓特烈大帝，波兰国王斯坦尼斯瓦夫和丹麦、瑞典国王也纷纷加入捐款的行列。

伏尔泰临终前给友人的话，是先驱者的预言：“我所看见的一切，都在传播着革命的种子，革命的发生将不可避免。”

雨果说得多好：“伏尔泰人生的84年，是处于君主独裁的极点和大革命时期……他的摇篮可视为伟大朝代的最后一缕宝光，他的灵柩则是那个地狱般世界的第一丝微亮。他使人类懂得，精神应该是自由的！”

是啊，“精神应该是自由的”。从此像滚滚惊雷，炸响在专制独裁统治的上空。

“人最可贵的精神是无畏”，丘吉尔是英国人的精神导师，也是周励的精神导师。

海明威是周励最为心仪的作家。她说“海明威最令人羡慕的是能做大多数人梦想的事情——有勇气、精力、自由的时间和充足的财富去享受冒险的旅游。”周励庆幸自己能拥有与海明威类似的生活方式。正是仰仗着勇气和充沛的精力，才勃发出去南北极和珠穆朗玛峰探险的激情，才追寻着世界许多探险家的足迹，才成为了当代作家中有过如此探险精神和探险经历的佼佼者。

宋朝的王安石早就说过：“世之奇伟、瑰怪、非常之观，常在于险远，而人之所罕至焉。”一千多年前的他要是知道有南极、北极、珠穆朗玛峰，这些气候极端恶劣，而风景又极其险峻壮伟的冰川雪峰，说不定会生出涉足的想法。当代的周励当然比王安石幸运多了，她不仅对这些世之非常之观充满了好奇和兴趣，还在这些地方留下了自己的足迹。

人类从诞生之日起，就一直在向未知世界探索。但囿于科技发展的水平，真正的大规模探索探险活动是从一百多年前才开始的，因为有了近现代科技的支撑。不论是之前无人涉足的南北极，还是诸多耸立在地球上以珠峰为首的著名山峰，人类在科学技术之光的照耀下，对它们发起了一次又一次的挑战。在挑战过程中，许多探险家献出了宝贵的生命，在人类探险史上树立了一座又一座丰碑。他们是：罗伯特·斯科特、沙克尔顿、阿蒙森、威尔逊、奥茨、米歇尔·克鲁兹、乔治·马洛里……每个名字都是一部惊心动魄的探险英雄史诗，都记录着人类在这些地方遇到的、无法想象的困难，生死须臾的惊险。也正是跟随这些探险家无惧死亡，向未知挺进的足迹，周励七探南北极，五次进藏，其中包括踏进珠峰大本营。在六十六岁那年，周励历经六小时，终于登上了阿尔卑斯山脉马特洪峰赫恩利屋脊，中国曾有两位登山家攀登过马特洪峰，周励是第一位到赫恩利屋脊的中国女性。在作者的笔下，我们领略了南北极、马特洪峰及珠峰的纯净、静美，在南极，南乔治亚岛最大的帝企鹅栖息地，从3公里长的海滩到格雷斯巍峨冰川，聚集着三十万只帝企鹅，海豹和鲸鱼出没其间，这是多么壮观的极地景象！马特洪峰那1800米垂直岩壁是何等惊心动魄，名副其实的“壁立千仞”！北极点那一望无际的冰原，那雪白的北极熊，令人神往。北极是那么美丽，美得令人窒息，南极是那么纯净，纯净得令人敬畏。

我们看到的不仅是亘古以来，直至一百年前才开始揭开的世界南北两极和珠峰和马特洪峰等高峰的神秘面纱下，那纯净、空旷、奇绝、峻峭，如天堂、如童话般仙境的美，还看到了人类对大自然永不停止的好奇心和无所畏惧的冒险精神。即使探险路上倒下一个个、一批批前行者，仍然有无数后继者继续前行。前仆后继，正是人类永不屈服，挑战极限的精神体现。而周励是这浩荡探险队伍中少有的女性，这种勇气、毅力、坚强真让人敬佩非常！周励的每次探险，不仅是一次观景，更是一场朝圣和心灵洗礼，是人生境界的升华。

在探险过程中，作者的爱国情怀表现得是那样强烈，她深情讴歌中国南极考察队和五个考察站：“中国在世界近代探险史缺席五百五十年，如今跻身极地科考强国，怎能不令人心潮澎湃？”

余秋雨的《文化苦旅》开创了历史文化大散文、旅游文化大散文的先河，是中国千年文化的咏叹调。周励的《亲吻世界》以更宏阔的世界视野，更深邃辽远的现代文明发生的视角，描述她所涉足的世界，既有对二战太平洋战场遗址的实地调查，又有对欧洲文学、艺术、哲学、军事、思想的巨人和著名君主女皇故居的探访，还有对世界“三极”的探险。这种题材的广阔与丰富，在其他作家中少有出现。这无疑是对历史文化大散文的崭新开拓，在旅游探险大散文中树立了新标杆。相对于余秋雨的咏叹调，周励创作的是一组对世界的昂扬激越的颂歌，文采斐然的字里行间是献给世界的思考。她不像余秋雨那样从容、那样徘徊沉思，她始终是激情澎湃、情思飞湍，把读者的思想带入更深邃厚重的境界。

（原载公众号“上海三联书店”2022年7月6日）

汪太理，湖南省委党校、湖南行政学院教授。曾任湖南省委党校文史部副主任、《湖湘论坛》总编、湖南省委党校图书馆馆长、《清风》杂志总编，现任《清风》杂志名誉总编。主编的《中外反腐败史鉴》获湖南省第二届社科成果一等奖。

# 灾难烛照的人性

## ——以周励的灾难文学创作为例

陆士清

## 一

何谓灾难，我没有查阅辞典、文献，只从直感理解，凡危及生命、损害健康、损毁生存的物质与精神，导致人们饥寒交迫，美好的亲情、友情、爱情被摧毁，尊严受侮辱的天灾人祸，皆可谓灾难。

小行星撞击地球，恐龙灭绝；火山爆发、地震、海啸，死伤数以十万计；飓风、暴雨、洪水，江河决堤，干旱、蝗灾、人为饿殍；冰海沉船，绅士淑女葬身鱼腹；西班牙大流感，欧洲人丧命两千五百万；鼠疫横行，旧中国东北尸横遍野；天花散布，英伦一岛差点沦为地狱；当今的新型冠状病毒肺炎疫情，确诊者两亿八千万，罹难者五百多万，如无现代医学，以及如中国和一些国家的科学管理，死于非命者何止千万……

这些可算是天灾或自然灾害。此外还有人祸。如加诸国家、族群的战争，远的不说，就说帝国主义为争地盘，掠夺资源、收割财富，发动的一战二战，就有千千万万人命归黄泉。

灾难不仅伤害人类，也会伤害动植物。植物无声，只能因风呜咽；动物有声无文，无法传录。万物之灵的人类，声文并茂，灾难传录，不绝于书。人类的历史就是一部战胜了不少灾难的历史；但是人类是否也会遭到如恐龙灭绝的灾难还很难说。所以人类要珍爱地球，要奉行我们先贤的“万物并育而不相害，道并行而不相悖”的哲学，保护生态平衡，珍爱和平，共筑人类命运共同体。

人类灾难的历史漫长，灾难文学，诗歌、小说、影视，也经典频出。灾难文学，虽题材另有别裁，但仍是人的文学，仍是人学，仍要把一个大写的人字写好。

## 二

灾难文学要把人写好，首先要写好灾难本身。无论是自然的，还是人为的，包括社会团体、民族、国家制造的灾难，都必须揭示它的烈度，也即揭示它对人的友谊、爱情、事业、理想和生命危害的深和广度，以在突然发生的和长久的深深苦难中，烛照人性的样貌——文明的、正直的、高尚的，抑或野蛮的、邪恶的、卑鄙的。在这方面，旅美华文作家周励有着杰出的表现。

2020年春，在新型冠状病毒肺炎疫情席卷纽约，医院走廊摆满了包裹着橘色尸袋的罹难者遗体，形同炼狱时刻，她想起七十五年前的另一座人间炼狱——二战中太平洋跳岛战役血腥惨烈。疫情灾难和战争灾难，使她夜不能寐。她在曼哈顿寓所通宵达旦敲击字盘，写下“被遗忘的炼狱：跳岛战役探险录”，近十万字的战争灾难文学。包括《燃烧的太平洋》《太平洋的“诺曼底登陆”》《穿越炼狱》等六篇，辑录在上海三联书店出版的《亲吻世界》中。周励以史学家的精神和文学家的激情写下这场灾难的大叙事。接着她又完成了灾难电影文学剧本——《南极大救援》的创作（刊于《中国作家》2020年3月号）

2013年12月24日，俄罗斯“绍卡利斯基院士”号在南极被厚冰围困，船上五十二名乘客和船员危在旦夕。航运在科考途中的中国南极科考船“雪龙号”离俄船最近，在接到澳大利亚和俄船的呼救信号后，船长王建忠毅然让“雪龙号”掉头，驶向俄船，投入救援。经过两天两夜的紧急航运和十天的奋战，终于将俄船旅客安全转移到澳大利亚“南极光号”破冰船上。

周励崇敬极地探险英雄，斯科特、阿蒙森、沙克尔顿极地探险先驱都是她的偶像。她自己也是探险女杰。她四上南极，登南极点；三临北极，达北极点；三次登临珠峰大本营。她跳入北极冰海冰泳，可谓冠绝全球女作家。她与我国南极科考队结下了不解之缘。她四次登临“雪龙号”科考船，与南极科考领队杨惠根、船长王建忠、徐挺等结下了深厚友谊。她高度赞扬祖国的科考事业，“考察队举科学的旗帜考察南极，为祖国的科学事业续写新的辉煌。他们抢滩难言岛，一夜风中平楼起，五星红旗从此在罗斯海飘扬”。“他们冰雪无阻，一往无前。今天的南极，虽已跨越英雄的探险时代，但他们依然英勇豪迈！”“雪龙号”感动世界的南极大救援，也深深感动了周励。在深入访谈的基础上，她创作了电影文学剧本《南极大救援》。剧本受到上海影视集团的重视，准备将之摄制成灾难片搬上银幕。上海电影制片厂专门召开了文学、影视专家座谈会。与会者一致认为题材十分有意义，文学剧本已为电影制作打了坚实的基础。虽然拍摄极地救援有巨大的难度，但一定能拍出美丽、动人而精彩的影片。

## 三

周励以她的激情和才华，两涉灾难文学，成果斐然。极有意味的是，这两部灾难文学，对比鲜明。一部战争的，一部是极地自然的；一部是人类厮杀，生命死伤惨烈，一部是国际合作，英勇救援，避免生命和财富的损失。两部作品放在一起读，我再次听到了周励内心的呼唤。

且看她在两部不同的灾难片中，向人们展示了什么？

在跳岛战役中，周励充分展示了战争灾难的惨烈。

首先揭示整个战役中总的生命损害。燃烧的太平洋、杀戮的跳岛战役，从1941年12月7日至1945年9月2日，实际长达近4年。盟军（包括中国军人）超过400万人阵亡、2500万平民死亡，而轴心国超过250万军人阵亡、500万平民死亡。

第二，展示了跳岛战役逐岛争夺的艰难而血腥的过程。贝里琉战役美军原认为只需4天即可完胜，然而残酷激烈的夺岛战整整延续了72天，海滩用脚一踩似乎就可以踩出血来。这一战，美军伤亡15 000人，日军10 000多人阵亡。冲绳战役，激战83天，美军阵亡20 000多，伤70 000多。日本军民为天皇“玉碎”240 000多人。

第三，充分展示血腥的战争现场。一是呈现战场的实景。美军登陆科雷吉多岛，遇到日军疯狂抵抗。战斗到第十天，马林塔隧道的日军在猴子角附近引爆隧道地下弹药库，集体“玉碎”。巨大爆炸造成美军 52人丧生，一辆谢尔曼坦克被炸，碎片击中离岸2000英尺的美军驱逐舰。一批伞兵降落科雷吉多岛，脚下则是躺在血泊里的年轻伞兵再也唤不醒的遗体。二是透过想象，重构战争现场的疯狂。“我仿佛看到被火焰喷射器击中的日军士兵如同火球般地一个个从黑洞里窜出来，疯狂地死死抱住美军士兵一起燃烧，还有粮绝弹尽、缺胳膊断腿的日军在跳崖之前组成伤残兵团，疯狂喊着“天皇万岁”用石头和木棍与美军肉搏。三是探视战争“尸骸”。

帕劳海底有一个二战遗迹原生“博物馆”，周励如考古发掘者，潜入水底，目睹举目皆是的那击沉于海底的舰船和飞机。她写道：“我脊背发凉，担心一个不小心触碰到日本‘神风特攻队’飞行员的骸骨堆！心儿战栗、胆大如虎的我穿在一堆堆庞大锈蚀、鱼儿出没的战机、坦克、舰艇残骸之间，深感战争的惨烈与凄凉。”

惨烈的战争考验着人性，周励从三方面揭示了美军的人性光辉。

第一，是清算日本侵略罪行的正义感鼓舞起了美军的勇毅。

贝里琉岛、塞班岛、硫磺岛、冲绳……美军与日军逐岛的绞肉机式的争夺，杀得血流成河，但美军将士前仆后继，英勇冲杀，歼灭顽敌。在夺取硫磺岛的战斗中，美海军陆战队小分队员，两批次冲上硫磺岛折钵山顶，插上了美国国旗，在隆隆的炮声中，他们面露笑容围着国旗拍照。

第二，周励展示了美军将领对日军死亡将士的仁道和尊重。

塞班岛战役中，守岛日军斋藤义次将军曾带着4000伤残士兵，举着刺刀、棍棒和石头，在凌晨4点突袭睡梦中的美军，致使美军的一个营溃散。可就是这个与美军疯狂拼杀了十五小时的斋藤，死后却被美军指挥官、号称“美国两栖作战之父”的霍兰德·密斯厚葬在塞班岛。一名十九岁的神风特攻队员驾着自杀飞机冲到“密苏里”舰艇甲板，当场死亡，幸亏机载炸弹在海里爆炸，否则“密苏里”战列舰命运不堪设想，而美军舰长提议要为这位神风飞行员举行海葬，立即遭到反对，他差一点让我们都去海里喂了鱼！舰长讲：“他才十九岁，为他的国家献身，视死如归。他也是母亲的孩子啊。”这里是令人动心的长者对孩子的怜悯。

最典型的是已被历史遗忘的尼米兹石碑的再发现。

碑文写道：

> 从世界各地来这里重温如烟往事的人们应当被告知：日本官兵在这场战役中是多么勇猛、爱国、硕拼死守贝里琉岛，直到流尽最后一滴血。
>
> ——太平洋舰队司令切斯特·尼米兹

如周励所写：“在败者面前，王者的谦虚、对失去生命的悲悯与对军事专业领域勇猛同行的敬佩，都放射着人格与教养的魅力光芒！”

第三，周励通过对历史档案的搜寻，厘清了硫磺岛六名插旗战士雕塑中有两名是否“冒名”的迷案。这六名战士中，三名阵亡，幸存者之一的艾拉·海耶斯视名利如烟云。媒体采访，他则大喊：“那三位阵亡的插旗手才是英雄！我不是英雄！”“请不要纠缠我了！”艾拉在对战友心存歉疚中表现了他真正的善良。

周励同时深刻地揭示了日军疯狂的狼性。

日本是个岛国，地域狭小，资源匮乏，心怀忧患意识的同时，又滋生了强烈的扩张欲望。因先行工业化的成功而产生优越感，蔑视其他国家和民族，不仅不断地侵略中国，还妄想统治世界。在中国，日军大肆屠杀中国人民，投放毒气弹和细菌弹，实行“三光”政策，罪恶手段无所不用其极。日本侵略战争把一些人变成了“狼”，这里有“柔情铁汉”的栗林忠道，有奥运马术冠军西竹一。在硫磺岛战役中，西竹一率兵向美军做最后的反冲锋时，一只眼睛被炮弹击中受伤而开枪自杀。据说他死后一只手仍握着在奥运会上赢得金牌的马鞭，遗体和马鞭一起匆匆被掩埋。还有大西泷治郎，他从学者、诗人变成了战争狂人，是他组建了第一支神风特攻队，让年轻的飞行员做自杀攻击，以一机换美军一舰，致使日本海军航空兵4000多名飞行员自杀攻击身亡，包括1000多名大学生成为自杀机的牺牲品，其中有不少东京大学和早稻田大学的学生。最为残忍的是，在冲绳战役中，日军“万岁冲锋”，并要求百姓为天皇“玉碎”，乃至将手雷弹发给百姓，让一个个家庭集体自杀。周励写道：日军的疯狂，让“美军和全世界再一次理解了‘恶魔’二字的含义，最终在举世的惊讶与震怒之下，美国选择通过投放原子弹来结束战争”。周励深刻揭示了“以自然之美装饰战争之恶”的“樱花美学”对日本民族的危害。

## 四

与跳岛战役不同，《南极大救援》写的是自然灾难，是人与自然的矛盾，是人类在极地灾难中遭遇的，本质上是认知和战胜风险的过程。所以同样是自然灾难电影，《泰坦尼克号》和《威尼斯之死》等演绎的是悲剧，《南极大救援》则是可能成为悲剧而通过人类的共同努力，而成为一曲战胜灾难的凯歌。要把凯歌奏得嘹亮，也必须将灾难的烈度展示得充分。《南极大救援》电影文学剧本，正是极尽笔力，用文字构成的镜头，展示了救援的危急与艰险。

第一，是作者周励将极地美丽风光与艰险环境并置，揭示了美与险的哲理。她将人类百年探险英勇牺牲奉献的历史，有机地融入了现实的极地救援中。剧本的第一个镜头，就是遗世独立仙境似南极极地，竖立着高耸入云的橡木十字架，上面刻着《尤利西斯》的名句："勇于拼搏，勇于探索。勇于发现，永不屈服。"字幕：1912年斯科特南极点探险队五位罹难队友的墓碑。

第二，呈现救援事件本身的突然性。晨曦微露中的"雪龙号"，正航向罗斯海维多利亚极地，勘察将建第五科考站的地貌，船长汪建还在睡梦中，值班大副突然接到澳大利亚海上搜救中心卫星电话呼叫（SOS）："雪龙"！"雪龙"！俄罗斯船"绍卡利斯基院士号"被浮冰围困，船体受损！位置在南纬66度52分、东经144度19分，两座冰山正向俄船漂移，情况危急，请你们立即前往救援！同时，"雪龙号"接到俄船"绍卡利斯基院士号"发出的最高等级求救信号：Mayday！Mayday！俄船在危急中，俄船五十二名乘客的生命在危急中。

第三，揭示了"雪龙"号上船长等的沉重心理压力。时任船长王建忠坦陈：我的责任是带领百多位科考队员完成科考任务，并把他们安全带回家。投入救援，闯入险境，我们的船会有巨大风险。阿姆斯特朗登上月球时说："这是我个人的一小步，却是全人类的一大步。"我和极地研究中心杨惠根主任也常对科考队员说："我们在南极迈出的每一步，都可能是人类的第一步，但也许也是科考队员的最后一步。""今天去救援会是最后一步吗？不好说。"

第四，揭示了救援的紧张与艰险。与雪龙号奔赴灾难地的同时，不顾自身燃油所剩无几的法国"星盘号"，将燃油重新抽回到船体的澳大利亚"南极光号"，他们毅然决然追随"雪龙号"前往俄船遇险冰区，但法船主力发动机损坏，自身难保，已经被迫放弃救援，退回清水区。澳船也被厚冰阻隔在九海里之外，无法靠近俄船，"雪龙号"独探险区，被浮冰隔在俄船的六海里外，无法靠近直接施救。"雪龙号"有直升机，但只能货运，不具备悬空救人设备。要救俄船乘客，必须停在俄船旁的浮冰上。难呀！险！剧本用密集的电影镜头，展示冰险吞噬生命的场面。

1924年圣诞节，发现南极磁点的澳大利亚探险家莫森，在冰原拖着雪橇行走，突然发现他前面的两位伙伴不见了——他们在瞬间踩空，掉进了冰裂缝！

2000年7月，南极极夜。日本科考队员被南极飓风席卷而无影无踪！

2005年圣诞节，智利站三位科考队员掉入冰隙缝深海，当场遇难。

2009年11月，中国第二十五次科考队奔赴南极建立冰穹A昆仑站，"雪龙号"被五米厚的浮冰围困了整整二十天！从船上卸运建站物资的过程中，南极内陆运输队长徐霞兴带领雪地车队在冰原推进时，突然连人带车掉入冰隙缝，海水瞬时灭顶！

九死一生。

美丽南极危机四伏！

面对艰险，周励以宏阔的视野，揭示了这场危机对救援主角“雪龙号”“雪龙号”人，乃至人类的考验，突显了人性的光辉。

第一，突现“雪龙号”船长和“雪龙号”这个集体的勇毅和力尽国际义务的担当精神。紧急求救唤醒睡梦中的汪建船长，他几乎未做任何考虑，立即命令“雪龙号”掉转船头，驶向遇险俄船那片陌生的海域，冒险营救。汪船长有勇毅担当，但他也有“柔弱”的一面。当“雪龙号”被浮冰阻隔在离俄船六海里之外，海况气象不具备救援条件，可能被飘移而来的冰山碰撞而导致船毁人亡时，他曾哭着提议暂时撤至清水区。他考虑的不是个人安危，而是“雪龙号”和一百名科考队员的安全。他说我可以死一千次，救援重要，大家的生也重要。英勇的“雪龙号”集体理解船长的心情，但没有接受他的提议。英勇探险的南极精神和国际人道主义鼓舞下，“雪龙号”坚守原地，即使有时船身有时被厚达五米的浮冰挤压到倾斜，仍在所不顾，决心舍己救人。

第二，突现对救人者和被救者的生命负责的精神，实施安全施救。“雪龙号”有货运直升机，不具备悬空救人设备，必须停泊在俄船旁的浮冰上才能转移俄船乘客。另外，“雪龙号”自陷险境，俄船乘客只能转移澳大利亚的“南极光号”上。“南极光号”没有机降平台，直升机也只能降落在浮冰上。直升机降落浮冰，想想都会脊背发凉。但英勇的“雪龙号”科考队员不惧艰险，他们组成直升机救援队，由领队刘森组长许挺组长负责。船长和领队亲自登机，飞到俄船澳船旁察看浮冰情况，为安全施救做准备。救援窗口期一到，他们就用木板在俄澳船旁的浮冰上铺设机降平台，实施救援。经过十个小时九架次险象环生的飞行，终于将俄船52名乘客救到澳大利亚“南极光号”上。

第三，突现“雪龙号”船长、领队和船员视死如归的大无畏精神。

俄船乘客得救了，“雪龙号”却身陷险境，厚冰围困，两座大冰山飘移而来，一座紧擦船身飘过，船擦得“格格”作响，所幸船无大碍，而另一座高如层楼的冰山又冰飘移而来，“雪龙号”逃无可逃，眼看要船毁人亡时，刘森和许挺互相交代后事：

许挺：“队长，如果我死了，你活着，请你告诉我老婆一声：我爱她，让她别哭。我会在梦里来看她。能嫁人就嫁吧。”

刘森以一字不差的话回应许挺：“如果我死了……”

船长汪建驾驶“雪龙号”远征南极二十年，“雪龙号”已融入他的生命。他告诉大家，这次南极百慕大漩涡要吞噬我们了！我打算与“雪龙号”同生共死……兄弟们可以沿网绳爬出船体。我死也死在“雪龙号”上！他抓起电话，忍住啜泣告诉妻子：“老婆，前后冰山夹攻‘雪龙号’，情况不好。我会尽力。”

船长领队，“雪龙号”人舍己救人，视死如归，其高尚情怀，感动天地！

当然，“雪龙号”也没有坐以待毙。在船长王建忠英勇果敢驾驶破冰下，围冰竟然崩裂，“雪龙号”终于突出了重围，离开险地！他们受到全世界的祝福和赞扬！

俄船从船长到船员，也没有一人离船避险，而且抓住突围窗口，脱离了险境。

第四，突现了人类不可遏止的探险极地这个未知世界的欲望和梦想。

剧本还展示了另一个群体，那就是俄船船长、船员和乘客。在受困之初，大家焦躁不安，船长与澳大利亚领队还发生了争执，但在麦克、法国女孩凯蒂站出来安抚大家之后，乘客们情绪就定下来了。他们组成应急小组，应对营救。看到了远处红色的“雪龙号”，更增添了脱险的信心，乐观地迎接元旦的到来。在麦克的带领下，下到船旁的浮冰上，将积雪踩实，以备“雪龙号”的直升机降落。灾难中表现出了他们的乐观、坚强和团结。

麦克和凯蒂都是极地追梦人。麦克，剑桥大学历史系教授，是攀登过珠峰、南极文森峰、非洲乞力马扎罗等七大洲最高峰，抵达过南北极点的探险家，他的妻子白雪也是南极探险爱好者，因为怀孕取消了这次南极之行。

凯蒂多才多艺，是中晚期淋巴癌患者，南极一直令她魂牵梦绕，这次来南极是来实现遗愿清单的。她说：人生太短暂了！我要和死神拥抱了……四个小时里那些可爱的企鹅、喷着水柱的鲸鱼、微笑的海狮和远远近近的绚丽冰川，是上帝赐给我生命中最美妙的礼物！

麦克妻子白雪虽不是现场人物，但她与这场救援命运紧密相连。不仅丈夫在被困的俄船上，而且“雪龙号”船长汪建、上海极地中心总指挥欧阳，还有已献身南极科考事业的前夫方鹏和她，都是大连海事学院的同班同学，他（她）们都有一个极地探险梦。她曾在校园朗诵着《海燕》，牵着他们的手飞奔、呼唤：“方鹏，奔跑吧，高尔基！奔跑吧，海燕！南极！我们来了！”

不幸的是，1994年11月11日，“雪龙号”在穿越德雷克海峡魔鬼西风带时，方鹏被恶浪卷起撞击船体头颅重伤罹难。白雪继承方鹏遗志，研究人类探险史，孤身十年后，在英国剑桥大学与探险史专家麦克相爱。这次，她留在耶鲁大学教学生南极探险史。她告诉学生，如今“雪龙号”和“绍卡利斯基院士号”的处境和一百年前“坚忍号”船员们几乎一模一样。被漫天浮冰围困的“绍卡利斯基院士号”，与中国“雪龙号”遥遥相望。她牵挂麦克，牵挂前夫为之献身的“雪龙号”，还有老同学汪建船长和朋友们。她还直接与上海极地研究中心领导、老同学欧阳通话，关心救援进展，她是南极大救援的场外参与者。她把方鹏和她的儿子，培养成了极地科考人员，以继承方鹏的遗志。在白雪这个人物身上，体现站起来的中国人的国家情怀、高远视野和追逐星辰大海的时代精神！

追逐极地探险，是人类的梦，极地的艰险，是阻挡不住的。

极有意思的是，剧本写了一场“绝境柔情，地狱玫瑰”的爱情。凯蒂被麦克的才华魅力所吸引，深深地爱上了他。她向麦克深情表白，希望麦克给她享受一次人间温暖。麦克欣赏她，理解她，也爱她。他们相亲相拥，情焰熊熊，但麦克没有越过底线，因为他热爱妻子白雪，他不能辜负白雪。凯蒂也从梦中醒来，她尊重麦克，把爱藏在心里，而把自己所有财产交给麦克处理。她回到巴黎两个月后就告别人世。她的墓地是麦克和白雪精心选择的。墓碑刻着泰戈尔的著名诗句：“生如夏花之绚烂，死如秋叶之静美。”麦克将她的财产，一半转给了遗弃她的父亲，一半捐给了英国剑桥大学。剧本赞叹这种人性之美：冰原之光，情可问天！

第五，突显了灾难面前人类命运与共。

南极大救援，剧本通过各国媒体的密集报道所展现的世界人民的关心、祈祷，揭示了人类是心灵相通、命运与共的共同体，要合作、至善至助，和平相处。实际上这就是周励内心所欢呼的。

疾风知劲草，患难见真情。周励的灾难文学将灾难写得强烈，人性的邪恶和善良也挖掘得深刻，读来感人肺腑，引人深思。不愧是海外华文文学的新标杆和一道亮丽的风景线。

（原载公众号“澎湃新闻”2022年1月30日）

陆士清，复旦大学中文系教授，复旦大学台湾香港文化研究所副所长、中国世界华文文学学会名誉副会长、香港世界华文文学联会副监事长。主持编写了我国第一部《中国当代文学史》（三卷本）。

# 第四部分

# 访谈

# 曼哈顿的中国女人的追求

张一帆　周　励

近四十万字的长篇传记小说《曼》一书在中国引起轰动。十万册书，出版不到数星期，一售而空；在上海、北京等大城市，均告洛阳纸贵。

著名导演谢晋看了作品十分激动，表示："这是一位上海姑娘用血和泪写成的感人的书，我要将其搬上银幕。"

该书作者周励女士，七年前带了四十美元赴美国自费留学，历经艰辛，现在终于跻身纽约商界。她写这部作品，历时九个月，其间有的日子几乎通宵达旦，常常泪流满面，有时不禁失声痛哭。她说，她要将"此书谨献给我的祖国和能在困境中发现自身价值的人"。

9月20日，笔者在东京对她进行了越洋电话专访。内容如下——

张一帆：有评论文章指出《曼》是一部中国的《飘》。您认不认同这种说法？

周励：我很难说认同不认同。这是智者见智，仁者见仁。

他们讲是中国的《飘》，主要是指我的这部作品通过我前后两个丈夫、四个所谓精神上的男朋友的命运，还有我自己感情上的不同经历，把我们这代人所处的时代，揭示出来。

对于他们的这种联想，我只能说觉得很有趣。

张一帆：《飘》是一部爱情至上主义的小说。在事业与爱情之间，你会选择哪一样？

周励：在我的作品里，没有爱情至上主义的味道。我在书中所以讲到爱情，是为了表现一代人的性压抑。我到美国后，偶然遇到我现在的先生，在我三十五岁的年龄，才第一次感受到"性"的苏醒。

在过去的那一个时代，由于种种政治上的原因，造成了爱情不能迸发出火花。所以，作品中写到的性、爱情，我都是从这一代人感情上的悲剧着笔。

问我个人爱情、事业选择哪一样，我觉得这两样都要。

我既要事业，同时又要做一个极其普通的女性，做母亲和妻子。

生命的创造力、大自然、家庭，是人生最主要的三件事。

张一帆：你曾说，激励你写出这本书的有两个人，其中一位是美国作家斯托夫人。斯托夫人的小说《汤姆叔叔的小屋》在美国曾引起过巨大的轰动。你在写完你的这部作品时，是否想到过它会与《汤姆叔叔的小屋》一样，有相同的轰动效应？

周励：相同的效应，已经在中国显现出来了。北京出版社负责人打电话给我，说，十万册书，十几天里，一售而空。这在中国近代文学史上是很少见的。斯托夫人当时没有意识到，一个四十多岁家庭主妇写的书，会在社会上引起这么大的反响，我在写这本书的时候，也没有预料到会有现在这样的结果。

张一帆：斯托夫人被林肯誉为“写了引起这场伟大战争（美国南北战争）的那本书的小妇人”。你写这部书，是想引起一场怎么样的革命？

周励：我没有想要引起什么革命，而仅仅希望引起人们的反思，希望引起中国更大的飞跃和变革。这本书展示了西方自由世界的自由竞争，以及人对自己命运的选择。我想，这本书会使许多年轻人更加勇敢地选择自我，在经过一场深刻的精神生活裂变后，冲破保守、死板的体制，选择一种新的命运。另外，我是想重新唤起人们对理想的美好回忆，从而激起人们对理想的追求。我最喜欢我书的最后一段：“人不管富有，还是贫穷，总是按照自己的本色在生活。不管有多少丑恶存在，这个世界总是美好的。”我的目的，是想使人们去寻找生活中曾经存在过的纯洁、美好、光明、美丽的东西。

张一帆：有人说你的这部书是一本经商的教科书，你认为是这样吗？

周励：对，有人这么说。我国台湾出版界的人看了书之后讲，此书对台湾很适合，对台湾想经商、但还未涉入社会的人会有帮助。平鑫涛（琼瑶的丈夫）对我说，这本书如果在台湾出版，亦会受到欢迎。

张一帆：《曼》的故事还没有完，有没有写续篇的打算？

周励：没有。我生意上的事很忙。不过现在我正在写英文版的《曼》。

美国有一本书很畅销，不知你听说没有？书名是《喜福会》。作者与我年龄相仿，美籍华人。那本书文学水准相当高，我很欣赏。内容有点像《大红灯笼高高挂》，讲的是二三十年代妇女的悲惨故事。但我觉得我的这个现代中国女性的故事，美国读者会更加喜欢。

张一帆：你愿意使自己成为斯托夫人、撒切尔夫人，还是希腊女船王？

周励：你选的这三个女人很有代表性。我要告诉你，我绝对不要成为希腊女船王和撒切尔夫人。斯托夫人则是我的目标。她有六个小孩，家务很忙，却写出这么一本好书。所以，在精神上，我要成为斯托夫人那样的人。但我不会成为专业作家。我喜欢一边跻身在国际贸易商场的风云中，一边写对人们精神有真正发生震撼作用的有影响的书。

张一帆：你在这部自传体小说中，主要写了你事业上的成功。你成功的秘诀，是不是因为你是一个女人？

周励：这很难讲，因为世界上的成功者，大多数还是男人。但是，我这本书成功的一个重要原因，在于我是一个女人。余秋雨讲："这本书之所以有这么强的震撼力，能够如此深深地打动人，是因为出自一个生活丰富多彩的女性手笔。"我同意他这个看法。

不过，你讲得也有道理。确实，在商界，在美国人眼里，我是一个讨人喜欢、可以信赖的中国女人。

（原载《新闻报》1992年10月27日、11月1日）

张一帆，上海《新闻报》记者。

# 《鲁豫有约：周励在美国》对话实录

陈鲁豫　周　励

鲁豫：今天我们的故事和一本书有关，就是《曼》。今天的嘉宾就是这本书的作者，也是书里的主人公，周励。这本书第一次出版是1992年，当时出版之后，可以说是那个时候中国最畅销的一本图书，不夸张地讲这本书也影响了很多当年的年轻的中国学生。

旁白：1992年的中国出国热潮方兴未艾，一本书在各大城市广为流传，在出版后的十天时间里，第一版的十万册即被销售一空。这本书就是《曼》，作者周励在书中从童年时代开始，记录了自己在北大荒插队的青年时代，以及作为改革开放之后第一批自费留学生，孤身一人在美国创业的一段段坎坷经历。

鲁豫：我们掌声有请《曼》这本书的作者，也是主人公，周励女士。时间真是过得好快，当年这本书出版的时候，我正是读者之一。我相信当时很多看这本书的学生心里面想法就是，像周励那样去美国，然后闯荡曼哈顿、闯荡纽约。是不是很多人后来见到您都会说，当年这本书影响了我，或者改变了我？

周励：对！我在纽约经常碰到这样的青年，说周励，我当年就是看了你的书，下决心到美国来的。还有一些成功的商人跟我讲，周励，我就是看了你的书，做成了第一笔生意，现在我已经有很大的公司了。每次遇到这样读者，我心里特别高兴。

鲁豫：现在离当年出那本书已经过去十几年了，离您第一次去美国过去多少年了？

周励：我是1985年出国的，所以整整二十年。

鲁豫：当年八几年出国，是属于在出国浪潮之前，还没到后来特别热的出国潮的时候，对不对？

周励：对，1985年的时候，我应该是最早的自费留学生。

鲁豫：周励不是像后来很多学生那样，特别顺利地上完中学、大学，然后出国留学，她是经历了“文革”的那一代，在哪儿上山下乡？

周励：在黑龙江生产建设兵团，嫩江，就是我们讲的北大荒，整整十年。

旁白：时光回溯到近四十年前的上海，和其他许多出生在四五十年代的中国人一样，1968年时，十八岁的周励踏上列车，离开上海奔赴北大荒，她把自己的青春与激情都倾注在了这片广阔而荒芜的土地上。1972年春，周励被推荐成为大连医学专科学院的第一批工农兵学员，毕业后由于兵团的坚持，她没有如愿分配回上海，而是在北大荒的兵团医院做了一名医生。从1977年开始，在北大荒多年的经历，已经让很大一部分知青感觉到生活的无望，包括周励在内的许多人都在想尽一切办法回到城市，离开这片他们曾经倾注十年青春的土地。

鲁豫：整整十年，但是您的待遇应该比别人好一点，别的人可能插队干农活，您不是医生吗？

周励：是这样的，我一开始也是铲大地割大豆，手上全是血，现在还有割大豆留下来的刀疤，后来1972年被推选上大学，变成工农兵学员。我记得那天晚上激动得一个晚上没有睡好觉，非常激动。工农兵学员三年之后，我们兵团要求我再回到兵团，作为医生。我当时曾经想回到上海，成为大城市医生，但是兵团非常需要人，我就又回到了兵团，还是跟知识青年和当地职工在一起，成为一名内科医生，这样前后一共是十年。

鲁豫：当医生当时有很多便利条件，我们看到很多文学作品里，很多知青为了想回城，就弄一些假的病假条。

周励：对，我记得当时有一个知识青年，他自己陈述的病情是有血尿，那就是很严重，有肾炎，这样的情况马上就可以回去。但他刚刚离开医务室，就把一小瓶血丢到边上去了，也就是说他是准备了一点血，比如弄破手指头，然后放到尿里面去。我当时就讲，你怎么把一小瓶血丢在地上，那血尿是假的，我过去把他教训了一下，作为医生有职业道德嘛，心想病人怎么可以这样伪造。那个青年脸很惨白，看上去他头发都快白了，我估计他是比我还要大。大概是老高三，我估计他那个时候已经将近三十岁了，看到雪花在他的肩头，然后他非常又内疚又痛苦的样子，我心里一下子受到触动。我说你跟我来吧，就把他重新叫到医务室，给他开了一张病退证明。他本来非常难过，做了假事情，又被发现，后来一下子看到病退证明就非常高兴。从那以后，我就经常为知识青年开假证明，让他们快点回去。

鲁豫：您开过多少假证明？

周励：这个数不清楚。因为当时我自己也很想回去。

鲁豫：自己不能给自己开假证明？

周励：当然不可以。我也不是有意的去给别人开，只要人家跑来找我，他们看上去都是穿得破的棉袄，在兵团都十年了，很想回去，希望我能够证明他们生病。我就讲："快点，我问问你，你讲清楚一点，是不是想回城？是不是想病退证明？""是！是！"我立刻就给他们写了。

鲁豫：上级没有怀疑您吗？怎么您管的地方人都病退，大家身体都不行，都回去了？

周励：我们当时的内科主任曾经讲，周医生这里像是偷渡站，把人都偷渡回大城市了。但他们也比较理解，那个时候极左的扎根边疆之类的口号已经不太时兴了。

鲁豫：大家都睁一眼闭一眼，年轻人挺可怜的。

周励：对啊，我到黑龙江的时候是十八岁的少女，那个时候已经过了七八年将近十年了，很多人到了北大荒的时候已经二十二三岁了。

鲁豫：那个时候您对人生想象最美的会是什么？最好的状况是回到上海？

周励：我当时最大的理想是上大学，我当时上的大连医学专科学院是属于工农兵学院，1977年正式地招生，不是招工农兵学员，是正式招生，然后我就兴致勃勃地跑到师部去报名。当时一个负责人就讲，周医生，你工农兵学员都毕业了，你还整啥整的，你就应该扎根边疆好好在这儿看病。那么我通过考大学返城的希望也没有了。我记得很清楚当天我走了大概有七八里的雪路，然后又深一脚浅一脚地回去，路上我就大哭一场。我觉得对一个女孩子来讲，虽然那个时候好像已经二十六七岁了，遇到这样的事情最好的办法就是释放，对着荒原对着落日大哭一场，好像心中的郁闷彷徨就没了，回去还要好好干。我很自豪，每年年底都有当地的职工给我送来大红感谢信，叫大红喜报，周医生感谢你救治了我妻子的病。那里克山病很多，我感到那个时候当个乡村医生也是很好的，很充实。

周励：我们现在能听出周励女士的热情，当年做医生的时候也是这样，那个时候救了很多的病人，也帮助很多青年可以再回到上海，回到大城市里面，其实自己回城的梦想遥遥无期，不过到了1979年，她的人生也出现了转机。

旁白：1979年，当曾经热火朝天的建设兵团已经冷冷清清，身边的知青朋友都早已回到故乡的时候，周励终于收到了上海市政府发来的根据知青新政策调回上海的通知。

周励：非常非常激动，这是我们日夜盼望的。后来这个文件就下达到每一个兵团的每一个单位，我就迫不及待地要回上海。除了把一些书全部带回来以外，一些棉袄、被子就留在北大荒，不要了，搭上火车就回上海了。但是在回上海的路上，看着北大荒广袤的田野，也是百感交集，因为毕竟我们把青春、激情、梦想都抛洒在这片土地上了，所以还是很有感情的。

旁白：在时隔十年重新回到城市的时候，周励已经是二十八岁的年龄，她被分配到了上海外贸局的医务室，从在北大荒时的独当一面，到如今简单而重复的工作，让周励感到无法平衡。也就是在这个时候，她有了空余的时间写作和发表了一些文学作品，而在20世纪80年代初期悄然兴起的出国热潮，也让渴望改变现状的周励动了心。终于有一天她鼓起勇气推开了党委书记办公室的大门。

鲁豫：当时很多人出国影响到您了，您去跟领导要求什么，要求出国吗？

周励：一开始我是希望当外销员。

鲁豫：什么叫外销员？

周励：我是外贸局的医生，外销员就是专门把我们中国的产品销售到国外去的。

鲁豫：业务员常常会出国的？

周励：对，他们经常到国外去洽谈，我现在在美国经常接待这样的外销员。我是工农兵学员，当初有一个愿望希望到大医院去工作，但是工农兵学员不行，必须要回炉重新考试，我也一直在回炉重新考试，但是这个路程很漫长。我在外贸局当医生的时候，我就觉得特别闷，我一个大活人整天就是涂点红药水，或者开点阿司匹林这样的事情，在北大荒我是一个人管20个病床对吧？那么业余时间我就写作。很多外销员到我办公室，都是刚从欧洲回来或者刚从中东回来，把他们怎么推销中国产品的事情告诉我。我就敲开了党委书记的门，我说："党委书记，我有个要求。""什么要求？""我打算当外销员。"我说，"能不能送我到外贸学院去学习？业余学习，不影响我的工作。两年之后我一定会是一名出色的外销员。"后来党委书记讲，周医生，你一会儿写作，一会儿想当外销员，都是有点异想天开的哦！现在单证科有个青年，她打算生第二胎，你要去抓计划生育，6个月之内必须要让她流产，计划生育是根本大计，快给我写个报告上来！所以我只好再回到我的工作。

鲁豫：这个领导策略很高，说着别的，把您的事就给晃过去了。

周励：对，他把这个事情一下子就转掉，王顾左右而言他。

鲁豫：按您的性格，想做的事肯定自己就开始做了。

周励：对，我信仰柏格森的生命哲学，就是人的生命应该像瀑布一样奔腾而下，有声有色。我是很讨厌过灰暗的精神生活，或者庸庸碌碌，我也不喜欢悲天悯人，我总是向往着更广阔的世界，总是喜欢面临挑战。

鲁豫：到什么时候自己出了个念头，他们不送我去学习，不让我当外销员，我自己出国去留学。

周励：我是医生，很多外销员是我的病人，也是我的好朋友。1982年的时候有些外销员就跟我讲，在虹桥机场看到很多像我这样年龄的人，提着大箱小箱的，到美国去自费留学。我的好朋友小林，现在在香港工作，是个很优秀的外销员，也跟我讲，你要当外销员是个很奇怪的念头，你有这个决心要去学习两年，还不如下决心去自费留学呢！从1983年开始，我就下决心，我想别人能够自费留学，我为什么不行。

鲁豫：都需要怎么做呢，当年我们都考过托福，考过GRE，当年您是怎么办的？

周励：我当时情况非常难，因为我是医生，而美国不接收医学院学生去留学，只能有绿卡或者是美国公民才可以上医学院，而且我的父亲是新四军老干部，他也是出生于农村，我们祖宗八代都是顶着高粱米花子的，没有任何海外关系。那我怎么出国留学，既然下了决心，我就要把幻想变成现实。第一个事情我是骑自行车到上海图书馆，只要是有纽约这两个字的大学，我全写下来，因为我是在大上海出生长大的，在美国我只想到纽约。我在医务室业余写作发表了二十多篇散文和短篇小说，请外销员朋友帮我翻译成英文，然后寄出去，寄了二十多封信出去。有一天回到家，在地上看到了一封信，是宾汉姆顿纽约州立大学比较文学研究院给我来的信，主任讲他看了我的作品非常感兴趣，他们马上给我寄I-20入学通知书。

鲁豫：您连考试都不用了？

周励：我需要考两门，一个是托福，一个是ESL，但是允许我到学校再考。

鲁豫：后来需要办的就是担保人、签证这些。

周励：我收到这封信非常激动，有一个美国的大学而且是研究生院，愿意接受我作为研究生。信里表示对我的作品非常感兴趣，写了大概有五页信纸，至今我仍珍藏着这个信。I–20有了，但是我没有I–1–3–4，就是经济担保书，这是美国政府规定的，每一个自费留学生必须要有担保书。我不认识任何美国人，我也没有任何亲戚在国外，所以这是一个很大的问题。

鲁豫：这一段我记得您在您书里面写过，挺像一个小说的情节。

周励：对，有些人可能觉得周励写的书太戏剧化了，但就是真的啊。

鲁豫：当时是在一个什么地方，一个百货大楼？

周励：不是，我书里写的是在上海宾馆。后来我到了上海国际经济信息中心，我们在上海宾馆设立了一个办公室。当时那里有很多美国人来旅游，能不能找到一个美国人来帮我担保？我只是一个念头，但是并没有一个人一个人去盯。可是很巧，有一天我在上海宾馆的小卖部，一个坐在轮椅上的柯比先生，看上去慈眉善目，还有他的太太，特别的端庄秀丽，他们两个在挑选一些礼品，服务员好像跟他们沟通有点问题，那么他们就来问我，我就用我知道的英语，我既然想出国，我就在那边拼命读托福还有新概念英语，所以可以跟他们对话。他们很感谢我，问我叫什么名字？我说我叫周励，就用中文，当时还没有Julia（朱莉亚），这个名字是在美国起的。他说他们在中国旅游看到了长城，看到了许多很好的东西，但是唯一的一点，他们没有看到普通的中国人的生活，问我能不能去看看我的家？我说可以，欢迎啊。

鲁豫：当时您的心里是有小算盘在打吧？

周励：我有小算盘。

鲁豫：您的分析很有意思，您可以跟我们说说为什么选坐在轮椅上的人？

周励：我倒不是专门选他坐的轮椅我才去找他，但是我觉得他能够坐轮椅到中国来一定是很富有的人，第二他又这么善良，对不对？既富有又善良，那就是我需要的。

鲁豫：为什么坐轮椅来中国旅游就是富有？

周励：坐轮椅需要一系列的服务，比方说要坐头等舱，需要另一个位置放轮椅，还有飞机上要有护士，这个是很不容易的。

鲁豫：眼光准不准？非常准。

周励：对，而且他们又提出来能不能看一个普通人的家，我说那就到我家去好了。

鲁豫：您有先提出您的要求吗？

周励：没有，先没有讲，我上去就讲你来帮我做担保好吧？没有这样的事，那不可能的。先感情沟通。那天我找了一个在黑龙江认识的好朋友，他在上海的一个很有名的饭店当厨师，那天买了很多很好的菜，我在书上写我三十岁的时候开始学习弹钢琴，我用我的积蓄也买了一架钢琴，他们在那边吃着好菜，喝酒，我在边上弹《致爱丽丝》。他们就说中国人的生活这么好，比我们想象的好多了。他们到我家来以后印象非常好。我家离上海宾馆是步行的，我又和乔治娅把柯比先生推回上海宾馆，大概15分钟。这个时候我就有话了，我说柯比先生和乔治娅，我现在特别想到美国去留学，我也接到了宾汉姆顿的I-20入学通知书，但是没有担保人，我想问问看，如果不要你们一分钱的话，能不能请你们为我做名义担保。他们一震，不要一分钱做名义担保，对他们来讲也是一个新的概念，但他们对我的印象肯定是很好的。他们第一句话就讲，你在中国生活得很舒服啊，到美国要去吃苦的。我说没关系，你放心，我一定会independent make living，就是独立地谋生。

鲁豫：语法上有一些问题，当年说的英语嘛，但是信息很明确。

周励：我当时就这样讲，我一定会独立地谋生，不问你们要一分钱，他们independent听懂了，make living听懂了。这对夫妇非常好，把我叫到他们房间去，戴着眼镜在灯光下看系主任的信，看I-20，没有立刻答应，说让他们想想，回去考虑考虑。大概过了一个月，给我寄来了一份经济担保书。我收到的时候开心得不得了，他们给我寄来了经济担保书，并且加了一封信，就是很简单的话，Good luck（祝你好运）。我就拿着经济担保书和I-20去办签证，这样子就开始成为自费留学生了。

鲁豫：有时候机缘巧合特别重要，当年周励就是因为很巧，碰到这样一对特别善良的美国夫妇，她之后办留学手续办得很顺利，几个月以后就离开上海，独自飞往纽约。

旁白：与一对普通夫妇的相遇，改变了周励的生活轨迹，而周励也与慈善的柯比夫妇成了要好的朋友，他们的友谊持续了近二十年，周励也时常去他们的家中拜访，直到2005年柯比先生去世。在万事俱备后的1985年8月，周励告别家人，只身登上了从上海飞往美国的飞机。

周励：很快问题就来了，飞机票这么贵怎么买？出国是需要一大笔费用的。我就问我的妹妹姐姐，还有一些朋友，一人借了一百元人民币，还是不够。后来考虑了半天，把自己多年来积攒下来的钱买的钢琴也卖了，这样子凑了一张飞机票。当时我记得很清楚，在虹桥机场有四部面包车的朋友们来送我，其中一个朋友讲，周医生在美国干得不好不怪别人怪你自己啊。飞机起飞的时候，我脑子里突然呈现了我在北大荒的时候，看到《人民日报》刊登的尼克松就职演说中的一句话，叫自由的精髓在于我们每一个人都参加决定自己的命运。飞机起飞了，我想现在命运在我手中。

旁白：满怀希望的周励并不知道前面将会有怎样的路，也不知道自己在美国该怎样维持生计，她只知道自己口袋里的全部家当只有四十美元。

鲁豫：四十美元，当时的汇价我不知道是多少，现在是1：8是吧？

周励：当时1：6。

鲁豫：四六两百四，是当时规定只能带四十美美金走吗？

周励：对，当时只能带四十元美金。有些留学生可能他们有海外关系，或者也有可能他们换了一些钱，偷偷地带，我是只有四十美元在身上。我觉得这不仅是我，应该当时1985年很多人都是带四十美元出国的。

鲁豫：走的时候害怕吗，只有四十美元？

周励：不害怕，exciting（激动），根本也不知道谁会来接，或者住在哪里，什么都不知道。我下了飞机，想到今天晚上住哪里，一看飞机场上有些空的大长条凳，已经飞了将近二十个小时，很累，我躺下去把行李一放，打算睡觉。黑人警察就过来，不可以睡在这里，不可以躺在这里！除非你是乘客在等下班飞机，否则不允许在飞机场过夜。我一看黑人警察，像电影里一样，那么厉害。这时候正巧有一个中国来的团，总领馆有一个车来接他们，那个车子是个卡车，可以看到外面的。我就跑上去，说总领馆同志，我是刚刚来的自费留学生，不知道今天晚上住在哪里，能不能到总领馆让我住一晚上。他们看我一个女孩子，也不是女孩子，当时三十四岁了，就让我上车了。

鲁豫：总领导在纽约的什么位置？

周励：42街的十二大道，肯尼迪国际机场飞机场开过去要将近五十分钟。我一看，这就是美国啊，高速公路上一条红带一条金带，很多轿车往前面开，你就看到后面的红灯，向你开过来的就是金颜色的，亮得不得了，我心里想，真的跟中国不一样，非常激动。

鲁豫：那时候是八几年，内地还没有那样。

周励：到了总领馆他们态度很好，让我住一间单人房，第二天早上起来可以到四楼去吃饭，稀饭、油条……到美国还能吃到稀饭、油条、豆浆，真开心！我拿着包打算走了。人家说这位女士你要付钱，二十二美元。天下没有白吃的午餐，四十美元我就掏出了二十二美元，我还剩十八美元。十八美元乘以六，一百零八块人民币，我想还可以，相当于在中国一个人一个月的工资。但是今天晚上住到哪里？我就拿着行李走出总领馆，到中国城。中国城对自费留学生有着不可磨灭的功劳，我首先找职业介绍所。我的I-20应该在夏天立刻入学，但是我没有钱交学费，必须要打工，有了钱再去交。我给学校打了个电话，我说我要晚一些，因为我病了，他们说那等你身体好了再来吧。我到了莉莉介绍所，他们问我想干什么，我说当保姆或者是打工端盘子都可以。他们说暂时没有端盘子的工作，但是有一个美国的家庭需要一个保姆，就要你这个年龄的。他们问我在大陆干什么，我说当医生，他们说千万不能跟美国人讲在大陆当医生，就说是当保姆，要不然美国人认为你会摆架子，干不好。然后就去面试，美国人看上去很年轻，也很神气，聘要我了，一个月一千美元。当时对我来讲是天文数字，因为我来的时候带了四十美元，付掉二十二美元还有十八美元，住在他家吃在他家一个月还给我一千美元，非常高兴。但是，这是一段很特殊的经历，莉莉介绍所给我介绍的是个大户人家，他们有私人飞机，我是坐着他们的私人飞机，跟着这个女主人、男主人和六岁的孩子到了他们的佛罗里达庄园。七个仆人站在那里，车开进大铁门，转来转去像《蝴蝶梦》一样。他们让我礼拜一到礼拜五都在佛罗里达照顾六岁的小布里安，礼拜六跟他们一起去纽约的家清扫和照顾小布里安。

鲁豫：要穿白色的制服，戴那个帽子吗？

周励：对，他们给我拿来一个绣花边的像狼外婆那样的，说是我的制服。等到第二次他们从纽约再带回来的时候，我就乖乖地站在第八个位置上迎接他们，他们有园丁，有厨师，有搞清扫的……我刚到那里一看，心想不得了，他们在佛罗里达的棕榈滩（富人区），家里有很大的草坪、游泳池、网球场，对我来讲是一个文化冲击。我当时印象最深的是，只要女主人在，我就拼命干，刷地板，给小孩熨衣服，给孩子做各种各样的事情，整理房间……看她在就拼命干，她走了我就跑到客人房，往最大的床上一跳，把口袋里的《现代美国口语》拿出来看英文书，这个时候我就知道了原来他们白天讲的话是这样子，我刚到纽约，口语还没有那么溜。看看过了四十分钟左右，大概她快回来了，又开始熨衣服、擦地板什么的，反正当时我是见缝插针。后来他们给我提了一个意见，说我老是在看书，我想我又不是当保姆，我要去做学生啊。不要认为给这些大富豪干活是个好事情，我的好日子不长。三个礼拜以后一个老保姆波兰裔的，早上给他们烧一壶咖啡烧焦了，他们马上大发雷霆，把这个保姆辞掉了。我当时很同情这个保姆，她英文也不好，我把她送到飞机场，教她怎么买飞机票，请了一天假。一回来女主人讲，你也被解雇了。我干了一个月，她付给了我一千美元，我又用三百美元去付回到纽约的飞机票，再去找工作，还剩七百美元。

鲁豫：在美国第一份工作是当保姆，拿了一千块钱，也就只有七百块钱了，但这七百块钱也是一笔很大的收入，以后她上学付的学费里面其中一笔就来自最初的七百美元。

旁白：被辞退了的周励去找到担保人柯比先生，在他的家里又做了两个月的保姆，终于攒够了三千美元的学费，在交了报名费正式报到后，三十四岁的周励正式开始了自己的留学生涯。而此时她做保姆挣来的钱又和初到美国时一样只剩下了四十美元。

周励：当然我当时心情也是很焦急的，因为我打工的钱全部用来交学费了，又是两手空空。我就到学校到处去打听，到处去跑，目的就是一个，要在校园内打工，随便什么苦的活，只要能给我钱我就干。

旁白：曾在北大荒插队受过苦的周励，此时尝到了洋插队的味道，校内打工的艰难也是一般人无法体会的，不仅收入微薄，还要在课余休息的时间里抽出大量的时间从事单调而繁重的体力劳动。周励的工作是在学校的餐厅洗碗。

鲁豫：那个时候您除了当保姆以外，还打过什么别的工？

周励：我在学校里打工。我刚才不是讲了，我把当保姆赚来的三千美元，全部交给学校了，然后我就想在校园打工来维持我的生活，各位要留学的话一定要校园打工。校园打工的报酬是非常低的，一个小时三美元，一天只准干三个小时，我算了一下，连礼拜六礼拜天也干的话，一个月去掉税以后可以赚二百二十美元，正好够生活，一百美元付最便宜的房子，五十美元付生活费，还有五十美元就是杂费，这样还争取能够存下一点钱去还在上海借的钱。

鲁豫：五十美金其实吃得是很不好的。

周励：五十美元我就吃鸡。美国的鸡是一块钱一个，特别难吃。我回到上海喝鸡汤，我想真幸福，这才是真正的鸡啊！美国的鸡难吃得不得了，它是人工饲养出来的，只能把你肚子填饱。我先是烧一大锅饭，分七个盒子，每个里面放一个鸡块、鸡块、鸡块，闭着眼睛往嘴里塞。

鲁豫：是什么样的鸡，红烧鸡、咖喱鸡？

周励：没有，没有，就是煮一煮，拿出来放点盐切切就行，哪有什么咖喱鸡、红烧鸡，没这个时间也没这个心思，基本上就是一样，白切鸡加白饭。但是我有一个好处，在学校食堂洗碗，那些美国学生很浪费，剩些香肠什么的，有时拿出来一个就吃。我也不管干净不干净了，实在腻死了，这些学生吃的饭，都是父母亲给他们交很贵的饭钱，美国学生拿过来一个个盘子，很多东西碰都没碰过。后来我们老板就讲，凡是在学校洗碗的，晚上都可以免费吃饭。我又解决了，我就吃沙拉、香肠，吃得饱饱的。第二天早上不吃饭，中午就吃鸡，这样子就把钱省下来了。

鲁豫：您现在还喜欢吃鸡肉吗？

周励：碰都不要碰。

鲁豫：光听了打工，那上学呢，您在学什么？

周励：原来录取我的是比较文学，但是我到美国就想比较文学出来以后干什么，我不能像在上海，作为业余爱好写写，我得找工作谋生。我就跟老师讲，我自己付的是现金，也不要学校的奖学金，能不能让我转到MBA，读商业管理。学校老师讲，没有问题。

鲁豫：MBA学费很贵啊。

周励：没有，我们是州立大学，学费都是一样的，三千四我记得，我就顺利地从比较文学系转到了MBA。我还专门去跟比较文学系主任讲，我说非常非常感谢你，实在对不起，但是为了我将来的前途和生路，我不得不转到其他系。他人很好，说祝我好运，又是这句话。我当时选了一些课，包括电脑、人力资源，还有管理制度。

鲁豫：哪一门考得最不好？

周励：电脑我考砸了，为什么呢？那天我在洗碗，拼命洗碗，我表现很好，因为有候补，如果表现不好，老板就不要你了，下面一个人就上来了。我忘掉了有一场考试，我就立刻给老板讲我有考试然后冲过去，这样迟到了二十分钟，我就只考了个C。哎，上电脑课我交了九百美元，为了赚三小时九美元，这太不值得了。

鲁豫：您要重新修那九百美元的课？

周励：C代表及格了，但就是九百美元换了个C，为了打九美元的工，这是我一辈子当中很不上算的一件事情。

鲁豫：电脑课没有考好，别的课都是A？

周励：对，A或者A-，别的都很好。

鲁豫：周励在美国上MBA，电脑考得不好，其他科目考得非常好。暑假到了，别的学生会想我要去哪玩儿，但是周励这样的学生要想我去哪儿打工，哪儿赚钱。她又回到纽约，去纽约找工作，她当时没有想到，到纽约以后不仅能够找到工作，还能够找到别的。

旁白：来到纽约后，第一个接待周励的是当时周励的同班同学贝妮丝的男友麦克，这个在学校打网球时，初次结识的欧洲小伙子一开始并没有引起周励太多的关注，虽然贝妮丝已经安排好让周励暂时住在麦克的住所，但周励却有自己的主意。她在书中曾经写道，谁也别想占我的便宜，我一找到房子就走，而周励做梦也没有想到她会和麦克在一起生活了十二天。

鲁豫：当时生活了十二天，到现在已经生活了二十年了吧。

周励：到明年就二十年了。

鲁豫：这本书那个情节我还记得，周励到纽约去打工，那么想我住哪儿呢，就找到一个好朋友叫贝妮丝。贝妮丝说可以和她住一块儿，但是最近她男朋友来看她，就是麦克，当时还是贝妮丝的男朋友。没想到把她请来了以后，自个儿男朋友就没了。

周励：这个有点对不起贝妮丝哦。我和麦克在学校打网球、聚会认识，我对他没有任何感觉，因为他是我的朋友贝妮丝的男朋友，我怎么会对他有任何感觉呢。我到纽约没有房子住，贝妮丝让我去找麦克，可以住在他们客厅里，她过一个礼拜就会过来。我念书的宾汉姆顿纽约州立大学离纽约有四个小时的路程，一个是纽约市，一个是纽约州。我想我要到纽约去打工，去赚钱，然后我就自己租个房子，最破的五十美元、一百美元租一个，我马上出来就行，问题是第一天我住在哪里，不见得又住到总领馆去。我看到麦克的第一个念头就想，绝对不能让这个人碰我一个手指头，一点感觉都没有，根本没有想到我们能变成二十年的夫妇。但是麦克好像有心，后来他讲在学校里就已经对我有印象了，因为我在聚会上唱歌弹琴，他对我有印象。另外主要是贝妮丝比他大六岁，他想找个年轻点的。我说我就住在你们家客厅，就住几天，找到工作就走，他问我找什么工作，我说中国城打工，正好我去的是周末，我放了行李，下午就到中国城。他说他也要去，他认识中国城老板。到中国城他又说认识的老板都不在，我想他应该也不认识。我后面跟个外国人，一进餐厅，人家就以为我们是来吃饭的，我说我是来打工的，人家就说没有没有。我跟麦克讲，你跟着我，我也找不到工作，请你离我二十步远，这样他就在街对面。我心想，这家伙有毛病，自己有事情不干，整天跟着我，还影响我打工，对吧？实际上那个时候他就想来追求我了。我后来在中国城找到了一份工作，他每天从华尔街下班就来等我，说为了安全要送我回家，还说贝妮丝也希望你安全。有的时候我还没下班，他就会要一碗酸辣汤，有一次他吃了五碗酸辣汤我才下班。下班的路上我觉得蛮有意思，路上我就开始了解他了，他就谈德国的音乐，他是瓦格纳迷，谈德国的歌剧、哲学还有电影，欧洲小伙子心灵很丰富，而且因为他不是美国人，所以他也有这么一份孤独。

鲁豫：他是欧洲哪个国家的？

周励：德国，西德，他是德国慕尼黑大学拿了硕士，然后又到美国拿到博士学位，那个时候在华尔街工作。我记得有一天晚上，他半夜突然跑到我床前，跪在地上，讲周励我爱你，我已经给贝妮丝讲了，从今天开始我要变成你的男朋友，我不是她的男朋友了。我说你不要这样子好吧？于是我第二天就搬出去了，我不想让贝妮丝受到伤害。后来他又来找我。贝妮丝也跟我讲，她说她跟麦克已经好了三年，他一直讲不可能结婚，因为她比他大很多，她说你们两个人是很好的一对。我说我现在没有感觉，就是他人很好，但是我没有恋爱的感觉。她说他是个好人，慢慢会有的。慢慢什么时间呢，六个月，他单腿跪下给我一束玫瑰花，向我求婚：“朱莉亚，嫁给我吧！”他好像总觉得稍微一放松，我就会像鸟飞掉。有一次我跟一些朋友出去聚会，他觉得好像有别人约我了，回来就掉眼泪，大个子一米八九，还掉眼泪，他说：“我要失去你了。”我蛮感动的，这个欧洲小伙子追我的劲头，比现在中国男孩子追女孩子还要厉害。后来我们是在我到美国后的一年零四个月举办的婚礼。

鲁豫：您现在跟贝妮丝还是朋友吗？

周励：还是朋友。

鲁豫：这是人生最高境界。

周励：她后来也不错。

鲁豫：因为有麦克陪伴，本来在纽约打工可能是挺辛苦的，但是那一段成为周励特别美好的一段人生回忆。

旁白：这个蓝眼睛的欧洲小伙子就这样渐渐走进了周励的生活。1986年年末，在相识不到半年之后，也就是周励到美国一年半之后他们结婚了。

周励：当时在婚礼上，我一度感觉到自己是世界上最幸福的女人。但是在结婚之前，他父母亲好像很不开心，就问他们的宝贝儿子，你博士学位，又在华尔街花旗银行工作，你为什么找个中国人？为什么不找美国人？为什么不找美国姑娘、欧洲姑娘。麦克就讲第一，朱莉亚是医生；第二，她在学校里能力很强，表现出色，她将来前途无量；第三，我爱她，即使她打工，我也要和她结婚。

旁白：在与麦克结婚后，周励已经不再是那个一边做保姆，一边在餐厅打工的小姑娘，有了丈夫的支持，她第一次有了自己的公司，并且有了几笔成功的交易。

鲁豫：开始要做生意了，一般人到美国以后都要经历一个关，除了学英语以外要学习开车，您会不会开车？

周励：当时不会开车，是麦克教我的。很多人进驾驶学校，我的驾驶老师就是麦克，他华尔街下班以后，就开始教我开车，因为在美国不会开车是很不方便的一件事情。我觉得欧洲人蛮幽默的，现在想想他教我开车这个过程，我觉得他讲的话也很有意思。我们俩很喜欢大笑，比方说我们看尼克松传，尼克松讲他的政治生涯，他说在华盛顿你想交个朋友吗？你就去买一条狗好了。还有比方说我们看第二次世界大战史的时候，曾经丘吉尔应罗斯福的邀请在白宫住在林肯套房里，丘吉尔早上去冲淋浴，没带浴巾就赤裸裸地去找东西，正好碰到罗斯福，很尴尬，赤裸裸的一个人，还是英国首相，结果丘吉尔两手一摊，讲在盟军面前没有什么好遮遮掩掩的。麦克教我开车也是这样，我一开始很激动，但是出很多错，他就讲你要把我当作纽约交通局的考官，不能把我当成是你的丈夫。每次他一上来，我就要先对方向镜，系安全带，然后讲我叫周励，从中国来，出示护照，然后开始起步。我一会压线，一会忘了打转向灯，一会停车的时候碰到别的车尾，我们一次次重来。最后他讲，朱莉亚，你只有报名字的时候是正确的。幸亏有这么个好老师，现在我们开车已经将近二十年了，我们车子是奔驰，保险很贵，每个月大概四五千块钱，但是由于我和他的记录，二十年没有一个差错，既没有撞别人车，也没有被别人车撞，也没有超车，任何违规都没有，所以我们的保险是最优惠的，只有一千多块，就是因为当时他这个老师当得好。

鲁豫：当时学会开车很重要，因为她开始跑生意了。怎么想到不上学了，要开始在纽约做生意。第一笔生意是什么？

周励：第一笔生意是坯布，到现在为止，我做的主要生意也是纺织品。我学习MBA，对我最大的收获并不是考了这么多的A，或者考了一个C。而是在宾汉姆顿认识了许多商业界人士，知道了怎么去找信息。当时有一个偶然的机会，有一个中国人不太会讲英语，但是他搞到了配额。他就跟我讲，你这么能干应该做生意，如果有配额，这生意就成功了一半。这个中国人做中国城的食品生意，大陆来的代表团中正好有个纺织公司的人，为了感谢他们的盛情接待，给了他三十万码的配额，卖了以后当中的差额利润就是自己的。他因为做中国城生意不大会讲英文，就来找我，我就到图书馆，到处去找哪些人可以买这样的坯布。第一笔生意做成功了，赚了六千美元。

鲁豫：跑了多长时间？

周励：大概两个礼拜。

鲁豫：一下信心就来了，两个礼拜能赚六千美元。

周励：对，我就自己干了，我本来也是学习MBA，迟早要走经商这条路。我当时就拿这六千美元，也不要麦克的一分钱，我一直是非常独立的，马上就跟麦克一道去注册成立公司。在美国成立公司比中国要简单得多，每一天每一小时都有人注册成立公司，而且全部手续费加起来只要几百美元，当场就批。也就是说，我进去的时候还什么都不是，出来的时候已经是公司老板了，特别简化。它是个自由的竞争的社会，你今天开始登记公司，就意味着明天开始你就要向税务局报到，只要赚了钱就要交给政府税，因此政府是大力地鼓励。

鲁豫：公司商标是一个地球仪，名字是JMF，J stands for Julia（J代表的是Julia），M是麦克。

周励：JMF美中国际贸易公司，与我现在做的国际贸易完全是吻合的，这个公司从1986年到现在也将近二十年了。

鲁豫：最开始公司就您一个人吧，总裁、董事长、执行官兼业务员。

周励：对，在美国一个人的公司很多，政府也很鼓励。如果你人手不够，再去招人，当时可以去找一些兼职的推销员，推销员拿佣金。成立公司以后，我一开始做了两笔生意都失败了。一个是尿素生意。有个中东人叫尼古拉，手上全是大钻戒，高高大大，提着大提包，住的都是五星级宾馆，跟我们签的合同是一百万吨尿素，两千万美元。如果做成JMF进账就四十万美元，多开心，所以天天都在跑这件事。尼古拉突然讲，朱莉亚你能不能借我一千五百美元，我口袋里没钱了。我想这个人怎么搞的，签两千万美元的合同，问我借一千五百美元。麦克讲这个人是个骗子。后来我说，人都有困难的时刻，他不一定是骗子，可能他信用卡丢了，或者是暂时没有钱，我就跟麦克争，麦克最后就同意了。我就把一千五百美元借给尼古拉，结果果然他就是个骗子。两千万美元的尿素，我们是签了一百吨，他连一斤都没有给我们，白白地浪费了我一个月的时间，还赚了我一千五百美元，然后就宣布关门。所以在美国千万不要认为人高高大大，漂漂亮亮，带着钻戒住五星宾馆，那就一定是好的，搞得不好就是尼古拉。

鲁豫：这一笔您赔了多少钱？

周励：就是一千五百美元，然后赔了点时间。

旁白：新公司的第一笔生意虽然没有成功，却让周励渐渐摸到了一些做推销的门道。她开始收集信息，了解行情，找到了一些稳定的销售渠道和货源。在经历了转手贸易的失败后，周励确定了自己的营销方向，她把产品的来源锁定在中国。

鲁豫：中国东西挺多的，不过那时候还没有像现在这样出口这么多，当时卖什么呢？

周励：当时我记得很印象很深的，一个是卖纺织品，一个是卖皮鞋。当时美国市场很多皮鞋都是巴西和中国台湾的，大陆的很少。我在宾汉姆顿学习时认识的官员，他们都是政府的贸易官员，给了我一大箱皮鞋，说这都是我们江苏省最好的皮鞋，你拿去推销吧。那么我就真是背着皮鞋，在34街和帝国大厦，起码访问了有两百多家皮鞋公司，一家家敲门，一家家跑上去。所以现在我到帝国大厦电梯里，还会想到当年，就像《推销员之死》一样的，差一点点昏倒在地上，太累了，就跟北大荒铲地差不多的感觉。我背着很大的拉杆旅行袋，一个不够就两个，里面有女鞋、男鞋，跑了两百多家以后，想到美国的《推销员之死》，我想我也差不多了，精疲力尽啊，最后有两家成交。后来我觉得不能做这么重的东西，要做轻点的东西，开始做纺织品、丝绸、丝绒、海滩浴巾……我现在主要是做美国高档产品，包括拉夫劳伦、蔻驰代理中国的产品，我感到非常自豪，这是一段段一点点上去的。前两天我的朋友卡米奥，她是我的商业伙伴，她讲，朱莉亚没有想到我们已经在一起合作了十五年了，我还记得十五年前，你拿着一箱丝绸围巾到我们公司来，我当时还不相信中国能做出那么好的丝绸围巾，十五年一下就过去了。

鲁豫：当年最开始的时候，第一次做成一笔最大的生意有多大？

周励：我记得第一个信用证是两万打的丝绸手帕，西装上面的丝绸手帕，然后很快就是四万打的沙滩浴巾，我们都是以货柜计算的，我书上写了一个工艺品木珠门帘，有一年做了大概二十多个货柜的木珠门帘。

鲁豫：那都是以什么单位计算的美元数字，比如说几十万美元、几百万美元。

周励：我写书的那一年好像是做了一千万。

鲁豫：您在中间赔过最大的一笔是多少钱？生意肯定是有赚有赔的。

周励：我觉得我比较幸运，赔过一次，四万美元，那个客户欠了四万美元付不出来了，去找律师的话律师费比这还要贵，所以就算了。

鲁豫：那您很幸运。她的书里面还有一段我觉得写得很精彩，在曼哈顿骑自行车的人很少，一般是送外卖或者送快递的人，她说她是唯一一个在曼哈顿骑车的中国女人。

周励：我在上海淮海路、四川路、高安路练习出来的骑自行车，就像你们在座的一样。当时我的办公室是519第八大道，我的客户基本上都在第五大道，纽约是一条一条街，31街、32街、33街，每条街走路是一分钟，每个大道走路是五分钟，我从第八大道走到第五大道，当中还有拦路，我想骑车吧，买一辆车，那就快多了，可以节约很多时间。曼哈顿街边全都是黄颜色的出租车，或者私人汽车，我在当中就找缝骑来骑去，觉得好像车子都在让我，他们怕我，觉得这个女的疯了。到现在为止，女孩子在马路上骑车特别少，不过现在我已经不骑了，年纪大了要当心安全。当时做生意的第一年和第二年，我都是骑着车子一家一家地跑。

鲁豫：您没跟人家撞过吗？

周励：从来没有。《曼》这本书当中有一个小段是“在第五大道上骑自行车的中国女人”。

鲁豫：现在可能已经看不到这个场景了，朱莉亚已经不骑自行车了。

周励：中央公园锻炼有的时候还骑。我觉得要有个拼劲，我们北大荒出来的又有吃苦精神，什么最便利，这个交通工具最便利。

鲁豫：洋插队也不容易。慢慢周励在纽约给事业打下了一个挺好的基础，有了经济基础以后才可以开始建上层建筑，开始想可以做一些自己喜欢的事情，她喜欢什么？喜欢音乐，喜欢文学，她就开始写书，还有那本《曼》。

旁白：1991年在事业和感情都走上了理想的轨道后，周励终于有时间静下心来慢慢梳理自己这四十多年来走过的道路。在不到一年的时间里，《曼》就写作完成并出版。

周励：1992年这本书出版了，我非常高兴，我和北京出版社当时订的是五万册的合同，结果一下子发行了十万册、二十万册、三十万册、四十万册，而且当时还被评为全国书展的畅销书的榜首。当时我在纽约，不太了解这些情况，责任编辑不断地发传真告诉我，打电话告诉我，所以我们共同分享喜悦，相当高兴。一直到今天，我还清清楚楚地记着当时的情景。

旁白：《曼》在中国出版之后引起了巨大的反响，许多人受到这本书的鼓舞和启发，开始了自己的激情人生。

鲁豫：这本书到目前为止一共卖了多少册？

周励：根据官方的统计，北京出版社的领导讲，这本书经由各种渠道一共卖了一百六十万册。十三年重版了十二次，一直到现在还能看到。

鲁豫：不久之前，这本书再版的时候您还去见读者，参加签名售书活动。

周励：对，在这本书十周年的时候，我在上海书城第一次搞了个签名售书活动，是新华书店邀请我去的。我没有想到这本书发行十年以后，读者的热情还这么高涨，很多人都排了四个小时才排到我面前，有男女老少。有一个老爷爷大概八十多岁了，他说：周励，我看了你呀就激动，他说你这本书就思想性强，文笔美，太高兴了能够看到你。还有一些大学生看到我讲，周励阿姨，我遇到困难的时候就去看这本书，马上就能够吸取力量。还有一位公司的白领，他说在苏州听到广播里讲这里有签名售书，立刻买了一张回程的票，到上海来了。这使我感觉到非常高兴，通过这也认识了很多朋友。

鲁豫：当年我也是读者，然后我就一直很好奇，我想这本书算是自传，还是个文学作品，就是您的真实的故事有百分之多少，百分之百还是百分之九十多？

周励：这本书是在我的真实经历的基础上写的自传体小说，这里面的事情基本上都是真实的，但是有些必须要经过文学的润饰，所以如果把文学的成分也放进去的话，那么就是百分之九十是我的生活，百分之十是文学的润饰。

鲁豫：她写这本书以后很出名，但人出名以后总会有这样或那样的一些评论，真真假假的一些消息，您应该也听说过一些传言。

周励：对，这件事让我想起80年代里根和卡特有一次总统辩论，当时卡特收集了一些里根当演员时候的一些绯闻打算攻击他，那么里根非常安静，微微一笑讲，你又来这一套。然后下面的人都为里根鼓掌。我个人觉得，就像一个蚊子在狮子的背上盯了一下，有点痛，但是微不足道。比方说今年（2005年）9月14号，胡锦涛作为中国国家主席第一次访问纽约，中国总领馆和联合国就给我发了邀请信，邀请我去参加胡锦涛的接见，这也是个荣誉，我是商界的，也是美中商会的理事，但是他们把我作为文化界的代表，因为他们认为这本书的影响太大了。第二天报纸也登出来，文化界代表周励谈这次会见的体会。所以因为这本书带来的一些攻击，对我现在生活没有任何丝毫的影响。

鲁豫：他们要攻击什么呢？一个留学生在美国的经历，怎么样奋斗，当时怎么吃苦成功，有什么好攻击的呢？

周励：你提的这句话我也在考虑，有什么可攻击的，比方说最近有一个新泽西的朋友给我打电话，说周励你到网上，把网打开，有一篇文章讲《评中国的三个女人》，靳羽西、杨澜、周励，讲这三个女人都是骗子。那两个怎么写我就不讲了，我呢，它是这样讲的，煞有其事地讲这个作者在飞机上碰到一位先生，这位先生讲他是周励的熟人和朋友，他悄悄地说周励和麦克已经欠了房东两个月的房钱没有还，经济窘迫。我在纽约曼哈顿东，曼哈顿西和纽约上州都是自己买的房子，哪来的房东？当时我新泽西的朋友就贴了一条，我是周励的朋友，只要你拿出来房东的欠条，我保证给你一百万美元，后来他又贴了一条，谁来领取这一百万，第二天这篇文章就消失了。有些人可能喜欢编一些东西。还有一个攻击，说周励把这本书的版权卖给了六家出版社，搞得中国国家新闻出版总署灰头土脸。北京出版社的社长就出来辟谣，有一个声明，周励的《曼》只和北京出版社签了合同，北京出版社又把版权转给了台湾的时代风云出版社，所以这个完全是谣言。很多东西完全是空穴来风，风马牛不相及。我最近到乔治·桑的故居，她的客厅里有一个雨果在乔治·桑的葬礼上的致辞，嫉妒、嫉恨和抨击的大小，是和人们欢呼和赞美成正比的。所以不仅是我，很多作家都有这样的。

鲁豫：您现在还没有到亿万富翁，那您现在是不是百万富翁？

周励：那绝对是百万富翁。

鲁豫：而且不是人民币的百万富翁，是美元的百万富翁。

周励：这个在美国很多，你想想看，不讲别的，我现在住的公寓就是一百二十万到一百五十万，那你讲这就是百万富翁也可以呀，那我还有其他房产，不仅是我住的，我上州也有房子，在国内也买了很多房子。这个百万富翁在中国在美国都不稀奇，但我觉得最重要的是一个人的心灵，幸福是一种心境，幸福并不是说你有这么多钱你就幸福，我在北大荒荒原上，我当时在念唐诗宋词，或者我在唱蓝蓝的天空白云飘，我感到前面有点前途的时候，我就是幸福的。所以我感觉到讲一个人成功不成功，钱是一个标准，但最主要的还是心灵。这本书最大的收获就是我在扉页上写的字达到了，就是“此书谨献给我的祖国和能在困境中发现自身价值的人们”。我这本书鼓励了很多能够在困境中发现自身价值的人。

鲁豫：我想我们也会很关心周励现在的生活状况，我们来了解一下。

旁白：在曼哈顿多年的打拼和经营，让周励拥有了许许多多的朋友。在周励的眼中，生意场上的成功只是生活中很少的一部分，而真正让她感到骄傲的是身边朋友们的信任和鼓励。今天的周励是多家国际知名品牌的代理商，让中国的产品在世界各地的橱窗中占有一席之地，是她多年以来的愿望。在《曼》这本书中，周励曾说，头脑应当是商人的头脑，但灵魂不应该是商人的灵魂。今天周励终于可以满足自己多年来的心愿，到世界各地领略异国风情。虽然已经年过半百，但她的热情依旧不减。在工作的闲暇，她也常常在家中弹起钢琴，回忆从前的日子，或是到楼顶的阳台望着忙碌的曼哈顿，在北风中放松一下紧张的心情。

鲁豫：这是第一本书，还会有第二本书吗？

周励：对，我现在正在写《曼哈顿情商》。

鲁豫：讲什么的呢？

周励：也是纪实性的，以散文形式把我整个在美国的经历，我的感觉，我觉得我有一个很好的能力，就是与人相处的能力，我打算把我的纽约的社交生活，还有我看的一些书的体会写出来，名字叫《曼哈顿情商》，这本书大概明年初就会出版。

鲁豫：偶尔回想自己以前走过的路，那些经历过的事儿，看看今天自己所在的位置，是不是觉得很骄傲，很高兴？

周励：对，很高兴，经常有这样的想法。有一次我坐飞机，从旧金山到纽约，机长讲出现了机械故障，要飞回旧金山，然后飞到一半讲我们现在往下洒油。我马上想到可能要完了，想想自己一辈子，我觉得这辈子活得很有意思。也就是说，一个人死前会想到这辈子活得怎么样，我觉得很有意思。希拉里最近写了一个《亲历历史》，这本书中有一句话非常好，一位神父讲当你人生结束，到天堂见到上帝的时候，上帝并不问“十戒”的问题，上帝要问你有没有充分地利用他所给你的时间和才能？所以希拉里讲，她还有时间，还有才能，她要竞选参议员，将来可能还要竞选总统。我觉得我可以跟上帝讲，至少到现在为止，我充分地利用了上帝给我的时间和才能，我也希望在座的各位充分利用上帝给我们的时间和才能。

鲁豫：特别感谢周励。我们的编导事先跟周励通过几次电话，回来说你一听声音就知道这个人是个什么样的人，也可以说声如其人，她讲话声音很大，笑的时候声音也是大大的，所以听声音就是个生活特别有热情，特有激情的一个人，听不出年龄，心境特别年轻，特别阳光，特别上进，一个很快乐的人。今天见到以后发现的确是这样，带给我们很多启发，让我们觉得再往前走很有劲儿。谢谢周励带给我们这样的感受。

（根据2005年12月《鲁豫有约：周励在美国》整理）

陈鲁豫，著名主持人，主持的谈话类节目《鲁豫有约》广受欢迎。

# 旅美女性创业追梦的生命史诗

## ——周励访谈

王红旗　周　励

## 一、合灵而生：生命之“圆杯”与“项链”

王红旗：20世纪90年代初，中国社会改革开放、市场经济急速发展，80年代的出国热潮仍汹涌澎湃。从女性生存现实来看，城市女性“国家安置就业”的理想模式被解除。诸多女性随着“下海潮”在沿海、偏远地区冲破传统男权文化的角色规约，试图挣脱附庸男性的地位而独立于世。女性在自谋职业或自主创业的过程中开始崛起。

1992年7月，你的自传体小说《曼》，由北京出版社出版，发行量一百六十万册并登上国内畅销书榜首，2002年由上海文艺出版社再版。这部作品在真实生活的基础上，书写了留学美国的知识女性创业奋斗的感人故事。这部小说，不仅以“崭新的题材和人物形象”在当年点燃了思想伦理正在发生激变的中国人，尤其是深藏“出国梦”的知识女性，点燃了她们创造精彩人生与自我实现的智慧勇气。而且在21世纪的新全球化时代，仍然以主人公的梦想、激情、独立、自信，向生命巅峰攀登的亲历经验，女性精神自我的真实存在感，启发人们坚韧挑战人生极限，执着奋斗，勇敢前行。这部四十多万字的长篇自传体小说，成为当代中国文学史上留学生文学的经典，呈现出当代女性精神成长的多重价值。请问，你当时那么忙，为什么要写这部自传体小说?

周励：的确，我写这部书的序言时，除了手下这几张空白的稿纸外，周围尽是堆得满满的客户发来的英文传真、函电、国际快邮信件、来样、合同、信用证……

写这部自传体小说的初衷，就是扉页上的题词：“此书谨献给我的祖国，和能在困境中发现自我价值的人。”

我在作品结尾这样写：“曼哈顿距离北大荒并不远，我们从东方到西方，奋斗在这个世界上，只有奋斗，才能带来更持久巨大的幸福；只有奋斗，才能创造出人生的价值和尊严，创造出激情和人生的快乐。”

王红旗：这是发自肺腑之言，女主人公朱莉亚与祖国命运息息相关的自强奋进，这股精神生命的火焰构成了作品独特的诗意壮美。

小说用侃侃而谈的语言，爱情与苦难、拼搏与事业双重文脉的架构，彰显出一位华人女性在曼哈顿，从一无所有到最后梦想成真的历程。她与美国客户比肩而立，漫长谈判，签订合同，架起民间中美贸易桥梁，同时也收获了跨国婚姻与幸福家庭。朱莉亚，无论是顺境还是逆境，甚至遭遇绝境，都一直向着自己的人生理想继续攀登。朱莉亚是叙事者“我”与作者周励“和灵而生”的鲜活合成。

请谈谈你的“梦想与激情”精神从何而来？与童年、家庭与时代的影响有关吗？

周励：是的，至今我还能感觉到，我的金色童年是人间最美的图画，是我一生中最珍贵的日子。

从孩童起，我血液中就浸透了对祖国的热爱。我的自传体小说《曼》第一章“纽约商场风云”于1992年第1期刊登在《十月》杂志，第四章“北大荒的小屋”刊登于《十月》同年第4期，边写边登，写了九个月，有时含着泪水难以继笔。我是属于自由投稿。当年我常去哥伦比亚大学东亚系图书馆阅读国内文学刊物，如《十月》《收获》，也阅读了不少欧美作家的作品，大量观看欧美经典影片，经常写日记，《曼》绝大部分是我写在日记本上的。在繁忙的业务活动中完成最后一章“曼哈顿的中国女人”。书名是根据20世纪80年代末纽约客户对我的称呼而定，那时在纽约商场来自中国的女人并不多。

1992年初回国洽谈业务，我抽空专程去北京拜访了《十月》杂志的总编谢大钧和责编王洪先，并且与北京出版社签了十年五万册的合同。没想到这本书于7月出版引起轰动，最后竟发行了一百六十万册。

我喜欢阅读，写日记和读书笔记，这是在小学养成的习惯。那时候老师常在课堂上读我的作文。有一次外校校长来小学听课，老师让我们解释唐诗《渔歌子》中“桃花流水鲑鱼肥”一句。我举手说：“那是树上的桃花瓣飘落水中，鲑鱼追逐花瓣的情景。”课下我如痴如醉背诵的唐诗宋词，在北大荒的岁月里为我带来力量，就像苏联孩子们背诵普希金诗集。在市少年宫篝火晚会上我和小伙伴们昂首歌唱《金色的童年》《让我们荡起双桨》接待世界各国外宾。所以我把《曼》第一笔稿费捐给了上海市少年宫，我那时是合唱队队员。小学毕业时，班主任在我这个中队文体委员《学生手册》上的评语是“爱憎分明，兴趣广泛”。

早期儿童教育、文学启迪，特别是成长环境，对人一生的命运多么重要。

王红旗：你的童年回忆让我也想到那时的纯洁与阳光。读你的近作《曼哈顿情商》，恰如《曼》的“姊妹续篇”，《曼》共有六章：“纽约商场风云”“童年”“少女的初恋”“北大荒的小屋”“留学美国”和“曼哈顿的中国女人”。内容每章自成一体而首尾相接，形成一个女性生命历史的时空之“圆”。《曼哈顿情商》则是以“唤醒你心中的巨人”开篇，以“情商”为线索，穿起六个篇章——“原画再现：曼哈顿的二十个春秋”“曼哈顿情商：如何作美国的买方代理”“当灾难降临时，回忆九一一”“缤纷时空：曼哈顿社交生活感怀”“亲吻世界：镌刻在心灵岩洞上的壁画”。“情商”如爱的情感经线贯通字里行间，给文本注入了心灵之爱的温馨。

总体看来，第一部是自传体小说，大部分素材来自真实生活。第二部作品属于“非虚构”纪实文学。一个共同的特点是都从女性视角“自植灵根”，演绎女性自我领导力与社交艺术，刚柔并济，将国际商业舞台的激烈竞争化为共赢之举。两部作品发表时间相隔十四年之久，《曼哈顿情商》不仅是对《曼》真实人际关系的解读，也是对其留白与悬念、事件与人物，水落石出地回视与补叙。如果说《曼》的结构，是从朱莉亚的自我生命原点出发，经过历史文化与社会结构“时空隧道”的涅槃，在美国商场竞争中形成越来越宽宏的“圆杯”，那么《曼哈顿情商》里执着的寻找，就如一串朱莉亚在美国日常生活的项链，搭在《曼》的“圆杯”之颈上。两个文本同样是一个“合灵而生”的精神整体。这种潜藏在文字内的精神结构，让读者能够更深层地理解作品中的朱莉亚和现实生活中的周励，及海外华人知识女性的心灵奥秘。

你是否有意这样安排两部作品的互补结构，还是一种叙述的必然？

周励：你阅读得如此仔细。我没有意识到两本书都是六个章节，这是巧合。第一本书用九个月写成，第二本书用了六个月写成，这里特别要感谢我的责任编辑、上海文艺出版社的陈先法，因为他的热情催促，我根据工作日记、旅行和读书笔记匆匆写成《曼哈顿情商》，全书精髓是封底的一句话："我的最大财富不是一切与物质有关的东西，而是血液中与生俱来的激情。"在那个年代我的初恋都是柏拉图式的，激情伴着痛苦，短暂的快乐都来自一句话、一封信、一幅画、一个眼神，我写的"少女的初恋""北大荒的小屋"是大时代背景下纯洁的精神之恋的缩影。今天的年轻读者也许较难理解。

## 二、渴望真爱：初恋、爱情与婚姻情感史

王红旗：《曼》里，朱莉亚为追求真正的爱情，历尽坎坷。从中学时代花季少女的情窦初开，复旦校园无疾而终的初恋，到"北大荒小屋"的爱情，只留下刻骨铭心的痛，还有藏埋在心底的和钢琴老师的绝望爱情。你在作品中这样写道："为什么我这一生中遇到的，都是没有婚姻的爱情，要不就是没有爱情的婚姻呢？"那是女性情感最孤独的漫长岁月。小说以朱莉亚的情感为线索，层层递进，桩桩事件的安排都很有反思自我与历史的"妙意"。"十年文革"，剥夺了人们一切"爱的权利"，却挡不住勇敢的朱莉亚追求真爱的执着，她在追求真爱屡屡失败的情感苦难中，表现出自信、坦诚与乐观，闪现着人性真善美的光亮。

中学时代，朱莉亚与比她高一个年级的男同学——巴金的侄子，一起去看望巴金，她指着一大排空的书架，流露出来自肺腑的悲哀。后来"我"给《文汇报》写了封信，信最终被退回学校，由此一个少女的朦朦胧胧的幻想之爱也被折断了翅膀。朱莉亚真正的初恋是裴阳，书中写到许多她与裴阳之间的精彩细节，都充满着对爱情价值的诗意沉思。更奇妙的是，朱莉亚在美国与麦克先生结婚前夕，却收到裴阳这位断断续续交往了十八年的初恋男友的圣诞贺卡，里面谈到他在复旦大学结束了十年的审查，心情不错。到此，我的思想再次进入作品的更深层，真正的爱情是一种志同道合、精神合一。如今物欲横流的社会，诸多人放弃了对真爱的追求，而你对纯洁真挚的爱情书写，在这样的现实面前更具有意义。

请你具体谈谈你的初恋与爱情，你书中的两位男性，一个是中国的裴阳，一个是西方的麦克，如何表现其不同的性格差异？

周励：有朋友讲，麦克有点像《战争与和平》中的彼埃尔，厚道、善良、透明，他是德国出生，20世纪80年代留学美国，读博士时才二十多岁，在大学我们相

识相知相爱，当时他已在纽约华尔街工作，他是学者型的典型德国人，痴迷瓦格纳歌剧，同时也有德国人的固执，他喜爱回忆少年时代德国孩子们唱的美国流行歌曲和大学代表毕业生发言的情景。对他来讲，数学像诗歌一样美妙。记得1996年结婚十周年，我们一起去曼哈顿三大道看电影《廊桥遗梦》，我感动得泪水盈眶，禁不住啜泣起来。电影结束后我们到62街一家法国餐厅吃饭，烛光下麦克突然对我讲，朱莉亚，我也许不能够给你那么多激情与幸福，如果你有婚外恋，请不要告诉我就行了。我非常感动地摇头。他确实像《战争与和平》中的彼埃尔。

少女时代初恋的裴阳完全是另外一种类型的人，他才华横溢，雄心勃勃，随着时代潮流之变而变，深陷政治旋涡。

粉碎“四人帮”后，裴阳如梦初醒。从大局看，裴阳也是“十年文革”的牺牲品，所以我才去找复旦党委书记，请求将他调离复旦，竭力帮助他。他的命运变迁和我们的“精神恋爱”犹如《日瓦戈医生》那样的宏大叙事，穿插着 1976年后在外滩散步，在德大西餐馆，他背诵顾工的诗《假如命运向你发动袭击》，我“回击”他，背诵起普希金长诗《叶甫盖尼·奥涅金》最后一段，达吉亚娜对奥涅金的表白，引得他一时震怒推门而出。

当代人很难想象十八年之恋，居然没有碰过一根手指头却又源远流长。我动笔写《少女的初恋》《北大荒的小屋》这些特殊年代的情爱世界，当然也包括刻骨铭心的黄山之行，至今回忆依然感慨万分。

才子裴阳、画家于廉、钢琴家乔耐、数学家麦克，他们是射进我生命的阳光。如今，裴阳消失在上海的人潮中，听说他参加了李伟德的追思会，他还是有良心的。乔耐还是我的好朋友，于廉英年早逝二十多年了，麦克还在我身边。没有他们，就没有《曼》，我对他们深怀感恩之心。

王红旗：《曼哈顿情商》“原画再现”一章中，写了“寻找”北大荒小屋里的恋人于廉以及“寻找”一根火柴烧掉“我”的历史黑档案的张佩娣，作品人物与阅读者，犹如“高山流水觅知音”，奏响了生命长河里人性善与爱的情感之曲。纯洁高尚的爱情与友情，在朱莉亚潮涨潮落的历史记忆里是永不褪色的画面。因为，“我最大的愿望，是回到自己的祖国——不是作为华裔商人，而是作为一个游子，一个女儿，一个70年代的北大荒兵团战士——回到我梦绕魂牵的故乡，报答祖国的同胞和这片可爱而悲壮的、哺育了我的土地……”这是一个海外游子对家国文化之“根”的寻找。数十年后再相见，朱莉亚与恋人于廉夜居同室而彻夜畅谈，他们“精神吻别”的理性，让我联想到20世纪70年代末80年代初“三张”书写的爱情——张洁的《爱是不能忘记的》、张抗抗的《爱情的价值》、张辛欣的《我在哪里错过了你》。朱莉亚“寻找”于廉的情节，是当年在“北大荒的小屋”里的作者对画家于廉炽热的爱情与牵记的延伸与重现。

请你谈谈和于廉的情感是建立在怎样的基础之上，多年后二人相见时的真实情景与心理变化又是怎样的。

周励：裴阳是复旦文科才子，于廉是从上海中学来北大荒的杰出画家，他们都出身卑微却都才华横溢、一表人才。我们有许多共同语言，当于廉告诉我，他的连环画《伤痕》《枫》获得全国美展一等奖，我俩欣喜若狂。留学日本后，他妻子提出离婚，他患上了脑部肿瘤。1994年我邀请他来美国过圣诞节，1995年我去东京看望他，我们一起游览了京都。在写《曼哈顿情商》时，我的眼前一直是于廉那双漆黑深邃的目光。在日本京都几百根巨大红橡木柱与祭神黑漆大字构成的红色廊道中，他哀婉诚挚地对我说：“生命随时会离我而去……我要感谢你，在和你分开了这么多年之后，你突然让全中国的读者都知道了我。”

他说这话时是在1995年春天，《曼》出版后的第三年，我们同游日本京都郊外的那个傍晚。深邃无底的红柱祭神甬道令人想起古埃及卢克索祭神的巨大圆石柱，日本人则在红色的木柱上镌满他们的祈祷与祭辞。蜿蜒的红柱廊映衬着远处的山峦，一切如烟似幻。

那个傍晚，只有我们两个人在这个甬道中边走边谈。忽然，起风了，于廉跑出柱廊外仰头四望，风吹着他的黑色头发，他眼睛闪着光芒说：“我要画一幅画，叫作‘风中宫殿’。”我望着这位热爱生命的画家，同时他也是一位风度翩翩的美男子，他怎么可能即将离开这个世界？

那个晚上我们同住在京都五星酒店同一间客房的两张床上，几乎能闻到对方的呼吸，我辗转难眠，几乎有爬起来去拥抱他、和他做爱的冲动，但理智与尊严是刻在骨子里的行囊，和十年前在北大荒的小屋一样，什么也没有发生。第二天清晨起来他还在酣睡，我泫然泪下。和他分手后，望着他的背影我又忍不住落泪。

再次看见他，是在上海龙华他的追悼会上，著名连环画大师、他在中央美院的恩师贺友直放声痛哭：“你走得太早了，你的命太苦了！” 灵堂两侧是贺友直先生题写的挽联：

悲：一片枫叶坠落奈何其早

痛：九色神鹿西去怎不回头

追悼会后我去上海淮海坊看望悲痛欲绝的于廉母亲，捐了一笔钱。后来这笔钱和于廉的存款放在一起，由他的挚友——旅澳著名画家、北大荒朋友沈嘉蔚、吕敬人等为他在上海举办了一场规模宏大的《刘宇廉美术作品展》。于廉的画册至今珍藏在我书房里，在他的忌日，我时常会取出翻看。

## 三、人类心性：北大荒、“9·11”与极地启示

王红旗：作品在描述与张佩娣相见时，两人久久地紧紧拥抱，不仅表现出朱莉亚“涌泉相报”的感恩美德，而且让我联想到，当年一位纯朴女性擦燃一根火柴，烧掉另一个年轻女性的“黑档案”，需要多大的胆量与勇气！她在销毁朱莉亚莫须有罪名的同时，也点亮了自己内心世界的光明，具有撼人魂魄的审美力量。“黑档案”就是1968年1月写给《文汇报》的那封信。这封信到底写了怎样的内容而招致师生的大字报批判，并装进了你的档案？

周励：其实，1991年秋天我写《曼》代序和第三章“少女的初恋”时，曾很想引用“一封信”的详细内容，记录那个时代一个上海少女的纯真情怀和社会背景，却怎么也找不到这封信。几天前居然发现夹在北大荒日记本中一个半个巴掌大的小纸袋里。近日，我在巴金故居巴老寿辰朗诵会度过难忘的六十八岁生日，口袋里装着这封信，它仿佛偏偏要藏到我六十八岁才肯冒出来：2018年11月25日生日之前，我意外翻出五十年前十七岁时一气呵成写给《文汇报》的信，四小页信纸褶皱发黄，字迹依稀可辨，这真是意外的生日礼物，也是《曼》的重要主线和历史旁证。之前，我一直以为这封信早已丢失。

因为，1966年前，我是上海市委机关瑞华大院长大的初二班级团干部，市少年宫小伙伴艺术团合唱队阳光少女。当时的很多情况令我茫然不解，于是本来就酷爱阅读的我开始了孤独漫长的地下读书。1966年、1967年我如饥似渴地阅读了《赫鲁晓夫主义》《斯大林时代》《一元论史观》《法国大革命史》《第三帝国兴亡史》，特别是《联共（布）党史》，其中一些书一直立在父亲由市委机关分配的棕色书橱里，被我

翻出来放在床头。历史是一面镜子，我自以为可以以史为鉴，于是犹豫良久，终于大胆给《文汇报》写了一封信，署名“十六岁”（当年我十六岁），幻想一个上海女生振聋发聩的心声能够让《文汇报》振臂一呼，扭转局面，自然是很天真的想法。

王红旗：请谈谈你目睹“9・11”恐怖袭击后，进行纪实创作的复杂心情。

周励：我在《曼哈顿情商》一书中都有详细的描述，在上海东方卫视纪实频道《“9・11”周励在纽约》与主持人夏磊对话时我们都眼泪盈眶。从“9・11”早晨的震惊，到女儿从世贸大厦倒塌的漫天灰尘中哭喊着走回家……当晚整个纽约和公园大道鬼魅般的寂静，我和麦克在极其恐怖的气氛中走到时代广场，看到掘土机像坦克车的队列一样，隆隆驶向世贸中心废墟，第二天我走到废墟前面，泪流满面。我们去红十字会捐款、捐血，但双塔倒塌后无一人救出。总而言之，这是人类的一场史无前例的灾难。

在目睹硝烟弥漫的悲惨之后，纽约人的勇敢善良也令我感动不已。在中央公园，身着黑色燕尾服的纽约爱乐乐团的艺术家们，在舞台上奏起的《蓝色狂想曲》，仿佛想把对失去亲人的伤恸化作大海般的波涛。随着著名摇滚歌手比利・乔一边弹钢琴一边唱起《纽约！纽约》时，所有的人都从草地上站起来，激情呐喊着“我爱纽约！”“这时，中央公园周围的摩天大厦华灯齐放，恍若是几十座、上百座没有倒塌的世贸中心，在这美丽的烛光之夜巍然屹立！”这是呼唤和平的“人类共同精神”，更是人类如同“镌刻在心灵岩洞上的壁画”与梦想。

王红旗：《曼》中爱荷华大学校园里的“杀人血案”，和《曼哈顿情商》第四章中美国“9・11”空袭灾难，两相比较，不同时代、不同意义的“死亡”，因两部作品的互文关系，形成“共时性”的鲜明对比。请谈谈你书写这两个事件，想为读者提供怎样的思考？

周励：写这两者没有关系，但你的问题很好。留美博士卢刚是暗物质时代的魔鬼，曾喆是美国灾难中的天使和英雄。纯粹追求业务高分而忽略人格历练，狭隘嫉妒，造谣诬陷，直至暴力杀人，那看似文质彬彬的博士却是带给人类巨大悲剧的学霸。

王红旗：请谈谈探索南北极留给你哪些最难忘的体验和思考？

周励：与时俱进，生命在高处，与探险史人物交友，令人远离物质世界，宁静致远，不惧艰苦，激情燃烧。

从2012年至2018年，我六次参加南北极探险。登上人迹罕至、险象环生的南纬九十度南极点和北纬九十度北极点，探访南极点阿蒙森–斯科特美国科考站。人类四百年极地探险史令我心潮澎湃，而令我勇往直前的动力之一即BBC 刻骨铭心的探险纪录片，以及人类首次挑战南极点的非虚构文学，诸如作家茨威格的《人类星光闪耀时》关于南极点竞赛斯科特船长的悲剧。

2016年7月1日北极圈东区时间23：45，我们乘坐的俄罗斯“五十年胜利号”拉响了抵达北纬九十度的汽笛，我和朋友们涌到甲板，打开香槟酒，激动欢呼这一刻终于到来！从人类文明踏上北极白色冰原之初，北极的静谧、神秘和隐秘就牵动着全球探险家的心，一辈又一辈的勇士用激情、智慧乃至生命谱写了一部北极探险史诗。这是四个世纪人类的不懈追求。

我两次登上“雪龙号”，探访了长城站。极地、深海、太空、网络是中国战略新疆域的重头戏，有着现实和潜在的重大国家利益。刚下海的“雪龙2号”则是国之重器。抵达北极点后，我和团友们在白雪冰原自豪地展示五星红旗，北纬九十度跳海冰泳活动，十几位各国游客报名，我是其中一个。2013年我在北纬八十一度斯瓦尔巴群岛，零度北冰洋冰泳过，海水苦咸，冰寒刺骨，那次我是唯一跳海的中国人，也是全船十几位跳水者中冰泳时间最长的一个！这是一个超越极限的体验。没有想到央视四频道为我这次冰泳做了专题报道——2018年 4月 21日 ，我和朋友们在外高桥码头迎接“雪龙”经历四万里凯旋，领队杨惠根昂首挺胸、铿锵有力地向首长汇报：“……无一人伤亡，无一设备丢失。特此报告。”全船三百多位科考队员精神抖擞，场面感人。

从北极点、南极点回纽约后，我又去了珠峰大本营，和留日妹妹一起攀登马特洪峰。在《上海纪实》发表《亲历南极》，《上海文学》发表了《攀登马特洪峰》，游历一百二十多个国家和地区，寻找心灵的宫殿。

## 四、追求卓越：自信独立与奋斗的精神智慧

王红旗：如果从社会竞争的本质而言，人的社会存在遵循的是“优胜劣汰”的自然之道。说到朱莉亚，她是随中国20世纪80年代初起始的第一次出国潮，只带着四十美金就走出国门，到大洋彼岸的美国自费留学。此时，国内的知识女性，走向两广沿海自谋职业，或走向国外寻求发展。朱莉亚是一个代表，一个象征，作为一个在异国他乡举目无亲的自费留学生，商场创业的华人女性，短短四年激情奋斗自主创业而改写自我命运，成为创造物质与精神财富的佼佼者。你认为，她在美国能

够脱颖而出的重要原因是什么?

周励：我给自己定了一条原则：作为一个以美国商场为生活背景的人，头脑，应当是商人的头脑；但灵魂，不是商人的灵魂，也不能把自己的灵魂和时间都卖给那些灵魂也是商人的商人。我时常抛下一大堆业务，跑入完全不同的生活圈子里。

我曾在《鲁豫有约》访谈节目中谈到阿瑟·米勒的《推销员之死》，作为一个旅美文学爱好者，我喜欢仔细嗅闻环绕在纽约的激情化学机制，看看这座城市是如何催生一批又一批的"阿瑟·米勒"。在中央公园南湖——塞林格的《麦田捕手》有大段令人捧腹的湖中野鸭描述——当我徜徉于湖畔草地，总出现一个念头：如果才华横溢的维吉尼娅·沃尔夫不是住在郁闷的伦敦郊外，而是住在中央公园附近，住在纽约这座美妙的大都会，听歌剧逛公园，与朋友聚会交流，然后在静谧的夜色中写作，我敢担保她绝不会把石头揣在怀里淌河自杀。

王红旗：小说结尾，对这部作品如何诞生的讲述，表现出朱莉亚理性的平静心态，使这个人物形象更有独特的个性。最后引用七十年前在美国留学的闻一多先生的诗句，以六万名中国留美学子，应和着"我"一起和声呼唤"咱们的中国"，在大西洋此岸彼岸的时空，回荡不息。请问，这样的结尾，寄托着怎样的家国情感?

周励：无论是打工岁月还是经商生涯，我都热爱中央公园，这是一个普通的纽约客都会有的感受。如你所说，全书的高潮在最后中央公园春天的人物心理描述："我心中涌起一股柔情，那是一种从多灾多难走向绚烂，又从绚烂走向宁静的心境。不管人富有还是贫穷，人总是按照自己的本质在生活。又是一个明媚的春天，太阳依然在照耀，鲜花仍然开遍大地，不管有多少丑恶的东西存在，生活仍然是美好的。每个人都创造自身的价值，这个世界就会更有价值。"

王红旗：是的，一个理想主义的人是如此，一个理想主义的社会，或者整个人类世界何尝不是如此。可以肯定《曼》《曼哈顿情商》将继续影响一代又一代的读者，特别是奋斗中的女性读者。《曼》如同作家阿城所说，具有中国现当代史的"文本"作用。

（原载《名作欣赏》2019年第9、10期）

王红旗，曾任首都师范大学中国女性文化研究中心主任，《中国女性文化》《中国女性文学》主编。

# 曼哈顿女人的“前世”今生

陈　屹 周　励

陈屹：《曼》这部四十多万字的长篇自传体小说，已成为当代中国文学史上留学生文学的经典。请问你当时那么忙，为什么要写这部自传体小说？你的“梦想与激情”从何而来？与童年、家庭与时代的影响有关吗？

周励：回想起北大荒时代，带了两箱书下乡干苦力活。那时一无所有，但心灵是一座宫殿。我写书的序言时，除了手中几张空白稿纸外，周围都是堆得满满的客户发来的英文传真、函电、国际快邮来样、合同、信用证……

写这部自传体小说的初衷，就是扉页上的题词：“此书谨献给我的祖国，和能在困境中发现自我价值的人。”至今我还感觉到，我的金色童年是成长中最珍贵的日子。从孩童起，我血液中就浸透了对祖国和文学艺术的热爱。

自传体小说《曼》第一章“纽约商场风云”于1992年刊登在《十月》杂志第1期，第四章“北大荒的小屋”刊登于同年《十月》第4期，边写边登，写了九个月，有时含着泪水，一半以上内容写的都是苦难、挣扎和奋斗。

我是自由投稿，1991年在纽约东方书店记下《十月》最后一页的传真号码。那时我很迷《十月》刊登莫言的《天堂蒜薹之歌》，蒜农那个苦啊，看得我热泪盈眶，感叹中国哪里冒出了一个叫莫言的叙事天才！

业务很忙，序言和第一章写好后，我就一页页地发传真给《十月》，没想到第三天就收到《十月》资深编辑王洪先热情洋溢的回音，并主动表示立即在1992年第1期刊登，当年还获得《十月》长篇小说文学奖。当时我想我对得起十年北大荒岁月和年轻战友，也对得起1985年录取我为比较文学硕士研究生的那位美国教授了（后来我改读MBA工商管理）。

在纽约经商财务自由后，1987—1990年间，我常去哥伦比亚大学东亚系图书馆阅读国内文学刊物如《十月》《收获》，也阅读了不少欧美作家的作品，1991年开始构思、撰写自传体小说，百分之九十取材于真实生活。当时我喜欢看欧美经典影片，也是林肯中心大都会歌剧院的常客，钟爱的歌剧，如普契尼、威尔第、德沃夏克的作品等，遇到喜欢的有时还会连看两遍。

我还经常写日记，《曼》大部分是我写在日记本上的，书名来自1980年代末第五大道客户对我的称呼，那时在纽约商场来自中国的女人不多。

1992年初回国洽谈业务时，我抽空专程赴京拜访了《十月》总编谢大钧和责编王洪先，并且与北京出版社签了五万册的出版合同。没想到这本书7月出版后引起了轰动，登上畅销书榜首，最后发行了一百六十万册。

回想从1962—1966年在市少年宫的篝火晚会，我这个曾经裤子都是补丁、脸上满是自信的小伙伴艺术团合唱队队员，立即决定把《曼》的第一笔五万元人民币稿费捐给上海市少年宫，后来又陆续捐赠了一百多万元人民币给边远山区和祖国文化事业。

早期儿童教育、文学启迪，特别是成长环境，对人一生的命运十分重要。为此我热爱生我养我的上海，眷恋每一条童年熟悉的马路，每一棵隐藏着梦想的梧桐树。

陈屹：直接联系《十月》，你真是敢想敢干，不得不说《十月》也是慧眼识人啊！在书中你写道自己出国之前是一位医生，你是怎么走上文学道路的？请谈谈对你的文学创作与人生影响较大的作家和事件。

周励：1978年返城以后，受到许多优秀作家的影响。看了王蒙描写劳改营饿汉的小说后，我曾含着眼泪给王蒙写了一篇读后感向他表示感谢，当然是石沉大海，毕竟像托尔斯泰那样立即给陌生读者罗曼·罗兰提笔写回信的大师不多。

我还非常喜欢路遥的《人生》。一切都是无奈和无解，仿佛一个无边循环的锁链，印象太深了！

2018年秋天，时隔五十二年再度去延安，独自爬上延安大学文汇山祭拜路遥墓，我想起了前年在北京进行的“二十年内对你影响最大的书”这一调查，被访者共有一千位。我居然和路遥同时入选，我非常喜欢的陕西作家陈忠实、贾平凹也在其中！

我想起了五十二年前的一个寒冬，我也曾站在这片河流封冻、山峦裸体的荒漠高原上放声歌唱，从那时起我就和陕北高原，和路遥碰撞出火花，埋下了顽强不屈的种子。

1966年，不满十六岁的我与小伙伴们举着一面“长征小队”红旗，坐着运煤货车，忍饥挨饿从上海来到煤城铜川，开始步行“串联”。善良厚道的铜川铁路工用煤炭给我们六个上海小姑娘在地上画出通往延安的遥远路线，这让我对路遥《平凡的世界》中描写的铜川煤矿充满了感情。

我们从铜川开始徒步“长征”，脚上磨出大泡，饿着肚子唱“抬头望见北斗星”，七天七夜在黄土高原穿行，处处是裸露的苍凉与贫瘠，最后我们终于扑向梦魂牵绕的宝塔山！

最难忘，从延安回沪后却面临着接踵而至的坎坷与青春苦难。因为阅读了《赫鲁晓夫主义》《斯大林时代》《联共（布）党史》，以及别林斯基、车尔尼雪夫斯基等人的著作，也许是陕北高原给了我一股神秘的勇气，1968年1月，十七岁的我给上海《文汇报》写了一封对当时运动的质疑信……

这为我带来了毁灭性灾难，差点葬送了我的整个青春，我把它们都详细地写入了我的自传体小说的序言、“童年”和“少女的初恋”章节里。最近又突然找到消失了五十年的那封信原稿，它夹在北大荒时代的一本日记本里。

路遥1973年被推荐上延安大学中文系读书，我1972年被推荐读医科大学，毕业后回到兵团五师医院当内科医生，直到1978年返城，在上海外滩外贸大楼当医务室医生。

路遥笔下那些带有我熟悉的陕北高原气息的文字让我触摸到远方至善至美的幻境。正如路遥所说：“我们可以平凡，但绝不能平庸。”

1978年夏天，《文汇报》刊登了卢新华的《伤痕》，泪流满面的我看到一个文艺复兴的春天正拉开帷幕。那真是一个振聋发聩的时期，我们都想要改变命运，拒绝庸庸碌碌，拒绝返回原点。

从黑龙江兵团回沪后，我的作品陆续在《文汇报》《解放日报》《文学报》《小说界》发表。

平日里，我喜欢对照心爱的小说反复看电影，我的德裔美籍老公酷爱经典电影，看老电影是我们的三十多年婚姻的生活方式之一。如威廉·斯泰伦的《苏菲的选择》、莉莲·海尔曼的《朱莉亚》、托马斯·曼的《威尼斯之死》、帕斯捷尔纳克的《日瓦戈医生》、赛珍珠的《大地》、陀思妥耶夫斯基的《卡拉马佐夫兄弟》（弗洛伊德称其为“史上最伟大的小说”）以及《公民凯恩》《左拉传》《走出非洲》等。任何历经磨难、稍有激情的人看了这些都有可能拿起笔写作！

陈屹：非常感谢你分享给我们如此厚重的回忆，那个时代的物质生活比起今天的条件可谓清贫，你却让我们更深地感受到那时年轻人之所以快乐的缘由。现在请让我们再回到三十年前《曼》的岁月，它给你带来了什么？你携带四十美元出国，让你重新发现了什么？

周励：在1980年代“伤痕文学”浪潮和董鼎山先生《天下真小》的影响下，我的人生也发生了变化。1983年—1985年我先后在《文汇月刊》发表了报告文学《心儿在歌唱》，写意大利威尔第国际声乐大赛获奖者罗魏，他是周小燕的学生和廖昌永的恩师，我的好友。我还在《报告文学》《文汇报》《解放日报》《小说界》发表了《打开国际市场的人们》等二十多篇作品，上海电影制片厂派人借调我去永福路创作室改编电影剧本，外贸局长热情找我谈话，问我愿不愿意去当记者。

1985年初，我被《经济日报》上海国际信息中心任命为副总经理。1985年5月，由复旦大学中文系主任贾植芳推荐，我被纽约州立大学录取为比较文学硕士研究生。8月21日我两手空空，携带当时规定的限额四十美元自费留学美国，飞机起飞，我在翻滚的云层中看到了四个字：未知、奋斗。

在美国，举目无亲，打工赚钱，每天干得腰酸腿疼。为了挣足学费，咬紧牙关，白天给一个美国家庭看护孩子，晚上就跑到中国城“喜相逢”饭店干到深夜。

每天夜里，当我拖着沉重的脚步回去，路过街心花园的塑像时，我常常停下脚步，把头靠在塑像的大理石座上歇口气。这时，我就会想起巴金在“激流三部曲”中的那段序言：“这激流永远动荡着，不曾有一个时候停止过……”

1985年秋天，我也站在这样一个塑像下面，像巴金当年在巴黎留学一样。那么，我的激流呢？我问自己：我到美国来，难道只是充当一个苦劳力吗？我抬眼望着纽约的星空，是这么湛蓝；深夜万籁俱寂，只有不远处世界贸易中心姐妹楼的大厦中，仍然放射出彻夜通明的灯光。我想起了我那不止一遍的决心和诺言：“总有一天，有一格窗子会是我的！”于是，我在黑夜中伸出手，让那些窗格的灯光映在我的手上，仿佛在指尖中跳动……一时间，浑身又充满力量，我大踏步向黑暗中那黑黝黝的地铁入口处走去。

在美国自费留学、经商的故事，除了我在《曼》中已经详述的，还要感谢中国的驻美大使韩叙。1986年春天韩叙大使在我自费读书的纽约州立大学商学院主持召开了美中贸易发展论坛，我由此认识了一批中国各省市驻纽约世贸中心的对外贸易代表，以及他们身后庞大的国内贸易集团。我们的友谊与合作维持了整整三十年，直到今天还是好朋友，也培养、帮带了南京大学、上海外国语大学、复旦大学毕业的一批“70后”优秀外贸人才，如今他们不少是老总了。

作为一个旅美文学爱好者，我喜欢仔细嗅闻纽约的文学味道。我常在周末、假日开车去探访那些在少女时期的梦中如此遥远的作家故居，追寻诸如海明威、马克·吐温、阿瑟·米勒、塞林格、莉莲·赫尔曼、杜鲁门·卡波特、惠特曼、菲茨杰拉德等作家的足迹。如今，我好像随时能看见他们的身影，他们在街口等红绿灯，在酒吧高声畅谈……我仍然能闻到他们身上散发出的纽约文化气味，心灵随着他们再次起舞。

这些年，我还迷恋上南北极、珠峰探险史和探险家传记，开始挑战极限，寻找探险家的足迹。行走天下，我感到生命是瞬间，生命在高处。于是边走边写，发表了不少文化散文。

陈屹：2016年5月，北京大学中文系陈平原教授应广东省嘉应学院文学院之邀，在校国际会议中心做学术讲座，讲座的题目是“吟到中华以外天——现代中国文人的域外书写”。他以王韬、黄遵宪、梁启超、朱自清、徐志摩、萧乾、瞿秋白、周励等文人的域外书写为例进行分析，指出了现代中国文人“开眼看世界”之于中国的多重意义。最近我读到你闯荡南极北极、俄法德的报告文学，十几万文字的历史大散文，这里无法一一赘述，可否讲一讲令你最难忘的历险？

周励：“给我一束火花，还你一片绚烂”，坐在书房写文章是苍白的。一旦真的踏上地球南北极，远去的探险先驱会一个一个跳出来，成为亲密同伴。

从2012年至2019年，我七次参加南北极探险，四次登上“雪龙号”，探访了南极长城站和中冰联合北极考察站。

我登上了人迹罕至的南纬九十度南极点和北纬九十度北极点，探访了南极点阿蒙森–斯科特美国科考站。人类四百年极地探险史令我心潮澎湃，动力之一是BBC 的探险纪录片，还有人类首次挑战南极点的非虚构文学作品，如作家茨威格在《人类群星闪耀时》中描述的斯科特五人小组的悲剧。

我登上俄罗斯核动力破冰船驶往北极点时经过巴伦支海。致力于开拓北冰洋东北航道的荷兰探险家威廉·巴伦支，1596年发现了熊岛，成为抵达北纬77度约瑟夫岛的第一人。我有幸站在约瑟夫岛上（挪威南森史诗之岛）。不幸的是三百年后人们才发现了巴伦支过冬的洞穴、他的北极航海手绘图及死亡日记。你说能不感动吗？

2013年乘坐冲锋艇去北极斯瓦尔巴群岛最北部的白岛，白色荒漠里看到瑞典探险家安德烈的小墓碑，他是人类第一个试图乘坐热气球抵达北极点的探险家，不幸坠落，活活冻死。三十年后遗体才被发现，瑞典国王下令为他举行国葬。人类第一个登上珠峰8600米的马洛里，魂断冰峰，也是七十五年后才找到遗体。从白令、巴伦支（荷兰）、富兰克林（英国）、安德烈（瑞典）直至阿蒙森（挪威），几代探险家前赴后继，付出了宝贵的生命，北极探险史可歌可泣，任何人重踏他们的脚印，都不会无动于衷！

2019年夏下海的“雪龙2号”是国之重器。我为中国仅用三十余年时间即从极地科考的一片空白发展为极地科考大国深感自豪。向海内外读者报道“雪龙”探极，是出于我内心的激情与敬佩。能够与雪龙英雄们结为好友，是我的荣幸。

回到纽约，朋友们问我为什么要去南北极点？好奇心？也许一个人最大的财富，是血液里流淌的激情，是读万卷书、行走天下的勇气。

从曼哈顿到北极点、南极点后，我又去了珠峰大本营，并攀登马特洪峰赫恩利山脊小屋，发表《南极旅纪》《攀登马特洪峰》，纪念那些为探求未知世界虽死犹生的攀登者。

陈屹：你的游记，文字波澜壮阔，视角独特，深度广度折射出你非同一般的文化底蕴与文学功底。所以说曼哈顿女人的成功有偶然和必然的连接。作为改革开放早期最早步入文学创作的旅美作家，你很早就与不少旅美文学泰斗有零距离的交流，如董鼎山和夏志清。虽然大师都已过世，但他们应该被历史铭记，作为见证人，请讲述一下他们的故事。

周励：我有幸得到居住纽约曼哈顿的文学大师夏志清、董鼎山亲人般的友情和指引，他们人品高尚，学富五车，像水晶一样透明和善良。我非常想念他们。我在欧洲“华人头条”发表的《飘逝的最后炉香——与夏志清谈张爱玲》，点击量十万以上，令人感动。

2015年中秋节，我和旅美作家王威带着月饼红酒，与董鼎山先生一起举杯邀明月，度过了他人生中最后一个中秋佳节。12月中旬，我和《侨报周刊》主编刘倩应邀看望董先生，他电话里让我们当晚无论如何要去他家！我们三人开开心心吃了我做的龙虾挂面、刘倩的炒虾仁，董先生精神特别好，侃侃而谈纽约芭蕾、当今世界文化碎片等话题。哪想到他当天夜里独自跌倒在卫生间，股骨骨折，女儿急叫救护车送入医院，动手术后心力衰竭，12月19日即撒手人寰。我们都惊呆了！

2015年6月董先生的瑞典裔美国夫人去世后，我曾经在《解放日报》副刊发表回忆董公夫妇的《生命的奇异恩典》，被提名为当年《朝花》最佳散文之一。没想到文章发表后六个月，董公就去世了。在去世前几周，他送给我二十多本他毕生出版、珍藏的中文书籍留作纪念，包括1984年风靡全国的《天下真小》原始版。郑重接过书籍，当时我和刘倩都非常感动，我主动分给了好友刘倩几本，她在八年多时间里为董先生编发了近四百篇文学随笔和杂文，是《侨报》文学版真正的幕后功臣。

我和刘倩、纽约《侨报》总编游江一起张罗了隆重的董鼎山追思会，但直到三年后我才找到董老骨灰的下落——被女儿悄悄撒到了纽约东河（离她家五分钟步行距离）。尽管她在短信中称“你是我父母最好的朋友，就像家里的一员”，但是她坚持不告诉我她父母骨灰的下落，无论我怎样请求。我一直追问了三年，她就是守口如瓶，董鼎山的妹妹、侄儿也一概不知，亦不敢多问。

中秋之际，我重读2015年《生命的奇异恩典》这篇文章，泪水盈眶，三年多来，我时常感到董鼎山在天空叫我：朱莉亚，你和刘倩知道我在哪里吗?

陈屹：你是影响了20世纪90年代华人世界的女作家，同时你现在的人生之旅，超越了1992年出版的《曼》许多。你的有关德、法、俄历史的文化散文，直抒胸臆，挥洒自如。请谈谈您的思维和笔触，究竟是怎样从南北极跳跃到窥探近代欧洲君王及启蒙运动思想家的?

周励：也许这就是小学班主任对我的评语“爱憎分明，兴趣广泛”。我至今感谢她对我的厚爱。

我的文化散文“以史为镜，以史为鉴——回眸启蒙运动”系列先后得到了复旦、北大、华东师大等学者的好评与推荐。

我和三十年前写《曼》时完全一样，燃烧的激情与求知欲从未熄灭，唯一的不同是视野的日益开阔和“与时俱进”。去年盛夏在斯德哥尔摩诺贝尔颁奖大厅旧地重游，重温罗曼·罗兰、海明威、福克纳等的颁奖致辞和获奖感言。《古拉格群岛》作者索尔尼仁琴的获奖感言在这大厅余音绕梁：“作家的任务就是要涉及人类心灵和良心的秘密，涉及生与死之间的冲突的秘密，涉及战胜精神痛苦的秘密，涉及那些全人类适用的规律，这些规律产生于数千年前无法追忆的深处，并且只有当太阳毁灭时才会消亡。”

（原载《亲吻世界——曼哈顿手记》第444—453页）

陈屹，《陈屹视线》专栏总编，留美旅居三十余年，在主流媒体发表百万字纪实作品，出版七本以中美教育、文化、经管、情感为背景的畅销书。

# 一个中国女人的“曼哈顿三部曲”

## ——周励访谈录

江少川　周　励

## 一、“三部曲”之一：《曼哈顿的中国女人》

江少川：重读了你的三部作品，仿佛穿越了你的大半生，从《曼》的发表，到《曼哈顿情商》至《亲吻世界》，构成了你近三十年的“曼哈顿非虚构作品三部曲”，亦可称为“一个中国女人的曼哈顿三部曲”。第一部：由中国到曼哈顿；第二部：曼哈顿生活实录；第三部：由曼哈顿走向世界。先谈《曼》吧，20世纪90年代初，就长篇而言，拉开新移民文学大幕的是两部长篇小说，一部是《北京人在纽约》，另一部为《曼》，就此而言，《曼》的价值与意义是不言而喻的（20世纪80年代中期始，当时称为留学生文学的两位作家苏炜、查建英的小说，已经奏响了新移民文学的先声）。从研究新移民文学而言，《曼》是一部绕不过的长篇。你萌生写这部小说的念头是从什么时候开始的，为什么会想到写这部作品呢？你的初衷何在？

周励：回想起北大荒时代，带着许多书下乡干苦力活儿。那时一无所有，但心灵是一座宫殿。我写这部书的序言时，除了手下这几张空白的稿纸外。周围尽是堆得满满的客户发来的英文传真、函电、国际快邮信件、来样、合同、信用证……写这部自传体小说的初衷，就是扉页上的题词：“此书谨献给我的祖国，和能在困境中发现自我价值的人。”至今我还感觉到，我的金色童年，是成长中最珍贵的日子。从孩童起，我血液中就浸透了对祖国和文学艺术的热爱。

江少川：当时你为什么想到用“曼哈顿的中国女人”作为书名，有什么其他想法吗？

周励：当时我还经常写日记，《曼》大部分是我写在日记本上的，书名来自80年代末第五大道客户对我的称呼，那时在纽约商场来自中国的女人不多。1992年初回国洽谈业务，我抽空专程去京拜访了《十月》谢大钧总编和责编王洪先，并且与北京出版社签了五万册的合同。没想到这本书于7月出版引起了轰动，最后发行了一百六十万册。回想从1961年—1966年在市少年宫的篝火晚会，我立即决定把《曼》出版的第一笔稿费捐给上海市少年宫（后来又陆续捐赠了一百多万人民币给边远山区和祖国文化事业）。我曾是一个裤子都是补丁，脸上总是自信的小伙伴艺术团合唱队队员，小学毕业时，班主任在我这个中队文体委员《学生手册》上的评语是："爱憎分明，兴趣广泛"！是的，早期儿童教育、文学启迪，特别是成长环境，对人一生的命运十分重要。为此我热爱生我养我的上海，每一条童年熟悉的马路，每一棵隐藏梦想的梧桐树。

江少川：着手写这部长篇之前，哪些文学作品给你印象最深刻？

周励：1978年返城以后，受到许多优秀作家的影响，看了王蒙描写劳改营饿汉的小说，我曾含着眼泪给王蒙写了一篇读后感向他表示感谢，当然是石沉大海，毕竟像托尔斯泰那样立即给陌生读者罗曼·罗兰提笔写回信的大师不多。我还非常喜欢路遥的《人生》。一切都是无奈和无解，仿佛一个无边循环的锁链，印象太深了！

江少川：很想知道你创作这部小说的过程，比如你写这部作品创作过程顺利吗？遇到过什么难题与困惑？因为是自传体小说，涉及你的家人与朋友（比如你的丈夫麦克）等，他们的态度如何，会介意吗？

周励：自传体小说《曼》写作非常顺利，仅用了九个月的业余时间完成。百分之九十基于真实生活，实际上真实生活比书中的还要精彩，譬如刚到美国时被介绍给美国富豪当照看孩子的保姆，每周星期天随美国食品大亨夫妇坐直升机到纽约私人机场，再换乘私人小飞机飞往佛罗里达西棕榈温泉豪宅，因为六岁男孩在那里的私立学校读书。在那里的生活让我想起《蝴蝶梦》《简·爱》这些文学名著，对刚到美国的我是一个极大的文化冲击。我的德国裔美国丈夫非常支持我的写作，还把我的中文书寄给他在德国的亲友们（看书中照片）麦克有一句名言：中国女人和美国女人很像，富有激情和开拓精神。德国女人和日本女人很像，安静、安分，甘当贤妻良母。显然他更欣赏自己的妻子。

江少川：小说出版以后反响热烈，入选“90年代最具影响力文学作品”和“中国百年畅销书”，并获得1992年“十月文学奖”，一段时间盗版书数量惊人，我手头就有一本。你当时想到过在国内会产生这样广泛热烈的影响吗？

周励：我当时乘着回国洽谈业务，专程飞北京和北京出版社签了五万册合同，不久就回纽约了。没有参加任何签名售书和营销活动，我也不认识国内任何文学评论家。在纽约我致力于进出口贸易和社会活动，孩子刚两岁，我们一有假期就带他去游轮和德国，生活很美好，突然听说这本书评为当年中国书展畅销书榜首，并评为在文学界非常权威的“十月文学奖”，后来出版社又交给我成百上千热情的读者来信，以后看到中国国家新闻出版总署宣布《曼》出版发行一百六十万册，被形容为“家喻户晓，极受欢迎”，我想，这是因为我写了我们这一代人的苦难与奋斗。写了改革开放的中国与世界的新架构新关系，写了我们这代人不灭的激情与勇气，才在全国引发如此剧烈反响和受到经久不息的几代读者关注。

江少川：《曼》出版后，董鼎山教授给予了很高的评价，认为这部长篇小说“描述了一个时代，影响了一代人”。的确，小说相当真实地表现了一代移民在特定历史时期的生活风貌。但也出现过不同声音，不同看法，甚至引起争议、有过法律行动。还有评论从一种预设和既定标尺批评这部作品，三十年后，回头看年轻时代的这部小说，你有什么样的感触？如何看待当时引发的争论以及不同声音。

周励：我在《鲁豫有约》节目里和她讲了雨果在乔治·桑葬礼上的致辞：

乔治·桑是我们的世纪和法国值得骄傲的人物之一，用不着列举她的杰作。标志着这些杰作力量所在之特点的，是善良。乔治·桑是善良的，因此，她受到憎恨。受人赞美有一个替身，就是遭人嫉恨，热情有一个反面，就是侮辱。凡是戴上桂冠的人都要受到抨击，这是一个规律，侮辱的卑劣要以欢呼的大小作为测度。和乔治·桑相比一切都变得非常明朗。我是非常幸运的，除了极个别不值得一提、毫无根据的非议外（北京出版社等机构都替我一一反驳了），可以说《曼》一直是在灿烂的阳光下不断被再版和重印，一直到今天都很受欢迎，譬如我朋友希望买一本《曼》送给孙辈，打开网络发现上海文艺出版社的2002年版已经卖到299元一本！另外，从来没有发生任何法律纠纷，唯一与法律有关的是1993年初我的美国曼哈顿律师给造谣者发了一份警告函件，接着所谓的“风波”就烟消云散了。

## 二、“三部曲”之二：《曼哈顿情商》

江少川：《曼》出版之后，你为何中断写作，沉寂了十多年，是苦难写尽了，还是有一本好书足矣，抑或其他什么因素？2006年你推出了新书《曼哈顿情商》，为什么会重新拿起笔写书呢？

周励：我没有马上写第二本书，其中重要的原因之一是如海明威所讲：“一个人一生中写一本好书就够了。”我蘸着泪水和激情，以自己的真实生活为基础写了自传体小说《曼》，被著名美籍华裔学者和文学评论家董鼎山教授称为“展现了一个时代，影响了一代人”。我为此感到由衷欣慰，也更加热爱文学。不过，很长时间以来我一直不想再写书了。

这本新书的写作不易，原因很简单：苦难已经写光了。在《曼》一书中全部写光了。我相信缺乏苦难的作品难以打动人心。我喜欢含着眼泪感动地写作。我想起陀思妥耶夫斯基的作品，他的笔尖总带有一种魔力，他塑造的每一个人物和事件都是一条通向人间罪恶深渊的坑洼小道，永恒的黑暗、疯狂、流放、监禁、死亡……我曾经去俄罗斯找过当年沙皇对陀思妥耶夫斯基设的“假死刑”刑场，可他笔下却是“从痛苦中产生美，用痛苦的烈焰温暖着他的时代和人世”。既然缺乏苦难岁月，那么我还有资格写我的第二本书吗？——这是我十几年没有出书的主要原因。

江少川：有什么事和人撞击过你萌生出再写新书的念头吗？中外不少作家的创作似乎都有某种诱因的刺激和激发。

周励：有一次，大约六年前，我在瑞典皇家学院诺贝尔颁奖大厅，一个人悄悄地走向讲台。突然间在我眼前浮现了幻影……一排排坐在这宫殿般辉煌的大厅中的不是衣香鬓影的西方绅士淑女，而是中国成千上万的读者，他们中有面部刻满皱纹的“老三届”，有刚走上社会的迷茫青年，有从农村跑到城市的民工，有刚刚踏入异国土地的留学生……他们在读书，在思考着如何改变命运……我闭上眼睛，双手在胸中合拢，耳畔是斯德哥尔摩春天的鸽哨声……我脑海中浮现出了我所钦佩的美国当代著名作家迈克尔·坎宁汉姆在《时时刻刻》一书中描写作家维吉妮亚·沃尔夫的一段话：

> 清晨醒来，神清气爽，脑袋在哼唱。今天早晨她能够穿透混沌，疏导被堵塞的通道，抵达至善至美的境地。在她的体内，她能感觉她那几乎

难以名状的另一个自我，她称其为灵魂。这灵魂超越了她所有的智慧与情感，超越了她所有的经历，如熠熠闪光的金属脉络贯穿了她的智慧、情感和经历。

她若是幸运，便能直接利用这一机能写作，而在这种状态下写作，她能体味人生最大的满足。

我想起这些话，我的心灵像一个婴儿一样纯净，充满欣悦。我亲吻了一下这个深棕色檀木的诺贝尔颁奖讲坛。在这里，我敬仰的作家罗曼·罗兰、福克纳、丘吉尔、海明威、约翰·斯坦贝克、肖洛霍夫……他们拾步来到这个讲坛，正是为了催生一批又一批人类灵魂的挖掘者——新的作家啊！虽然青年作家中的绝大部分距离这里极其遥远，且默默无闻，但宇宙苍穹能够读出世代流传下去的文字，激动过的陌生心灵在古老又稍纵即逝的时空一起轻轻吟唱，一页页书的扉页如占星师的魔棒发出深邃的光芒，悄悄地改变着心灵和命运，这便是对作家的默默褒奖。

我仰着头依恋地倒退着离开颁奖大厅，耳畔又响起福克纳获奖颂辞的回音：

一个作家，充实他的创作室空间的，应当仅只是人类心灵深处从远古以来就存有的真实情感：美、尊严、同情、怜悯之心和牺牲精神。

在那个时刻，在瑞典皇家诺贝尔颁奖大厅，我为自己是一个用“人类心灵深处从远古以来就存有的真实情感”写作的身居美国的中国人而感到欣慰。我想到如果我的第二本书对一个时代再起不到什么影响的话，不写也罢。我对纽约一往情深，我爱去歌剧院，去音乐厅，去环球旅行，作家天生的灵性总像海水般地冲击着我，可我每天却要把大量时间花在进出口贸易上。我收到了千百份中国读者的来信，许多人询问我是否有新作品诞生，让我怎么回答呢？

在一个太阳冉冉升起的早晨，一位好友在越洋电话中对我说：“你应当再写一本书。你要写一个女人的心灵世界，写你的美国生活，写中美之间的交流与冲撞，写与每一个读者有关的你的世界……”她热情的“力”，穿透了纽约的天空，于是我又拿起了笔。

江少川：你的第二本著作书名为《曼哈顿情商》，谈谈你所理解的“情商”的丰富内涵。

周励：思考了一番，我想，既与我的美国二十年有关，又与每一位读者有关，那么就让这本书叫作《曼哈顿情商》吧！如果说《曼》展现了两手空空的我在美国如何挣扎与创业，以及我的青春与北大荒岁月，那么我希望这本《曼哈顿情商》能把“情商”，即EQ这个概念带给祖国的广大读者。旅美二十年的生活如同一部色彩缤纷的电影正在大海上播放，我这样说是因为当我拿起笔来，我在蔚蓝辽阔的大西洋，在“玛丽女皇二号”邮轮阳光灿烂的大窗前用电脑写这本书的第一章。

在美国，我与中国前驻美大使、现任中国外交部长的李肇星成了好朋友，这部分原因要归功于我的《曼》一书和他的诗集《青春中国》。我们因为书籍成为好朋友。李肇星有一次和我谈到他参观莎士比亚故居的感想时说：“莎士比亚（Shakespeare）这个名字很有意思。”他幽默地转动着右手。“震撼（Shake）与长矛（Speare）合二而一。小周，你看，他的《暴风雨》《李尔王》《哈姆雷特》《亨利二世》等是不是真的像一支长矛震撼了人类四百多年……”他说罢仰身爽朗地大笑起来。我突然想到，在中国，在世界，有许许多多像李肇星这样的人，整天燃烧着激情，时时为这个世界富有生气的诸多奥秘而兴奋，内心世界如大江奔腾般地激动不已。

这是什么？这就是情商呵！

江少川：《曼哈顿情商》虽然是散文系列，但从内容上，可以看作是《曼》的续篇，书中的七章展现了主人公在曼哈顿二十个春秋的方方面面。其中很重要的一个关键词是“寻找”。你在《寻找路易十四》一文中说“独自行走，尽情寻找我关心的古迹，历史与人物，这是我在美国二十年最喜欢做的事情”，此语是你对这本书最好的概括。你为什么对历史古迹与人物的探本溯源有如此浓厚的兴趣？这动力来自哪里？

周励：我有一颗无论在饥寒交迫的年代或是在华丽优雅宴会中同样炽热高昂的心灵——这颗心灵总是在激动沸腾。在北大荒大草甸放猪时，我靠幻想和背诵诗歌生活；到了美国，靠理想和闯劲打入美国上流时尚界；游览世界时，到了俄罗斯，我就想当冬宫博物馆或是彼得堡罗要塞的研究员，到了法国又渴望做法国近代史研究员，几次去埃及迷上了古埃及史及考古学，更不想走了……无论在意大利、埃及，还是在敦煌、西藏，或是在印度甚至非洲等均是如此。我常常疑惑：人人都像我这么充满“冲动”吗？我曾在埃及卢克索的灿烂星空下徒步来回行走，度过一个个激情不眠之夜；在挪威为了等待北极光差点冻坏了脚；在玛雅丛林和金字塔顶研究古代玛雅石雕时差一点从陡峭的石阶上掉下来……在亚马孙河域我对研究占全球三分之一的蝴蝶及热带雨林发生了极大兴趣。多少个旅游之夜我迷恋着相关的书籍一直看到拂晓。我感到自己像一把燃烧不熄的火焰，又像星光下的一把钻石，爱生活，爱大自然，爱历史，爱文学艺术，希望总是代替沮丧，欢笑和阳光总是代替忧郁与阴云。

我想我这二十年的美国生活与以下文字有关：

曼哈顿女商人，拉尔夫劳伦和蔻驰等美国名牌产品进出口代理，文学、旅行、博物馆学爱好者，古埃及古希腊考古学、俄罗斯历史、法国历史、西班牙历史、瑞典历史以及美国历史学爱好者，意大利文艺复兴艺术史、墨西哥玛雅考古史、欧美当代文学、西方古典绘画与现代艺术爱好者，西藏及印度宗教、敦煌艺术、中国古代与现代文学爱好者，《纽约时报》畅销榜首书籍以及奥斯卡经典电影爱好者，大都会歌剧院、美国芭蕾舞剧团、百老汇音乐歌舞热衷欣赏者……

大都会博物馆、大都会歌剧院、纽约弗雷克收藏馆俱乐部会员，纽约中央公园自然保护委员会俱乐部会员，业余滑雪、潜水、非洲狩猎及摄影爱好者，促进中美关系社会活动人士，美国人的妻子，德国人的儿媳，一对儿女的母亲……

江少川：寻找中涉及不同时代、不同类型的人物，对这些历史与现代人物做出不同评价与情感表达并非易事，还得考虑不同国别、不同族群、年龄差异的读者能否接受，你是如何思考这类文体，把握好这个尺度与分寸的呢？请结合书中所写到的个体人物谈谈。

周励：以《寻找叶卡捷琳娜女皇》为例，谈谈我的思考。我对研究德国裔的充满兴趣，年轻时代的她（索菲亚）写了一篇关于她自己的早期文学随笔，题为《一个十五岁哲学家的自画像》：她是为了政治理想而不是缠绵柔情，才长途跋涉到彼得大帝的外孙面前。作为彼得大帝的孙媳，她憧憬有朝一日如彼得大帝那样成就丰功伟业。叶卡捷琳娜二世执政三十四年，全欧洲的王室甚至学者包括伏尔泰都拜倒在她的红色皇袍下面，欧洲各宫廷传遍她的《君臣共同准则》，至今依然如雷震耳：“本女皇除了追求国家的昌盛和幸福之外，别无所求。除了让臣民——不论是哪个阶级层的人——生活幸福外，朕别无向往。朕喜欢听真实情况，只要你一心忧国，你还可以大胆地同朕进行争论……朕厌恶阿谀奉承，朕真心的希望是：臣在同朕的接触中开诚布公，在处理政务中朝气蓬勃。”据说她经常驱逐那些以见风使舵和奉承拍马为职业的宫廷官宦：这就是女皇学富五车、才高八斗的自信！她在《回忆录》中写道：“人应当快活，只有这样才能克服一切，承担一切。”漫步冬宫，我仿佛听到长廊回荡着她爽朗的笑声，看到她牵着爱犬拉着皇孙亚历山大的小手，走进楼顶花园浇花，她拿着记事簿，纸和笔，随即记下她繁多的事务和感想。三十四年执政，她不仅给俄国打下了一片大大的疆土——“克里米亚和波兰是我的嫁妆”，而且在她的努力下俄国终于跻身列强，成为一个真正的帝国。

江少川：从历史的角度来观察，你认为叶卡捷琳娜二世身上有什么值得特别加以书写的呢？让历史学家极为感佩的是比攻占土地更有意义的一幕：叶卡捷琳娜二世挑选了一位瑞士共和革命分子拉阿尔普当她心爱的六岁孙子亚历山大的私教！本来她邀请百科全书学派首领狄德罗，但后者婉拒。相貌英俊万人迷的长孙亚历山大，儿时喜欢睁大蓝眼睛聆听拉阿尔普讲授自由的好处和君主对臣民的职责。在1789到1793年期间，尽管法国大革命接二连三的震惊事件令叶卡捷琳娜非常恼火，但她没有解雇赞同判路易十六死刑的拉阿尔普，也没有谴责他。她越是谴责巴黎市民掀起的暴力动荡，就越愿意听人议论明智的改革。她说：“普加乔夫的头必须砍，拉阿尔普的话必须听。”她深信心爱的长孙亚历山大在接受了拉阿尔普的好教导后，一定愿意当一个开明宽宏的伟大皇帝。在冬宫书房，我仿佛看见十六岁的皇孙亚历山大正满含着眼泪，与要返回瑞士领导沃洲革命的老师拉阿尔普告别，他哽咽地说：“亲爱的老师，我的一切都来自于您。”他向老师发誓“我绝不做沙皇”。他讲自己的理想是：“到瑞士原野的小木屋去做一个自由的平民。”这让祖母叶卡捷琳娜女皇大惊失色——她花了好大力气才让这个金发碧眼的美少年重树起继承王位的责任感。

## 三、“三部曲”之三：《亲吻世界——曼哈顿手记》

江少川：当我拿起沉甸甸的一书时，立刻想到，距离第二部作品又过去十四年，这是一本需要极大付出、极大勇气、极大胆识而富有挑战性的著作，是什么触动你写下这样一本非虚构的作品呢？你从什么时候开始萌生出这样一个宏大的计划，要写“曼哈顿三部曲呢”？

周励：在《亲吻世界》序言里我写道：亲爱的读者，如果你爱好文学艺术和历史，爱好户外运动和探险，请与我同行——到一个与人类辉煌历史进行对话的安静世界去。我相信，你会因为心灵的盛宴而狂喜，因被天堂之光照射而陶醉，因与久违了的伟人相逢而重新唤起巨涛般的激情。时光荏苒，从1985年携带四美元赴美自费留学，至今我已在纽约生活了三十五年，亲眼见证了中国的改革开放和经济崛起。曼哈顿有我的奋斗青春和燃情岁月。从曼哈顿出发，我追随自己的梦想游历了世界一百三十多个国家，探险南极点、北极点，探索珠峰和攀登马特洪峰。在风雪行旅和日夜兼程的难忘时光，那些历史上撼人心弦的时刻，譬如斯科特和阿蒙森的南极点竞赛，那些从希罗多德开始一代又一代历史学家与探险家伟大的发现与不懈追求，一直激励我前行，也一直激励着我笔耕不辍。

江少川：《亲吻世界》中，你对二战题材，尤其是太平洋战争的历史下功夫很深，兴趣浓烈，你远赴贝里琉岛、塞班岛、天宁岛、关岛、硫磺岛等地寻踪、探索，亲力亲为做田野调查，实地考证，透过鲜为人知的史料，还有你的独特发现，特别想告诉人们什么？是一种什么精神支撑着你完成了环绕太平洋八万里的行程？

周励：《亲吻世界》第一部分是二战历史散文系列“被遗忘的炼狱：跳岛战役探险录”，主要根据近年来我对跳岛战役进行的实地考察而写。说是探险，因为时而浮潜海底“战争坟墓”，时而须雇直升机或单人小飞机飞往小岛，浓雾大风与突降暴雨都带来心理挑战，是名副其实的历险记。我先后踏上了贝里琉岛、塞班岛、天宁岛、关岛、冲绳岛、科雷吉多岛、吕宋岛等太平洋战争遗址，怀着震惊与感伤，我像考古学家一样仔细发掘历史上或有或无记载的实物与事件，并去华盛顿海军陆战队硫磺岛战役博物馆和美国国家档案馆考证核查，为的是探讨战争原貌中的人性及狼性，有时甚至是人性至狼性的转换，解开鏖战杀戮背后不为人知的隐秘。今天的人也有可能变成狼。以史为镜，以史为鉴，这个精神让我来回环绕太平洋八万里，亲力亲为，田野调查，唤醒人们重新聆听被遗忘炼狱的“警世诤言”。

江少川：在人类进入全球化时代的21世纪，在世界性疫情蔓延的严峻时刻，你写二战题材的系列散文应该另有深意。你在《亲吻世界·自序》写道：记得早春二月时，白天我与北美文友起为武汉各医院张罗募捐运送口罩防护服，晚上万籁俱寂，我打开电脑开始写作，时常心潮澎湃地写到晨曦微露。请你谈谈在这个时刻写作的心情。

周励：回想我在纽约从白天写到黑夜，直到晨曦微露、霞光万丈，阳台下的公园大道空空荡荡，有时是救护车鸣笛而过，有时是弗洛伊德事件引发的暴乱和示威队伍穿行，我们的门卫担心示威队伍会冲入我们大楼进行抢劫，就在这样的环境下，我一边见证动乱的纽约夏天，一边写作，有时是含着眼泪写。从新型冠状病毒肺炎疫情的炼狱到二战炼狱，都是非常沉重的画面和话题，但只有写出来，我周围的至暗世界才有可能趋于理性，我们的精神才不至于因为每天成千上万的人罹难而崩溃。有硝烟的战争和有病毒的战争是同等残酷，甚至更加诡异。

2月份，武汉疫情严重的时候，我白天参加组织北美作家捐款捐物，晚上写作。后来到3月份，先是意大利，然后美国疫情也开始严重起来。这时候我心里很难过，特别是我们家阳台面对59街公园大道，平时公园大道是最热闹的，那时晚上和白天一个人都没有，只有半夜里救护车鸣笛而过。我的心情非常沉重，而且我儿子还得了一次病，到现在都不知道是患了新型冠状病毒肺炎还是得了重感冒，他有七天呼吸困难，我跑去照顾他，终于调养好了。我希求在疫情的黑暗中抓住人性的光亮。

江少川：陈思和先生说你的二战系列散文“传承了罗曼·罗兰的理性精神”，我很赞同他的观点，《亲吻世界》中有关二战的六篇非虚构散文，史料价值与文学魅力并重，非常感人，对于太平洋战争两军交战的双方，即盟军与日军的将领与士兵，你在文中是以一种怎样的姿态与立场去记叙与刻画人物形象的？

周励：是的，请让我引用陈思和在序言里说的一段话：“在世界战争的疯狂情绪支配下，狭隘的民粹主义者、军国主义者、复仇主义者，甚至打着爱国主义旗号的形形色色被洗脑者乌云密布，猖獗一时，他们的鼓噪声弥漫世界，而这个时刻，真正清醒的理性主义者最难坚守自己的精神阵地。就如第一次世界大战中，真正的英雄不是成千上万唱着战歌赴死的烈士们，而是法国作家、《约翰·克里斯朵夫》的作者罗曼·罗兰，他祭出了‘超越混乱之上’的人道主义标杆，为狂热的世人挽回一点做人尊严。周励传承了罗曼·罗兰的理性精神，对于第二次世界大战的太平洋战争，她踏遍跳岛战役遗址，翻阅历史文献无数，写下了毫不煽情的文字：从1941年12月7日到1945年9月2日，太平洋战争中盟军（包括中国）超过400万军人阵亡，2500万平民死亡；而轴心国超过250万军人阵亡，500万平民死。二战，给今天的人们带来太多的思考：以史为镜，以史为鉴。”

我刻画盟军和日军首先是从人性出发，然后写人与狼的较量，以及人性与狼性的转换，指出悲剧恶缘来自野心膨胀、贪欲自私的卑鄙政客，用“樱花军国主义”和“玉碎”来残害本国的优秀青年，把他们统统调教为扑火自灭的“虫族狼”，亦为人类带来了巨大灾难。

江少川：你特别喜欢读历史和人物传记，你最喜欢的人物传记是哪几部？这类书籍最能打动你的是什么？你最崇拜的人物有哪几位？

周励：凡·高是我隔世隔代隔性别隔种族的知音。我为什么写《凡·高的眼泪》，凡·高《星空》是我最喜欢的，我多次去纽约现代艺术博物馆看凡·高的《星空》，每次总有很多人站在那里看，好像跟凡·高告别。我走了凡·高最后两年居住和工作的精神病疗养院、客栈、麦田、酒吧、罗纳河一直到他的墓地，也写了很多笔记、微信日记，写的时候，我自己都掉眼泪，我们的好朋友卢新华说，这是充满激情的女作家在写一个充满激情的男画家，不是用笔，而是用心，他们是隔世隔代隔性别隔种族的知音。奥威尔小镇所代表的是人性自私和虚伪、冷酷。凡·高兄弟的墓，上面干干净净，我问墓地守园人，我说凡·高兄弟的墓是二十四年后从荷兰迁过来的，二十四年以前，凡·高的墓是怎么样？他说不知道。我再到奥威尔小镇上问，发邮件到阿姆斯特丹的凡·高博物馆追查。最后得知凡·高的墓是假的，是空的，里面只有一件凡·高的衣服，当时他的弟媳妇把凡·高画都卖变成荷兰首富，却没有去探查凡·高的遗骸。那小小的墓地比两个篮球场还要小，完全可以用探测仪探出来，因为凡·高死的时候身上还有一颗子弹。他们可以把他真正的遗骨拿出来与提奥弟弟埋在一起。可是凡·高死后这么久，一直到现在没有一个人做这件事情。

江少川：你第一本书为自传体长篇小说，第二部转向了非虚构散文的写作系列，而且一写而不可收，为什么偏爱非虚构文学写作，运用这类写作体裁，你受到中外哪些作家的影响？三十年来执着地写出了“曼哈顿三部曲”，而没有涉笔虚构类的文学创作呢？

周励：自传体小说，是从主人公自述生平经历和事迹角度写成的一种传记体小说。这种小说是在作者亲身经历的真人真实的基础上，运用小说的艺术方法和表达技巧经过虚构、想象、加工而成，它一方面不同于一般的自传和回忆录，另一方面又必须以作者或自述主人公为原型。如卢梭的《忏悔录》、高尔基的《童年》《在人间》《我的大学》等。我的《曼》就属于自传体小说，有大约百分之十的文学虚构，百分之九十来自真实生活，应该隶属于非虚构之列。

除了世界名著，我更喜欢潜心阅读非虚构文学作品，譬如二战人物传记，意大利文艺复兴人物传记、南北极和珠峰探险人物传记。塞林格的《麦田守望者》也是一本自传体小说，我儿子高中进的贵族私立学校碰巧正是塞林格书中描写的学校，可见生活本身就充满了活力和戏剧性，我行走天下的生活经历让我时常充满激情和震撼，能够用笔或者在键盘上打出来是我的步履与感怀是我的使命。写虚构小说目前没有考虑，以后也许会。

江少川：“三极”极地探险：南极点、北极点、珠峰，集中起来，是地球上的怎一个“险”字了得，这需要多大的胆量与勇气，甚至冒着生命的危险，才敢付诸行动的，非一般人能为，你已不是青壮年了，又是一名女性，是什么精神与力量推动、鼓舞你实现这了不起的极地探险的夙愿？说说你的感想？

周励：这些年，我携带着文学传记周游世界，六次探索南极北极，攀登珠峰大本营和马特宏峰。我喜欢带着大陆的贸易小组去大都会歌剧院、纽约爱乐、美国芭蕾和大都会艺术博物馆。2017年11月26日我抵达人类梦想的终极地之一：南极点。我感到了生命是瞬间，生命在高处。我迷恋上南极、北极和珠峰探险史和探险家传记，开始挑战极限，寻找欧美探险家的足迹。行走天下，边走边写，发表了大量探险文学和文化散文。

今年的复活节期间的统计，全世界有六十一名著名的艺人去世了，我们跟这个世界怎么相处？就是在黑暗的隧道中，抓住最顶端那一束光，把这束光捧在你的心口上。这时候觉得我要写作，不能每天看着电视长吁短叹，把我十年当中经历的东西，把我跳岛战役的田野调查写出来。从2015年开始到2019年用四年的时间，我自己去了贝里琉岛、塞班岛、关岛、冲绳岛、战争岛、莱特岛、巴丹死亡行军遗址等，最后到了丢下复仇的原子弹的广岛，我把这些写下来。我感到这是我的使命。

江少川：你怎么会想到去做关于太平洋战争的田野调查？这不是一件容易的事，非一般人可为？首先需要勇气和胆量。

周励：因浮潜而开始太平洋战争的田野调查。当时怎么会走向这条太平洋战争的田野调查的道路，我是到帕劳去浮潜。我是比较忠诚的浮潜爱好者，二十多年来浮潜了太平洋、大西洋、加勒比海、印度洋。突然我在海底看到日本军舰残骸、美军飞机残骸，一边浮潜一边担心会不会碰到神风特攻队日本飞行员的骸骨。

我了解下来，在帕劳的南端有一个贝里琉岛，曾经发生激烈的战斗，而且这场战斗的惨烈和美军死亡的比例人数远远超过硫磺岛战役，当时我跟导游讲，我要去。导游讲，那个地方不好去，那里有美军的墓地和日本的墓地，中国人从来不去的。我说我要去。这样我跟日本游客的船，船长讲你是我看到的第一个中国人。到了那里，正好三天以前，明仁天皇来过，他向大佐墓地鞠躬。我想看看这场战争到底激烈到什么程度，从来没有听说过贝里琉岛战役，为什么？它只有十三平方公里，本来讲打四天，结果打了六十八天，打不下来，最后六十八天打下来了。美军是15 000人伤亡，全歼10 000名日军。本来马歇尔发了电报，为了保存实力跳过该岛，可是电报晚到两天。那场战斗，激烈得不得了，整个美国大军上来的时候，日本人一枪不发，到三十米的时候乱炮齐轰，一排排美军倒下，第一次全部失败。后来又有第二批、第三批，太惨了。我当时先到的美军公墓，走在橘色沙滩上，仿佛一脚能踩出血来。

那里有个小小的贝里琉岛博物馆。我到日本人的公墓，突然看到一个小的石碑，英文的，再一看米尼兹的题字，我一边摸，血液凝冻，又慢慢沸腾起来。“从世界各地来此，重温如烟往事的人们应当被告知，日本官兵在这场战役当中多么地勇猛、爱国、顽拼死守贝里琉岛，直到流尽最后一滴血。”我马上意识到，这是在宣扬生命的可贵，这是独特的反战宣言纪念碑。

我在谷歌，在华盛顿国会图书馆，在美国国家档案馆都找不到尼米兹石碑的记录。当时为什么媒体没有报道，因为正好是7月麦克阿瑟在菲律宾重返莱特岛，贝里琉岛的战役是9月份，而且延迟到11月，所有人在关注麦克阿瑟重返菲律宾，这个小小的岛没有报道。所以沈志华教授讲，他是搞二战史，都不知道贝里琉岛战役，周励你是用文学来把冷酷的历史变活了起来。那天我就决定除了贝里琉岛，还要到所有的岛去，到天宁岛只有小飞机，雇一个小飞机，刚上去狂风暴雨来了，当时想完了，这次肯定罹难了。天宁岛为什么一定要去？因为那是投向日本的原子弹起飞的美军基地。我一定要把太平洋战争的惨烈呈现出来，硫磺岛战役，这么惨烈的战争当中，居然有一个美国大兵给马上要死的日本士兵嘴上放了一支香烟。

江少川：这种敢于冒险的大无畏精神，绝非一般人可以完成的，实在令人钦佩！

## 四、“三部曲”之创作——文学的人生

江少川：你从什么时候喜欢上文学的，谈谈读书与写作的关系。

周励：当中国作家协会党组书记金炳华在北京作代会的一次午宴中问我：“周励，请告诉我，你身上的东西，你的写作激情是从哪里来的？”我立即回答：“童年和阅读。”我的人生是与书和文学相伴的人生。盖斯康公寓曾经是我的幼儿园，我在幼儿园的时候有一次新年晚会，我一定要求老师让我朗诵，后来老师在私下听我朗诵以后同意了，我在这场晚会朗诵了普希金《渔夫和金鱼》的故事，我回家的路上经过永隆食品公司，我就在想，如果有一个像永隆公司一样大的书房，我可以爬着梯子去看书，再有一架钢琴，我就是最幸福的人。那时候我还是幼儿园大班。海格大楼现在叫静安宾馆，曾经是上海市委办公大楼，我爸爸在那里工作。“文革”中图书馆废弃没人管，不少地方还烧书。那时候和瑞华公寓的小朋友，三个人架人梯，从窗子里进图书馆，偷偷把书偷出来，放到书包里。别人看到我们也没有任何阻止，我们在一排排书架中，就像穿水晶鞋的公主在皇宫中一样。当时想，窃书不算偷，这样去了好几次，我把这些书带到北大荒了。

在美国，我是纽约罗斯福读书会所骨干读者，我有时想，如果疫情结束，一定要把思南读书会和纽约65街罗斯福读书会结为姐妹。上次跟罗斯福会所到法国波尔多参观酒庄和古堡，突然听说，在一百公里以外是孟德斯鸠的故居，我说我不去酒庄和古堡了，叫了一部车子，开到孟德斯鸠故居，我在车子里就想到北大荒岁月，我当时在北大荒白天种地，晚上看书。当时《论法的精神》里有一句话震撼了我——“言语不构成犯罪，它仅仅栖息在思想，有时候沉默不语，比许多的语言更能表示意义。什么时候，把言语定为罪，那连自由的影子都看不到了。”我当时看了这句话，开心得不得了，觉得孟德斯鸠是我精神上的情人。这次我居然能够亲到孟德斯鸠的故居！伊丽莎白女王和不少欧美作家来过，当年他就是在这座庄园里写了《论法的精神》！

作为一个旅美文学爱好者，我喜欢仔细嗅闻纽约的文学味道。我常在周末假日开车去探访那些在少女时期的梦中如此遥远的作家故居，追踪诸如海明威、马克·吐温、阿瑟·米勒、德莱塞、莉莲·赫尔曼、杜鲁门·卡波特、梭罗、惠特

曼、菲茨杰拉德等作家的足迹。如今，我好像随时能看见他们的身影，他们在等街口红绿灯，在酒吧高声畅谈……我仍然能闻到从他们身上散发出来的那些令人着迷的“化学机制”，使我随着他们再次起舞。

江少川：你的一生你都在行旅之中，从某种意义上说，“曼哈顿三部曲”是一部行走的文学，或者说移动文学也未尝不可。所谓行万里路，读万卷书，你是如何将阅读、行走与写作这三个方面结合起来的呢？

周励：在有心的地方才能看到脚步，行万里路是看世界的通道，与历史人物对话，旅程才充满激情和乐趣，才有见闻。行走才会有亲身经历与感受，在行走的地方才能看见先辈的脚步，与历史对话。我在书中第三部分大量书写了探险家阿蒙森、斯科特、沙克尔顿和理查德·伯德对我探索南极点、北极点的影响。特别地抚摸着沙克尔顿的墓碑，念着墓志铭让我心潮起伏：“人活着就是要竭力得到生命最好的嘉奖，而唯一的失败就是不再去探索。”

我举一个一个例子，前年我们家兄弟姐妹到瑞士，瑞士马特洪峰攀登的危险率死亡率大大高于珠峰，因为它是垂直的。马特洪峰不像珠峰，珠峰8848米，它是4488米，但是它是垂直的，我去了，差点死掉。我们当时在黑湖酒店，窗子打开是马特洪峰，离顶端还有四分之一，有一个白色的东西像钻石一样，不断的发亮，在召唤我。那就是马特洪峰的登顶大本营赫恩利山脊小屋，我想我一定要去。

我对马特洪峰的攀登史太了解了，我到过马特洪峰的墓地，珠峰到现在罹难者230人，马特洪峰580人，其中有一个纽约男孩子，他的墓碑墓志铭是“我选择攀登”。丘吉尔的连襟、英国船王儿子他们是第一次人类征服马特洪峰的人，下山的时候4人不幸坠落罹难。我妹夫是日本人，很喜欢徒步爬山。他说，这个地方不能去的，要命的。第二天窗子打开，马特洪峰又在向我招手，我觉得那颗白色钻石在向我召唤。我爬了六个小时，山上全都是救援的直升机。突然接到一个电话，汪澜来的，我们要请你参加上海书展，其中有一个上海纪实新书发布会，把你作为海外作家代表。我说，我在马特洪峰上，不能来的。

我回来以后写了《攀登马特洪峰》，在距离顶峰1000米的白色赫恩利小屋大本营，瑞士经理说“你是我唯一看到的中国女人”。我妹妹妹夫早上在阳台上看见我不顾安危的决绝背影，决定跟在我后面攀登。最后突然相遇在大本营我开心极了，因为每一步都是1865年那7位攀登者的脚印，是他们开拓了欧洲登山运动。我妹妹常讲我是在和历史人物对话。发自内心的激情与好奇心，这就是旅行、阅读和写作的关系。

江少川：谢谢你接受我的采访，这次访谈的话题“一个中国女人的曼哈顿三部曲”，概括了你的文学人生，一次非常意义的回顾与检视。我们这次访谈也是在你的行旅之中完成的，好在去年初冬在北京中国社科院有一次面对面的畅谈。期望你的“曼哈顿创作”继续下去，再出新作，更上层楼。

周励：谢谢江教授，辛苦了，文学是我们的生命，一定再接再厉。

（原载《红杉林》2021年第1期）

江少川，知名海外文学评论家，华中师范大学文学院教授。

第五部分

# 媒体报道

# 周励活得很有激情

蒋　迈

20世纪90年代初，一本《曼》让很多中国人记住了该书的作者周励。日前，周励在纽约曼哈顿的家中接受了《世界新闻报》记者的采访。记者从她的言谈中感受到，今天的周励对文学的钟爱依旧，对生活的激情依旧——甚至可以说，在所有五十岁出头的人当中，能够活得像她这般有激情的人，似乎不多见。

## 一、与陈逸飞曾住同一幢楼

周励的家位于60街临近公园大道的一幢公寓楼里，中国已故画家陈逸飞曾住在同一幢大楼。谈到现在的生活，周励的回答离不开一个“忙”字。和当年一样，她仍然在为拉夫劳伦等品牌服饰做代理。唯一不同的是，做生意已经不再是为了生存，而是一种生活方式。

前一阵子她作为顾问协助30名美国企业家子女到中国大陆学习中文和中国文化。周励说，美国人对中国的认识，去中国之前和去中国之后完全不一样，许多人回来之后都赞不绝口，所以，这也算是自己努力做一个“中美友谊桥梁”所得到的回报。

## 二、年底推出第二本书

谈到目前的文学创作计划，周励称年底就要出第二本书，即《曼哈顿情商》。该书主要是以纪实的手法来谈论在美经商与生活的感受。

周励在新书中特别拿出一章回忆了她的恩人——维廉·柯比。当初周励来美读书之前，在上海偶然遇到了前来旅游的柯比夫妇，柯比听说了周励的情况后，同意为她签署一份经济担保书，这才使她顺利申请到赴美签证。

周励的文学爱好为她赢得了一位特殊的好友——原外交部部长李肇星。两年前李肇星来纽约出席联大会议，特意抽空拜访了周励。当时的场面让大楼里的门卫疑惑不已——看车队和保安的阵容，想必不是位寻常人物。但门卫最终也无缘知道来的是何人，只知道是周励的一个朋友。

（原载“国际在线-国际新闻报”2005年9月22日，
http：//news.cri.cn/gb/2201/2005/09/22/401@711786.htm）

# 四十美元闯荡曼哈顿的中国女人把自己写成百万畅销书，她的传奇一直在路上

施晨露

三十五年前，当时三十五岁的周励怀揣四十美元，从上海踏上赴纽约州立大学自费留学之路。她根据自己从北大荒到曼哈顿的经历写成的自传体小说《曼》在20世纪90年代初畅销百万册，并获“十月文学奖”，入选“90年代最具影响力文学作品”，成为“留学生文学”的经典之作。董鼎山评价这本书“展现了一个时代，影响了一代人”。

三十五年后，在纽约疫情日益严峻之时，周励向国内读者交出了她近年所行所思所想的成果——新书《亲吻世界》由上海三联书店推出，首发座谈会今天（9月12日）下午在上海作协大厅举行。

回到家乡、经历十四天隔离期的周励十分感慨：“回想我在纽约从白天写到黑夜，直到晨曦微露、霞光万丈，阳台下的公园大道空空荡荡，有时是救护车鸣笛而过，有时是弗洛伊德事件引发的暴乱和示威队伍穿行。门卫担心示威队伍会冲入大楼抢劫，就在这样的环境下，我一边见证动乱的纽约夏天，一边写作，有时是含着眼泪写。1992年，我出版自传体小说《曼》，在这本书的扉页写道：谨献给我的祖国和能够在困境中发现自身价值的人。这本《亲吻世界》要献给向往抵达世界各个角落并探究其历史真相、呼吁人类与世界和平的人们。今天的我们要以史为镜，以史为鉴，在纷乱的世界里呼唤理性。”

复旦大学图书馆馆长陈思和在《亲吻世界》的序言中写道：“被‘遗忘’其实是被忽略……在世界战争的疯狂情绪支配下，狭隘的民粹主义者、军国主义者、

复仇主义者，甚至打着爱国主义旗号的形形色色被洗脑者乌云密布，猖獗一时，他们的鼓噪声弥漫世界，而这个时刻，真正清醒的理性主义者最难坚守自己的精神阵地。”他赞赏周励在文字中透出的理性精神，站在当下的立场上回顾历史，正如作家在书中写道纽约的疫情，这可能是人类遭遇的又一场残酷“战争”。回首当年二战的恐怖与正义之较量，用人道的理性与坚定的自信来激励黑暗中的人们，正如她引用尼米兹的名言所说：信心是黑暗中的灯塔。

“周励是一个传奇式的人物”，这是陈思和与众多与会者的共同评价。如何传奇？从她的经历可见一斑——十八岁下乡，二十一岁上大学读医科，二十八岁返城做医生并开始笔耕生涯，三十五岁经贾植芳推荐赴纽约州立大学留学，当时口袋里只有四十美元，三十七岁赤手空拳在美国创业经商，很快获得财务自由。当年，在曼哈顿经商、来自中国的女性很少，第五大道不少客户就以“曼哈顿的中国女人”作为周励的代号。这个敢想敢做的“中国女人”把自己的经历写成自传体小说，凭着在书店里记下的《十月》最后一页上的传真号码，将作品一页一页发传真过去。日后发行了一百六十万册的畅销书《曼》就是这样诞生的。

“如果说《曼》是一部成功的自传体小说，《亲吻世界》则会是一部纪实性的史诗作品。”复旦大学哲学系教授李天纲说，周励从纽约出发，带着同时代人的好奇，在世界游历。“她探寻到的历史深处，藏着我们都想知道的奥秘，在她的文字中跳跃的是纽约客和上海人的包容性气质。”

“作家、历史学家和探险家三位一体，造就了这部作品，其中蕴含对生命的悲悯之怀、敬畏之心令人动容。”复旦大学历史系教授金光耀说。

上海三联书店董事长陈启甸认为，新书展现了周励的才气与勇气，将成为她创作生涯的又一代表作。

同为旅美作家的薛海翔感叹，在新书中，周励突破了自己，走向广袤而复杂的世界。“在这个世界里，她沉住气，耐下心，摒弃成见，抽丝剥茧，依据人世间本来的逻辑，走向了历史深处。”

疫情期间，作者与编者的交流只能通过网络。《亲吻世界》责任编辑匡志宏回忆，集中创作、修改的几十天里，周励总在大洋彼岸写到清晨7点，文稿传来正是上海的晚饭时间，作者与编者无缝对接，夜以继日工作。“《曼哈顿的中国女人》是从自己出发，《亲吻世界》则是对自我的超越。”

首发座谈会由上海市作家协会、上海三联书店主办，华语文学网协办。上海作协党组书记王伟认为，周励的创作在海外华文文学中颇为另类、稀缺。作为海外华文文学上海论坛首届嘉宾，近年来，周励在国内发表了包括电影文学剧本《南极大救援》在内的诸多纪实文学，与上海文坛保持着频密的联系。

“我热爱生我养我的上海，眷恋每一条童年熟悉的马路，每一棵隐藏着梦想的梧桐树。”周励说，她计划将今年3月在《中国作家》发表并获上海文化发展基金会孵化赞助的电影文学剧本《南极大救援》搬上银幕，还打算写一本新书《在场：人类极地探险简史》。

正如《亲吻世界》里夹着的书签上那句沙克尔顿的名言所说——探索未知之地是人类的天性，唯一真正的失败是我们不再去探索。

（原载“上观新闻”2020年9月12日，
https：//web.shobserver.com/wx/detail.do?id=289482）

# 闯荡曼哈顿的中国女人，带着她的探险传奇回来了

徐明徽

1985年，时年三十五岁的周励抛弃了在上海的生活，怀揣四十美元，踏上了赴纽约州立大学自费留学之路。七年后，她的自传体小说《曼》面世，成了20世纪90年代的超级畅销书。

沉寂多年，周励在纽约疫情期间将自己的几十年来的所思所想写进了新书《亲吻世界》。9月12日，《亲吻世界》新书发布会暨作品研讨会在上海作协举办。

《亲吻世界》新书收录了二十八篇文化历史散文，既有基于跳岛战役实地考察中对“二战”历史及战争硝烟中人性与狼性的深入解读，也有在欧洲、美洲、非洲各地追寻凡·高、海明威、凯伦、丘吉尔、叶卡捷琳娜女皇、罗曼·罗兰等艺术家、文学家、政治家、哲学家时的文史感怀与独特洞见，还有她在南北极点、珠峰、马特洪峰挑战生命极限的探险故事。

回到家乡、经历十四天隔离期的周励十分感慨：“回想我在纽约从白天写到黑夜，直到晨曦微露、霞光万丈，阳台下的公园大道空空荡荡，有时是救护车鸣笛而过，有时是弗洛伊德事件引发的暴乱和示威队伍穿行。门卫担心示威队伍会冲入大楼抢劫，就在这样的环境下，我一边见证动乱的纽约夏天，一边写作，有时是含着眼泪写。”

“二十八年前《曼哈顿的中国女人》是为了献给我的祖国，和能够在困境中发现自身价值的人们，今天发布的新书《亲吻世界》则要献给向往抵达世界各地并探究其历史真相、致力于维护世界和平的人们，”周励说，“亲爱的读者，如果你爱

好文学艺术和历史，爱好户外运动和探险，请与我同行——到一个与人类辉煌历史进行对话的安静世界去。”

三十多年来，周励从曼哈顿出发，游历了世界一百三十多个国家，探险南极点、北极点，探索珠峰和攀登马特洪峰……

周励回忆：“我还有幸在南极认识了至今保持十五次珠峰登顶世界纪录的戴夫·哈恩，他是受BBC委托，1999年在珠峰8170米处找到失踪七十五年的马洛里遗体的美国探险队骨干之一。我们成为好友，在联合冰川大帐篷的熊熊炉火前促膝倾谈。2017年底我实现多年梦想来到南极点，在最静谧纯净、宛若梦境的地球尽头与帝企鹅亲密接触；2016年在广袤无垠的北极点，北极熊带着两只可爱的小熊宝贝向我们的核动力冰船走来。因为地球暖化，帝企鹅和北极熊都面临困境。所有这些极地时光与燃情时刻，都写入了我的最新作品《珠峰逐梦》。”

在复旦大学教授陈思和眼中，周励是一位传奇式人物，不仅是一位作家，也是历史学家和探险家。“这本书的书名给人一个错觉，会误以为这是一本世界文化旅行的指南，但不是，”陈思和说，“周励的文字颠覆了那种期待：旅游将会带来食色、猎奇、惊险等令人愉快的享受；我们阅读周励的文章需要有足够精神准备，准备承受那种心灵的冲击，它逼迫我们重新穿越时间隧道，再去体验一场场地狱般的血与火的生死考验。这种冲击来自人类的理性精神。”

由于书中的大量内容创作于纽约“新冠”疫情期间，而美国“新冠”感染与罹难人数日益增多，惨状撕心裂肺，堪称人间炼狱，与会者的讨论很自然地集中到了新书的第一部分“被遗忘的炼狱：跳岛战役探险录”。

陈思和认为，被“遗忘”其实是被忽略。“我们以往忽略了盟军为赢得太平洋战争所付出的巨大牺牲。在世界战争的疯狂情绪支配下，狭隘的民粹主义者、军国主义者、复仇主义者，甚至打着爱国主义旗号的形形色色被洗脑者乌云密布，猖獗一时，他们的鼓噪声弥漫世界，而这个时刻，真正清醒的理性主义者最难坚守自己的精神阵地。”陈思和赞赏周励在文字中透出的理性精神。

华东师范大学教授沈志华对周励书中提供的新鲜史学内容表示了赞许。“比如二战史甚至军事方面的研究著作都很少提到的贝里琉岛战役，历史文学的笔法也比干巴巴的学术论文更吸引人，周励找到的尼米兹石碑令做历史研究的人也很惊讶。”

“周励这一次又是比大多数人做得都更好，好过专业历史学者。如果说《曼》是一部成功的自传体小说的话，《亲吻世界》则会是一部纪实性的史诗作品。”复旦大学教授李天纲说。

（原载公众号“澎湃新闻”2020年9月13日）

# 二十八年后，探险与历史中探究人性，周励重推《亲吻世界——曼哈顿手记》

李　念

李念：感谢声飞来，发自每位到场者的内心。感谢周励对历史和世界的探索，感谢她以文学表达人性思考的大视野，感谢她对华文文学的突破，感谢她生命的激情书写和善良捐赠的辐射。9月12日下午，旅美作家周励的《亲吻世界》新书发布会暨作品研讨会举办。周励因南极探险与文汇讲堂结缘颇深，2018年讲堂刊发了周励撰写的激情长文；2019年，“雪龙2号”出发科考期间，周励又发来踏上冰岛的体悟等。记者有幸受邀参加了12日的研讨会，感受到周励一贯的气场和激情，当然还有谦逊、真诚。现刊发周励部分自序，并摘编研讨会部分精彩观点，周励未来的计划是希望把今年3月电影文学剧本《南极大救援》搬上银幕，此外，还打算写一本新书《在场：人类极地探险简史》。

陈思和：（周励其书——创华文文学新视角，扬时代大写人自信）读了这本书很感动，但不知道用什么语言来定位。周励女士是世界华人文学的作家，何谓华人文学的概念原来很模糊，但读了《亲吻世界》，概念完全被颠覆了——这才是世界华人作家的标杆。首先给我冲击的是巨大的世界视野，书中讲到的人物、地理地图、活动空间及历史内涵，甚至世界的奇奇怪怪的角落，周励都把它们给呈现出来了。她不是全球旅游后写点随笔，而是向世界挑战。讲太平洋战争，她能世界战场写得如此开阔，对战败一方有足够的谴责，但对战胜一方也毫不回避失误和惨败。现在，周励能借助于历史的文献，假以文学的语调，以佐理式的场面，更重要的是贯穿着世界的眼光。这本书完全刷新了世界华文文学的视角，并达到一定高度，这个高度，周励能做到，以后也会有人做到。

其次，周励完全避开了写点风景的小情怀，有些地方超越了一个作家的本质，她变成历史学家，花大量的精力去考察，求证某些历史上的疑虑、疑问。这三件事情，去国会图书馆查照片的真相，到战场上找墓碑，用自己跑步的生命体验寻求凡·高自杀的真实，这三个不同场景不同的劳动方式值得研究历史的人去学习。

推动这个作品创作完全是她的超乎常人的强大生命力，这是一份生命的书写。不能想象这么一个年龄的人能够去爬山跳海，她强大的生命力支撑了去探讨世界的奥秘，探寻人类的奥秘，探究人类历史的奥秘，这种精神在当今社会值得弘扬。这个时代被称为小时代，在新型冠状病毒肺炎疫情发生前，去英雄化、去是非化、去人的崇高性，一些卑微的感情笼罩了对人的解释。周励的书写，重扬人的生命价值，包括对人的本质上的肯定，等等。未必每个人都能学习她，但是她给我们提出了高的标准，重新激起大写人的自信。

杨惠根：（第一位真正站在南极进行人类极致探索的人文学者）我是一名自然科学工作者，参加中国第三十四次南极考察时，正好与周励的南极点之旅在时间上重合，曾与周励老师微信相约："非常高兴我们在同一时间踏上南极洲大陆，仰望同一个不落的太阳或南十字星空，有机会一起来思考南极的问题。"身处南极罗斯海的时候，通过各种资料研读历史上在这里发生的一切，特别是关于斯科特考察队南极点探险的各种遭遇和应对，以及关于斯科特、关于阿蒙森、关于沙克尔顿、关于坎贝尔等人物，同时第一次通读了周励老师的《曼》，领略了周励老师对真理、对艺术不懈追求的勇气和坚韧，这是极地探险家最重要的两个特质。因此，《亲吻世界》既让我感到意外，但也在意料之中。周励老师的南极点之旅是她关于对人类自身极限探索的延续，是关于世界尽头极致追求的求证之旅，让我佩服的是她的求真精神，为了伯德，她去美国国家档案馆调阅首次飞越南极点的照片、文字记载；对于英雄，在表达崇敬之外，也客观关注现实，如实记录美国南极点阿蒙森-斯科特站一名女队员评价"阿蒙森最棒"。

到了南极点，她关注南极点射电望远镜和冰立方中微子探测阵，关注人类首次黑洞周围的事件视界的全球观测，并求证我国天眼射电望远镜为何没有参与之问。可以说，周励老师是第一位身体力行、现场求证并把世界南北极点探险和珠峰极限探险历史融汇一处的人文学者，贯穿其中的是她关于宇宙和人类未来的思考与追问。

薛海翔：（周励其人——十七岁时的大胆、反思、实干，如今依旧）今天在作协大厅里能够看到周励，有一种别样的感觉。周励是我的文坛发小，我们两个从1964年就是五十四中学初中同学，经常在一起发表对现实的看法。

1980年代，我去美国留学后的第一个圣诞节是在她家过的。那时我已经是所谓青年作家，她那时候在做生意，她领着我到她公司大楼的小房间看传真机，那时候中国没有。她领着我走到第五大道，“这是我进口的纱巾，这是我进口的衣服”。后来几年都写进了她的《曼》，发行到了一百六十多万册。她当时跟我说，别看你现在写书，我以后也要写的。她果然写了，影响如此之大。周励总是敢于行动，总是做了再说。

我为有这样的发小引以为豪。读《亲吻世界》，会发现周励豪爽外，还有颗诗人的心，周励的亲吻不是用嘴唇，而是用心。

修晓林：（周励的善良和美好在书里，也在书外）我和周励的友情可以追溯到童年幼年，因为我们同住在常熟路瑞华公寓，我住二楼，她住四楼。小学到中学的十年，我们都在一起，而且对文学有共同的热爱和追求。各自插队回城后，她带我去《上海文学》杂志社，到文汇报社；我带周励去上海文艺出版社，一直互相帮助。我们勤奋地读书，认真地写作，构建着自己的文学梦。

现在周励走在文学的高原上，周励这本书里能感受到强烈的感情：拒绝战争、呼唤和平、崇尚美好，她表现出内心的强大的爱心，这种爱心在周励的书外也有很多的故事。2008年汶川特大地震，她马上在美国捐款捐物，通过轮椅公司捐了几十辆轮椅；2006年到2011年，她通过中国现代文学馆捐了一百多万，包括《曼》的稿费，用于中国贫困山区建图书馆，中国现代文学馆把当地学生读后感和感谢信向她反馈；上海2012年成立了知识青年研究会，是个研究高地，周励多年捐助达六位数。去年六月份，上海的作家编剧彭晓莲不幸去世，她委托妹妹去他家里表示自己的心意。今年全世界的疫情肆虐，她在美国以华人作家的身份发动捐赠，得到各地华人的响应。

周励昨天电话跟我讲，我们这个世界需要爱，而且她本身也是想这么做的，这让我们看到她内心的善良、炽热、美好的情怀。

（原载“文汇网”2020年9月14日，

http：//www.whb.cn/zhuzhan/jtxw/20200914/370649.html）

# 周励新书《亲吻世界——曼哈顿手记》解读

陈瑞琳　周　励　苏　炜　等

2020年9月19日晚，由北美中文作家协会主办的作家周励的新书《亲吻世界》云端研讨会圆满举行。远在西藏拉萨的作家周励，以及超过百位的海内外文友齐聚网络云端，完成了一场震撼心灵的文史盛宴。

研讨会首先由北美中文作协副会长陈瑞琳介绍周励的人生履历及创作成就，然后由主讲人周励图文并茂地向与会者讲述自己创作这部新书的缘起及写作历程，她特别希望这本新书中的严峻思考能够让今天的读者以史为鉴，以史为镜，在纷乱的世界里呼唤理性。

感谢特邀分享嘉宾苏炜、张翎、杨剑龙、少君、王威、北奥、陈屹和应帆的精彩发言，感人至深；也要感谢现场的多位嘉宾表达心声，尤其是远在德国、新加坡的文友等，在凌晨和早晨越洋出席；还要感谢为这次活动的准备工作及现场操作付出大量心血的纪实文学作家、云平台技术总监纽约桃花女士。

陈瑞琳（主持人）：各位尊敬的师友，亲爱的文友，大家好！

首先要代表北美中文作协感谢今天所有的到场来宾，尤其是要感谢正在世界屋脊西藏探险的周励，她在拉萨的早上与我们一起共襄盛举。

今年北美作协推出了一系列解读非虚构作品的云端讨论会，反响非常热烈。今天的讨论主题是：走进人类文明的隧道，踏着勇敢者探索的足迹！将要分享的作品是周励女士的新书《亲吻世界》。

2020，人类的灾难之年，在全球抗疫的痛苦中，周励在她居住的曼哈顿岛奋笔疾书，向海内外发出了一篇又一篇探险文学的力作，汇聚成一部大气磅礴的非虚构作品，如浪花击石，佳评如潮。

我们知道周励的名字是1992年，一部《曼》发行了一百六十万册，入选“90年代最具影响力文学作品”和“中国百年畅销书”，获得1992年“十月文学奖”，成为出版界的传奇。在那个特定的时代，这部自传体长篇小说给了多少年轻的学子实现新梦想的勇气，同时也成为当代中国打开国门走向世界的一面镜子。周励因此而成为海外新移民文学的重要先驱者，她的《曼》一时间成为轰动文坛的“留学宝典”。

2006年，上海文艺出版社推出了周励的第二部纪实文学力作《曼》，周励的视野已经从纽约向世界的深处扩展。那时我就有了一种预感，这位十八岁下乡、二十一岁上大学、二十八岁返城做医生、三十五岁赴美留学、三十七岁赤手空拳在美国创业经商的“中国女人”，必定会与时俱进，酿出一场新的思想风暴和文学经典。如今，这部《亲吻世界》与我们见面了。

这是一部内容厚重火花飞溅的书。看这部书需要屏住呼吸，二十八篇文化历史散文，展现了周励纵横文史的斐然才气。复旦大学历史系金光耀教授这样说：“感叹此书只有作家、历史学家和探险家三位一体方能写出。”有人甚至说周励是福尔摩斯。

作为探险家的周励，这些年一直在地球的经纬线上纵横穿梭，足迹遍及一百三十多个国家。她四次去南极，三次去北极，甚至跳入北冰洋零下一点五度的水中。在珠穆朗玛峰，她进驻大本营；在阿尔卑斯山，她乘滑翔伞横穿马特洪峰；在菲律宾，她带领文友们奔向战争岛；在法兰克福，我们一起拜访歌德故居；在古城西安，她独自北上寻找路遥的墓……

遥看今天的世界，战争从未走远，战争是政治的继续，战争是死神的盛宴。感慨周励，用强大的生命节奏激发着我们每个人内心的渴望，在动荡不安的世界中勇敢地发出对人类理性的呼唤，寻找着人类永恒的价值，呼唤着公正与永久的世界和平。

周励：各位海内外的朋友们，大家好！衷心感谢你们热情的支持和鼓励！回想起这部书的创作过程，我在纽约从白天写到黑夜，直到晨曦微露、霞光万丈。

此书印象最深的是写贝里琉岛战役和尼米兹石碑，当时发现那块字迹斑驳的石碑时，我简直不敢相信自己的眼睛！上面写着：“从世界各地来这里重温如烟往事的人们，应当被告知：日本官兵在这场战役中是多么勇猛、爱国、顽拼死守贝里硫岛，直到流尽最后一滴血。——太平洋舰队司令尼米兹”

虽然美国档案馆没有记载，但这篇文章在陈屹主编的《留美学子》发表后，引起强烈反响，一位日本文友非常感动。我请他查看太平洋战争贝里琉战役的日本档案，他发现了尼米兹石碑的记载和照片，石碑上的英文和我发现的和翻译的一模一样！令人高兴！当我知道这场美军死伤10 000人全歼日军15 000人的血腥战役，本可不打，马歇尔跳过贝里琉岛不打的命令晚到了三天，我心里非常纠结，沉痛。

2018年我和文友们一起去菲律宾战争岛和博物馆，我在新书里写了1945年2月的飞夺磐石战役，盟军情报发生再次失误，大批官兵伤亡，报告称守岛日军有900人，但实际有6700人，大批死去的美国伞兵倒在白莲花一样开着飞伞里，浑身沾满鲜血，战争岛夺岛战役结束后，伞兵团长在仪式上对麦克阿瑟讲："陛下，我把战争岛献给您。"写到这里，我不禁大叫一声：一将功成万骨枯啊！

硫磺岛战役也是如此，虽然是正义与邪恶的交战，但被友军和自己人杀死是最可怕的悲剧。太平洋舰队司令部低空侦查图像报告分析师断言，整个硫磺岛上只发现了39个碉堡，然而在1945年2月开战后，居然发现硫磺岛日军共有332个碉堡，几乎多了十倍！我写书的时候心在阵阵绞痛！因为仅是1945年2月，在菲律宾战争岛和硫磺岛的夺岛战役中，因情报失误就冤死了这么多的本应该青春绽放的美军大兵！在华盛顿国家档案馆，我看到拍摄了硫磺岛升旗录像的摄影师比尔，高大英俊如好莱坞明星，他第二天就被日军炮火炸死，血肉横飞，尸骨无存，美军司令部给年轻遗孀的死亡通知上写的是"失踪"。写到这里，我泪水盈眶，我诅咒战争！滚开吧！狗娘养的战争！

本书是我在纽约疫情期间书写和整理的作品，记得早春二月时，白天我与北美文友一起为武汉各医院张罗募捐运送口罩防护服，晚上万籁俱寂，我打开电脑开始写作。纽约封城后，虽然每天忧心忡忡，连见儿子都很难，但有了更充分的写作时间，于是新作源源不断地发表，有在《新民晚报》《解放日报》发表，也有刊登在留美学子、字游网和瑞士华人头条。在此感谢各媒体的朋友们和编辑，更感谢上海三联出版社的总编和责编！

新书的第一部分正是二战历史散文系列"被遗忘的炼狱：跳岛战役探险录"，主要根据近年来我对跳岛战役进行的实地考察而写。说是探险，因为时而浮潜海底"战争坟墓"，时而须雇直升机或单人小飞机飞往小岛，浓雾大风与突降暴雨都带来心理挑战，是名副其实的历险记。我先后踏上了贝里琉岛、塞班岛、天宁岛、关岛、冲绳岛、科雷吉多岛、吕宋岛等太平洋战争遗址，怀着震惊与感伤，我像考古学家一样仔细发掘历史上或有或无记载的实物与事件，并去华盛顿海军陆战队硫磺岛战役博物馆和美国国家档案馆考证核查，为的是探讨战争原貌中的人性及狼性，有时甚至是人性至狼性的转换，解开鏖战杀戮背后不为人知的隐秘。六篇系列散文在微信公众号陆续发表后，引起史学界和文学界人士的较大反响，我的学者作家朋友李天纲、韩钢、沈志华、金光耀、金大陆、陆士清、汪澜、卢新华、苏炜、葛红兵、陈公仲、陈瑞琳、少君、北奥、陈屹等，先后发表了激情洋溢的点评和感言，经济学家孙恒志和南大教授刘俊还动情地写了诗。他们惊讶我在贝里琉岛战役遗址发现的尼米兹石碑，同时因这块石碑所揭示的“在败者与炼狱面前，王者的谦虚、对失去生命的悲悯与对军事专业领域勇猛同行的敬佩，都放射着人格与教养的魅力光芒”而深感震撼。

新书的第二部分收录了我在世界各地游历的散文。其中《凡·高的眼泪》《惊魂“歌诗达协和号”》《冰雪烈焰肯尼亚》《古巴奥德赛》《追逐日光》等各篇均为“新冠”疫情期间所写。著名旅美作家卢新华在读完《凡·高的眼泪》后写道：“这是一个满怀激情的女作家在写另一个被激情燃烧着的男画家的美文——不是用笔，而是用心写的。她是凡·高隔世、隔种族、隔性别的知音……”也有部分文章如《寻找腓特烈大帝》《寻找伏尔泰》《寻找路易十四》《牢狱遗痕》等虽曾在旧作《曼哈顿情商》发表，但这十几年我重新走了那些“寻找之地”，发掘了新的内容，增添了新的感受。

新书的第三部分主要讲述我的极地探险。我先后去过四次南极，三次北极，两次马特洪峰（一次攀登、一次飞越），两次珠峰，一次巅顶航拍、一次攀登珠峰大本营。我还有幸在南极认识了至今保持十五次珠峰登顶世界纪录的戴夫·哈恩，他是受BBC委托，1999年在珠峰8170米处找到失踪七十五年马洛里遗体的美国探险队骨干之一。我们成为好友，在联合冰川大帐篷的熊熊炉火前促膝倾谈。

2017年底我实现多年梦想来到南极点，在最静谧纯净、宛若梦境的地球尽头与帝企鹅亲密接触；2016年在广袤无垠的北极点，我看见一只北极熊带着两只可爱的小熊宝贝向我们的核动力破冰船走来。因为地球暖化，帝企鹅和北极熊都面临困境。所有这些极地时光与燃情时刻，都写入了我的最新作品《珠峰逐梦》。

二十八年前，我出版了自传体小说《曼》，在这本书的扉页上我写着：“此书谨献给我的祖国，和能够在困境中发现自身价值的人。”今天。我想把《亲吻世界》献给向往抵达世界各个角落，并探究其历史真相、呼吁人类与世界和平的人们！今天的我们，要以史为镜、以史为鉴，在纷乱的世界里呼唤理性。记住丘吉尔的名言："看得见多远的过去，就能看得见多远的未来！"再次感谢各位！

苏炜（耶鲁大学著名学者）：（周励的极致）我和周励的认识交往很晚，却是一见如故，顿成莫逆，说起来很"神"。记得几年前那个春天，他们一群海外华文作家从哈佛张凤主持的"中国文化工作坊"开完研讨会出来，顺路经过耶鲁遛弯儿，我便尽东道之谊，陪他们好转了一通耶鲁校园。我和周励初识，见面打过招呼，彼此甚至也没做什么特别介绍，就马上仿若老熟人了。边走边聊，忽然就有聊不完的话题，直到分手还有意犹未尽之感。以后，就是她邀我到纽约赶场看大都会博物馆的"米开朗琪罗特展"最后一日的闭馆之展。我和太太便凌晨冒着大雨赶早班火车进城排长队候展，我们会一同在"米圣"的写生手稿和复制的西斯廷天顶画前默立盈泪；我邀她到耶鲁看我作词的、由大学乐队与各地合唱团联手演出的交响叙事组曲——知青组歌《岁月甘泉》，她便和朋友顶着不期然而至的大风雪后的种种不便准时与会，看完演出后大声向我嚷嚷：听哭了，我为你们的歌子落泪了！我们一起在卡内基音乐厅听"肖五"（肖斯塔科维奇第五交响乐）而同被感动得泪水盈眶，一起读看彼此的文字会不约而同地发"泪目"表情包而自嘲"泪点太低"……

是的，"泪点低"，或许真是我们之间最大的共同点。可以用佛家语说的"投缘"，也可以用太史公司马迁的"白头如新，倾盖如故"，来比喻我们这种"握手便成至交"与诸般"泪点太低"的共同点。但我更愿意用"一个老知青的直觉"来说事儿——她比我略年长，却同属"老三届"，我和她各自在北大荒和海南岛的农垦兵团待过不短的八至十年。我几乎一见面就辨认出她身上的"知青特质"——我们都属于心中还存留着"一把火"的人。那是经历和磨难赋予那一代人的特有痕迹，我想，正是这"一把火"，成为我们之间异常投契的一个重要缘由吧。

翻开周励这本新鲜滚热辣的新著《亲吻世界》的目次，我发现里面的篇什，大多是我在她的初稿阶段就读过的。最早是从"攀登马特洪峰"及燃情南北极的"探险"系列开始，然后是《寻找伏尔泰》《寻找路易十四》等"寻找"系列，再是追溯二战血火的跳岛"炼狱"系列——极致。记得每篇读罢，压抑着"低泪点"，跳上我心头的，就是这个字眼。如今重览全书目次，跳入眼帘的，仍是这个——极致。上言数语，于是便顿成"关键字"了——极致的"攀登"，极致的"探险"，极致的“燃情”，极致的“寻找”与“追溯”——周励以她的追寻“极致”之笔，跋涉于历史与人生的“极致”之域，从而抵达笔墨“燃情”的极致，成就出这么一本厚笃笃、笔力文气重千钧的“极致”之书。

此刻，阅读周励书中那些滚烫文字的清晰感受和记忆，又一一浮现在眼前：这真是一场又一场仿若穿越精神炼狱、攀登人生巅峰绝顶一般的阅读啊。——法兰西古监狱的阴暗甬道里，你似乎在跟玛丽·安托瓦内特王后的幽灵在作隔世对话；从塞班岛、硫磺岛到冲绳岛——太平洋战事的血光和怒涛如何撕裂着、撞击着你的灵魂神经；我被凡·高晚年奔放奇异的天才之光色，所迎受到的冷漠歧视虐待和他为自己的真实死因“造假”而呈示的悲悯慈厚心胸，迎受着一道又一道史实真面的“鞭打”；同时，珠穆朗玛峰营地的璀璨星空和南北极蓝莹莹的冰雪中温热深挚的人情，又是如何扩展着、豁朗着你的视界与襟胸……极致的目光所追寻的极致的景观，极致的史实所触发的极致的思考，极致的热情所挥洒的极致的笔墨——很久很久，我已经遗忘了，或者找不到也寻不回的这种极致的阅读感受，就忽然在周励大文的阅读中，降临了，逼现了，“还魂”了！

阅读此书，读者和作者之间，很难不发生灵魂的对话和拷问；历史和现实之间，也很难不引发深邃的思考与质疑；悲沉与激越俱现，更带来一场又一场很难回避的精神洗礼——《亲吻世界》，这真是极致的周励带给我们的一本极致之书！这一个“亲吻”，可是带爱、带痛、带泪、带火、带人世大悲悯的极致的“亲吻”啊！

张翎（加拿大作家）：（走向泱然开阔之地的河流）1992年，我在辛辛那提大学读听力康复师学位，对学业对前程对写作充满了焦虑。朋友给我带来一本《曼》，我花了一整个晚上看完了，感觉震撼。每个人从这本书里都读出了不同的信息，有人看到了成功，有人看到了财富，有人看到了超越文化背景的神奇爱情。但这本书真正打动我的，是勇气。周励前程未知，后路已绝，她没有左顾右盼，只是带着一身的胆气一路朝前。即使她没有得到她书中描述的那些财富爱情和成功，即使她身无分文流落纽约街头，我对她勇气的钦佩也不会削减分毫。

现在我看到了她新书《亲吻世界》。在这本新书里我同时看到了两个人，一个是不变的周励，一个是变了的周励。不变的，是她从《曼》里就显示出来的生命热情和勇气。周励一直手持火把，走了三十年的路，还会继续走下去。

但我也看到了周励的变化。在前一本书里，她勇气非凡义无反顾地行走在个人奋斗路途上，但在后一本书里，她已成长为一个关注世界和人类生存状况、充满悲悯之心的成熟作家。她写战争，不再用简单的善恶二元分法；她写人，也不是用黑白两种色调；她写史，是带着自己的眼睛和想法。她如一条河流，在三十年前，还处于堵塞湍急的状态，而今天，已走向了泱然开阔境地。

杨剑龙（上海师范大学博士导师）：（在寻找中探究历史与人生）在新型冠状病毒肺炎疫情期间，周励推出了她的新作《亲吻世界》，以激情洋溢和充满睿智的文字，书写其对于二战历史的追寻、世界各地的游历、南北极等地的探险，在寻找中探究历史与人生，在洋溢着巾帼豪杰的执着追求与探险精神中，呈现出周励的大爱和大憎，在图文并茂身临其境的描述中，呈现其深邃的思考与睿智的表达，使该作成为一部反思历史催人奋进的佳作。

在寻找中探究历史与名人，成为该作最为引人入胜之处。周励是一位充满了激情又具有执着探究精神的作家，“寻找”成为该散文集的关键词。她对于历史充满着好奇与归真的精神，她以历史学家的认真和文学家的热情，在田野调查和历史资料的查阅中，探究历史真实、寻找历史真谛。

在探险中思索社会人生哲理，成为该书最为发人深省之处。周励具有文学家的激情、历史学家的深邃、哲学家的深刻，她常常在寻找中思考、在回眸中反省、在探究中呼唤，在其历史与人生的探险中表述某些人生哲理，发人深省，令人回味。

在旁征博引中塑造人物形象，成为该作最为动人心魄之处。周励是一位充满激情追求理想的作家，她不倦寻找勇于探险敢于追求，她寻找她所崇拜的偶像的足迹，她探究诸多偶像的精神内涵，她不仅在实地寻找中寻觅历史遗迹，而且在大量的阅读中完善其心目中的偶像，用其洒脱又形象的笔触，在旁征博引中塑造了诸多人物形象，常常让人动容、发人深省。

少君（国际新移民华文作家笔会创会会长）：（用脚丈量历史的长度和深度周励是个多彩的女子）1992年当她的《曼》风靡大陆、洛阳纸贵的时候，就显示出她与众不同的思维和行为方式：从童年—少女的初恋—北大荒的小屋—留学美国到曼哈顿的中国女人，她的生活多彩多姿，令人目不暇接。后来逐渐成了朋友，看到的是她更多的足迹和惊喜，从攀爬欧洲的阿尔卑斯山到南极击水，从美洲的瓦尔登湖到菲律宾的美军公墓，到处都留下了她的印记和游记。这本《亲吻世界》又一次让读者印象深刻。特别是里面的“被遗忘的炼狱：跳岛战役探险录”，将我们在新型冠状病毒肆虐全世界的时候带入了七十多年前的那场战争……从“亚利桑那号”战舰被炸沉到美国太平洋舰队在司令尼米兹带领下全面反攻，残酷而宏大的历史场面在周励的笔下展开，在她的旅途中一一闪现，犹如一种历史的穿越，让我们随着美国军队从本土到塞班岛、天宁岛、菲律宾群岛、硫磺岛，直至冲绳和帕劳，最终走上“密苏里号”战舰接受日本无条件投降……二战的历史在周励的笔下和脚下就这样展示在我们面前。

“从世界各地来这里重温如烟往事的人们，应当被告知：日本官兵在这场战役中是多么勇猛、爱国、顽拼死守贝里硫岛，直到流尽最后一滴血。”这段尼米兹的碑文，实际上也凸显了这篇文章的宗旨：战争是人类文明的“恶之花”，双方无论胜负，最终都没有真正的赢者，只有生命才是人类最珍贵的。麦克阿瑟以基督主义的博爱胸怀，在最短的时间内挽救了日本战败后的经济，帮助日本走回正常。联想到今天祸及全世界一百多个国家的疫情，我们应该以怎样的胸怀来挽救世界，来如何对待病源的传播与发展，周励的这本书给了我们一个很好的启示和参考。

王威（国际新移民华文作家笔会前会长）：（行走中的激情文字）从周励的新书《亲吻世界》中，强烈感受到作者的激情。激情乃创作的重要动力，无论从一场说走就走的天涯漫步，还是说写就写沉静下来奋笔疾书的创作，周励犹如不言败不知疲倦的年轻人般志趣高昂。探索历史和文化的深奥真谛，抚摸人性的温度，并跃然纸上，她已不再单纯是当年那个“曼哈顿的中国女人”，在人生和思考的求索与揭示中不断升华。

记得与周励相处的几件小事。

就在她的新书研讨会前夕，其倏然飞抵拉萨，席地坐在布达拉宫广场和我通电话，畅谈第四次赴雪域高原洗涤心灵的心境感受，和将第三次奔赴珠峰的渴望心情；曼谷文学会结束后，她兴冲冲地邀请卢新华、薛海翔和我去百公里外的桂河大桥，最终她自己孤身前往，了解二战中这段惊心动魄的故事；马尼拉文学会上，她力主大家参观麦克阿瑟将军折戟沉沙又凯旋的“战争岛”，为大家提供了一次感知二战巴丹死亡行军和太平洋血战的历史饕餮大餐；印尼文学会期间，我们一同来到龙目岛，出发前她忽然萌发写作激情，毅然放弃向往已久的潜泳，独自留在沙滩写作了一整天……

这种激情和情怀、毅力和勤奋，自然成就了她《亲吻世界》一篇篇厚重的纪实文字。祝贺周励，并期待她更多的深度行走和精彩文章。

北奥（美国洛杉矶华文作家协会会长）：（我们眼中的周励）众所周知，纽约的曼哈顿有一个叫周励的女作家，周是周长的周，励是励志的励，也就是说她从头到脚，周而复始，永远励志，像一只陀螺，一旦旋转起来，就不会停止啦！周励是一个传奇性的人物。她不仅仅是一个作家，更是一个社会活动家，一个知性姐姐，一个好朋友。她的每一天都有一个精彩绝伦的故事；她的每一年都是一本厚重的小说；她的人生可以说就是一部跌宕起伏的大戏！

三十五年前，周励从上海踏上赴纽约州的自费留学之路。她根据自己从北大荒到曼哈顿的经历写成的自传体小说《曼》在20世纪90年代初畅销百万册，并获“十月文学奖”，入选“90年代最具影响力文学作品”，成为“留学生文学”的经典之作。可以说这本书展现了一个时代，影响了一代人。

三十五年后，在纽约疫情日益严峻之时，周励向国内读者交出了她近年所行所思所想的成果——新书《亲吻世界》。亲吻世界肯定不是用嘴巴亲吻，而是用心吻这个世界，说周励的《亲吻世界》是一部呕心沥血之作，一点都不过分。

前年当我们一群朋友受邀在上海外滩最豪华的米其林酒店看着江面点点白帆和对面高楼上闪烁的霓虹灯，我就感悟到了周励对美好生活的向往和追求；感受到了她对朋友像春天般的温暖。当我们在微信网中每每面对一些常人不敢说不敢碰的社会现象，而周励总是大声疾呼的时候，我又看到了她嫉恶如仇和爱憎分明！

作家写文章不仅要描述美好善良的事情，也要揭露邪恶丑陋的事情；不仅要写大家都知道的事情，更要写被刻意掩盖起来的事情。战争可以说是人类最残忍的集体行为，但也是表现一个民族气节最好的时刻！哪个伟人早就说过，企图以战争的方式消灭任何民族都是不可能的！

如果说二十年前周励凭着自传体小说《曼》大火了一把，这回的《亲吻世界》也会直捣读者心窝，人类的伟大，生命的宝贵，国家的重要！权利的掌握和作者的苦心最终都指向了文章结尾的八个字：珍惜生命！互相搀扶！

陈屹（出版七部畅销书，专栏作家）：（给周励画像的六个字）刚刚几位作家朋友们讲得都非常精彩，我这里直接进入我与周励写作上的交叉经历，用六个字来给周励画个像。

头两个字：痛苦。

《亲吻世界》里最后一篇文章是以陈屹与周励的对话结束。近两年在我主持的“留美学子”国际视角的原创精选的公众号里，编辑和发表了周励文章近十万字的内容。

周励在六十多岁冒着生命危险，还要跳进零度以下的北冰洋，看，跟着一位为了挑战人类极限，可以不要命的作家一起工作，自己被挑战得艰辛，可想而知。

周励是工作狂，可以二十四小时地投入，常常在我编辑她文章的几天里，也几乎不分白天黑夜，连睡觉时，周励也可以“托梦”给我。

每到这个时刻，令人痛苦不堪。

当然，每当作品发出后，听到看到读者们好评如潮，那真是苦尽甘来的欣慰。而这个痛苦说明什么呢？我深深感受到，周励就是一位用生命写作的人！

下面两个字：独特。

作为文学作品，能写出人人心中有、人人笔下无，然后直戳人心的文字，对我来说，就是好作品。

作为也曾写下了数百万字纪实文学作品的我，我理解的独特是这样的：

其一，在第一时间、第一现场写出与时俱进的时效内容；

其二，在大家都写同样的内容时，你能写出和发现不同视角和不同观点，难能可贵的是，作者能够提出令人反省、超越时空，甚至暂时无解，却寓意深刻的问题；

其三，每个人能在自己的领域，写出自己风格里最扎实的内容，这些都一一构成各种各样的独特性。

回看周励，她去了全世界许许多多的地方，她一一记录下来时，却不是以自己的小感觉来呈现。

是的，她的独特不仅在于她用双脚丈量在世界的地图上，更在于她能从历史、地理、人类、旅游、科学、文学多维度的眼光，活脱脱地展示出来一篇又一篇历史与人文衬托下来的一片又一片土地上、特定形态下的历史人物和地理风貌，周励也成为文学家、历史学家、探险家和企业家：“四位一体”的旅美作家。

这里举两个小例子。

比如，在旅游中，周励发现地上被泥土已经覆盖着的石碑，她会把土用手扫开，由此竟然发现了一个大秘密，这就是关于跳岛战役的尼米兹石碑。一段因为错误决定，牺牲了这么多将领，如此惨烈、波澜壮阔，但却被遗忘的历史悲剧，就这样被周励拉开帷幕……

比如，二战中投降将军温莱特回到华盛顿有些紧张地问美国杜鲁门总统：“人们会怎样看我？”

马歇尔讲：“你是英雄，你为了部下的生命不惜牺牲自己的名誉。感谢你拯救了美国数万大兵！”之后，总统在白宫亲自为温赖特授勋晋级为四星上将，又授予他最高军事荣衔“荣誉勋章”，彻底为温莱特洗清了投降耻辱。

周励笔下她写了胜将，还有敌将，更有败将。这样的实例比比皆是，这些直戳人心的历史呈现，成为周励笔下自己最独特的格局与记录。

最后两个字：超越。

超越是个极其简单与复杂的综合体。

任何从事创意的人，艺术家、作家，甚至企业家，瓶颈是人们常常遇到的，而如何超越，恰恰是大家都为之困惑和关注的一点。

拿我做访谈纪实作品来说，我个人写作见证是：

20多年前我从90年代十位背洋书包的小留学生写起，到十位美国名校校长，到二百位中国和世界的企业精英，到五十位世界驻华大使夫人、海外作家穿越系列，再回到美国名校教育、家庭子女教育，走过一圈，再回来，即使返回同一个领域，超越已经在潜移默化的突破中。

这个超越是认知的多维度和多棱镜，是作者对世界超越小我走入大我的海纳百川，这是从心里推出的更广、更深，横纵向交错的格局。

周励从曾经的知青到留学生，到纽约闯荡天下的曼哈顿中国女人走来，到今天的《亲吻世界》，一个曾经的自我走入一个世界的舞台，呈现给千万读者世界角度、历史厚重的周励的寻找，周励的发现，周励的感悟！

以上“痛苦、独特、超越”六个字就是我给周励创作的画像，最后我再用英文的四个单词，作为本人的结束语。

Been There，Done That！

什么意思？言外之意，我曾经去过那里，我看了，我说了，我记录下来。这里就是周励的《亲吻世界》，我思故我在！

周励，我向你致敬，我也向无数在海外华文写作“孤岛”上，坚守创作的千万海外作家和作者们致敬！

我们共同用文字延长了我们自身的生命意义，更拉近了我们与世界的距离！

应帆（北美小说家）：（一个射手座女性的行为和写作艺术）《亲吻世界》是作者“行为艺术”的总结，也是作者“写作艺术”的体现。这本大文化散文类的非虚构作品，满溢着信息、知识和智慧。阅读这本书，是一场有趣的学习旅程。

因为这本书，我对作者周励女士、这位曼哈顿的中国女人有很多了解和理解。作为一个射手座女性，她的人和文都完美诠释了射手座的热情慷慨、无所畏惧以及她们的理性思维。她也是一位典型的中国虎女，行为做事充满了虎的精神和气概。

读这本书，会不自觉想起余秋雨的《文化苦旅》。相比而言，周励的《亲吻世界》让“苦旅”显得几乎矫情。《亲吻世界》不仅给我们豪情万丈的澎湃和激励，更有温柔以对这个世界的诚意和决心。在周励独立自主充满冒险的旅行中，我们跟作者一样收获更多偶然发现的惊喜。

这本书对虚构类写作者来说也可以充满启迪。在书里，作者带我们去不同的远方，看不一样的风景，认识不一样的人物，经历各种各样的冒险。对于细节，作者更常以第一手信息和资料来告诉我们魔鬼在哪里。关于人性并不是“非黑即白”的哲学和写作观，在作者对二战中日本军民荣耀和伤痛的叙述里最为鲜明。

这些元素或许也可以帮助我们理解，为什么《曼》作为一部自传体小说，曾经打动了那么多的读者。

（原载公众号“北美文学家园”2020年10月1日）

# “曼哈顿的中国女人”出新作，她在探险和历史中探究人性

何安安

1985年，时年三十五岁的周励怀揣着四十美元，离开上海，踏上了赴纽约州立大学自费留学之路。几年后，她根据自己从北大荒到曼哈顿的经历写成自传体小说——《曼》，一经出版便荣登1992年中国畅销书榜首，获得“十月文学奖”，也激励了当年走出国门的无数中国人。对于周励的这段往事和这本书，至今仍有很多人记忆犹新，《曼》一书也和与它齐名的《北京人在纽约》共同成为中国新移民文学早期的“经典”作品，开启了新移民文学自传小说的先河。

10月20日，旅美作家周励的新作《亲吻世界》研讨会在中国现代文学馆举行。中国作家协会副主席陈建功，清华大学文学院历史系教授秦晖，中国社科院历史研究所研究员雷颐，中国社科院文学研究所研究员黎湘萍，首都师范大学文学院教授张志忠，北京师范大学文学院教授沈庆利，首都师范大学文学院副教授、中国女性文化研究中心主任艾尤，中国艺术研究院研究员张红萍等参加了此次座谈，围绕该书的创作，以及由此生发开来的历史、精神、文化等领域进行了探讨。

周励《亲吻世界》新书研讨会由中国现代文学馆、首都师范大学女性文化研究中心、中国社科院文学所联合举办。

虽然被视作是《曼》的第二部，但与前作不同，《亲吻世界》并非一部小说，而是着眼于理性与历史的文化散文，力求在探险和历史中探究人性。在作者本人的自序中，周励从三十五年前赴美的奋斗青春和燃情岁月说起，从曼哈顿出发，追随自己的梦想游历了世界一百三十多个国家和地区，探险南极点、北极点，探索珠峰

和马特洪峰。

但这本书也绝非一部游记，该书的第一部分是二战历史散文系列“被遗忘的炼狱：跳岛战役探险录”，内容来自近年来周励对跳岛战役进行的实地考察，以及在华盛顿海军陆战队硫磺岛战役博物馆和美国国家档案馆的考证核查。为了完成这些考察，周励先后踏上了贝里琉岛、塞班岛、天宁岛、关岛、冲绳岛、科雷吉多岛、吕宋岛等太平洋战争遗址，希望解开鏖战杀戮背后不为人知的隐秘。

关岛的东北角有数个太平洋战争纪念遗址，旁边还遗留一些当年日军抵抗用的枪炮。

《亲吻世界》一书的第二部分和第三部分则收录了周励在世界各地游历的散文，以及她先后数次的极地探险经历，其中既有在欧洲、美洲、非洲各地追寻凡·高、海明威、凯伦、丘吉尔、叶卡捷琳娜女皇、罗曼·罗兰等艺术家、文学家、政治家、哲学家时的文史感怀与独特洞见，也有她在南北极点、珠峰、马特洪峰挑战生命极限的探险故事。

在活动现场，陈建功表示，自己有着与周励在书中所传达出的一样的感受，每个民族的文化，都是人类文化多样性的一部分，每一类文明，无论东方、西方，都为人类的文明进程树立了功勋。从这个角度来看，陈建功认为，在疫情肆虐人心浮动的当下，周励展示了开放时代中国人视野的开阔与情感的高贵。

张志忠从周励二十八年前的旧作《曼》谈起，他将这部作品称为是“新时代的《青春之歌》”。张志忠表示《曼》报道了作品主人公在美国留学和经商的苦与乐、恋爱和婚姻的奇与炫，以第一手的资讯和目击者的身份，描述了震惊一时的中国留学生卢刚杀人事件和“挑战者号”航天飞机发射失败现场。而更为深刻和引起人们共鸣的是，周励在这本书中讲述了北大荒知青的奋斗史等，以洋插队方式走向更为广阔的世界大舞台后的打拼与寻找，在跌宕起伏的故事后面，有着浪漫的情怀，有着心灵的寻找，开启人们的视野，更拨动人们的情感之弦。

在《曼》取得巨大成功之后，周励在文学道路上将如何前行？张志忠认为，《亲吻世界》正是对这一疑问的回应。作为非虚构作品，周励的历史题材写作是亲证的，在场的，富于饱满激情的。张志忠说：无论是二战时期美军的跳岛战役，麦克阿瑟将“卷土重来未可知”演化为活生生的现实，亲率大军胜利大反攻，一雪前耻，还是海明威与《老人与海》中老渔夫桑提亚哥之人物原型的友谊，都栩栩如生地复活在笔端，在和作家和读者进行对话。

而最打动张志忠的是周励笔下的切·格瓦拉，出身阿根廷的富裕家庭，就读于医学院学业有成，英俊潇洒，前途无量的年轻人，投身于拉丁美洲解放战争的战场，在古巴战争中功勋卓著，有盖世之功而不居，有位高权重而不恋，组建游击队转战玻利维亚山区，而无论古巴或者玻利维亚，对他来说都是异乡；死后多年才得以安葬在圣克拉拉，墓地的长明火炬下面埋葬的是他被砍去双臂残缺不全的遗体。张志忠指出，这种案头阅读加反复实地考察的写法，让周励的作品独树一格，体现出一切历史都是当代史的鲜活与温度。

艾尤则将这部作品称为是一部文史交汇的现代反思之作，从《曼》到《亲吻世界》，这在艾尤看来，是从生存境遇到自我实现的变迁，在逆全球化逐渐兴起的当下，这本创作于疫情肆虐之时的著作有着更为特别的意义。作为当代历史研究者，雷颐更为关注这部作品背后的史料价值，因为历史本身并不会记载很多细节，也不会记载历史事件背后人们的心理，而文学这种形式恰恰是一种很好的补充。

那么，女性创作者应该如何描写战争？在女性视角中，战争又意味着什么？张红萍坦言自己出于对战争的厌恶，几乎从来不读描写战争的题材，但在周励的新著《亲吻世界》一书中，张红萍被周励对太平洋战争中跳岛战役的描写深深吸引，“战争中的勇敢与坚毅固然使人敬仰，但战争中的不盲目勇敢与对士气生命的珍爱更令人起敬”。

（原载“新京报”2020年10月22日，

https：//baijiahao.baidu.com/s?id=1681236245281920327&wfr=spider&for=pc）

# 周励新作《亲吻世界——曼哈顿手记》书写人生体悟

宋 晗

10月20日，由中国现代文学馆、首都师范大学中国女性文化研究中心联合主办的周励《亲吻世界》座谈会在京举行。中国作协副主席陈建功、首都师范大学中国女性文化研究中心主任艾尤及秦晖、雷颐、张志忠等二十余位专家学者与会。座谈会由中国现代文学馆副馆长梁飞主持。

《亲吻世界》由上海三联书店出版，是旅美华人作家周励最新创作的一部域外文化行走指南。书中的二十八篇文化历史散文，既有对战争的思考和对人性的深入解读，有对世界各国的文史感怀，也有挑战生命极限的探险故事，视野开阔，激情澎湃。

陈建功说，中华民族是一个具有情感深度、人性高贵，同时又向着更有尊严的境界不断迈进的民族。周励的《亲吻世界》正是拥有这种自信的展示。作品以有我之境和无我之境的穿插、历史探究与现实叹喟的交织，将人生感怀融入自身体悟，展示出作者对人间正道的理解与呼唤，彰显了中华民族的胸襟与境界。艾尤谈道《亲吻世界》通过探究人文历史之秘、挑战自然之险，展现了一种世界性的眼光和对生命的哲学思考。这既是作者对自我的一次超越，也为华文文学创作提供了一种新的范式。

与会者认为，探险精神与广泛阅读，为周励的写作提供了丰富的创作资源。她的写作是亲证的、在场的，是富于饱满激情的。她用燃烧的激情激发出自己的文字，也让她的读者经历着情感的冲击波，各种历史事件和人物都栩栩如生地复活在笔端。在新冠肺炎疫情蔓延全球的大背景下，《亲吻世界》用穿越历史和现实的眼光、对生命的敬畏悲悯之情，呼唤人类理性与世界和平。此次座谈会的举办既是对人类命运共同体理念的呼应与思考，也是海内外文学与文化交流的一次新突破。

（原载《文艺报》2020年10月28日）

# 今天，我们如何与世界相处：《亲吻世界——曼哈顿手记》思南读书会侧记

匡志宏　姜若华

2020年12月12日下午两点，思南文学之家里，一场题为“今天我们如何与世界相处”的新书分享会在热烈的气氛下举行。

此次分享的新书是著名旅美作家周励今年的新作《亲吻世界》。复旦大学图书馆馆长、著名文学评论家陈思和教授，复旦大学哲学学院博士生导师李天纲教授，同济大学和浙江越秀外国语学院钱虹教授和周励女士同在台上对谈。知名女作家、原上海广播电视台主持人淳子女士担任嘉宾主持。思南读书会由上海市新闻出版局、上海市作家协会、上海市黄浦区委宣传部主办，思南公馆、上海三联书店承办。

原上海市副市长、市委常委周禹鹏先生，上海作家协会原党组书记副主席汪澜女士，上海三联书店总编辑黄韬先生，复旦大学历史系金光耀教授，上海社科院研究员金大陆先生，复旦大学陆士清教授，上海师范大学杨剑龙教授，华东政法大学吴敏、高鸿教授，上海三联书店首席编辑匡志宏女士，思南公馆读书会许树建先生，和热心读者出席了此次分享。

淳子：大家下午好！欢迎大家来到这里参加《亲吻世界》新书分享会，这样一个周末的午后我们聚在一起，颇有一点围炉阅读的感觉，很温暖很温馨。

1992年，作家周励发表了她的第一部长篇《曼》，这本书刷新了中国图书的记录，那个时候，像我们这代人见面的问候语你读了这本书吗？二十多年过去了，至少我以为周励也许就会带着“一本书主义”的桂冠在纽约曼哈顿享受生活，可是不承想，突然周励抛出一本新书，这本书像一块砖，又像一块汉瓦当砸过来的，为什

么说是砖，是汉瓦当。因为太有力量了，太有重量了，太有历史的厚度了。不知道在场朋友有没有读过这本书？当我读这本书的时候，我只有一个很简单的感觉，自己的心房太小，激情不够。这到底是一本怎样的书，作者是用什么方式写成的，我们一起来看大屏幕。

有一句诗——如果有人问你：我该干什么？那你就点亮他手中的蜡烛。我觉得周励的文字就是在圣诞节前夕把我们手中的蜡烛都点亮了。

陈思和：周励的这本书有强大的人的力量，这种人的力量包括身体的力量、意志的力量、精神的力量，这都远远超出我最初对这本书的期待，我没有想到这本书有那么高的冲击力，书名《亲吻世界》，听起来有点软性的题目，可是我读下来远远超出书名所涵盖的内涵。

周励现在是海外华文作家。在这以前，海外华文文学中最精彩的篇章，最初阶段是人在所在地的奋斗历史。第二个阶段，很多海外作家又写回来了，写中国的故事，他们到了海外以后有了另外一种视角，他们对中国的历史、现实又有了一种特别视角的反思。

周励这本书《亲吻世界》，其实和她的上一本书《曼》没有什么关系。疫情当中，她在曼哈顿的住房里听到外面的救护车的声音，想着整个人类在受难，让她回到了历史的境界当中。她里面讨论的问题，更多的是人跟大自然，跟生命的时空之间的冲突，这种冲突在海外文学作品当中，海外华文作家的作品中，是很大的超越。

《曼》谈的是人与人的斗争，人类世界的斗争，《亲吻世界》里处处感受到超越。比如第三部分谈到她的旅游，这完全不是旅游，是玩命，跟一般我们写的游记完全不一样，充满了人和自然之间的较量。人的力量如何战胜，如何克服大自然所设置的种种障碍，显示人的生命，更重要的是生命背后意志的限度。

人到底有多大力量？周励四次去南极，三次去北极，还跳到北冰洋里游泳，她用自己生命实践考验人类精神意志究竟极限在那里。这不是人和人的斗争，人和社会环境的斗争，她是超越了，她变成人的生命和大自然之间的，跟天地之间的一种较量。这个较量，中国的哲学里经常是觉得人怎么可以跟天去斗，人最多在天地当中自由翱翔，已经是很伟大的想法了。人类当中总有一部分优秀的坚强者，一直在努力征服。周励，一位女士，年龄也不是太小身体也不是太壮的女士，可是她的意志和她的力量活生生地给我们启示，这种启示在精神上、审美上有很多地方值得我们细细品味、探索、讨论。

在她的这本书里，虽然在天地奋斗，可是她一直在追寻一种人世间的善恶基本标准，我们经常说底线，这个底线有高有低的，底线也有更高品位的底线。在周励这本书里，她讲二战当中的东方战场，举例以前不知道，或者知道却不曾说的例子，揭示人类或者人性高尚的东西。她告诉大家什么是高尚，什么是卑鄙。这些东西不是凭空想象，用一种激情或者强烈的道德感完成的，一般通常讲这种人性都是从道德的立场，她是从历史，从科学出发，这点让我佩服。刚才那一块碑，她居然在太平洋岛上发现这块碑，一般人到哪里只顾拍照，而且她注意到这个碑，这个碑已经被腐蚀了，她用手去摸，发现上面是英文，字里有一句非常高尚的话，两个敌对国在战争过程中对对方的欣赏，这是非常值得我们去学习的。做这样的工作，她已经超越了一般的旅游，一般的研究，她已经进入到探险或者对历史细节的触摸。

周励对艺术的感受，我很佩服。她对凡・高的传说，用一个学者的态度跑到国会图书馆、各个博物馆查找证据。凡・高那个电影我也看过，还以为是导演编出来的故事，可是在周励这本书里看到，才知道这不是编出来的。她自己亲自走那些路，确定凡・高中枪后能不能跑回去。她用生命、自己的热血、自己的心探讨历史真相。做到这一点真的不容易。

李天纲：思和讲到周励的作品已经上升到一个高度，是人和自然的关系，我被另外一个主题给吸引住了，她写的历史和社会。如果我们和雨果的作品做类比，雨果有《海上劳工》《悲惨世界》《巴黎圣母院》《九三年》，《海上劳工》我以为是写人和自然的关系，雨果的高度也很高；雨果还写了很多作品，反映大的历史，从启蒙到大革命的时期。周励两个方面都有，我更关注的是，周励在《亲吻世界》背后的激情和我们这代人是相通的。

《亲吻世界》据说不是周励原来的书名，是上海三联在出版时要求改的，我觉得《亲吻世界》更好，它表现出这代人对整个世界的思考，这个思考周励达到了对普世价值的探寻层面——人类的理想。反观前面二十八年前那部很成功的作品，也反映了我们当时这代人热烈追求个人价值的实现。周励在那个时候通过《曼》写出了在困境中发现的个人价值，鼓舞了广大读者。

今天看到周励已经达到了新的高度。她能从历史当中找到我们在书本上经常忽视的细节。比如说帕劳贝里琉岛的石碑，它呈现出整个人性的东西。个人价值和普世价值的实现，我们应该找到当中的关系。

从个人价值到普世价值，这就是这个城市的价值。我比较倾向于用城市的背景来解释周励，来解释我们所有人。上海就有一代的作家，作家50年代现象。这代人带着一整代的思考一直走到今天，从个人走到世界，到人类，到普世。

1992年我在旧金山，那时一批上海人，都在纽约做事情。只有上海人能够接受纽约，纽约是很多包括美国人都不愿意去的，但是上海人在那边如鱼得水。你看《曼》就有这样的。

同时有一部电视连续剧《北京人在纽约》，里面的基调是很灰暗的，很沮丧的，跟《曼》昂扬的情况完全不一样。今天对比没有那么强烈了，还有很多人在华尔街，带着资本，口气就不一样了。周励和她在纽约的忘年交挚友、文学前辈夏志清、董鼎山都来自上海，这样的群体有双城现象。上海有很多作家在美国生活，在纽约生活。在中国和世界之间，因四十年开放的结果，这个界限慢慢地从当中的壁垒戳破了，沟通越来越多了，精神境界提升了。这是非常好的现象，我提供个人的视角来理解周励和她的作品。谢谢大家！

钱虹：我认识周励好多年，开始是神交，90年代初她出了《曼》，因为我后来的研究领域主要是在世界华文文学，所以比较关注。真正跟她见面是在2014年以后。思和是从总论方面谈了自己的体会，李天纲教授是从双城的角度谈。我比较直观地谈跟周励两次去寻访战争遗址的两个细节。

第一次，我们去泰国，2014年，当时我们去开世界华文文学会，结束的时候，主办方安排我们去参观大皇宫等一些景点，可是周励要去桂河大桥和泰缅死亡铁路，那是二战的时候好多战俘修建的，她执意要去，她问我要不要去，后来因为我的飞机比较早，怕赶不回来，忍痛没有跟她去，她坚持独自一人去了，再赶飞机。

第二次，2018年去菲律宾开华文文学会议，那次是周励领头，号召参加会议的代表如果提早一天，去一下她在这本书里多次提到的科雷吉多岛，现在被称为战争岛，我热烈响应的。因为我是新四军的后代，从父辈那里，很早对战争的故事从小就听到，所以对战争遗址很有兴奋点。当时我就报名跟她一起去了，我们自费专门去了这个岛，有专门的导游带我们去看了，现在是一片平静下面，可是当年炸弹把巨浪掀起，废墟到处都是。马林塔隧道是巴丹死亡行军开始的地方，你站在那里，你就觉得是了不起的具有悲情色彩的工程。

华文文学的女性作家当中，严歌苓也写过战争，她的战争是写南京大屠杀，她作为背景，她没有直接描写战争场面。周励做到了。在华文文学领域，比较多的题材是乡愁、离散，但是很少有女作家能够采用田野调查的手法，直接到战争发生的遗址，真的冒着生命危险去采写创作。天宁岛、莱特岛都需要私人雇用小飞机抵达。我在澳大利亚，也坐过，有一次前面的人好好的，因为飞机小，一次只能坐两三个人，等我上去的时候，突然天变了，一下子狂风大作，这个飞机就很危险，我下来腿都软。周励经历过这样一次又一次才拿到第一手的资料，有切身感受的。这本书它不是一般的战争文学。

今天主要是读书会，我作为大学教师，在大学教了几十年，我也讲战争文学，战争文学从《荷马史诗》开始，已经产生关于特洛伊城的战争描写，之后世界文学当中的四大主题是生命、死亡、战争、爱情，周励这本书把前三种重要主题集合在她的这本书当中。

著名的历史学家阿诺德·托因比在谈论如何观察和表现历史的时候说，可以采取三种方法：第一种考核和记录事实的历史学的方法；第二种是比较个别事实，以阐明一般法则的社会学的方法；第三种，通过虚构的形式，把事实来一次艺术的再创造，就是文学的方法。在这本书当中，周励主要用了历史学和纪实文学的方法。

《亲吻世界》里充满了对对手才华的肯定。这部女性作家写的二战战争文学，以及关于马歇尔、艾森豪威尔、丘吉尔的描述，令人大开眼界，心潮澎湃，过目不忘。这是海外华文文学的突破，极具史料价值和文学价值。

淳子：今天的分享会台上是熠熠生辉，台下不敢说光芒万丈，也是星星熠闪，现在请周禹鹏先生说说阅读心得。

周禹鹏：各位朋友，今天非常高兴来参加分享会。今天这本《亲吻世界》，是一个特殊年代，特殊的人写出来的特殊的书。

特殊的年份，今年2020庚子年，从1月份开始疫情一直持续到现在，今天央视还在播全球疫情感染者达7 000多万。年初的武汉一直到现在最重的灾区美国，这个年份太特殊了。

特殊的人，周励。她既有红色又有黑色。红色，她父亲是解放军进入上海，最早进入市政府办公楼的干部，她有红色基因。黑色是什么呢？她到过黑土地，我也下乡到过黑土地。我跟她认识以后，为我们黑土地上出这样的大才女非常自豪。

我所认识的周励，最佩服她的，她敢于走出常人不可想象的每一步，这是我这个大男人蛮佩服的，80年代，如果我只有四十美金，又没有亲戚，又没有朋友，是不敢跑到美国去的。

我也到过南极，退休了之后去的，很多人都说很不容易到南极。可是她，跑到南极极点。她这种勇气，还有敢于迈出关键的一步，很了不起。这也是跟她这本书能够成形，非常有关。

这本书是很特别的书，首先它的成型的时候是特别时候——疫情，在这么一个特殊时期，她居然写出这么一本书。这本书看了以后，她的视野之开阔，她的历史感之厚重，她的价值观之普世，以及斐然的文采都令人印象深刻，这本书将在世界华人文学史上成为一个里程碑式的作品。

今天讲点好话不稀奇，要看十年、二十年、三十年以后，人们还在讲这本书，这之后这本书才能真正体现它的历史价值、历史意义。

淳子：谢谢周禹鹏老师。刚才的一番发言让我想起一个人，孟小冬，都说孟小冬唱得好，她没有雌音。当年《曼》收割了一片女生，今天这本《亲吻世界》用你的雄浑收割了一片男生，因为没有雌音，我们等待三十年。现在有请今天的女一号，周励。

周励：感谢思南会所的所有朋友们，感谢周市长，感谢所有的专家学者。我对上海是非常有感情。今天我们的题目是，如何和世界相处，我个人的体会——与书为友，以史为鉴。

淳子：这是一位激情的女性，激情的女作家，她的激情就像波涛。不知道在场的朋友是不是和我有同感，有火烧火燎的感觉，用张爱玲的话说，灵魂好像过了铁。接下来进行互动环节。

读者：阅读、写作、旅行，三个方面你是怎么结合起来的。我从你书里已经看到了一些，你可以再谈得具体一点吗？

周励：我不是专业作家，我写书就像我旅行一样，是出于冲动，不吐不快。我在美国经商，财务自由，不需要靠稿费生活。《曼》虽然发行一百六十万册，当时签的合同是五万册，我拿到第一笔五万块人民币捐给了上海市少年宫，因为我在1961年—1966年是小伙伴艺术团合唱队的。我后来为边远山区孩子等社会公益捐了一百五十万，写作绝对不是为了稿费。

读者：看见和行走，对这个作家来说，它意味着什么？

周励：只有行走才能看见，在有心的地方才能看见先辈的脚步，我在书中第三部分大量书写了探险家阿蒙森、斯科特、沙克尔顿和理查德·伯德对我探索南极点、北极点的影响。特别地抚摸着沙克尔顿的墓碑，念着墓志铭让我心潮起伏："人活着就是要竭力得到生命最好的嘉奖，而唯一的失败就是不再去探索。"

陆士清：周励两部大作我都写了文章，她的《曼》写的是她个人的心路历程，但是不是纯粹是个人的，因为她有明确的追求的目标，就是要使中国的优秀的商品去占领世界的橱窗，所以她有一种中国人的精气神，是我们改革开放以后的精神表现。这本《亲吻世界》有全球视野，在华文文学当中写旅游文学的作家不少，但是像周励这样，用游历全球，而且笔转风云，诗人情怀，史学家的精神，这样的作品在华文文学散文中还没有见到，祝福周励。

淳子：上师大杨剑龙教授，他被周励的激情燃烧，燃烧成一首诗。

杨剑龙：今天，我们如何与世界相处——致周励。

你的足迹走过了
世界的北极南极，
你的身影烙上了
世界的雄峰屋脊。
你去追寻世界的美丽，
你去探究人类的奇迹。

你亲吻世界，
亲吻着伟大与爱意；
你周游世界，
寻觅着二战的遗迹。
你谴责战争，
谴责历史的罪恶与迷离；
你追慕伟大，
追慕伟大的人物与绮丽。

今天世界好像分崩离析，
今天世界好像有高有低。
你在纽约的曼哈顿，
却仍然关注企鹅的生存；
你在上海的南京路，
却仍然关心人类的病疫。
曼哈顿的中国女人，
仍然风采依旧；
中国女人的曼哈顿，
依然闪闪耀耀。

今天，我们如何与世界相处；
我们像你一样去探究世界；
今天，我们如何与世界对话，
我们像你一样去思考寻觅。
我们做一个多情的人，
去探究世界的奇特与美丽；
我们做一个思考的人，
去思考人生的伟大与卑鄙。

淳子：我重生，我涅槃。从《曼》到《亲吻世界》，作家周励有了一次重生、涅槃，周励是一支美丽的凤凰在天空当中，我们祝福周励，祝福在场每一位读者。今天现场分享会到此结束！

（原载公众号“上海三联书店”2020年12月26日）

匡志宏，资深编辑，上海三联书店出版社首席编辑、中信出版社原副总编。

姜若华，上海三联书店出版社传媒公关部编辑。

# 周励女士创作手稿、图书文献资料捐赠复旦大学图书馆

陈丙杰

2021年3月27日下午，周励女士创作手稿、图书文献资料捐赠仪式暨“文学与探险——周励女士创作手稿、图书文献资料捐赠展”开展仪式在复旦大学文科图书馆卿云书房举行。

资料捐赠者、旅美作家、纽约美华文学艺术之友联谊会会长周励，原上海市委常委、副市长周禹鹏，上海市作家协会党组书记王伟，上海市作协原党组书记、副主席汪澜，复旦大学中文系教授、世界华文文学学会名誉副会长陆士清，复旦大学哲学学院宗教系教授、主任李天纲，复旦大学历史系教授金光耀，上海社会科学院历史研究所研究员金大陆，上海交通大学凯原法学院教授高全喜，上海市文史研究馆副馆长、《世纪》主编沈飞德，上海三联书店出版社总编黄韬、首席编辑匡志宏、资深编辑姜若华，复旦大学中文系教授王宏图、梁艳丽、梁永安，复旦大学经济学院教授徐培华，《现代家庭》杂志社社长、原上海市妇联兼职副主席、上海市婚姻家庭研究会会长孙小琪，华东政法大学教授、东亚文化研究所所长吴敏，企业家、历史学家徐跃等嘉宾参加了仪式。

仪式由复旦大学图书馆党委书记兼常务副馆长侯力强主持，捐赠人周励女士，周励女士的好友王伟书记、周禹鹏先生、汪澜副主席、李天纲教授、金光耀教授、陆士清教授、徐培华教授，以及复旦大学图书馆陈思和馆长先后致辞。

捐赠人周励女士讲述了自己对复旦大学的美好记忆和深厚情感。随后，王伟先生发言，他认为这批资料能落户复旦大学图书馆，展现出复旦大学图书馆的眼光和

吸引力。周禹鹏先生也说道，周励这批资料入藏复旦大学图书馆，对华文文学资料的收藏起到了示范作用。汪澜女士认为，周励的所有写作都贯穿着探索精神。李天纲先生认为，周励的作品不单单是讲述她个人的经历，背后有大的社会关怀和人类关怀。陆士清先生认为，周励将这批资料捐给复旦，为她的复旦情结加上了“绚丽的一笔”。金光耀先生认为，这次捐赠对复旦文史学科的研究都提供了重要契机。最后，陈思和馆长致谢时对周励女士的捐赠义举表示感谢，并高度评价了《亲吻世界》这部著作。

2020年12月，周励女士将精心保存的《曼》手稿、读者来信、自己的著作、期刊、照片等资料赠予复旦大学图书馆。为感谢周励女士对复旦大学图书馆的支持，图书馆特举办“文学与探险——周励女士创作手稿、图书文献资料捐赠展”。

在本次展览中，首先值得提及的是《曼》手稿。这部手稿写在一个红皮本上。从这个手稿本中，我们能看出周励女士的构思框架、在写作过程中的修改痕迹、甚至原来拟定的题目等信息；其次是读者来信。《曼》在《十月》刊载后，编辑部收到大量读者来信。小说出版之后，周励也收到大量读者来信。这些信件对于了解20世纪90年代改革开放潮流中青年的内心世界具有重要价值，此外周励女士还捐赠了自己早年发表的报告文学作品。这些作品中体现出来的现实主义精神和人文情怀，对于理解她此后的小说、散文创作有重要作用。

总之，周励女士的这批资料为我们了解20世纪后半叶中国历史、文学、社会动态提供了独特的视角；同时，这批资料对于复旦大学图书馆特色资源建设也是一个有益补充。复旦大学图书馆将努力做好这批文献资料的收藏、保护与整理工作，使这批资料早日进入学术研究领域，推动相关学科研究进展。

（原载“澎湃新闻”2021年4月1日，
https：//www.thepaper.cn/newsDetail_forward_11976557）

陈丙杰，复旦大学中文系博士，诗人、学者、学术策展人。

# 读书、旅行与人生

## ——周励新作《亲吻世界——曼哈顿手记》武汉分享会回顾

**上海三联书店**

读书、旅行与人生——周励新作《亲吻世界》武汉分享会现场2021年5月30日下午，20世纪90年代超级畅销书《曼》作者，陈思和眼中“最有力量”的传奇作家周励，携新书《亲吻世界》至上海三联书店READWAY江汉路华中书店与青年读者见面，讲述影响了她一生的阅读经历、她的二战寻踪与极地探险之旅。武汉大学文学院教授赵小琪，中南财经政法大学新闻与传播学院教授胡德才，华中师范大学文学院教授江少川，以及武汉大学文学院副教授、哈佛访问学者张晶讲与周励女士同席对谈，畅聊读书、旅行和人生的话题。

周励回顾了自己的阅读和旅行的经历。儿时在上幼儿园的路上，周励就幻想路旁那家大商场里面都是书。在幼儿园还特别表演过诗朗诵——普希金的《渔夫和金鱼的故事》。跟随比自己大五岁、后来考取复旦大学的姐姐，周励读了很多超过她年龄的书籍。“文革”期间，她曾偷偷爬进废弃的上海市图书馆，在一架架书籍中，感觉自己幸福得好像一位公主。

《亲吻世界》作者周励在后来的旅行中，阅读更是周励的旅行兴奋点。八年前，和朋友在法国旅行欣赏酒庄，忽然得知一百公里之外是孟德斯鸠的故居，周励便舍弃旅伴独自前往瞻仰这位启蒙运动的先驱。对孟德斯鸠，周励有特殊的感情，因为在北大荒度过的十年中，白日里有辛苦的劳动和学习，晚上就是孟德斯鸠《论法的精神》、托尔斯泰的《安娜·卡列琳娜》伴随着她，让她知道在此地之外，还有一个更美好的世界，鼓起对生活的信心。

“文革”结束后，周励成为上海市外贸局的医生，生活很优渥，但是她不想庸庸碌碌过一辈子，决定出国去看更大的世界。因为曾发表过二十多篇小说、散文和报告文学，报告文学《打开国际市场的人们》还被改编成电影剧本，周励获得了复旦大学中文系主任贾植芳先生的推荐，被纽约州立大学录取作为比较文学的研究生。

怀揣着四十美元的周励，先在美国做了三个月的家庭保姆，才着凑足的三千美金去大学报名，并改读MBA。在就读工商管理硕士期间，中美贸易高峰论坛在纽约州立大学举行，周励因此结识了中方的贸易代表和美国的商业领袖。抓住中国改革开放的时机，周励从此开始了中美贸易生涯，经过艰苦的经营和奋斗，实现了财务自由，开始走遍全世界的探险旅程。

周励的脚步遍及世界一百三十多个国家，四次去南极，三次去北极。阅读是她旅行的指引之灯。譬如，去南极的探险，就是受到《人类群星闪耀时》这本书的影响，向往循着斯科特、阿蒙森和沙克尔顿的足迹探索极地。

武汉大学文学院教授赵小琪指出，世界华人文学和中国现当代文学作家以及外国文学作家的创作相比，其独特性的意义和价值在于更为复杂。他用三个“多重”来概括周励的这本书的特点——多重身份、多重空间、多重意义。这是中国纯粹的现当代作家和纯粹的外国文学作家很难达到的一个境界。

周励游历广泛，其作品的空间流动性和复杂性是大部分作家难以匹敌的，这带来静态的空间写作很难达到的复杂体验。譬如，战胜者向战败者致敬的尼米兹石碑、凡·高的对谋杀者的谅解，都给阅读者带来本雅明和波特莱尔推崇的“震惊”体验。周励的作品中还能不断体会到马斯洛所说的“高峰体验”。这是人为了自我实现的需要，在极致的状态中达到的感受。比如她在南极看到帝企鹅时的瞬间狂喜，跳入零下一点五摄氏度的北极点（冰泳），挑战个人极限等时刻都是“高峰体验”的代表。而马斯洛更为推崇的安静的、经过思索的“高原体验”，在周励攀登阿马特洪峰等的文字中也能体会到——在落差一千多米的山坡上徒步八个小时，周励思考的人与自然的关系时所达到的境界就是这种“高原体验”。在这部新作中，周励的各种身份也在进行对话，有少年宫的周励、北大荒的周励，作为美国商人的周励、德国媳妇的周励……不同的周励在文本里进行穿梭对话，带来无穷的张力。

中南财经政法大学新闻与传播学院教授胡德才认为这本书是集历史考辨、人文寻踪和旅行探险为一体的文化大散文，是以国际视野和现代意识来审视历史与现实的人文启示录，是一部深具人文情怀、激情飞扬，文字感人至深的文学佳作。

胡德才教授评价说，这部作品体现了一种自我超越。二十多年前的《曼》，以新颖的题材、开拓的精神、开阔的气象，成为新移民自传体小说的开先河之作。而《亲吻世界》则是新移民文学的成熟之作。两部书中一以贯之的是周励的传奇人生和开阔大气的激情。而如今的周励有更加开阔的视野，更加丰富的学识，更加独到的见解，更加深刻思想，所以在书里呈现出纵横文史和学识、对历史的深沉的反思、对人性犀利的洞察、对自然和生命的敬畏之心，以及博大的悲悯之情。这本《亲吻世界》可以说是她在不断开拓新的人生境界的一种写照，也是不断地突破自我、超越自我的佳作，在海外华人文学史上也是里程碑式的作品。

周励的《亲吻世界》是对世界的探索，不是以客观的态度对自然奥秘的探索，而是以深厚的人文对世界的历史之谜、人性之谜经行审视。她的探索满注热爱，流淌深情，具有温度。她把这种对世界具有真情之爱的探索叫作“亲吻世界”。这种探索贯穿在作品的每一部分。在最后的“三极”（南极、北极、世界屋脊）探险中这种精神得到了淋漓尽致的表达。她的创作既是对她探险行为的写照，也是对探险事业的礼赞，对探险精神的讴歌。周励的宝贵的品质就在于她对这个世界，对生活有一种燃烧的激情和探索的勇气。这也是这本书留给我们思想上的宝贵的财富。周励本人也从一位孜孜不倦的探索者成为一位名副其实的探险家。

《亲吻世界》这部大散文，不仅以其悲悯的情怀、富有感染力的文字感染读者，而且以理性的精神来审视和反思历史、辨析历史真相，拷问人性，彰显一种思想的魅力，从历史关照到现实。胡德才教授曾经和周励一起旅行过，亲身体验过周励把常人的观光之旅变成探索之旅的激情，对书中一系列以“寻找”为题的文章，非常推崇。

华中师范大学文学院教授江少川从自己为周励写的访谈录《一个中国女人的曼哈顿三部曲》入手，向大家介绍了从上海到曼哈顿、在曼哈顿生活学习、从曼哈顿走向世界三个阶段的周励。《曼》《曼哈顿情商》《亲吻世界》恰对应着这三个阶段。他表示，周励作为海外华文作家有着丰富的生活经历、开阔的国际视野、悲悯的人文情怀。周励跨越中美的经历，使得她具备双重视野，得以继承中国的和西方文化的双重传统。他认为《亲吻世界》作为一本非虚构散文，既有文学价值又有史料价值，并呼吁现场年轻读者一定要多读书，多走出去，拓宽视野。

武汉大学文学院副教授、哈佛访问学者张晶讲述她作为一个年轻的学者对周励的尊敬。她在周老师这本著作中看到一位突破了自己的性别界限、文化界限、语言界限的女性去和世界对话和交流的勇气和姿态。虽然周励老师是一个六十将近七十岁的这样的一个作家，但是从某种层面上，她的心态比很多年轻人都要年轻。

中南财经政法大学教授、海外华人文学史专家古远清中南财经政法大学教授、海外华人文学史专家古远清也参加了这次分享会，他评价说，周励的身份中海外华人文学家的身份占很大的比重，这造成她的作品中有突出的国际性、真实性和探险性。

在读者提问环节，周励老师和嘉宾们还回复了现场读者关于“文学是否本身带有人文情怀和鼓励人心的作用？”“女性在新时代是否拥有了跳出小家迈向世界的勇气与能力？”“西方世界中的人文关怀产生的原因及历史缘由是什么？”等问题，现场气氛热烈。

（原载“澎湃新闻”2021年6月7日，
https：//www.thepaper.cn/newsDetail_forward_12986526）

# 附录

# 周励作品选

# 纽约飘逝的最后炉香

## ——与夏志清谈张爱玲

周　励

我今年夏天回国商务旅行时，从上海淮海路新华书店买了一套台湾知名女编剧王惠玲的电视剧《她从海上来——张爱玲传奇》的DVD带到纽约，一口气看完。像王惠玲的《人间四月天——徐志摩传奇》一样，这部电视剧令我深深感动。当看到最后一集张爱玲临死前不久念写给夏志清的信时，我决定去找夏志清。

## 10月10日星期天

今天早上，阳光灿烂好心情："找夏志清去，请他出来吃个午餐！"大好阳光，再加上"中国欢" 餐馆的上海点心佳肴，他一定喜欢。我和夏公十多年前在一次作家聚会上见过面，上星期在东65街华美协进社由哈佛、哥大、纽约大学亚文部联合举办的"夏志清作品研讨会"上再次见面。他给了我他的住宅电话。12点30分，我开车到他在哥大附近的寓所接他，一起去东64街的China Fun 饭店共进午餐。

明亮豪华的店堂内大都是美国人在品尝中国美食，我和夏公坐在阳光射进的落地窗前，一边大快朵颐一边聊天。我说："夏公，我最近看了《她从海上来》，我算是半个张迷吧。过去曾看过张爱玲的《倾城之恋》《封锁》《金锁记》，可能因为我和张爱玲都来自上海，我对她的人生与感情世界实在很有兴趣。"

"什么《她从海上来》，什么电视剧？我没有听说过。" 夏公说，"不过，你该感谢我啊，是我把张爱玲从遗忘中挖掘出来的呀！"他说张爱玲1920年生于上海，比他大一岁。他上上海沪江大学时，张爱玲在圣约翰，正大红大紫地发表《沉香屑——

第一炉香》和《金锁记》等一系列小说，用柯灵的话来说，张爱玲的辉煌时期只有两年（夏志清认为更长）。夏至清和她的第一次见面是大学文友聚会，他只记得张爱玲戴了厚厚的眼镜，穿着自己设计的“惊世骇俗”的奇异服装，她的清高和与众不同的时尚风格，让他印象深刻。在沪江大学毕业后，夏志清到北大任助教，时值有位海外华商捐献一笔留美奖学金，北大校长胡适决定公平竞争让优者胜出。胡适出了《出洋留学利与弊》的英文论文题，在几十名应征者中，青年才俊夏志清一举夺冠。

“哈哈，”夏公一边吃，一边笑得好开心，“胡适认为试卷面前人人平等，他亲自为我写了推荐信，让我这个贫寒子弟成了耶鲁大学的英美文学博士生！”

夏公取得耶鲁博士学位后，因才华横溢，贯通中西，获得了洛克菲勒基金会拨款的一笔研究资金，让他专门从事中国文学史研究，这样他在1961年出版了英文版著作《中国现代文学史》，第一次让美国人知道了鲁迅、茅盾、老舍、钱锺书、沈从文、张爱玲的名字和他们的作品。这本书至今仍为美国大学的中国文学研究经典必修书。在研究中国现代文学期间，夏志清博览从明清到现代的戏剧和小说，突然发现“张爱玲的《金锁记》是中国自古以来最出色的中篇小说”，这样的评论当时引起不少人的异议，认为他“过分偏颇”。但是60年代初，张爱玲正在美国忍受贫困生活的煎熬，听到夏公这句话，一定会给她带来极大的安慰和新的希望。

“夏公，您和张爱玲关系如何？”我问。

“好朋友呀，我是她最信赖的人。我欣赏她能用中、英文写出漂亮的小说。”老人笑了，用令我熟悉的上海话说，“张爱玲去世前几个月给我写了最后几封长信，哀叹老年孤独生活的不易和对文学的依恋。唉，胡兰成是个大坏蛋，什么女人都要沾手，生活品格比政治品格更低下；而赖雅又太老太穷，自己明明中风多次却不告诉比他小三十岁的张爱玲。结果婚后仅两个月再次中风，给了她沉重打击。张爱玲为了给丈夫筹钱治病不得不为港台写应景笑剧，白白浪费了自己的才华和大好时光。嫁给这两个丈夫，真真作孽。”

“张爱玲在美国为什么这么穷？她在美国的生活资金来源究竟是什么？”

夏公说：“刚来美国时她到麦克道威尔慈善文艺营免费吃住写作，但期限很快就到，她的小说《粉泪》也失败了。后来胡适介绍她去哈得福特文艺营，我再介绍她去麻州赖氏女子学院研究所专心翻译清代小说《海上花》，时间都不长。我再后来是推荐张爱玲到加大伯莱克利学院当了短期住校作家。但是都没有解决她的经济困境。真正关键的忙倒是在我的英文著作《中国现代文学史》出版之后，我和台湾皇冠出版集团的平鑫涛、香港的宋淇一起协力陆续再版她40年代的小说。皇冠和张爱玲的合同还是由我代张爱玲签的呢！虽然版税有限，但总算可以维持生活，不需四处奔波了。张爱玲后来精神出现幻想症，认为美洲跳蚤到处跟着她，她不断搬家。根本没有家具，拖着一大堆纸袋不断四处搬家，差点把自己翻译了十几年的英译《海上花》手稿搞丢，而且把赖雅的信和我给她的信都弄丢了。她死时空徒四壁，屋里连一张写字台也没有，只有一个旧床垫，实在是太苦了！”夏公唏嘘感叹。然后他话题一转，说：“张爱玲的英文、绘画、服装设计倒是样样有功底，如果她不是一头钻进什么文艺营搞创作，而是先到纽约寻求发展就好了。如果张爱玲搞服装设计，很可能会打入美国主流社会，等经济富足生活无忧了，再拿起笔来写作就好啦。问题是张爱玲绝不肯纡尊降贵放下身架从打工做起，她一来美国就把自己在‘文学’中限制死了。”

夏公今年八十三岁高龄，谈话好像三十八岁那么富于推理思辨。

我又问：“胡兰成是汉奸，赖雅信仰共产党，您看张爱玲是否有爱无类？”

“张爱玲作为文学艺术家，对爱情自然神往。她看重的是胡兰成的才华和赖雅的剧作家的背景，自然不去计较他们的政治身份了。这两个男人的政治倾向都给她带来了灭顶之灾。胡兰成作为通缉犯耻辱地死在日本，赖雅原来不是个等闲之辈，他的好友辛克莱·刘易斯在荣获诺贝尔文学奖时，曾说这个奖有一天会颁给赖雅，但后来他成了德国共产党头头的好友，信仰共产主义，遭到了美国文艺主流社会的排斥，再加上写作不出成果，一穷到底。依我看除了在麦克道威尔文艺营那段初恋时间，身无分文的赖雅给张爱玲带来的幸福也实在有限。”

“夏公，赖雅死时张爱玲也只有四十多岁，依我看她也是可以再找个伴侣的。”

“哪里容易！除了赖雅这个老头儿，依我看在美国再没有一个男人追求过张爱玲！赖雅多次中风造成婚姻不顺，后来她得了幻觉症。不过即使如此，张爱玲清醒时心地仍很清高。”

“您举个例子好吗？”

夏公说，张爱玲有一回在纽约逗留数日，他去看望她。张爱玲讲胡兰成写什么《今生今世》《民国女子》，借她的名字为他粉饰炫耀。给她写的信也有阿谀谄媚之意。张爱玲对这个当年曾经让她“欲仙欲死”的人早已冷漠鄙视，不予理睬。

“后来张爱玲给我写信说，如果她回信给胡兰成，势必要‘出恶声’的。”夏志清喝了几口青岛啤酒后继续畅谈，“相比之下，赖雅虽然苍老体弱，一贫如洗，但毕竟对她怜香惜玉，关注她的写作也呵护她的幸福。赖雅以后，依我看她对男人完全失去了关注与兴趣。”

讲到这里，夏公变得愤慨起来：“但是这个赖雅，因为穷得叮当响，一定要张爱玲去流产。孩子对于女人就像生命一样重要啊。张爱玲流产后真真是萎谢了。如果她有个一男半女，在以后寡居的几十年中会给她带来多大的欣慰快乐！我想，这可能是她在最后的《对照记》中既没有胡兰成，也没有赖雅的照片文字的原因。这两个男人实在都不值得她爱恋思念！”

“夏公，恕我直言，张爱玲从60年代到80年代给您写了一百多封信，在当今社会就是情人也很难写这么多信，您为什么对她这么关心备至？”

夏公哈哈一笑，说：“因为才华啊，我喜欢她的才华，也同情她的境遇。张爱玲原来有一个梦想，一个期待，那就是定居纽约，东山再起。但是她太穷了，又不肯做写作之外的事，怎么可能在纽约生存呢？我有时想，如果她生活在纽约，可以写写第五大道、时代广场、林肯中心这些有血有肉真实的美国大都市生活，可她来美后一直在美国西岸过着孤陋寡闻、拒交朋友的生活。她总是独自埋头写些三四十年代旧上海的东西，虽然她英文好，但美国人是不要看的呀！张爱玲对现实的社会和人失去了兴趣，这是她的致命伤啊！”

我又问：“据讲在纽约，最关心、最帮助张爱玲的只有两个人，您和胡适先生，是吗？”

“张爱玲50年代刚从香港来到美国时，住在纽约市救世军贫民女宿舍中，胡适作为国民党政府前驻美大使，不惜放下架子去贫民窟看望她，还仔细读完了她的英文小说《秧歌》，我知道了很感动。后来我静静地读了张爱玲的全部作品。她因为胡兰成的关系被打入冷宫，但我发现她的中篇小说是最好的，无人可比。”夏公说到他六十一年前的论断，还这么固执。

“胡适在张爱玲经济窘迫时，写信推荐她到哈特福基金会去住了半年，后来年迈的胡适结束了在纽约的公寓生活，回台湾去了。我继续尽自己的努力，联络在美国各大学、研究机构的朋友，推荐她，为她找工作，这样，我和香港的宋淇成了张爱玲最信任的朋友。”

“那么林语堂、钱锺书、沈从文呢？还有徐志摩？”

“20世纪30年代徐志摩乘飞机失事时我只有十岁出头，但我知道胡适一直是非常欣赏他的，他的诗歌确实柔美。林语堂自然是大家，他的英文著作《生活的艺术》在美国轰动一时，第一次把中国人的生活艺术和哲学理念介绍给美国人，好评如潮。我第一次见到钱锺书是20世纪40年代在上海宋淇家，钱锺书的《围城》是了不起的小说，沈从文和茅盾的作品我也很欣赏。不过论人论文，我还是最喜欢张爱玲的华丽与凄凉。”

我问：“华丽与凄凉，这句话是您这儿来的呀？”

夏公说：“唉，张佩伦曾是位封疆大臣啊，李鸿章爱才把女儿嫁给他，两人恩爱生了张爱玲的爹，可这风流高贵的张公子却不幸成了吸鸦片的败家子。李鸿章家财万贯啊，张爱玲也是含着金钥匙出生的；可到了张公子卖掉母亲（李鸿章女儿李菊耦）陪嫁的十一幢别墅中最后一幢别墅，还清鸦片债后，他只能在上海小弄堂租一个十四平方的小屋，蜗居等死了！”

是啊，李鸿章做梦也不会想到，他当年来美国时被美国部长参议员总统助理达官显贵团团围绕，可他的曾孙女却在美国沦落去住救世军贫民窟，穷到去嫁美国穷老头，穷到去打胎。张爱玲的祖母是李鸿章的女儿，这载沉载浮的人世本身就是一本小说。更何况张爱玲她把一生的梦想都献给了文学，比如凡·高，倘若他活着时衣锦华贵，今天不见得有这么高的艺术价值了。

我们在正午艳丽的阳光下怀着丝丝隐痛：命运可以如此轻易地大调个儿，从华丽到凄凉的距离几乎可以步行。

午餐后，我们一起来到位于东60街邻公园大道我的家中小酣聊天，到阳光灿烂的阳台上眺望公园大道上绯红色的海棠花坛。后来，我开车送夏公到西113街他的公寓门口，我跳下车为他开门，看他向我挥手告别后坐回到车里。静静地望着夏公走上楼梯台阶的背影，像面对着一部深邃而温馨的历史，充满敬意。

张爱玲也曾这样默默目送他的背影吗？

## 10月17日星期日

这一周忙碌于商务和社交活动中，有朋友说“在纽约生活，好比天天过节，有趣”。

前天应邀参加了美国金融地产投资大亨威廉凯瑞先生在公园大道61街私宅中举办的晚宴。他年近八十，毕业于普林斯顿大学，去年捐献了五千万美元给他祖父的母校，即今年美国总统两位候选人辩论地点亚利桑那州立大学。以他金融世家的祖父名字命名的亚利桑那大学“凯瑞商学院”拨出了部分捐款，用于建立培养中国企业主管人员的EMBA培训项目。

晚宴主持人在曼哈顿常见的聚会欢乐的气氛和侍者穿梭般递上的香槟、美食中让大家静一下，楷蕊公司主管爱德华开始宣布晚宴贵宾名单，他在念到中国驻联合国和驻纽约总领馆的高层官员来宾之后，念出了我的名字，这时晚宴厅响起一片耀眼的闪光灯和掌声。有一位中国青年用流利的英语和我说，他是看了我的书后立志到纽约闯天下的，如今他是凯利先生的中国事务首席助理。第二天报刊上登出了晚宴的新闻报道。那天聚会上，我忽然想起了夏志清。说实在，不少觥筹交错的晚会，和上周末相约夏志清比起来，只是淡淡一滴水，但凯瑞先生和夏志清一样了不起。星期天早上，我从网上收到了我和凯瑞先生手捧玫瑰花的合影，凯瑞笑得好开心。“纽约的好老头儿真不少。”我想，就拿这个上市公司亿万富翁凯瑞老头来讲吧，他一捐款就是几千万美元，自己却住在公园大道的二室一厅公寓，他的钱可以把整幢大楼买下来，可人家就是乐于居住二房一厅，一间睡房一间书房，各种书籍从政治、经济到小说、诗歌等堆向天花板，浅红色的书房既宽敞又典雅。他和夏志清一样地淡泊金钱，达观坦然。

不远处61街第五大道上是海明威故居的白色大理石公寓楼，在不远处东64街是四次连任美国总统的罗斯福的故居。曼哈顿这些一条条饱含着历史文化气息的大街啊，现在最让我牵挂的是西北角113街那条最古老的街道，在那里居住着旅美六十年的夏志清老先生，他曾为贫寒交困的张爱玲点燃温馨的炉香，他是支撑张爱玲活下去的真挚友人，我突然想到如果把他们的故事叫作《最后的炉香：沉香屑》对应张爱玲的第一本书《沉香屑——第一炉香》倒是挺切题。

张爱玲说：“等这一炉香燃尽成屑，我的故事就讲完了。”

“可是，这个故事没有完。”我几天来挥不去一个疑问，为什么在张爱玲生命中如此重要，在台湾文学界又名气很响的夏公，居然不知道风靡两岸的电视连续剧《她从海上来——张爱玲传奇》呢？为什么台湾的影视界和剧组没有找夏公聊一聊？我拎起电话，对夏志清说：“夏公，距我们上次见面，又一个星期过去了。今晚上我想到您家来玩玩，并请您去哥大餐馆吃饭。”

5点钟左右，带了我的宝贝《她从海上来——张爱玲传奇》的DVD到了夏公家。一开门夏公就给了我一个热情的美式拥抱，夏太太也高兴地去沏新茶。客厅不小，铺着浅蓝花卉的陈旧中国地毯，浅绿色的沙发后面是一大排醒目的书架。原来的餐厅间已改做书房，踏进去四面八方都是高大的书架，仿佛走进一间图书馆。夏公的英文书籍在右边书架堆到顶，中文书籍则在左边书架堆到顶，与屋中的凌乱不同，书架书籍均秩序井然，高雅整洁。夏公看来还是仍然很怀念他耶鲁时代研究的英国文学。他从书架上取出一本威廉·布莱克的选集，一页页地翻开泛黄的书页，珍惜羽毛般地轻轻抚摸着页中的插图：“这都是威廉·布莱克亲自绘的，他曾经梦想成为画家，后来成了文学家，天才呵！…… 他是莎士比亚之后开浪漫主义先河的重要英国作家。”

我仔细看着这些插图，的确精美，且有震人心魄的魅力。随着夏公的手指和翻页，我被布莱克深深吸引，就如我在梵第冈拉斐尔画室中所受到的魔力吸引一样。夏公也谙熟当代英美文学，上星期天，他在我家看到我近日阅读一叠书籍中的一本英文原版《麦田里的守望者》，他大叫是好书，并说主人公霍尔顿与《红楼梦》中的贾宝玉相似，都是“对科举制度造反”。我告诉他这本美国当代经典小说我爱不释手，时而让我捧腹哈哈大笑，时而让我感动落泪。我真想知道张爱玲是否看过这本书，如果她看过，“我发誓（书中主人公的口气），这本书一定能给她带来几天的快乐”。

我们三人在沙发上坐下品赏新茶。我取出《她从海上来》DVD中第十盘碟片，电视屏幕上出现张爱玲的旁白：“志清，多谢你来信问候，我这几年是上午忙着搬家，下午忙着看病，晚上回来常常误了公车。剩下的时间只够吃睡，所以才有收信不拆看的行为。直到昨天才看了你1985年以来的来信。

我这样莫名其妙，望你不会见怪。你来信问我为何不趁目前中国出版界女作家热振作一下，问题在于我得了慢性病。虽然不是大病，但光看牙医就是两年多，目前还在紧急状态。收到信，只看账单和紧急的业务信，你，还有久不通信的炎樱的信，都是没有看就收起来了。久而久之，我也荒废了日常功课。”

夏志清被《她从上海来》剧组实实地遗忘了，尽管剧中的关键情节里引用了他们的通信。我好像突然明白张爱玲生前为何“无人问津”了，也许世人对逝者的宣扬，并不真是出于对逝者的关爱或对其足迹的深刻思考，也许仅仅是为了一部有商业价值的电视连续剧，或为了多一个人生盛宴的话题。而眼前的夏志清，在书架上摸摸索索，对他的古老书籍和逝去的往日足迹，显得多么深挚依恋！

“夏公，”我犹豫了一下说，“仅从1963年到1982年，张爱玲给您写了一百多封信，你能拿出几封给我看看吗？”

“好，可以！”

看着夏公善良的、布满岁月沧桑的脸，我不由想起张爱玲的名句：“因为懂得，所以慈悲。”

夏公从客厅跑去书房，一会儿拿出几页张爱玲的信和一个她的信封。张爱玲的黑色钢笔字很清秀，信都是竖式书写的，用的是薄薄的白信纸。有一封1983年12月22日的信，虽然二十年过去，但夏公仍将信保存得很完好。我轻轻地抚摸着信上的字迹，仿佛在抚摸卢克索古埃及法老的象形文字，抚摸一个有文学天赋的女子她那破碎的幻想和凄婉的人生。六十岁的张爱玲在圣诞节前，孤坐在陋室的灯下给夏志清写这封信——

志清：

年底写圣诞信，也没找出上一封信来再看一遍。忘了你提起Diana Chang（张粲芳）的小说，寄出后马上想起来了。前几天匆匆写信，又没来得及说。其实你找人译出来，一定有许多人赞赏…… 宋淇前一时又生了场大病，现在刚好点……光就我来说，我一向对出版人唯一的要求是商业道德，这些年来皇冠每半年版税虽有两千美元，有时候加倍，是我唯一的固定收入……

她的字清秀、整洁，信中常夹着书写秀丽的英文。每封信的最后总是要提夏太太王洞的名字。张爱玲用打字机打出的地址，她既没有用“Eileen”，也没有用赖雅“Fedinomd Reyhor”的姓氏，而是一个“Chang”，收信人是Professor C.T.Hsia（夏志清教授）。

夏志清带我看了他收藏张爱玲信件的文件柜，一层层文件夹中放着他们两人不同年代的通信。时间飞逝，他拿出一本英文著作《中国古典小说》（*The Classic Chinese Novel*）送给我。出门前，夏公坐在书桌前，用清秀的字体书写下张爱玲给他信中的一句话：

我是爱着人生，对文艺往往过苛

和张爱玲所喜爱的孔子《论语》中的一句话：

如得其情，则哀矜而勿喜。

时光倒流，恍若隔世。我仿佛看到胡适、夏志清、张爱玲一起手牵着手从层层书架后面的时间隧道中走来。胡适、张爱玲已作古人，而这位将张爱玲像颗珍珠样重新掘出沙丘的夏志清，自己却被眼看一天比一天更深的沙漠慢慢淹没。

我们走出大门，来到113街狭窄安静的小路上，我突然想起上海沦陷时期郑振铎大声呼吁阻止“史流他邦，文归海外”，发动“抢救大劫”活动一事，我真想对着纽约的月色夜空大叫一声：“郑振铎啊，你在哪里？”我回头望着身后那扇缓缓关上的大门，仿佛看到最后的炉香正在纽约的朦胧之夜飘逝，散发，再不回来。我搀着夏公和夏夫人两位老人踽踽而行，向阿姆斯特丹大街上的哥大餐馆走去。

（原载《曼哈顿情商——我的美国励志生活实录》第157—167页）

# 燃烧的太平洋：贝里琉战役与尼米兹石碑

周　励

## 曼哈顿复活节：一场没有硝烟的战争

2020年复活节注定在当代史上独一无二：美国四艘“尼米兹级”核动力航母“罗斯福号”“罗纳德·里根号”“卡尔·文森号”“尼米兹号”均出现新型冠状病毒肺炎确诊病例，其中“罗斯福号”官兵感染高达六百人，一名水兵不幸在关岛医院罹难。特朗普批评该航母不该在疫情蔓延期间停留越南岘港与当地居民联欢。

一个0.1微米的诡异病毒，居然成为压垮海霸巨舰的一根稻草，“罗斯福”号停靠在我熟悉的关岛，几年前我实地探访了太平洋战争关岛战役遗址，对那里很有感情。新型冠状病毒肺炎疫情大摇大摆，无孔不入，环球肆虐。纽约十二万人感染，一万余人罹难，医院的走廊摆满了包裹着橘色尸袋的罹难者遗体，形同炼狱。勇敢战斗在第一线的纽约市医护人员一个个病倒，即使大难不死的痊愈者也立即重返前线。截至复活节，全球公开报道因“新冠”去世的娱乐名人已经达到61位，他们临终前都像林正斌教授那样呼喊着“救救我”，撕心裂肺的悲恸笼罩全球。

有太阳的早晨我会在家中阳台健身，眺望东59街公园大道悄然绽放的郁金香，玫红娇艳但无人欣赏，在这美丽的人间四月天，纽约最尊贵豪华的大街空无一人，仅偶尔有救护车鸣笛穿过。

我想起七十五年前的另一座人间炼狱——跳岛战役血腥惨烈的战场，开始书写“被遗忘的炼狱：跳岛战役探险录”的第一篇，谨以此文纪念反法西斯战争胜利七十五周年，也献给我的偶像——二战太平洋舰队司令切斯特·威廉·尼米兹，今年是他诞辰一百三十五周年，在疫情大蔓延的至暗时刻，让我们记住尼米兹的名言：“信心是黑暗中的灯塔。”

## 海水包围的“罗塞塔石碑”

大英博物馆的镇馆之宝罗塞塔石碑曾是我的最爱，夜不能寐地醉心于研究拿破仑、发掘图坦卡蒙墓地宝藏的霍华德·卡特，发现阿布辛贝神庙和约旦佩特拉城的约翰·贝克哈特和破译罗塞塔石碑古埃及象形文字的法国语言学家商博良。从1992年起我四次去埃及和约旦实地探访，并写了《情燃埃及》文化散文，之所以回忆这些，因为我发现凡是优秀的历史学家和考古学家都不会满足于纸上谈兵，他们推崇实地探索所带来的兴奋与美感，特别是挖掘那些埋没在岁月沙尘里的秘密，这种实地探究都带有浓郁的冒险色彩。

由于喜欢历史和二战人物传记的缘故，多年来我热衷于研究二战史，带着《罗斯福传》《丘吉尔传》《艾森豪威尔传》《尼米兹传》《朱可夫传》和《隆美尔传》，跑遍了欧洲战场和太平洋战场，近年来足迹遍布跳岛战役遗址——帕劳贝里琉岛战役、塞班岛战役、天宁岛战役、关岛战役、冲绳岛战役、吕宋岛战役、科雷吉多岛战役（菲律宾战争岛）、泰缅死亡铁路、桂河大桥和广岛原子弹原爆点。其中我对帕劳南端的贝里琉岛和太平洋舰队司令尼米兹情有独钟，为什么？因为他做了古今中外功勋卓著的将帅们都没有做的一件事，而这件事，在世界上似乎只有我这个来自纽约的中国女人注意到了——五年来我翻遍了谷歌搜索、华盛顿国会图书馆及美国国家档案馆，都无法找到有关这块石碑的任何记载：这是一个约21英寸宽、14英寸高、被海风侵蚀的青灰色沧桑石碑，上面嵌刻着因年代久远变得模糊不清的文字——犹如拿破仑军官在埃及战场发现的罗塞塔石碑——它突然出现在我的面前，在贝里琉战役日军墓园的入口！

这块毫不引人瞩目的低矮石碑上模模糊糊的英文引起了我的注意（因为日军墓地的石碑刻的皆是满眼帘的日文）。我蹲下身子，睁大眼睛仔细一行行辨认石碑上斑驳的英文，当我认出切斯特·尼米兹的石刻签名时立即热血沸腾了，这石头一定记载着非同寻常的历史事件！我一边大声念出，一边满怀惊愕，掏出苹果手机记载下这些早已被世界遗忘的珍贵文字：

从世界各地来这里重温如烟往事的人们应当被告知：日本官兵在这场

战役中是多么勇猛、爱国、顽拼死守贝里琉岛，直到流尽最后一滴血。

——太平洋舰队司令切斯特·尼米兹

我的大脑中顿时风暴呼啸，血液仿佛凝冻，继而重新沸腾，为什么？在不远处的美军墓地，除了迎风飘扬的美国国旗和牺牲者编队铜牌外，并看不到太平洋盟军司令的任何题词！

为什么？

那是因为美国是威震全球的胜利者。在败者面前，王者的谦虚、对失去生命的悲悯与对军事专业领域勇猛同行的敬佩，都放射着人格与教养的魅力光芒！难道不是吗？这正如丘吉尔对德国陆军元帅隆美尔的评价一样：“如果我有他这样的将军，那该多好！”

2015年的夏天，我从帕劳贝里琉岛激战遗址的石碑——被海水包围的“罗塞塔石碑”前站了起来，心中宛如太平洋浪潮翻滚，尼米兹的形象刻入了我的脑海，从此不忘。

## 寻找尼米兹

1941年12月7日7时30分，渊田发送了著名的“虎，虎，虎”（奇袭成功）电报，“亚利桑那”号战舰爆炸，169架飞机被摧毁，珍珠港美军防御系统崩溃，日军顷刻间将美国太平洋地区的全套海军战略付之一炬——切斯特·威廉·尼米兹上将随即被罗斯福总统任命为太平洋舰队司令：“告诉尼米兹，到珍珠港去收拾残局；然后留在那里，直到战争胜利！”

金发碧眼、风度翩翩的日耳曼后裔切斯特·尼米兹，出生在德国移民的贫苦家庭，年轻时在社会底层干杂活，两手空空一无所有。据说尼米兹曾和同样贫苦出生的二战统帅艾森豪威尔比“哪一个更穷”。靠勤奋自学的尼米兹考取了美国海军学院，成绩优异，逐渐练就成一位杰出的军事家和美国海军五星上将。二战期间他指挥了珊瑚海海战、中途岛海战、跳岛战役等著名海战，被誉为“海上骑士”。

由于他战功彪炳，对海军有巨大贡献，尼米兹去世后美国建造的第一艘，也是当时最新锐的核动力航空母舰以他命名。目前美国有10艘“尼米兹级”核动力航空母舰和1艘最新“福特级”核动力航空母舰。尼米兹年轻时代的海军生涯竟受到日本海上战神东乡平八郎的深刻影响，他初期服役于驻扎于旧金山的俄亥俄号战列舰，并乘其去远东巡航。1905年5月，当时的日本帝国海军在对马海战中大胜俄罗斯帝国波罗的海舰队，创下了亚洲黄种人打败西方白种人的奇迹，西奥多·罗斯福总统急忙进行调停。

在此期间，尼米兹见到了威名远扬的“军神”东乡平八郎将军（1848—1934），对东乡留下了深刻印象，特别对其在日俄对马海战中的舰队“U”形变向与“T”形阵式追击作战模式赞叹不已。担任过驱逐舰和潜艇指挥官的尼米兹也是一位潜艇动力专家，他和同僚们一起探索以航母为核心的圆形战斗编队，这种编队成为二战期间美国标准的航空母舰编队队形。

太平洋战争爆发后，临危受命的尼米兹飞赴夏威夷，面对记者他说了一句话：“我身负重任，我当尽力而为！”为鼓舞士气，1942年4月，尼米兹筹划了对东京的“杜立特空袭”行动，重挫了日军嚣张气焰。1942年5月，尼米兹将手中仅有的2艘航空母舰、8艘巡洋舰和11艘驱逐舰集中编成一支特遣舰队，在珊瑚海与日军进行了人类战争史上第一次航空母舰的“珊瑚海会战”。

1942年6月，尼米兹调集3艘航空母舰组成航空母舰作战编队群，在中途岛伏击日本海军主力。结果美军只损失1艘航空母舰、1艘驱逐舰和147架飞机；而日本却损失了4艘大型航空母舰、1艘巡洋舰、330架飞机，还有几百名经验丰富的飞行员。中途岛海战是美国海军以少胜多的一个著名战例，打掉了日军在太平洋的优势，扭转了美国在太平洋战场的不利局面，揭开了战略反攻的序幕。1943年到1945年初，尼米兹统率中路大军，会同麦克阿瑟的部队，开展跳岛攻击，先后攻占了塞班岛、天宁岛、贝里琉岛、菲律宾群岛、硫磺岛和冲绳岛，砸开了日本的“国门”。燃烧的太平洋海战规模比诺曼底登陆大十倍，面对垂死的日军神风特攻队“一机一舰”的疯狂袭击，美国太平洋舰队前赴后继，英勇奋战，所向披靡，功勋赫赫。

1945年9月2日，在美国太平洋舰队密苏里号战列舰上，举行了盟军接受日本无条件投降的签字仪式。尼米兹代表美国，麦克阿瑟代表盟军签字。为表彰尼米兹上将的卓著功绩，华盛顿决定1945年的10月5日为“尼米兹日”。

1966年2月20日，尼米兹在旧金山逝世。弥留之际，尼米兹上将要求死后葬礼从简，并把他埋葬在太平洋岸边的旧金山国家公墓里，他希望可以朝夕不停地眺望他深为眷恋的太平洋。

尼米兹上将名言："如果没有强大的海上力量，我们在太平洋战争中绝不能前进一步。""对于在贝里琉、硫磺岛作战的人来说，不寻常的勇气是普遍的美德。"

## 帕劳——浮潜在海底"二战博物馆"

我的探索跳岛战役"寻找尼米兹"之旅是从帕劳开始的。那次探访结束回到广州后，与我共探北极的好友、香港作家联谊会名誉主席江扬问我："国内每年许多人去帕劳度假胜地，还真没听说有个贝里琉岛二战遗迹，你又发掘了哪些扣人心弦的历史遗迹？"

我去帕劳的最初目的是浮潜，入住酒店查看当地历史人文，才知道大岛南端有贝里琉岛二战遗迹和大片的美日官兵墓地。我立即询问当地的华人导游，他回答说："中国游客都不去那里，他们对墓地不感兴趣。你可以问一下美国人或日本游客。"

风光旖旎的帕劳，被《美国国家地理》杂志称为"上帝的水族馆"，这里飘逸绚烂的红蓝软珊瑚，鲨鱼湾、牛奶湖和闻名遐迩的水母湖，皆形成于一万五千年之前。浮潜时我被成千上万晶莹剔透的无毒金色水母围绕，伸手轻触柔嫩光滑，感觉到不可思议的奇妙。

这里在1986年被《美国国家地理》杂志发现，是世界浮潜爱好者的向往之地。在海底大断层浮潜是一种特殊体验，从距离水平面不到1米突然骤降到600多米深的海底，色彩斑斓的鱼群在护目镜前穿梭游弋，海下宫殿美妙绚丽，令人叹为观止！

作为一名浮潜爱好者，来帕劳之前我就期盼见识一下闻名遐迩的海底二战遗迹"水族馆"。乘着快艇穿梭于洛克群岛间，我们像撒珍珠一样跳入大海，戴着呼吸面罩浮潜至群山围绕的山中湖日本海军沉舰处，浑身发凉，深感震撼！

帕劳海底躺着各式各样日军和美军被击沉的船舰飞机残骸，我用牙齿咬住潜水吸管大口呼吸，护目镜前阳光斜射的宝蓝色海水中，呈现出一部惊心动魄的海底世界惊悚片！首先看到一个体积庞大、长满铁锈与绿苔的日军沉舰，它在1944年被美军炸毁，曾有一位中国游客在沉舰上挂了五星红旗，这引起了帕劳政府的不满。

就在我来到这里的前三天，帕劳首相刚巧接待了来访的日本明仁天皇夫妇，我在贝里琉战役指挥官中川州男大佐的墓地看见天皇夫妇献的花圈，在大佐剖腹自杀的黑暗山洞口，我看见一些日本游客摆放的鲜花。

我是与十几名日本和欧美游客坐一条汽艇来到贝里琉岛的，满面笑容、肤色发亮的帕劳船长一边开着汽艇乘风破浪，一边对我讲：“这里有美军墓地和日本墓地，每年都会有人来扫墓。因为离大岛很远，中国游客基本不来。你是我见到的第一位中国女性。”

登岸后一眼望见小小的悼念仪式广场，中央飘扬着日、美、帕三国国旗，明仁天皇的白色讲台以及参拜者的三十多把椅子在阳光下原封不动，仿佛仪式刚刚结束。明仁天皇不同于他那个恶贯满盈的父亲裕仁天皇，他一般被认为是一位崇尚和平的日本天皇，即位以来一直坚持不参拜靖国神社，并对二战中日本侵略暴行表示悔恨。

明仁天皇夫妇住在海岸皇家游艇上，部分皇家随员住在我下榻的帕劳老爷大酒店。负责接待日本贵宾的英国籍酒店经理对我讲：“明仁天皇非常和善，平易近人。”贝里琉岛一场鏖战日军死亡10 695人，指挥官中川州男在美军逼近血腥鼻头峰指挥部的洞穴时剖腹自杀。

在海底“战争坟墓”浮潜是一段难忘的记忆，我曾在南美的达尔文岛海底与野生海狮共舞，在巴哈马群岛亚特兰蒂斯与鲨鱼并肩游弋，一切都是冒险带来的好奇与美丽，但是在帕劳海底二战遗迹原生“博物馆”潜水让我脊背发凉，担心一个不小心触碰到日本“神风特攻队”飞行员的骸骨堆！心儿战栗、胆大如虎的我穿梭在一堆堆庞大锈蚀、鱼儿出没的战机、坦克、舰艇残骸之间，深感战争的惨烈与凄凉，随即对这场战争骇人听闻的来龙去脉产生了强烈的兴趣。

## 被遗忘的血色海滩：贝里琉战役

帕劳与德、日、美战争史皆有关联。1898年德国从西班牙手里买入帕劳，1900年用炸药开通了一条宽阔的运输水道——著名的“德国水道”；第一次世界大战德国战败，忍痛赔偿，日本拥有帕劳；二战太平洋战争后期尼米兹太平洋舰队驱赶日军，付出了惨重的代价，攻占帕劳。

在反法西斯战争胜利70周年的那个夏天，我走进了13平方公里的贝里琉岛战役遗址。时间在这里凝结，贝里琉岛位于帕劳群岛最南端，靠近菲律宾。为了夺取岛上日军军用机场，1944年9月15日至11月27日美国海军陆战队一师和八十一步兵师以伤亡六成的代价与日军展开二战中最惨烈血腥的攻守战，该战役和接下来的硫磺岛、冲绳岛战役使美军损失惨重，促使美国放弃攻打日本本土，以扔原子弹逼日投降结束战争。

徘徊在贝里琉岛战役博物馆，狼烟四起，炮声隆隆。战役之前48小时马歇尔发出电报，要求保存实力放弃贝里琉岛登岛战役，但电报迟到，炮声已响，万箭俱发。美军原认为只需4天即可完胜，然残酷激烈的夺岛战役整整延续了72天，橘色海滩似乎一脚可以踩出血来，美军陆战队与步兵师遭遇日军从血腥鼻头山500个隐蔽洞穴发射火炮的猛烈攻击，导致15 000名美军伤亡！

我想起在美国国家档案馆手捧着二战美联社战地记者乔·罗森塔尔（Joe Rosenthal）拍摄的《硫磺岛上升起星条旗》（1945年2月23日），硫磺岛战役结束时美军共牺牲6821人，其中约4800人是在插上星条旗之后阵亡。而贝里琉岛战役的伤亡比例远超硫磺岛战役！

1944年夏，美军在太平洋战场的西南和中部取得连续胜利，也让战争步步逼近日本本土，此时，美军参谋长联席会提出了两种不同的方案来打击日本：一是麦克阿瑟将军提出的先重占菲律宾，再占冲绳作为进攻日本本土的跳板；海军上将尼米兹认为应绕过菲律宾，直接攻占冲绳和台湾用作集合点，成为以后攻击日本南端岛屿的跳板。双方吵到联席会议主席马歇尔那里，麦克阿瑟强调美国在道义上有义务解放1 700万亲美的菲律宾人民和关押的数万名美军战俘。

美国总统罗斯福飞赴珍珠港与两位指挥官协调，最后同意采取麦克阿瑟攻打菲律宾的方案。虽然路线有所不同，但尼米兹和麦克阿瑟的两种方案里都不约而同地出现了贝里琉岛（日军机场）的名字。于是美国海军陆战队第一陆战师被任命为进攻部队，师长威廉·鲁佩图斯少将预计在4天内可以攻占该岛。

在1944年9月15日总攻的前三天，美军动用了11艘航空母舰上的400架舰载机和马里亚纳群岛上空的重型轰炸机，对整个帕劳群岛进行了狂轰滥炸，海面由美军的3艘战列舰和25艘巡洋舰、30艘驱逐舰对该群岛实施猛烈炮击。

在三天的火力准备以后，美军海军陆战师乘坐水陆两栖战车和登陆艇向群岛发起进攻，根据当时的美国战地记者报道，当时进攻的陆战师士兵每个人都是心情轻松有说有笑，当时的日军也非常配合他们，美军在登陆和建立滩头阵地期间日军都没有放一枪一炮。

直到美军进入日军防波堤30米距离的时候，一个个诡异的暗堡与堡垒的日军火力点同时开火，美军在毫无防范下立即被击倒了一大片，顿时就乱成一团，因为沙滩上没有任何防御的地点，走在前面的几百名士兵完全就成了日军的活靶子，全部被击杀在我脚下的这片橘色沙滩上。

日军的火炮也同时向正在登陆的美军登陆艇开火，因日军火炮点距离海岸线仅仅50米，基本弹无虚发，整个海滩上在短时间内就堆满了美军的尸体和被击毁的登陆艇两栖装甲车。就这样，美军首次登陆的两个陆战营一大半的士兵都断魂在血海包围的小岛。美军指挥部下令撤退，第一次登陆进攻以失败告终。

我又来到岛上机场，1944年9月18日美军终于打到了这里，但机场附近的日军冷枪手无处不在，美军飞机每次起飞或降落时都必须在跑道附近扔凝固汽油弹并使用机枪扫射日军，这种场面在太平洋战争中绝无仅有！

在战役进入僵持阶段后，美军再次将新增陆军投入战斗，尼米兹和麦克阿瑟决定不惜一切代价都要把贝里琉岛攻下来。依托强大的兵力优势和火力投送能力，攻坚的美军每次遇到日军冷枪手就呼叫空中打击和舰炮打击，遇到碉堡和坑道，就依靠火焰喷射器和炸药、炮弹一米一米推进，遇到的每一个洞都会灌入汽油并投入炸弹，全岛几乎被夷为平地，消灭1名日军要耗费子弹1331发，整整72天——比原计划的4天多出68天，每一天都尸骨遍野，血流成河，美军终于在11月22日完全占领了贝里琉岛。

## “玉碎”时刻的天皇魅影

激战到11月24日下午，指挥所的日军守备部队伤亡严重，弹药耗尽，已无力阻止美军攻击。下午4点中川州男大佐最后发电给第十四师团司令部，表示将成为凋谢的樱花。他烧掉军旗和机密文件，高呼“天皇万岁”切腹自杀（死后连升两级，冲绳守备司令牛岛满死后只晋升了一级）。当天晚上随同中川州男自杀的还有60名无法行动的伤兵。

日军从一开始就要求每一个士兵做到视死如归，小岛周围炮声隆隆，美军航母和飞机攻势强大，燃烧的太平洋愤怒之火逼近三年前偷袭珍珠港的卑鄙豺狼，日军指挥官中川州男知道自己必死无疑，但下令死守贝里琉岛三个月，诱敌深入，尽最大可能给美军造成重创，为日本本土抵御进攻赢得时间。

我仿佛看到被火焰喷射器击中的日军士兵如同火球般地一个个从黑洞里窜出来，疯狂地死死抱住美军士兵一起燃烧，还有粮绝弹尽、缺胳膊断腿的日军在跳崖之前组成残兵团，疯狂喊着“天皇万岁”用石头和木棍与美军肉搏。顽固抵抗的日军10 695人阵亡、160人被俘，几乎全军“玉碎”。

贝里琉岛战役唯一的功绩是让美军见识到了日军真正精锐部队的可怕，正是基于这样的考虑，加上以后的硫磺岛战役，美军决定跳过台湾直接攻击冲绳岛。

贝里琉战役至今仍是第二次世界大战中最有争议的战役之一，因为小岛的战略价值不大，与塞班的天宁岛运载原子弹的机场功用不同，以美军鲜血换来的机场再也没有发挥任何作用。海军陆战队国家博物馆称这场鏖战是“海军陆战队史所有战争中最为惨烈的战役”，美军以15 000人的伤亡全歼10 000日军。

其耗时之长，伤亡之大，物资消耗之严重都远超过硫磺岛战役，而在当时的国际媒体报道中，这场穿越炼狱的激战被盟军攻打德军本土和麦克阿瑟重回菲律宾群岛的报道所淹没，几乎无人提及。

人们把硫磺岛与贝里琉岛战役的惨烈叫作“炼狱里的双胞胎”，硫磺岛至今不对外开放，对外开放的贝里琉岛虽然距离帕劳大岛仅一个小时的快艇距离，却看不见一个中国游客。我多么希望国内更多的二战史学者和中国游客来贝里琉岛，看一看这块海水围绕的尼米兹“罗塞塔石碑”。

战争是人类文明的“恶之花”，可以说是人类最残忍的集体行为。二战以6000万以上的死亡人数，在人类历史上留下了不可磨灭的印记！

## 疫情之下，珍珠港是一面镜子吗？

在噩耗不断的纽约复活节夜晚，回顾贝里琉战役和这块被海水围绕的尼米兹石碑，更感到人类每一条生命的珍贵。

有人说美国的今天正如珍珠港事件前后的美国：从隔岸观火到惨遭袭击。曾在哈佛大学研读的山本五十六是一个有眼光的战略家，但他在成功偷袭的第一时间就感叹：“我们唤醒了一个沉睡的巨人，日本悲伤的日子很快将会到来。”二战期间，美国总共生产了155艘航母，各类作战飞机30万架，9万辆坦克和54万门火炮等。

一旦有了举国的共识，美国的生产潜力和全国动员能力是巨大的，二战期间美国的工业产值一度达到世界的40%以上，钢铁产量占世界的64%，石油产量占世界的70%以上，显示出惊人的生产规模和战争潜力。这是对山本五十六突袭珍珠港的回应。

我想起法国著名历史学家、《旧制度与大革命》作者托克维尔的名言：“美国之伟大不在于她比其他国家更为聪明，而在于她有更多的能力修补自己犯下的错误。”

二战后，踏上日本国土的麦克阿瑟充满鄙视地问裕仁天皇：“你失败了，你为什么不自杀？”懦弱虚伪的天皇支支吾吾，词不达意。日本在一片屈辱和不情愿中，被迫接受了麦克阿瑟大刀阔斧的改革。麦克阿瑟借鉴整个西方世界的法律体系，制定了一部宪法，把这个充斥着野蛮和黑暗文化的日本，导向了正轨。

日本出台的宪法草案被称为《麦克阿瑟草案》，实际上是美国制度与英国制度的结合物。它把天皇彻底“去神化”，降到只是国家象征的地位，确立了“三权分立”体制。1946年4月10日，即在麦克阿瑟的新宪法草案出笼后不久，日本根据新的选举法举行了战后第一次国会选举。在这次选举中，1300多万妇女首次获得了选举权，妇女破天荒地有39人当选为议员。

与此同时，麦克阿瑟向华盛顿要求调运太平洋地区美军的库存粮到日本，但美国众议院拨款委员会对把军粮用于援助前不久的敌国表示异议，作为回答，麦克阿瑟申诉了自己的理由，并警告说：给我面包，要不就给我子弹。

他得到了面包，实现了解救日本战后饥荒的诺言，从5月底起，粮食源源不断地运到日本！至9月份，这些粮食几乎占了日本居民全部配给量的70%以上，使日本度过了艰难的粮食危机期。从这时起，日本国民渐渐把麦克阿瑟当作他们心目中的神来崇敬。1951年4月麦克阿瑟被解职时，日本首相吉田茂在向全国发表的广播讲话中动情地说：“麦克阿瑟将军为我国利益所做的贡献是历史上的一个奇迹——是他把我国从投降后的混乱凋敝的境地中拯救了出来，并把它引上了恢复和重建的道路，是他使民主精神在我国社会牢牢扎根。”

4月16日晨，被杜鲁门总统解除职务的麦克阿瑟就要回国了，严格保密的麦克阿瑟坐上汽车时才发现，从他下榻的官邸直到厚木机场，上百万日本人自发地站在街道两旁为他送行。当车队经过时，传来日本人发自内心的高呼声：“大元帅！大元帅！”

叼着玉米芯棒雪茄的老麦克，这位西点军校曾经的校长热泪盈眶。此时此刻有多少人能想到麦克阿瑟曾与日本人结下的血海深仇。1942年3月11日，麦克阿瑟乘快艇离开科雷吉多岛时发誓：“我会回来！”随后三年多的时间里，他率领百万大军冲破了日本人一道又一道用肉体筑成的堤坝，一直打到了东京城下。甚至可以这样说，世界上没有任何一个人像麦克阿瑟一样双手沾满那么多日本人的鲜血。而现在，仅过了短短几年，他被日本人亲切地看作自己的“上天皇”和“大元帅”！

何况，美国还投了两个原子弹！

## 武士道“一亿玉碎”梦醒时分

2019年年底，我飞往日本广岛，探寻1945年原子弹原爆地。我曾在2015年从塞班坐直升机前往天宁岛考察原子弹“小男孩”和“胖子”装载起飞过程，并亲手推动同比例的原子弹模型。在广岛原爆点的废墟，原封不动地保留原样，犹如炼狱的背影。原子弹爆炸造成20万人伤亡，在原爆资料馆我第一次看到了对于历史学者非常重要的文档，其中包括爱因斯坦写给罗斯福总统关于制造原子弹的信函、罗斯福总统和丘吉尔首相在纽约州海德庄园的秘密协议，以及原子弹投放命令书（均来自美国国家档案馆）。

1945年夏，日本败局已定，但日本在塞班、贝里琉、硫磺岛和冲绳战役的疯狂抵抗导致了大量盟军官兵伤亡，当时美军已制订了在九州和关东地区登陆的“冠冕”行动和“奥林匹克”行动计划，预估牺牲100万官兵。出于对盟军官兵生命的爱护，并迫使日本投降尽快结束战争，美国总统杜鲁门决定在日本投掷原子弹。

此前，美国、英国和中华民国发表了《波茨坦公告》，敦促日本投降。但7月28日日本政府明确表示拒绝接受《波茨坦公告》，在裕仁天皇暗示下，日本政府铺天盖地为民众打鸡血，准备全民“一亿玉碎”展开城市巷战，殊死抵抗美军。

8月6日，美军对广岛投掷“小男孩”原子弹；

8月9日，美军对长崎投掷“胖子”原子弹；

8月15日，日本天皇裕仁发布诏书，宣布日本无条件投降！

在原子弹原爆地博物馆我看到来自世界各地的众多游客，不少来自欧美，但更多的是日本各地中小学的孩子们，老师向他们讲述国家的灾难和民族的耻辱，穿着整齐校服的孩子们瞪着发亮的眼睛听讲，他们的脸上看不见恐惧、悲伤和羞耻，反而流露着认真的思考。因为在他们心里，这是属于人类的一场灾难。

那天晚上突然下起大雨，我询问博物馆广场上的几位日本白领青年，该如何回到我那遥远的酒店，他们居然热情地像接力赛一样分别把我带上火车，再换乘出租车！我问他们为什么这么热情，他们说：因为你来自纽约！我们喜欢纽约！

两个曾经在血海里搏斗的国家，二战后居然成了最好的朋友。

人性的恶与凶残都是被充满野心与贪婪的政客调教出来的，在另一种情况下，同样的人也许能变成助人为乐的可爱绅士！

（原载《亲吻世界——曼哈顿手记》第3—19页）

# 凡·高的眼泪：这个世界不配拥有美丽的你

周 励

当生命结束时，我只想带着爱与惆怅去回顾，啊，我本想画的那些画！

——凡·高致提奥的信

狂野、悲悯、苦难、抗争，在无情的世界里深情地活着——凡·高！上苍究竟给了你一颗怎样的灵魂，让全世界数亿铁粉为你潸然泪下？

阳光明媚的初夏，我从下榻的巴黎歌剧院洲际酒店坐地铁到里昂车站，再换乘火车来到距离巴黎一小时车程的奥维尔小镇，探寻凡·高短暂人生的最后足迹。

凡·高在这里度过了生命中最后的70天，创作了包括《麦田群鸦》《奥维尔教堂》《加歇医生的肖像》等80多幅作品。跳下火车来到瓦兹河岸小镇，与水波辉映的是每家窗户上贴着的五颜六色的凡·高油画印刷品，这里也叫“凡·高小镇”，据说每年有超过25万人来凡·高墓地朝圣，访客人数仅次于拉雪兹公墓。

我不禁在心里轻呼一声：凡·高，我来了！

## 凡·高，我来看你！

丽日蓝天，我随着人流来到闻名遐迩的凡·高故居拉沃客栈，沿着狭隘楼梯登上凡·高居住了两个月的5号客房，凡·高每天支付3.5法郎租金。墙面估计有130年没粉刷了，斑驳陆离蒙着灰尘和污痕，7平米小阁楼里仅有一把椅子和一扇小天窗，低矮灰暗的空间与旧楼梯犹如一间小监狱，我仿佛看到世界上最伟大的画家凡·高每天上上下下的身影，听到他急匆匆的步履……他每天八点出门写生作画，傍晚五点回来休息，如同时钟一样自律。凡·高在致弟弟提奥的信中写道：“湛蓝的天空，无边无际的悲伤和孤独。唯有艺术，慰藉着我苦闷的心灵……”1890年7月29日，凡·高在中弹两天之后，就是在这个房间痛苦离世。

凡·高之死至今还是一个谜团，是自杀还是他杀？导致他灵魂最后一根稻草断裂的核心爆发点是什么？如果是他杀，证据何在？是谁向贫穷虚弱的画家开了致命一枪？

作为世界上千千万万的凡·高迷之一，我一直在寻找答案。随身带着《渴望生活：凡·高传》《亲爱的提奥》去阿姆斯特丹的凡·高博物馆——2015年那里展示了一把杀死凡·高的、长满铁锈的左轮手枪——展现凡·高生命尽头的悬疑曲折与蛛丝马迹。我也关注高更在自传《此前此后》里描写的凡·高，并去太平洋小岛大溪地探访高更的茅屋和艺术博物馆，以便对高更的个性有更多认知。

最难忘，从普罗旺斯阿尔勒的精神病疗养院、凡·高夜间咖啡馆、罗纳河畔到奥维尔小镇，纵横法国南部至北部一千多公里，直到站在竖立着《麦田群鸦》绘画的绿色麦田里，蹲在凡·高与提奥兄弟那两个低矮的百年墓碑旁，在奥维尔公墓我发现了凡·高死后的一个惊人秘密，不禁为艺术家愤懑鸣冤，唏嘘悲泣：凡·高的生涯，无疑为人类的虚荣冷酷戴上了一顶耻辱之冠！

## 凡·高的遗体哪里去了？

没错，凡·高的遗体到哪里去了？

从拉沃客栈到奥维尔公墓约800米，我一路欣赏着凡·高热爱的教堂、加歇医生的花园别墅、开满三角梅的古老墙垣、凡·高每天背着画架奔向田野的青翠小道和激发画家灵感喷涌的大片麦田。最后，我来到具有三百年历史、面积相当于三个篮球场大小的奥维尔公墓，向亲爱的凡·高和提奥兄弟鞠躬致意。

一个悲切的问号突然在脑海盘旋：凡·高的遗体究竟到哪里去了？没错，人们来祭扫的常春藤下“兄弟墓”里其实只有一个遗体——提奥的遗体，而凡·高墓里只有装着一件衣服和小物件的空棺材。那么凡·高遗体到哪里去了？

1890年5月20日，凡·高离开圣雷米精神病院来到奥维尔小镇，两个月以后的1890年7月27日麦田枪响，凡·高踉跄走回小镇拉沃客栈，爬上脚下这灰暗简陋的木楼梯。弟弟提奥从巴黎赶来，在哥哥床头哭泣不止，两天两夜的痛苦挣扎，凡·高咽下了最后一口气……这位影响了马蒂斯等当代绘画艺术的伟大创新者，死后被奥维尔教堂拒绝举办葬礼（原因是“自杀即犯罪”）。从出生到死去，凡·高都在忍受无穷无尽的侮辱与折磨。六个月后，“亲爱的提奥”因精神崩溃和晚期梅毒撒手人寰，安葬荷兰老家。

二十四年后的1914年，凡·高已被世人逐渐认知，功臣人物是凡·高的弟媳妇乔安娜，她将感人至深的昆仲书信汇集出版，立即引发轰动，继而凡·高那些无人问津的画作也顿时洛阳纸贵。成名后的乔安娜安排将提奥的遗体从荷兰移葬到巴黎北郊奥维尔，其中有极大的商业宣传目的：因为在凡·高去世后的二十四年里，乔安娜和儿子、其第二任丈夫显然从没有过问或者探望过凡·高墓地。当1914年乔安娜将提奥灵柩带到奥维尔公墓时，在这块小小的公墓里——我走了两圈认真丈量，最多1200平方米——竟然没有一个人包括墓地管理人知道凡·高墓地在哪里！仅仅才相隔二十四年啊！

很显然在这24年中，没有一个人探访过凡·高墓地。否则，为什么这么多的邻居包括当年参加葬礼时年十三岁的拉沃客栈老板的女儿艾德琳（她在成年后多次接受采访，但从未提及凡·高墓地）、加歇医生的儿子等统统都不记得凡·高埋葬在墓地哪一个角落？！仿佛凡·高之墓压根就不存在一样！但提奥的灵柩已大张旗鼓地运到奥维尔，各家媒体都在报道“兄弟相会”的催情故事，怎么办？弟媳妇乔安娜早有准备，她把随身带来的凡·高穿过的一件衣服和一个小物品，匆忙放在事先准备好的凡·高的“新棺材”里，与提奥灵柩并列在靠墙的位置一起下葬。一百多年来，全世界的游客络绎不绝来这里祭拜凡·高兄弟墓，绝大多数人并不知道其中一个竟是假的——在常春藤覆盖下的凡·高墓里只有一件衣服！

奥维尔小镇凡·高协会会长约翰逊斯（Dominique Charles Johnson）说：“依墓园本来的设计，一年只能容纳5千到1万人，但现在一年平均有25万人次造访。这是在巴黎的拉雪兹神父公墓之外，最多人造访的法国公墓。”

但是，凡·高的遗体究竟到哪里去了？在墓地徘徊几圈之后，我真想冲到奥维尔市政厅，找到这位约翰逊斯先生，请他们把奥维尔公墓从1890年7月30日凡·高安葬以来的所有文字档案翻个遍。奥维尔市政府应当在这个小墓地进行地毯式搜索，凡·高去世入棺时身上留着子弹头，用金属扫描器即可以隔空密集探查。也许，凡·高就躺在他的假棺木100米之外？为什么我们不能千方百计让真正的凡·高与亲爱的提奥长眠在一起?

在凡·高的墓地出现这样尴尬又令人唏嘘的场景，我估计有几种可能：

一是凡·高去世后第二天，弟弟提奥主持了在客栈底楼举行的告别仪式，并与二十位朋友邻居一起将凡·高送往800米之外的墓地（距离《麦田群鸦》写生地点约200米），在没有神父祈祷的情况下匆匆埋葬了凡·高，但他们忘记为凡·高竖一个墓碑。

二是安葬后提奥关照墓地管理人为哥哥凡·高做一个墓碑，然后他返回巴黎，但因身患晚期梅毒加上精神崩溃在六个月后去世，墓地管理人随即将刻墓碑的事抛到了脑后。

三是管理人接到“投诉”，有人不愿意让亲人与“荷兰疯子”同埋一地。在某个风高月黑的晚上，墓地管理员悄悄把凡·高的遗骨挖出来扔到了瓦兹河里。

四是提奥及所有出席告别式的朋友都没有去墓地，他们只是将凡·高的灵柩放到墓地管理人的马车上，这样既省力又省钱。而墓地管理人可能匆匆将凡·高的棺材丢进了穷人合葬的平头“百人坑”，像莫扎特在维也纳穷人墓地的遭遇一样——改嫁出书成名的莫扎特妻子在二十多年后才去寻找前夫的墓地，但岁月已久，踪影全无!

巧合的是，凡·高的弟媳妇与莫扎特的妻子一样，都是在改嫁并沉默几十年之后，才在新丈夫协助下出书并掀起名人热潮，直到那时她们才想起来去寻找早已埋葬却从未被探望过的亲人墓地。后人在肯定这两位夫人所著书籍唤起世人对艺术家关注的同时，也不免责备她们在默默无闻的漫长岁月对逝去亲人的冷漠与疏离。

几十年不为丈夫、至亲扫墓，懒于过问，以致最后不知亲人魂归何处，这无论在东、西方国家皆不可思议!

也许会有读者问：不相信会有这种事，请告诉我们证据。

当然！但现在请随我探寻凡·高人生最后两年的步履。

## 决绝的背影——“凶手”高更

“这个世界不配拥有美丽的你……”《至爱凡·高·星空之谜》的主题曲在我耳边萦绕，伴随着我在凡·高小镇徘徊，思索探寻……

眼下的奥维尔麦田郁郁葱葱，我在凡·高生前最后一幅著名的油画《麦田群鸦》所绘的田野徜徉，一直思忖他为什么在这里开枪打死自己？跳入我脑海的第一个“凶手”是他称为“最亲密、最敬佩的朋友”——法国印象派画家高更。只要高更给他一点鼓励，一点温情，或给他寄一小块油画习作，凡·高一定不会自杀。可惜高更带给凡·高的永远是趾高气扬的傲慢与轻蔑不屑的嘲笑。

为了提奥（巴黎画商）的钱，身无分文的高更有时会装出热情模样，画一幅《为向日葵作画的凡·高》送给他，此时凡·高就像得到了一大堆糖果的孩子一样欢天喜地。他一直梦想与高更相互扶持，携手攀登艺术巅峰。

从1888年充满喜悦的《向日葵》到1890年笼罩着死神翅膀的《麦田群鸦》，这短短不到两年的时间里发生了疯子凡·高和画家凡·高的决斗，决斗的结果是灿烂辉煌无与伦比艺术的诞生，代价是凡·高倒在了奥维尔的麦田里。而凡·高的死，无论自杀还是他杀，必与“疯”有关，与那个把他逼疯的人有关！

而这个人，恰巧是他最珍惜的挚友——保罗·高更！

回想那年在普罗旺斯阿尔勒疗养院和罗纳河畔寻找凡·高最后的足迹，面对《病院花园》《割耳画像》泪水盈眶，我更加确信：那个令凡·高割掉自己耳朵的人——高更，他的傲慢冷漠与暴力语言不仅直接导致了凡·高的精神狂躁症，也间接地造成凡·高悲剧性的死亡。这场悲惨绝伦的戏剧却是以充满极度欢乐的期待开始的，炽热的友谊宛若情人初恋一般。

在等待高更的日子里，孤独的凡·高灵感喷涌，在极短的时间内画下了《向日葵》《黄房子》《阿尔勒的卧室》《罗纳河上的星夜》《拉马丁广场的夜间咖啡馆》等色彩鲜明、激情洋溢的杰作。我在离市政厅不远的阿尔勒广场边上找到凡·高咖啡屋，坐在一片灿烂橙黄色的咖啡馆喝橙汁，犹如与凡·高促膝相谈，周围的一切都能让人感受到19世纪栩栩如生的气息。

凡·高一生只卖出去一张画《红色葡萄园》，那是弟弟说服了客户花400法郎买下的，比凡·高预估的价格高出一倍！那可是欢欣鼓舞的一天！在被众人恶毒贬低为“肮脏”“垃圾”的黑暗日子里射进了一道绚丽阳光，提奥真挚地鼓励哥哥：“你有天赋，有人喜欢你的画！”

凡·高在给弟弟提奥的信里写道：“每个人心中都有一团火，路过的人只看到了烟。”他以为才华横溢的高更看得到他心中那团火，所以他拼尽全力燃烧自己。

在阿尔勒这座罗马古城里，曾经蕴藏着凡·高一生中最快乐的时光和最美的梦想：他要与印象派画家好友保罗·高更一起开创“南方画室”，像普契尼歌剧《艺术家的生涯》中那些穷困的作家、诗人和画家一样，砥砺互助，颠覆古典贵族艺术，以印象派的斑斓画笔，将底层社会烘托到艺术之巅！

凡·高热情地向提奥谈到他正为高更到来而画的作品《卧室》：“今天我的情况又很好……色彩的单纯使作品有了肃穆的性质，使人联想到休息或睡觉。墙壁是淡紫色。地面是由红砖铺成的。床与椅子的木头是奶油色。被单的里子与枕头是绿柠檬的颜色。被单是大红色。窗子是绿色。梳妆台是橘黄色，我要再画它一整天。高更写信来说，他已经把行李寄出，他在这几天就要来。我像你一样，现在——心想着高更。”

凡·高热情地给保罗·高更写信：“我要用向日葵和开花的果树把整个房子装饰起来。啊！保罗，保罗，多好啊！又能和你住在一起了。”

10月份高更到来之前，凡·高创作了一系列绚彩夺目的向日葵油画，用来“迎接这位新派诗人”：好的画家都是诗人，诸如米开朗琪罗、达·芬奇和凡·高本人都是，他的信函充满大自然的诗情画意。四幅金光灿烂的《向日葵》中的一幅签名之后挂在高更的卧室里。凡·高在给弟弟的信中写道：

> 要创造足够的温度来溶解那些金子——并不是每个人都能做到的，它需要付出整个生命的精力和投入。

金黄色是凡·高快乐与希冀的象征，而嫩绿色生机勃勃的花茎叶瓣则迸发着凡·高的生命激情。1987年凡·高的《向日葵》在伦敦拍卖，以3.5亿元人民币高价被日本人收藏。在《向日葵》拍卖后的第三年即1990年，凡·高的奥维尔画作《加谢医生的肖像》（Portrait of Dr.Gachet）又拍卖出了8250万美金。时光倒退一百年，正是凡·高最潦倒的时光，每天背着画架孤独往返于拉沃客栈和乡村麦田。

加歇医生是热爱绘画的精神科医生，也是画家莫奈、毕沙罗、塞尚和画商提奥的好友，他在7月27日处理了凡·高致命的枪伤，并在7月29日绘制了凡·高床榻的临终素描。据说加歇医生曾带儿子到离家不远的奥维尔公墓为凡·高墓献上向日葵，这说明凡·高遗骨没有被墓地管理人扔到瓦兹河去。可惜乔安娜1914年来奥维尔安排“兄弟合葬”时，加歇医生已去世多年，否则他一定不会允许镇民们轻易地以假棺材替代严肃地寻找凡·高的真骸骨。加歇医生相信工作能够抚平凡·高剧烈的情绪波动，他千方百计鼓励凡·高绘画。

1890年6月，即凡·高去世前的一个月，《加歇医生的肖像》完成，他蓝色的忧愁眼睛和沉郁面部如凡·高所称是“我们这个时代的肝肠寸断的表情”。凡·高在给弟弟提奥的信中写道：“人们也许会长久地凝视这幅肖像，甚至在100年后，带着渴念追忆它。”这仿佛是一种回声：正好是一百年后——1990年5月15日，纽约克里斯蒂拍卖行在3分钟内以8250万美元的价格拍出了《加歇医生的肖像》，创下了当时艺术品拍卖价格的最高世界纪录！

对凡·高钟爱的向日葵我也有着特殊的感情，那年我特意挑选了向日葵怒放的七月去普罗旺斯。远远近近的山峦田野飘逸着紫色薰衣草迷人的馨香，无边无际的向日葵在蓝天下放射出金黄色的光芒。这就是凡·高眼里的普罗旺斯向日葵地啊！我拍下了画家眼里的珍贵景象，忍不住弯下腰轻吻花瓣。薄情的世界刺痛他，而他回报以绝美的画！

那天凡·高冲动地割掉了耳朵，蜷缩在床，瑟瑟发抖，与画家高更的激烈争吵只是导火索。孤独的凡·高终身都在等待爱和认可，但每一次心碎都把他推向更绝望的深渊。不论是上学、当牧师、考神学还是做店员，凡·高总是屡屡碰壁，他视高更为挚友知己与艺术导师，但高更却蔑视凡·高热爱的一切，他批评凡·高的画狂野奔放毫无章法，“播种者”形象过于死板，绚丽多彩的阿尔勒风光庸俗不堪……两人常吵到“精神崩溃”。

我记得在巴黎奥赛美术馆凡·高《阿尔勒的卧室》《罗纳河上的星夜》与《自画像》前，人头攒动气氛肃穆，画旁是凡·高给弟弟提奥的信：“这幅卧室画最重要的是色彩，想象力可以得到休息与宁静，我等待着高更的到来。”高更在此屋住了近两个月，他对凡·高的回馈竟是逼疯他割去自己的左耳！高更决绝的背影对凡·高是五雷轰顶的致命打击，尽管他们以后还有少量通信，但至死相互没再见面。

巴黎奥赛美术馆把他俩的作品放在一个画室展出，虽然高更的大溪地女子画色彩艳丽，但观众极为冷清。恰似巧克力盒，凡·高这半盒装满了二百颗巧克力，而高更这半盒里仅有一两颗。这与我在遥远的太平洋大溪地岛高更茅屋访问时当地人对他的冷淡一样，人们对高更晚年让十四岁女孩怀孕、放浪形骸的生活与人品非常不屑。高更欺负凡·高的暴力事件更将他绑在了美术史的耻辱柱上。奥赛美术馆里，人们在凡·高自画像前热泪盈眶，在高更的画前则面带鄙视。有人讲这是奥赛美术馆故意让扬眉吐气的凡·高在傲慢凶悍的高更面前示威：“老子也有今天！”

我寻找凡·高的浓厚兴趣是从1985年留学美国，在纽约现代美术馆（MOMA）第一次看到《星夜》原作开始的，望着贫苦画家的杰作激情难抑。后来又在2011年春去荷兰参加外甥女凯特的婚礼并参观阿姆斯特丹凡·高博物馆，那次博物馆展出了《亲爱的提奥》——凡·高致弟弟的近800封书信；听着耳机讲解，我和妹妹感动得泪水盈眶。现在我终于来到凡·高度过最后岁月的阿尔勒和奥维尔小镇，满脸忧伤的倔强凡·高迎面走来，似乎在告诉我们：人类所有的痛苦和屈辱，都可转化为生命的火焰与动力！

被后人称为后印象派三巨头（凡·高、高更、塞尚）之一的高更是在1888年10月23日抵达阿尔勒的，一下火车咖啡店老板就立刻认出了他。因为凡·高早就拿着高更的画像到处宣传了，他已是镇上名人。但他不像凡·高那样单纯，高更不仅疾病缠身，且穷困潦倒一文不名。当他收到了凡·高寄的邀请信和附加的50法郎路费，心中暗喜，很快于11月搬进了他们的黄房子，12月二人前往蒙彼利埃参观藏有库尔贝和德拉克洛瓦《自由引导人民》的法布尔博物馆，善良的凡·高对清贫如洗的高更照顾有加。

但好景不长，由于高更为人刻薄，轻视凡·高，每当凡·高跟高更讨论拉斐尔、英格尔或德加的作品时，高更总是火冒三丈，粗鲁厌烦。高更认为艺术应当从印象与意念出发，凡·高则认为应当以情感实物和社会人物譬如农民为起点。圣诞夜前夕的12月23日，傲慢的高更再次向凡·高发难，后者一心期待能与他过一个愉快的圣诞节，然后一起推进由提奥资助的“南方画室”计划，但高更一如既往盛气凌人，一言不合即粗暴推搡弱小的凡·高，威胁“我马上要离开这个鬼地方！”“不要再缠着我了！”直到一年半后凡·高死去，高更在众目睽睽下才承认那天“充满了肢体暴力”，却在自传《此前此后》中甩锅凡·高，栽赃他“拿着剃刀从背后走来”。

这位法国冷血证券商将厚道单纯的凡·高硬生生地逼疯了！做过矿井牧师并把自己一切钱物都送给贫穷矿工的凡·高，绝对不会伤害别人，即使万般绝望最后只会伤害自己，犹如弱女子面对变心男人就去跳楼一样。在这场完全不均衡、不对等的争吵中，高更摔门而去，丧失了理智的凡·高望着他的决绝背影，颤抖地举起剃刀割下了自己的半个左耳！

这片流淌着猩红鲜血的耳朵，似乎预示了死神翅膀已向他迎面扑来。凡·高祈求上帝："请再给一点时间！让我再画些画吧！"

凡·高用手帕包起左耳，穿过拉马丁广场送给一名他和高更都认识的妓女加布丽埃勒（Gabrielle）让她"好好保管"，回到黄房子，望着人去楼空的卧室，血从受伤耳朵汩汩流下，被抛弃的凡·高在黑暗中独自饮泣。

这幢黄色房子的节奏从贝多芬的《热情奏鸣曲》开始，至《悲怆奏鸣曲》结束。

那些冷酷无情者，没有资格来欣赏你的美！

害怕重陷孤独的凡·高割耳之后在医院里要求见高更一面，恳求他不要离开，但高更拒绝了凡·高的要求，他对巴黎赶来满面惊慌的提奥说："如果你哥哥要见我，就讲我回巴黎了。"随后高更立即离开了阿尔勒，他沿路没有忘记告诉阿尔勒小镇所有的居民"凡·高是一个疯子，他把耳朵割了"，致使30多名小镇居民联合给镇长写信，要求阿尔勒镇政府驱赶这个"疯子。"

1889年1月7日凡·高康复返回黄房子，但在30名镇民的联署压力下，警员强行将凡·高再次安置于医院。又过了两个月凡·高才离开伤心的阿尔勒入住圣雷米的精神病院。在这段时期，"疯子"凡·高承受着难以置信的精神巨创，毅力顽强地画医院、星空、河畔与鸢尾花，直到1890年5月在提奥建议下去巴黎北部瓦兹河畔的奥维尔小镇接受保罗·加歇医生的医治。70天后凡·高被一颗子弹击中，倒在他热爱的金色麦田里。

凡·高的一生，比窦娥还冤还惨！

## 雷内的子弹——致命的恶作剧

1934年美国作者欧文·斯通撰写的《渴望生活——凡·高传》几乎是世界上所有凡·高迷的圣经，1953年凡·高诞生一百周年之际，被好莱坞改编为电影《凡·高传》搬上银幕，轰动全球。但也许是斯通太年轻太匆忙，没在奥维尔做细心的田野调查，或许因为奥维尔小镇居民像马克·吐温小说《败坏了赫德莱堡的人》那样，其中许多人配得上马克·吐温的辛辣嘲讽："呃——快去悔过自新吧——你会因此入地狱或赫德莱堡——希望你努力争取，还是入地狱为妙。"总之凡·高之死不像书中描写的死于《麦田群鸦》的麦田，归根结底，画家是突然死于属于地狱的奥维尔镇小混混居民之手，他们比驱赶凡·高的阿尔勒居民又高出了一个邪恶等级。

最近阅读了由哈佛学者、普利策奖得主史蒂文·奈非与格雷戈里·怀特·史密斯花费十年合著的《凡·高传》（2015年出版），书中生动描述凡·高死于富家少年萨克里顿兄弟的恶作剧误杀。其重要根据是凡·高死后六十六年的1956年，也就是好莱坞电影《凡·高传》上映之后，八十二岁的法国人雷内·萨克里顿站了出来，不同于许多其他证人，雷内是在凡·高死后并成名很久之后，才畏畏缩缩第一次做出陈述。

凡·高死的那年，他十六岁，是巴黎最著名的公德赛中学学生，身为有钱药剂师的儿子，他和哥哥加斯顿每年夏天都会到奥维尔镇的瓦兹河畔，在父亲的别墅旁垂钓打猎。雷内有一把老式380口径手枪，他一般都放在自己的帆布背包里。据雷内所说，这把枪是凡·高居住的拉沃客栈老板古斯塔夫·拉沃卖给他的（拉沃老板的女儿称是爸爸借给凡·高打麦田乌鸦的）。不论谁手里拿着这把手枪，下面的场景是我在奥维尔探访时获得的印象，这场悲剧呈现了曾是矿区牧师的凡·高善良的特质与真挚的“悲伤和绝望”。

凡·高深知隐忍与宽恕的定义，除了绘画他与世无争，见到不良少年总是躲避。根据小镇后人回忆，自从人们看到凡·高残缺的左耳并知道他曾住过精神病院，常有不良少年跟踪其后扔小石头。他们瞧着凡·高一大早就背着一大捆画布和颜料奔向田野，回来时眼里燃烧着晚霞。“他是个魔鬼，是个红头发蓝眼睛的疯子”，镇民们常在他身后交头接耳，满怀蔑视。

1890年7月27日下午，三十七岁的凡·高和往常一样背着画架上路，遇到公子哥儿雷内和哥哥加斯顿，有“西部牛仔”外号的雷内先是恶作剧地撞倒凡·高的画架，然后假装表示愧疚，向孤独的凡·高伸出热情手掌，雷内曾带领男孩们在凡·高的咖啡里撒盐，在画具箱里放蛇，几次吓得凡·高几乎昏倒。哥哥加斯顿不像弟弟那么捣蛋，他有时为穷困潦倒的凡·高支付咖啡馆的小账单，还褒奖他的画，这让善良的凡·高铭记在心。

此时小混混雷内一边哈哈大笑，一边一个巴掌将凡·高打倒在地上，又弯腰去摸自己口袋里（或者凡·高口袋，不重要）那支房东的左轮小手枪，当雷内得意洋洋摆弄时枪膛突然走火，子弹射入刚爬起来的凡·高左下腹部，鲜血喷涌，凡·高气得满脸通红，捂着伤口痛苦呻吟，雷内一看大事不好，连忙跪下恳求凡·高不要把他送上谋杀案法庭。本已感到走投无路、生不如死的凡·高鄙视地看了他一眼，没有吭声，然后痛苦踉跄挣扎着走回拉沃客栈——2019年夏天，我在这条凡·高最后的路上走了近十次，因为这里距凡·高墓地仅200米之遥，但回到拉沃客栈却挺远，不仅要经过奥维尔公墓、奥维尔教堂和开满野花的麦田大道，还要上上下下走许多坡式石阶，我气喘吁吁，因为答应了拉沃客栈的凡·高故居礼品店我一定在五点半赶回去取我购买寄放的书籍。

在墓地和乌鸦麦田漫步多时的我突然发现时间已晚，我一边小跑，路过加歇医生故居和大教堂，一边望着幻觉里那个枪杀凡·高的绝恶少年的背影。七月炽烈阳光下我跑得满头大汗，15分钟一闪而过，这正是凡·高自杀的7月底，从麦田到拉沃客栈，也正是凡·高中弹后捂着伤口踉跄挣扎回家的路，我正为自己重走了凡·高的最后足迹感到激动时，脑海闪过一个念头："不！不可能，这条路太长了！他不可能完成！凡·高受了重伤，奄奄一息，一定会倒下晕厥的！这不是凡·高最后的足迹！"

我在两本《凡·高传》里看到两个不同版本的"枪杀或自杀现场"。整整一个下午，我在最流行也是最浪漫的"麦田终极小道"走了几趟，最后准时赶到了拉沃客栈凡·高礼品店，白里透红的法国女服务生对我笑着嚷嚷："过2分钟我们就关门了！以为你不要东西了！总算按时回来了！"我一边气喘吁吁一边讲："累死了！从麦田到这里的崎岖小路真是漫漫无际啊！我拼命跑还花了15分钟！我敢保证凡·高不是在乌鸦麦田里自杀的，他怎么可能带着重伤一路跑回这里？"客栈女生讲她本人也相信凡·高是在通往夏彭瓦尔村的僻静小道而不是在乌鸦麦田里被雷内枪杀的，大家好像都认定了是雷内枪杀导致凡·高死亡！

我取了纪念礼品和书籍调头去找与麦田相反方向的通往夏彭瓦尔村的小路，据两位目击者说看到凡·高在这里捂着肚子摇摇晃晃步履不稳。这里距拉沃客栈很近，两旁是带着围墙的农场，这就可以解释为什么凡·高在挨了枪弹后还可蹒跚摇晃地走回拉沃客栈，即使是从布歇街农场到旅店这一段相对平坦的半英里路程，每走一步疼痛也会更为剧烈，但从那片乌鸦麦田走整整一英里崎岖小路回到客栈几乎不可能。警员按照凡·高的自述搜查了麦田，既没有枪支也没有画架和散落的颜料，连一滴血迹都没有。警方询问凡·高，你是不是想要自杀？他回答：“我认为是这样的。”接着凡·高请警员“不要指控任何人，是我自己想要自杀的”。床榻上生命燃尽的凡·高强调自己“在乌鸦麦田自杀”，是为保护雷内兄弟免于麻烦。

瞬间，我全明白了！无论是凡·高墓地的空棺材，还是82岁的雷内老头终于露面坦承当年如何欺负疯子画家，这一切就像赫德莱堡的居民在十字架上的耶稣基督胸膛又加钉了几根大铁钉！我突然冒出一个念头：凡·高出生在牧师家庭，他本人曾经是不领薪水的矿山牧师，因太投入而被教会开除。荷兰教会应当封凡·高为圣人才对，他是所有被侮辱与被损害的芸芸众生中永不屈服的万世楷模！

善良天使凡·高用自己的死宽恕了欺负他的邻人，两天两夜地呻吟挣扎，他抽着烟忍受疼痛，却没有对弟弟提起任何关于枪手的话题。医生认为子弹是从距离身体较远的地方、且是以一个倾斜的角度射入，这不是一个自杀者能做到的。但凡·高守口如瓶，哪怕是教堂拒绝为自杀者举行葬礼。直到凡·高在亲爱的提奥弟弟悔恨交加的泪水里闭上了眼睛，他也没有透露凶手的名字。要不是八十二岁雷内本人的露面和客栈老板女儿的回忆，这段史实肯定早已烟销灰灭。这就是奥斯卡影片《至爱凡·高·星空之谜》描述的凡·高之死真相：“上帝终于拭去所有的眼泪，他选择死亡。”

回顾悲剧起始的七月提奥致命信函，他在信中讲述失业的威胁及儿子的重病，言下之意今后无力帮助哥哥。7月下旬凡·高赶到巴黎去探望生病的侄子，此时凡·高不仅连拉沃客栈每月100法郎的房租都支付不出，且有“断炊”的危险。凡·高希望提奥继续“像往日一样每月寄150法郎”，但提奥自顾不暇，无心理会。在提奥家探访的数日演变成为一场致命噩梦，首先是提奥的岳父单独出面训诫，命令他立即离开自己的女婿“自立谋生”；其次是乔安娜与丈夫大吵大闹，她威胁提奥：“让他走开！有他就没有我！”（见电影《凡·高传》）凡·高痛恨自己的无能和累赘，他想起自己写给提奥的一句话：“我不会特意寻死，不过一旦死亡降临，我也不会逃避。”7月27日，走投无路的凡·高正巧遇到恶少雷内误射的一颗子弹，“嗖！”子弹入体，他想：完了！一切终结了！唯一舍不得的是绘画。他默认肇事兄弟俩的忏悔与祈求，看着他们收起“罪证”——沾着血迹的画架和调色板，把小手枪扔进田野，逃之夭夭。两天后的29日凌晨，凡·高对守候床头无尽后悔的弟弟提奥说：“痛苦即人生。”这是他留在人间的最后一句话，年仅三十七岁。

7月30日，凡·高的朋友、美术评论家埃米尔·贝尔纳赶到奥维尔参加凡·高的葬礼，他以耸人听闻的口气写了一封信给朋友，戏剧化地讲述了事件——“周日黄昏凡·高走进奥维尔的乡间，他把画架倚在干草堆上，然后走到别墅后面拿一把左轮手枪朝自己开了一枪。”他说消息来自镇上人的叙述。据此，美国作家欧文·斯通在1934年诗意地描述了凡·高的死：“他把脸仰向太阳。把左轮手枪抵住身侧。扳动枪机。他倒下，脸埋在肥沃的、热蓬蓬的麦田松土里。”

凡·高！上帝拭去你所有的眼泪，上帝留下你慈仁的心！别哭了，凡·高！我知道一个人需要有怎样的毅力与挚爱，才能在这无边无际的痛苦屈辱中，将绘画带入惊世骇俗至善至纯的无人之境，把这躁动不安虚假冷酷的世界裂变为燃烧的笔触，每一点物象，每一缕光影，每一笔涂抹，都是催人泪下的凤凰涅槃，都是人类艺术史上的绝美奇观！

## 走进凡·高割耳的疗养院

法国南部小城阿尔勒，历经三代伟大皇帝的统治：奥古斯特、安敦宁、君士坦丁。阿尔勒的乡野风光，收割的麦田，灿烂的向日葵，璀璨的星空和静谧的罗纳河为凡·高提供了无限的灵感。这座罗马古城的风貌与当年几乎完全一样，从凡·高咖啡馆出发，几经打听，我终于找到了凡·高割耳居住的疗养院。凡·高与高更决裂后自残割耳在这里缝合伤口，他著名的画作《阿尔勒医院的庭园》中第三个拱门即凡·高自画身影。出院后回到黄房子不久，居民们嫌弃他的疯癫，他不得不又回到这里。医院的方形庭院保存完好，我惊喜地发现花园的小道、喷泉与花卉树木竟然与凡·高的原画一模一样！

这位伟大的后印象主义巨擘，在阿尔勒疗养院与圣雷米精神病院驻留的108天里，创作了150多幅油画，在纽约MOMA展出的《星夜》就是他在阿尔勒期间的代表作，画中的柏树宛如黑色火舌直上云端，充满不安之感。天空的纹理像涡状星系彰显出凡·高天才的生命感悟与绘画表述力。

这是我向往已久的阿尔勒，心灵与凡·高在此相会！现在，我怀着震撼之心徜徉在凡·高病院的花园，这期间成就了他生命创作力的辉煌。医院的每个角落都留下了他的足迹，无论是郁郁葱葱的丝柏，还是繁花盛开的中央喷泉，抑或在疗养院二楼的走廊上俯瞰花园，都可找到凡·高绘画的视角。惊讶这里的梧桐树、夹竹桃、金合欢和鸢尾花与凡·高的画一模一样！医院的绘画一幅幅活了起来，仿佛在向我讲述凡·高医院生活的点点滴滴。我悲哀地想起他写给提奥的一句话：“发病时我毫无意识，据说我捡地上的脏东西吃。”《阿尔勒医院的庭园》是在他清醒的空当一气画完，暮色中还能看到凡·高拿着画板的背影。《医院走廊的患者们》与揪心裂肺的《割耳后自画像》都是殉道艺术家在此完成的。七月热风飘逸着凡·高的话语——“我想画出触动人心的素描，我想透过人物或风景所表达的，不是伤感的忧郁，而是真挚的悲伤”。

是的，真挚的悲伤！

从向日葵地到罗纳河畔，我步行到《罗纳河上的星夜》绘画地点，夏日微风吹动河面，远处灯火依稀，静谧安宁，一切是一百多年前的景色，深蓝色夜幕星光璀璨，周围是无尽的寂寞空旷，我坐在堤坝上，凝望凡·高眼里罗纳河那闪烁令人不安又充满迷幻色彩的光亮，仿佛看见凡·高在简陋小屋烛光下给弟弟提奥写信：

> 总而言之，我就是最为低贱的下等人。可是，就算这已成无可争辩的事实，总有一天，我会用我的作品昭示世人，我这个无名小卒，这个区区贱民，心有瑰宝，绚丽璀璨。

是的，真挚的悲伤！

人们看达·芬奇、拉斐尔、伦勃朗、鲁本斯油画时仰头赞叹，唯有在欣赏凡·高绘画、阅读《亲爱的提奥》时低头哽咽，泪水流淌，且这悲伤的眼泪会一直留在心里，随后萌发出寻找凡·高灵魂轨迹的新芽。我听到八年绘出800幅优秀作品的凡·高独自悲叹：

> 我的人生变得越来越无足轻重，这个世界对我只有冷漠。

阿尔勒小镇居民讨厌这个举止怪异的荷兰人，在“疯子”凡·高去世几十年之后，画家凡·高才冉冉升起。像我这样慕名前来阿尔勒的朝圣者络绎不绝。阿尔勒居民审视前辈们曾集体请愿驱逐凡·高的所作所为，意识到这是多么重大的错误。为此，他们向全世界致歉：

> 如果当年我们没有世俗和偏见，不蛮横地驱赶凡·高先生，在这个小镇上，他无疑会创作出更多更好的作品……我们为自己曾经的无知和偏见真诚地向世界道歉，是为了尊重一颗对艺术执着而又崇高追求的灵魂……

我们希望通过对您的热情招待，来弥补当年先辈们的愚昧和错误……

## 提奥的致命信函——走在凡·高最后的麦田

离开阿尔勒以后，凡·高在1890年5月来到人生的最后驿站——本文开头写的巴黎北郊奥维尔拉沃客栈，他在这里迎来了创作的高产时期——在短短的70天里，完成了80幅优秀作品，他崇尚自然有如宗教信仰，从中得到极大的慰藉与旺盛的精力，凡·高给提奥写道：

我看到了北方更多的优点，奥维尔很美——我顺便想请你寄给我十米画布，但如果不方便，就寄二十张安格尔素描纸也行，无论如何，我急需这些东西，这里可以画的东西实在太多了。

在阿尔勒他也写过："我接连画12个小时——在这个时期我画了三幅房子对面的花园、两幅咖啡馆和一幅向日葵。你知道，我已经画了一些作品，但是我的画布，我的钱，在今天已全部用光了——以我的画作抵押，让托马斯借给我二三百法郎，根本不可能吗？""看在上帝的份上，马上寄给我那些颜料吧。果树开花的季节很短……"

在凡·高去世前的7月23日，他给提奥写最后一封信："或许你会看到巴比松画家夏尔·多米尼花园的速写，这是我画得情绪最饱满的油画之一。"

因为没有画布，凡·高把这幅作品画在了茶巾上。凡·高一生的核心人物与知己是弟弟提奥，他无私地长期提供凡·高经济资助，尽管凡·高认为自己是以画作换取弟弟的资助，但堆积如山的画作无法卖出的事实让他深感内疚，他常以咖啡和面包果腹，瘦得皮包骨头，有一次他告诉弟弟："我太虚弱了，我梦想若有一碗浓汁肉汤恢复健康有多好！"

在他给提奥的820封信里，最不忍卒读的就是凡·高向弟弟恳求钱、颜料和画布。提奥的岳父对凡·高寄来的几百幅油画不屑一顾（这些画日后使得提奥的妻子儿子成了荷兰首富），那场可怕的训诫让凡·高羞愧难当，萌发自杀的念头，凡·高提笔给弟弟写信："亲爱的提奥，如果不是你的友谊，我对世界毫无留恋。"

凡·高记得在自己与妓女西恩分手后最沮丧的日子，提奥伸出了热情之手邀请哥哥来艺术之都巴黎同住，带哥哥参加周末印象派沙龙，结识了莫奈、雷诺阿和德加等大师，让他眼界大开，精神重振。凡·高在人间最后一个春天为了庆祝提奥儿子的诞生，画了如今誉满全球的名作《盛开的杏花》：蓝天衬托下的粉白色杏花开满枝头，喜气洋溢。据说兄弟俩人望着摇篮里皮肤红润眼睛明亮的小宝贝喜不自禁。

提奥对哥哥说："我们给他取了你的名字，我希望他能像你一样顽强和勇敢。"小文森特·凡·高长大后向世界各地博物馆推介伯伯价值连城的画作，更在七十二岁时（1962年）将凡·高的大批绘画收藏托付给家族凡·高基金会，基金会将这些艺术品永久出借给荷兰政府，1973年阿姆斯特丹凡·高博物馆向公众开放，1999年和2015年两度扩建，如今是荷兰首都最负盛名的旅游地标，我曾两次前往参观。

凡·高的弟媳妇乔安娜一手推动了凡·高的成名，可惜整整二十四年她从未去奥维尔公墓看望凡·高，直至1914年她把前夫的灵柩运到奥维尔成为重大新闻之前，她也没有去具有三百年历史的奥维尔小公墓认真找一下凡·高的墓地。她匆忙买了一口空棺材放入凡·高的衣服埋在前夫提奥身边，便向全世界宣布文森特·凡·高和提奥·凡·高并排重逢在奥维尔墓地。一百多年来所有的朝圣者都以为提奥身边埋葬着凡·高的遗体，却不知这是个假墓地。

写到这里，我不禁为可怜的凡·高感到愤懑；他的灵魂一定在距离弟弟100米处的地下大喊："提奥！亲爱的提奥！我在这里！我不在你身边，那是个空棺材！为什么一百三十年过去，我的画挂在世界最尊贵的博物馆，却没有一个人来看过我、找过我！"

凡·高的母亲，一位牧师的妻子也看到了她长子成名的那天。老妇人谈起往事泪水涟涟，她后悔不该多次把儿子赶出家门，并扔掉凡·高寄给自己的油画。她比儿子多活了三十多年，却从未想到来交通便利的巴黎北郊看望儿子的墓地，哪怕一次。

以成败论英雄的世界，这如冰碴般冷酷的世界！当冰碴融化，商业欲望托起冰下火焰熊熊燃烧时，却无人在意躺在奥维尔原始冰层底下为艺术殉难的那一堆圣骨！

漫步在奥维尔公墓，我想起凡·高和提奥谈他的《麦田里的收割者》的那段名言："我从这个收割者看到——一个模糊的身影，拼命地在烈日下干活——我从中看到了死亡的形象，在某种意义上，把麦子想象成人类在被收割。"

奇怪的是像我这样一位来自纽约的中国女人思考的简单问题，无论在凡·高的故乡荷兰还是在他度过最后时光的奥维尔，既无人关切，更无人过问。尽管凡·高的遗骸明明白白就在脚下，却没有任何人像寻找俄罗斯尼古拉二世一家的遗骸那样将“受尽苦难的圣骨”重新安葬!

凡·高最后岁月的油画《麦田群鸦》飞扬着碎裂四散的死神黑翅，仿佛大难临头，乌云倾压着三条小道，恐惧与惊栗的鲜艳色彩震撼心灵。“混乱天空下的麦田代表着悲哀与极度的孤独”（凡·高），这也许是他留给世人的遗书。凡·高给弟弟提奥的最后一封信中写道：“我以生命为赌注作画。为了它，我已经丧失了正常人的理智。”

## 凡·高的眼泪：我的棺材到哪里去了？

1890年7月30日凡·高安葬在瓦兹河畔的奥维尔公墓，棺木上铺着黄色的花卉。提奥和加歇医生等二十人出席告别仪式。提奥万分痛悔自己在妻子和岳父影响下疏离了亲爱的哥哥，仅半年后也与世长辞。

所有凡·高的书籍和官方档案都把奥维尔凡·高兄弟的墓叫作“兄弟墓地”，祭拜之后仔细观察，我产生了一个疑问：2016年朝圣南乔治亚岛沙克尔顿的墓地，他身边是三十年之后去世的南极大象岛留守队长法兰克·怀尔德的墓地，法兰克的儿子根据遗嘱将父亲埋在了他一生追随敬仰的船长沙克尔顿身边，两个墓地的年代、石材、设计与墓碑完全不同，令人肃然起敬。

但奥维尔公墓里被深绿常春藤和丝绸向日葵覆盖的凡·高两兄弟墓地整整齐齐，连墓碑也精雕细琢一模一样，我摸头思忖：“在提奥灵柩从荷兰移到这里之前，凡·高的墓究竟是怎样的呢？他们相隔二十四年，不会是完全一样吧？”当我在荷兰凡·高博物馆官网终于找到几行解说文字时，我犹如被闪电击倒——与博物馆官方彩面手册《直面凡·高》里“乔安娜将提奥安葬在亲爱的文森特墓旁”完全不一样：“1914年乔安娜安排将提奥的灵柩从荷兰迁址至奥维尔，她希望将前夫埋在凡·高身边，但距离凡·高去世已二十四年，当地没人记得凡·高埋葬在哪个角落，于是乔安娜找来凡·高的衣物放在一口空棺材里，埋在提奥灵柩边上，并制作了两人的新墓碑。”

我看到这段话里流出了凡·高的眼泪——他在空中低声哭泣：“仅仅二十四年过去，你们就弃我骸骨不顾，用假棺材来欺骗天下说提奥躺在我身边！二十四年是多么短暂，你们可以查问安葬我的墓地管理人或他的继承者，追踪公墓殡葬记录、问询加歇医生的儿子和拉沃老板的女儿、追问全体奥维尔居民：在这小小的公墓里，我的棺材究竟到哪里去了？”

自从凡·高安葬在奥维尔公墓，一百三十年过去了，比起瓦兹河畔每家窗户上花花绿绿的凡·高绘画印刷品，你们中间居然没有一个人去关心这位伟大的艺术殉道者的骸骨！奥维尔小镇——凡·高小镇的人们，物犹如此，你们情何以堪？

## 尾声：曼哈顿《星夜》

思绪从普罗旺斯阿尔勒和巴黎北部奥维尔回到现实生活中，眼下的纽约正面临“9·11”以来最大的威胁和二战后的最大挑战。2020年3月7日，在新型冠状病毒肺炎疫情阴影笼罩下的曼哈顿依然车水马龙，我从东60街的家步行去西53街的MOMA，与凡·高的《星夜》告别，因为MOMA很快就同大都会艺术博物馆、大都会歌剧院、百老汇剧院一样关闭，整个纽约市在无法预计的日子里将成为一座“停摆的死城”，我多么怀念普罗旺斯迷人的紫色薰衣草与凡·高的向日葵地！行笔于此全球已20余万人感染，超过万人罹难，纽约证券交易所大厅关门，特朗普形容自己为“战时总统”，并派遣有1000个床位的战时医疗军舰备援纽约。

美丽浪漫的艺术王国意大利也沦陷为“新冠”病毒肆虐的悲惨世界，感染四万余死亡近四千，超过了中国官方公布的“新冠”肺炎死亡数字。人类第一次面临不分国籍、种族和地域的第三次世界大战，全球战疫的共同敌人是来源未知的诡异病毒。我站在凡·高著名油画《星夜》面前，周围人潮汹涌，仿佛全纽约有情怀的凡·高迷都涌来这里向他说一声：“再见！凡·高！纽约城将钻入地下。”我仿佛看见凡·高在阿尔勒入夜后支起画架，把一圈小蜡烛固定在帽檐上，借着跳跃的光亮描绘星空，月亮在朵朵谜团般的蓝色旋云中泻出一道金黄色。2004年3月4日，美国宇航局公布了一张哈勃太空望远镜拍摄的照片，称“这幅太空摄影作品与凡·高的名作《星夜》有‘异常相似’之处”。这“漩涡恒星”位于麒麟座方向，距离地球两万光年。

我想起奥维尔小镇上凡·高的好友加歇医生的一句话：“他的爱，他的天才，他所创造的伟大的美，永远存在，丰富着我们的世界。”

我走出博物馆来到第五大道，深吸着黄昏中带着春花绽放的馨香空气，曼哈顿的熏风中传来凡·高的声音：

当我画一个太阳，我希望人们感觉它在以惊人的速度旋转，正在发出骇人的光热巨浪。

当我画一片麦田，我希望人们感觉到麦子正朝着它们最后的成熟和绽放努力。

当我画一个男人，我就要画出他滔滔的一生。

如果生活中不再有某种无限的、深刻的、真实的东西，我不再眷恋人间。

在这一切皆不确定的黑夜里，让我们与顽强勇敢的凡·高为友，他会让我们触碰到永恒的璀璨星夜！

谨以此文纪念凡·高去世一百三十周年。

（原载《亲吻世界——曼哈顿手记》第111—135页）

# 星辰大海五年祭：寻找董鼎山的骨灰

周　励

## 最后一杯红酒

今天是董鼎山先生去世五周年纪念日，我在三亚望着璀璨星空，哗哗海浪仿佛传来了董鼎山的声音："朱莉亚，我走了五年了，我希望你能写一篇东西。还记得吗？我在曼哈顿家中的最后一顿晚餐是和你、刘倩一起吃的，你下厨做的龙虾姜葱上海挂面，味道好极了，哈哈，刘倩的清炒虾仁也很棒。那天我们一边喝红酒，一边聊大都会歌剧院和纽约芭蕾，圣诞将至，空气中的味道也变得甜美，那天我忘记了孤独痛苦，你们俩真像是我的女儿呵……哎，我有这样的女儿就好了。你们离开后，当夜我上卫生间跌了一跤，剧痛啊。以往都是蓓琪来搀扶我，但亲爱的蓓琪已去世六个月了，酣睡中的非裔保姆听到我的惨叫，立即打电话给我女儿碧雅，她们送我住院，诊断为股骨骨折，手术前后我给你打电话，又给哥大王海龙打电话，因为我惦念着最后一本回忆录（董鼎山口述、王海龙撰写的《董鼎山口述历史》），我希望出院后与你们这些好朋友再次相聚，哪知道12月19日，距离圣诞节不到一个星期，老天爷急急忙忙把我召去了！去天堂和蓓琪见面了！我没有遭受蓓琪数月来骨癌造成的折磨。但很抱歉，我没来得及向你们告别一声……"

旅美三十五年，我有幸得到居住曼哈顿的文学大师夏志清、董鼎山亲人般的友情和指引，他们高风亮节，学富五车，像水晶一样透明善良。我非常思念与他们在一起度过的美好时光。

董鼎山先生逝世前不久，也许是冥冥之中的定数，我和刘倩先后接到董鼎山电话，让我们无论如何那天要去他家吃饭，还专门嘱咐我买一瓶智利红酒。我们为董先生从爱妻去世后的巨大悲伤中逐渐复原感到欣慰。哪想到，当天夜里董鼎山不慎跌倒严重骨折，女儿急叫救护车送入医院，动手术后心力衰竭，撒手人寰。

## “托孤”

2015年6月，董先生的瑞典裔美国夫人蓓琪去世后，我曾经在《解放日报·朝花周刊》发表回忆董公夫妇的文章《生命的奇异恩典》，被提名为当年“朝花最佳散文”之一。这篇文章发表后六个月，董鼎山就去世了，他把毕生出版的二十二种中文著作，包括20世纪80年代风靡一时的《天下真小》，都作为遗产赠送给了我。

回想起来，那是他去世之前的几个月，他的妻子蓓琪刚去世，我去看望他，他指着客厅书房的一排中文书籍，和蔼亲切地对我讲：“朱莉亚，这是我旅美七十年发表的二十二本中文著作，我想作为我的文学遗产全部送给你。这里有你非常喜欢的《天下真小》《董鼎山书林漫步》……我相信你会很好保留和阅读的。”

我既惊喜又感动，的确，当年我就是受到《天下真小》的影响，毅然决定放弃上海的舒适生活，去美国“洋插队”自费留学。这时老人突然变得严肃起来。他把我从客厅带到书房，那里靠窗的书橱也有一模一样的二十二本书，他指着书对我讲：“这是我保留的第二套，我想留给我的女儿和两个外孙女，她们虽然不懂中文，但是可以看书中的许多照片，包括我们全家在中国的照片，还有与董乐山的合影……”老人停顿了一下，突然讲：“我很担心女儿碧雅会把这些书丢掉，她对中国文化不感兴趣，再说她的家太小，没地方放……”

董鼎山夫妇带我去过女儿碧雅的家，她曾是一枚妥妥的美女学霸，面庞完全继承了母亲的瑞典血统，白皙娇嫩。从小到大都是父母的骄傲，波士顿大学毕业后直接去了福克斯电视台担任后台制作。可惜与男友没有登上婚礼殿堂就怀了孕，接着两人分手。董鼎山讲她女儿的个性太强，碧雅工作多年买了一房一厅约60平方米小公寓，我目睹公寓里到处堆放着两个女孩的玩具衣物（其中一个是领养的非洲女孩），房间显得很窄小。董鼎山面色凝重地对我说：“朱莉亚，你是我们家最好的朋友，你一定要防止我女儿碧雅把我的22本著作都扔到东河了。”

碧雅的家与父亲董鼎山的家相距很近，都在曼哈顿第二大道下城，纽约东河离他们家很近，步行仅需十分钟左右。

回忆起来，董鼎山先生就像“托孤”一样，嘱咐我“监督”把这套“文学遗产”留给两个宝贝外孙女。虽然董先生对女儿碧雅不与他商量就突然抱回家一个非洲女娃深感惊讶：“我们都老了，碧雅又是单身妈妈，在福克斯电视台工作非常辛苦，不时让我们两位老人帮忙带孩子和狗狗，我们实在是有心无力啊。”董鼎山先生常如是说。即便如此，董鼎山夫妇还是对非洲女孩表现出极大的爱心，不仅送给她许多礼物，而且常拍摄两个外孙女的照片分享给身边朋友。

去世前约两个月我去探望他，老爷子又带我去书房，在那一排二十二本“遗产书籍”下面他贴了一张字条，“这是外婆蓓琪的意愿：希望你们保存我的著作”。他对我说：“她们长大了至少可以看看外公的照片。特别是老大，现在是全校优秀学生，还记得她刚出生时，一看到你就笑吗……”

我说：“董先生您放心，碧雅也是新闻从业人员，绝对不会把您的著作扔到东河去的！更何况您是她父亲，是孩子们的外公。”

董鼎山长叹一口气：“自从她领养了非洲女孩，我们年老体弱无法为她分担大量家务，我和她的关系变得日益紧张。她对于我花费大量时间写作、而且是她一个字都看不懂的中文，是颇有意见的。”“可是，朱莉亚，你知道，文学是我的生命啊！如果我放下笔不写，为碧雅看孩子看狗狗，我会谴责自己的啊！作为一个作家和学者，庸庸碌碌不思考不写作过日子，是耻辱啊！”

我心底发紧：一个优秀的父亲，一位美中文学交流的“大使”，晚年竟遭遇心爱的女儿的“挑战”。

现在，每当我抚摸董鼎山先生给我留下的这套耗费他毕生心血的珍贵著作时，我真的不知道碧雅——董鼎山先生挚爱的女儿——是否在她公寓中保留了这套书籍？还是扔到东河去了？

那天在董鼎山家接过这套著作馈赠，我和刘倩都非常感动。我主动分给了刘倩几本。《侨报》刘倩为董先生晚年发表了近四百篇专栏随笔，最后通过《新民晚报》“夜光杯”传递给国内的广大读者。董鼎山先生去世后，我们两人一起在东40街侨报大楼张罗了隆重的董鼎山追思会，令我惊讶的是董鼎山先生的女儿碧雅拒绝出席追思会。回想蓓琪总是跟着丈夫出席她一句也听不懂的文学活动，也许碧雅对献身中国文学的父亲感情淡薄？或许她如她的乐山叔叔一样，对父亲的写作和理念产生了误解？

## 眼泪

董鼎山常以年轻时身材高大、风流倜傥、玉树临风为自豪。虽然他的杂文中常谈起“性”的话题，但是旅美七十年，婚后他唯一爱的女人就是瑞典裔夫人蓓琪，从无任何风流韵事。他给朋友们的印象总是爽朗地大笑。大约在1998年秋天，我在花园饭店附近的上海电影文艺沙龙请客，董鼎山和我对话：“回到上海，我血管里的每一颗细胞都是快乐的！”在中央公园绿苑酒吧聚会，他和夏志清哈哈大笑，讲比胡适的纽约寓公生活“多著多彩”。

在蓓琪诊断为晚期癌症后的一个星期，董鼎山心痛如绞，打电话让我去看望他们，还特地关照我不要在蓓琪面前询问病情。那天骨瘦如柴的蓓琪依然微笑着给我端茶，询问我何时去北极？问能不能给孩子们带北极熊T恤衫？谈到心爱的外孙女，董鼎山突然把白发苍苍的脑袋放在我的肩膀上，像孩子一样大声哭起来：“她们（指女儿和外孙女们），她们都不喜欢我啊！”

蓓琪大惊失色地说：“Tim，她们都爱你！都爱你！”这时我的泪水夺眶而出，我知道董鼎山一定有自己的隐忍之痛！

蓓琪走上前来抚摸他的肩膀。董鼎山这时眼泪横流，他吻了一下妻子苍白的手背说：“蓓琪，让我和你一起走吧！我不知道离开你该怎样活下去……”

后来，董鼎山在《新民晚报》“夜光杯”2015年6月23日刊登妻子去世后他复出的第一篇文章《自杀企图失败后的悲哀》。关于他的自杀，他曾这样对我详细述说：“蓓琪爱我，我不会做家务，不会煮饭，她不放心我一个人生活，她临终前伸出手指着床头柜，虚弱无力地对我说：‘那里有许多安眠药，吃下去，我们一起走吧。’”董鼎山一辈子听从瑞典妻子的话，善良精干的家庭主妇蓓琪在家里的气场远远大于学者董鼎山。夜深人静，董鼎山望着奄奄一息的爱妻，打开抽屉，大把大把地吞服安眠药，等他苏醒过来，已经是在医院的急救室。抢救灌肠出院后，女儿碧雅大发雷霆：“你们还让我活吗？我如若丢了工作两个孩子怎么办？”董鼎山深感内疚，忙向女儿道歉，妻子依然奄奄一息于苦海挣扎，意识清醒的她流着眼泪对董鼎山说：“亲爱的，无法一起走，您就写作吧！很抱歉我耽误了你几个月的写作，答应我，我走后你继续写下去……”

夫人去世后，董鼎山恢复了写作，他把爱妻的骨灰盒放在家中，期待着将来一起入土。

自从蓓琪去世后，我和朋友们所见到的董鼎山先生就不停地流淌眼泪，他最常讲的话就是：希望老天爷早点接自己去天堂找蓓琪。这与那天谈到孩子们流的眼泪完全不一样，其实他非常爱两个外孙女，偶尔因为孩子太闹影响了写作而批评孩子，批评孩子后又懊悔不已。

## 寻找董鼎山的骨灰

董鼎山去世后，碧雅给我发来感人的短信，讲我是她“父母最亲密的朋友，就像我们的家人一样”。可是，她既没有举办追悼会让亲朋好友向遗体告别，又明确表示不参加我们举办的追思会。

2016年春节，这是董鼎山夫妇去世后的第一个春节，以前春节他会请我去家宴吃蓓琪烧的红烧肉，或者我请他去林肯中心看新春演出。如今人天两隔，万般思念中我给碧雅打电话，询问她：“你父母的墓地在哪里？我想去看望他们。”

她说：“没有墓地。”

“那他们的骨灰安置在哪里？我要去看望他们。”

电话突然挂断了。

我脑子里跳出一个念头：“这个碧雅大概把父母的骨灰撒到东河去了！”

尽管碧雅在短信中多次感谢我“多年如一日的友情”称我是“对父母最好的真挚朋友”，但是她坚持不告诉我父母骨灰的下落。无论我怎样请求，她只是变得越来越冷淡。我追问了她三年，她就是守口如瓶一字不漏。多少夜晚，万籁俱寂时我望着纽约的星空，仿佛听到董鼎山在微风中呼唤：“朱莉亚！你一定要发现我的骨灰啊！你和刘倩一定要找到我和蓓琪的骨灰啊！拜托了……”

三年里，我曾跟踪到碧雅的公寓，也曾苦等在福克斯电视台门口，希望见到她，让她告诉我她父亲的骨灰在哪里。我曾约她带两个女孩吃饭看戏，但一切皆无用处。全然被礼貌婉拒。就在眼看一切即将遗忘如烟的时候，我又读了我在《解放日报》发表的回忆董鼎山夫妇的散文《生命的奇异恩典》，往事历历在目，禁不住泪水盈眶。我决心不顾一切也要找到两位老人的骨灰下落。

我终于在董鼎山去世三年半之后的2019年春天，通过《新民晚报》“夜光杯”的编辑找到了董鼎山在天津的小妹董木兰。

“木兰，您好，我是周励，董鼎山的朋友。曾经在华美协进社主办过董鼎山作品研讨会，董鼎山去世后张罗了大纽约地区他的追思会。我有一个问题：您知道董鼎山的骨灰在哪里吗？”

木兰：“周励，谢谢你，可是我不知道哥哥的骨灰在哪里。”

“木兰，你和哥哥关系密切，您能问问碧雅吗？”

“鼎山哥哥的女儿碧雅和我们一直没有联系，她基本上不理我们的，我们也不敢去问她。”

“木兰，我和碧雅一直有通信往来，但是她就是守口如瓶，不肯告诉我骨灰下落。都三年多了，我怀疑她偷偷撒到东河去了……可是，就算她撒到东河里了，也应当和您，和我们这些纽约老友讲一声啊！她理应邀请我们和她一起撒啊！在美国在中国，董鼎山有这么多的读者，他影响了许多人的一生，最后总不能被悄悄撒了人鬼不知、烟消云灭？”

我激动地向木兰倾诉苦水，这时我才意识到：董鼎山为文学做了殉道者！

木兰：“周励，真谢谢你！我明天可以去问问董乐山的儿子董亦波，他住在美国。我让他去问碧雅！也许能打听到消息。”

次日，董鼎山妹妹董木兰给我打电话，声音既激动又难过：“周励，我的侄子董亦波向碧雅问到了！碧雅只讲了两个字：东河、哈德逊河！果然像你猜测的一样：鼎山夫妇的骨灰，被女儿碧雅悄悄撒到纽约东、西面的两条河里去了！”

“木兰，怎么撒的？详情打听一下好吗？是父亲母亲各一条河？还是骨灰混合后撒在东河和哈德逊河？除了她还有任何人在场吗？木兰，三年来我感到董鼎山每天在星辰大海问我，老爷子的灵魂一直在呼唤我寻找答案呢！”

董鼎山比我父亲年长三岁，我突然感到自己和碧雅变了位置：我是女儿，她是陌生的撒骨灰者。

木兰：“我再去替你问问！”

第三天，木兰又来电话：“无可奉告。碧雅什么也不肯说了。”

我有想哭的感觉。

这时突然一个念头跳到我心里：会不会是董鼎山生前给女儿写了遗嘱，让女儿把骨灰撒到纽约东西两条河里？如果是那样，那为什么碧雅一直躲躲闪闪呢？既不告诉姑妈董木兰、堂弟董亦波，也不告诉我们这些纽约老友？一个父亲深爱的女儿，为何一个人悄悄把父母的骨灰抛到河中？而且向世界上所有的人瞒了整整三年？

结论是：董鼎山绝对不会给女儿写这个假想中的“遗嘱”。我和刘倩非常后悔，在蓓琪去世后的六个月里，我们无数次去探望董鼎山，却不敢问一声他对后事的安排！

## 纽约东河的呼唤

几天前黄宗英去世，父亲和黄宗英是病友和邻居，两位慈祥老人都是在九十五高龄离世，他们曾住在同一条走廊边的不同病房，黄宗英也是董鼎山的好友，因此我去华东医院看父亲时经常顺便探望她，时而促膝交谈。话题总是以董鼎山为主。回忆我父亲生命的最后一天，心疼如绞，黄宗英阿姨比我爸爸晚走一年，那条走廊越来越空了……当年正是《读书》杂志发起人冯亦代——黄宗英的丈夫向董鼎山约稿，随即，介绍美国文化的“纽约通讯”问世了。最牛的那些美国作家，比如厄普代克、诺曼·梅勒、海明威、艾伦·坡、塞林格、卡波特、福克纳、菲利普·罗斯、凯鲁·亚克等，几乎都是通过董鼎山普及到中国的。董鼎山文如其人，热烈真挚，幽默风趣，天然去雕琢。阅读董鼎山的著作是一种大开眼界的文学享受。

我有幸得到董鼎山宝贵的文学遗产：全套著作。但是，我却再也不知道在哪里可以祭拜他的英魂！八月我独自一人跑到纽约东河，向董鼎山先生告别，因为我的《亲吻世界》由三联书店出版社推出，我得到邀请回国参加上海书展和新书研讨会，我想起董鼎山和我交谈时常说的福克纳名言：“每一个艺术家的目标就是用人工的办法抓住生活的动态，把它按住不放；一百年后，有人探视，它又活动起来，因为它就是生活本身！”

董鼎山的一生就是一部电影！星辰大海就是他的魂归之处。“我的耳朵宛如贝壳，思念着大海的涛声。”（法国诗人可拉托）董鼎山先生著作等身，博闻强记，视野宏阔，见证了一个时代的惊涛骇浪与巨变。在私人生活上，他道德高尚，立身于一个无人听懂，甚至无人关注中国文化的瑞典裔家庭，在书写鸿篇巨作的同时，也成为一位悲悯的文学殉道者。他的伟大在于，他在父爱纠结的情感风暴中写到了生命的最后一刻。“文学是我的生命！”“人，可以被毁灭，但不能被打败。”这就是九十三岁的老人留在空旷无人的纽约东河上空永恒的余音！

2020年12月19日写于三亚

（原载“上观新闻”2020年12月19日，https：//export.shobserver.com/baijiahao/html/323709.html）

# 攀登马特洪峰

周　励

8月9日傍晚，从瑞士飞抵酷暑渐消的故乡上海，仍陷于对马特洪峰大本营的深深迷恋之中，就像2016年秋天从珠峰大本营返回后一样魂萦梦绕。夜深人静时，回想这次居然攀爬上以往只存在梦里的马特洪峰赫恩利山脊小屋，真是感慨万分。这个被我用两根登山杖“征服”的壁架小屋是瑞士官方导览中的“马特洪峰登顶大本营”。它之所以闻名遐迩，不仅因为它是1865年7月14日人类首支登顶马特洪峰队伍出发地（随后赫恩利山脊见证了七位成功登顶者中的四位不幸跌坠魂断冰川的惊天悲剧），而且自1865年以来的一百五十二年中它接待了成千上万世界各地朝气蓬勃的登顶勇士，包括英国无四肢残躯登顶英雄（他在阿尔卑斯山被暴雪掩埋截去坏死四肢）。我8月7日早上9点独自从施瓦兹黑湖2583米登顶者旅店出发，攀登到马特洪峰大本营3260米的赫恩利小屋，落差700米，向上攀爬六小时，下撤五小时，来回徒步十二小时，真是与马特洪峰刻骨铭心的亲密接触。当我历经艰险终于在下午3点气喘吁吁地登上这个被直升救援机轰隆巨响包围、笼罩着确定的勇气与不确定安全的赫恩利小屋大本营露台时，上上下下都是不惧死亡的马特洪峰登顶英雄，像一股洪流令我热血沸腾！与珠峰大本营看到的游客截然不同，这里跃入眼帘的都是世界各国当天登顶者英姿勃发的身影，他们背着绳索、冰镐与冰爪，手掌粗糙，谈笑时而爽朗时而深沉，谁也不能保证他们安全归来。几周前有一位欧洲女子在登顶途中被雷电击中毙命。数月前一对英国兄弟在成功登顶后突被暴风雪困住活活冻死。这都是施瓦兹黑湖（Schwarzsee）酒店瑞士老板娘以令人心碎的语气告诉我的：“唉，有什么办法呢，这样的事经常发生。”现在我在大本营与登顶勇士们交谈，看他们笑容灿烂为他们祈祷，就像置身于一部恢弘博大、心旌荡漾的贝多芬《英雄交响曲》

之中！

马特洪峰（Matterhorn），由德语“Matt”与“horn”组成，意即“草地上的号角”，位于瑞士冰川小镇采尔马特，海拔4478米，形成于四千万年前。它是阿尔卑斯山最美丽、最险峻亦是最后被征服的山峰，是瑞士引以为骄傲的象征，它如史前一支枭雄长矛直指天际、遗世独立，其特殊三角锥造型被誉为“阿尔卑斯之王”。2014年和2017年夏天我在里弗尔湖（Riffelseelake）拍摄它的倒影与朝晖夕映时充满惊叹：一柱擎天，如梦如幻，烟波浩渺。积雪的山体折射出金属般的光芒，冷艳孤傲的外形神圣不可侵犯，云雾时而掩盖了整个山体，稍等片刻又露出它那让人惊艳的靓丽尖顶。正如德国探险纪实片《北壁》所述：阿尔卑斯山峰“这一分钟阳光灿烂，下一分钟暴雪肆虐”。变幻莫测的气候挑战着人类的勇气和毅力。里布法特曾形容潜藏在欧洲人心底关于马特洪峰的梦想：“我从没走出过家乡普罗旺斯，但我知道马特洪峰。读书时，校长有次对我们说：‘现在，画出一座山。’所有学生，不管有意还是无意，统统都画了马特洪峰。”长大成人后，里布法特成为首位攀完欧洲六大北壁的法国英雄。

2017年8月3日，在雪朗峰、少女峰、艾格峰北壁逗留难忘的一周之后，我特意去因特拉肯体验少女峰滑翔飞伞，比起攀登马特洪峰，从1900米空中一跃而下不算太难的事情。4日乘火车重返马特洪峰，阔别三年，激情难抑。入住拉夫尔堡的里佛尔之家马克·吐温酒店，其悠久历史可追溯到1853年。马克·吐温1876年曾在此居住数月，并以其徒步经历写了小说《攀登拉夫尔堡》（*Climbing the Riffelberg*），想必文学大师也喜欢与马特洪峰做伴。记得2014年夏天我曾踏着马克·吐温书中所描述的山路，从阿尔卑斯山最高酒店——海拔3100米的戈尔内格拉特库尔酒店出发，一直徒步到海拔1608米的采尔马特镇，落差近1500米，却像在天堂漫步一样。沿途马特洪峰和罗萨峰等二十九座海拔4000米以上的山峰尽收眼底，以弋尔内冰河（Gornergletscher）为首的多条冰川与冰河争锋，高达1000米白色激流冲刷而下，妙曼曲线唯美震撼。我一路没用登山杖，马特洪峰是我无所不在的亲密伴侣。随便你在山上怎么转，蓦然回首，巍峨壮丽的马特洪峰会像影子一样跟着你。我在有路标的崎岖山路上兴致盎然地徒步了整整八个小时，不时躺在岩石上晒太阳休息，天黑之前来到马克·吐温曾下榻的采尔马特小镇霍夫大酒店。山上山下，两个马克·吐温酒店走廊里都挂着美国文豪关于马特洪峰小说的插图：无边无际“之”字形的驿队在山间攀爬，运送着永远不够用的酒店食物和燃料。自从十一年前（1865年）发生了首支登顶队跌坠惨剧后，成千上万的游客从欧洲和北美涌来马特洪峰，想一睹这座神奇山峰的美貌。马克·吐温本人也是其中之一。2014年夏天离别采尔马特时，我望着暮色映照下的马特洪峰，恋恋不舍，告诉自己终有一天要回来攀登！

2017年8月5日我在拉夫尔堡马克·吐温酒店要了一杯啤酒，跳进被高原鲜花和绿茵环绕的室外按摩池，任由白色激浪冲击几日来连续徒步的酸痛的双腿。我撑着双臂观赏近在咫尺的马特洪峰。寻思难道永远只能在马特洪峰周围的雪域高原打转吗？怎样才能爬上它锥状的身躯？

马特洪峰是ULAA国际化认准的阿尔卑斯三大北壁难度最高的攀登路线之一。三大北壁分别为马特洪峰，海拔4478米，北壁垂直高度为1200米（从我们抵达的3260米赫恩特小屋开始直至顶端4478米）；大乔拉斯峰4208米，北壁的垂直高度为1200米；以及我不久前去徒步的艾格峰，海拔3970米，北壁垂直高度为1800米，从2100至3970米。三大北壁的攀登史诗可歌可泣，这是我对攀登马特洪峰产生浓烈兴趣的主要原因。

马特洪峰的高度虽然仅是珠峰的一半，却诞生了现代登山运动，其1865年首登惨剧轰动全球，却孕育出灿若星河的登山文化。攀登马特洪峰有多难？用《美国国家地理杂志》马克·詹金斯（Mark Jenkins）的话来说——“通往其顶峰线路的攀爬难度，比珠穆朗玛峰上的商业线路更大”。成功登上马特洪峰顶峰可谓是困难重重：高达1200米的几近垂直的尖顶、外悬的岩壁，平滑、向下倾斜的壁架，马特洪峰像一座陡峭的金字塔，为登上峰巅你必须用指尖抓住岩石间微小的缝隙，脚踩微薄的壁架，使出全身力气往上攀登！8月7日我的攀登之途是阿尔卑斯山最险峻的空手徒步线路，再上去1218米就是顶峰，那就必须带冰镐、冰爪和登山绳了。我当时无法置信自己已是攀爬在历史长河中，每一步岩石都反射着1865年那场悲剧。我能够体验到登顶者面对的严峻挑战，还一度迷路被死亡之翼掠过，这一切让我理解了为什么南北极探险家和珠峰、马峰登山者总是对探索抱着“做爱”般的勇猛与狂热，不惧死亡。话说2018年8月6号晚我和十位家人从采尔马特乘缆车抵达距离马特洪峰最近的也是当地唯一的酒店：施瓦兹黑湖旅店，原打算次日和全家一起重游小马特洪峰冰川天堂。晚餐后我去风景优美的黑湖畔小教堂散步，登顶者返回后常去做感恩祈祷。绯红色的夕阳余晖让马特洪峰变得几乎触手可及。眺望远处，那如同一颗钻石镶嵌在锥形青峰半山中的白色赫恩利山脊小屋熠熠生辉，就是它！马特洪峰大本营！这就是我一直梦想攀登的小白点！它在向我召唤！回酒店后我立即告诉我家“徒步专家”五妹与日裔妹夫，动员他们次日早上与我一起去攀登小白屋。妹夫紧张地拿着地图讲着一大串日本话，妹妹劝我打消念头：“赫恩特小屋我们都向往五年了，我们在周围走过，实在太陡峭太危险了。你还是和大家去冰川天堂吧！”

“好吧。”我说。

7号清晨起来，光芒万丈，我又一次被金属般威严发光、美得令人窒息的马特洪峰所打动，那个遥远的美丽白屋在朝霞中散发着无可抗拒的诱惑力。山太高，太远，但大山在召唤！1865年首次登顶的英雄们也在召唤；白色小屋，那是他们的出发地啊，我怎能忘怀？黑湖旅店老板见我意志坚决大力鼓励我，她预计我“六小时来回”（结果我走了十二小时！）还硬塞给我两根黑色登山杖。在湛蓝天空下，我告别家人开始独自前行。

下这么大决心还有第二个原因：数天前我和姐妹们专程去拜访了艾格峰1936年德奥四位登顶勇士不幸悬空冻死之地，眺望死亡营地，心痛如绞，这里是德国著名影片《北壁》实景拍摄地与艾格峰登顶起始点。1800米垂直岩壁惊心动魄，岩壁下是攀登史文字和勇士照片组成的“艾格北壁英雄墙”，我们还遇到一位英国籍眼睛湛蓝、俊朗精干的北壁救援者，他的手掌满是疤痕和青斑，他讲“每天在起登点和峰顶之间搜寻救人，熟悉艾格北壁的每一块岩石”，这位北壁英雄令我印象深刻。

从2012年至2016年我四次去南北极，对人类探险史特别是英国探险家充满敬佩之情。登山运动的原动力来自英国的工业革命。19世纪英国工业大革命的繁荣盛世引领了贵族阶层对未知世界探险的黄金时代，滑铁卢战役威灵顿击败拿破仑后，空闲的英国皇家战舰改装为极地探险考察船，竭力拓展疆域。1845年5月英国船长约翰·富兰克林率领两艘皇家探险船前往北极，如成功开辟西北航道，英王奖赏两万英镑，如再穿越北纬八十九度，则可获国王再次嘉奖五千英镑。可惜豪情万丈，志在必得的两艘巨船在两个月后突然销声匿迹，包括船长富兰克林在内的一百二十九名船员全部失踪。经过十几年四十多艘救援船搜寻，最终在1857年发现埋在北极圈一堆石头下，关于富兰克林六十二岁病逝，浮冰围困全船覆灭的日记字条，堪称北极探险史世纪悲剧。但大救援拓展了地理大发现，开创了英国探险的“英雄时代”，孕育了家喻户晓的南极点悲怆英雄斯科特船长，计划横穿南极大陆、冰海求生勇救二十八人的沙克尔顿勋爵。斯科特一行南极点遇难后，英国国王在西敏寺跪下祈祷，整个欧洲无不动容。悲剧后南北极探险与科考蓬勃发展，中国院士秦大河参加了徒步重走沙克尔顿横穿南极大陆（包括南极点）国际探险队，首次为中国南极探险填补空白，令世人瞩目。我有幸在2016年夏天参加了秦大河为名誉主席的《中国极地科考协会》远征北极点，并计划于今年11月奔赴南极点阿蒙森–斯科特科考站探访。与极地探险“英雄时代”并行，英国贵族及知识分子的探索目光也开始转向壮丽如诗的阿尔卑斯山脉。1857年伦敦的一群绅士组建了Alpine Club，这是历史上第一个阿尔卑斯登山协会。从此以后绝美无际的山峰开始上演探索与哀情、胜利与死亡的悲壮篇章。

攀爬，喘息。关于马特洪峰这座山的悲怆传奇浮现眼前，栩栩如生。1865年7月14日，二十五岁的英国版画家爱德华·温博尔（坠山悲剧幸存者，数年后出版回忆录《攀登阿尔卑斯山》）组织了人类首支马特洪峰登顶队，包括英国资深登山家休德逊（Charles Hudson，三十七岁），英国勋爵道格拉斯（Lord Francis Douglas，十八岁，其家族与丘吉尔家族联姻），英国船王儿子、登山新手哈顿尔（Douglas Htton，十九岁），才华横溢的法国向导克鲁兹（Michel Croz）以及采尔马特当地向导陶格瓦尔德斯（Peter Taugwalders）父子共七人。除了新手哈顿尔，六人全部攀登过包括玫瑰峰在内的多座阿尔卑斯险峰。他们从我所攀登的3260米赫恩利小屋出发（1888年扩建为现在的旅馆），在这之前有二十支欧洲登顶队失败。当天他们攀过1200米的垂直岩壁成功登顶！站在巅峰七人对山下意大利竞争者欢呼“我们胜利啦”！温博尔则停留一小时作峰巅风景画。胜利的拥抱与喜悦如此甜蜜，特别是新手英国船王之子哈顿尔，缺乏登山经验，全部依赖于其他六人的帮助。两位资深向导曾强调哈顿尔也许会累及他人生命，但英国绅士们温文尔雅难以启齿，选择带他登顶，可惜激动人心的好景不长：下山时七人系一条绳，为照顾新手哈顿尔，法籍向导克鲁兹爬降在最前面，哈顿尔位居第二，由克鲁兹特别照料。

离开顶峰刚开始下撤，哈顿尔突然鞋底断裂惊恐大叫跌坠北壁。这位十九岁新手轻率登顶累及了自己在内的四条宝贵生命：他首先冲撞本来站得很稳当的法国向导克鲁兹，其腰绳冲力又拉绑资深登山家休德逊和道格拉斯勋爵，四人一起跌入1400米深渊，魂断北壁冰川。采尔马特的马特洪峰博物馆藏有悲剧断裂的腰绳（马尼拉麻细绳）、在冰川发现的断裂鞋跟、眼镜、相机水壶等遗物。我2014年在博物馆初知此事时大为震惊，泪水盈眶。道格拉斯勋爵的遗体至今仍未找到，也许他落进了冰川缝隙。其他三人的遗体都埋葬采尔马特。

以下是我在博物馆看到的一段关于法国向导克鲁兹令人痛惜的记录：

> 登顶之后每下降一步，法国向导米歇尔·克鲁兹都首先设法先让哈顿尔的脚安全着地，为此他不得不放下他的冰镐，使得自己没有支撑点。当身后的哈顿尔突然滑跌，两脚从背后猛然撞上时，克鲁兹失去重心在陡峭山坡跌落……

为了纪念这位兢兢业业的向导先驱，如今瑞士多处阿尔卑斯滑雪胜地、山脊与街道都以米歇尔·克鲁兹命名。

幸存的温博尔和皮特父子三人回到采尔马特小镇立即被送上法庭。很长一段时间里人们认为系绑七人的腰绳不是“断裂”，而是被温博尔与当地向导皮特父子三人为了自保而割断。消息传出轰动整个欧洲（三十年后得到平反），英国维多利亚女王立即发布禁止登山旨令。数年后温博尔发表回忆录《攀登阿尔卑斯》声明无辜，描述悲剧与美景，勇气与挑战再度轰动欧洲。成千上万的人涌向马特洪峰，至2015年首登一百五十周年之际，欧洲勇士已经创下一小时四十五分攀顶纪录。赫恩利小屋人满为患，1888年扩建为目前的三层白色旅店（六人一间，必须预定）。

此时，攀山者络绎不绝，700米高度落差的崎岖小道上印满了登顶者的足迹。可攀登初始两小时我就爬错了路，登上一个几乎无路可爬的垂直岩壁，我和新结识的莫斯科登友费了九牛二虎之力攀爬上去，四肢紧抓壁架，但几乎踩到哪里，那里的石片就“哗哗”往下掉，胆战心惊，飞沙走石，远处不时传来雪崩轰隆声，像是海面鲸鱼的有节奏的呼吸，令人毛骨悚然。一周之前我们徒步少女峰马拉松线路最后三公里，陡峭终点有个铜牌纪念瑞士英雄法兰茜斯卡，她曾荣获少女峰马拉松和纽约马拉松第一名，三十六岁却在登山途中遭遇雪崩毙命。8月7日上午我在攀登马特洪峰时迷路，最艰难时刻几乎是命悬一线。我抓住岩壁，转头下望，那万丈深渊极像在马特洪峰博物馆看的黑白影片《大山在呼唤》中英国船王儿子哈顿尔惊恐万状坠落时面对的北壁深渊！我对自己讲：“一步也不能闪失，绝对不能出错！否则我将会成为哈顿尔！”我四肢并用慢慢爬下险峰，历经半小时终于折返到有几十人攀爬的路标道路，一些陡峭岩石系了路绳供攀登者抓拉，现在所需要的只是体力与毅力了！不少欧美人看我攀爬艰辛，气喘吁吁，送我冰水、巧克力，还有好心人力劝我这个六十六岁的“中国女人”下山：“我们可以打电话叫直升机送你回去，救援是免费的。”但德国、西班牙、瑞士、美国的登顶勇士们给了我无限动力，此生能与他们共同攀登耳畔雪崩轰响的赫恩利山脊，是我的幸运。我望着约有十座东方明珠塔高的马特洪峰巅峰和约有八座金茂大厦高的赫恩利小屋，决定向遥遥无际的3260米赫恩利小屋不断攀登。“爬上去！既然来了就一定要爬上去。”转了一圈又一圈，眼见几位欧洲夫妇因高山缺氧撤退，我每攀登二十几块岩石就坐下喘气喝水。往下看是一条“S”形的“蛇队”，不一会儿他们就全超过我了，在狭窄小道上每个人见到都会问候或聊天，欧洲登山文化堪与瑞士天堂景色媲美。历经六小时，我终于在下午3点抵达目的地——马特洪峰登顶大本营！赫恩利小屋的瑞士经理知道我来自上海，热情地说：“欢迎你朱莉亚！你是我知道的第一位来赫恩利小屋的中国女子！”（中国曾有两位登山家攀登过马特洪峰之巅）

与因特拉肯五星级豪华酒店挤满了中国游客截然不同，在瑞士艾格峰徒步道、少女峰马拉松“龙脊小道”和马特洪峰赫恩利山脊攀爬窄道，你是看不到一个中国人的。可是突然听到有人亲切地叫我名字！哇！惊喜！我妹妹和日裔妹夫也上来了！昨晚、今晨他们还竭力劝我放弃呢。今早妹妹在黑湖酒店阳台望着我越走越远渐渐消失的背影，决定出发追寻他们五年的梦想！他们上午10点半开始攀登，4点抵达大本营，用了五个半小时，仅比我少半个小时。我跑上去紧紧抱住我妹妹，泪水盈眶。四个月之前她经历了大手术，呼吸困难无法平躺。我多次去医院探望，化验结果幸无大碍。现在她重整旗鼓，再次出发，攀爬3260米马特洪峰大本营，堪称奇迹！探险，生命绽放的花朵，我们被登顶下山的勇士们包围，赫恩利小屋激情澎湃，充满了成功的喜悦！

自从克鲁兹、哈顿尔、道格拉斯和休德逊从马特洪峰上坠落而亡后，马特洪峰一直被坏运气缠绕。如今，自人类首次登上马特洪峰一百五十年来，成千上万人登上了马特洪峰，五百多人在尝试过程中死亡，比攀登珠穆朗玛峰、德纳里峰和雷尼尔山过程中死亡的人加起来还要多。我们遇见的都是了不起的英雄！下山道路漫长，我与西班牙登顶四勇士交谈，他们听说我来自上海都非常兴奋：“巅峰属于两国，左面是瑞士，右面有十字架的是意大利，山脊中间是两国分界线。这是我们第一次，也许是最后一次，实在太危险了。直升救援机盘旋却救不了不幸坠入千米深渊的登山者。关键是速度——速度就是生命。早上四点半出发，抢在下午雨雪之前赶回大本营。”日本知名登山向导博文（Hirofumi）赞叹不已：“你们姐妹俩是我这十年来所知道的攀登马特洪峰赫恩利山脊仅有的中国女性！”

在欧洲至少要攀登过十条三大北壁高难路线（例如马特洪峰、艾格峰）才可取得日本向导博文所拥有的阿尔卑斯IFMGA资格证书。英俊年轻的他选择这样的职业是出于对登山的挚爱。一直听说聪慧无畏的珠峰夏尔巴向导，在马特洪峰我见识了许多欧美日登山向导，看上去他们与客户像亲密朋友，只是背着更多吊绳与冰镐。

这里的一切都太棒了！生命在高处，与日本、德国、瑞士的登顶健儿一起下山也是一段激动人心的回忆。一位慕尼黑电器商指着眼前八十二座4000米以上阿尔卑斯巍峨山峰对我讲，他攀登过马特洪峰之巅四次、征服过八座包括最高峰勃朗峰（4807米）在内的阿尔卑斯巅峰！这就是欧洲登山文化：不为名利，不收门票，无人审核，谁都可以登顶，但你需对自己和他人生命负责。对突发事变、气候变幻和不良运气要有严肃思想准备。晚上九点回酒店途中路过黑湖小教堂，我默默祈祷感恩昨天晚霞中在这里得到启示攀登马特洪峰，我向那遥远不可及、熠熠生辉的赫恩利山脊小屋送去一个飞吻，我征服了你。我要向今后所有来到你怀抱的阿尔卑斯勇士们祈祷!

回到风景宜人的采尔马特，我带姐妹们去瞻仰采尔马特教堂的登山者雕塑墓地，1865年首登七人中有三人埋葬在这里，其中两位的墓碑上耶稣基督腰间系着登山绳。绵延绝美山峰陪伴勇士们长眠。令人动容的是一位于1975年遇难，来自纽约市的十七岁男孩唐纳德，他墓碑上挂着自己的登山冰镐，墓志铭刻着：“我选择攀登（I Chose to Climb）。”这是登山者墓园永远不灭的灵魂，不落的彩虹。

我抬眼望去，人类的探索精神、勇气与梦想正在夕阳下瑰丽的马特洪峰北壁折射出永恒光芒!

（原载《上海文学》2018年第2期）

# 探险，生命绽放的花朵

周　励

2016年7月1日北极圈东区时间23点45分，我们乘坐的俄罗斯“五十年胜利号”拉响了抵达北纬90度的汽笛，我和全体游客涌到甲板，开香槟酒，激动欢呼这一刻终于到来！

从人类文明踏上北极白色冰原之初，北极的静谧、神秘和隐秘就牵动着全球探险家的心，一辈又一辈的勇士用激情、智慧乃至生命谱写了一部北极探险史诗，这是四个世纪的人类追求。

6月28日，北纬七十七度，穿越巴伦支海，大家站在船头，深深缅怀16世纪荷兰探险家威廉·巴伦支（1550—1597），他一生致力于开拓北冰洋东北航道，1596年发现熊岛，他是人类第一个抵达北纬77度约瑟夫岛的欧洲勇士！返回荷兰途中，他因饥寒交迫不幸殉难，三百年后人们发现巴伦支过冬的洞穴及他的北极航海手绘图及死亡日记。人类跨越千年北极探险史可歌可泣！从巴伦支（荷兰）、富兰克林（英国）、安德烈（瑞典）、南森（挪威）直至阿蒙森（挪威），几代探险家前赴后继，付出了宝贵的生命。

1895年挪威科学家南森历经两年，命悬一线抵达北纬86度，得出结论：北极是被陆地包围的北冰洋！1909年美国探险家皮尔将国旗插上北纬90度北极点；20世纪抵达北极点还有挪威阿蒙森、美国飞行员伯德，特别令人钦佩的是休·约翰博士本人的岳父——W.巴伯特，率领四人步行十六个月，于1969年穿越北冰洋抵达北极点，成为英国家喻户晓的探险英雄。在航海科技高度发达的今天，我们能到北极追寻先驱们的足迹，真是很幸运！

在北纬八十二度，遇见第一只北极熊，全船沸腾。破冰船悄悄移近这头可爱肥硕的公熊，它似乎毫不在意。北纬八十三度又见刚猎食海豹的北极熊带着一对小宝贝嬉戏玩耍，其中一头小公熊突然跑到我们船头，站起身好奇地望着我们，纯美可爱，如梦如幻。那一瞬间，心醉了，北极，一个冰雪奇缘的童话世界！此次北极点之旅共遇见十一头北极熊，包括四只可爱的熊宝宝。不由联想中国极地科考领军人物秦大河、杨惠根博士担任顾问的央视纪录片《北极，北极！》讲述北极冰盖正大面积缩小，北极熊数量也逐年减少，地球暖化不仅威胁北极熊生存，更威胁人类的未来。

北极虽然不像南极那样梦幻唯美，却更显大气磅礴。站在“五十年胜利号”核动力破冰船头，凝望北冰洋厚层冰盖被船头轰隆切割，冰崩地裂，惊心动魄，犹如白色荒漠盘古开天，万年巨鲸突然被利刀挑出海面，翡翠翻滚层层叠叠……

从2012年至2016年，我四次参加南北极探险。2012年在南极半岛“银海号”巧遇香港的唐英年先生，我们每天坐冲锋艇巡游登岛，与冰山企鹅朝夕相处。唐英年先生对我讲：“财富和名利都是过眼云烟，唯有大自然的纯美与神奇令人刻骨铭心，满怀敬畏！”

抵达北极点后，我和团友们在白雪冰原自豪地展示五星红旗，然后参加船方组织的北纬九十度跳海冰泳活动，十几位各国游客报名，我是其中一个。2013年我在北纬八十一度斯瓦尔巴群岛零度北冰洋冰泳过，海水苦咸，冰寒刺骨，那次我是唯一跳海的中国人，体会到泰坦尼克号遇难者生命的最后瞬间。这次北极点冰泳更让我激动，因为我想到了俄罗斯在北极点以下4261米，即我将跳下的海底，插上了一面能保存一百年的1米高钛合金国旗，2007年俄罗斯的这一举动引爆北极争夺战，全世界四分之一的石油和天然气蕴藏在北极地区的海底，中国北极科考从那时起即异军突起，目前已在国际北极事务中担任重要角色！

“见证竞争，亲历历史！”这是我当时的念头，跳入冰海，瞬即灭顶，浑身感到被冰碴儿包围箍压，刺骨疼痛，但我还是向前方冰海游了一些。在北冰洋零下一点五摄氏度浸泡十分钟即足以丧命。游泳时，我的泳帽被浪花卷走，为了环保，我几次试图游去抓回，竟成了全船十几位跳水者冰泳时间最长的一个！这是一个超越极限的体验，冰寒彻骨，死神扼喉，在白色浮冰环绕中游泳，真正感受到人类探险先驱巴伦支、白令、安德烈、阿蒙森和罗伯特·斯科特是如何在极地冰寒中活活冻死的瞬间。我为先驱者前赴后继的精神所震撼！

冰泳之后，是北极点冰盖长途徒步。行走在坚冰覆盖的深邃海洋，步履维艰，有时连雪靴都拔不出来。探险家们为抵达北极点常要走上几个月甚至一两年，重踏他们的步履，感受他们的勇气，这才是名副其实的探险之旅！

探险，生命绽放的花朵！回到纽约，朋友们纷纷问我有何感想？我在微信发了“我的北极点感言”：为什么要去北极点？与生俱来的好奇心？对一切与物质无关的事物充满兴趣？也许，一个人最大的财富，是血液里创新的激情；是心灵与历史人物的对话；是读万卷书、行走天下的勇气与理想。1924年，《纽约时报》记者追问攀登珠峰的伟大先驱乔治·马洛里：“为什么要攀登珠峰？”他回答：“因为山就在那里！（Because it's there！）”

（原载《新民晚报》2016年8月27日）

# 疫情下的曼哈顿：我给儿子当医生

**周 励**

樱花盛开的季节，美国却陷入一片悲恸。

纽约抗疫，寒风萧瑟，每天的数字都像一场噩梦。全球感染破120万例，美国感染40万人，罹难者12 897人。纽约感染者数量破14万，罹难者5489人，据说纽约每15分钟就有一位重患离世，且全市的死亡数字以每隔两天翻倍的速度飙升。据CNN报道，目前为止，美国的新冠肺炎死亡人数已超过1812年以来的美墨战争、美印战争，美西战争和海湾战争等六次战争中阵亡将士的总和。

病毒阴云笼罩，日常购物成了严峻挑战。儿子安德鲁一周前穿过中央公园拎来六大包沉甸甸的网购食品，善良孝顺令人感动又心疼。今天妈妈下决心冒“枪林弹雨”去给儿子送橙汁和营养品，从空荡无人的第五大道广场酒店东59街步入公园，走向西59街哥伦布广场公园西出口，这正是儿子来送食品的绿茵小路——我们的“驼峰航线”！

非常幸运，我和儿子的公寓都离中央公园很近，平时我们步行相互探望，我常穿过公园去大都会歌剧院看戏，也爱骑车环绕公园健身，老公、儿子喜欢散步或慢跑。疫情蔓延以来，纽约州长允许公园锻炼，我见到不少人戴着口罩慢跑。我取下南京朋友寄来的口罩，深吸一口玉兰花久违的馨香，大自然，宛如音乐治愈哀伤！纽约，惊涛骇浪，美丽依旧！

对比3月24日拍摄的中央公园美景，今天掘土机正忙碌盖建大批白篷“野战医院”，令人心碎。

## 市政府怎么会选择中央公园？

据报道，由于每天罹难者太多且带病毒，纽约市政府计划在某些边远公园挖“万人坑”——每10具遗体埋一个坑土葬，竖立木牌写上姓名，比惊悚电影还恐怖，而每一个死去的患者都曾是鲜活的生命，他们去世前神志清晰，但不能握着家人的手，“他们都无法呼吸！都是悲惨地窒息而死！”布鲁克林医院一位护士长说。

皇后区一位28岁的年轻护士因没有防护服，身披黑色塑料垃圾袋上阵，勇敢护理危重新冠肺炎病患，今早在电视里惊悉她因感染新冠肺炎病毒，已于昨晚去世，噩耗传来，悲痛心碎，欲哭无泪！意大利已有1300名医护人员在第一线罹难，梵蒂冈主教在细雨霏霏空无一人的圣彼得大教堂广场为饱受病毒肆虐的全世界祈祷。

曼哈顿西34街如此熟悉的贾维茨会展中心（Javis Center）已改造为方舱医院，7万吨级的“安慰号”海军医疗船刚抵达曼哈顿90号码头，我的老友、家住炮台公园的哥伦比亚大学的弗朗西斯（Frances）博士发来微信：

> 美国东部时间上午10：00左右，我们全家在窗口目睹了美国海军医疗船“安慰号”的到来，军人齐刷刷地站在甲板上，上有直升机护航，下有海警船陪伴，情景无比壮观和感人！医疗船给危难中的纽约带来安慰和希望！纽约挺住！

二月初为武汉的新冠肺炎疫情撕心裂肺，捐款捐物的情景还历历在目，始料未及纽约变武汉，为纽约疫情撕心裂肺！这就是海外华人——中国是我父母家，美国是我儿女家；中国心，美国情。

每天都有朋友来微信关切叮嘱。

## 你认识的纽约人怎么度过？你身边的人都怎么样？

“当雪崩时，没有一片雪花可以逃脱”，也许是肉体，也许是精神，都会遭受瘟疫折磨。

儿子安德鲁是一位高级会计师，今年29岁，家住曼哈顿西57街自购公寓，平时他坐地铁去热闹的中城上班。纽约地铁系统目前120名员工感染，其中4名去世。儿子公司曾有一人确诊感染，整个办公大楼都很紧张。儿子在3月底（即给我送食品前后）出现症状，发烧胸闷、四肢酸痛、浑身无力、夜不能寐。

安德鲁先打电话告诉他的上司，讲自己也许感染了新冠肺炎病毒，需要休息（他在家上班也很忙）。然后给我们打电话：“妈妈，我也许感染COVID-19（新型冠状病毒肺炎）了”，电话里听到儿子微弱气喘的无力声音，我大为震惊，顿感天旋地转，安德鲁从小到大身体非常好，从无毛病，他本人负责一个团组，平时从不向公司请假，这次一定是“中毒”了！

儿子网约看了一位急症呼吸道医生，被告知：“也许是新冠肺炎病毒感染，也许不是。待在家里吃感冒药，别去医院，防止交叉感染。”整整三天我们为病中的儿子打了许多电话，首先打纽约州防疫热线888-364-3065，态度和气的接线员记录下儿子姓名地址邮箱。

几天后得到回音，让儿子宅家吃感冒药。我和老公把曼哈顿东与西57街附近的七八家医院的电话查出来一一问询，焦急地为儿子预约新冠肺炎核酸检测、做肺部CT，因为只有确诊才能用氯奎宁或瑞德西韦治疗救命！我的心紧张得怦怦跳，所有曼哈顿医院的总机都非常忙碌，最后仅2个打通。回答是：“对不起，我们病人太多，如果你儿子体温、呼吸与血氧饱和度问题严重，请打911叫救护车来急诊部；否则待在家里吃感冒药。我们不接受一般病人检测。”言下之意：出现症状，宅家硬挺。实在撑不住，叫911急送医院检测。

天呐！疾病不都是由轻向重发展的吗？非要到不行了才能入院诊治吗？但纽约病房饱和，危重病人更重要。报上看到有些和我儿子一样身材高大的美国青年步行走入医院，然后很快就跌倒在地进ICU抢救。我向上帝祈祷并发誓：救回我的儿子！哪怕他住院我也要守在他身边！

既然不到病重不能测试，那只好自己当医生了！我冒着病毒“枪林弹雨”的危险一家家跑，丈夫麦克是德裔美国人，他讲在德国擅自跑出家门每人要罚款500马克，纽约不罚。我从曼哈顿东60街跑到西58街，推开一家家大药房和小超市的门，为儿子寻找体温计和血氧饱和度测试仪。4月初的风吹得我满头大汗，戴着口罩跑得气喘吁吁，但跑了半个纽约都没有买到。这时候真正体会到那句话的含义：“时代的一粒灰，落到个人头上，就是一座山。”

现在病毒重重地砸在我儿子安德鲁头上了！这可恶的病毒啊，你来历不明不白，也让全世界受害者死得不明不白啊！全世界180个国家已有7.7万人莫名其妙死在它的肆虐之下！难道真的轮到我儿子了吗？他才29岁，和相恋5年的未婚妻艾丽卡正打算结婚呢！

没买到体温计和血氧饱和度测试仪，怎么办？我有药！我翻出上海带来的头孢抗生素、安乃近退烧药和维生素C泡腾片，加上家里有的美国买的西洋参粉和蜂蜜，我又跑到东61街列克星敦大道唯一还开着的一家韩国餐馆买了儿子喜欢吃的韩式烤牛排和鸡蛋蔬菜汤面，穿过中央公园“驼峰航线”，救儿子去！

在西57街那宽敞典雅的公寓公共大厅等待儿子，这个大厅相当于两个篮球场的面积。蓝眼睛的高大门卫查理微笑地走了过来，他戴着黑色海绵口罩，讲：“你儿子安德鲁三天没下楼了，他好吗？” 我没正面回答他的问题，但告诉他戴海绵口罩无法防御病毒，并承诺送给他一个医用外科口罩。查理听了忙点头致谢。我住的东60街广场大厦的那五位门卫都没有口罩，他们讲无法买到。我把收到南京朋友寄来的外科口罩后分给了大楼门卫。

终于又见到了儿子，他乘坐电梯下楼，戴着我上周寄给他的口罩。我们相距2米远，他展开双手做了一个拥抱的姿势，当然不能真的拥抱。我看到儿子的眼睛陷下去，人也消瘦了。他一再叫我千万不要出门，对我又来到他家非常担忧：“妈妈，你应当待在家里。”

门卫查理和安德鲁打招呼：“我们大楼不错，还没听说得病的！”然后就跑开了，儿子望着他的背影耸肩苦笑。我和儿子保持着距离，我大声交代他如何服用退烧药、抗生素，如何用西洋参粉冲泡蜂蜜，然后把药品、食品一一放在沙发前的大玻璃圆桌上，退后三步，然后儿子走过来，拿起来一一放在拎袋里。我根据网上查到的“热SPA疗法”， 教他坐在浴缸里用热水熏蒸，大口吸入蒸汽——走投无路下，妈妈只能自己当急救医生。儿子温柔地轻声讲了一句：“妈妈，我真的很抱歉。”

在“老妈医生”离开后，儿子自己又跑出去找体温计和血氧饱和度测试仪。 这些平时在CVS药店以及DR药房都有卖，但在瘟疫席卷中早已被扫荡一空。

又过了三天，儿子打电话来，他声音亮了不少，高兴地说：“妈妈，体温计买到了！我体温下来了，99.9℉（摄氏37.3度）！”你所有的药物都很有用，特别是西洋参蜂蜜茶，像灵丹妙药，我感到好了许多！我估计得的是重感冒，不是新冠肺炎！”

我和先生担心他反复，每天打电话叮嘱他服药，吃维生素C泡腾，每天两个鸡蛋，每天用热水熏蒸！整整一周都提心吊胆的。今天，儿子终于讲："体温完全正常，不咳嗽不胸闷，四肢有力，我又开始上班了！"

儿子告诉我，他公司有两个年轻同事和他一样出现过发烧、咳嗽、胸闷等症状，但因为纽约的新冠肺炎核酸测试盒不够，都没机会测试，全部靠硬撑。老天保佑！他们三人都痊愈了。"我低烧了五天，幸亏有了你的安乃近、头孢抗生素和西洋参蜂蜜，妈咪，老妈医生，我爱你，以后不许再出门了。"

我和老公又给儿子医生打电话，医生说："也许是感冒， 也许是轻型新冠肺炎。没有测试很难讲，你永远不知道。我真希望英国首相也是感冒，CNN主播克里斯（纽约州长科莫的弟弟）也是感冒。但纽约皇后医院院长讲："太可怕了，每个人进来都无法呼吸！每个人都像在河里挣扎的溺水者！"

行笔至此，回想儿子五个晚上发烧、气短、咳嗽，依然感到毛骨悚然，幸亏有老妈在同一座城市，替他治好了"轻型新冠肺炎"或者"感冒恐惧症"！内心更敬佩每天战斗在极其危险的第一线的医护工作者！

今晚听着震撼人心的童音——700名欧洲儿童在隔离中齐唱《今夜无人入眠》，看着孩子们天真无辜的脸庞，不由泪眼婆娑。春暖花开，武汉解封了！祈盼夏花绚烂时。

2020年4月7日写于纽约曼哈顿

（原载《新民晚报》2020年4月8日）

# 史诗般的血染战旗：硫磺岛未被讲述的隐秘

周　励

提起硫磺岛，人们立即会想起那张被美国人称为“国之魂”的升旗照。照片上六位英姿勃勃的年轻战士戴着头盔，犹如雕塑一般在阵地上奋力撑起一面迎风飘扬的星条旗，令人顿生无限敬意。但很少有人去关心这六名美国士兵插旗后的命运。我也是直到最近才关注起来，因为突然之间，美国媒体给其中两名战士戴上了“冒充者”的帽子，一些视频节目也跟着冷嘲热讽，瞬息之间偶像破碎，一地鸡毛。

2017年我曾打电话给位于公园大道的日本驻纽约总领馆，询问作为美籍游客和二战史爱好者，该如何访问硫磺岛？一位热情的女士回答我硫磺岛不对外开放，除非得到“硫磺岛协会”的特批。我问她，什么是“硫磺岛协会”？在哪里？她的回答令我吃惊：该协会由葬身于硫磺岛战役的“1932奥运赛马王子”西竹一爵士的儿子战后在东京创立，其主要任务是派会员去这座凝冻在1945年的“人间炼狱”捡取战亡日军骸骨，因为遗属老龄化及日本青年很少有人志愿加入，直至2008年才捡回了约8300具无法认领的日军骸骨，预估要到2024年才能将余下10 000多骸骨捡回日本。由此可见硫磺岛战役的血腥与惨烈。

请记住：硫磺岛战役是太平洋战争中唯一日军伤亡总数小于美军的战役！

在华盛顿美国国家档案馆，作为业余二战历史学者，我手捧着美联社战地记者乔·罗森塔尔在1945年2月23日拍摄的《硫磺岛上升起星条旗》原始照片，眼睛湿润。硫磺岛战役结束时美军阵亡6821人，其中约4800名官兵在折钵山插上星条旗之后阵亡。

人们把惨烈的硫磺岛与贝里琉岛战役叫作“炼狱里的双胞胎”。现在我脑海中浮现出硫磺岛战役。自塞班岛战役胜利结束后，大批美军B-29超级空中堡垒每天从塞班机场起飞，轰炸日本本土，却遇到如鲠在喉的麻烦：位于东京与塞班岛之间、距东京仅1080公里的硫磺岛经常升空大量战机射击拦截美军轰炸机，最糟糕的是还不时对塞班美军基地进行突袭轰炸，因此夺取战略要地硫磺岛成了尼米兹战事日程的当务之急。1944年11月太平洋战区司令部决定投放两栖军约70 000人，由霍兰·史密斯中将指挥；登陆舰艇500艘、军舰400艘、飞机约2000架，由第五舰队司令斯普鲁恩斯中将指挥。太平洋战区总司令尼米兹为就近指挥，特地将其指挥部从珍珠港移至关岛。1945年2月15日，美海军部长福雷斯特尔在尼米兹陪同下到达塞班岛，视察战役准备。

然而，同贝里琉岛战役相似，原先美军预计仅需5天即可拿下的20平方公里弹丸小岛，却从1945年2月19日苦战至3月26日，浴血拼搏了36天（13平方公里的贝里琉岛则用了72天）！硫磺岛战役如此惨烈的原因之一，是美军联合情报中心的低空侦查摄影和分析出了致命错误。那时富有经验的老分析师正好调去欧洲战场，经验不足的图像分析师在战前报告中断言，整个硫磺岛上只发现了39个碉堡，13个火炮隐蔽点和4个地下工事，而海军陆战队在1945年2月19日开战后，才发现硫磺岛日军共有332个绵密如麻的碉堡，35个火炮隐蔽点和4个地下工事！如此巨大的差别，导致年轻美军官兵登陆之后，遭到日军掩体大炮绞肉机似的猛烈杀戮，日军总指挥栗林忠道凭借18 000米长的惊人地下工事和纵横交错的战壕诱敌深入，造成美军伤亡总数超过日军。尽管美军用鲜血换来的硫磺岛护航机场大幅提升了B-29超级堡垒轰炸机对东京进行战略轰炸的效率，但硫磺岛战役的巨大伤亡震慑了美国高层，促成了杜鲁门向日本投掷原子弹的决定。

硫磺岛为美国海军陆战队战士留下了一百年也流不完的眼泪！

正如丘吉尔赞扬北非战场“沙漠之狐”隆美尔有“狡诈之慧”一样，贝里琉岛与硫磺岛这两场战役被美国军事家赞誉为“防守经典”。贝里琉岛战役守军最高指挥中川州男中将与硫磺岛战役守军最高指挥栗林忠道大将，尤其是后者的综合素质，战后被美国历史学家高度评价。栗林忠道战亡尸骨无踪，因而在日本投降七十周年之际，日本明仁天皇夫妇来到帕劳的贝里琉岛，在剖腹自杀的中川州男墓前“慰灵”并宣讲“和平”。

有些朋友对我讲，朱莉亚，你写的太平洋战争历史散文很棒，你去过那些跳岛战役遗址，笔下的思考有温度，人物栩栩如生。我们希望你多写些战争中的人与人性！无论美军还是日军，这才是我们最感兴趣的。

这正是本文的重心。我们记住了二战领袖罗斯福、丘吉尔、艾森豪威尔、尼米兹和麦克阿瑟，更应当记住那些走向屠场的战士。

## 硫磺岛六位升旗手，难道真是“四位死了，两位假的”？

硫磺岛插旗的三位战士牺牲了，活着的三位插旗手为何总是沉默无语？第四名是怎么死的？这是我头脑中的问号。

2019年樱花节，我来到阿灵顿公墓的马歇尔大道，瞻仰硫磺岛纪念碑，这组高逾9.8米的人物群雕远远望去，正与华盛顿“中轴线”上的国会大厦、林肯纪念堂和华盛顿纪念碑连成一体，隔着波多马克河相望。丽日蓝天下的宏伟雕像是根据战地摄影师乔·罗森塔尔拍摄的普利策奖照片《硫磺岛上升起星条旗》而制，六名年轻战士高举起旗帜，身边竖立着一个60英尺长的青铜旗杆，星条旗迎风飘扬。在瑞典花岗岩底部刻有六名队员的姓名，他们中间的五名是海军陆战队队员，一名是海军医院的医务兵约翰·布莱德利，他的儿子杰姆斯·布莱德利在2000年写了畅销书《父辈的旗帜》，被好莱坞硬汉导演伊斯特伍德搬上银幕，好评如潮。

但是在2016年6月，早已去世的老布莱德利却突然被美国媒体指责为“冒充者”，震惊世人。雕像上老约翰·布莱德利的名字也被新的名字替代（近年更换了两位队员姓名）。这是怎么回事呢？我望着纪念碑基座艾森豪威尔总统的题词“为纪念自1775年11月10日以来为国家献出生命的美国海军陆战队队员”，不由满腹疑问。

我能够从硫磺岛纪念碑走到美国国家档案馆，再用双手捧起1945年2月25日《纽约时报》刊登的《硫磺岛上升起星条旗》原始新闻照片，这是多么幸运！那张照片刊出时，硫磺岛鏖战正酣，推进缓慢，伤亡巨大，星条旗插上折钵山那天已有2000多名美军阵亡，远远超出了尼米兹的预期。这张照片震撼了悲哀笼罩的美国，人们激动不已，奔走相告，大家见面后第一句话就是：“嗨，你看那张照片了吗？”

苏联高级将领包括斯大林本人也注意到了1945年2月硫磺岛插旗的宣传效果，斯大林命令苏联摄影师叶夫根尼·哈尔迪从莫斯科飞往柏林，拍摄一张类似的战胜德国法西斯照片。哈尔迪带了一面巨大的苏联国旗，在1945年5月2日由苏联红军将红旗插上德国国会大厦，让世界见证战胜德国法西斯的辉煌历史时刻！去年夏天，我告别易北河后来到柏林国会大厦，拍下了这座巴洛克建筑右上角的雕像，与苏联摄影师哈尔迪的《红旗插上国会大厦》的雕像一模一样，七十五年过去，这些沉默的见证者，犹如米开朗琪罗的《摩西》雕像一样，默默无语却令人热血沸腾。

2019年樱花节，我站在华盛顿的硫磺岛纪念碑前，望着这六位插旗美国士兵，端详每一个人的脸庞，他们年轻坚毅，不惧死亡，据说这是雕塑家根据六位英雄的生前照片细心塑造。可是突然地，在2016年6月海军陆战队发表声明称，海军医院医务兵约翰·布莱德利没有参加这次插旗行动。接着他的儿子，大名鼎鼎的二战作家、《父辈的旗帜》原著作者小布莱德利发表声明，称他1994年去世的父亲不在这张著名照片中。老布莱德利生前一直回避记者，对妻子儿女一概闭口不提当年插旗。七十岁时他心力衰竭去世。现在他的雕塑和名字被换了下来。

而那位被约翰·布莱德利顶替的真正的“插旗英雄”哈洛德·舒尔茨（Harold Schultz）退休前是一位邮递员，他一辈子没对外人讲过硫磺岛插旗，仅有一次指着照片对妻子和女儿讲：“我是六个人之一。”女儿高兴地叫起来：“老爸！那您是英雄！”他说：“不，我只是一名海军陆战队员。”直到他1973年去世，他始终没有告诉军方他参加了第二次升旗。2016年，他被雕刻家重新放在了六人群雕上。

更奇怪的是，2019年10月美国海军陆战队又发表声明，说以前一直被认为是升旗手的雷内·加依（Rene Gagnon，1925—1979）也不在六人之中！取代他的是哈洛德·凯勒（Harold Paul Keller，1921—1979），凯勒生前是纽约布鲁克林区的一名消防队员，参加过多场太平洋跳岛战役并获得紫心勋章，1979年因心脏病发过世，享年五十八岁。哈洛德·凯勒的名字和雕像换下了在这座纪念碑上待了几十年的雷内·加依。哈洛德·凯勒的女儿对NBC电视台讲：“天哪，父亲生前谈过硫磺岛战役，作战时肩膀还受了伤，但他一个字未提过他参加了硫磺岛插旗！”

第三位真正参加了这次著名插旗行动的艾拉·海耶斯（Ira Hayes，1923—1955），他也是唯一正确地在1954年被刻在群雕像上的活着的升旗手，但他的人生结局令人唏嘘；硫磺岛战役的惨烈和突然天降的巨大荣誉让艾拉·海耶斯承受了痛苦和压力，杜鲁门总统在白宫接见他们时称赞三人是美国英雄，这令艾拉深感愧疚。他说：“我所在的排45人只有5人生还，我所在的连125人中只有27人幸存，一闭上眼睛，就是我那些倒下的战友们，他们脸上满是鲜血，眼睛瞪着天空。他们死了，我却活着！我怎么会是英雄？”这位具有印第安土著血统的勇敢战士，因战后忧郁症和酗酒而多次被捕，新闻媒体常打出头条“硫磺岛插旗英雄因酗酒被监禁”。艾拉·海耶斯对媒体每年在2月23日追踪采访他非常恼火，他大喊：“那三位阵亡的插旗手才是英雄！我不是英雄！”他说：“世界上最恐怖的是你周围的人都阵亡了，你却站在领奖台上，让别人在你脖子上挂五颜六色的奖牌！也许那些当官的不在乎，但我在乎！请不要纠缠我了！”艾拉甚至没有等到推销军券（为筹措军费而发行的国债）结束就独自离开了全美巡回演讲。在硫磺岛战役后的第十年——1955年，他死于酗酒。喝得烂醉的艾拉跌倒在冰河里，心脏停止跳动，年仅三十二岁。

2019年10月当海军陆战队的“更正”消息发布后，一些媒体为博取眼球制作了通栏大标题：“硫磺岛升旗手：四个死了，两个假的！”

在雕像前徘徊深思，我想，美国海军陆战队于2016年和2019年发现了两位都叫Harold的低调升旗手，非常好。但为何约翰·布莱德利和雷内·加侬要“冒充”升旗手呢？而且被媒体在全世界宣传了七十多年！他们不愧疚吗？他们为什么要冒充战友？美国精神象征《硫磺岛上升起星条旗》的诚信何在？为何英雄在顷刻间崩塌？带着这些沉重的问号，我决定去美国国家档案馆新馆寻找答案。

## 原画再现——感谢比尔的美丽幽灵

“历史学家一辈子都在找钥匙解决困惑。”

去年春天的此时，我穿过樱花大街去美国独立纪念馆搭乘国家档案馆的专车，途中不禁想起当年担任日本驻美国大使馆武官、有着哈佛学历的栗林忠道也曾经这样看着樱花，吟着诗句，步履匆匆。他曾热爱美国的一切，后来也坚决反对向英美开战。栗林少年时代的理想是当一名记者，老师认为聪慧干练的他将来可担大任，推荐他读陆军学校，但他始终热爱文学。硫磺岛战役结束后人们在战壕里发现他写给妻子和在早稻田大学读书的儿子太郎及两个女儿洋子和贵子的信，文采斐然，柔情似水，根本看不出他是下令让“每个日本军人死前必须先杀死十个美国人”的冷血将军。

在华盛顿国家档案馆，我先看了海军陆战队随军摄影师记者比尔·杰纳斯特1945年录制的硫磺岛插旗彩色录像，出于好奇心我翻阅了比尔·杰纳斯特的资料，我看见比尔和乔·罗森塔尔并肩站在小山丘的石头上，一个拍照片一个拍录像，可惜在他拍摄了硫磺岛插旗这部激动人心的彩色录像后，仅仅十天这位金发碧眼的专业摄影师就被日军炸死，年仅三十九岁。现在硫磺岛升旗的遗址处竖立着他的青铜纪念碑，上面写着：“比尔·杰纳斯特，感谢勇敢的你在此摄录了星条旗升起的宝贵时刻。”

我的心顿时坠入冰窟，这么潇洒精干的比尔，被太平洋绞肉机吞噬了宝贵生命！但比尔·杰纳斯特依然活在我面前他拍摄的录像里！短短几分钟的片子我来回看了七八次，仿佛在和比尔·杰纳斯特对话。屏幕上是他在硫磺岛升旗后与战友的开心合影，插旗第二天即1945年2月24日，他在战壕里点上一支烟，吐出烟雾，仿佛在回忆攀登日军大本营折钵山的千难万险。他拍摄的硫磺岛升旗影片，在1945年2月底的《痛击东京》（*Carriers Hit Tokyo*）美国新闻播出，立即传遍全球，而他还在枪林弹雨下出生入死。3月4日比尔跟随小分队去摧毁日军那300多个地堡，突然遭到掩体内日军的炮弹袭击，冲在最前面为战友探路的比尔顿时血肉横飞，遗体无踪！妻子收到的死亡通知书是“Missing”（失踪）。活生生一个人，高大性感，遽然灰飞烟灭，令人扼腕！感谢比尔的美丽幽灵，在你的录像里，参加第一次和第二次升旗的战士们生机勃勃，我细心寻找对照，拼起一幅被浩渺岁月遗忘的原图。

参加第一、第二次升旗的许多人都死了，包括升旗小分队的长官钱德勒·约翰逊（Chandler Johnson）上校，插旗后他在视察战地时，竟然被友军的炮弹一炮轰死，真让人撕心裂肺！

看完比尔的硫磺岛录像后，我按照档案馆规定，戴着绿色橡胶手套，小心翼翼地打开硫磺岛插旗原始案卷。我仔细分辨着乔·罗森塔尔那张著名的硫磺岛插旗照片，以及在这之前的两小时另一位战地记者路易斯·洛厄里（Lou Lowery）拍摄的第一次插旗照，后者经历过塞班岛、天宁岛、关岛和贝里琉岛战役，2015年我探访了这四个岛的战争遗址，对路易斯拍摄的黑白照片很有感情。在硫磺岛他拍了一个美国大兵给奄奄一息濒死的日本兵抽最后一口烟，让我深受感动。路易斯还拍摄了44人小分队朝日本人霸占的山顶运送星条旗的紧张场面，当时许多人怀疑自己插旗后能否活着下山。虽然与乔·罗森塔尔第二次插旗照片不同，但两次插旗中不少战士在流动互助。在国家档案馆我看到了一些鲜为人知的照片。战士们谁都不知道是否会活到明天，更没想成为英雄，他们只是按长官指示把挚爱的星条旗插在火山岛上，标志对日本守军的初步胜利。打开厚厚的案卷百感交集，我抚摸着同在1945年2月23日相差两小时的两张珍贵原始照片，心跳加快，喜出望外。最欣慰的是我找到了那两位被媒体大肆鞭挞为“冒充者”的约翰·布莱德利和雷内·加侬的身影！

硫磺岛第一次插旗行动开始时，仅是为期36天硫磺岛战役的第五天，在20平方公里的小岛上，炮声隆隆，子弹如雨，宛如炼狱。美军每前进一步都要踏着一排排倒下战友流淌的血迹。23日早晨美国海军陆战队第五师第二十八团哈罗德·希勒中尉率领一支44人的小分队，一路血战，上午10时30分，终于冲上了硫磺岛南部的制高点——折钵山山顶。他们在日本岛屿升起了第一面美国国旗！随军记者路易斯·洛厄里率先跟随登岛抵达折钵山，拍摄下了具有历史意义的首次升旗画面。

这面在山顶迎风飘扬的星条旗大大鼓舞了美军士气，远远近近的战士欢声雷动，海上几百艘航母、战列舰、驱逐舰汽笛齐鸣，可惜因技术问题，这张照片在1945年7月才面世。在第一次升旗照片里，我看到戴着钢盔的杰姆斯·米歇尔警觉地紧握卡宾枪，眉宇英俊。“冒充者”约翰·布莱德利手持旗杆。二战作家杰姆斯·布莱德利回忆升旗当天，他父亲给祖母写了一份激情洋溢的信：“亲爱的妈妈，今天我参加硫磺岛升旗了！这是我最幸福的时刻！”

我也找到了“冒充者”雷内·加侬，他出现在硫磺岛案卷中一张交换星条旗的独特照片里，在路易斯拍摄的镜头里他站在最前面，手舞国旗，神情激昂。这是他在硫磺岛升旗摄影集里的唯一身影。

可惜的是，第一次插旗照片上戴着软帽站在中央手持旗杆的亨利·汉森（Henry Hansen），在插旗后的第八天即3月1日牺牲了。亨利·汉森的名字从1945年3月26日战役结束后，就一直放在乔·罗森塔尔“国之魂”照片的六人名单里，而他根本没参加过第二次升旗。另一位首次升旗手厄尼斯·汤姆斯也在3月3日牺牲。2月23日10点30分第一次插旗的八人有三位官兵牺牲，同日12点30分第二次插旗的六人中有三位战士和一位摄影师阵亡。“国之魂”照片中亨利·汉森的位置实际上应该是前方撅屁股插旗的小伙子哈罗德·布洛克，尽管公布名单时汉森和布洛克这两位英俊少年都阵亡了。布洛克母亲指着照片泪水直流：“这不是汉森！他是我的儿子！我给他换过如此多的尿布！”但官方直到1947年才纠错，将第一次插旗的烈士亨利·汉森从名单撤下，放上了第二次插旗的烈士哈罗德·布洛克。

这样描述是不是很纠结？难怪海军司令部的官员深感头疼，一搁就是七十年！

在日军的隆隆炮火中，第一次升旗大大鼓舞了全岛士气，刚赶到硫磺岛视察的美国海军部长福雷斯特尔眺望着折钵山飘扬的星条旗激情难抑，大声说："折钵山升起的国旗，意味着海军陆战队从此之后五百年的荣誉！"他提出要把这面国旗保留下来作为永久纪念。同时，第五海陆两栖军军长史密斯提出，位于硫磺岛最南部的折钵山星条旗似乎太小，而北部的战斗更加激烈，需要换上一幅更大的美国国旗，让全岛每一个官兵都能看到。他命令779号坦克登陆舰紧急将一面更大的国旗送上岸。上校钱德勒·约翰逊命令助理作战官泰德·托图（Ted Tuttle）找到一面比原来大一倍的96×56英寸国旗。此时，乔·罗森塔尔、卜·坎贝尔（Bob Campbell）和比尔·杰纳斯特三名摄影记者已匆匆上山，大约12点半，哈罗德·希勒中尉的通信员——上文提到的第二位"冒充者"雷内·加依出现了！长腿加依从托图手里接过巨幅国旗，飞快爬上约200米高的折钵山顶，这时艾拉·海耶斯和富兰克林·苏斯利（3月21日阵亡）已经找来一根重达100多磅的日军排水管，通信员雷内·加依协助旗手们将原来的第一面国旗换下，套上了第二面巨幅星条旗，交换国旗时路易斯拍下了有雷内·加依的唯一照片，而迈克尔·斯达克（3月1日阵亡）和哈罗德·布洛克（3月1日阵亡）负责清理插旗口的岩石堆。哈罗德·布洛克几乎费了九牛二虎之力，脑袋和身体前倾，并撅起他高高的臀部，使劲往乱石缝里插旗。当雷内·加依完成任务后，就站在一边，看着艾拉·海耶斯等六人在强风吹动下合力支撑着沉重的旗杆，终于插上了一面更大更威风的美国国旗，在折钵山顶高高飘扬！

美联社记者乔·罗森塔尔以1/400秒的快门速度，四秒钟连续捕捉了六位战士第二次插旗的感人瞬间，以后曾不断有人指责乔·罗森塔尔是摆拍，因为六人的姿势简直太完美，面对诽谤责难，幸亏战友帅哥比尔·杰纳斯特同时拍摄了我面前这部由国家档案馆保存的第二次升旗的彩色录像，证明了乔·罗森塔尔完全是自然捕获的珍贵片刻！

真相澄清，犹太血统的罗森塔尔不仅荣获了普利策摄影奖，且因记录了"国家的灵魂"而一夜成名！

第二次插旗后，罗森塔尔又专门让战士们在飘扬的国旗下摆好了姿势拍照，二十名士兵围在国旗四周，挥舞着枪支头盔欢呼，细心的罗森塔尔希望留下每一位参与插旗战士的面庞和姓名。我看到艾拉·海耶斯微笑着，他是照片中唯一坐在地上的人，富兰克林兴奋地高举着步枪，布莱德利露出灿烂的笑容，右手挥舞着头盔。罗森塔尔和比尔·杰纳斯特站在乱石堆上拍摄。据说此时日军要冲上来推倒旗帜。这张炮声隆隆星条旗下人气旺盛的集体照，才是罗森塔尔最为满意的，只是胶卷送到关岛冲洗后就发回了美国，而编辑选择发表的却是第一张六人照！

升旗后依然战斗激烈硝烟滚滚，这之后的31天里日军又给美军造成4000多人阵亡和20 000人受伤。递送国旗的通信兵雷内·加侬匆匆离开了插旗现场，向约翰逊上校交送第一面星条旗。约翰逊数日后牺牲。现在，这两面血染的国旗都在海军陆战队博物馆展出。

我在鸦雀无声的国家档案馆，满怀敬意凝视着手掌里乔·罗森塔尔这张在24小时之内传遍世界、成为美国精神象征的发黄的珍贵照片。被这张照片深深感动的美国总统罗斯福（此时离他4月12日去世仅剩下一个多月时间）立即提出战役结束后要亲自接见和感谢硫磺岛三位幸存的升旗手。罗斯福认为这张照片是销售第七轮军券极好的宣传品，于是他下令辨认寻找照片中的士兵并带他们回国！

## 从硫磺岛到华盛顿：荣誉、诚实与困惑

然而当插旗照片登上美国各大报纸头条的时候，第二次插旗的三名士兵甚至还来不及知道自己成为英雄就英勇牺牲了，于是匆匆开始辨认剩下的三名战士。问题是他们在硫磺岛根本看不到《纽约时报》，也不知道是哪张照片引起了总统的关注？参加了第一次升旗的约翰·布莱德利当时被炮火击中腿部负伤，他以为报纸刊登的是他参与第一次升旗的照片，当上级派人询问他时，他立正敬礼回答：“是的！我参加了硫磺岛插旗！”雷内·加侬的情况也相似，他也没有看到罗森塔尔那震撼全美的照片，当上级问他是否参加了升旗仪式，作为把第二面国旗带到山顶的参与者，他实事求是地回答：“是的，我参加了升旗！”

现在看来，这两位勇士回答的是“我参加了升旗”而不是“我就是那六个人之一”，他们没错，因为他们对这张照片还没有任何概念。此时硝烟未散，美军尸体遍野，上级部门得知硫磺岛两次升旗至少有五位升旗手已阵亡，海军官员根据总统命令，十万火急地找到了包括真正参加六人“国魂插旗”的艾拉·海耶斯，以及参与了插旗行动的约翰·布莱德利和雷内·加侬，一块石头落地！他们立即安排三位战士飞往华盛顿参加总统接见，并执行总统命令——立即参与美国债券销售。这次美国总统发起的140亿军券促销叫作“强势第七届”，是战时最大的一次国债销售。

经过国家级的策划宣传，迎来经受过炮火洗礼的硫磺岛“插旗英雄”，他们三人要带着硫磺岛第二次升起的这面大旗，在全美几十个城市运动场的礼炮声中再来一次插旗表演，在人群的呐喊声与礼花齐鸣声中，发表感人至深的演讲。三人的销售大获成功，共卖出了263亿美元，比原定目标翻了近一番！

然而，在轰轰烈烈的英雄推销后面，也还有战争带来的悲哀隐情。四月初刚抵达华盛顿的唯一真正升旗手艾拉·海耶斯，马上发现另外两人并没有参加第二次升旗，而参加了插旗的烈士哈罗德·布洛克不在六人名单上。他立即向海军公共关系官员报告，由于六人名单已经正式发布，这位海军官员要求艾拉·海耶斯对此事保持沉默。

可以想象，当艾拉·海耶斯下飞机看到约翰·布莱德利和雷内·加依时，第一个反应是：“怎么是你们？你们没有参加第二次升旗啊？”

也许约翰·布莱德利会傻傻地问：“我参加第一次升旗了，第二次升旗集体照也有我啊！难道有什么错吗？”约翰·布莱德利这时既没有看到第一次插旗照片，也没有看到罗森塔尔的第二次插旗照片，因此理所当然地想：众人谈的正是他和战友们第一次升旗的抓拍照片。

雷内·加依也同样一头雾水：“你们找我来，是因为我亲手换了两幅星条旗：把小的替换成大的。我是重要的亲历者。难道不是吗？”

在日军炮弹如雨的硫磺岛，谁会去多想那次升旗？更无《纽约时报》那幅照片可以查证！这时，对海军公共关系部的官员来讲，最重要的是执行总统命令，在遍野横尸中能够找到还活着并参与了升旗行动的三个战士，这已经谢天谢地！至于是不是照片里的六个人，并不重要；万一那两位不吭一声、从不露面的插旗手最后也牺牲了呢？让这两位朝气蓬勃的活人顶替不更好吗？再说了，真正意义重大的插旗是第一次，第二次只是根据长官指示换上更大的旗帜。况且，照片上六位旗手都是背影，连一张正面的都没有，否则不会如此难以鉴定。海军公共关系部官员在听了陆战队员艾拉·海耶斯的“纠错”报告之后，估计是这样对他们三人共同发出指令：“现在，一切以国家为重。执行总统命令高于一切。三位升旗手阵亡了，我们无法找到活着的那两位。也许他们牺牲了，也许他们故意隐藏起来不愿露面。现在，你们就是六人照片里还活着的那三个人，名单已经公布，你们是在为美国海军陆战队执行任务，为那些死去的战友执行总统命令！记住，这事今后须对外一律保持沉默，除非那两位升旗手主动向海军陆战队报告！”

来到华盛顿后，约翰·布莱德利和雷内·加侬看到了那张轰动世界的插旗照片，他们立即知道自己并不在照片中，但只好执行命令，去“顶替”毫无踪影的那两位插旗者。七十年时光飞逝，直至2016年6月照片上所有插旗的人都已去世，那去世三十年的邮递员哈洛德·舒尔茨才“被动”地取代了《父辈的旗帜》作者的父亲约翰·布莱德利，而到了2019年10月，去世四十年的布鲁克林消防员哈洛德·凯勒才取代了通信兵雷内·加侬。而哈洛德·舒尔茨和哈洛德·凯勒至死也没向军方报告！

最终发现真相的是四名二战历史学家佛利（Stephen Foley）、克雷勒（Eric Krelle）、斯彭斯（Dustin Spence）和韦斯特迈耶（Brent Westemeyer）。从2014年起他们即像我现在一样，细心研究硫磺岛折钵山升旗录像与影集，发现两次插旗行动中，士兵的穿着不一致，他们的武器装备也印证了海军陆战队的身份鉴定出现了问题；布莱德利参加的是第一次插旗行动，他应当让位给邮递员哈洛德·舒尔茨，而雷内·加侬的实际位置是消防员哈洛德·凯勒。

巧的是，这两位令人肃然起敬的插旗手都叫哈洛德，两位哈洛德面对着巨大的荣誉，心静如水，至死不为所动。

海军陆战队司令罗伯特·奈勒（Robert Neeler）将军在声明中表示：“我们的历史对我们有着举足轻重的意义，我们有责任确保历史的正确。”陆战队博物馆摩根说：“不刻意追求的人，往往是最值得尊敬的人。哈洛德就是最好的证明。”

美国海军陆战队在一份声明中说：“如果没有致力于保护我们历史的历史学家和FBI数字实验室的贡献，海军陆战队不会有机会更充分阐述还原折钵山第二次升旗的真实记录。——不管照片中的人是谁，每一个踏上硫磺岛的海军陆战队士兵永远都会是我们部队宝贵历史的一部分。”

可惜的是，无论是历史学家还是美国海军陆战队，他们更换名字之后，并没有说明其中的原因，这使得媒体开始大肆鞭挞嘲笑“冒充者”，也让美国大众对“冒充者”充满了震惊、疑惑和反感。

## “老兵不死，只是悄然隐去”

在漫长的生涯中，老布莱德利从来不和妻子儿女谈硫磺岛插旗，儿子只听父亲聊起过一次，他如何追悔自己在硫磺岛上与战友失散，最后为对方收尸时几乎认不出那惨不忍睹的躯体。作家杰姆斯·布莱德利在父亲死后，整理遗物时才发现他参加了硫磺岛插旗。硫磺岛的父辈们不约而同地一概拒绝采访。阵亡战友一层层的尸体让他们终生满怀悲恸，他们不愿摘取英雄桂冠。

更糟糕的是，约翰·布莱德利明知道自己不是雕像上的六人之一，却偏要不情愿地参加刻着自己名字的硫磺岛纪念碑1954年揭幕仪式，他感到自己简直成了道具，还要装模作样地与牺牲的三位真正插旗手的母亲们握手，聆听艾森豪威尔总统和尼克松副总统的演讲，然后接受他们颁发的勋章。闪光灯下的荣誉变成对自尊心的巨大折磨。硫磺岛纪念碑揭幕的第二年，和约翰·布莱德利一起推销过263亿国债、三人中唯一真正的第二次升旗手艾拉·海耶斯，因战争忧郁症和酗酒过度而暴毙。

现在，感谢华盛顿美国国家档案馆，伏案查阅辨析，我的疑问全部找到了答案！

我对媒体轻易使用不恭之词把两位出生入死参与硫磺岛升旗行动的老兵诬称为“冒充者”，并以此制造轰动新闻而感到气愤不安：布莱德利和加侬不是冒充者也不是假的，他们仅是战时非恶意的记忆误差！

媒体人为了商业目的诋毁嘲讽升旗的前辈们，和平生活了七十年的他们全然不了解战争的残酷。这就是我花了几个通宵写完本文的原因。作家，都为心灵写作。完笔之后有了如释重负的感觉。我肯定这是一篇独一无二的报告文学。我仿佛听到战后活着的他们——为美国总统推销军事债券的布莱德利、加侬和艾拉三人，以及从未暴露自己硫磺岛插旗身份的两位哈洛德，他们五人在晨曦微露的天空说：

朱莉亚，你说得对。

我们仅仅在战场竖立起我们挚爱的星条旗，英雄的桂冠太重，我们承担不起。每当梦里出现惨死的五位旗手，和硫磺岛阵亡的近七千名烈士，我们总忍不住在深夜悲泣。他们才是真正的英雄。我们珍惜余生，服务社区，静谧生活直到死去。我们是为了国家而战，为倒在身旁的战友而战，正是他们的鲜血换来了弥足珍贵的和平。

我耳畔响起尼米兹的声音：“对于在硫磺岛作战的人来说，不寻常的勇气是普遍的美德。”还有麦克阿瑟的名言：“老兵不死，只是悄然隐去。（Old soldiers never die，they just fade away.）”

# 栗林家书

写完了硫磺岛插旗幸存的五位勇士，再来看看造成他们战后噩梦的日军总指挥栗林忠道，他头脑是何物构成？身体里流淌什么颜色的血？这位喜欢观赏华盛顿樱花的哈佛学子，又有着何种传说？

驻硫磺岛日军战斗机不时升空拦截B-29机群，令尼米兹非常恼火。为清除心腹之患，美军决心夺占硫磺岛。为保卫东京，日军也势必死守硫磺岛。硫磺岛战役是栗林指挥的唯一战役，却成了战争史的“传奇”。

1945年2月16日，美国军舰、轰炸机开始对硫磺岛狂轰滥炸，2月19日海军陆战队执行第一波抢滩。当晚，美军指挥官霍兰德·史密斯上将听说日军没有进行万岁冲锋，感到不同寻常。霍兰德将军告诉记者，本以为日本人都是没脑袋的莽夫，结果“谁知道硫磺岛日军头头栗林居然是个聪明的混蛋（one smart bastard）”。

栗林忠道1891年7月7日生于日本长野，出身武士世家。他曾以全校第二名的成绩毕业于日本陆军大学，并获天皇御赐军刀。1927年至1931年先后两次出使美洲，任驻美国及加拿大武官，曾在哈佛大学研习美国军事，是日本陆军中少有的“亲美派”和熟悉美军的高级将领。

1944年底的日本国力亏空，栗林仅率一个临时拼凑的陆军师团，包括十五岁的少年和七十岁的老人一共20 000余人，防守20平方公里的硫磺岛，唯一的精锐就是他在骑兵部队的朋友西竹一中佐的战车联队。

1944年抵达硫磺岛时，栗林忠道写给妻子的信说：“我或许不会活着回来，但你放心，我决不会给我们的家庭带来耻辱，我一定会对得起我们栗林家的武士门风。”

栗林忠道吸取塞班岛万岁冲锋白白送死的教训，和贝里琉岛诱敌深入坚守72天重创美军的经验，决定放弃滩头阵地，以纵深防御为主，诱敌深入至近距离500米再开火。他严禁自杀式冲锋。他把折钵山掏空建造为9层核心阵地进行防御，并每天在岛上巡回查看。战后被俘的日本兵竟然每个人都声称看到过他们的最高指挥官，让美军十分惊讶。

2月19日海军陆战队登陆后，岛上日军回应寥寥，让美国海军指挥官们以为他们的三天炮击已成功压制了日军，于是他们下令海军陆战队扩大海滩阵地。在一片可怕的沉默中，海军陆战队完全没有察觉他们正暴露在日军暗堡的火力之下。美军登陆一个小时后，栗林实施近距离歼灭战术，下令日军开火。

10点，日军的机关枪、迫击炮等重型火炮同时向人潮拥挤的海滩开火，顿时海滩成了一片血海，美军第二十四、二十五团死伤百分之二十五，第一波登陆的56辆坦克半数损失。

更糟的是，栗林挖的地堡密集相通，即使某处地堡被美军火焰喷射器清除干净，日军仍然可以快速重新占领，在300多个居高临下的碉堡发出轮回袭击，造成海军陆战队大量伤亡。

但“固若金汤”的折钵山遇到霉运：日本海军无视陆军中将栗林下达的炮击时机指示，贸然用岸炮反击美军，导致折钵山阵地位置暴露，结果在登岛第二天即被美军歼灭。

19日傍晚，美军将硫磺岛最南端的折钵山头包围，其余40 000人也开始登陆。第一天美军阵亡548人，包括海军陆战师传奇人物、曾二人击退3000日军的第一海军陆战师机枪分队队长约翰·巴西隆（John Basilone）。

20日，美军占领千岛机场，切断折钵山与岛中央栗林中将指挥部的联系。美军用火焰喷射器和手榴弹进攻地堡，折钵山独立守备队队长厚地兼彦大佐战死。

21日，美军后备队第三海军陆战师登陆，日军32架飞机从千叶县起飞对美军展开神风敢死攻击。击伤美军航母“萨拉托加号”，击沉护航航母“俾斯麦号”，美军当天阵亡644人，伤4108人，失踪560人。

22日，由于战斗减员严重，第三海军陆战师接替第四海军陆战师继续进攻硫磺岛元山。折钵山方面还在山脚处于胶着状态。美军用火焰喷射器逐次消灭坑道中的日军，无法烧到的灌入汽油点燃熏烤。

23日早上10点30分，第五海军陆战师第二十八团第二营终于登上折钵山插上星条旗。12点30分又换了一面更大的旗帜，这就是随军记者乔·罗森塔尔拍下的著名的《硫磺岛升起星条旗》。

3月16日18时，美军宣布硫磺岛之战胜利（登陆后第25天）。

当败局已定，栗林中将命令联队长池田大佐烧毁军旗，并于3月16日晚向东京大本营发出诀别电：“战局已临最后关头，卑职身在前线，祈祷皇国必胜安泰。目下弹尽兵寡，决作孤注一掷，粉身碎骨，以报皇恩，谨率领士卒，呼皇万岁，藉此永诀。”大本营误以为他已战死，17日裕仁天皇特旨晋升栗林为陆军大将，时年五十三岁，是当时日本最年轻的陆军大将。

此时美军陆军司令麦克阿瑟正指挥攻打菲律宾吕宋岛并夺回当年把他打下海的科雷吉多岛，日军节节败退焦头烂额，大本营再也无法支援栗林。

3月17日这天，美军到达硫磺岛最北端的北之鼻，栗林对残余部队下达总攻指令：

一、战局已无可挽回。

二、兵团于17日晚上发动总攻。

三、各单位于本夜午时向敌军进攻，战到最后一兵一卒。

四、我将一如往常在诸位前头。

3月21日，美军摧毁了日军的指挥所。同日，日军大本营发布硫磺岛日军“玉碎”的报告：“战局已经到了最后的关头，17日午夜最高指挥官栗林胸怀必胜的信念和对皇国安泰的祝福，率领全军向敌人发起冲锋，随后音讯皆无，硫磺岛守备部队的‘玉碎’壮举，必将成为一亿国民的典范。”

3月24日，海军陆战队封闭了硫磺岛北部剩下的洞穴。

3月26日凌晨，栗林发动最后的攻击，他将身上的军衔扯下扔在地上，其他官兵也把军衔扯下，栗林手持军刀，向兵士们做了最后的战前演说：“我即将在诸君之前，在战阵中倒下。诸君战斗到今日的丰功伟绩不会被人们忘记，即使日本国在这场战争中失败，日本国民也会为诸君的忠君爱国精神所感动激昂，歌颂各位的功勋、对着各位的灵位流泪默默祷告的日子，一定会到来的。诸君安心地殉国吧。”

栗林之所以这样说，是因为之前他将部下殊死顽拼的战功上报，但大本营无暇顾及，一直没有下战功奖状，令栗林心中很是不安。

随即栗林大将率领剩余的350余名士兵向美军航空兵2号机场发动最后一次反攻，冒着隆隆炮火前进。进攻之前，栗林下了“不要把我的尸体交给美军”的命令，他带着一个小铲子冲锋，不久大腿中弹，受重伤的栗林仍然扶着一个军官的肩膀继续前行指挥。这次最后攻击造成美军53人死亡，120人受伤。这是栗林最后的行动，多数士兵在美军的强攻下坚守岗位直到战死。由于栗林大将冲锋前扯去了军衔章，因此无法确认尸体。据说栗林因大腿伤口流血不止，举刀剖腹自尽，由随从参谋长开枪介错，然后掩埋遗体。

日军在硫磺岛殊死抵抗中22 703人战死，1083人被俘。美军在硫磺岛夺岛战役中伤亡28 686人，其中阵亡6821人，27人获得最高美军“荣誉勋章”，超过了美国海军陆战队在二战获得荣誉勋章总数的四分之一。直到3月26日栗林死后，硫磺岛才完全由美军控制。

十年后，数以百计的信笺在一片荒寂的硫磺岛沙滩里被发现，这些信笺真实呈现了驻守硫磺岛日军官兵参战的感受，他们视死如归，又有着柔情铁汉的一面。日军作为人的个体，其勇气与悲悯都彰显在一封封寄回家的诀别信笺中。

1944年夏秋之际，这位美军公认的日本第一名将栗林忠道铺开信纸，给次女贵子提笔写信。在女儿小时候，他常在信中为女儿手绘插画。

> 我的宝贝女儿，最近爸爸经常做梦，梦里我回到了家乡，牵着妈妈和你的手漫步在街上。但我知道那是不可能的事情。贵子啊，爸爸无时无刻不在盼着你长大成人的那一天，成长为能够帮助妈妈的人。所以你要健康，要用功读书，要听妈妈的话，这样才好让爸爸放心啊。
>
> 想想乡下老家的夏天是很凉爽的啊，可是现在我这里是酷暑难耐，热得我都不想说话。藤田先生晚上呼噜打得震天响，睡得很香。可是爸爸睡得也很香，而且我不打呼噜哟。有些士兵晚上还会说梦话呢。

栗林疼爱妻子，非常顾家，时时思念东京的温馨家庭。在硫磺岛他给在早稻田大学读书的儿子太郎写道：

> 我要交代的是：一定要听妈妈的话。爸爸不在家的时候，一切要以妈妈为中心，多多帮助妈妈，用心并快乐地过好每一天。尤其是太郎，你要立志成长为坚强健壮的青年，以后好让妈妈和妹妹们能够信赖和依靠。

栗林忠道曾在硫磺岛战壕里听日本电台播放的女童合唱："英雄的硫磺岛，神奇的小岛"，暗自为诀别儿女爱妻黯然神伤，他知道自己和两万军队毫无后援，必死无疑。但为国土顽拼到底的决心反而让他产生了一种英雄主义的骄傲。他要造成敌手最大伤亡。为此，他3月16日向东京发出诀别电报后，又整整打了美军十天，才身先士卒冲出地堡攻打美军占领的2号机场，最后战亡。

谁打死了他？是美军的炮弹？还是裕仁天皇膨胀的野心？

## 奥运冠军西男爵

栗林是日军骑兵团的创始人，他在硫磺岛唯一的精锐就是他骑兵部队的部下和朋友西竹一中佐的战车联队。西竹一男爵曾是1932年洛杉矶奥运会马术冠军，一位风靡加利福尼亚的贵族美少年，父亲西德二郎是驻清公使，因买卖中国茶叶获巨额利润，后来做过伊藤博文内阁的外务大臣。这位年轻时美国权贵圈女孩的“白马王子”，1944年被任命为第九师团第二十六战车联队指挥官。

1944年7月西竹一被命令去硫磺岛，他预见到那将是保卫日本领土、与他的武士血统相称的一场血战。在前往硫磺岛前，他告诉他的儿子：“你的父亲将不会死得毫无价值。”7月17日，他的舰艇在靠近硫磺岛的父岛海域遭到美国潜水艇袭击，使得28辆战车和运输船一起都沉到了海底。

8月，为了补充损失的战车，西竹一又返回了东京。在东京逗留的短暂日子里，西竹一抽空到世田谷区的“马事公苑”看望正在那里度过余生的爱马“尤利纳斯”。“尤利纳斯”听到了西竹一的脚步非常兴奋，用脖子不停地在西竹一身上蹭来蹭去，一股喜悦之情。预感到此次前往硫磺岛是凶多吉少，西竹一剪了“尤利纳斯”的鬃毛，放在自己的军服内，随身携带留作纪念。在硫磺岛上，西竹一也是穿着马靴，整日马鞭不离手。

在硫磺岛，西竹一认为地理条件不适合传统的战车战，征求了守岛司令栗林忠道的同意，他把后来补充的22辆战车以及95式轻战车的炮塔拆下来当作要塞炮使用，并做了精心伪装。西竹一的战车部队在战斗中拖住了美军海军陆战队的一个师，在一个岩石峡谷中战斗了六天。他曾经命令把身边的珍贵药品用于救治一名美军伤兵俘虏（后来死去）。在硫磺岛战役后期，美军情报官巴特利特（Sy Bartlett）在得知西竹一就是对方指挥官时，曾以高音喇叭试图劝降已经陷入绝境的西竹一，称“世界将为失去奥运马术中的西男爵而惋惜”，但是西竹一从未回答。

和栗林一样，西竹一死后也是尸骨无踪。他率兵做最后冲锋时，一只眼睛被炮弹击中受伤，不想拖累大家而开枪自杀。据说他死后一只手仍握着在奥运会上赢得金牌的马鞭，遗体和马鞭一起匆匆被掩埋。西竹一战死时四十二岁，死后晋升为陆军大佐。长子西泰德继承了他的爵位，现为硫磺岛协会副会长，该协会主要负责挖掘日军战死者的遗骨遗物。但是七十五年过去，西竹一的遗体仍然没有找到。

从太平洋战争关于西男爵的资料里，我看到1932年美国已掀起反日浪潮，但在洛杉矶奥运会现场的十多万美国观众被西爵士的精彩表演打动，纷纷高喊“Baron Nishi”（西男爵），替他加油。最后登场的是他与“尤利纳斯”完美搭档的表演，靠着高超的技术，力压群雄，获得了金牌。这是日本在奥运会上第一次获得马术项目的金牌，也是到2010年为止日本在奥运会马术项目上获得的唯一一块金牌。在跨越最后一道障碍时，爱马不经指示自行横曲后足越过障碍物，在接受采访时，西竹一兴奋地说："We won！"（我们赢了！）在这里之所以使用了"We"（我们）而不是"I"（我），是因为他把意大利爱马"尤利纳斯"看成了真正的搭档，人马合一，令美国观众大为感动。

由于西竹一性格开朗，能说一口流利的英语，使得他在美国拥有极高的人气。获得金牌后，连日有好莱坞女明星打电话邀请他参加宴会，洛杉矶市授予他荣誉市民称号。西竹一的思路开阔豪放，对天皇的至高无上神权表示怀疑，在军队朝着皇宫方向实施遥拜的时候，他甚至都不低头。再加上他是个美国通，拥有丰富的国际阅历，和陆军的保守风格显得格格不入，因此西竹一在军中一直遭受冷遇。

他战死的地点众说纷纭，在硫磺岛东海岸立有"西大佐战死碑"。

回顾硫磺岛战役，让我们倍感日本全民洗脑与樱花军国主义的可怕凶残——不仅杀戮敌人，更是摧残国家，毁灭本国优秀儿女的生命！

惨烈的太平洋绞肉机，年龄不满二十岁的70 000美军士兵浴血奋战，前赴后继，然求生的愿望从未消失，在炮火隆隆血肉横飞的疆场，一些美军士兵跪领随军牧师的圣餐，祈祷上帝让自己活着离开这人间地狱。战后，美军指挥官直言这是一场"没有胜者的战斗"。

在硫磺岛，栗林忠道的诸多家信被发掘，日本出版了一本《栗林忠道硫磺岛来信》。2006年，美国导演伊斯特伍德将其拍成电影《硫磺岛家书》，一举斩获金球奖和奥斯卡奖等诸多奖项。

二战结束后，美国军事史专家和现役将领曾回答过一次提问："太平洋战争中，谁是最优秀的日本指挥官？"排在第一的名字是：General Kuribayashi（栗林将军）。

栗林也是太平洋战役中唯一收获了美国人一致敬畏的日本将领。

硫磺岛的通信兵、生前被误认为是著名六个插旗手之一的雷内·加侬做了一件感天动地的事：拜访敌军总指挥栗林的遗孀和儿子！1965年，在硫磺岛战役二十周年之际，他带着夫人和儿子来到日本，先飞硫磺岛祭拜了大批牺牲的美军战友，他们如果没有死，正该享受四十岁的美好人生。然后雷内·加侬一家飞东京，去探望栗林在战地春梦中念念不忘的妻子和儿子太郎，他亲手送给栗林遗孀一块硫磺岛折钵山的石头。在这个布满硫磺的火山岛上，雷内·加侬与战友们升起了日本国土上第一面美国星条旗。而现在这一块战地石头，由美军战士亲手送给战死的敌军指挥官家人，这意味着美国人对栗林大将智慧、勇猛与视死如归的尊重，以及对人类永久和平的期望。

人啊，人！何时才能停止相互杀戮?

再见了！马歇尔大道的六勇士硫磺岛插旗纪念碑！

再见了！华盛顿美国国家档案馆！

请记住这史诗般的血染战旗，请仰望硫磺岛的天空。

走开吧，“狗娘养的战争”！

（原载《亲吻世界——曼哈顿手记》第51—77页）

# 研究资料目录

## （一）期刊

[1] 郝月梅. 周励——曼哈顿的中国女人［J］. 中华女子学院山东分院学院，1992（4）.

[2] 董方，王明. 《曼哈顿的中国女人》纵横谈［J］. 作品与争鸣，1992（5）.

[3] 钟雪燕. 一部生活的《飘》［J］. 生活周刊，1992（8）.

[4] 聂北茵. 在天堂与地狱之间——“游子文学热”现象［J］. 中国图书评论，1992（6）.

[5] 郝玉文. 打开成功之门的三把钥匙——读《曼哈顿的中国女人》［J］. 博览群书，1992（12）.

[6] 冀湘. 争议中的《曼哈顿的中国女人》（综述）［J］. 图书馆，1993（2）.

[7] 蒋守谦. 生命的火焰正在炽烈地燃烧——读《曼哈顿的中国女人》［J］. 文学评论，1993（1）.

[8] 吴亮. 批评的缺席——关于《曼哈顿的中国女人》［J］. 中国现代、当代文学研究，1993（1）.

[9] 徐伟敏. 周励与《曼哈顿的中国女人》［J］. 国际人才交流，1993（1）.

[10] 一鸣. 有争议的《曼哈顿的中国女人》［J］. 新闻爱好者，1993（2）.

[11] 赵毅衡. 拜金文学——关于《曼哈顿的中国女人》［J］. 文艺争鸣，1993（1）.

[12] 成莫愁. 周励和她的《曼哈顿的中国女人》［J］. 时代姐妹，1993（3）.

[13] 晨冰. 污泥总要被流水冲走——周励谈《曼哈顿的中国女人》风波真相［J］. 法苑杂志，1993（3）.

[14] 何火任. 一位东方女性的心灵搏斗史——读周励的长篇小说《曼哈顿的中国女人》［J］. 语文月刊，1993（3）.

[15] 方道，姜鹰．“曼哈顿的中国女人”引出的……［J］．时代姐妹，1993（4）．
[16] 庄学君．两个女人在美国——《曼哈顿的中国女人》与《陪读夫人》比较谈［J］．当代文坛，1993（6）．
[17] 张毅．困境中的寻求与发展——出国生活题材作品述评［J］．当代文坛，1993（1）．
[18] 周文．中国女人在美国的事——简介《曼哈顿的中国女人》［J］．企业家（半月刊），1993（1）．
[19] 白岛．冷说热话题——也谈《曼哈顿的中国女人》之争［J］．理论与创作，1993（3）．
[20] 凌燕．旅外文学研讨会述略［J］．文学评论，1993（2）．
[21] 蒋幼华．一首不懈追求的生命奏鸣曲——浅析《曼哈顿的中国女人》［J］．中州纵横，1993（4）．
[22] 吴文娟．《曼哈顿的中国女人》一书争鸣引人注目［J］．中文自修，1993（5）．
[23] 丁晓文．略论新闻转载及其法律责任：从《曼哈顿的中国女人》一书争议谈起［J］．上海法制报，1993（15）．
[24] 沈澜．《曼哈顿的中国女人》之外［J］．神州学人，1994（4）．
[25] 曹懿．女性自主意识在文学上的显现——谈《妇女乐园》和《曼哈顿的中国女人》［J］．安徽教育学院学报（哲学社会科学版），1995（2）．
[26] 隋岩．《北京人在纽约》与《曼哈顿的中国女人》评析——兼及近年来的旅外文学［J］．国际关系学院学报，1995（2）．
[27] 戴锦华．批评《曼哈顿的中国女人》［J］．当代作家评论，1998（5）．
[28] 姚小鸥，赵宏梅．始信昆仑别有山——读《曼哈顿的中国女人》［J］．周口师范高等专科学校学报，2001（3）．
[29] 麦子．曼哈顿的中国女人周励［J］．健康大视野，2002（8）．
[30] Hsiu-Ling Lin．从哪里来VS．身在何处——周励《曼哈顿的中国女人》的离散认同［J］．东海大学文学院学报，2002（43）．
[31] 朱岩．杨斌、周励……另类海归派［J］．统战月刊，2003（9）．
[32] 李兆忠．曼哈顿的中国女人［J］．世界知识，2009（17）．
[33] 张煜．留学生小说中的文化姿态——以《留东外史》和《曼哈顿的中国女人》为例［J］．当代小说（下），2010（4）．
[34] 凌东仁．永不坍塌的宫殿［J］．中国职工教育，2010（11）．
[35] 何智，黄晓燕．曼哈顿的女人们——评英文电影《曼哈顿的女佣》和《曼哈顿的中国女

人》里的主人公［J］. 时代文学（上半月），2011（12）.
[36] 张长青. “弱者的宣言”——北美新移民文学的一种读法［J］. 太原师范学院学报（社会科学版），2012（1）.
[37] 李晓鸥. 遥望历史的个人表述——当美国新移民作家表述文革［J］. 华文文学，2013（1）.
[38] 杨青. 20世纪80、90年代北美华文文学主题研究［J］. 语文建设，2014（12）.
[39] 李晓鸥. 相同的故事里不同的风景——以《曼哈顿的中国女人》为解读中点［J］. 世界华文文学论坛，2015（1）.
[40] 房伟. 1990年代小说“异域中国想象”的再反思——以《曼哈顿的女人》《扶桑》《乌鸦》为例［J］. 创作与评论，2016（6）.
[41] 鲁晓鹏. 女性华文作家的跨国婚恋观和主体性构建——从《曼哈顿的中国女人》到《美国情人》［J］. 名作欣赏，2016（16）.
[42] 杨剑龙. 重读《曼哈顿的中国女人》［J］. 扬子江评论，2017（4）.
[43] 罗玉华. 新移民文学的原罪与原味——重评《北京人在纽约》和《曼哈顿的中国女人》及其历史影响［J］. 宁波大学学报（人文科学版），2019（1）.
[44] 韩伶. 媒介地理学视域中的《曼哈顿的中国女人》［J］. 广东社会科学，2019（4）.
[45] 王红旗. 旅美女性创业追梦的生命史诗——周励访谈（上）［J］. 名作欣赏，2019（25）.
[46] 王红旗. 旅美女性创业追梦的生命史诗——周励访谈（下）［J］. 名作欣赏，2019（28）.
[47] 赵小琪. 《亲吻世界》的差异空间建构和高峰体验［J］. 世界华文文学论坛，2020（4）.
[48] 胡德才. 《亲吻世界》的意义［J］. 世界华文文学论坛，2020（4）.
[49] 黄秋燕. 地球村与跨文化叙事——论周励新作《亲吻世界》［J］. 世界华文文学论坛，2020（4）.
[50] 陆士清. 诗的情怀、史的血泪和辉煌——读周励的《亲吻世界》［J］. 世界华文文学论坛，2020（4）.
[51] 张娟. 世界视野与真实力量——论周励《亲吻世界》的非虚构写作［J］. 世界华文文学论坛，2020（4）.
[52] 陈思和. 做真正清醒的理性主义者［J］. 世界华文文学论坛，2020（4）.
[53] 公仲. 拥抱世界，亲吻世界［J］. 世界华文文学论坛，2020（4）.
[54] 胡德才. 《亲吻世界》的意义［J］. 世界华文文学论坛，2020（4）.
[55] 黄秋燕. 地球村与跨文化叙事——论周励新作《亲吻世界》［J］. 世界华文文学论坛，2020（4）.

[56] 金光耀. 在历史中探索人性［J］. 世界华文文学论坛，2020（4）.
[57] 李继凯，徐翔. 奋斗者的心是相通的——路遥及其作品中奋斗精神的海外共鸣［J］. 中国文学批评，2020（1）.
[58] 李天纲. 从上海出发，去世界各地探索人类文明［J］. 世界华文文学论坛，2020（4）.
[59] 沈庆利. 周励“走向世界”的行旅启示——从《曼哈顿的中国女人》到《亲吻世界》［J］. 世界华文文学论坛，2020（4）.
[60] 苏炜. 周励的“极致”［J］. 世界华文文学论坛，2020（4）.
[61] 王小平. 左翼海派文学的跨文化抒写：论周励的文学创作［J］. 名作欣赏，2020（19）.
[62] 杨剑龙. 这位曼哈顿女人的新“寻找”［J］. 博览群书，2020（11）.
[63] 张娟. 世界视野与真实力量——论周励《亲吻世界》的非虚构写作［J］. 世界华文文学论坛，2020（4）.
[64] 江少川. 一个中国女人的“曼哈顿三部曲”——周励访谈录［J］. 红杉林，2021（1）.
[65] 周描坤，石钢. 周励：“曼哈顿的中国女人”激情“亲吻世界”［J］. 中华英才，2021（2）.
[66] 钱虹. 世界华文文学中二战题材的新开拓—— 评周励的新著《亲吻世界》兼论其他［J］. 南方文坛，2021（2）.
[67] 杨剑龙，黄明海. 执着追求与探险精神——周励《亲吻世界——曼哈顿手记》研讨会综述［J］. 社会科学动态，2021（4）.
[68] 高鸿. 用脚丈量历史　用心探索未知［J］. 凤凰周刊，2021（4）.
[69] 宋子健，陈奕儒，赵雨婷. 周励：追求梦想，亲吻世界［J］. 清风，2021（13）.

## （二）报纸

[70] 张一帆. 曼哈顿的中国女人的追求——访周励［N］. 新闻报，1992-10-27，11-01.
[71] 王洪先. 唯有奋斗，才能体现人的价值和尊严［N］. 北京青年报，1992-11-07.
[72] 王洪先. 她从曼哈顿走来——美籍华人周励女士印象［N］. 北京日报，1992-12-13.
[73] 刘畅. 理想与激情在彼岸升华——我读《曼哈顿的中国女人》［N］. 天津日报，1992-12-15.
[74] 曾镇南. 《曼哈顿的中国女人》读后［N］. 光明日报，1992-12-11.
[75] 何镇邦. 一曲人生奋斗之歌——读周励的《曼哈顿的中国女人》［N］. 北京日报，1992-11-02.

[76] 李师东. 倾听一代人的声音——读《曼哈顿的中国女人》［N］. 中国教育报，1992-11-22.
[77] 陆傍石. 留学生文学和《曼哈顿的中国女人》［N］. 《留学生新闻》（文艺副刊），1992-10-01.
[78] ]林子. “曼哈顿的女人”当年在上海——周励印象：渴望成功［N］. 上海文化艺术报，1992-11-20.
[79] 杨平. “美国梦”的推销商——《曼哈顿的中国女人》［N］. 北京青年报，1992-12-05.
[80] 宋延平，杨先华，木华，等. 烛照当代中国人共同的梦［N］. 大连日报，1992-12-05.
[81] 小黎等. 众人纷说《曼哈顿的中国女人》［N］. 北京青年报，1992-12-19.
[82] 林为进. 新的生活　新的视域——谈“留学生暨域外题材文学”［N］. 人民日报，1992-12-17.
[83] 叶林. 本报独家采访《曼》书责编［N］. 中国妇女报·星期刊，1993-01-10.
[84] 刚建，郭晓虹. 《曼哈顿的中国女人》在争议中［N］. 光明日报，1993-01-15.
[85] 张丽虹，杨平，张天蔚，等. 你喜欢《曼哈顿的中国女人》吗？［N］. 中国妇女报，1993-01-24.
[86] 曾镇南. 留学生文学一瞥及其他［N］. 文论报，1993-03-11.
[87] 高静. 曼哈顿走来的中国女人——读《曼哈顿的中国女人》［N］. 桓台报，1996-06-03.
[88] 胡嘉. 结识曼哈顿的中国女人周励［N］. 人民日报. 海外版，2007-09-14.
[89] 张龙翼. “谈生意不能贬低自己”——《曼哈顿的中国女人》改变了我［N］. 都市女报，2009-03-03.
[90] 周柏伊. “曼哈顿的中国女人”在沪维权［N］. 新闻晚报，2009-08-28.
[91] 刘殊同，张妍. 《曼哈顿的中国女人》帮我度过艰难的日子［N］. 辽沈晚报. 阜新版，2010-10-14.
[92] 宋晓英. 北美华人自传体写作中的家国情怀［N］. 光明日报，2018-04-04.
[93] 艾尤. 周励：穿越历史与现实的非虚构创作［N］. 人民日报. 海外版，2019-11-28.
[94] 陈瑞琳. 以史为镜越沧桑——读《亲吻世界——曼哈顿手记》［N］. 新民晚报，2020-08-30.
[95] 张翎. 走向泱然开阔之地的河流. ［N］. 解放日报，2020-09-03.
[96] 修晓林. 燃烧的激情和真切的体验——读周励《亲吻世界——曼哈顿手记》［N］. 松江报，2020-09-18.

[97] 张志忠．周励的文化旅行［N］．中华读书报，2020-12-02.

[98] 宋晗．周励新作《亲吻世界》书写人生体悟［N］．文艺报，2020-10-28.

[99] 杨际岚．激情燃烧的生命——周励《亲吻世界》漫议［N］．文艺报，2020-10-09.

[100] 钱虹．周励《亲吻世界》：历史在手指尖跳跃和燃烧［N］．文艺报，2021-04-16.

[101] 葛辉文，谭明．我是一只自由的鸟——对话《曼哈顿的中国女人》作者、旅美作家周励［N］．常德晚报，2021-05-28.

[102] 高倩荷，禹媚．传奇人生成就《曼哈顿的中国女人》——对话华侨文学奖小说组优秀奖得主周励［N］．中山日报，2009-11-08.

## （三）互联网

[103] 蒋迈．周励活得很有激情［N］．国际在线-国际新闻报，2005-09-22. http://news.cri.cn/gb/2201/2005/09/22/401@711786.htm.

[104] 陈瑞琳．周励：海外新移民文学的先驱者［N］．海外文轩网，2015-09-13. http://www.overseaswindow.com/home/nodebody/20524/1764.

[105] 蔡美云．穿过《曼哈顿的中国女人》20年之印记［N］．公众号“留美学子”，2020-01-04.

[106] 施晨露．40美元闯荡曼哈顿的中国女人把自己写成百万畅销书，她的传奇一直在路上［N］．上观新闻网，2020-09-12. https://www.shobserver.com/wx/detail.do?id=289482.

[107] 徐明徽．周励：闯荡曼哈顿的中国女人，带着她的探险传奇回来了［N］．公众号“澎湃新闻”，2020-09-13.

[108] 李念．28年后，探险与历史中探究人性，周励重推《亲吻世界》［N］．文汇网，2020-09-14，http://www.whb.cn/zhuzhan/jtxw/20200914/370649.html.

[109] 周励，陈瑞琳，苏炜等．周励新书《亲吻世界——曼哈顿手记》解读［N］．公众号“北美文学家园”，2020-10-01.

[110] 何安安．“曼哈顿的中国女人”出新作，她在探险和历史中探究人性［N］．新京报网，2020-10-22，http://baijiahao.baidu.com/s?id=1681236245281920327&wfr=pider&for=PC.

[111] 江扬．她就似那一团火［N］．公众号“跨界经纬”，2020-10-23.

[112] 王小平．丰沛的生命激情：评周励《亲吻世界——曼哈顿手记》［N］．公众号“跨界

经纬”，2020-11-20.
[113] 毛祖蓉．为永远年轻的生命喝彩——读周励《亲吻世界——曼哈顿手记》［N］．公众号“上海三联书店”，2020-12-02.
[114] 沈庆利．从《曼哈顿的中国女人》到《亲吻世界》：中国人如何拥抱世界［N］．公众号“燕京书评”，2020-12-04.
[115] 匡志宏，姜若华．今天，我们如何与世界相处：《亲吻世界》思南读书会侧记［N］．公众号“上海三联书店”，2020-12-26.
[116] 陆士清．崛起民族的精、气、神——评周励的《曼哈顿的中国女人》［N］．公众号“跨界经纬”，2020-12-28.
[117] 陈瑞琳．周励精品《寻找凯伦》［N］．公众号“瑞琳读书”，2021-01-29.
[118] 陈丙杰．周励女士创作手稿、图书文献资料捐赠复旦大学图书馆［N］．澎湃新闻，2021-04-01. https://www.thepaper.cn/news Detail_forward_11976557.
[119] 吴敏．《亲吻世界》的精神与价值［N］．澎湃新闻，2021-07-04. https：//m.thepaper.cn/newsDetail_forward_13395705.
[120] 魏海波．从《曼哈顿的中国女人》一书说起［N］．公众号“ACB朝日留学”，2021-08-24.
[121] 刘瑛．从书中到书外——重读《曼哈顿的中国女人》［N］．新民晚报网，2021-08-26. https://wap.xinmin.cn/content/32016074.html.
[122] 雪莉．曼哈顿的中国女人，62岁踏上南极大陆［N］．公众号“外滩TheBund”，2021-09-29.

## （四）图书

[123] 修晓林．曼哈顿的中国女人——周励印象［M］．//文学的生命——我和我的作家朋友．上海文化出版社，2016：324-331.
[124] 倪丹丹．用永不停止的热情探索生命——记曼哈顿的中国女人周励［M］．//上海市美国问题研究所，上海市海外交流协会主编．在美国的上海人（第一卷）．上海科学出版社，2016：153-164.
[125] 陈屹．曼哈顿女人的“前世”今生［M］．//周励．亲吻世界——曼哈顿手记．上海三联书店，2020：444-453..